绣像私藏版

中国禁书文库

马松源◎主编

线装书局

图书在版编目（CIP）数据

中国禁书文库. 7/马松源主编.—北京:线装书
局,2010.3

ISBN 978-7-5120-0092-6

Ⅰ.①中… Ⅱ.①马… Ⅲ.①古典文学-作品综合集
-中国 Ⅳ.①I212.01

中国版本图书馆 CIP 数据核字（2010）第 027204 号

中国禁书文库

主　　编：马松源

责任编辑：崔建伟　赵　鹰

封面设计：博雅圣轩工作室

出版发行：线装书局

地　　址：北京市鼓楼西大街 41 号（100009）

　　　　　电话：010-64045283

　　　　　网址：www.xzhbc.com

印　　刷：北京彩虹伟业印刷有限公司

字　　数：3600 千字

开　　本：787×1092 毫米　1/16

印　　张：336

彩　　插：8

版　　次：2010 年 3 月第 1 版 2010 年 3 月第 1 次印刷

印　　数：1-1000 套

书　　号：ISBN 978-7-5120-0092-6

定　　价：4680.00 元（全十二卷）

目　录

伟人藏禁书

第一篇　孙中山藏书

《绣像大明传》

中国禁书文库

伟人藏禁书

二

中国禁书文库

目录

三

中国禁书文库

伟人藏禁书

四

中国禁书文库

目录

五

第二篇　毛泽东藏书

《贪欣误》

《五色石》

中国禁书文库

伟人藏禁书

马松源◎主编

线装书局

孙中山藏书

第一篇

绣像大明传

[清]不题撰人 撰

原　　序

美人者，天之灵秀所钟得一已难，况倍之而复莅之乎！暮春坐海棠花下客，持五美缘见示，细加详阅："窃思钱月英之纯贞；赵翠秀之纯烈；钱落霞之纯谨；守志完身仗义，除迎得巾帼仲见者。至若惠兰坚随寒士；飞英爱服将才，亦不愧美人之号，冯生何福！尽懦消受如许温柔乡也，他如林公吏治附书之足长智识信乎，天生才子必配佳人，钟灵毓秀，天之所以成全美人也，如五美缘其一也耶！"

壬午壳雨前二日寄生氏题于塔影楼之西榭

第一回 钱月英酬神还愿
冯子清误入桃园

词曰：

> 蜗角虚名，蝇头微利，算来自应空忙。事皆前定，谁弱又谁强。且趁闲身未老，尽教我些子疏狂。百年里，浑然是醉，三万六千场。
>
> 思量，能几许，忧愁风雨，一半相妨。又何须抵死，说短论长。辜负皓月清风，苔茵展，银汉高张。江南好，千钟美酒，一曲满庭芳。

话说这部小说，故事出在大明正德年间。自从武宗皇帝以来，风调雨顺，国泰民安，这也不在话下。单讲浙江省杭州府钱塘县有一世官，姓钱，名铣，表字自由，官拜两广都堂之职。夫人马氏所生一男一女，公子名林，字文山，小姐芳名月英。兄妹二人勤心苦读诗书，学富五车，外国人皆称为才子佳人。

不幸老爷去世，夫人领了子女，扶柩回归故里，送入祖茔。

公子早已入学，却不好游戏，终朝在家与妹子吟诗作赋，孝敬母亲。夫人见他兄妹二人早晚侍奉殷勤，满心欢喜，常在他兄妹前说："我家有此才女才子，不知后来娶媳择婿如何？"公子道："母亲大人，婚姻之事，皆有天定。"夫人道："虽然如此，但你妹子年已长成，为娘的日夜忧愁，放心不下。必选个才貌之人，完她终身，使我为娘的却才放心。儿呀，难道你同学中就无其人么？"钱林道："娘亲听禀：学中只有一人，孩儿十分敬重。论才学，孩儿甘拜下风。每逢考期，不是第一，就是第二。论人品，杭州也寻不出第二个来。"夫人闻言，忙问道："此人姓什名谁？门第若何？"钱林道："论门弟，倒也正对。他父亲做过刑部尚书，亡过多年，只有母子二人，姓冯名旭，字子清。"夫人道："他母亲可是做过太常寺少卿林璨之妹么？"钱林道："正是。"夫人道："门户相对，才貌又佳，为何不上紧央人作伐，以完为娘的心事？"公子道："孩儿久有此意，只因他近来家业凋零，恐误妹子终身，故尔未敢禀告。"夫人道："我儿此言差矣。古人道得好，正是'书中自有黄金屋，一朝得第自身荣'。"公子道："母亲吩咐，孩子知道。"

那月英小姐在旁听得母亲兄长说人婚姻之事，将脸一红，起身回楼去。耳中只听得说冯旭是个才子，心中暗想："天下无实者多，倘若冯生名不称实，岂不误我终身大事？必须面试其才，方知真假。欲将此意禀告娘亲兄长，怎奈我女孩儿家，羞人答答，怎好启齿？"正是：

满怀心腹事，难向别人言。

不言小姐闷闷不乐，单言小姐身边有两个丫鬟，一个名叫翠秀，一个名叫落霞。二人生得容貌与小姐仿佛，却也聪明。跟随小姐拈弄纸笔，也知文墨。小姐见她伶俐，倒也欢喜，故此待她二人如同姐妹，与众不同。

翠秀、落霞见小姐连日闷闷不悦，自言自语，如醉如痴，觉得小姐有些心事。二人上前问道："小姐为着何事这般光景？"小姐见问，叹了一口气道："你二人哪里知我心……"就不言语了。二人道："婢子自幼蒙夫人、小姐抬举，不以下人看待。小姐有何心事，说与婢子们知道，代小姐分忧。"小姐闻她二人之言，只得将夫人、公子商议之话告诉一遍："我想外边人虚名甚多，故此疑心。欲要面试其才，又不好启齿，以是不乐。"二人道："小姐宽心。倘夫人、公子再议起小姐婚姻之事，婢子直告要面试这姓冯的才学，然后再议便了。"小姐听了，方才放心。

不觉光阴迅速，过了个月，夫人一日身体不爽，一病半月。慌得公子、小姐日夜不离左右服侍。小姐各庙许愿，又在花园拜斗，保佑母亲安康。

过了数月，夫人身体渐渐好了。公子、小姐见夫人好了，用心调理。不觉早又腊尽春回，到了新年景象。堪堪至初九日，乃是玉皇大帝圣诞之辰，月英小姐禀告母亲知道："孩子许下各庙香愿，今逢上好日期，孩儿意欲亲身进庙酬谢，特来告禀母亲。"夫人闻言，大喜道："我儿，一向累你兄妹二人服侍。既许下香愿，理当亲还。"遂吩咐家人速备纸马、香烛、牲醴之类，唤了三乘轿子，伺候小姐同两个婢子各庙烧香。

不一时，小姐打扮十分齐整，带了翠秀、落霞，三人上轿，往各庙还愿。后面随了许多家人。

一行人众先到玉皇阁。小姐和两个丫鬟下轿，家人逐开闲人。小姐慢慢步上楼来，只见香烛供献已经现成。小姐站立毡单，礼拜上帝，转身又拜斗姥天尊。礼拜已毕，家人送上香仪。客师请小姐客堂坐下待茶，摆下果品。小姐坐了一刻，起身上轿，又望城隍山来。

不一时，抬至寺内。只凤山前游人如蚁，家人赶逐不开。小姐看见香烛点齐，只得交身出了轿子。那些游人见三乘轿内走出三个美人，一哄拥挤上前争看。人人道好，个个称奇，如同月里嫦娥下降，好似西子重生。后面随着两个丫鬟，一般娇娆，不知谁家小姐？内中有一个书生，文质彬彬，头戴儒巾，身穿儒服，年纪只好十五、六岁，生得貌比潘安，手执一柄金扇，也挤在人丛中争看。看官，你道此人是谁？就是钱林母亲所说的礼部尚书之子冯旭，字子清。今日也来到城隍山游玩，不想遇见钱月英前来进香。他也不知是钱文山之妹，一见国色，神魂飘荡，痴在一边，两眼不转睛，只望着三人。

小姐见人众多，慌忙礼拜神圣，吩咐家人："将各庙香烛送去，我回家向空礼拜酬谢便了。"家人适应，将轿子搭了进来，请小姐上轿。

那些游人一哄而至，围在轿前。事有凑巧，把一个冯旭紧紧挤在轿前，动也不得动。那小姐正欲上轿，忽见一个少年书生，品貌清奇，心中暗忖道："世上也有这般标致男子。"又不好十分顾盼，匆匆上轿。家人连忙放下轿帘。轿夫抬起，如飞而去。

冯旭又看翠秀、落霞二人上了轿。轿夫赶向前面，一直飞奔下山。冯旭见三个美人去了，他也不顾斯文体面，向后跟定轿子，跑下山来，满身汗透，儒巾歪斜，足下哪管高低，转弯抹角，跑得喘息不定。

有一个时辰，到了一处后花园门，一直遥望里面去了。只见一个老苍头，说道："哪里来的，好好走出去。"四面望望无人，反手将园门关闭。冯旭低低骂道："这个老狗头，好不知趣，竟自把门关闭去了。"只得走至门首，用手将门轻轻一推，哪里推得动。

冯旭无奈，绕着墙边走了一会儿，无法可入。只见对过矮矮门首，有一个老妇人坐在门首。冯旭连忙走过来，叫声老婆婆："小生借问一声，对过花园可是李相公家的么？"那婆婆摇头道："不是，不是。"冯旭又道："可是张相公家的么？"婆子又摇头道："不是，不是。"冯旭道："却是谁家的么？"婆子道："相公请坐，待老身慢慢告诉与你听。"冯旭真个坐下。婆子道："对过花园乃钱府的。这钱老他在日做过两广都堂，如今只有夫人、相公、小姐三人，并无别个。"冯旭暗道："原来就是钱文山的花园。"又故意问道："他家公子与哪家结亲？"婆子道："尚未联姻。"冯旭又道："他家小姐自然是与过人家的了。"婆子道："小姐今年方交一十六岁，亦未受聘。"冯旭口中应道："原来如此。"心中暗喜道："年交一十六岁，也不小了。"婆子道："说起这位小姐，婚姻却难。他家夫人要选才貌出众，又要门户相当，夫人方允。"冯旭道："却是为此，这也该的。但不知他家小姐可知文墨？"那婆子道："好个可知文墨，通杭州哪个不知她是闺中才子！常与她哥哥吟诗作赋，连公子还要让她一筹哩。"冯旭道："你老人家如何尽知她府中事？"婆子笑道："相公有所不知，我就是这位小姐的乳娘，我姓赵。因年纪大了，自己要在家里同儿子过活。如今时常还去她家住，我要去就去，要来就来，一切事所以晓得。"二人谈了一会儿，天气渐渐晚了。婆子道："老身要弄饭去了，恐儿子回来要吃，没工夫陪你谈了，你请回罢。"

冯旭听了婆子这番言语，心中甚是欢喜："钱小姐竟是个才貌双全的，若能与我为妻，也不枉为人世。"起身复又走到对过花园门首，看看园门紧闭，又站了一会儿，想道："天色已晚，我只是痴呆呆地站着，就站到明日也无益处。不如且回，明日起早些来，倘有机缘，也未可知。"即移步转身，才走了十几步，忽听得园门咿呀一响，冯旭即忙回头看时，园门已开，有个老苍头手中拿着把酒壶走出来，带了园门，竟自去了。原来这个老儿每晚瞒着夫人出来打酒吃。冯旭见了，忙忙走来，不论好歹，推开园门，竟自进去，仍然将门推上，一直往里就走不题。

且言苍头取酒来，推门进来，回身关好，取锁锁了，提酒往自己房里吃去了。

单讲冯旭在花园里东张西望，不见一人。他就放大了胆，朝里直走，到了丹桂厅上坐下。定定神，想道："我好无礼，怎么黑夜里走到人家花园中来？倘被人看见，如何应答？文山兄知道，体面何存？"想罢，立起身来："我且出去。"竟奔园门，打点回去。

却说月英自进香回来，到夫人前禀道："今日进香，好不热闹，孩儿见人众多，只到玉皇阁、城隍庙山上，他处着安僮送香烛前去，孩儿先回来了。"夫人答道："正该如此。"就在前面吃过夜饭，又说了些闲话。夫人吩咐："我儿就此回楼睡吧！"小姐起身，叫翠秀、落霞掌灯。翠秀道："今晚风大，不好点灯。"取了个灯笼点起，照着小姐回楼不题。

且言冯旭来到园门，见门上拴了大闩，又锁了，哪里还得开来。冯旭惊道："这事怎好？不想一时就拴锁了园门。"愈想愈怕，无法可使。他是个读书君子，又比不得那种可以掂门扭锁的小人，只得又回身步到丹桂厅坐下，等候天明出去。正在自悔之时，忽听一派莺声燕语，嬉笑而来。灯光渐近，冯旭唬得觅处藏身，往来无处，暗道："若被人撞见，如何答话？权在山石背后躲避则个。"

但不知曾撞着人来捉住，认奸认贼，且看下回分解。

第二回 赠金扇冯旭得意 拜天地翠秀许婚

词曰：

> 水浴银蟾，叶喧苍陌，马声初断。问依露井，笑扑流萤，焰花破，画栏边。四方静，夜久后，郎愁不归眠，立尽残更前。　　叹花草，一瞬千里梦，况书远。到头来，都是幻。利名牵绊，怎不教迷恋。梅落添妆，莲开似面，天工画染。金乌玉兔未停留，读书何敢手释卷。但明河直下，谁有星稀数点。

话说冯旭见有人来，慌张张走到假山背后躲避不题。

且言小姐和翠秀、落霞三人打从假山石旁经过。冯旭见灯到了面前，抬头观看，只见前面一个小丫鬟，手提一盏灯笼，后随两个美人，心中大喜，便欲走出相会。"或者小姐怜我一片真心，面订婚姻，也未可知。"主意定了，正欲移步，心中回想："若小女子家叫喊起来，惊动人众，钱兄知道，体面何存。我且躲在假山背后，听她说些什么言语。"正是：

> 要知心腹事，但听口中言。

且言翠秀提灯在前，叫道："小姐，今日城隍山上好些游人，内中有个少年书生，挤在轿前，好个人品！小姐可曾看见么？"那落霞接口道："好个标致秀才，他那两个眼睛只望着小姐。"翠秀道："不知此生才学如何，我家小姐若配得此人，也不枉人生在世。"落霞道："看他那般品貌，腹中自然不差。"翠秀道："若果然如此，可算得才貌双全。"二人你一句我一句称赞，小姐只不言主。

此日是正月初九日，残雪未消。那日间花园内被鸦雀在地打食，走得满地脚迹。小姐便叫："你二人终日拈弄笔墨，因夫人去年病体深重，我没有工夫考你二人。今日见景生情，我有一对在此，你二人可对来。"二人道："不知小姐所出何对，婢子等料然对不出。"小姐道："偶然看见此景，满地鸦脚迹，借此出对。"随口道："雪地鸦翻，好似乱洒梨花墨数点。"翠秀、落霞二人一时对答不出。

那在假山后面人听得明白，欲要代她二人对来，一时想不出来。事有凑巧，忽听得空中咿呀一声，冯旭抬头一看，见三四下个宾鸿分为三路从北向南飞去。他一时间便高声对道："霞天雁过，犹如醉书红锦字三行。"当下，翠秀、落霞二人听见，叫道："有贼，有贼！"只唬得冯旭战战兢兢，不敢作声。转是小姐听得对句确当，声音清亮，说道："你二人不必惊慌，据我看来，并非是贼。你们将灯笼照看，看是何人。"二人答应，心中不得不怕，战战兢兢提着灯笼，口中只是吆吆喝喝，道："你若是贼，速速跑去罢了，要不是贼，快快出来。"冯旭听见，心中想道："都是女子，我就出去，料然不妨。"放大了胆，竟自走出。月光之中，摇摇摆摆，手中执着一把金扇，一方班古镂的碧玉图书。这玉器乃是他祖父传留之珍。此宝价值千金，他并不知其价，扣在扇上。忙忙走出来，看见翠秀、落霞，深深一躬，道："小生拜揖。"二人将灯笼提起一照，不是别人，就是日间在城隍山遇见那个标致书生，又惊又喜，故意问道："你是何人？怎么大胆半夜更深却在我家花园之内，说得明白，放你出去，如有一句谎话，登时叫喊起来，惊动家人拿住，当贼送官，严刑拷打，那时就要吃苦哩。"冯旭打一躬，道："二位姐姐请息怒，待小生直告。小生姓冯，名旭，字子清，杭州哪个不知是个才子。"二人道："住了，你既是个才子，可认得我家大相公么？"冯旭见问，笑嘻嘻道："怎么不认的，你家大相公钱兄与小生朝夕会文，又是同案好友。"二人道："既是与我家相公相好，因何躲在我家花园内，且是黑夜之间？却是为何？"冯旭道："有个缘故：今在城隍山游玩，遇见你家小姐进香，小生不知是哪家小姐，故尔跟寻到此细访，方知是钱兄令妹。看见园门开着，因此走进游玩，不想园门下锁，不得出去，只得躲在山子石边，坐守天明，好出花园。不意小姐出对子与二位姐姐对，小生斗胆对了一句，惊动小姐同二位姐姐。此系直言，不敢说谎，望二位姐姐恕罪，转达小姐，恕小生不知之罪。"

那钱月英见冯旭出来，连忙回避在丹桂厅上，一句句都听得明白，方知就是哥哥与母亲所说之人。今日间见其容貌，方才又听见对句，确是个才貌双全，早已打动少年爱姬娥的心事，便在厅上叫道："翠秀、落霞快来。"二人忙至厅上小姐面前，把冯旭的话告诉一遍。小姐道："既是相公的好友，可快跟我进去，取钥匙前来，开了园门，送他出去。"二人答应："晓得。"翠秀向落霞道："妹妹，你随小姐回楼，取了钥匙快来，我在此等候。"落霞应允，随着小姐到了楼中来取钥匙。原来园门钥匙小姐经管，每日放在后楼。这且不表。

再言冯旭见四下无人，走至翠秀身边，忙忙又躬，道："姐姐，小生拜揖。"翠秀欠身还了个万福，道："相公方才见过礼了，为何又作揖？"冯旭道："礼下于人，必有所求。请问姐姐芳名？"翠秀道："妾身父母姓赵，名唤翠秀。前跟小姐回楼去的名唤落霞，她的父母姓孙。小姐芳名月英，你可知道么？"冯旭连声道："小生谨记。但小生今日到此，原为婚姻。不能当面一言以定终身，岂不辜负小生一片真心？还求姐姐设个法儿引小姐面前一见，以表小生诚恳，不知姐姐可用情否？"翠秀道："我家夫人好不严谨。小姐乃闺阁千金，怎能轻易得见外人？又是黑夜，岂不令人说笑。劝相公将此念头息了罢。至婚姻大事，必须央媒说合，那时明媒正娶，才是君子。"冯旭听了翠秀之言，道："姐姐说得有理。不知小生与小姐缘分如何？姐姐大力周全，小生无物相谢，有柄粗扇，聊表进见寸心。"说毕，将手中金扇递与翠秀。翠秀道："妾身并无寸进之功，怎好收相公之谢。"冯旭道："姐姐不收，是不肯代小生出力了。"翠秀道："我若不收，使相公疑心，只得权且收下。"伸手接了，藏在身边，便道："冯相公，我先报个喜信与你。我家相公前日与夫人商议，要将小姐与你。你今回去，作速央媒求亲，夫人、公子必允。"冯旭听了此言，不觉手舞足蹈，喜出望外，道："倘若如此，三生有幸。不知姐姐可伴小姐过去否？"翠秀笑道："我们两个服侍小姐，寸步不离，怎么不随过去。"冯旭闻言，满心欢喜，道："叫小生一时消受得起三位美人。"正是：

> 情知语是针和线，就此引出是非来。

冯旭与翠秀说了一会儿，不见落霞到来。月色渐亮，自古道：灯前观美女，月下玩佳人。越看越爱，哪里按纳得住心猿意马，走到身边，双手抱住。翠秀作色道："妾认君子是个诚实之人，原来是一个狂徒。既读孔圣之书，难道就不知些礼法么？我虽然是个婢子，不是下流苟合之奴。"高声叫："狂生，还不放手！"一夕话，说得冯旭哑口无言，将手一松，叫道："姐姐言之有理，小生一时痴呆，万望姐姐恕罪。小生还有一言奉告：前蒙姐姐垂爱，见许终身。趁此月光之下，对天罚誓，以表真心，不知姐姐肯否？"翠秀道："你今速速回去，央人说合，对什么天，罚什么誓。"冯旭见她口软，将翠秀身子一把扯住，就半推半就，二人双双跪下，同拜天地。冯旭罚誓道："我若负了赵氏姐姐，前程不利。"翠秀道："愿相公转祸呈祥。妾若负了相公，叫妾身不逢好死。"正是：

> 在天愿为比翼鸟，在地愿为连理枝。

二人誓毕，立起身来。冯旭恭恭敬敬站着不动。只见落霞取了钥匙来到，叫声："姐姐，快送冯相公出去。"冯旭无奈，只得同着二人到了园门。开了锁，下了闩，开了门，冯旭走出，转身朝着二人作了一揖："小姐姻事还要仗二位姐姐大力扶持。"二人也不回言，"咕咚"一声，将园门紧紧关上。这正是：

> 东边日出西边雨，道是无情却有情。

不言翠秀、落霞二人上楼，且言冯旭痴呆站了一会儿，不见动静，方才移步，趁着月光回来，心中暗想："明日央人说媒，不知央那一个与钱兄说合。"一头打算一头走，左思右想，抬头一看，已过自家门首。只得走回数步，用手扣门。里面老苍头答应，连忙开门，看见冯旭，道："相公，你在哪里去的？太太着老奴各处找寻，张相公家、李相公家，无一处不找到。老太太好不着急。相公，你哪里去的，此刻才回来？"冯旭道："太太为何着急，着你寻找？"苍头道："今日舅老爷到了。"冯旭道："舅老爷在哪里？"苍头道："现在后堂，同太太用晚饭。"冯旭听了，只奔后堂而来，见他母亲与舅舅吃饭。

不知他舅舅姓什名谁？来此何干？且听下回分解。

第三回　游西湖林璋遇故
卖宝剑马云逢凶

词曰：

> 别馆寒砧，孤城画阁，一片秋色人寥廓。东飞燕子海边归，南来鹤向沙头落。楚台风，庚楼月，宛如昨。

> 无奈被些名利耽搁，可惜风流总闲却。当初漫留华表语，而今误我秦楼约。梦醒时，酒阑后，思量着。

话说冯旭来到后堂，看见母舅，深深见礼。看官，你道他舅舅姓什名谁？姓林名璋，字正国，乃是一个举人，住在金华府，进京会试，顺便前来看看妹子。林璋看见外甥生成美貌，好不欢喜。

太太向前问道："我儿，今日往何处去的？你舅舅来时，我叫苍头四去找寻，你都不在。为何此刻方归？"冯旭道："孩儿今日遇见几个同学朋友，拉了去游西湖，回来晚了。"当时就在横头坐下，陪舅舅吃酒。酒席之上，林璋问他才学，冯旭对答如流。林璋满口称赞，向太太道："外甥将来必夺元魁，也不枉忠臣之后。"太太道："我儿方才说是游湖去的罢？你舅舅到来，也同舅舅观观景致。"冯旭答应了，彼时又说些闲话，不觉漏下三更，各自安寝，一宿无话。

次日，冯旭忙叫苍头去叫船，到五柳园定席，又请钱林来陪舅舅。不一时，钱林到来。冯旭连忙迎接，邀至书房，与林璋见礼，分宾坐下。林璋问冯旭道："此位长兄尊姓大名？"冯旭道："此位姓钱名林，字文山，是甥男同案好友，今特请来陪舅舅的。"林璋听说钱林，拱拱手，道："久仰久仰。"钱林口称："年伯，小侄与冯兄同案，请问年伯台甫。"林璋道："贱字正国。"叙毕起身，一路出门，慢慢步出涌金门外。

到了湖上，苍头预先在船看见，迎请登舟。艄子开船，游赏一会儿。端的好个所在！只见来的来，去的去，游人不绝，笙歌聒耳。正是：

十里西湖跨六桥，一株柳树一株桃。

林璋满口称赞道："话不虚传，果然好景致。"

傍午，到了五柳园，这些船俱各湾下。那些游人弃舟登岸，都到园中吃酒吃饭。此馆乃是杭州第一名园，一切各样酒席肴馔俱全，器皿精洁。园中花草十分茂盛，真是八节长春之景，四时不谢之花。城中乡宦游人皆是头一天定席。园门前有五棵大柳，借以为名。凡来游玩，在此定席，来来往往，十分热闹。苍头向冯旭道："我们的席定在梅亭上面。"

三人步上亭来。林璋举目观看，四面粉墙俱是名公题咏诗赋。细细看去，竟有做得好的，也有胡言。梅亭上面只有四张桌子，先有一席有客坐。苍头道："这一桌是我们定的。"林璋、钱林、冯旭三人坐下。还有二席是别家定的，客尚未至。酒保忙来抹桌，献上茶来，摆下小菜，然后送上酒来。三人传杯弄盏，酒保慢慢上菜。

忽然，亭外有一英雄，头戴服巾，身穿元缎箭衣，腰中束一条鸾带，足登粉底皂靴，面如敷粉，唇若涂朱，年纪不过二十以上，走来到处寻桌子。林璋看见，走将上来，叫道："汤相公请坐。"那人一听此言，忙道："原来是老伯在此。"抢行一步，上亭来施礼，又同钱林、冯旭施礼。林璋就请他坐，各各通名道姓。原来此位姓汤名彪，本是金华府人氏。他父亲名英，现任金陵总制。在父亲任上过了年，回去拜他母亲的节，打从杭州经过，今日也来游玩，遇见林璋，是同乡之人。林璋问道："公子为何在此？有失远迎。"汤彪道："因在家父任上过了新年，如今回家拜节，偶尔顺便游赏到此。请问老伯为何在此？"林璋道："试期将近，由此赴都会试，舍甥邀我一游。"话毕，四人饮酒甚乐。正是：

万事不如杯在手，一年几见月当头。

按下四人饮酒不题。再说五柳园外，有一英雄，身高丈二，膀阔三挺，头戴一顶顺风倒瓦楞帽，身穿一件皂布箭衣——说起这件箭衣，身穿到穿得又串，兜米兜不得半升——腰束牛皮揸带，足登鼓子皮靴，面如海兽，项下一部胡须，犹如钢针一般。此人乃江西南安府人氏，姓马名云，在个绰号，叫做"火弹子"——他有张弓，百发百中，打在人身上，就着了——故有此名。昔日一人一骑曾在紫金山为寇，劫了皇上八十三万帑银。那些官兵哪里是他的对手，一杆枪，挑得纷纷落马，人人奔命，个个逃生。今日落魄，缺少路费，手执一把宝剑，路过杭州，到湖上卖剑。口中叫一声："看剑！"这一声犹如轰雷一般。那些看的人见他这般异样，都来争看。

中国禁书文库

绣像大明传

只见那边来了两个人，前头一位公子，不上十七、八岁，头戴五顶片玉巾，身穿一件银红酒花直摆，足登朱履，手拿名公诗扇，一步步摇奔五柳园来。后面一人，头戴鸭嘴方巾，身穿元缎直摆，足登方头靴子，手拿一柄方头扇子。后跟十来个家丁，齐进园门。那些人看见许多人围着，不知做什事的，他也来看。早见一个异样汉子，手捧一把宝剑，上插着草标。公子知道是卖剑的，走至马云面前，伸手接过宝剑，抽出鞘来，略略照了一眼，只见宝光射目。那公子倒也识货，随将剑入鞘，问道："汉子，你这宝剑是卖的么？"马云道："是卖的。"公子随将宝剑递与家丁，也不问他价钱，竟摇摇摆摆走进园去了。

那梅亭上一席就是这位公子所定。家丁看主人到了，连忙迎接。钱林、冯旭看见，叫道："兄长，就此间坐罢。"那公子连忙拱手道："兄长俱在此，失敬了。"连忙见礼。冯旭就请他坐下。那戴鸭嘴巾的也笑嘻嘻作了揖，就在横头坐下来，各各通名道姓。看官，你道这位公子是谁？此人乃是当朝武英殿大学士花荣玉之子花文芳，与冯旭、钱林同案。倚着父势，无所不为，专放私债，盘剥小民，霸夺人家田地，强占人家妻女。外面的人闻名丧胆，见影亡魂。那戴鸭嘴巾的是花文芳一个篾片，姓魏，名临川，有个绰号，叫做"魏大刀"。难道他会舞大刀不成？不是这个讲究。因他一笔会写刁词，包写包告，百发百中，故人将他一管笔比刀还狠些，故叫做魏大刀。

林璋听说花荣玉之子，心中好不烦恼，原来是他对头的儿子。想："我兄长被这奸贼害了性命，此仇不共戴天，今日反与仇人之子共席。"欲要起身先回，怎奈又有汤彪在席，只得勉强坐下。花文芳哪里晓得这般曲折，见是冯旭舅舅，又是进京会试举人，口内老伯长老伯短，殷勤奉酒。怎当得魏临川那张篾片嘴儿，见花文芳如此敬酒，他就分外奉承。六人在此饮酒，林璋此际无奈，又不好起身回船，只得眼观花文芳出言吐语，不像个读书之人，尽是一派胡言风月之话，说了一会儿，并没半句正经话。林璋暗想："不知哪个瞎眼宗师，竟将这个畜生进了学。"原来当日花文芳进学有个缘故：那个宗师出京，花太师亲自嘱咐道："若到杭州，务将小犬进学的案首。"宗师屈不过花太师情面，只得答应。到了杭州，考毕，将花文芳卷子一看，可发一笑，却都是些狗屁胡语。欲待不进，怎好回京见花太师之面，无奈，只得取了冯旭的案首，钱林第二，勉强取花文芳第三名。

不表他们在梅亭上饮酒，单说马云在园外等了半日，不见那位公子出来，心中好不焦躁，道："宝剑尚未说价，怎么不见出来，哄咱等了许久。"腹中又饥饿。花文芳一个家丁刚刚走来，听见马云口中言语。那个家丁口中叫道："俺公子与众位老爷饮酒，你的宝剑俺公子要了你的。今日回去，明日到相府领赏便了。"那马云听了这般言事，哪里按捺得住："什么公子，这等放肆，敢拿咱的宝剑！"家丁道："汉子，你站稳了听我说明，恐怕唬倒了你。我家太师爷是一人之下、万人之上当朝宰相，你知道么？"那马云听了那人言语，一把无名火高有二千丈，大骂道："快叫那狗娘养的好好送还咱的宝剑，万事皆休，若迟误了，咱主打进园去，将他狗娘养的抓将出来，叫他试试咱的皮捶。"那家丁怒道："你这个王八羔子，不知死活。我家公子哪个不知道，若得罪了他，轻者送官究治，重则置于死地。"马云喝道："便打了这狗娘养的，看他把咱怎样摆布。"家丁道："除非你吃了熊心豹胆，也不敢如此放肆。"马云此时只气得三尸神暴跳，五陵豪气冲天，一声大喝，道："你这狗娘养的，先试咱的拳头。"说着说着，早有一拳打来。那个家丁"嗳哎"一声，倒栽葱跌在地下，挣了半日，爬将起来，口中说道："好打，你且莫慌。"说毕，往园子里去了。来至梅亭上面，看见主人，道："不好了，反了。"花文芳正与众人谈得高兴，听说"反了"，回头看见自己家丁，问道："你为何这般光景，满身俱是泥哩？"家丁回道："小人出去，正听见那卖剑汉子大骂大爷。小人吩咐明日到相府去领赏，那汉子不由分说，举起拳头就打，小人被他一拳打倒在地。他要打进来与大爷做个对头。"花文芳听见了这番言语，又当众人面前，好不羞耻，站起身来，拱一拱手，道："失陪老伯与众兄长了。"便望着家丁道："你们都跟我来。"

哪怕那吒太子，怎逃地网天罗。
就是火首金刚，难脱龙潭虎穴。

众家人一齐答应。魏临川也就跟了来。

花文芳气冲冲地竟奔园门，抬头一看，只见马云圆睁怪眼，又听见他口中骂道："狗娘养的，价钱也不讲明，就要白白地夺咱的宝剑，他就是太岁头上动土了。"花文芳向前，一声大喝道："你这狗才，不要走，与我拿下。"众家丁听见，一齐拥上，只奔马云。马云呵呵大笑："我的儿，来的好，越多越妙。"只十数个家丁哪里打得过，都被马云打倒了地，跌跌爬爬，叫苦连天。花文芳与魏临川见势头不好，预先躲进园内。这些家丁被他打得落花流水，一个个都溜进园去了。马云大怒，一声吼叫，迈开大步，"不免打进园去，将这些狗头打死，方消咱心头之气！"正是：

马跑临崖收缰晚，船到江心补漏迟。

马云打进园来，不知性命如何，且听下回分解。

第四回 马云大闹五柳园 汤彪仗义赠金帛

词曰：

　　东里先生家何大？山阴溪曲。对一川平野，数椽茅屋。昨夜江头新雨过，门前流水清如玉。抱小桥，回合柳，参天摇嫩绿。

　　疏篱下，丛丛菊，虚窗前，萧萧竹。叹古今得失，是非荣辱。须信人生归去好，世间万事何时足。试问村酿酒如何，今朝热。

　　言马云闯进园门，不见家丁，大叫道："狗娘养的，躲到哪里去了。清平世界，就要强夺咱的宝剑。"马云东寻西找，不见一人，按下不表。

　　且讲跟花文芳的家丁见了那汉子十分凶恶，恐怕寻到公子不得开交，他就跑到梅亭上面问汤公子，这件事情要汤公子解围。汤彪道："所为何来？"家丁将始末根由细述一遍。汤彪听了，立起身来道："老伯与二位兄长请坐，待我前去看来。"连忙走下梅亭。刚刚马云走到面前来东张西望，寻人撕打，口中骂道："这狗娘养的，躲得干净。"汤彪看见彪形大汉虽然衣服破损，却像貌轩昂，不似穷汉之像，便高叫道："朋友，为着何事与人争斗？"马云恨不得寻着花文芳一拳打死，方才消了这口恶气，见有人问他，睁睛一看，见一位公子，像貌堂堂，武士打扮。这叫做英雄眼内识英雄，便道："公子休管咱的闲事，咱只寻那厮。"汤彪道："你就是与人吵闹，有人来解劝，朋友呀，你可知道，正是'得放手时须放手，得饶人处且饶人。'"马云见他劝，叫道："公子，不是咱家寻他的，可恨那厮无故拿我宝剑。"汤彪大笑道："一把宝剑也是小事，兄长何必如此动怒。看小弟份上，且息雷霆。请坐，待小弟寻来，还兄便了。"马云见公子这般周全，便道："咱家都看公子面上。"汤彪将身一让，邀马云上梅亭。马云见席上二三人，朝上见礼。汤彪请他坐下，忙叫冯旭的家人上酒，道："兄长请多用一杯，小弟去取宝剑还兄。"说毕，下了梅亭而去。

　　马云此时腹中饥饿，见那些酒肴摆满席上，他就狼餐虎咽一顿，吃了尽兴，方请问三人姓名，并问那位公子是谁。林璋答道："方才下亭去的公子，他是金陵总制操江汤公的公子，名彪。在下姓林。此二位一位姓钱，一位姓冯。转问壮士姓名？"马云一一通名道姓。只见汤公子走上梅亭，叫道："兄长，宝剑在此。"马云立起身，叫道："汤公子，咱有眼不识泰山。咱家闻名已久，欲要拜识尊颜，不想今日得遇公子，真三生有幸也。"正是：

　　踏破铁鞋无觅处，得来全不费工夫。

　　马云当下就拜，汤彪忙下跪，道："请问长兄尊姓大名。"马云道："咱姓马，名云。""莫非江湖上的'火弹子'就是长兄么？"马云答道："正是。"汤彪大喜，道："闻名不如见面，一见面胜似闻名。"二人拜罢起身，马云就要告别。汤彪道："兄长意欲何往？"马云道："大丈夫四海为家，踪迹无定。咱今日路过杭州，缺少盘费，将此宝剑卖了，谁知遇见这个狗娘养的，白白夺咱宝剑。"汤彪道："都看小弟份上。"忙向怀中取出五十两银子，递与马云，道："此银长兄可作路费。"马云推道："咱与公子萍水相逢，受之有愧。"汤彪道："四海之内皆兄弟也，长兄何必见外。"马云道："公子既然赐咱，异日相逢，再为补报。"汤彪大喜，忙将银子、宝剑双手递与马云。马云道："银子咱家自然收下，但此宝剑公子收下，留为早晚防身。"正是：

　　宝剑赠与烈士，红粉付与佳人。

　　马云将手一拱，放开大步，头也不转，竟自去了，下回书中自有交代。
　　且言汤彪见马云去了，随叫苍头将花文芳请来。不一时，花、魏二人到来，假意问道："手下可将那厮拿下，送到钱塘县去？"汤彪道："看小弟份上，那人去之久矣。"遂将二人请至亭上坐下。花文芳一眼看见汤彪腰中佩着那口宝剑，问道："那厮如何撇下宝剑而去？端的好口宝剑。"汤彪看见花文芳满口称赞，道："那人送与在下，我今转赠兄长如何？"即解下递与花文芳。文芳接过，称赞好剑，遂谢汤兄，即递与家丁。
　　大家又饮了一会儿，见红日西沉，各各起身。花文芳的家丁早将马匹候着在园外。六人出园，花文芳叫声"得罪"，即便上马，同魏临川而去。
　　且言林璋邀汤彪三人齐下船，不一时，到了涌金门，弃舟上岸，将汤彪请至冯旭家内，又吃了几杯酒，谈了些闲话。见玉兔东升，钱林告辞回家，汤彪告辞回寓。只讲冯旭转身同母舅二人进内，告禀母亲今日游湖的话。太太说："请哥哥坐下，难得哥哥到此，有句话对哥哥说：一者妹子年交半百，时常身子不爽；二者你外甥长成，我

欲替他娶房媳妇，早晚也得亲近。可我不知哪家贤德之女。"林璋道："男大当婚，古之常礼。无奈愚兄进都匆匆，不能在此作主，如之奈何。"冯旭听见他母亲与舅舅议婚姻之事，正合本心，接口道："告禀舅舅与母亲知道，久闻钱林兄有一妹子，才德兼全。"林璋笑道："何不早言？趁我在此，央人前去作伐。"太太道："却央何人为媒？"冯旭道："不若央求朱老伯前去，此婚必成。"太太道："我却忘了。"林璋问道："哪个朱老伯？"太太道："就是朱辉，与你妹夫最是相好。"林璋道："可是翰林朱辉么？"太太道："正是此人，如今告老在家。"林璋道："既是朱年兄，明日同外甥拜他，托他作伐此事。"当日安寝。

次日早起，正欲出门，只见汤彪与家丁押着行李到来。林璋、冯旭接到厅堂，见礼献茶已毕，汤彪道："老伯进都，小侄哪有不送之礼，故今日同小价搬了行李到来，只是打扰。"冯旭道："请还请不至。"林璋道："劳驾垂爱，心感不尽。"登时用过饭。

中国禁书文库

伟人藏禁书

林璋同外甥上轿，苍头拿帖来到朱翰林门首，传进名帖。朱辉道："快开门，迎接进来。"各各见礼，分宾坐下。献茶已毕，各叙了一番寒温。林璋道："一来奉拜，二来有件小事奉屈大驾。因舍甥长成，特来烦请年兄做个月老。"朱辉笑道："小弟目下是个闲人，最喜作媒，只是要吃杯喜酒。不知哪家小姐，自当前去说合。"林璋道："不是别家，就是钱文山令妹。"朱辉道："要是别家，小弟不敢应承，若是钱兄令妹，叨在通家，小弟允成，包在身上。"又叙了一会儿闲话，林璋告辞，朱辉送出大门。临上轿时，道声："得罪，千万拜托。"朱辉答应，一躬而别。

话分两头，且言花文芳回到府中，将宝剑玩赏一会儿，十分得意，就吩咐书童挂在自家房里壁上。一宵已过，次日同魏临川到妓者家吃酒作乐。忽见书童前来送信："请大爷回去，舅老爷来了，现在后堂与老太太讲话。太太着小的来请大爷相陪。"花文芳只得回去，往外就走。到了家中，只望后面而来。看官，这个书童名叫花有怜，生得唇红齿白，十分俊俏。原是花文芳倖童，年已十七岁了，花文芳十分喜他。

且言花文芳来到后堂，看见舅舅，向前施礼，就在旁边坐下。这花文芳的舅舅曾做过都察院，如今告老在家，知外甥终日眠花卧柳，不习正务，恐误他终身，今日到来与妹子商议早早替他娶个媳妇，收管他的心。看官，这花文芳年已十六岁，又是相府人家，难道娶不起一房媳妇？有个缘故：花荣玉是个权臣，皇上宠爱他。他主卖官鬻爵，无所不为，不知诬害了多少忠良。因此，都中这些公卿官家不肯与他结婚。童仁向着文芳道："你终日闲游，不是常法。我今访得钱林和你同案好友，他家有个妹子，才貌兼全。我欲前去说亲，特自前来通知你母子。"太太接口道："前日你妹丈有家报回来，信中写着孩儿姻事，还求哥哥做主。"童仁此时别去。

话分两头，且言钱林与母亲闲谈，家人进来禀道："外边朱老爷请相公，有要话相商。”钱林慌忙出来见礼。献茶已毕，钱林道：“小侄不知尊叔到舍，有失远迎。”朱辉道：“不敢，不敢。造府有句话与贤侄商量。”正欲开口，又见家人前来报道：“今有都察院童老爷求拜相公，要与面会，还有话说。”钱林寻思一会儿，向朱辉道：“小侄与他久不来往，今日来拜，有什话说？”朱辉道：“何不请进，一会便知端的。”钱林只得迎进到内见礼。童仁笑道：“原来朱年兄在此。”三人复又见礼，分宾坐下，家人献茶。童仁道：“不知朱年兄恐有密事，小弟告退。”朱辉道：“一句话人人皆可共听。未识童年兄恐有细话，小弟改日再来罢。”童仁笑道：“小弟也是一句话，人人可以共听之言。”钱林道：“请问年伯有何台谕？”朱辉道：“非为别事，特来与令妹作伐。”童仁道：“小弟也为此而来。不知年兄所议哪一家乡宦之子？”朱辉道：“不是别人，就是钱林兄同案好友冯子清兄奉求庚帖。请问年兄所议何人？”童仁道：“也是钱林兄同案好友，就是舍甥花文芳奉求庚帖。”钱林道：“两家一齐说讨庚帖，不好允成哪家。”回道：“二位年伯请坐，待小侄禀知家母，再来奉复。”说毕起身进内，将此话告诉母亲一遍。太太道：“两家求亲，叫我允成哪家？”刚刚翠秀走到太太跟前，听见公子与太太商议两家求亲之事，正在不决之际，翠秀插口说道：“小姐常在婢子前说来，必要面试其才，选中其人。”太太道：“我儿，就将此言回复二人便了。”

钱林来到前厅，回复道：“二位年伯，今日请回。舍妹子意思要试才学方许。改日奉请冯、花二兄一考，才定婚姻之事。”朱、童二人点头称妙，即时告别，各散不题。

且言朱辉就拜林璋，林璋、冯旭出迎，迎至厅上见礼，分宾坐下。就将求亲遇见童仁替花文芳也去求亲，钱林要面考之话说了一遍，称：“明日去考，此姻必成。”林、冯称谢不表。

再言童仁来到相府，将冯家也去求亲告诉妹子：“如今择日面考才学，姻事可成。”花文芳在旁听其要考才学，唬了一跳，接口道：“既是冯旭要与她做亲，何须与他争论。又是外甥同案好友，让他订了。甥男另扳高门，叫做‘三只脚金蝉天下少，两只脚妇人世间多’。”童仁闻听此言，不觉面带怒色，向花文芳道：“据你说，这头亲让与他人，难道你堂堂宰相之子倒不如一个穷秀才？你今不去考，我偏要你出去考，务要这头亲事结下，关你体面。”花文芳无奈，只得允成。正是：

世上三般都厌物，叔伯娘舅与先生。

不知花文芳此去考文若何，且听下回分解。

第五回 真才子走笔成章 假斯文揉碎肚肠

中国禁书文库

伟人藏禁书

词曰：

> 得岁月，迎岁月；
> 得欢悦，且欢悦。
> 世事谋成总在天，何必劳心千万结。
> 放宽心，莫胆怯，
> 金谷繁华眼底沉，淮阴呈业锋头歇。
> 陶潜篱畔菊花黄，范蠡湖边芦絮织。
> 时来顽铁有辉光，运退黄金无艳色。
> 逍遥且读圣贤书，养得浮生一世拙。

话说童仁见外甥肯去考文，满心欢喜。当下别去，又到钱林家，去催他择日。钱林择了日期，吩咐家人修下酒饭。

堪堪到了那日，先是朱辉与冯旭到来，见礼分宾主坐下。随后，童仁与花文芳来了，各各相见。钱林吩咐家人在大厅上东西摆下两席，放下文房四宝，就请花、冯。二人谦逊了一会儿，冯旭只得僭坐了东首，花文芳坐了西首。钱林邀朱、童二公正中坐下，只等题目。

不一时，家人送上题目，走到钱林面前看看，朱、童二公又看了，才送到冯旭面前。冯旭看到题目，然后送到花文芳面前。花文芳见那题目上边只得四个字，写的是"孝慈则忠"，心下暗想："还好，我最怕的多字眼题目。"

冯旭有了题目，登时研起墨来，举笔也不思索，一挥就做完了一篇。花文芳见了这个题目，只道容易，举起笔来要写，他心中乱了手脚，左思右想，口内又哼了一会儿，站起来走了几点。只见冯旭倒做了三、四篇，他心里越发慌张，只得走来坐下，提起笔来，也就胡乱做了几句。忽见冯旭走到朱、童二公面前，道："小侄不才，已经完篇，请二位老伯与钱兄过目。"花文芳听了，分外着急。朱辉看了一看，递与童仁。

童仁略略看了一眼，送与钱林。童仁眼看文芳在座上有惊慌之状，说道："凡做文字，不论前后，你可慢慢做来。"花文芳口虽答应，心中暗恨："都是你这个老畜生，带累我今日出丑。哪个要与冯兄争论婚姻之事。"迟延一会，方才写完。取了卷子，走出席道："今已完篇。"朱辉接那卷子。童仁道："且慢，天色已晚，可将二卷传进，与小姐过目，看是取中哪一卷。"随将卷子递与钱林。钱林接过，就到里边去了。花文芳正欲上轿，童仁道："你等卷子出来，回去不迟。"文芳只得勉强坐下，心中痛恨。

且说钱林走到后堂，见了母亲，道："两家卷子写完了。"太太随即着翠秀将卷子拿到后楼，听凭小姐选择。

翠秀来到后楼，见了小姐，道："请小姐选择。"小姐展开一看，只见那冯旭的文字，篇篇锦绣，字字珠玑，不但文字做得好，看他笔法，真乃龙蛇之体，心中赞道："话不虚传，果然高才。"忙取笔在手，圈了又圈，不一时卷子看完。又把花文芳的卷子展开一看，看了一两行，小姐也忍不住笑，不觉笑将起来。小姐道："你二人过来看看文芳做的文字，狗屁一般。"翠秀、落霞看了几行，一齐都笑起来。小姐捉起笔来，在他卷子上叉了又叉，将卷子批得稀烂。及至批完，心中想道："不该把他卷批坏了。"丫环道："如今既已批了他的卷子，悔也迟了。"正是：

满天撒下针和线，从今钩出是非来。

不言小姐心中暗悔，翠秀心中想道："小姐今取中了冯旭的文字，也不枉我与他同拜天地一场。"说道："小姐，如今他们众人现在前厅等候，不若将这文字送出。"小姐无奈，只得将二卷交与翠秀。翠秀送到太太面前，道："小姐取中了姓冯的文字！"钱林接过一看，果然圈而又圈，点而又点。又将花文芳的卷子一看，大惊道："妹妹如何这般世情不懂，怎把花文芳的卷子批得稀烂，怎好拿出去见他？"太太吃惊道："他的文字做得如何？"钱林道："他的文章实在做得不能，只是不取他就罢了，为何动起笔来将他批得不堪？他乃宰相之子，又有舅舅现在前厅。人人有面，他就没趣。"太太叫声："孩儿怎处？为今之计，只好将他卷子存下便了。"钱林道："这个使不得，今日考文，原为的择婿，怎不送出？"又迟延了一会儿，无奈，只得走将出来，将花文芳的卷藏在袖内。

朱、童二公见钱林走出，一齐问道："不知取中了哪个？借来一观。"钱林只得将冯旭的卷子取出，送与二位。冯旭与花文芳也就走来观看。朱辉道："恭喜贤侄，已经取了你的卷子了。"童仁道："如今取中冯旭的，可把舍甥的卷子取出，比看哪个高下。"钱林脸上失色道："老伯，长兄文字不消比罢。"童仁道："两物一比，自有高

下。难道朱年兄的媒就做得成，老夫脸面就不如他？两人必须把原卷取出来看一看，若果然做得不通，老夫与舍甥就罢了。"钱林不觉出了个神，卷子从袖里掉下来了。童仁赶上前，一反拾起来一看。不看犹可，一看那时，正是：

> 怒从心上起，恶向胆边生

大叫道："如此欺人太甚，你家是个都堂之女，这般放肆，不把冢宰公子放在眼内。就是文章不好，为何批得这般模样？罢了罢了，我看你两家的事是做得成是做不成。"说罢，向着花文芳道："你做的文章！"花文芳把脸一红，忙把卷子扯得粉碎，向地下一掼，也不作别，匆匆上轿而去。正是：

> 任君掏尽三江水，难洗今朝满面羞。

且说童仁见外甥去了，心中好不气恼，只得也就上轿。钱林送至大门口，打一躬，道："还求老伯周全，不必伤了闲气。"童仁也不回答，一路来到相府下轿，进门看见妹妹，话也不说，只是叹气连天，恰好花文芳也到面前，也是气冲冲坐下。太太看见这等光景，问道："哥哥，你甥舅两个前去考文，为何如此气闷回来？"童仁就如此这般说了一遍："岂不气死我也！"太太道："他也不该这等欺负我们。"童仁道："我若让他两家做成亲事，我誓不为人。"花文芳道："舅舅也不必气，我外甥自有主意。"正是：

> 是非只为多开口，烦恼皆因强出头。

话分两处，且说朱辉见童、花二人不悦而去，对钱林道："他恼自他恼，我们只选吉日结亲。"钱林道："老伯言之有理。"登时别了上轿，同冯旭回复林璋。林璋便问考去何如，朱辉大笑，将始末根由细说一遍。林璋道："我看花文芳原不是读书之人，今日出他之丑，下次再不敢在人前卖弄了。既然姻事已定，奈我场期渐近，明日便要起身进京，凡事都拜托年兄。"朱辉道："小弟知道。"当下别过不表。

次日，林璋别了妹子。汤彪、冯旭送下船，一路无辞。到了扬州，暂且住下，要别换船只。岸上寻了下处，住下数日，叫埠头。埠头道："三日后也有一位是进京会试的，不若林老爷同舟，如何？"林璋道："妙极，妙极。"当时说了价钱，丢下定银。汤彪道："久闻扬州乃繁华之地，且喜今日空闲，何不前去一游？"林璋道："甚好。"三人带了家丁，一路进城。上埂子街，见三街六市做买卖的来往纷纷。信步到教场，抬头一看，只见许多棚子都是相面、测字、算命的，无数闲人争闹。又只见个布招牌写着"江右姚夏封神相惊人"，又见牌上写着两句道：

一张铁嘴说尽人间生与死

两只俊眼看见世上败和兴

汤彪道："老伯进京，何不相相气色？"林璋心里也要相相，见汤彪叫他相面，正合他意，走进棚子，把手一拱道："先生请了。"姚夏封看见三个斯文的人走进，连忙立起身，道："三位先生请坐。"彼时三人坐在凳上。姚夏封道："请问三位尊姓，贵处何方？到此何干？"汤彪道："这位是进京去的，姓林。"指着冯旭道："此位姓冯。在下姓汤，俱是浙江人。"林璋道："请先生法眼，相相我的气色如何。"姚夏封相了一会儿，道："尊相据小子看来，天庭丰满，地角方圆，他年必登科甲，日后定掌威权。"林璋道："今春可得上进？"姚夏封又相了一会，道："水星照命，倘在船水之上，诸事小心为妙。但功名今春无望，应在明秋，自有大贵人提拔。那时，位列台臣之上，可掌生死之权。有诗为证：'正月寅宫面带伤，加官进禄喜洋洋。目下却当水星现，不须仔细向前行。'"相毕林璋，汤彪道："在下也请教先生。"姚夏封道："请君正了。"汤彪只得坐正了。

大凡教场之中来的江湖，有些生意之人便围了观看。姚夏封这棚外站了几层人，围得满满的，争看姚夏封相面。姚夏封才将汤彪相了一会儿，正欲开讲，只见外边来了一个英雄，头戴范阳毡帽，身穿一件元缎箭衣，腰束一条丝鸾带，足蹬元缎朝靴，后跟三、四个家丁，身长丈二，膀阔三挺。他见许多人围在那里，他也不知什么事，大踏步走将上来，分开众人，走到里边。看见是个相面先生替那人相面，他心里也要相相。他也等不得相完了汤彪，就把汤彪一推，道："待俺相相再相。"汤彪大怒，喝道："你这个人好无礼，事有先后，因何把我一推，先替你相？"那位英雄哪里受得住他的气，登时大怒，圆睁怪眼，喝道："该打奴才！"汤彪道："你怎敢骂我，匹夫！"那人道："俺骂你不算为奇，还要打你哩！"汤彪大怒，道："要打谁怕你打，你这狗狼养的王八蛋，要打就打，怕你也不算好汉！"那人只奔汤彪，汤彪竟奔那人。二位英雄彼时就动了手，也不知谁强谁弱，且听下回分解。

第六回 姚夏封广陵风鉴
常万青南海朝山

词曰：

> 天上飞鸟地走兔，人间古往今来。沉吟屈指数英才，许多是非成败。
> 富贵高楼舞榭，凄凉废塚荒苔。万般回首化尘埃，惟有青山不改。

话言二位英雄交手相打，一个似风乘懒象，一个如酒醉班彪。那些看的人越看越多，把那林璋、冯旭二人唬得战战兢兢，也不敢上前解劝，口中叫道："不要打，有话说话！"正是：

> 乱烘烘翻江搅海，闹嚷嚷地裂山崩。

那大汉的家丁向汤彪道："爷不要动手，我家爷是打不得的，乃世袭公侯的公子。"跟汤彪的家人也叫道："爷不要相打，我家公子也是打不得的。我家老爷现任金陵总制操江。"姚夏封劝道："俱是功臣之后，正是'荷花白藕青荷叶，三教原来是一家'。"二位英雄听了，方才住手。

林璋、冯旭二人看见他二人不动手，十分欢喜，忙向前邀那人道："且请入座。请问尊姓大名。"那人笑道："俺是山东登州府人，姓常，名万青。俺高祖是高皇功臣，名遇春，只因功高，加封世袭国公之职。今奉家母之命，南海朝山进香，打从此处经过。今日是俺不是，冲撞公子，请教尊姓大名。"汤彪道："小弟高祖也是高皇驾下功臣，姓汤名和。家父名英，小弟汤彪。家父现任总制操江。因送我叔父进京会试，今日得罪长兄，望乞恕罪。"常万青哈哈大笑道："俺们祖父俱是一殿之臣，今日相逢，就是在会之人，真正三生有幸。"说毕，大笑起身。汤彪指定林璋道："此位是小弟的年伯，姓林名璋，金华府人氏。"又反映着冯旭道："此位是年伯的外甥，姓冯名旭，住在杭州。我二人同送年伯至此，不想幸遇常兄，真三生有幸。"万青闻言大喜，道："今日天已晚了，欲待请教这位先生相相，只怕来不及了。不若将姚先生请到小弟敝

寓，将尊兄二位细细请教，不知姚先生肯允否？"姚夏封听了，满口应承，忙忙卷起招牌，收了笔砚，包装起来，寄在对门点心店里。板凳、桌子自有人收去，随着四人一同而去。

走出钞关门，来至寓处，恰好常万青也在此下着。万青吩咐家人备下酒席伺候。说罢，请姚先生观相。姚夏封观了一会儿，说道："公爷莫怪小子直言。"万青道："君子问祸不问福。吉凶祸福，但说何妨。"姚夏封道："公爷的尊面印堂红光直透天堂，后面杀气山根，红白不分，半载就要见了。那时刀兵一动，只恨千军万马之中，死里逃生，应遍方妙。"常万青道："目下国家太平，哪有刀兵之事。"姚夏封道："公爷记着就是了。小子一言，决不可忘。还要借左手一观。"常万青伸出左手与他细细观看。看了一会儿，便道："现观左掌，这般买大甲与腥血，真乃大贵人之手也。有诗为证：'天庭红光冒火星，满身杀气气冲冲。刀枪队里应行遍，日后名扬到处闻'。"

相毕了常万青，又将汤彪看了一会儿，道："天庭饱满，一生衣禄无虞；而地角方圆，独秉将才自有。看来日后保做封疆大吏，决不有诬。有诗为证：'目下天仓只取黄，一生富贵任荣昌。有朝将相权操手，方表男儿当自强。'"

相毕，又相冯旭，细相一会儿，说道："冯相公莫怪小子直言。"冯旭道："但言何妨。"夏封道："日下天庭黑暗，必有大变；田堂不明，死里逃生；阴气太盛，准有五、六位夫人。只有几件坏处，还有几件好处。你天庭离耸，后来衣禄无亏；地角方圆，晚年富贵定取。你守了这个土星，交到三八二十四岁之外，那时夫妻团圆，腰金衣紫。他年必生贵子，目下须要小心。有诗为证：'土星照命有灾殃，谨防小人暗里伤。家业凋残犹自可，分离骨肉兆非祥。'"

姚夏封相毕常、汤、冯三人，常万青命家丁取银十两谢他。姚夏封称谢而去。登时酒席齐备，请他四人入席。林璋首席，万青、汤、冯对面坐了。四人传杯弄盏，饮了一会儿。酒至半酣，常万青道："林老伯在上，小侄有一言奉告。"林璋道："愿闻。"万青道："小侄欲与令甥、汤兄结个金兰好友，不知老伯可允否？"林璋道："舍甥软弱，全仗二位公子扶持。"万青听了大喜，取了文房四宝，叙了年庚。万青居长，汤彪第二，冯旭第三，三人同拜天地。正是：

指向南山拜友朋，朝着北海结盟昆。

山崩有日情常在，海若干枯义不分。

三人各发誓毕，起身，又与林璋见礼，依旧坐下饮酒，兄弟相称。四个人吃到四鼓方才安枕。

次日，林璋动身，三人送他登舟而去。这且不表，后书交代。

单言常、汤、冯三人又在此地游玩两三日，竟向杭州去了。若逢名山胜景，便停舟赏玩，一路无辞。

那日，到了杭州。冯旭把常汤二人邀到家中，备酒款待。冯旭进内见了母亲，把送舅舅的话说了一遍："今有常、汤二兄要进来拜见母亲。"太太听了大喜。常、汤二人拜见已毕，"伯母"称呼。当日言罢安歇。

次日，正欲邀常、汤二人游西湖，只见老家人进来禀道："钱相公到来，闻得相公回来，特来奉候。"冯旭连忙邀进厅堂，与万青见礼，各道姓名坐下。献茶之后，钱林道："小弟此来，与兄商议舍妹之事。要上紧为妙，早早行聘过门，完了多少口舌。花文芳那厮怀恨在心，恐有风波，如之奈何？"冯旭应道："即蒙兄爱，只是小弟没有原聘，为之奈何？"常万青在旁听见此言，忙回道："做亲乃两家情愿，花姓何人，敢生风波？"汤彪道："兄长不知。"遂将冯贤弟考文、又将花文芳仗势之话告诉了一遍。万青闻言，不觉大喜道："原来为着贤弟的姻事，不知所费几何？"冯旭道："至少也得千金。"常万青道："不过千金，有什大事。愚兄有一言，不知可中二位贤弟之听否？"二人答应道："兄长之言，怎敢不听。"常万青道："既钱兄令妹取中冯贤弟，何不将弟妇早早娶回门来，成全夫妻？俺方才听见只千金足矣，愚兄今相助千金。"汤彪道："弟有此心久矣，只是一时不能救急。"万青大喜，道："趁俺们在此，大家吃杯喜酒。"这万青是个直性人，遂吩咐家丁将包箱抬出来，取了一千两银子交与冯旭。冯旭拜谢，叫家人送到后堂。自己又进内如此这般对太太说了一遍。太太口称："难得。"冯旭走将出来，对常万青道："家母多多致谢兄长。"万青道："些须小事，何劳伯母挂齿。兄弟就此言过，不必再提'称谢'二字了。兄弟快把年庚开写明白，请位先生选个好良辰，我们要吃喜酒哩。"当日也不去游西湖，就在家内备酒，留钱林同席，饮至更深辞去。

次日，着老苍头到先生处取了年庚。常万青、汤彪见了上面写着"选的本年四月十八日，上合天恩，紫微黄道良辰，乃三堂大吉大利之展。又选二月二十六日纳聘大吉。"常万青见了，大喜道："我们只好吃了行礼酒，等俺南海朝山回再看新人罢。"说毕，哈哈大笑。

此时是二月初旬，不过半月光景就要过礼。冯旭坐了轿子，先到朱辉家，将此事说了，定了行礼吉日。朱辉道："贤侄请回，老夫即到钱府通知便了。"

冯旭辞别，朱辉即到钱林家来。迎进厅堂，分宾坐下。礼毕，用茶之后，朱辉道："向日老夫为媒，如今令亲那边有了吉期。"就把所选吉日言了一遍："尊府好预备行人。"钱林满口称谢，道："又劳老伯大驾。既是舍亲婚娶，小侄所备不堪妆奁，还望老伯包涵。"朱辉道："岂敢岂敢。"当下别了钱林，钱林送出大门。

朱辉又到冯旭家来，与常、汤二人相会，各各通名。冯旭称："年伯，只是劳动大驾。"朱辉道："恭喜贤侄，令亲那边并无别论，可准备大礼便了。"冯旭答道："小侄知道。"当下朱辉别去不表。

再言钱林送出朱辉，进内将朱辉之言告禀母亲。太太听了，满心欢喜。且言翠秀听见小姐是四月十八日过门，心中好生欢喜，转身来到楼上，对小姐说道："恭喜小姐。"月英道："喜从何来？"翠秀道："婢子方才到前边去，见太太同公子说话。今日朱翰林到来，说是冯姑爷哪里有了吉日，选定四月十八日吉时过门。"月英听了，把头低下，也不再问。按下不言。

话分两头，且说童仁着人打探得冯旭有了迎娶吉日，心中大惊，忙至相府。下轿进了内室，看见妹子，见礼送下，忙命花有怜："快快把你大爷请来，说我有要紧话与他说。"花有怜答应。

且说花文芳自从那日考文被钱月英把文字批坏，又当着众人出了丑态，回到府中，又被舅舅数说一番，心中好不气闷。不觉身子有些不快，一病月余，不能离床，目下方好。那日，正在书房纳闷，忽见有怜走到面前说道："今日舅老爷到来，请大爷说话。"文芳听了，只得起身进内，看见舅舅，见礼坐下。童仁道："你一向不曾出门，可知外边新闻否？"文芳道："外甥一病月余，日下才觉好些，不知外边的新闻。"童仁道："你不知冯旭择了日期，四月十八日新迎钱月英过门，本月二十六日行礼。你道可恼不可恼。难道你家堂堂相府，寻不出一门高亲么？只是他两家欺人太甚，自古道：'杀人可恕，情礼难容'。故此前来告诉贤甥，听你上裁。"花文芳听了舅舅这番言语，不觉心中大气，大怒道："甥男若把这头亲事好好叫冯旭夺去，誓不为人。正是'恨小非君子，无毒不丈夫。'不必舅舅费心，愚甥自有主意。"童仁道："他家日期甚近，必须上紧方妥。"花文芳道："不消舅舅过虑。"童仁起身走了。

文芳送舅舅去了回来，到书房中，忙叫花有怜，吩咐道："你可把魏临川叫来商议，要夺冯旭的亲事。"正是：

　　　　弹破纸窗容易补，坏人阴德最难当。

不知这魏临川来此怎样与花文芳议论，可夺得月英过来夺不过来，且听下回分解。

第七回 朱翰林代为月老
冯子清聘定月英

诗曰:

> 手把青秧插野田，低头便是水中天。
> 六根清净方为福，退步原来是向前。

话说花有怜奉了主人之命去寻魏临川。原来这魏临川住在花府隔壁，就是花文芳的房子。花有怜出了大门就是临川家，用手敲门，只听得里面莺声呖呖，问道："哪个敲门?"花有怜听见这一句问是哪个，这般嫩声，身体早已酥麻了半边，遂自暗忖道："人人说魏临川的老婆标致，我从不曾见过，方才从门缝里看见她一面，始知真假。"连忙回道："你且开门便知。"按下开门不题。

且说魏临川见花文芳半月不见面，他就心中暗想："莫非花文芳辞我，故此不见我面? 我们靠这张嘴做篾片，不但吃人家的，还想拿人家的。他既然不喜欢我，难道一定靠他不成? 正是:'此处不留人，还有留人处'。若是在别家帮闲，要在各衙门包揽人家打官司，写刀笔，去了又不能照顾家务。家中只有一个小丫环，名唤小红，才得十五岁，常在家中灶上烧火，不得空闲，势处两难。"

且魏临川的老婆崔氏今年才得二十一岁，生得百般娇娆，十分俊俏，也不是魏临川娶来的。那年，魏临川在苏州贩卖布疋，寓在阊门外崔家布行里。不知崔氏怎么露到他眼里，他千方百计算计，被他缠上了手。与她商议，雇下船只逃回杭州，做了夫妻。次日，那个老儿不见了这个女儿，要去经官缉拿，无奈这丑名难当，传扬开去，脸面何在? 细查店中只少个姓魏的客人，明知是他将女儿拐走，叹了一声道："养了这个不孝的女儿，只当无了的也就罢了。"

这崔氏见小红烧火，又听见打门甚急，只得走来轻轻把门开了。见一个俊俏书生，生得唇红齿白，好生标致。花有怜抬头一看，见那妇人千般娇媚，百种风流，此时魂不附体，遂暗想道："话不虚传，果有十分姿色。"但见:

秋水盈盈两眼，淡淡双蛾，金莲小巧袜凌波，嫩脸风弹得破。唇似樱桃红绽，乌云巧挽，蟾窝月殿坠嫦娥，只少天边玉兔。

花有怜向前道："娘子拜揖。"崔氏欠身，还了个万福。妇人笑嘻嘻问道："官人何来？"花有怜道："小子是隔壁花府来的，奉大爷之命，来请魏相公过去说话。"妇人听见，满面堆下笑来，说道："原来是花府大叔，请进献茶，拙夫却不在家，等他回来，妾身叫他来府便了。"花有怜道："一回，请他就来。"只得转身就走。妇人道："有慢大叔了。"花有怜回道："不敢，不敢。"慢慢走着，心中暗想："怎能这妇人与我上了手，就死也甘心。"按下不表。

且言崔氏痴呆呆站在门看，两眼望着花有怜去了，只待花有怜走进府中，她才将门关上。走到堂屋里坐下，心中想道："世上的男子竟有这般标致的。"正是：

东边日出西边雨，道是无情却有情。

花有怜走到书房。看见花文芳低着头想主意，叫道："大爷，魏相公不在家，对他娘子说了，来家就到。"花文芳道："你为何就去这半日才回来？一定在外玩耍。"花有怜道："等他娘子慢慢开门。"花文芳道："人人说魏临川娘子标致，你方才见了否？"花有怜道："他的才能婆却有十二分人才，年纪已近二十岁。小人见了她，也觉动火。"花文芳惊问道："果然生得好？"有怜道："小人怎敢哄大爷。"文芳道："你可有什么法儿使我见她一面？倘能到手，我大爷府中丫环甚多，凭你拣哪一个赏你为妻。"有怜道："大爷莫要哄小的。"想了一会儿，道："这妇人包管大爷上手。"文芳听了大喜，道："你可快快说来。"

有怜正欲说话，听得窗外笑嘻嘻叫道："大爷，连日晚生少来请安。"原来是魏临川到了。花文芳道："老魏，我一向身子不快，你为何不来看我？"临川道："晚生日日来请安，怎奈门公回我：'大爷不能会客'，晚生不敢进来面会。今日有些事，出门走走，回来听见房下说大叔在舍。晚生听见大爷呼唤，飞奔而来。"文芳道："你且坐下，我大爷有件机密事儿与你商议。"魏临川道："是。"方才坐下。小书童献上茶来，临川接茶在手。有怜在旁叫道："魏相公，我方才到你府上去，你哪里去的？"临川笑嘻嘻道："方才就是大叔到舍，真真得罪。方才有小事出门，没有迎接，恕不在舍奉陪之罪。"花文芳道："老魏，我大爷唤你来，非为别事，都是我舅舅这该死的老畜生带累我许多丑处。"临川道："大爷怎么出丑，晚生就不知道。"花文芳道："我坐在家内好好的，他走来替我做媒，说：'我访得钱林的妹子才貌双全，要到他家作伐。'不想，当日先有朱辉在那里作伐，与冯相公议亲。"临川道："他见舅老爷替大爷做媒，就该让大爷了。""钱林见两家议亲，不好允承，回道：'改日奉邀冯、花二兄到舍，待舍妹出题，一旦取中哪个文字，便成就姻事。'彼时我家老畜生回来告请我，叫我前去考文。我大爷想道，我的文章哪里做得过冯旭，我就不肯去考文。无奈我家老不死的在家母面前说了许多言语，一逼二逼，逼我到钱林家去考文。那日出了题目，各各做了进去。哪知钱月英那贼人她也不管人受得住受不住，将我大爷的文字批得稀烂，将冯旭的文字圈了又圈，点而又点，当了众人使我没趣。回家因此一气就害了一场大病，几乎要见阎君。今日我那老不死的又来，说是冯旭择了四月十八日要娶钱月英过门，本月二十六日下聘，叫我将钱月英夺将过来为妻。论理这头亲事，冯旭是我的好朋友，让他娶了也罢，无奈我那老不死的不肯，叫我夺他过来。想来想去，没了主意，叫有怜请你到来商议一个万全之计。能将这头亲事夺将过来关系脸面，重重相谢，决不食言。"临川听了这一番言语，半晌方才回言道："大爷，这件事据晚生想来却难办了。冯旭到看了年庚过门，如何扭转得来？必得想个万全妙策方可行得。容晚生慢慢想来，此非一日之功，大爷切莫性急。"文芳道："他行聘之日甚速，你可上心想去，断不可忘记了。"临川道："大爷放心，都在晚生身上。"当日就留临川小饮，至更初，临川别去。

花文芳见临川去了，叫过有怜来，问道："我大爷记挂着魏临川的妻子，你有什么法儿使我大爷见她一面？"花有怜道："大爷，明日带五十两银子竟到他家，只说是讨信。倘魏临川在家时，就将这银子与他家用；若是魏临川不在家，就将银子递与他娘子，见机而作。"正是：

　　　　清酒红人面，财帛动人心。

花文芳听了，满心欢喜，当日就与花有怜宿了。次日起来，用了早膳，又换了一件华服，也不带人跟随，袖内笼了五十两银子，一人悄悄走出府来。到魏临川门首，用手扣门。里面听见有人扣门，慌忙将门一看。临川看见文芳，连忙道："不知大爷驾临，请进献茶。"花文芳借此言遂走进去。

原来临川住的是合面两进房子，朝南三间做了客位，一厢做了锅灶，还有一厢与小红丫环卧房。花文芳一看，四册图书密密俱是，名人书画、斗方贴满墙壁。他是个倒开门，走至客位，就看见堂屋中间一座家堂龛子，香炉、烛台擦得如银子相似，只见那卧房门两扇都有门帘垂下，又见客坐里正中挂着一幅条画，香几上摆着一枝花瓶，内插了一枝文杏花。那边又摆着一面大理石的插屏，两旁放着六张楠木椅子、四张小

腿杌。花文芳道："一向未曾到府，府上收拾得十分雅致洁净。"临川道："大爷请坐。"文芳才与他施礼坐下，只听房中叫道："小红，有客到来，快送出茶来。"这一句娇滴滴的声音把个花文芳酥了半边身子，说道："想是尊嫂，尚未拜揖。"妇人遂将门帘揭起，深深还了个万福。花文芳偷眼瞧去，果然生得俊俏，百般娇嫩，万种风流，令人可爱。不好十分顾盼，便又往客位坐下。小红献茶已毕，文芳道："昨日别后，我一夜不曾合眼，特地到府讨信。可曾想什么奇策？"临川道："晚生昨日原说大爷不要性急，非一日之功。"花文芳道："不是我性急，无奈我舅舅来催我。"忙取出五十两银子，道："你权且收为日用，望兄早定良谋，后当重谢。"临川见银子转过口来道："大爷何必多心，这事包在晚生身上，明日到府奉复。"

那妇人站在门内，看见花文芳拿出银子来，好不欢喜，又叫小红捧出几样精致点心放在桌上。临川忙请他吃茶。那花文芳一面吃茶，两只眼睛只是在房内勾看。会了一会，只得起身。妇人口中说道："有慢大爷了。"花文芳道："不敢，不敢。"临川送出大门回身，崔氏走出来，道："花文芳为何送你许多银子？"临川就将始末根由说了一遍："倘若事成之后，不怕花文芳不养着我夫妻二人一世。"妇人听了，大家欢喜不表。

且言花文芳回到书房，看见花有怜，道："果然好个妇人！你有什么法儿将她与我弄上了手？"有怜道："大爷，凡要想人家的老婆，慢慢商量，不要性急。"

当日已过。次日，吃了早饭，哪里放得下心来。袖中又拿了十两银子，他也不与花有怜说知，悄悄走出府来，要到魏家来，想他的老婆不知可能到手。正是：

　　不施万丈深潭计，安得骊龙项下珠。

要知后事如何，且听下回分解。

第八回　魏家妇人前卖俏 花文芳黑夜偷情

词曰：

> 尘世曾无月旦，红颜倏尔相看。未听笛意飞扬，闲来庭院，贪恋娇娘。辜负了半夜光阴梦一场。

且说花文芳悄悄出了府门，只奔魏临川家而来，用手将门一推，只听得"呀"的一声，把门推开。见那妇人站在堂屋门外，手中拿着许多姜葱望廊下走，要向那砂铫中丢下。原来魏临川喜吃脚鱼，那妇人正来下姜葱，不想恰遇着花文芳进来。魏临川先行出去时，妇人忘了关门。花文芳抬头看见妇人脸似桃花，眉如柳叶，身穿一件银红衫子，上加水田背心，束一条大红湖绉汗巾，下系一条玉色绸裙，下边露出两个红菱。花文芳一见，魂飞飘荡，即时乱了，意马心猿，也不问临川在家不在家。自古道："色胆如天"，忙忙走到廊下，望着妇人道："尊嫂拜揖。"妇人忙欠身还了个万福，叫道："花大爷，请客位里坐。"花文芳道："临川兄可在家？"妇人笑嘻嘻回道："不在家，方才出去。有何话说，说下来，等他回来对他说罢。"花文芳听说"不在家"三字，心中好不欢喜，回道："没有什么话说，就是昨日托他的那事，特来讨他的实信。不想又不在家，只好在府等他回来。"妇人道："正是，大爷请坐。"

花文芳不到客位里坐，就在堂屋椅子上坐下，假意问道："我前日吩咐木、瓦两匠替府上收拾房子，不知可曾来收拾？"妇人道："收拾过了。"花文芳道："可漏么？"妇人道："有些漏。"花文芳道："屋漏还可，人只怕漏就来不得了。"妇人听见"人漏"二字，便不回答，微微笑了一声，赶紧走往房里去了。

花文芳见有些意思，随将那袖内十两银子，立起身来，走至房门首，将门帘一掀，道："尊嫂，这些微银子送与尊嫂买朵花戴戴罢。"妇人家原来水性之人，又见了一包银子，忙道："怎好多谢大爷的。"伸手来接，花文芳双手递这银子，趁势将白森森一只手一把捏住，死也不放。妇人道："大爷请尊重些，恐我家他来撞见，不好看相。"花文芳见妇人如此言语，登时跪下，叫道："尊嫂，快快救命罢。"紧紧抱住，就欲求欢。妇人见花文芳抱住不放，又恐小红来看见不雅，忙道："大爷，你且起来，有话与你商量。"花文芳只得起身，道："尊嫂有话快说。"妇人道："你今速速回去，恐魏临川回来。你今日把魏临川关于府内过宿，你到晚间悄悄前来便了。"花文芳道："尊嫂，你叫我哪里等得到晚上。只怕你哄我，是个脱身之计。"妇人道："我若哄你，叫我不逢好死。"花文芳见妇人发誓，方才放心，道："只恐你家门关了，我若要敲门打户，恐惊动邻舍知之，奈何？"妇人道："这有何难，你怕惊动邻人，你可拾起一块瓦片来，朝着我家屋上一掼，以为暗号。那里我就知道是你来了，我就轻轻开了门，放你进来。"说毕又道："你快些去罢，我料临川就来。"花文芳道："尊嫂不可失信。"妇人点头道："不必多言。"花文芳抱住就对了一个"吕"字，妇人也不做声。

花文芳只得撒手走出，出了他家门首，走了数步，已到自家门首。进了府门，走进书房坐下，想那妇人的好处。想一会儿，不见临川来，忙叫有怜过去，吩咐道："你今快去将魏临川请来。"有怜应声而去。这花文芳坐了一会儿，不见有怜同临川来，又立起身走了几步，把日色望望，今日才得过午，走来走去，好不心焦。

且言花有怜出了府门，来至魏临川家扣门。魏临川正与崔氏吃脚鱼饭，听得扣门，走来开门。见是有怜，忙请他客位里坐下，忙叫小红献茶。花有怜道："大爷在府，不见你回信，好不心焦，叫我来请你就去。"魏临川道："我吃完了饭就来。"花有怜道："我在此等你吃完了饭，与你一同去罢。"临川道："得罪你了。"连忙到堂屋吃酒饭。

那花有怜又将妇人上下一看，越觉可爱，心中暗想："要是我家大爷到了手，我就有指望了。"正在那里左思右想，心神不定，那魏临川饭吃完了，走过来道："得罪得罪，我同大叔过去罢。"

花有怜同魏临川来到府门，进至书房。花文芳看见他二人到了，便道："你好难请呀！"魏临川笑道："大爷为何这般着急？晚生为这件事日夜思想，睡也睡不着，想了几个主意，还不大好，竟不好回复大爷。想个十全之计，要一箭射中才好。"说毕，花文芳道："非我着急，我的舅舅日日来催，我也无话回他。你若去了，就不放在心上。我如今只是不放你回去，你若想出，除非想出妙计来，那时才放你回去。"魏临川道："晚生就住在府上，与大爷解解愁闷便了。"花文芳听见，才笑起来，道："老魏，你说了半日的话，这一句才中听。"

彼时说说笑笑，不觉红日西沉，玉兔东升。花文芳见天色晚了，好不欢喜，吩咐拿酒来。不一时，小书童捧上盘碟摆下，同魏临川对面饮了三五盏，就吩咐取饭来。书童答应，忙去了取了饭来，盛两碗。花文芳道："你这奴才，我大爷吃了饭到舅老爷家去，魏相公还要饮酒，为何也盛上饭来？"这个书童想道："每常时又舍不得酒，与临川吃才吃得一两壶就叫拿饭，今日倒吃了三壶盛饭，倒说我不知人事。不知今日何

为改了调了？"花文芳吃毕饭，道："魏兄，你可畅饮一杯。我到家母舅那边，说话就来。"临川起身道："大爷请便。"花文芳忙叫有怜过来，吩咐道："魏相公一人饮酒不乐，你可陪着他饮一杯儿。"花有怜答应："晓得。"

花文芳起身出门，来到魏临川家门首，弯腰寻了一块瓦片，不想又摸了一手的屎，急急的将瓦片朝屋上一掼。那妇人听见屋上瓦响，忙忙走出，轻轻将门开了。花文芳听得门响，用手推开门，将身闪进。那妇人将门关上。花文芳见了妇人，一把抱住。妇人忙将他推开，道："你身上为何这样臭？"花文芳笑道："方才拾瓦片摸了一手的屎。"妇人听见，也觉好笑，道："待我取水来与你洗洗。"花文芳道："亲亲，你快些取水来，不要等取了我的身体。"妇人道："忙什的。"忙去取水，拿了香肥皂、手巾来。花文芳洗了手，问道："小丫环哪里去了？"妇人道："我叫她先睡去了。"花文芳连忙抱住，扯她往房里去。妇人道："魏临川你可曾把他关在家内？"花文芳说道："已经关在书房内，书童、花有怜看守着他吃酒，不妨事的。"抱至房内，将欲上床取乐，忽听得打门甚凶，叫道："开门！是我回来了。"妇人大惊道："不好了，魏临川回来了，如何是好？"花文芳听见魏临川回来，只惊得魂不附体。正是：

　　五脏内少了七魄，顶梁门唬走三魂。

不知花文芳怎得脱身，且听下回分解。

第九回　魏临川于中取利 花文芳将计就计

话说花文芳正欲上床，听得魏临川来，唬得目定神痴，说道："怎么好？快快放我出去。"崔氏看见他如此模样，道："你这样小胆儿，就来偷人家老婆么？"花文芳道："你叫我哪处躲躲方好。"崔氏道："你且莫慌，且把身子蹲下来，扒入床下躲避。等他睡了，放你出去。千万不可做声，倘若知道，你我性命难保。"花文芳此时要命，不顾灰尘，如狗一般扒进去，躲在床底下，战战兢兢地道："你快些叫他睡。"崔氏道："我知道。"拿了一枝烛台走来开门。

魏临川进了门来，问道："如何这一会儿才来开门？"崔氏道："哄我等了一个更次，等得不耐烦，方才睡下。"临川道："小红难道有这些瞌睡？"崔氏道："她平日到了晚间就像个瞌睡鬼。"说毕，将门关好。

到了房中，崔氏故意问道："你在哪里吃酒，此刻才回？"魏临川道："我被花文芳这个狗头关在书房吃酒，要我定计去害冯旭。他吃了几杯就到他舅舅家去了，叫花有怜陪我吃了一会儿，不见他来。我想一件事情不放心，我就溜了回来。"崔氏道："想起什么事情这等要紧？"魏临川道："那花文芳这个狗头不是好人，就像色中饿鬼。他昨日到我家中来，立意要见你，你揣后来坐到客位里，两只狗眼只是向房内乱勾。莫要被他看见了你，将我关在家内，今日恐怕溜在我家，与你……"说到此处，就不作声了。崔氏道："与我怎样？"魏临川道："与你那个。"崔氏一口碎道："你在哪里吃了臊尿回来，有天没日头的嚼咀、说胡话，你把老娘当做什么人看待？老娘也不是那等人。"魏临川道："你若正经，当初也不该跟我逃走了。"崔氏听见滴了她上水毛，哭骂道："你这天杀的，好没良心！老娘是怎样待你，到今日，拿着老娘撒酒疯。"临川见崔氏认真哭起来，只得陪个笑脸，道："你我夫妻哪里不说，句把笑话玩玩，怎么就认起真来了。"崔氏骂道："你这个不逢好死的强盗，别的话还可，这偷人养汉事情都是赖得人的么？"临川笑道："是我不是，请睡了罢。"崔氏道："你要睡只管去睡，莫管我的闲事。"魏临川将衣巾除下，爬上床，把头压在枕上，就打起呼来。

崔氏又叫了一会儿，方把烛台取在手中，转将下来，向床下一张，只见花文芳睡在一边。用手一招，花文芳自床下慢慢爬了出来。崔氏遮了他的身子，出了房门，来至客位。花文芳低低笑道："唬杀我也。"一把搂抱求欢。崔氏道："不可，恐他醒来，不当稳便。我有一计：明日将魏临川叫到府中去，吩咐门上不可放他回来，你家花园在隔壁，明日晚间取张梯子，爬上墙头。到了明日，拿张板凳接脚，扶你下来，岂不为妙？免得在大街往来，被人看出破绽来。墙上来墙上去，神不知鬼不觉，哪个晓得你我二人之事。此刻快快回去。"有诗为证：

> 青竹蛇儿口，黄蜂尾上针。
> 两般犹不毒，最毒妇人心。

看官，你道妇人中难道都是毒的么？就没有几个贤慧而不毒的？不观史书所载王昭君和番北地、孟姜女哭倒长城、楚虞姬营中自刎、浣纱女抱石投江，难道四个古人心肠也是毒的？不是这个缘故。自古道："淫心最毒。"凡妇人淫心一生，不毒者亦毒了，这叫做"最毒妇人心。"花文芳道："蒙贤嫂重爱，只是叫我今夜如何耐法？"崔氏道："今日是万万不能的。"花文芳无奈，急将妇人搂抱，做了一刻干夫妻，方才撒手。于是婢人轻轻将门开了。花文芳哪里舍得出门，妇人将他向外一推，把门紧闭。正是：

> 闭门不管窗前月，吩咐梅花自主张。
> 崔氏悄悄回来，进房上床睡了不题。

且说花文芳到了街上，黑洞洞地，好难行走。他生长富贵之门，何尝走过黑路？只可贪花好色，到此时也说不得了，只得移步向前走去。不想脚下一滑，"扑咚"一跤，倒于地下。原来是一泡稀粪。跌了一身的屎，臭气难闻。莫奈何，爬起来，摸着墙根而走。摸了一会儿，到了自家门首，用手扣门。里面问道："是谁打门？"花文芳在外边骂道："该死的狗才，还不开门！"门公听得是大爷声音，慌忙将灯照着，开了大门。花文芳进了大门，门公闻见一阵臭味，将灯一照，只见大爷浑身都是灰尘，又见黑地里一人回来，不成模样，问道："大爷为何这般光景？到哪里去的？"花文芳大声喝道："该死的狗才，要你管么？"竟望里边去了。门公好不没趣，将门关上，正是：

各人自扫门前雪，休管他人瓦上霜。

不表门公，且说花文芳来到书房，叫道："有怜快来!"那有怜已在榻上打盹，猛然听得大爷呼唤，慌忙爬将起来，走到文芳面前。一见大爷这般模样，问道："大爷为何如此光景?"花文芳道："都是你带累我吃这场大苦，险些儿性命不保。我吩咐你将魏临川关在书房，你为什事放他出去? 我几乎被他捉住送了性命。"有怜听了，笑道："正是'宁在花下死，做鬼也风流。'"有怜又问道："大爷怎样脱身回家?"花文芳道："多亏妇人设谋定计，躲在床下，等他睡了，放我出来。走到街上，遇见一地烂狗屎，一滑，跌了一身。你道气也不气?"有怜道："小的去解手回来，那魏临川就不见了。大爷不消气，待我取些水来，大爷净手。"忙忙代他脱下衣巾，取水净手已毕，换了衣巾。有怜又问道："大爷是尝着妇人的滋味了?"文芳摇头道："正待上床，撞见他回来敲门。妇人约我明日晚上从墙头上过去。你可明日早些把魏临川关在书房，不可放他去。我到晚间过去。"说毕，就在书房歇了，少不得将有怜权做妇人一回。

次日早间，着有怜去请魏临川。来至门前，用手扣门。妇人与魏临川尚未起来，听见扣门，问妇人道："何人扣门?"妇人也不睬他。魏临川道："我与你说话，你为何不做声?"妇人道："你这天杀的，不知在哪里吃了臊尿回来，拿着老娘撒酒疯，今日要说个明白。老娘一剪刀剪下头发，就往阉堂去了。"魏临川道："果然我昨日吃醉了，这叫做'大人不记小事'。自古道：'君子避酒客。'不要着恼。下次再如此，贤妻骂也罢打也罢。"妇人忍不住笑将起来："你真真是张篾片嘴，哪个说得过你。"魏临川道："就是个死人，还要说活了哩。"妇人一笑。又听见扣门甚凶，魏临川忙叫小红开门，看是何人。崔氏道："你好个当家人，叫这个小红开门，倘遇着一个歹人走将进来，将客坐的东西拿去，那时怎处? 你还不起来自己开门。"魏临川道："怎奈我昨日吃伤了酒，身子有些懒动。不然，你起来看是何人。"妇人道："我不好去，清早上头不梳脸不洗，倘或是个生人，成何体统。"

魏临川只得穿了衣服，走了开门。见是花有怜，请进坐下，道："大叔今日起得恁早。"花有怜道："因你昨日晚上溜回，大爷把我责罚一顿，今日叫我清早请你过去。"魏临川道："你请坐一坐，我洗了脸去。"花有怜道："你到我府中洗脸罢。"拉他同行。

魏临川叫小红关门，妇人大房听见应声"晓得"。不一时，进了府门，来至书房，见花文芳，行过礼坐下。花文芳道："你好好昨日为何溜了回去? 我大爷回来，不见了

你，我就一夜不曾睡着。"临川道："晚生回去，也不曾合眼。"文芳道："你为何不睡？"临川道："坐着想主意。"文芳道："主意有了么？快快说与我知道。"临川道："待晚生洗过脸，吃些点心再说。"文芳忙令魏临川说出害冯旭的主意。正是：

明枪容易躲，暗箭最难防。

不知怎样害得冯旭，且听下回分解。

书房内明修栈道
墙头上暗渡陈仓

话说文芳问临川有何妙计能害冯旭，临川道："大爷要我献计不难，只要依着晚生用计便了。到了二十六日这日，是冯旭过礼到钱家去。大爷坐了轿到两家恭喜，正是'恼人须在肚，相见也何妨'。如今他两家和睦，与他和好，除他疑心，渐入佳境，晚生自有妙策。大爷若不依晚生，另请高才计较。"花文芳原是想他的婆娘，"不如将计就计，把他软住在此，等我今晚与他老婆成就了再处。"便道："我大爷依你之计，只是不放你回家。"魏临川道："大爷既肯依晚生，晚生岂敢不依大爷之命。"又说了几句闲话，只见书童摆下饭菜。二人用毕，花文芳望见日光尚早，想道："老天，老天，往日不觉就晚了，今日如何还不晚？"叫过有怜，附耳道："如此如此"，有怜点头："知道。"

堪堪天晚，花文芳吩咐拿酒，书童摆下酒肴。吃了两三杯，有怜道："舅老爷着人来请大爷说话，就要过去。"花文芳道："晓得，先拿饭来吃。"书童连忙送上饭。文芳吃毕，道："老魏，你且慢慢饮，等我回来陪你。"临川道："大爷请便。"随即起身去了，暗叫有怜吩咐门上不许放魏临川出去，又叫人取张梯子放在花园墙边。花有怜答应，不一时，有怜走来，回道："那张梯子小人拿不动。"文芳道："叫别人拿。"有怜道："他们都不在花园。"文芳道："我同你二人拿去。"走到花园，费了许多气力，方才将梯子竖起。取了一块石子在手，吩咐有怜："去罢。"

花文芳扒上梯子，上了墙头，将石子向他房上一丢，只听得骨碌碌滚将下去。不一时，见黑影中妇人扒上晒台来。台上放了一条板凳靠墙，口中说道："你可垫定了脚，看仔细些，慢慢下来拉你。"文芳道："你可扶稳了。"战战兢兢扒过墙头，接着板凳挪下来，二人携手下了晒台。

进得房门，只见房中高烧银烛。花文芳作了一个揖，道："那个小丫环不见么？"妇人道："先去睡了。"文芳道："既蒙嫂嫂垂爱，万望早赴佳期。"妇人道："何须着急，有句话儿说个明白：倘你日后娶有妻房，将妾身放于何地？"花文芳道："小生何能负尊嫂今日之情。"妇人道："你口说无凭，须要罚个誓儿，我才肯信。"文芳连忙跪

到尘埃，道："老天在上，弟子花文芳若负了崔氏今日之情，叫我死于万剑之下。"崔氏将文芳扶起，道："愿君转祸呈祥。"看官，花文芳只说赌个牙疼咒儿，谁知后来果应其言，此是后话不题。

且说花文房即欲上床。崔氏道："且慢，你我有缘，妾身置得一杯水酒，与你同饮一杯。"文芳道："何须如此。"那妇人亲自摆下六个小菜、一壶暖酒、两副杯筷，请文芳上坐，吃了两杯酒。文芳在灯下观看妇人，三杯酒下肚，脸上红里泛白，哪有心肠吃酒，起身将妇人抱到床上。正是：

> 云鬟蓬松起战场，花团锦簇布刀枪。
>
> 手忙脚乱高低绊，唇舌相将吞吐忙。

说不尽他二人万种温柔、百般欢畅，不觉漏下五更，正是：

> 欢娱嫌夜短，寂寞恨更长。

妇人见天色微明，催文芳起来，赶早过去，今日晚上早些过来。文芳起身，穿了衣服，慌慌忙忙扒上晒台。妇人送上台，便扶住板凳，道："好生过去罢，不可失约。"文芳道："不必叮咛。"慢慢走过墙头，接着梯子下去，走到自己房中去，睡到晌午方才起来。花有怜进来，道："大爷，如今是相思如愿了。"文芳道："我不瞒你说，今晚她还约我过去。"

话休重叙，书中要爽快为妙。花文芳自此夜夜过去，非止一日。堪堪至二十六日，却是冯旭行聘之期。魏临川催花文芳恭喜钱、冯两家。花文芳只得依他，坐了轿子，登堂拜贺。家丁拿着名帖先到冯家，传进名帖，下轿。冯旭道："一向少来奉候。"文芳道："彼此少情。"茶毕，文芳起身。冯旭道："花兄为何匆匆而行？"文芳道："小弟还要到钱兄那边贺喜。"冯旭送出大门。

花文芳来到钱家，依然登堂。钱林邀他坐下，献茶。文芳笑嘻嘻地道："小弟方才在令亲那边恭喜，大礼尚未过来？"钱林道："月老尚未过去。"文芳即便告辞回府，这且不言。

单讲汤彪见花文芳来，笑道："一向不见面，想他心中为此婚姻之事，今日为何反来恭喜？"冯旭道："他原是小弟好友，心中虽恼，不好不来。"说毕，只见朱辉到了。

众人见礼，冯旭称谢道："又惊动老伯台驾。"遂邀同观大礼。朱辉逐一看过，人夫已齐，两边吹打，家人挂红一盒一盒捧出，街坊上人争看，好不热闹。城中缙绅大人凡有相识，与那些三学朋友俱到两家恭贺，哪个不知冯旭与钱林家做亲？两家俱是车马填门。

等到礼毕回来时，冯旭着人下贴请酒，便问汤彪："文芳可请他一声，不来就罢了。"汤彪点头道："是。"

且说花文芳回到书房，正在告诉临川到两家去的情景，忽见门公拿着名贴来道："冯相公着人来请酒。"魏临川接过来看，写的是"即午涤卮，候光。"下写着"眷同学弟冯旭顿首拜。"魏临川道："我正要他来请大爷赴席，我好用计。"文芳依言，到了晚间竟自去赴席，暂且不言。

再言花太太府中有个丫环，名叫春英，生得有七八分人才，今年十八岁了，也是文芳与她做些不尴不尬的事。文芳自从与崔氏勾搭上了，哪有心情理她。每晚间私走出来寻花文芳，常看见魏临川终日在书房与大爷交头接耳说话，心中想道："今日大爷往冯家吃酒去了，花有怜自然跟去。趁此无人，不免到书房与魏临川一会，免我胡思乱想。"忙去搽搽粉，换了一件干净衣服，悄悄一人走至书房门首，往里一张，却静悄悄不见一人。她就走进门来，只见魏临川休在榻上打盹，走向身旁，用手轻轻在他身上一摸，道："魏相公，你好睡呀！"魏临川惊醒，看见个丫环站在面前，生得倒也不丑，忙站起身来，问道："姐姐到此，有何贵干？"春英见他问，无言回答，只得问道："你为何终日在此宿歇，都不回家？家中娘子可不想你么？"魏临川乃是久惯走风月的人，见她如此说来，心上便自明白，答道："我原要想回去，无奈你家大爷不肯放我回去，把我一人关坐书房，寂寞不过。"春英道："你既然寂寞，何不寻个人陪你玩耍？"临川道："蒙姐姐垂爱，就请姐姐陪我玩耍玩耍。"说罢，便抱着春英不放。春英道："恐有人来，不当稳便。"便忙去将灯吹灭。他二人就在榻上做起事来。

不言他二人欢娱，且说花有怜见大爷到冯家去吃酒，心中想道："魏临川的老婆自从那日一见，怎么心中放她不下。连日我家大爷夜夜过去，他好不受用。我欲要过去，怕的是我家大爷晓得。且喜今晚大爷不在家，我将大爷的衣服穿了，装做大爷，悄悄爬上墙去，黑夜偷情，谁分真假。"主意已定，忙取了大爷的衣巾换了，悄悄走至花园梯旁，他就拾起一块鹅卵石藏在袖内，慢慢爬上墙头。黑暗之中，睁睛一看，只见那边有个晒台，却不甚高，欲要下去，无奈又矮，想道："不知大爷怎么下去。"袖中将石子望她屋上一丢，只听得骨碌碌滚将下去。崔氏正叫小红灶前取水去，在房中等水

中
国
禁
书
文
库

绣像大明传

一六七三

洗脚，听见石子滚下，心中想道："今日为何来得恁早?"心思小红未曾去睡，忙唤："小红，你且去睡罢。"小红道："娘子洗做脚，水未倒呢!"娘子道："水留在房中，我还要洗洗脚，你先睡去。"小红答应一声便走，走向厢房去。不料花有怜在墙头等了一会儿，不见动静，想道："我的符咒不灵。"又将袖子内五、六块石子一齐掼下，响得一声。小红大叫起来道："娘子，不好了!屋上有贼。"唬得花有怜在墙上慌了手脚。不知后事如何，且听下回分解。

第十一回 武宗爷亲点主考 花荣玉相府详梦

且言花有怜在墙头上听见下面说道"有贼",他就唬得战战兢兢,欲待下去,怎奈在梯子上手脚都唬软了。又听见妇人道:"不是贼,是野猫争打,你可睡去。"花有怜听见,方才放心。

妇人慌忙在水盆里起来,连忙爬上晒台,花有怜在黑影中看见妇人上了台来,好不欢喜。妇人将板凳端了来,低声说道:"冤家,为何来得这般着急?就掼下许多石子,小红尚未睡,认你是贼,喊叫起来。我在房中洗脚,手忙得我揩也揩不干,上来接你。"花有怜也不做声,将凳垫着脚。妇人将他扶下来,道:"我同你在台上坐坐,等小红睡熟,再到房中去。"花有怜暗喜,同妇人一板凳坐下,用手就将妇人抱住,摸了一会儿。哪里忍得住,况在黑地里,那妇人怎分真假,也就凭他了。不一时,云散雨收,妇人携手下台,来到房中,灯下一看,大惊道:"你不是花公子,却是何人?"有怜道:"嫂嫂,你难道认不得我了?我是花有怜。"妇人道:"你为何这般打扮?"有怜道:"自从那日到你家来,见了嫂嫂尊容,回去告诉我家大爷,你们如今好不受用。今日大爷衣巾在房,我就拿他的穿了来陪你,恐失了你的约。"妇人听见,不觉叹了一声气,道:"也是我命犯桃花。"细把有怜观看,比文芳更加俊俏,于是复将他抱上床,重整旗枪对阵不表。

且言魏临川在书房内与春英云散雨收,春英道:"你不要回去,我每晚来陪你。"临川答应后,春英回到后边去了。

临川掌起灯来,正欲脱衣,听见文芳叫道:"老魏,可曾睡呢?"临川答道:"方才上床。"文芳道:"有话明日说罢。"转身竟往花园——记挂着妇人——走至梯子旁边,拾起石子,爬上三、五层,不觉酒涌上来,心中一想:"今日倒有二更余天,只怕她等不得我也自睡了。只是失她之约。欲待践约,无奈酒多吃了几杯,手足软了,不是当耍的,性命要紧。"转念间说道:"不过去的为上,到明日陪个小心就是了。"旋又爬下梯来,回到自己房中睡了。

且说花府有个马夫,叫做季坤,原是山西太原府人,今在花府做个马夫,性直兼有气力。花文芳见他有些胆气,就叫他夜间前后保护巡查。及走到花园,见张梯子竖

着，"设有不测，岂不是我的干系？"忙把梯子放倒，又到别处巡查去了。

且说花有怜与妇人狂了半夜，不觉睡着。听得金鸡三唱，二人惊醒，睁眼一看，天已大亮，忙忙爬起，穿好衣服。二人同登晒台，上得板凳，伏在墙头，往下一望，叫道："怎么好？"妇人问道："为何着急？"有怜道："不知哪个将梯子放倒，如何下去？"妇人道："你快快下来，我开门与你去。迟了恐有人行走，不当稳便。"二人复又下晒台来。妇人先开门，望望街上，幸喜还早，不见一人行走，叫道："冤家，快快走罢。"有怜道："嫂嫂，我若得便，就过来陪你。"妇人将头点了几点。有怜紧三步出了她家门。正是：

> 双手劈开生死路，翻身跳出是非门。

妇人见花有怜去了，关起大门，回房安睡不表。

且说花有怜走到府门，见大门已开了，门公坐在凳上，手中捧着茶碗，在那里吃茶，心中想道："我穿的是大爷的衣服，怎得进去？"左思右想，并无主意。见门公呆呆坐着，也不起，只得硬着头皮，"待我撞个本枪，将袖子遮脸，直向里闯。"那个门公认得大爷衣服，连忙站起，叫声："大爷，多早出去？小人没曾看见。连人也不带一个，从哪里回来？"花有怜见门公如此说法，忍不住笑的一声笑将起来。门公细看，方知是书童花有怜。门公正色道："你为何大胆穿大爷衣服，清早从哪里回来？说得明白，放你进去，如若扯谎，我就回禀大爷。"有怜陪笑道："伯伯，且请息怒，听我奉告。我们伙伴今日起来甚早，大爷尚在安寝。我等在书房无事，他们众人道：'若有人家穿了大爷的衣巾从街上回来……'"门公道："你多早出去的？"有怜道："我出去时，伯伯低着头扫地，我就溜了出去。"门公道："下次不可儿戏。倘或大爷晓得，那时都有不是。"有怜道："你说得一些不差。"说毕，一溜烟跑进去了。把大爷衣服脱下，折好了，放在原处。见大爷尚未起身，心中稍安不言。

且说门公坐在凳上左思右想："怎么一个人出去我就没有看见？可见我有了几岁年纪，眼目昏花，渐渐无用。下次须要存神。"按下不表。

话分两头。且言常万青向汤彪道："俺本待要娶了弟妇再往南海，怎奈吉期尚早，不若先去朝山进香，回来再吃喜酒罢。不知汤贤弟意下如何？"汤彪道："弟也要返舍，拜过家母看再来。弟当同行。"万青大喜。冯旭只得置酒饯行。次日，雇下船只，带了家丁，往金华府而来。下回书中自有二位英雄交代。

话分两头。且言武宗爷那日正逢早朝，天子登殿，文武官员朝贺。正是：

从来不识诗书礼，今日方知天子尊。

朝贺已毕，王开金口问道："诸卿有事出班启奏，无事朝散……"言还未了，只见文班中闪出一人，俯伏金阶，启奏道："臣有本面奏圣前。"天子向下一望，却是文华殿大学士沈谦。天子道："卿有何奏？"沈谦道："日下场期将近，天下举子纷纷而来，望陛下钦点大主考。"天子准奏，提起御笔，点了武英殿大学士花荣玉为大主考。花荣玉谢恩。天子袍袖一展，群臣皆散。

且言花太师回到自己府中，各官闻知花太师点了大主考，齐来相府道喜。花荣玉一一迎送，晚间摆酒，请合朝大臣。当日酒筵席散，夜间得其一梦。天明，吩咐堂候官将详梦官传来，掌管答应。不多时，详梦官参见。花荣玉道："老夫夜得一梦，不知主何吉凶。"详梦官道："相爷所梦何来？"花荣玉道："老夫梦见带领多人郊外出猎，到一林子，看见两棵树，想道'此林内必有野兽'，吩咐摆下围场。猛然见一个白额吊睛老虎跳将出来，从人四散，张牙舞扑，只奔老夫。老夫急了，将坐下马加了两鞭，飞跑前去。那虎随后赶着，堪堪赶上，照着老夫身上一拍。老夫大叫一声：'我命休矣！'不觉惊醒，乃是南柯一梦。"详梦官听了，寻思一会儿，禀道："相爷此梦十分凶恶，小官不敢实禀。"花荣玉道："你且直说，老夫恕你无罪。"详梦官只得说出梦中之事。也不知说出些什么言语，正是：

青龙与白虎同行，吉凶事全然未晓。

要听后事如何，且听下回分解。

中国禁书文库

绣像大明传

第十二回 林正国触奸投水
徐弘基进香还朝

话说详梦官禀道："据小官详来，一个树林只有两棵大树。树者，木也。二树者，即双木也；双木者，岂不是个林字也？猛虎者，即此人也，赶来是要伤相爷性命，须要小心提防暗害相爷。"花荣玉道："哪有此事，身为一人之下万人之上，怕什么姓林的。我去年曾害了太常寺林璨性命，莫非他有了子侄前来赴考？恐怕一朝得第，皇上恩宠，要报前仇，亦未可知，不可不防。我自有主意：到了那日，点名时留神，若有姓林的，不取他入场便了。"

到了头场这日，花太师清晨坐了大轿，摆齐执事，两边吹打。刚到察院门，放了三炮。进了察院，升了大座，这些入帘的官儿都在辕门伺候。花太师吩咐开门，只听得大炮三声，两边吹打把察院门开了。入帘官儿进来参谒，即便开点。点名已毕，各归本房，然后将各府州县举人册子献上。花太师逐一细看，看到浙江金华府有一举人，姓林名璋，再看别处颇多不是双木，心中暗想："当初林璨也是金华府人，这个林璋一定是他兄弟之辈。他的'璨'字是斜玉旁，这个'璋'字也是斜玉旁。梦中心事，不可不信。"随吩咐取过一扇虎头牌来，提笔就写在牌上："凡一切双木姓的举子今岁停科。"登时标出牌来，悬挂于贡院门首晓谕。以后一省一省，各府县挨次点名。

此回单表林璋自从扬州别了常万青、汤彪、冯旭，星夜赶到京都，寻了寓所住下。不多几日，到了场期。又无小厮跟随，自己提了考篮来到贡院门，伺候报名。只听得众举子纷纷议说道："怎么不许双木姓入场？是什么意思？"林璋听了，吃惊道："众位年兄，此事可真么？"众举子道："怎么不真，现有牌挂在门外。你若不信，看牌便知。"那林璋在人丛中挤到院门口一看，不看犹可，看了只唬得哑口无言。正是：

五脏内惊离七魄，顶梁上急走三魂。

看了半晌，才叹了一口气，道："千山万水到此，只望功名得就，不知为什么不许姓林的考，非双木便许进场？俺方才到此，不知大主考是哪个？"那些众举子道："大主考是武英殿大学士花荣玉。"林璋听了，暗想道："又是这奸贼。当初我的兄长之恨，

我恨不得连登金榜，得睹天颜，哭奏帝廷，拿这奸贼碎尸万段，方与兄长报仇，才消我心头之恨。我如今只推未见此牌，竟进场去，看他怎样于我。"同众举人挤进，只听得点到金华府金华县，在旁点名逐一挨次点过，也不叫他名字，将一府点完了，又叫别府。林璋只得推开众人，拥挤上去。来至公案前，深深打了一躬，道："举子也是金华府人，大人为何不点举子名字？"何故花荣玉所以不点他名字？有个缘故：将他名字早经勾掉，是以叫他不着。花荣玉见这举子打一躬，道："你叫什么名字？"林璋道："举子名叫林璋。"花荣玉听了大怒，喝道："三日前已经悬牌挂大头门，不许双木姓入场，你敢擅入，犯吾法度么？"林璋道："但双木姓林进场停科，要是奉旨就该有旨颁行天下，举子就不该进都应试了；要是大人主意，即不知其何故。"花荣玉把惊堂一拍，骂道："你这个匹夫，好张利口，敢侮谤大臣，该问何罪！"喝叫左右拿下，重责四十大棍。两边巡场官跪下禀道："此系朝廷大典，恐众举子议论，乞太师爷三思而行。"花荣玉亦恐天子知道，有关风化，遂道："本该重责，众官讨饶，暂且饶恕。快取墨来，用水磨之，涂了他面，替我赶出贡院大门。"众役答应，用墨水不由分说，没头没脑乱抹一顿，涂了林璋一脸，又出大门，正是：

　　任君洗尽三江水，难免今日满面羞。

　　林璋被众人役叉出，气个半死，望着贡院门大骂道："奸贼！何罪之有，将黑墨涂得我这般模样。你这奸贼，我生不能报你之仇，死后做鬼，必当追你之命。""奸贼长，奸贼短"骂个不了。这两个守贡院门的门军见林璋骂不绝口，走近前喝道："你这个王八羔子，还不快走！"众举子道："先生好不识时务，古语说得好：'穷不与富斗，富不与官斗。'"附耳道："他是皇上的宠臣，年兄还不速速回寓。"众举子推的推，劝的劝。林璋无奈，方才一头骂着，一路走着，不意走到顺城门，只见一条大河。此乃是运粮的天津河，一派滔滔水响。抬头一看，有许多粮船湾在河下。心中想道："我在扬州，姚夏封说我有个水星照命。今日被奸贼这般凌辱，有何面目生于天地之间，此河是我送命之地。"大叫道："奸贼！我到阎罗天子面前哭诉，把你奸贼拿到阴司对案！"硬着心肠，垫起脚来，往河内一跳。正是：

　　阎王注定三更死，谁敢留人到五更。

　　不知林璋性命如何，且听下回分解。

第十三回 定国公早朝上本
林正国权为西宾

话说林璋气不留命，望河内一跳。这河好不利害，白浪滔滔，水势凶猛。两岸的人看见林璋在水中冒起来，众人喊道："快快救人！"又见下面来了三只官船，岸上有许多纤夫，船头站立许多家丁，舱门板上正贴着"定国公"——原来是定国公徐弘基到五雷山朝香，今日方回。

徐千岁正坐舱中，猛听得两岸上人声嘈杂，因问道："为何事如此喧哗？"家丁跪上禀道："方才岸上有一人，不知为的什么事跳入河中。这些百姓喊叫救人，众人下水救他，故此喧哗。"徐千岁听了此言，忙传钧谕："不论军民人等下水能救得此人，不论死活，赏银五十两。"钧谕一下，那些百姓人中喊叫道："千岁爷有谕，如有人救得此人，不论死活，赏银五十两。"正是：

> 乱纷纷翻江搅海，闹吵吵地裂山崩。

那些百姓乱喊救人。这天津卫都是卸空了的粮船，那水手听得此言，都想要银子，不顾性命，只听得"扑咚扑咚"，一连跳下七、八个，指望救他。怎奈水势汹涌，白浪滔天，哪里去寻？

有个九江帮一人，正坐在船梢上，拿了个窑子碗吃饭。见一个人刚刚在他船边冒起来，依然又沉下水去了，他就把手中窑子碗一掼，"扑咚"一声跳下水去，一个余子到底。事有凑巧，刚刚一把抓住，托出水来，两只脚踹着水，一只手划着水，只奔岸边。百姓们看见，齐声喝采道："好本事。"那人到了岸边，将林璋夹到船旁放下，禀道："投水之人是小人救起的。"徐千岁站在吊窗跟前看得明白，问道："还是死的，还是活的？"那人将手放在他心口一摸，禀道："还有气呢！"徐千岁传下钧谕："住船。"听见三棒大锣一响，将船停住。千岁吩咐："将投水之人带来。"水手忙把跳板搭起，就将那投水之人抬上船头。千岁出舱，走至船头。三、四个家丁将他抬起伏在锅脐之上。命家丁赏捞起人来的人银五十两。那人得赏，叩谢而去。

千岁爷也不进舱，就坐在将军柱旁。那林璋口中吐出清水，只不能言语。千岁传

谕"开船"，即刻锣声一响，鼓篷上吹打三通，纤夫拉纤，如飞而去。

不多时，见林璋吐了一船头的清水，低低叹了一口气。千岁道："回生了，快取姜汤来。"登时取到。将他扶起，灌下姜汤，只听见腹中骨碌碌地响了一会儿。不一时，林璋将眼一睁，又闭起来，口中骂道："奸贼，逼我到五阎罗殿前，我一一告你。"徐千岁听了，好不发笑，吩咐家丁："替他换了干衣服，带进舱来见我。"千岁进了舱。家丁忙替他换上干衣服。林璋此刻才知人事，低低哭道："我林璋自被奸臣之辱，投水则死，不知怎样遇见恩公，救了性命，又故再生之人。不知救我的却是何人？好去拜谢。"家丁道："我家千岁爷乃是定国公徐弘基。千岁爷命慢慢地带你进舱去见千岁爷。"林璋闻言，才知是徐弘基，随家丁到了舱中。见定国公端然坐在虎皮交椅之上，林璋上前跪下，道："落难举子蒙千岁救我活命之恩，愿千岁千岁千千岁。"徐弘基问道："你是哪里人氏？为什含冤投水？你可慢慢讲来。"林璋见问，哭诉道："千岁爷在上，听举子细禀。举子乃浙江金华府人氏，因到京中会试……"千岁道："今日乃是头场之期，为何不进场，反在此投河？这是何故？"林璋禀道："皇上钦点了花荣玉做大主考，不许双木进场。举子不知其情，当面就问：'还是奉旨的，还是太师的尊意？'那太师大怒，将举子拿下，要打四十多棍。多亏众官讨情，不由分说，将举子黑墨涂面，又出贡院。"千岁道："今科不许进场，还有下科，为什的就投水？"林璋道："举子千山万水来到京师，望求功名，荣宗耀祖。今日不许进场，岂不负人十载寒窗之苦？叫举子难回家乡，有何面目见人。因此伤心，一气故尔寻此短见。不想蒙千岁救了性命，真是天高地厚之恩，叫举子何日答报千岁。"徐弘基听了林璋一番言语，大怒道："气死我也！好生无礼。老夫数月不在朝纲，他就这般弄权，蒙混皇上。明日早朝上本，务要把这奸贼拿下，清理朝纲，削除奸党，是老夫份内之事。"林璋又磕了一个头，道："多谢千岁爷。"徐弘基道："林举子，你可起来，赐坐。"林璋告坐。千岁问道："昔日有一位太常寺林璨，可是贵族么？"林璋答道："正是举子胞兄，当日被花太师害了性命。"千岁叹道："是位忠良，也死在这奸贼之手。"

说话之间，只听得三棒锣响，鼓篷之上吹打三通，早已住船。岸上人夫早已伺候。千岁爷起驾，吩咐家丁用小轿将林举子抬到府中，家人答应。不一时，千岁坐了大轿，摆齐执事，三声大炮进城。文武百官哪个不知定国公回朝，人人惧怕于他。到了府第下轿，竟入书房，也不回后堂，在灯下写了本章。过宿一宵，到次日五鼓，到午门见驾。正是：

> 五更三点著朝衣，文进东来武进西。
>
> 三下净鞭钟并响，阶前虎拜祝山齐。

天子登殿，文武朝驾已毕，王开金口问道："有事出班启奏，无事散朝。"言还未毕，黄门官启奏："今有定国公进香回来，现在午门候旨。"天子闻奏，传旨："快宣进来。"黄门官领旨走出午门，"圣上有旨，宣定国公朝见。"徐弘基答应："领旨。"来至金殿，在品级台跪下，奏道："臣定国公徐弘基朝见，愿我皇万岁万岁万万岁！"皇上开金口道："皇兄平身。一路风霜，寡人过意不去。"叫内侍取金墩赐坐。徐弘基谢恩，起身坐下。天子道："皇兄把朝山之事一一奏与寡人知道。"徐弘基俯伏奏道："臣冒万死之罪。"天子笑道："皇兄当有何罪？赦卿无罪，快快奏来。"徐弘基道："臣有短表冒奏天颜，望乞圣裁。"两班文武闻知，尽皆失色，暗道："定国公他是昨日回来，今早面圣，他就有本章奏与皇上，不知他所参的是哪一位官儿。"

不讲众官个个耽忧，单言徐弘基早把他的本章献上。接本中书随将本章接了，摆在龙案之上。天子展开，看了两行，不觉大惊——原来此本就是参得花荣玉——从头至尾看完，冷笑了几声，心中暗想："不知此本可能参得倒花荣玉否？"且听下回分解。

话说武宗皇帝看罢徐弘基本章，欲要准了，又恐花荣玉问罪，欲待不准，又恐徐弘基不依，思想一会儿，向着徐弘基道："朕久知皇兄与花荣玉不睦，候场事考毕，朕赐宴，着诸大臣在中极殿与你二人讲和。"言罢，袍袖一展，天子回宫，群臣各散。

徐弘基只得回府，将此话告诉林璋，林璋道："皇上如此宠爱，无奈彼何。"徐弘基道："不如住在小衙，权为西席。不知尊意如何？"林璋道："多蒙千岁活命之恩，敢不尽心教授世下。"

按下林璋在定国公徐府不表。单言花文芳留魏临川在府，日日过去与他妻子作乐。府内大小人等皆知此情，哪个敢说破？这魏临川恋着春英，也不想回去。故此大家肚里明白。

那日，童仁着人送了一个字儿与花文芳。见上面写着："目下已是三月初旬，距冯旭迎娶只有个月光景，为何还不上紧？"花文芳看了，忙到书房，叫声："老魏，你终日思想妙计，不见你一言。今日我的舅舅又来催我。"魏临川道："晚生连日有些心事。"花文芳道："你有什么心事？快些说来。"魏临川道："晚生今住在府上，不放晚生回去，身上欠人些手尾，不得分身料理，连目下日需只怕缺了。欲向大爷借些须，但此事未见分毫之功，又不好启齿，故此晚生心不安静，何有妙计？"花文芳听了，叫有怜取了一百两银子前来，道："些须可以料理否？"魏临川伸手接过，道声："多谢大爷，今晚放晚生回家一走，将各事料理一番，明日早来，必有妙计。"文芳依允。

当日吃过晚饭，临川回到自己家中，用手扣门。崔氏问道："是哪一个？"魏临川道："是我。"崔氏忙来开门。走到房中坐下，崔氏将门关好，也进房来，问道："你在谁家，有个月不回家中，好不心焦。"魏临川笑道："你猜我在哪家。"崔氏说道："你的孤老甚多，叫我从哪里猜起。"魏临川回道："待我告诉与你：我那一日被有怜寻去，这些时都在花文芳家，定计策要害冯旭。今日是我生法，又送我一百两银子，叫我拿回来。你可收好。明日还要往他家去。"崔氏听说，笑道："真好运气。"夫妻二人说说笑笑就睡。

一宿已过，次日，魏临川起来，问妇人："家中可少什么？趁我在家。"妇人一一说明，魏临川走上街买齐各色应用之物，交与崔氏。他仍往花府去了。

花文芳正坐书房，魏临川笑嘻嘻进来，叫声"大爷"见礼，就坐下道："晚生昨日回家，一夜不曾合眼，想了一条妙计。"花文芳道："请教有何妙计？"魏临川道："晚生想来，这件事必得弄出人命来，方能害得冯旭性命。冯旭既死，钱小姐无主，就肯嫁大爷了。"花文芳道："人命虽好，但冯旭怎肯擅自杀人？难道叫我替他杀人？"魏临川道："非也。大爷明日假写一个邀单，上写几个同案姓名，假打个'知'字去诱冯旭、钱林到府，将酒灌醉，抬他去睡了。再着一个丫环到冯旭房里，先着一个心腹之人躲在黑暗之中，一刀杀了，诬他因奸不从，杀死人命。大爷吩咐钱塘县夹打成招，问成死罪。钱月英见冯旭死了，不怕她不嫁大爷。把钱林也灌醉了，拿些金银器皿放在他怀中。外面喊叫'拿贼'，将他惊醒，他必须跑出。预先叫家人安放绊马索，等他出来，将索一扯，跌倒在地，搜出器皿，岂不是明证？一齐报到县中。人命、盗案两件重情，把他两家禁住。再着人与钱林家说亲，如他依允，大爷与知县说声，放出钱林；如他不依，大爷在府中叫些家人去到钱家，硬把钱月英抢进府中，大爷硬自成亲。就是钱家喊官告状，也是迟了。"文芳听了大喜。正是：

明枪容易躲，暗箭最难防。

于是文芳就依计而行，心中暗想："叫哪个丫环前去？又叫何人杀他？"想了一会儿，"且到临期再处。"随叫有怜取个红全贴周来。临川写了邀单送与花文芳，看上面写道："是月十六日奉邀同案诸友以齐集小斋，诗文一会。今开同案诸友姓名于左。"下写"同学弟花文芳拜订。"后面写着："冯子清兄、钱文山兄、高庄犹兄、袁齐福兄"等共八人，假打了六个"知"字。随着家丁："你到钱、冯两家打了'知'字回来。"家丁答应去了。到了冯府，把这邀单递与家人："我是花府差来的，有个邀单烦拿进去，请冯相公打个'知'字。"老家人接了，走进说道："有个邀单请相公打个'知'字。冯旭接过一看，是花文芳邀请同案诸人做诗文会，只得随手打了一个"知"字。老家人拿出来付与花府家丁去了。又到钱府，也是如此打了"知"字回府。见了主人，禀上："两处俱打过'知'字了。"花文芳大喜，准备行事不言。

且说冯旭打过"知"字之后，找家人到钱府知会："花府请做诗文会，可否去做？"钱林回说："他既来请，怎好不去。"老家人回复主人。

堪堪到了十六日，花文芳叫过有怜，吩咐："你可叫厨上备办酒席，再把季坤暗暗叫到花园无人之处，对他说道我有话要吩咐他。"有怜答应。去了不一时，季坤来到花园。文芳手中拿着五十两银子，道："赏你。"季坤道："大爷赏小的银子，必有用着小人之处。"花文芳道："我有一件机密事儿用你，你若干得来，太太房中丫环甚多，拣个好的赏你做老婆。事成之后，还有重赏。"季坤道："多蒙大爷抬举，恩同天地。不知叫小人所干何事？"花文芳道："我差你杀人。"季坤道："差小的杀人，小的怎敢推托。"花文芳赞道："好，好。附耳过来，如此如此……"季坤连声答应道："小人知道了。"说毕退去。正是：

计就月中擒玉兔，谋成日里捉金乌。

文芳来到书房，临川问道："安排定了？"文芳点头不言。

再讲钱林来到冯旭家里，约冯旭同赴花府。门官看见二位到了，连忙报进。花文芳连忙出来迎接，三人笑嘻嘻同进书房，见礼坐下。献茶已毕，花文芳道："小弟偶然高兴，这些同案好友多日未曾相会，小弟斗胆出一邀单，请诸位到来，彼此聚会聚会。"钱、冯二人道："小弟等蒙兄见爱，敢不从命，故此早早到府。不知那几位可曾到否？"文芳道："那几位尚未到来，小弟已差人请去了。"正说之间，临川从外走进，笑嘻嘻与冯、钱二人见礼。又与文芳假意作揖，道："晚生又来造府，今日转来进谒，不知府上有客在堂，晚生告退。"说毕就走。花文芳道："老魏，你来得正好，冯、钱二位相公是你会过的，今日在此替晚生陪客。"魏临川只得坐下。只见家丁禀道："那几位相公有人约了游西湖去了。留信在家，今日必到。"花文芳听了，假意道："这几位兄好没分晓，游西湖叫人如何等得。"冯旭、钱林二人见如此说法，遂站起身来，齐道："既诸兄今日不到，我等权散。等改日诸兄到了，小弟等再来奉陪。"花文芳将他二人拦住，道："这如何使得。"

不知花文芳可能留住钱林、冯旭二人，且听下回分解。

话说冯旭、钱林二人听见诸友不到，站起身来要走。花文芳哪里肯放，说道："既然诸位兄长去游西湖，不久自当践约，留下一席候他诸位。请二兄先坐一席，慢慢相饮，以等诸兄便了。"登时吩咐摆席。四人叙坐，钱林坐了首席，冯旭二席，花文芳、魏临川三席。

酒过数巡，看上几味，魏临川道："今日饮的酒觉得冷清，何不请二位相公行下一令，代主人消消酒？"花文芳道："自然要请教。"叫书童拿上令盆、罚杯，送到钱林面前。钱林道："小弟不知行令。"魏临川道："钱相公不喜行令，请教可占一令罢。"钱林只得饮过令酒，道："小弟要个曲牌名合意，学士去谒金门。"冯旭道："朝天子要穿皂罗袍。"魏临川道："上小楼去饮沽美酒。"花文芳道："红娘子抱要孩儿。"钱林原令到冯旭，冯旭道："小弟有了一令，要三字一样写法合意。"饮过令酒，道："官宦家俱是三个宝盖头，穿的绫罗纱，若不是官宦家，怎能穿得绫罗纱？"花文芳道："好个官宦家、绫罗纱！如今请放钱林兄。"钱林道："铜铸镜、须发鬓，若无铜铸镜，怎照得须发鬓？"魏临川道："浪淘沙，栽的是芙蓉花，若无浪淘沙，怎栽得芙蓉花？"冯旭道："如今轮到花兄了。"花文芳道："淡薄酒，请的是左右友，若无淡薄酒，怎能请左右友？"钱林、冯旭齐声赞道："好个淡薄酒、左右友！"花文芳道："轮到老魏行令了。"魏临川道："晚生要响亮响亮，请教钱相公一拳三大杯。"钱林一拳输了。又到冯旭，冯旭也输了。魏临川道："如今轮到大爷了。"花文芳道："我是主人，怎好豁拳？我吃杯算过门罢。不然，老魏再出一令。"临川道："也说得是，请二位相公全了一拳三大杯。"

看官，有心人算计无心人，不过三、五回转，把钱林、冯旭吃得大醉。花文芳见了大喜，暗叫家丁过来，吩咐道："将冯旭抬到东书房，钱林抬到西书房。"对临川道："我去叫个丫环来。"到得里头，想道："那个春英丫环每每与人做脸做嘴，等我叫她出去，送她性命。"叫春英快来，春英答应走来。花文芳道："连日有事，不得与你取乐。你此刻先到书房里去等我，我随后就来。"那春英欢喜，竟奔东书房而去。走进书房，忽听大喝一声，一刀砍下。正是：

金风未动蝉先觉，暗送无常死不知。

春英一跤跌倒在地。

且说花文芳忙叫家丁将金银器皿打扁，放在钱林怀内。外面喊叫"捉贼"，钱林睡在梦中，猛然惊醒，一骨碌爬起来，便向外走。跑出门来，脚下被绊马索一绊，早已跌倒在地下。众家一齐捆上，不由分说，将绳索捆起来，喊道："贼拿住了！"推到书房去见大爷。

众家丁故意喊叫，将冯旭惊醒。也不知外边有什么事，从榻上猛然下来，往外边走。不想被脚下死尸一绊，跌倒在地，伸手一摸，摸了一手血迹，叫喊起来道："救命，救命！"众家丁一拥而进，点灯一照，只见冯旭满身血溅，又见一个女子倒在地下，齐声喊道："冯旭杀了人了！"不一时，花文芳出来。众家丁禀道："小人们拿住了一个贼，推来见大爷，打这东书房经过，听见有人喊'救命'，小人等进去一看，竟是冯旭相公杀了人。不知杀死哪个？"花文芳道："掌起灯来，看杀的何人。"假意看了。一看，大惊道："原来杀死我的爱妾春英。"向着冯旭骂道："你好个人面兽心的畜生。我与你何仇何冤，为何杀我的爱妾？"冯旭道："不是小弟杀的。"花文芳骂道："你这个该死的禽兽，你遍身血迹，还赖什么！"吩咐家人："把凶手锁了，小心看守。此是人命重情，休叫走了凶手，天明送官。"众家丁一听，齐声答应，登时把冯旭锁起。

花文芳道："把强盗带过来，搜看他身上可有赃证。"众家丁一齐动手，搜出怀中许多器皿，俱是打扁了的金银器皿。花文芳大怒，骂道："你两个匹夫，一个因奸不从，杀死爱妾；一个醉后起心，偷盗花府金银器皿。"钱林道："花兄不要错认了人，我家颇有一碗饭吃，怎做起强盗来。"花文芳道："人赃现获，还要强赖。"吩咐家丁锁了。正是：

浑身有口难分辩，遍体排牙说不清。

那个魏临川把报呈写得现现成成，只等天明报官，又听得说是杀的春英，心中十分烦恼。

堪堪天明，把报呈报到钱塘县去。这钱塘县令姓孙，名文进，乃山西平阳县人氏，两榜进士出身，初仕钱塘县，为人耿直，心中明亮。只见管宅门的家人将报呈送进，说："花府今夜被盗，又有一张呈子，是因奸不从，杀死人命。"孙老爷听了大惊，道："禁城之内，哪有大盗？"报呈写："劫去金银不计其数，现捉获一身，搜出赃物。"又有一张写："因奸不从，杀死爱妾春英，凶手已获。"孙老爷看毕，沉吟半晌，道："此事有些蹊跷，怎么就有两桩大事？"吩咐三班伺候到相府相验。

不一时，知县出堂打道，竟奔相府而来。花文芳迎接，到西厅坐下。献茶已毕，孙文进问道："公子，怎一夜就有两件大事？"花文芳道："这是晚生家门不幸，故遭此等异常。如今大盗、凶手已拿住，求老父母一问便知端的。务要凶手抵偿。"孙知县道："公子放心，本县从公面断。"登时起身，走至东书房。公案早已摆妥，知县坐下。行人验伤，将春英尸首细看，报道："满身无伤，惟脑后一刀，深有二寸有余。"孙知县亲自下来观看一回。权检标了封条，用铁局抬去荒郊看守。吩咐带过凶手。冯旭走至公堂，深深一揖，道："生员冯旭拜见父母大人。花文芳诬告生员杀死人命，凶器在于何处？见证却是何人？只求父母大人详察。"知县见是生员冯旭，唬了一跳。沉吟一会儿，吩咐左右将凶手押着听审，又吩咐将大盗带上来。钱林走上，打一躬道："生员钱林拜见老父母。"孙知县惊讶道："此两件事俱是生员，但二生高才，据我看来，其中必有缘故。"吩咐押着回衙听审。就要起身，花文芳道："两件事治生全仗老父母，务要严审拷问，抵偿人命。少不得治生写信进京到家父处，保举父母高才，不日就要有升迁之喜。"知县道："公子放心，自古道：'杀人偿命'，自然从公论断，何劳公子叮咛。"说毕，吩咐打轿回衙不表。

且讲冯旭、钱林两家家人昨日来到花府迎接相公，花家门公道："你两家相公与我家相公游玩西湖去了。你们要到西湖边去接。"哄得两家家人跑了半夜，也未接着。今日又到相府来接，闻得曲信，唬得魂不附体。两家家人慌慌张张回去报信与老夫人知道。冯太太闻得儿子杀了人，不觉一跤跌倒在地，早已呜呼，不知人事。未知生死如何，且听下回分解。

第十六回 花文芳面嘱知县 孙文进性直秉公

话说冯太太听了家人这些言语，知道冯旭杀死人命，拿到县中去了，听得唬了一跤跌倒在地，昏死去了。丫环、妇女慌忙救醒。哭道："我儿不知此时怎生模样，为娘的放心不下。"家人一齐劝道："太太如今不必悲伤，保重贵体要紧。速速差人前去打听相公消息，回来再为料理。"太太应允，家人前去，按下不题。

且说钱家家人也慌慌张张回家至后堂，正值小姐亦在夫人面前问道："母亲，哥哥昨夜为何不回来？"话犹未了，家人进来高声喊叫道："太太、小姐，这场祸事不小。"夫人、小姐忙问："有何祸事？"家人道："小人今早到花府打听相公昨夜不回为什么事情，忽听人纷纷传说，今早钱塘县带了我家相公与姑老爷走。姑老爷因奸不从，杀死花文芳爱妾春英，我家相公见财起意，偷了花府金银器皿。"钱太太与小姐一闻此言，唬得魂不附体，一齐放声大哭。翠秀在旁说道："夫人、小姐不必悲伤，这件事婢子看见分明是花文芳害两家公子，为的是小姐而起。事到其间，哭也无用，快快着人县前打听，回来再处。"太太随着家人前去打听。

按下两家前去打听事情，且说孙知县回衙，心中暗想道："这钱、冯二人皆是有才学的，怎能做得这犯法之事？花文芳嘱我严刑问此案，寄信与花太师，自有升迁之日。我想我今并非是皇上命官，竟是他相府里之官，其情可恼。且到晚间带到内堂一审便知分晓。"当下吩咐原差带齐两案人犯，伺候晚堂听审。

孙知县见天色已晚，出堂，差人带上人犯，当堂点名，先点花府家属花能。花能答应上堂，打个千儿，立在一旁，孙知县道："花大叔请外班少坐，待对词之时再请进来。"花能答应走下。又点凶手冯旭，冯旭答应。又点黑夜盗犯钱林，钱林答应。孙老爷吩咐将钱林带下，先审人命。正欲冲击冯旭的口供，忽听宅门外一片喧哗之声，有百十多人挤在宅门口。孙老爷问道："何人喧哗？"管宅门的忙来禀道："有朱翰林并三学秀才在宅门外，要见老爷，有个公呈在此。"孙老爷接过公呈一看，原来保举冯旭、钱林的公呈。孙老爷道："朱大人与众生员本当请进面见，然有公事在身，公呈存下，自有公断。□□□□□各宪一一请回。"家人到宅门口将此言与朱翰林说了。朱辉对众人说道："诸位年兄暂且请回。公呈收下，候父母审毕定夺。"众人道："孙父母明见万里，我等暂退，等审过再处。"说毕，纷纷散去不题。

且说孙老爷问道："冯旭，你既读孔圣之书，怎么不知礼法？因何杀死人命？从直招来。如有半字支吾，本县执法如山，叫左右看大刑伺候。"两边一声答应如雷。冯旭道："父母大人在上，容生员细禀。生员一向与花文芳相好，不料他将人命害我，不知所为何事，望父母大人详察。"孙老爷道："你一向与花文芳相好，怎么又将人命害你？一定是你终日在花府走动，看见他爱妾貌美，起了淫心，昨晚酒后，自然逼她成奸。那女子性烈不从，你一任酒性，将她杀死。这不是因奸不从杀死人命？你还抵赖到哪里去！"吩咐把钱林带上来。钱林上前跪下道："老父母。"孙老爷道："你可从直招来，怎么偷盗花府金银器皿？同伙还有几人？免得本县动刑。"钱林道："父母大人在上，容生员细禀。生员世代书香，岂不知王法利害，怎肯做这犯法之事。明明花文芳诬良为盗。"孙老爷道："你与花公子何仇何恨，他诬你为盗？"钱林道："今年二月间，因有朱辉年伯至生员家，代生员妹子为媒。生员因这一日两家说亲，不好允成，彼时应道：'花、冯两家皆系同案好友，小妹略知文墨，改日请花、冯二兄过舍一考，小妹取中哪家文字，即使做亲。'"孙老爷道："他可来么？"钱林道："二生俱到。生员妹子出了题目，却取中冯旭文字。无奈生员妹子年幼无知，动笔将花文芳的文字批坏，彼时怒恼而去。前月生员已受过冯家之聘。分明挟仇诬害生员二人，望老父母详情鉴察。"孙老爷道："你既知与花家结怨，为何又到他家去？"钱林道："因花文芳有一邀单，要做诗文会。生员见他来请赴会，若不去，又恐惹他见怪，故约了冯生员同去，谁知落了他的圈套，便把这人命、盗案诬害生员二人。"孙老爷道："诗文会共有几人同席？"钱林道："邀单上原有八人，却有六位不到。同席共有四人。"孙老爷道："哪四人？"钱林道："生员同冯旭、花文芳、魏临川。"孙老爷道："魏临川却是何人？难道也是同会的么？"钱林道："不是同会之人，乃是花文芳之帮闲。席上猜拳行令，将我二人灌醉，抬至东西两书房。猛听得喊叫，生员不知是计，向外观看，不想脚下被绊脚索绊倒在地。家丁上前把生员拿住，怀中搜出许多金银器皿。生员怀中器皿也不知从何而来。花文芳诬害生员为大盗，此刻叫生员有口难辩，求老父母大人详察就是了。"

孙老爷听了这些口词，暗想道："钱、冯二人口供相同，且着头役到那六人家去问可有邀单否。"随叫钱林写下那邀单上六人姓名。写了，即差两个衙役如飞而去。不一时，回来禀道："小人奉老爷之命，差到那六位相公家去问，俱言未见邀单。"孙老爷心中明白，知两件事分明是花文芳挟仇诬害两家，但不知凶手实系何人。待本县将魏临川拿到，他必知情。在签筒内取了一根金头签子，朱笔标着："衙役速去提拿帮闲魏临川到案，当堂回话，火速火速，限次日早堂听审，如违，重责不贷！"原差领下朱

签。知县吩咐将冯旭、钱林权且收监，俟拿到魏临川复审。两边一声吆喝，知县退堂。正是：

　　但存方寸地，留与子孙耕。

不知原差领了朱签去拿魏临川，可能到案？且听下回分解。

第十七回　三学生员递公呈
知县缉拿魏临川

话说原差领了朱签，出了县门，直奔魏临川家而来。这且不表。却说花文芳差人打听知县回衙如何审讯，自己在书房与魏临川笑道："钱林也未必逃得脱。"话犹未了，花能前来回话。文芳便问道："你回来了么，孙知县可曾审么？"花能答道："审过了。"文芳又问道："审的什么口供？孙知县可曾动大刑么？"花能道："连呵叱也没有，若有呵叱，他们也不敢生员长、生员短。知县反出朱签拿魏临川相公到案听审。依小的看来，这件官事要打回来了。"花文芳听了，不觉大怒，道："好大胆的狗官，我当面吩咐，叫他把冯旭严讯。他不过是个七品，前程还大到哪里去，反敢来拿我魏临川对质。"叫道："老魏，你住在我府中，他的差人若到我府中拿人，就将他狗腿打断，看那孙文进怎样奈何我！我明早到都堂衙门见我世兄，叫你狗官做不成。"说毕，气冲冲怒犹未息。魏临川劝道："大爷不消气，且到明日，上了辕门，见了都堂大老爷再处。"

不表花文芳，单言钱塘县两个原差奉本县之命拿魏临川。到了魏家门口，竟自扣门。崔氏问道："是哪个？"差人道："来请魏相公说要紧的话。"崔氏道："不在家，在隔壁花府里。你们那边寻他去罢。"差人道："既然不在家，我们写下个字儿，等他回来看了便知端的。"崔氏听见，忙叫小红开门。公差朝里就走。妇人站在房门口，问道："二位有什话说？"公差道："我们是县官差来的，要拿魏临川到案对质。"说毕，将手中金头朱签拿出来，道："你且看看，快叫他出来，免得我们动手动脚的，那时不好看相。"妇人闻言，唬了一跳，回道："他实实不在家，委实不在家，烦二位到府去拿他。"公差道："这妇人可笑，千差万差，我们来人不差，只在此间拿人。如若没有魏临川，就要带家眷去回官。"妇人听了，战战兢兢道："不知他在外做出什么事，只好拿他。妇人坐在家里，哪里晓得。"公差道："只怕魏临川躲在家里，你不肯说，带累我们打了板子下来，那时不得开交。"妇人道："我家几间房子，二位不信，请搜。"公差道："这也是拿不定的。"二人商议道："伙计你在此坐住，我去叫地方来。"

不一时，地方走来，看了朱签，上面写得利害。这个地方叫做"万把勾"，叫道："二位老爷请坐，待我问他娘子是怎样出去。"万把勾走到房门口，叫道："魏娘子，你

 中国禁书文库　绣像大明传

二六九三

家魏官人往哪里去了？老实说罢，县里老爷金头朱签上面写的好不利害。原差打个板子还是小事，不要连累我这老年人为你家之事去打板子，那时怎处？"妇人道："万大爷，我家的是花大爷叫进府中去，有一月未回，爷仰万大爷到花府一问便知。"万把勾道："他们两个差人来了半日，茶也没有吃一杯，定要折个东道与他才是。"随问道："与他们多少银子？"万把勾道："你用二两做两包，算代饭，用四两做两包，算折席。"妇人忙去秤了几包银子，交与万把勾。万把勾就把原差一把扯住，低低说道："我方才叫他娘子折个饭东，二位权且收下，少坐片时，等我到花府一走便知端的。"原差说："诸事要仗你调停，少不得个要二八提篮。"万把勾道："在我身上。"哪知他先摸了二两头上腰。

遂到花府，看见门公叫道："老爷，隔壁魏官人可在府上？今有县里二位公差在他家吵闹，要拿魏官人。小人是他娘子烦来问个实信。"门公道："敢是原差问你地方要人，怎么不到我府？"万把勾连忙问道："不是小人，是他娘子烦来问声，如若不在府上，小人就回他娘子的信。"门公道："魏临川是俺家公子差他别处去干事了，待俺回禀大爷一声，看有什话说。"万把勾连称"小人在府门候信"不表。

且言门公来到书房，花文芳正与魏临川对面饮酒，门公如此如此说了一遍。魏临川听了，忙叫："大爷，差人在舍吵闹，终非了局，还要大爷照看。"花文芳道："老魏，我叫有怜前去说明。你不得到案，看这狗官怎样奈何于我。"随叫有怜，有怜答应出来。万把勾看见，叫声大叔。有怜问道："差人在哪里？"万把勾道："现在魏家。"有怜道："待我会他，你先回去。"

万把勾来到魏家，向差人如此如此说了一遍。公差道："我们奉差而来，拿的是魏临川。魏临川不在，问你地方要人，如若无人，带你去回官，哪个要会花府大叔。"正说之间，有怜推门进来，问道："你们是县里差来拿魏临川的么？"二公差答应道："正是。"有怜道："魏临川是俺家大爷差往别处去了，不得到案。你们要拿，将我拿去见你大爷。"公差道："怎敢拿大叔前去，既然魏大爷不在家，我们带地方前去回官。"有怜道："与他何干。你家老爷要拿魏林川，只好到相府问俺大老爷要人，你们不要在此痴想。"差人见花有怜语言不到，只得自己带笑道："我们回禀老爷一声，如若真要人，我们明日再来拿他便了。"竟自去了不提。

那万把勾问着花自怜道："大叔，小人去吧！"有怜道："倘尚差人再来拿你，你可同他到相府门口来，把狗腿打断他的，才晓得理。事过之后，叫魏临川重重赏你。"那万把勾道："晓得。"去了。

崔氏见众位去了，在房里走出来，叫小红将门关上，就同花有怜坐下，问道："为什么县里要拿魏临川？把奴唬了一跳。你们两个冤家一向都不过来，奴在这边记挂你两个人。"花有怜将魏临川定计杀死春英、诬害冯旭的话说了一遍。"我家大爷因知县不大顺便，所以不得过来。我又是大爷时常呼唤，故尔负了你孤单。看今日晚间偷空过来走走。"崔氏带笑轻轻在有怜脸上打了一下，说道："都是你们负心男子。"有怜道："哪个像你有情。"一把抱住，"我的乖乖，怎肯负了你，今晚一定来。"妇人将眼一瞅，道："你到房中去，我有话对你说。"花有怜心中明白，道："小红叫她到哪里去?"妇人道："一个小丫头晓得什么。"随即走进房中，有怜跟到进去。两人又耍了一会儿。

云雨散后，有怜回转府中，走进书房。临川问道："人怎么样了?"有怜将始末根由细说一遍。花文芳听了，不禁大怒，口中骂道："这个瘟官，看他做得长久不长久。明日我到世兄都堂衙门，先叫他把这个瘟官坏了，方才消我大爷之恨。"

当日过了一宿，次日早晨，花文芳坐了轿子，家丁拿了名贴，直奔都堂辕门而来。

不知花文芳去见都堂有何话说，且听下回分解。

第十八回　孙文进复审人命　魏临川花府潜身

话说花文芳一直来到辕门，家丁先将名贴送与号房。号房忙接了："请官所少坐，待小人传禀。"

看官知得这个都堂是谁？原来是花太师的门生，他是个双姓东方，名白，乃是湖广天门县人，科甲出身。花太师保奏着他做了巡抚都堂之职，面托东方白照应家里各事，兼之约束己子读书上进。自到任之后，三朝五日就来相府请师母金安。这花文芳也时常到他衙门来。

这个号房拿了贴子禀了巡捕官，巡捕官转禀堂官。堂官见花公子到来，怎敢怠慢，登时到大众面前禀道："花公子面会。"东方白看了名贴，道："快请。"

不一时，花公子到了内堂，东方白远远迎接见礼，分宾主坐下。献茶已毕，东方白开言道："世兄连月少会。"文芳道："无事小弟也不敢来，今有点小事特来奉渎。"东方白道："有什么事情，着人来说声就是了。何劳世兄台驾前来。"花文芳道："前日失贼、杀死人命，世兄难道不知么？"东方白大惊，道："竟有这等事情？钱塘县未见详来。"花文芳道："大盗、凶犯俱已拿获，钱塘县竟不把我放在眼里，将我的官司审输了，我特来求兄长做主。"东方白问道："凶手、大盗却是何人？孙知县问的什么口供？"花文芳道："因冯旭夺了我的妻子，将人命诬害他是真。钱林为盗却也非真。如今拜恩把冯旭的妻子断归了我，因冯旭之事杀我一妾，理当以妻子偿抵。当堂写下一纸休书，交付我手。让我把钱月英娶过门来，方才罢了。"东方白道："钱林为盗，怎生发落？"花文芳道："我将钱月英娶过来，他就是我的舅子，有什么话说。"东方白道："世兄放心，即刻将知县传来嘱咐他，着他将月英断与世兄。"花文芳道："倘知县不肯，如何处置？"东方白笑道："世兄不必挂意，难道小弟是他上司，吩咐与他，怎敢违拗？"文芳听了大喜，随吩咐左右伺候，打一躬道："全仗老世兄大力为我周全其事。"又打了一躬而别。

不表文芳回府，再言都堂吩咐传钱塘县来面谕要话。这且莫讲，单表孙知县正欲坐堂，忽听门上禀道："今有都堂大老爷传。"怎敢延捱迟滞，即刻坐轿来到辕门。投过手本，大人吩咐进见。孙知县来至后堂，参见已毕，道："大人传卑职，不知有何吩咐?"大人道:"本院耳闻相府失贼,并杀死人命,呈子是贵县勘问的。此事关系甚大,必须严审究办才好详报。贵县前程要紧,不可容情。"知县旋打一躬,道:"卑职审过一堂,未得实情。现有魏临川一人尚未拿到,无人对质。"大人道:"既然审过一堂,凶手可曾据实直吐?"知县道:"见证魏临川未经到案,且凶犯、大盗皆系钱塘县有名秀才,大刑不能擅动。以卑职看来,此事诚恐诬害,不得不细加详察,以符公论,以究真伪。"大人听了这些说话,把脸一变,道:"贵县好糊涂!说什么有名的秀才不能动刑,独不知王子犯法与庶民同罪么?此乃人命重情,非同儿戏,难道你自己的前程也不顾了么?你才说是虚的,难道相府与他有仇,自己杀死爱妾,赖他不成?大刑不动,怎敢招认!你又说魏临川不到,不能对质,但花府报呈上有这个魏临川的名字。自古道:'杀人者偿命',有何质辩?贵县回衙,将凶手先行摘去衣巾,务须严刑审讯,星速详报。本院执法如山,就是贵县,也要听参,莫谓言之不早。"

孙知县打了一躬,即刻退出,上轿回衙,心中好不烦恼:"上司当堂如此吩咐严刑勘问,我想那三木之下,冯旭是个瘦怯书生,哪能受得这刑,自然屈打成招。欲待怜悯哀矜,不动大刑,怎奈上司耳目。且上司台谕不敢不依,只得勉强一用大刑,再作区处。"遂吩咐三班衙役伺候,升了内堂,标了虎头牌,在监内提出冯旭、钱林听审。两边衙役一声吆喝,知县点名,将冯旭带上。

只见拿魏临川的两个原差跪下禀道:"小的两个奉老爷之命捉拿魏临川,魏临川不得到案。"知县将惊堂一拍,骂道:"你这两个卖法的奴才,得了魏临川家多少银钱,卖放了他?"将一筒签往下一倒,两边众役吆喝一声。两个原差禀道:"小的怎敢卖放老爷的法,因花府家人说'魏临川是我家大爷差往别处去了'。老爷要拿魏临川到案,除老爷发名贴到花府去要,魏临川才能到案对质。"知县道:"这是花府家人当面对你们说的么?"原差道:"正是。"知县道:"本该重责你们。"原差道:"愿受责。"知县道:"权且恕你们一顿板子。"原差磕头谢过老爷大恩,就站立一旁。

知县道:"本县做了一个地方官,一个光头百姓都拿不到案,叫本县如何审问?你家公子害怕魏临川到案,审出情由,其实不妨,本县自然回护,糊涂审过就罢。"花能又打个千儿,回道:"魏临川实系小的主人差往别处去了。"知县笑了一笑,也就不问了。且问冯旭:"你为何杀死花府公子的爱妾?从实招来,免受刑法。"冯旭道:"老父母在上,容生员细禀。实系冤枉,这都是花文芳做成圈套,害死生员,方能夺得生员的妻子。只求老父师详情。"知县微笑道:"只怕你的衣冠已出去了,还称什么生员、父师。"冯旭听见衣冠已出,唬得魂不附体,忙道:"老父母大人,实在难招。"孙知县暗自忖道:"他不转供,怎么好放通详。"于是假意道:"你不受刑,怎肯实吐。"遂吩咐夹起来。众役将冯旭略套一套,又问了几句供,就暂松刑,带去收监,正是:

当堂若不行方便，如入宝山空手回。

知县吩咐刑房连夜将冯旭各情节承招、写了流徒一千里外之罪，速速做成文书通详，刑房书吏连忙答应。又将钱林带上细问一番，与前口供一字不改。理该释放，权且寄监，候通详后定夺。知县退堂不题。

再言花能回到相府，将县官复审、要拿魏临川的话说了一遍。花文芳听了大怒，道："这个狗官，如此放肆，将钱林释放倒也罢了，不过我想他妹子；那冯旭只问了个徒罪，冯旭不死，月英怎肯嫁我？这个狗官岂不把我大事弄坏了。"魏临川道："其实可恨。"花文芳道："不免要到世兄那边去走一遭才好。钱塘县狗官怎么只定他流徒之罪，又将钱林释放，如此欺我，此恨怎消？罢了，罢了，等我将冯旭之事结果，再将钱塘县狗官叫都堂世兄将他官坏了，方才出我心头之恨。"想罢，道："必须到世兄那里去。"魏临川道："一定要去才好。"花文芳随即吩咐打轿伺候。"家丁拿了名贴，文芳上轿，二次去见都堂。

也不知可能害得冯旭否，且听下回分解。

第十九回　生员聚众闹辕门　巡抚都堂强断婚

话说花文芳到了辕门，投过贴子。东方白远远迎着见礼，分宾主坐下。献茶已毕，东方白道："世兄昨日别后，即刻将钱塘县传到，吩咐将冯旭严加讯问，定他死罪。他道冯旭是个生员，我又吩咐学官摘去他的衣衿。早早问罪，世兄好娶世嫂过门。"花文芳道："多谢世兄，小弟特为此事而来。那孙知县传拿魏临川到案对质，是我不肯放他出来，他就把我家人叫上堂，讲了许多不情的话，又把钱林释放，这也罢了，不过是看他妹子份上。怎么将冯旭略略夹了一下，定了个罪。"东方白道："定了个什么罪？"花文芳道："问了个一千里徙流罪，但冯旭不死，钱月英怎肯改嫁？还求老世兄做主。"都堂听了大怒，道："孙知县这般胆大，不听我的话。"文芳道："知县不把我放在眼里犹可，他是我的父母官。怎么连世兄是他亲临上司，吩咐他的言语全然不理，令人可恼。"东方白被花文芳几句言语一激，满面通红，道："世兄请回，知县详文未到。如到，批将下去，着他将原差犯人一齐解到辕门亲讯，将冯旭问成死罪，钱氏断与世兄为婚便了。"花文芳道："多蒙世兄费心，为我问了冯旭死罪。倘孙知县不肯，如之奈何？"东方白道："孙知县若再无礼，先将他参了。"花文芳打一躬，道："多谢世兄。"起身告辞。东方白送出仪门，一躬而别。

不表花文芳回府，再表堂官手捧各府州县文书进来，送到大人面前批阅。东方白观看良久，一一批过。看到钱塘县相府人命案，见他详文写得明白："冯旭夹讯，已定徙一千里；钱林无事，释放回家。"东方白看完，自道："花公子适才所言，句句不差。"大怒，随将详文批道："赃物俱获，怎为无事无辜释放？人命关天，安得千里流徙可偿？明是徇私，必有隐情。仰知县原差卷案一干人犯亲自解辕，听候本部院亲提讯审，限次日早堂伺候，毋违，慎之慎之。"登时发出文书。

孙老爷正坐私衙，只见宅门上的家人将详文拿进禀道："详文都堂大老爷批回。"孙知县将文书接过，见上面朱笔批下要将人犯原卷提解辕门听审，好不害怕，叹道："冯旭，也是你命该如此，遇了真对头。哪个不知都堂是花太师的门生。这一解上去，只怕是九死一生。"只得标了虎头牌，到监将冯旭、钱林提到内堂。孙知县道："本县

念你二人俱是读书之人，本欲开活你的死罪，无奈抚台大老爷将详文批下，要解辕门亲审。想你二人上去，只怕凶多吉少，须要仔细小心。口供只照原词，还有生路，倘若改变，性命难保。"冯旭、钱林禀道："还求大老爷作主，奈小人实是冤枉。"知县道："本县明知你是冤枉，亦非本县不代你二人做主，奈上司亲提，叫本县如何遮盖？"冯旭、钱林齐声哀告道："还求老父母将文书再详上去。"孙老爷道："上天有好生之德，本无恻隐之心，只怕为你这段公案，连本县的前程都付于流水。且到明日亲提辕门，候大人审过再处。"二人叩谢，仍然收监。

一宿已过。次日清晨，孙老爷吩咐刑书将原卷抱了，人犯一齐解到辕门，将文书、手本先投进去。候不多时，只听得传点开门，大炮三声，吹打三遍，头役纷纷奔走。继后三通鼓响，升堂，但见：

三声大炮，轰天如雷。辕门鼓亭，奏乐开门。肃静回避，牌分右左。部院牌、巡抚牌，摆列衙关。两面飞虎旗，绫锦顾绣；清道旗、令字旗，尽是销金。刽子手头插雉尾，困绑手手拿铁索。幌幌鸣锣军士俱，悠悠喝道鬼神惊。红黑帽似虎如狼，夜不收如魔似怪。明幌幌刀枪出鞘，寒森森刀斧惊人。瓜槌斜对金画戟，钢叉紧对铁勾镰。巡捕官站立高堂，手忙脚乱；中军官待立两旁，拱候步趋。得三声鼓响登堂，一派高呼升座。

大人升堂已毕，各官参谒，分立两旁。只听得一声报名："钱塘县进。"内役应声："进。"孙知县来至大堂，行礼参见已毕，侍立公案前右手。大人问道："原卷、人犯俱齐了么？"孙知县道："俱在辕门伺候。"只见钱塘县刑房书吏捧了原卷送上，摆列公案，复转身走下堂来，向上跪禀道："钱塘县刑房承行书吏叩见大人。"都堂道："相府人命、盗案两件事都是你承行的么？"刑房又磕了一个头，道："是小人承行的。"大人将头一摇，门子唱道："起去。"刑房又磕了一个头，站在旁边。都堂向着孙知县道："原卷、人犯俱齐，贵县回衙理事。本院审明，贵县再出详文便了。"孙老爷连打三躬，至滴水檐前又打三躬，慢慢退下去，走到辕门外，上轿回衙不表。

再言都堂将原卷从头至尾看了一遍，叫承行书吏，刑房忙跪下答道："有。"大人道："我问你，这原卷因奸不从、杀死人命是你承行的么？"刑房道："小人承行的。"大人道："怎么这样重事只问个徒流之罪？"刑房禀道："此乃小人本官所定，与小人无干。"大人大怒，骂道："你这该死的奴才！通同本官作弊，卖朝廷之法。"遂向签筒内抽出六根签，往下一掼。只听得一声响，众役吆喝如雷。五个衙役不由分说，扯将下去，五板一的换，打了三十大板。大人刑法好不利害，这个承行的书办哪里当得住，

打得皮开肉绽，鲜血直流，死去还魂。大人吩咐放起那书办，哪里扶得起来，只得拖过一旁。大人提起朱笔，在冯旭名字上一点。站堂官叫道："带冯旭进来。"冯旭看见这般威严，唬得魂不附体。正是：

青龙与白虎同行，吉凶事全然未晓。

不知冯旭进来，生死如何，且听下回分解。

第二十回 冯旭受刑认死罪 百姓罢市留青天

再表冯旭到了堂下，众役禀道："大老爷，犯人开刑具。"两边吆喝一声，站堂官叫道："犯人冯旭。"冯旭答应"有"。大人问道："冯旭，你因何强奸烈妇不允，杀死人命？快快招来，免得动刑。"冯旭禀道："大老爷，小人实是冤枉。"大人大怒，将惊堂一拍，两边吆喝一声，骂道："你这个刁奴，开口就叫冤枉。"吩咐打嘴。众役一声答应，打了五个嘴巴。可怜冯旭满口鲜血，朝下乱喷。大人喝道："快快招来。"冯旭道："老爷听禀。"就将从头至尾细细说了一遍，前后口供同样，一字不差。大人大怒，骂道："你这个利嘴奴才，都是一派花言巧语，在本院堂上支吾。人命重情，不夹不招。"吩咐左右："取大刑过来夹这奴才。"众役一声答应，如狼似虎，走上来把冯旭按倒，将腿往下一端。冯旭大叫一声，登时死去。正是：

> 人心似铁非真铁，官法如炉却是炉。

可怜一个瘦怯怯的书生，怎么当得一夹棍，可怜昏死在堂上。

大人见冯旭死去，叫左右取凉水喷面。没个时辰，"哎呀"一声，苏醒转来，哼了声，道："人心天理，天理人心。"大人道："快快招来。"冯旭道："大老爷，犯生从何招起？平地风波，做成圈套，只求大老爷将魏临川拿到一问，犯生就有生路了。"大人发怒道："自古一人杀一人，理当抵偿，难道魏临川到来替你不成？"吩咐一声"收紧"，众役答应，又收了一绳。可怜又昏死去，过了半晌，方才苏醒，叫道："犯生愿招了。"大人道："你怎么杀死花公子的爱妾？"冯旭供道："那日犯生到花公子府内做诗文会，吃酒更深，不能回家，就在他家书房住宿。偶然看见他的爱妾，彼时犯生起了邪心，向前调戏。谁知那女子烈性不从，高声喊叫。犯生恐花公子知道，不好看相，一时性起，将她杀死是实。"大人见冯旭招了，叫他画供，松了刑具，定了死罪，秋后处决。当堂上了刑具，交与钱塘县。大人退堂。正是：

> 任凭铜口并铁舌，只怕问官做对头。

大人提起笔来批道："审得因奸杀死人命是实，已定秋后处决，着钱塘县收监，连夜做上详文通详。"登时发下，将冯旭解出辕门。

那钱林看见冯旭夹得这般光景，好不伤心，叫道："妹夫无辜受刑，此冤何时得雪，我于心何安。"抱住冯旭放声大哭。冯旭将眼一睁，叹了一口气，道："罢了，我生前不能报此冤仇，死后必到阎罗面前辩明白。钱兄念小弟母亲只生小弟一人，我死之后，望乞照应一二，小弟死在九泉之下，也得瞑目。但令妹之婚，不必提了，恐误她的终身，听兄另择高门。不可将小弟挂怀，反伤性命。"钱林正要回答，只听得喊道："带钱林！"把个钱林唬得战战兢兢，忙道："妹丈，小弟不及细说，大人提审了。"

众役一声报道："犯人进。"内役应道："进。"一声吆喝，来至丹墀。众役禀道："大老爷，犯人当面点名已毕，打开刑具。"问道："钱林，你为何因盗了相府许多金银器皿，从实招来，免刑法。"钱林禀道："公祖大老爷，容犯生细禀。"就将两家亲事的话从头至尾说了一遍，与钱塘县详文一般。都堂道："相府与你做亲，也不为低，你怎么将妹子定要嫁冯旭？冯旭因奸杀死人命，本院审明，已经定罪，秋后处决。将来你妹子另嫁，不若本部院代为做媒，将你妹子许配相府，两家改为秦晋之好，一则除你贼盗之罪，二则免革衣衿，三则花太师看你妹子份上，把你做个官，荣宗耀祖，岂不好么？"钱林听了，唬得哑口无言，惊了半晌，方才禀道："犯生的妹子已受冯家之聘，杭城哪个不知？况又是翰林朱老先生做的月老，于理不合，一女怎吃两家茶？求大老爷开恩，此事行不得。"都堂大怒，将惊堂一拍，两边吆喝如雷，道："不识抬举的畜生，本部院代你妹子作媒，难道不如一个翰林不成？理上不合？"忙叫过头役吩咐道："将钱林押下，写了遵依上来，听花府择日纳采过门。"钱林禀道："容生员回去与母亲商议，再来禀复。"都堂道："自古云：'妇人之道有三从。'哪三从？在家女子从父，出嫁女子从夫，夫死从子。你今在此做了主，令堂有什别论。"钱林正欲再禀，猛听得堂上三通鼓响，大老爷退堂。众役一声吆喝，承差催促钱林出了辕门，道："钱相公，快写了遵依。"交与承差才放钱林回去不表。

再言都堂发下冯旭，仍叫钱塘县收监。孙知县正在内堂纳闷，家人走来，禀道："都堂大人将冯旭发回收监，又将承行书办责了三十大板。冯旭定了秋后处决。现有文书，请老爷观看。"孙知县大惊，忙把文书接过一看："罢了，罢了，可怜杭州一个才子被无辜冤枉，已定秋后处决，这也可恼。"随即吩咐出来将冯旭收监，又把承行叫进宅门。那个书办见了本官，两泪交流，道："大老爷责了小人三十大板，还要老爷连夜通详，如违，官参吏革。"孙知县问道："钱林什么口供？"书办道："大老爷将钱林释放，硬断钱氏与花公子为婚，逼写遵依。"孙知县听了大怒，道："分明是将人命诬害冯旭，硬断钱氏与花姓。责本县的书办就如打本县一般，又叫本县通详，本县也不通详，看他怎么参我！我是朝廷命官，食君之禄，理当报效朝廷，代民伸冤。理枉这样，瞒天害理，岂是行得的？宁叫本县将前程革去，决不做这样瞒天昧己之事。"吩咐刑房："文书不可做，看他怎么奈何于我。"要知大人如何难为孙知县，且听下回分解。

话说孙知县吩咐书办莫出详文不表。再言那都堂只等详文到来，这也不提。却说花能在辕门伺候听审，都堂并未叫家属，他就站在旁边听审。只等都堂审毕退堂，他才回来报与老爷知道，如此如此这般，细细说来一遍。花文芳听了，不觉手舞足蹈，满心欢喜，随赏了花能一两银子。魏临川忙向前作了揖，道："恭喜大爷，晚生向大爷借几两银子家用。"花文芳便叫有怜拿五十两银子与他。花文芳道："老魏，不要回家，恐孙知县拿你，我叫有怜送到你家去。"魏临川称谢。

不表花有怜送过去，再言冯旭老家人打听明白，即忙来到府中，报与太太知道，将前后事说了一遍。太太听了，正是：

> 惊走六叶连肝肺，少了三魂七魄心。

不觉一个筋斗，跌倒在地，登时气绝。慌得合家仆妇人等上前挽扶，扶头的扶头，撮脚的撮脚，哭的哭，叫的叫，忙在一堆。救了半日，方才醒来，口中咽咽啼哭道："娇儿呀，自小时为娘就把你当作掌上之珍，长到一十六岁，连手也不曾向你弹一弹，不想今日被这奸贼害了，受这般酷刑，怎不叫做娘的伤心。"只哭得死去还魂不表。

再言钱林释放回家中，见了母亲。太太看见，好不欢喜。月英在后楼，见哥哥来家，急下楼来看兄长。太太问道："我的儿，来来，你妹夫可曾释放？"钱林见母亲问起妹夫，不觉双目流泪。太太问道："为何伤心？"钱林就将前后之事说了一遍。太太、小姐、合家仆人妇人等齐哭起来。哭了一会儿，小姐叫声："母亲慢哭，我想起来，都是孩儿不是，惹出这样灾祸。当日一时不知人事，将这奸贼文字批坏了，就害了冯郎。冯郎在一日，守他一日，倘若有些长短，惟有死而已。都堂这等丧心，硬将孩儿断与花贼，古言'好马不配双鞍'，孩儿宁死不从。"说罢，又放声大哭。一家儿哭得天昏地黑不表。

话分两头，再表东方白问成冯旭死罪，又将钱月英硬断与花文芳，只等知县出详，要把冯旭秋后处决。等了一日，不见详文。等到第三日，还是无影响。都堂大骂道：

"好大胆的狗官，这等放肆。"随即出令箭一枝，着了旗牌到钱塘县去，将知县提来。旗牌领了令箭，怎敢怠慢，飞马而来。到了钱塘县，高声叫道："今有都堂令箭，火速提知县到辕门。"孙知县不慌不忙，早已预备现成，把印带在身边，即刻上轿，同了旗牌而来。

不多一会儿，来到辕门。旗牌进缴令箭，即刻将知县传进。报门已毕，知县来至内堂，看见大人坐在堂上，一脸怒色，且上前行过参礼，站在一旁，禀道："大老爷传卑职，不知有何吩咐？"都堂将脸一变，道："前日相府人命本院已经审得明白，定了罪案，着贵县速结通详，为何许久详文不到？贵县太疲软了。"知县忙打一躬道："不知大老爷叫卑职怎么详法？"都堂道："本部院前已批明，冯旭已定秋后处决，难道贵县不知么？"孙知县又打一躬，禀道："如此通详，倘部内驳下，人命重情，又无证见，又无凶器，怎就问成死罪？卑职难以从命。"都堂大怒，道："据贵县说来，本部院屈断了冯旭？不肯出结通详，贵县怕部内驳下，难道不是本院属下？不要为他人之事误了自己前程，可怜你十载寒窗之苦。"孙知县又打一躬，禀道："老大人，卑职已知官参吏革，卑职愿听参革，断不肯做这没天理之事。"都堂听了此言，将惊堂一拍，两边众役吆喝一声，道："你有多大前程，敢如此顶撞本院，难道参不得你么？"孙知县又打一躬，道："大人请息台怒，何须动劳清心，卑职将印呈上就是了。"说毕，向袖中取出印来，送至公案之上，禀道："大人就请收过。"都堂道："不识抬举的狗官，如此大胆，这般放肆也罢，知县退出听参，本部院另委人护印。"孙知县告辞出来，上轿回衙，收拾出宅不表。

话分两头，再言朱辉打听冯旭、钱林之事，家人探听明白，回复主人，一五一十告诉了一遍。朱辉听了，大惊道："有这等事情。"随即取了一个名贴，着人邀请三学生员，"有要紧的话说，此系大关风化之事，务要齐集舍下。"家人领命而去。

不一时，众生员随后俱至。茶毕，分宾坐下，众秀才道："不知老先生有何台谕？"朱辉道："请诸位年兄非为别事，只因抚台将冯旭讯夹，问成死罪，秋后处决；又把钱月英硬断与花文芳为妻，逼勒钱林写遵依，叫孙父师照伊审断出结通详。孙父师秉公详报，不肯瞒天昧己，当堂缴印。现将孙父师摘印，委员护印。如此父母罢职，我等岂可坐视？是以请列位年兄到舍，通同商议，定有公论，以重国法，以维风化。"众秀才听了，一齐都道："反了，反了，哪有这样不公不法之事，大乖伦纪。他也不过是个抚台，如此奸恶。我们齐集辕门递公呈，挽留孙父师之任，出脱冯旭生员这罪名。不知老先生意见如何？亦不知晚生卑识见有当否？均乞老先生裁度速行，迟则鞭长莫及。"众人齐声道："臭兰同味，他将吾辈如此屈害，我等岂肯甘心。"朱辉道："诸位莫忙，先写公呈，将老夫为首，众秀才列后。"不一时，起稿者起稿，誊正者誊正，顷

刻写完公呈，填明姓字。一时走出门来，只奔都堂辕门而来。

但见街坊上百姓听见都堂将知县孙老爷坏了，又见绅士纷纷投递公呈保留孙知县，于是大家吆喝道："自从孙老爷到任之后，清如水，明如镜，不爱民财，不劳民力，士庶欢依，万民乐业，处公断直，爱戴咸施，清理讼狱，不怕乡绅，不徇人情，盗贼潜踪，百姓安堵。这位清廉正直的老爷如今被都堂坏了，再换一位新官到来，我们百姓又要受他灾殃了。我们如今买卖也不做了，相率罢市，要保留青天。如有一家不关门，就将臭屎泼在他家。"众人齐心，即时传下黄旗，家家闭户，个个关门。这些众秀才看见，好不欢喜，叫道："列位，俱同我等到辕门保留孙老爷。"众百姓齐声应道："晓得。"只见纷纷而来，就有五、六千人。众口叨叨，拥至都堂辕门保留孙知县。正是：

　　　　乱轰轰翻江搅海，闹嚷嚷地裂山崩。

不多一时，到了辕门，大家齐声喊道："我等生员百姓有公呈在此，要面见大老爷。"喊毕，一齐拥上，挤满大堂，拿起鼓槌乱打乱敲，喊声如雷。

不知好歹吉凶，且听下回分解。

第二十二回　冯子清钱塘起解
钱文山哭别舟中

话说众秀才同朱辉与众百姓一齐来至辕门，挤满大堂，不论青红皂白，拿起鼓槌乱打。只听得扑咚咚乱响，堂上声声叫喊，如山崩地裂之势。那些头役、巡役官儿见人多势众，哪里拦得住，一时乱了王法。

东方白正在私衙，猛听得山崩地裂之声，唬了一跳。正是：

为人不做亏心事，半夜槌门心不惊。

慌忙传出话来，问道："什么事如此喧哗？"堂官忙忙走出一看，只见大堂挤满，何只三、五千人，忙问何事。巡捕官走来，如此如此说了一遍。堂官听了，好不着急，连忙走到内堂，细禀一番。东方白闻听此言，吃了一惊，暗想道："如何退得众人？欲等拿他正法，无奈人多恐有不服，弄出事来。"想道："有了。"随向令箭架上取了一枝令箭付与堂官，走出交与旗牌，快马而去。

不一时，合城文武官员纷纷齐到辕门。看这般形状，杭州府忙忙问道："你们这些生员、百姓不可罗唣，端的为件什么事？好向本府说明。"众秀才道："老公祖听禀，今有抚台大人不公，诬断人命，硬配婚姻，将吾孙父师无故摘去印信，因此朱乡绅为首，同三学生员与众百姓大有不服，齐集辕门，有公呈保留孙父母复任。"知府听了众人之言，吩咐道："那绅衿、众秀才、百姓们听着，你们即有公状，交与本府，面见大人，保留孙知县便了。你等须要守分，惜保身命，在此不可罗唣。"又对众生员道："本府已知，尔等暂退。本府见大老爷，自有道理。"众生员才将公呈递与大爷，方才住口。

不一时，藩司、臬司俱到，文武百官纷纷在见抚台。见礼已毕，东方白道："诸位年兄请坐。"备言此事。杭州府将公呈与都堂看了，道："列位年兄，为今之计，怎生发落？"杭州府打一躬，道："据卑职意思，先要安民，为钱塘县复任，慢慢参他。另委知县复审人命，定罪通详。"都堂道："这些乡绅、生员、百姓们在本院堂上这般吵闹，就拿他不得问他个哄堂之罪？"知府禀道："奈人多势众，恐闹出事来。依卑职愚见，先要安民，乃国家之根本，倘民心一变，利害多端。"你一句我一句，说得都堂面上红一阵白一阵，甚觉无颜，好生没趣。正是：

纵教汲尽三江水，难洗今朝满面羞。

这东方白只因顺了一人之情，被这些秀才、百姓们一场大闹，又被这些属下官员冷一句热一句说得他脸上毫无光彩，一时回答不出，半晌，方才说道："听众年兄高见便了。"藩司道："要罗知府安民。"知府慌忙走出大堂，高声叫道："三学生员听着，尔等俱是念书之人，必知礼法，不可在大老爷堂上造次。本府面求大老爷，着孙知县复任，审冯这案通详。尔等速速散去。"又叫道："众百姓们听着，本府已求过大老爷，孙知县仍复钱塘县，尔等各理生业，照常买卖，毋得在此混乱，致于法纪。"众秀才与众百姓听了大爷这一番言语，齐声道："公祖大老爷示下，敢不领遵。孙老爷如果复任，将冯旭开活，我等各散。"知府道："自然从公论断，不致枉法殃民。"于是众人大叫道："快走，快走。"纷纷散去。不一时，散个干干净净。

罗太守复进内堂，禀明抚台知悉，各官方才辞出。都堂称谢道："各位年兄，各自回衙理事。"不表。

且言孙知县将印交与都堂回衙，打点出宅，吩咐家人收拾家伙。家人好不烦恼："只因我家老爷直性一生，今日为了一个秀才，把自己一个知县白白丢了。"只见听事官忙走至宅门报道："今有府大老爷亲自送印来，请老爷迎接。"家人忙忙禀到，孙老爷听了，道："哪有此事？"言犹未了，只听得幌幌的锣响，打上大堂来。孙知县只得出来迎接。进了内衙，见礼坐下。献茶已毕，孙知县道："卑职解任，不知大老爷驾临，没有远迎，望大老爷恕罪。"说毕，又道："自然是盘查仓库，卑职丝毫不曾亏空。"罗知府笑道："年兄不知复任之喜么？本府奉抚台之命送印至此，请收了。"随向袖中取出文书，摆在案上。知县忙打一躬道："卑职多谢大老爷恩德。"罗知府交代过了，即便起身。

知县送出上轿，又打一躬，转身回来，将文书细看，却是着他复审通详意思。只得坐了大堂，监中提出冯旭。知县叫抬起头来一看，见众役将一扇门抬了冯旭。可怜冯旭睡在门上，哭声不止，两只腿有碗口粗大，好不凄惨。孙知县叹声道："人心天理，于心何忍，这样刑法。"问道："冯旭，你在抚台大老爷堂上招成因奸杀死人命，问成死罪，如今没得说了么？"冯旭叫道："青天大老爷，犯生怎当得三拷六问，哪里受得起这样酷刑？只得屈打成招。犯生就死在九泉之下，也不瞑目了。"知县道："你可知本县为你坏了官儿么？多亏三学生员与众百姓罢市，保留本县复任，要本县审复此案，以便结详。你把口供慢慢从直招来。本县审出，详文结案。"冯旭又从头至尾细细说了一遍，与前供一般。知县吩咐衙役好好抬冯旭去收监，仍照前定流徙之罪，一千里之外，吩咐承行书吏出详不表。

且说花文芳正坐书房同魏临川商量，道："如今冯旭是世兄一夹棍招了，问成死罪，秋后处决。我大爷哪里等得秋后处决再娶钱氏过门。我有一计在心，择日行聘，只就在这个月内把月英娶过门来。"话犹未了，只见花能进来报道："大爷，今有都堂大老爷叫孙知县出详，那知县不肯。大老爷下令箭将知县即时提了印信。"花文芳听了，满心欢喜，说道："这个狗官一般也有今日。我明日出了邀单，倘若知县要借盘费，叫他们不要给，任凭讨饭回去。随着人知会各乡绅，方消我大爷之气。"

只见花兴走来，报道："街上反了，百姓纷纷罢市，不做买卖，要保留知县与冯旭，大闹辕门。还有朱翰林为首，邀了三学生员，就有几千人，齐在辕门堂上。连都堂大老爷也无了主意，竟传全城文武百官前来安民，又将孙知县复原任，把冯旭提出复审，仍照前供定罪，流徙一千里之外。"花文芳听得此言，吃了一惊，叫道："冯旭不死，吾之大患，如之奈何？"魏临川道："斩草不除根，来春依旧发。"花文芳道："老魏，你有何妙计断送冯旭的性命？"魏临川道："要送他的性命有何难哉。"不知魏临川说出什么计来，可能害得冯旭性命，且听下回分解。

第二十三回　季坤奉主命差遣
花能黑夜里放火

话说魏临川道："大爷若要断送冯旭的性命不难。知县详文上司，发配地方。大爷差个能干家丁，随着在后，到了中途无人之处，将冯旭杀了，岂不除了大害？"花文芳听了大喜，按下不表。

再言详文各宪，俱准，臬司批发江南淮安府桃源县之军。孙知县点了一个长解，叫做萧升，起了文书，当堂起解。

再说冯家人打听明白，飞奔回家，报与太太知道。太太听得此言，又惊又喜，喜的是孩儿得了生路，惊的是公子远离膝下。事到其间，没奈何，只得收拾路费、衣巾，着家人送与相公。

不言冯太太家中啼哭，再言老家人拿了包袱、路费走到县前，看见相公，放声大哭。冯旭流泪道："你是老家人，莫要哭坏了身子。但我此去，生死未保，家中大小事体要你料理。太太年纪高大，早晚劝解一声，不必记挂了我，少要伤悲。倘上天怜念，得回家乡，断不负你老仆情义。"说毕，大哭一场。只见萧升走来，叫道："冯相公，少要哭了。我知你的棒疮疼痛，不能起走，我已雇下一只好船，快坐上船开行。"老家人止不住泪痕，取出盘费、包袱，禀与相公道："这是太太叫送与相公的。"又另取出一个包儿，向萧升道："些须薄礼，送与大叔，望大叔路上照看我小主人，念他是负屈含冤。"说毕，双膝跪下。萧升一把挽起，叫道："老家人放心，都在我身上。快些分手。"老家人又叫："相公须要小心保重，要紧为是。"冯旭此时回答不出，将头点了两点。正是：

世上万般哀苦事，无非死别与生离。

不表老家人哭罢，再言萧升等着冯旭下了船，正欲开行，只见岸上一人跑得汗如雨下，问道："钱塘县有个姓冯的犯人不知在哪只船上？"冯旭在舱中听得是钱林的声音，忙答道："钱兄，小弟在这个船上哩。"钱林连忙上船，并不言语，抱头大哭。船家道："相公，请岸上罢，我们要开船呢。"钱林道："把船儿慢慢开行，待我相送一程。"船家解缆开行。钱林道："妹夫不幸被花文芳这个奸贼诬害，此时诸凡都要你们照应，千万千万，拜托拜托。"又向冯旭道："前日东方白把妹夫问成死罪，小弟合家悲伤。后来打听孙父母复任，将妹夫充军桃源县。小弟赶至县前，听说已经下船，特地赶来一会，还有些微薄敬相送，路上买茶吃。"冯旭道："多蒙钱兄挂念。小弟死里逃生，此去不知吉凶，只是放心不下家母，望兄照应，没齿不忘，是所深冀。"钱林道："这些小事冯兄切莫挂怀，老姻处诸凡事体俱在小弟身上。倘若皇天开眼，圣主英明，得邀大赦，那时重返家门，举家聚首，共庆团圆，合当欢乐。"冯旭道："但不知兄弟前番盗情，东方白怎生发落？"钱林道："东方白将小弟释放，硬将舍妹断配花文芳。"冯旭道："东方白如此硬断，彼时兄长怎处？"钱林道："事到其间，也不得不从，兼之逼取小弟遵依，此时怎敢违拗？"冯旭听了这一番言语，大叫一声："气死我也！"登时昏去，不醒人事。慌得钱林把他的人中用手指掐住。过了半晌，方才叫道："这奸贼分明夺我婚姻，诬害于我。"忙问道："令妹何以自处？"钱林道："舍妹宁死不从。"冯旭道："虽如此说，奸贼怎肯甘心，势必又起风波。"钱林哭道："今日为送妹夫起身，过后，自然另行计较，画一善策，以塞奸贼之口，以绝奸贼之心。但妹夫此行，一路务要小心保重为要。"不觉二人又大哭起来。哭了一会儿，船家道："相公请上岸罢，已到了白新关。"冯旭道："兄长请回，小弟就此去也。"钱林此时无奈，只得上岸，挥泪而别。正是：

流泪眼观流泪眼，断肠人送断肠人。

不表钱、冯二人分手，再言花文芳打听明白冯旭充军桃源，已经起身，忙问临川道："依你老魏，差人随去，半路中杀死冯旭，绝其后患。"魏临川道："依你大爷，今夜先差一人至冯旭家中去放火，烧得他干干净净，将他主仆一齐烧死，免得兴词告状。绝了钱小姐妄想之心，大爷娶过门来，她也真心实意同大爷快乐。大爷再差个家丁随在冯旭船后，水路上不便动手，等到起旱时节，至旷野所在，连解差杀了，岂不永绝后患？"花文芳听了大喜，忙叫有怜取了两封银子来摆在桌上。临川道："此项何用？"花文芳道："用此二人前去，须要把些盘费，他们方肯用心替我办事。"临川道："晚生今有一句话欲要禀时，又不好启齿。"文芳道："有话但说无妨。"魏临川道："不日大爷娶小姐，晚生少不得在府照应，那些到府恭贺之人必多，只悉无件好衣服奉陪诸客。"花文芳不好回他，只得把些银子与了他。临川接过，道："晚生今夜回家一走，明日早来。"花文芳相允，回家不表。

且说花文芳复又拿了银子，将花能唤到书房来，将要叫他到冯旭家夜里放火，怎长怎短细细告说一遍，遂将五十两银子赏与花能。文芳吩咐道："今夜身带硝磺，多运干柴，你悄悄堆在冯家门口，前后都要。守到人静更深之时，放起火来，将他合家大小主仆等尽行烧死，休教走脱一个。事毕回家，我大爷还有重赏。"花能答应下去。又把季坤叫到面前，道："先时叫你杀了春英，只望将冯旭害死，不想遇着孙文进这个狗官不肯，如今充发桃源县去了。冯旭一日不死，岂不是心腹中的大患？这是五十两银子，权且赏你作个盘费。你可悄悄随在他船后，等他路上遇着起旱，无人之处，将冯旭并解差一齐结果了两个人性命，文书带回，我大爷书荐你到太师爷都中，大小做个官儿。"季坤道："小人蒙大爷抬举，敢不尽心报效微劳。"花文芳又道："此事断不可走漏风声。"季坤答应就走。文芳叫住道："今日夜已深了，明日黎明去罢。"季坤退出。

花文芳又叫花有怜。有怜走来，文芳道："我有事和你商议，魏临川这个狗头不是好人，钱月英尚未过门，他倒用了好几两银子。明日钱氏过门，我就受他一世之累了。不若等他明日晚上用酒灌醉，将他杀了，尸首埋在花园，人不知鬼不晓，岂不干净？那时将他老婆带进府中，听我大爷受用，岂不为妙？崔氏如有真心向我，我便抬举她，如若做嘴做脸，那时打入下人，不怕她飞出府去。你道好也不好？"路上说话，草里有人。看官，相公书房之中哪里有草？不是这个讲究。这叫作路旁说话，巧里有人。不想季坤拿了五十两银子在外边解手，回房睡觉，刚刚走到书房窗下，听得房内有人说话，他就侧耳听了一会儿。——听得明白，暗骂道："花文芳这个驴囚禽的、狗娘养的，原来不是好人。他终日思想钱小姐，叫魏临川定计，平空害了冯旭，目下已有八分到手，先又将他的老婆占了，到今日不念其功，反算计害他性命。料天地难容这般恶人。我委坤向日得他五十两银子，将春英杀了，如今又得他五十两银子，又叫我去杀冯旭、解差二人。事成之后，钱月英过门来，岂不计算到咱家身上？咱家且留心看他怎样害我的性命。正是：

隔墙须有耳，窗外岂无人。

不言季坤回房，再言花有怜听了大爷这番言语，叫道："大爷，何须如此。自从杀了春英姐，书房之中时常见神见鬼，每逢阴雨夜间出来作怪。倘再杀死魏临川，府中就有两个冤魂，一齐作起怪来，怎了？不若依小人之计，叫做'借刀杀人'，借他人之力，除大爷心中患，不知大爷肯行否？"花文芳忙问道："你有何计策，快快说来。"花有怜不慌不忙说出这条妙计。

可能害得魏临川的性命，且听下回分解。

第二十四回 有怜定计害临川 月英家门带姑孝

话说花有怜向花文芳道："要送魏临川性命不难，小人明日做了三千两灌铅银子，等他明日来，大爷就说行聘要些绸缎，叫他南京去买。他若被人识破，告到当官审问他，定然招说是府中的银子。地方官必行文来查，大爷只回并无此人。回文一转，地方官怎肯轻放与他，自然夹打成招，问成罪下在牢中。又无人料理，多则一年，少则半载，必死在牢中。就名'借刀杀人'。"花文芳听了，道："好计，好计!"

不表主仆定计，再说魏临川来到自家门首，用手敲门。崔氏正要上床，忽听得打门，问道："是哪个?"魏临川应道："是我回来了。"崔氏执灯开门，魏临川回身将门关好，进房将银子递与崔氏，道："你可收了。"崔氏问道："你躲在花文芳家房里，差人来拿你，把老婆险些唬死。如今事情怎样了?"临川道："此事已经完结，冯旭今已充发出去。我又同文芳要了百两银子，即时就要派人送回家来。过些时还要同他借几百银子使用哩。明日我就过去，只等他娶过钱月英，才得空闲。事毕之后，花文芳少不得还要重重谢我。"崔氏道："这件事你倒好日子过，又用过他好几百两银子，只怕他事成之后，未必谢你了。"崔氏说毕，魏临川笑道："他若不谢我，杭州城哪个不知我的刀笔利害，我就出首，看他怕不怕。"夫妻二人谈谈说说，就睡觉了。

再表花能奉了主人之命，悄悄带了众人，搬运干柴并硝磺引火之物，来到冯家门首前后堆放。等到更鼓正打三下，忙取火种四面点着。不一时，火焰冲天，火趁风威，风助火势，好不利害。但见：

> 连烟连雾，红光灼灼掣飞天；势猛风狂，赤焰团团旋绕屋。一派声喧聒耳，四围逼住逃人。烈烈轰轰，好似千军万马；嘈嘈杂杂，几同地陷山崩。大厦高房，霎时间尽成灰烬；男奔女窜，都变作烂额焦头。冤魂渺渺诉阎罗，邻舍忙忙咸顾命。

此时可怜冯太太受过朝廷封诰，这时候全家仆妇人等俱死于贼人之手。

街上百姓、左右邻人看见火势凶狠，无不前呼后喊，乱叫救火。坊中保甲飞报，全城文武官员都来救火。哪里救得，顷刻工夫，把个尚书府第烧得干干净净，人亡业尽。那些过往百姓们都为他嗟叹道："冯公子遭了一场负屈官司，方才逃出活命，今家中又被火焚，真叫做人离财散，家破人亡。"三更天起火，烧到天明方熄。地方查点冯家，共烧死男女上下人口计二十九个。

再说钱林闻得走水，着人探听何处。不一时，家人报道："冯姑老爷家火烧得干干净净。"钱林问道："冯太太现在何处？"家人道："小的闻那些邻舍说，火从外烧进，封了门户，一个都不能逃出，共烧死二十余口。"钱太太同公子、小姐听了此言，俱大哭起来。小姐哭了一会儿，道："哥哥，冯郎远配他乡，婆婆今被火烧死。还求哥哥前去找寻婆婆骨殖，买棺收殓。"钱林道："正该如此。"同着家人到火场来，但只见一片光地，还有烧不了的木头在那里冒烟。钱林催人来取骨殖，哪里还分得清是太太不是太太，只得将那些骨拣在一堆，用棺木盛了，寄在地藏庵中，请僧超度。

钱林回家说与母亲、妹子知道。月英大哭一场，走至太太前，双膝跪下，哭道："孩儿有句话禀告母亲。"太太用手搀起，道："我儿，有何话说，起来讲。"小姐道："孩儿自恨命苦，冯郎因为孩儿被奸人陷害充军，不幸婆婆遭此大难，亦因孩儿惹得灾殃。孩儿生则冯家之人，死则冯家之鬼。既为人妇，婆死不变其服，于心何忍？孩儿意欲变服，不知母亲、哥哥意下如何？"太太道："我儿既受冯家之聘，则为冯家之人。你夫主远离，你该如此。但你尚在娘家门内，有我在上，不便十分重服，只略穿些素便了。"小姐上前拜了两拜，道："多谢母亲。"又向哥哥道了万福，方才回楼。换了一身素服，坐在后楼恸哭不题。

且说花能放火回来之后，禀复主人："冯家一个也不曾逃出。"花文芳大喜，道："此乃你之功，另日还有重赏。"花能退出。只见魏临川笑嘻嘻地走来，作了一个揖坐下。花文芳道："放火之人功成回来。"临川道："别无他说，快快差人将冯旭杀了，永无后患。大爷那时打算迎娶完婚，岂不快乐？"花文芳听了，忙把季坤叫到面前，道："我昨日吩咐你的言语，可即前去，不可有误。"季坤答应，连忙赶冯旭船只不表。

再言花文芳到了晚上同临川吃酒，叫着："老魏，我明日钱府行聘，须要项好绸缎、各色上上东西，才显得我相府体面，叫那全城文武官员、绅衿百姓人等知道，见得相府行事与别人不同。我意欲烦你代我往南京去备办些微礼物、绸缎，你肯为我去么？"魏临川听得叫他置办行聘之物，满心欢喜，暗想道："银钱把我是件美事。"满口应承道："晚生蒙大爷许多抬举，敢不尽力买办？"花文芳道："想我大爷这件事，全亏你，若不是你的主意妙计，怎能夺得过来！就是你用我二三千两银子，哪个与你计较。成亲之后，我还要谢你哩。"魏临川道："岂敢，好说。"又吃了几杯酒，花文芳道："我们杭州没有上好的缎子，必须打发人往南京买些时样的花纹的才好。只是目下府中能办事的人又打发了两个进京去，此时实在没有妥当之人。若差他们前去，实有些不放心。"魏临川道："这有何难，大爷肯放心我晚生，我晚生就到南京一走。"文芳道：

"怎好劳你。"吩咐有怜："你明日兑起三千两银子交与魏相公，魏相公上南京制买绸缎。"又道："老魏，莫辞辛苦，早早回来，还要置办别物。"魏临川道："晓得。"心中打算至少也要赚他五六百金。花文芳道："老魏，你今晚归家，收拾行李，别了尊嫂，明日一准起身，乃是出行的上好日子。我叫有怜将银子兑了，装在箱内。明日先叫下一只船要紧。"魏临川答应，去了回家。正是：

嫩草怕霜霜怕日，恶人自有恶人磨。

不知后事如何，魏临川几时才买齐货物回转杭州，几时才与崔氏相见，要知底细，且听下回分解。

第二十五回 花文芳纳采行聘 钱月英认义姊妹

话说魏临川辞了花文芳，来到自己家中。崔氏问道："你昨日原说不回家的，为什么又回来？"魏临川道："有件大富贵与你知道：花文芳见我们有功，托我上南京买缎子，兑了三千两银子，买办一切行礼之物。你道是一件大富贵么？事完之后，还要重重谢我，岂不是你我夫妻一生受用。"崔氏道："哪时起身？"临川道："后日一准起身，着我归家收拾行李。"崔氏笑道："你往南京发一财，拣那样花样的缎子代我买两件。"心中快活，笑道："你今出远门，我办个酒儿与你钱钱行，只是没有备得菜蔬。"魏临川道："家无常礼，只要你有点好心，我老人家随便吃杯罢了。"崔氏笑嘻嘻摆下酒来，夫妻二人同饮。崔氏道："我要的物件你切莫忘记了。"临川道："这个不必叮咛，等我回来，任你拣下几疋时样的就是了。"夫妻二人说说笑笑，十分欢喜。吃完了酒，携手上床。

次日，崔氏起来，代他收拾齐备。临川走上街，买了些鱼肉等物，叫崔氏炮制吃饭。饭毕，就去叫船。慢慢走到河边，叫了一只船，讲定价钱。

过了一宵，到了第二日清晨，起来吃过早饭，叫人挑了行李，吩咐家中小心火烛，门户要紧，竟自抻着行李下船，交付船家。转身来到相府，见了花文芳，作了揖，道："晚生的行李已发下船去，特来向大爷说声。"花文芳道："我的银子俱已兑齐封好，盛贮箱内。"忙吩咐有怜着人抬下船去。有怜答应，将那三千两灌铅银子抬下船去，交与船家，回来说道："银子装下船去了。"魏临川站起身来，作了一个揖，道："晚生就此告别。"花文芳又拿出五十两银子，说道："老魏，此项可作路费，那箱内装封的不用拆动。一路须要小心。"临川接了银子，道："晚生告别，多则二十天，少则半个月即回。"花文芳又吩咐有怜送魏相公上船，有怜答应一声，就去送魏临川下船。

有怜看着船家开了船，有怜回复大爷。花文芳听了大喜，道："魏临川呀魏临川，你可知道：'明枪容易躲，暗箭最难防。'"随吩咐有怜快把崔氏带进府来。花有怜暗想道："却是带进府来有多少不便。府中人多眼众，我想早晚亲近就不能了。"接口道："大爷，你须思着，目下又无钱小姐过门，况且魏临川才去，尚不知他事如何，崔氏笼中之鸟，网内之鱼，慢慢带她进府，有何难处。此刻魏临川出门去，大爷不要从墙头

上过去，走他家大门，也是同在府内一样。"花文芳道："你也讲得是。"即吩咐花能："到先生家拣选日期并下聘吉日，回来禀我。"花能去不多时，回来禀道："日子有了。"文芳接一看，选择四月二十八日迎娶，十八日行聘。花文芳随吩咐花能："你到钱家，就说是都堂大老爷差来知照十八日纳采，二十八日迎娶。"

花能果至钱府门首，叫道："有人么？"只见走出一个老家人，问道："做什么？"花能道："我是都堂差来，知照你家相公，花府十八日行聘，二十八日迎娶你家小姐，可预备行人。"说毕，转身就走。老家人正待要问端的，花能就不见了，只得又到后堂将此事说了一遍。太太、小姐、公子闻言，俱各大惊，齐哭将起来。后边仆妇丫头听得前堂哭声甚高，一齐跑出来，方知花文芳明日行聘，二十八日迎娶小姐。大家俱哭起来。小姐硬着心肠住了哭声，劝道："母亲，你乃年高之人，少要悲伤，恐坏了身子。只怨多生我不孝之女，连累母、兄受无限忧惊。孩儿拼一死，那奸贼自然罢休。"说毕，廊下石沿上一头撞去，唬得众人忙抱住。大家齐哭，哭得天昏地暗。

翠秀说道："太太、公子、小姐，哭也无益。事已至此，就是小姐方才撞死，奸贼也不干休，又何必遗患于公子。小婢倒有个计策，不知可使得否？"太太住了哭声，道："你有何计，快快说来。"翠秀道："婢子自幼进府，蒙太太抚养之恩，真乃是天高地厚之德。又蒙公子、小姐不以下人看待，此恩此德，无由得报。婢子细想起来，冯姑爷家失火，多因奸人所害，又将冯姑爷害了他充军去了。他如今倚势欺人，又仗着都堂之威，硬来即小姐过门。倘无人与他娶去，只怕我家也不得太平了。相公乃是读书之人，怎与奸人为亲？婢子无由可报小姐知遇之恩，意欲假小姐妆束代嫁过去，那时才得安稳。不知太太尊意若何？""怎好连累于你。"翠秀道："小姐此言差矣。如婢子得嫁相府，做了媳妇，也就罢了，有什亏负于我。"太太叫道："我儿，她也说得是。"小姐哭道："姐姐呀，你若真心如此，乃我大恩人也，请上受我一拜。"太太道："老身收为义女，你二人结个姐妹罢。"翠秀道："婢子还有话说。我今抵嫁过去，小姐切不可在家居住。自古道：'墙有风，壁有耳。'后来被奸人识破，那时反为不美。等他明日过礼之后，小姐必须寻个僻静去处躲藏躲藏，方为上策。"太太闻言，说道："我儿说得极是，只是没有这个僻静之处，这便怎么了？"想了一会儿，道："有了，我有一个兄弟，现在山东，不免叫女孩投奔他舅舅任所去罢。怎奈是弓鞋袜小，路远山遥，怎生去得？"原来钱太太的兄弟名唤马天奇，现任山东道。小姐道："母亲放心，待孩儿女扮男装，落霞扮作书童模样，一同前去便了。"太太点头，向着落霞道："你二人一向在府，我从不以下人相待，老身一总收为义女。"二人走过，向太太拜了四拜，又与公子、小姐见礼。已毕，小姐和二人回楼。

翠秀今年十七，小姐今年十六，落霞与小姐同庚，月分比小姐小些。小姐叫翠秀

是姐姐，落霞是妹妹。翠秀心中暗想："当日在花园内与冯郎同拜天地，实指望小姐过去，团圆一处。谁知被奸人害得冯郎家败人亡，我等东奔西逃，正是'生生拆散鸳鸯队，活活分开连理枝。'花文芳、花文芳，我与你不共戴天之仇，待明日抵嫁过去，不是你死就是我亡，冯郎向日所赠之扇，留之无用，何不将此扇交与小姐，倘得后来团圆，转交冯郎，也见我一片心肠。"连忙取出，叫道："小姐，我有一言相告。"小姐道："姐姐有何说话？"翠秀道："正月初九日冯郎赠妾这柄金扇，收藏至今。实指望三人同在一处，不想奸贼起这风波。妾到他家，要这扇子无用。拜托小姐与贤妹，他日相逢冯郎，将妾这番苦衷转达冯郎，实非我赵翠秀负心，奈势处于无可奈何。若不为权宜之便，钱氏一门又与冯姓同遭其害，岂不玉石俱焚？"小姐与落霞听了，不觉大哭起来。三人在后楼哭个不了。次日，小姐仍是哭泣。二个劝道："不必过于悲伤，哭坏了身子，难以出门。"小姐见她二人解劝，略略收了些泪，这且不表。

再说花文芳礼物收拾齐备，各处亲眷俱下了请贴。舅舅童仁作媒，集齐聘礼，出了府门，十分热闹。童仁坐了大轿，抬到钱家门口，下轿升堂。钱林勉强迎接见礼，分宾主坐下。献茶已毕，不一时，大礼齐至，摆满厅堂，家丁上前叩贺。钱林打开礼单一看，上面写着："二十八日吉时亲迎。"遂向童仁道："老先生，为何吉期如此之速？叫晚生妆奁一时哪处备办得来？"童仁答道："亲翁说哪里话，舍甥那边各色齐备，总不要亲翁费心，只求令妹早早过门。"说毕，家人上酒。童仁起身，打发行人回去。

街坊百姓纷纷谈论道："花公子这般作恶，硬将冯秀才的妻子夺将过去。"那一个道："钱家也不该接他的礼物，这不是一家女儿吃两家茶？"又有一人说道："哪怕他吃三家茶，管他作什。"

不言众百姓纷纷讲论，早有人传到朱翰林耳内，大怒道："花文芳本是禽兽之徒，竟自将亲夺去。钱林这个畜生好生无礼，为何收他礼物？况且冯旭尚在，倘蒙龙天睁眼，侥幸回家，老夫是他媒人，有何言语回答他？我如今也不同花文芳讲，先将三学生员请来，同钱林讲讲理，且把这小畜打他一顿，然后扯他到孙父师堂上评评理。"取了一个单贴，写了名姓，着家人请三学生员到来："我有大事相商。"

不知后事如何，且听下回分解。

第二十六回　钱月英改妆避祸 文芳开宴款家人

话说朱翰林听得钱林受了花文芳的聘，他就动了无名之火，叫家人去邀三学生员，要与钱林讲礼。惊动后面夫人，连忙走出，只见老爷气冲冲地，问道："所为何事这般气恼?"朱翰林将钱林复受花家之聘细说一遍："我如今邀三学秀才先将钱林私行痛打一顿，然后拉至县前讲礼。"夫人劝道："老爷年交七旬以外，哪个叫你多事，做什么媒人。常言道：'好不做媒人歹不做保，这个快活哪里讨。'当日为媒，原是好意，只望他两家成其秦晋，哪知道被花文芳将冯旭诬害了人命，判断充军。都堂硬断花、钱为婚。那钱林受聘也是出于无奈，欲待不受，怎当都堂之威。你今若与他争闹，花文芳岂不与你结怨?他乃堂堂相府，都堂又是他的门生，那时反讨没趣。我劝老爷将此念头息了罢，正是'各家自扫门前雪，哪管他人瓦上霜'。"一席话，说得朱辉哑口无言，半晌方才叹了一口气，道："是我多事，不该作媒，多这个烦恼。若林璋回来，叫我把什么面目去见他。"正是：

　　是非只因多开口，烦恼皆为强出头。

朱辉因今日一口气，忧忧闷闷，不上半月而亡。

且说花文芳这日见行过礼去，家人回来，旋即取看庚贴。见钱林已允，满心欢喜。

那全城文武皆知相府过礼，都来贺喜。东方白亦来称贺，唯有钱塘县孙老爷不到。摆下筵席宴客，款待宾朋，优人开场演戏。

酒完席散，童仁向妹子道："妹夫在朝，也该报个喜信与他，犹恐又与文芳扳亲。"太太吩咐花文芳写下家书，差人到京报喜不提。

再言钱林收了礼物，打发行人已去，太太叫道："翠秀我儿，为娘恭喜你。"翠秀道："太太呀，妾身不过全小姐的节操，有何喜来，请太太速催小姐起身，迟则变生。"月英听了，一阵心酸，不觉泪如雨下，哭将起来。翠秀道："事已如此，小姐不必过于悲伤，快些收换衣巾。"众人劝小姐回楼拿了公子的衣服，小姐更换起来，又与落霞改扮书童模样。钱林预先雇定船只。太太收拾盘费，打在行李之内。诸色齐备，只待黄

中国禁书文库

绣像大明传

二七二

昏起身，一家人好不苦楚。

将至初更，小姐与落霞叫声："母亲请上，孩儿拜别了。"太太流下泪来，叫道："两个孩儿，一路小心保重要紧！"放声大哭起来。又向钱林道："哥哥受小妹一拜。"二人拜毕，小姐道："愚妹有一言奉告：父母单生你我二人，不幸爹爹去世太早，只有母亲在堂。妹子今又遭此大变，远离膝下。哥哥务要早晚体贴母亲年老，时常从旁解劝，不要思念妹子，致伤身体。"钱林道："妹子放心前去，何劳谆嘱。"小姐又向翠秀道："恩姐请上，愚妹等拜别。"翠秀道："愚姐也有一拜。"三人拜毕，小姐向翠秀含泪道："恩姐若到花府为媳，愿你夫唱妇随，早生贵子，千万照看母亲、兄长要紧。"翠秀闻小姐相嘱之言，叫道："我那有恩有义的小姐呀，你竟说我翠秀是真心肯嫁此人么？我实欲为冯郎报仇之心甚切，又不好明说出来，只得含泪吞声而已。何劳小姐嘱咐。愚姐之心，唯天可表，他人哪里知道，日后小姐方晓。"落霞亦过来拜别。合府仆妇丫头人等无不嚎啕痛哭。正是：

世上万般哀苦事，无非死别与生离。

翠秀见哭得无了无休，难分难舍，叫道："小姐呀，夜已深了，不必留恋，快快下船去罢！"小姐无奈，硬着心肠叫："母亲，孩去了！"又转身叫道："哥哥、姐姐，小妹今日分离，不知何日相逢。"太太一闻此言，好不伤心，扯住小姐，哪里肯放。钱林早已预备两乘轿子，催促妹子上轿。正是：

半空落下无情剑，斩断人间恩爱情。

轿夫抬起，悄悄出了城门。到了河边，正要下船，钱林叫声："兄弟，一路保重要紧。"小姐只声"哥哥"，别话回答不出，将头点了两点。船家登时开船往山东去了。

话分两头，再表季坤奉了主人之命追赶冯旭，直至苏州浒墅关上方才追着。一路紧紧随在船后，无奈人眼凑杂，难以下手。过了扬子江，堪堪到了扬州，解差萧升换了船只，直到淮安。季坤奉命之后，好不心焦。怎当他一路坐船，何能下手。到清江浦，过了黄河，季坤想道："前面王家营离桃源县无多路了，少不得要起早走些路，不在此处下手，等待何时？不免赶上前去躲在树林之内等他便了。"

不言季坤先自去了，再言解子萧升见冯旭是个读书之人，又打了一场屈官司，又蒙府老家人求他路上照应，一路上真个丝毫不难为他。及到王家营，萧升叫道："冯相公，此去桃源不过四十余里了，想你棒疮疼痛，走不动了，不免就在此间歇宿罢。明

二七二

日起个五更，好早到了桃源县里去投文。"冯旭道："但凭兄长尊意。"萧升遂拣了一个饭店歇了。

再言季坤忙往前途去看，只见有个树林，想道："此处林子僻静，且在此处等他。堪堪天晚，二人到来，必定是在王家营饭店歇了。我今在此等他，料他飞也飞不过去。"

再说冯旭、萧升二人，次日五鼓向前慢慢走去。不多时，到了大树林，猛听得一个大叫道："快快留下买路钱。"冯旭听得此言，早已跌倒在地。萧升大哭道："朋友，你是个新做强盗的，我是个奉公文解送军犯到桃源，你有盘费转送我些，好回去的。"季坤也不答话，举起朴刀。萧升不防备他杀人，水火棍不曾招架，被他一刀砍为两段。正是：

> 一刀过去红光冒，化作南柯一梦人。

季坤砍死解差，见冯旭跌倒在地，大叫一声，跳到冯旭面前，喝道："着刀罢！"冯旭瞑目受死，话也说不出来。

要知冯旭性命如何，且听下回分解。

第二十七回 季坤仗义释冯旭
有怜智谋赚崔氏

话言季坤将解差一刀杀死，转身来奔冯旭，大喝一声"看刀！"冯旭此际无奈，先已跌倒在地，瞑目受死。季坤正欲提刀砍下，回心一想道："且住，我想花文芳这驴肏的是天下最没良心的人。那魏临川费了多少心机害这冯旭，他主仆商量计策，做下圈套，用假银子害他性命。前番叫我杀了春英，今日又叫我来杀了解差，只剩冯旭一人。我如今上前断送他的性命，有何难哉。就把冯旭杀了，回去花文芳见杀人容易，又要害咱。想冯旭又不是咱的仇人对头，何苦定要害他的性命。正是：'当场若不行方便，徒使入山空手回。'"季坤想罢，叫道："冯相公，你且起来，咱有话对你说。"冯旭昏在地下，慢慢醒来，耳内听得叫他，冯旭口中叫道："大王爷饶命，小人是个犯人，并无财帛。"季坤道："咱不要你的银钱，咱也不是大王。你且起来。"冯旭听得不是强盗，心中稍安，慢慢爬起来。季坤将手扯住他，道："冯相公，你可认得咱么？"冯旭睁眼一看，却认不得大王爷是何人。冯旭又睁眼看了一会儿，到底认不得。季坤道："咱不是别人，实对你说罢，咱是花府中的马夫，叫做季坤，奉主人之命，前来杀你。方才一刀将解差杀了。"冯旭听了，只唬得战战兢兢，双膝跪下，哀告道："饶命。"季坤道："我若要杀你，便不告诉你了。咱家见你负屈含冤，故此有意放你逃生。你如今快快去罢！"冯旭听见，伏身跪下，道："恩人请上，受我冯旭一拜。"季坤扶起，说："不消如此。天色已明，快快逃生去罢。"

冯旭正转身，又叫道："恩人如今放了我，你怎好回复主人？"季坤想道："世上哪有这等厚道君子，咱到放了他，他还愁着咱怎见主人。"季坤道："冯相公，此非说话之所。天已明了，杀了解差，现在道旁倘有人看见，不当稳便。待咱家把这尸首拖到林内，还有细话说与你听。"即便走去将尸首拖至林内，还搜出文书。走出林子，用手拾起水火棍来，叫道："冯相公，快走。"冯旭道："恩人，我两腿棒疮疼痛，不能行走。"季坤无奈，只得抱了冯旭飞走，走了一会儿，见一个小小树林，方才放下。季坤叫道："冯相公，此处僻静，咱把花家的话告诉与你。那花文芳害你，是要夺你的妻子，故将爱妾春英叫我杀死，诬害于你。谁知你不肯招，他就到都堂那里告诉将你拿去，苦打成招，问成死罪，硬把月英断与花文芳为妻。亏的三学生员与那众百姓罢市，

大闹辕门，孙知县定你军罪。又叫花能将你——"就住口不说了。冯旭道："恩人为什么不说了？"季坤道："若说出来，恐你着惊。"冯旭道："便说何妨。"季坤道："他差花能将你家团团围住，用干柴放火，烧得干干净净。"冯旭忙问："老母及众人可曾逃出？"季坤摇头道："全家尽行烧死，一个都没有逃出。"冯旭叫道："有这等事情！"即时昏绝于地。季坤连忙扶住。半晌，方才叫道："我的苦命亲娘，死得好不伤心。养我不孝之子，致令母亲这般惨死，我做了天地间大不孝之人也，有何面目生于人世？被人唾骂，无所逃罪。"说毕，往树上撞去。季坤忙抱住，道："冯相公，大仇未报，你就死在九泉之下，难见你令堂之面。"冯旭便放声大哭起来，叫道："花贼，花贼，我与你何仇，这般毒手害我。"哭个不了。季坤劝道："哭也无益。你方才所云咱怎见主人，他乃黑心之人，咱家如今也不回去了。咱家原是山西曲阳县人，就打从此处回家罢了。"叫声："冯相公，咱料你也没有盘费。花文芳与我五十两银子，差咱来杀你。咱今将此银子奉送相公使用。"即取出递与冯旭，道："咱去也。"冯旭见季坤这般仁义，忙忙跪下，道："恩公是我重生父母、再造爹娘，我冯旭不得上进便罢，若是皇天睁眼，倘得寸进，必然报答深恩。"将头嗑了几个，抬起头来，只见季坤去了有半里之遥。冯旭收了银子，哭哭啼啼，如醉如痴不表。再言萧升尸首在林子内过了数日，有些臭气出来。路上行人看见林内一个死尸，地保即忙报了桃源县。少不得相验，无有尸亲，不知是何方人，为什么杀死的。知县吩咐："掩埋去罢。"

话分两头。再表魏临川在船，催船家快走，直奔金陵。非止一日，那日早到，寻了寓所住下。次日，来至缎行，将手一拱，道："店官请了。"那人连忙走出柜来见礼，道："客人请坐。"即叫小使献茶，问道："客官尊姓？贵府何处？"魏临川道："在下姓魏，是浙江省人氏。请问店官尊姓。"店主道："贱姓高。请问魏先生到此有何贵干？"魏临川道："特到贵店办些绸缎。久闻宝店主人公平，货真价实，故尔拜望。"店主人道："不敢，请先看缎子。"随即邀魏临川到后厅将各色缎子搬出来观看，定了价钱，讲了平色，共该银二千四百五十两有零。魏临川为何这等性急要赶回去？因花文芳过礼日子甚近，有好些银子经手，故此心急，对店主人说道："银子现成在寓，着人同去发来。倘可代我备两个箱子，回来点数下箱，明日一早就要动身开船。"店主人应道，随叫几个小使跟魏临川去将银子发来，吩咐备席款待。

魏临川起身，店主人送出门，一拱而别。来到寓所，开了房门，拿出五百两另外放在箱内，叫了来人抬去二千五百两银子回去。

不知店主人可认出真假，且听下回分解。

第二十八回　使假银暗中奸计
公堂上明受非刑

　　再表魏临川回了缎店小使，抬了那二千五百两假银子到缎行。店主人忙迎接，来至后厅坐下。魏临川叫把箱子打开，一封一封见交主人，交代明白。店主人拆开一封，见是纹银，就上天平一兑，一丝一毫不少。一连兑了十数封，平色一样，就包起来，说道："不消兑了。"吩咐小使抬到后面，就将他号过的绸缎查点清白，交代魏临川，下在箱内，封皮封好，叫人先抬往寓中去了，然后请客人坐席。魏临川用毕后，辞过店主。店主送出门外。自己回到下处，点了缎子，放在箱内，叫人雇下船只，次日要回杭州不表。

　　再言店主人次日将银子抬出，上天平一兑，封封都不少，连兑了二十余封，也没有看出假的来。忽有一个走进，却是个银匠，系绍兴人，在这南京开了个银铺，是店主请来要将银子出色。店主人道："请坐。"蛮子道："有坐。"他又拿了一封，倒在天平内，兑了一兑，倒出来。银匠一眼瞧去，伸手拿了一锭在手，细细一看，又在桌上将银子翻来复去。那银子在桌上两边歪了一歪，就不动了。银匠叫道："是灌铅。"店主人唬了一惊，道："哪有此事？"银匠道："你不信，剪开看来便知。"随即一剪，只听得"格檫"一声，剪成两段。大家一齐观看，外面是一层银皮，内里是铅，忙取第二锭剪开，俱是一般样的，一时剪了八、九锭，俱是一样，再将未兑的拆开，一样如是。店主人忙了手脚，忙叫昨日抬缎子的人来，问道："他寓在何处？"答道："寓在水西门钱家客店。"

　　店主人忙叫众人同自己齐齐赶到了水西门钱家客店，问道："魏客人可在店内？"店主人回道："今早已雇下船回去了。"缎店主人道："是个骗子，用灌铅银买我缎子。"店主人道："莫要忙，此时尚未开船，是我替他叫的船，你们趁此赶至河边去看。"

　　众人一齐望向河边走，正往前行，顶头撞见船家长，叫道："钱大爷出城做什么？"饭店主人问道："魏客人在船上否？"船家道："现在船上，我上岸买些米、小菜就开船了。"众人听了，一齐赶到船边，叫道："魏客人。"他回头一看，原来是饭店主人、缎店主人俱到，不知是何事情，将手一拱，道："二位主人到此何干？"众人大喝一声，道："打你这个贼子!"向前不分青红皂白，拳头、巴掌乱如雨下，打将过来。两店主人骂道："拿你这光棍到县里去。"众人不由分说，推推搡搡，直奔县前而去。正是：

从前做过事，今朝一齐来。

众人将魏临川扭至县前，正遇上元县升堂。将魏临川带至，知县问道："什事喧哗？"缎店主人跪下禀道："小人是老爷的子民，开了一个缎店。这个光棍说是杭州人，到小人店中买缎子，讲明价钱，共该银二千五百两。不想他的银子俱是灌铅假银，来拐小人的绸缎，故此扭来，求老爷做主。"知县听见，叫魏临川问道："你这奴才，是哪里人？叫什么名字？从实招来，因何用假银子买他的缎子？"临川道："小人是杭州人，名字叫魏临川，特来此地置买缎子。小人的银子俱是一色纹银，这店家无故把小人打得浑身是伤，求老爷做主，救孤客还乡。"缎店主人道："有光棍的假银子在此为凭。他把假银哄骗，缎子俱发下船去了，若不是小人赶得快，连血本都骗了。"临川道："小人原带来银三千正价，兑了二千五百两，现有五百两在船上箱内，怎么他就说是假的？分明是害小人。"知县道："既然存有现剩银两，两下取来一对，便见分明。"即刻差人到两处取银来比较："本县在堂立等。"差人答应，来至两处将银取来对证。抬至县堂，知县先将缎店银两封封拆开，用剪剪开，锭锭俱是灌铅。又将船上取来的银子剪开，一看，俱是一样。知县把惊堂一拍，骂道："你这奴才，分明是个骗子，惯用假银，在本县堂上还想支吾。我地方百姓被害，快快招来，免受刑法。"魏临川强辩道："小人实在是银子，一定是他捣换了。"知县道："若照你供，也只是在他家的该是假银，为何你这个箱内的银，他也盗换去了么？"叫左右："取大刑过来，将这光棍夹起。"众役一声答应，魏临川大叫道："老爷，夹不得，这宗银子有来头的。"知县问道："你这银子有什么来头？快快说来。"魏临川道："这银子三千两是花府公子娶亲，着小人来此办买绸缎，小人不知真假。"知县问道："你是他家什么人？"临川道："是跟随公子。"知县道："原来是篾片。"吩咐收监，"候本县行文到杭州查问，如果是花府假银，将他解回。若无此事，本县决不轻恕。"临川磕了个头："多谢老爷。"带下监着。

知县又把缎店主人叫上，吩咐道："候本县行文回来发落，你原缎抬回，照常生理，不必在此伺候。"缎店主人磕了头，同众人来到河边，将原缎抬回不表。

知县又吩咐刑房做下文书，差人往杭州去了。

再言临川在监中思想道："花府怎有这宗银子？为何害我至此？我替他出了许多心力，今日反来害我。"想了一会儿，道："岂有此理，想是来头银子，他也不知。文书一到，自然代我料理，放我回去，恐怕我吃亏。"

再言差人奉了本官差遣，走到钱塘县，当堂投递文书。再言知县一看，方知魏临川果系花府差往南京去了，如今为什么用假银子坐在监中？上元县行文来查有无，忙着人到花府去问。

差人即刻来到花府，对门公说了备细，门公来到书房，对大爷说了一遍。花文芳道："果中了我的计策。"随吩咐道："说我相府并没有差个什么姓魏的往南京买缎子，一定是外边光棍假冒相府之名。"门公出来，对差人说道："相府中并没有差个姓魏的去买什么缎子，这是个光棍骗子。"

孙知县听了相府之言，就写下回文，仍交与原来差人带转。赶了数日，才到南京，竟至衙门，呈上回文，当堂拆封。知县看了，不觉大怒，即刻传下三班众役，坐了大堂，标了监票，提出魏临川来。

要知临川招与不招，且听下回分解。

第二十九回 赵翠秀代主替嫁 花有怜奸拐红颜

话说上元县见了回文，即刻升堂，将魏临川提到丹墀下。知县喝道："你这奴才有多少匪党在外坑害良民，快快招来！免得本县动刑。"魏临川听见并无二字，唬了一跳，禀道："这宗银子实在系花公子亲付，只求大老爷开恩，将小的解回，便见明白。"知县喝道："你这奴才在本县境内害本县子民，要配解上杭州，意欲半路脱逃，先把你这奴才狗腿夹断，后问口供。"吩咐夹起。两边一声答应，走上三、五个衙役，不由分说，拉上堂来，扯去鞋裤，将腿夹起。魏临川大叫一声，昏死过去，半晌方才醒来，口称："老爷，小的这件事真正冤枉。"知县大怒，道："这光棍还要抵赖，称什么冤枉。"吩咐收绳，两边一声答应，又是一绳收足。问道："招不招，这假银子从何而来？"魏临川哀告道："实系花府的。"知县喝道："你还说是花府的，既然是花府的，为何花府不认？本县知道你这奴才久走江湖，惯会熬刑。"吩咐左右再收。两边答应，又是一绳收足。魏临川醒来，知县问道："招也不招？"魏临川道："爷爷，小人是冤枉难招。"知县大怒，骂道："你这光棍如此熬刑，还称冤枉，又用棍打这狗头。"两边衙役一声答应，举起无情棍来，认定夹棍上打来。魏临川"哎哟"一声，又昏死过去了，半晌醒来，叫道："爷爷，小人受刑不起，情愿招了。这锭银子本不是花府的，是小人自造的。来骗他缎子是实，不想天眼恢恢，被他识破。"知县见魏临川招了，又问道："你匪党共有多少人？做过几次？"魏临川道："就是小人一个，没有匪党。这是初次出来，被人识破。"知县暗想："这样光棍也不知害了多少百姓，不如早早送他性命，替万民除害。"吩咐松了刑具。两边答应，登时松了刑具。知县叫道："魏临川，本县开活你。"魏临川磕了一个头，道："愿老爷高升一品，世代公侯。"知县笑道："本县就此放你，恐百姓说本县断事不明，且带去收监。"后书没有交代。

且说花府内忙忙碌碌，今日是二十五，到二十八日娶钱氏小姐过门。花文芳道："待等钱小姐娶过门时，慢慢待崔氏进府。"有怜听了此言，也就不提起了，一心料理娶亲之事。有怜心中暗想："我家大爷几番要把崔氏带进府来，那时我却不能相会她了，岂不是破头雪？他才息了这个念头，将来把钱氏小姐娶过门，依旧将崔氏带进府来，终究我在空处。目下大爷娶亲的银子是我掌管，不如拐他几千两银子，与崔氏商

议逃到他州外省，做个长久夫妻，岂不为美？强如这样偷偷摸摸，担惊受怕。不知崔氏心中如何？不若到晚间去试试她的意思，然后用计拐她。"主意已定，看看天色已晚，将身子溜出府前，到了魏家门首，轻轻用手扣门。

崔氏正在房中，心里暗想："魏临川怎么去了一个多月不见回来？莫非把他的银子拐到别处去了？将我丢下，也未可知。"又想起："花文芳足迹不来，连有怜的影子都不见，叫人摸不着一个实信，好不心焦。"想了一会儿，正要去睡，忽听敲门，心下想道："不知是哪个冤家到了。"忙拿烛台到门口，低低问道："却是何人？"有怜道："是你心上人。"崔氏轻轻把门开了，花有怜把门推上。崔氏关好，到房中坐下，问道："为何你这一向总不来走走？今日哪阵风儿吹得来的？"花有怜笑道："因大爷姻事甚忙，终日没有工夫前来，今日特地偷闲来走走，唯恐你寂寞。"崔氏问道："魏临川为何还不回来？是何缘故花文芳亦不来走走？"花有怜笑道："谁想着你，你还想着他，今月他断你的想头罢。"崔氏见花有怜说话蹊跷，问道："难道他不回来了么？"有怜道："也差不多。"崔氏惊问道："为什么事他不回来？你这冤家不要哄我，把实话对我说。若不把真话告诉我，我从今后不许你上我门。"花有怜见妇人急了，遂道："你若是真心待我，我便把实话对你说。""我怎么没有真心待你，你今日若不说真话，你就请回去，从今不必上我的门。"花有怜道："我若把真话告诉与你，只怕你要着恼。原来我家大爷是天下第一个负心人，一向魏临川也不知费了多少心机，把那钱氏夺了过来。谁知他生出一条毒计，害了他的性命。造下三千两假银子，打发他上南京买缎子，不知怎么犯在上元县，那里就行文来查。我家大爷好不狠心，他不招认，说临川是个光棍，假冒相府之名，叫上元县重究。那知县见了回文，自然重处。想魏临川久已作泉下之鬼。你想我家大爷的心肠毒也不毒，狠也不狠？"

崔氏一闻此言，大惊道："原来花文芳是这般狼心狗肺，暗中把我的丈夫害了他的性命，叫我倚靠何人？"不觉大哭起来。花有怜劝道："你且不必啼哭，我的话未曾说完。"崔氏收住泪，道："有话快对我说。"花有怜道："我说来你又会着恼。我家大爷连日不来，你道为什么缘故？今日是二十五日，到了二十八日他将钱月英迎娶过门，就要带你进府。你若小心小胆扶侍他，他就留心在你身上。倘有一些不到处，他一时性起，反过脸来，轻者是骂，重者是打，再重则置于死地。自古道：'侯门深似海'，哪个敢与他要命？我今日特地把这个底儿与你，你却要小心，不要落在他圈套之中，那时要死不得死，要活不得活。"崔氏听了花有怜这一番言语，登时恼得柳眉直竖，杏眼圆睁，把银牙一咬，骂道："这个奸贼如此可恶，无故将我丈夫害了性命，这般无情，不记当日对天发誓：'死于刀剑之下'，我只叫他犯了咒神，现报于我。"花有怜道："你且定神细想主意，不必单是着急。"崔氏又道："我明拿个包头，齐眉举起，走

到钱塘县那里，代丈夫伸冤报仇，将这个奸贼拿到，当堂把他做过恶事一五一十说出来，怎么把我强奸，怎要夺钱氏，怎么叫我丈夫定计害了冯旭，怎样叫马夫季坤杀了春英，怎么叫花能放火烧死冯家许多人口，怎样做了假银害了我丈夫的性命。"花有怜听了这一番话，忙了手脚。

　　不知崔氏如何可能出首，且听下回分解。

第三十回

假小姐闺中哭别
真公子婚娶新人

话说花有怜见崔氏说出许多话来，恐怕花文芳知道消息，那时难以脱逃，口中叫道："姐姐，不可辞动。你说明日要去喊官，出首花文芳，此话亏得你在我面前说，墙有风，壁有耳，倘若他人听见，只怕事未成而机先露，那时性命难保。"崔氏听了，不觉大哭起来："哪知这个没天理的强盗这般作恶，错在当时，恨不得咬这奸贼一口肉下来才消我恨。"说毕，哭个不止。花有怜道："你也不管进他府不进他府？"崔氏道："哪个进他那里去。"有怜道："我今日特来辞别姐姐，下次不得相见了。"崔氏道："你到哪里去？"有怜道："我今日特来辞你。想大爷他是个狼心狗肺的人，临川这般情义待他，他还要害了他的性命，姐姐待他这般恩爱，他还要设法陷害姐姐。我是他个门下，诸事俱是我任，倘一时做差了些微，白白地送了这条性命。目下他府中上千上万的银子在我手中支用，不如拿他数千两银子逃到他州外县。手中有了银子，娶他一房家小，做起人家，岂不天长地久，过活日子？故此与姐姐作别，下次不得见面了。"崔氏听见，大哭起来，道："花文芳这个奸贼是个没良心的，哪知你也是个歹人。你明日走了，我是个妇人家，怎能出这奸贼之手？不如我和你一同前去，不知你肯与不肯？"花有怜心中暗暗欢喜，口中说道："我怎肯丢下你来死在奸人之手。姐姐若肯同我去时，与你商议，早也不能，迟也不可，须到二十八日，是他奸贼娶钱小姐之日，府中唱戏，乱哄哄的，人多出入。我预先一日把金银透出，送到你家中。将包袱捆紧现成了，等我雇下船只，到那更鼓时分下船，叫船家不管跑到哪里去便了。"崔氏听了，不觉欢喜起来，说道："你不要失信。"有怜道："大丈夫一言既出，驷马难追。"崔氏欢喜。有怜当夜就在这里歇宿，次日回家。崔氏在家收拾箱笼细软等物，准备逃走不言。

单表钱氏将妆奁收拾齐备，到了二十七日送去。有骂钱林是禽兽的，那些看的议论纷纷，内中也有说道："钱林嫌贫爱富，先受冯家之聘礼，现在怎么又把妹子嫁到花府？"又有人说道："这件事也怪不得钱林，朱翰林为了这件事情活活气死，也是出于无奈。那花文芳势大，又有都堂压倒，不怕他肯。"街上百姓群相疑讶，议论不一。

到了相府，正是：

天上神仙府，人间宰相家。

若要真富贵，除非帝王爷。

不觉一会儿，那些妆奁摆满厅上。家人道过了喜，款待酒饭，打发赏封已毕，花文芳着人邀请六眷俱来坐酒席，开场演戏。戏完酒散，亲友俱各告辞。

文芳送客回来，吩咐家人道："酒席散去，打扫厅堂，叫各行人役听候，将全副执事摆，发轿。"一路上吹不打歇，花炮连声，直奔钱府而来，这且不言。

再说钱太太向侍婢道："小姐可曾起来？"侍婢道："小姐还未起来。"太太走到床边，叫道："我儿起来梳洗，彩轿已到门了。"翠秀道："孩儿闻母亲欠安，也没有下楼来请安。"太太道："为娘的为你喜事劳碌些，今日略略安好。我儿不必挂念。快快起来梳洗。"翠秀道："母亲请下楼罢，孩儿起来了。"正在说话，听得三声大炮，鼓乐齐鸣，花炮不绝，那彩轿已到门首。只见家人来至后边："请太太下楼，花府行人恭喜钱太太。"钱太太吩咐仆妇小心伏侍小姐梳妆，说毕，下楼去了。

且说小姐自从月英去后，终日在楼啼哭。将一件大红洋绉紧身预先穿上，与裤子缝在一堆，钉了又钉，缝了又缝，唯恐失身于这奸贼。暗暗藏了剪刀一把，放在紧身之内，在太太、公子面前，并不做出忧愁形象。每至夜静更深，心中自思冯旭，越想越苦："我当日与冯郎订下盟誓，效鱼水之欢。不想奸贼平地起无风之波，将冯旭充军远去，不知生死吉凶。小姐、落霞二位妹妹被他害得背井离乡，又不知安否若何。两家儿人离财散，骨肉难逢，怎不叫人痛恨。我今想，此仇不报，枉立人世。我岂图他富贵，今日嫁了过去，那厮晚间必来缠我，那时把剪刀取出，将这奸贼杀死，奴家也拼一死，代小姐与冯郎报仇。"想到此间，又不得不哭。那些丫环小使大家笑道："这样贵家公子，嫁了过去，做个现现成成一位夫人，要修三世还修不到这个地步。不知我家小姐出嫁，可有这样热闹哩。"叫道："小姐，吉时已到，快快起来梳洗。"翠秀道："快快把太太、公子请来，我有话说。"翠秀忙忙起来，丫头、仆妇们替她梳洗已毕，带上凤冠霞帔。

不一时，太太与公子俱到后楼。太太道："我儿快快收拾，吉时已到，你莫要误了时辰。"翠秀道："孩子此刻有一言告禀母亲：孩儿一向蒙母亲抚养成人，孩儿无恩可报，此后难得相见之日，愿母亲不要思念孩儿。母亲请上，待孩儿拜别。"说毕，双膝跪下。太太流泪道："我儿，莫要悲伤哭坏身体呀，但愿你到他家做了媳妇，须要孝敬公婆，顺从丈夫，宽待下人。贤名难得，不可露出破绽。"太太搀扶起来。便叫道："哥哥请上，也受小妹一拜。"钱林道："愚兄也有一拜。"即时同拜。已毕，翠秀：

"哥哥也该寻个僻静去处读书才好。"翠秀心中自忖道："我今到他家，若杀死那奸贼，岂不连累了钱林？又不好说明此举，叫他逃走远方。故此暗用隐语，不露真情，使他自揣。"无奈钱林一时哪里参详得透。钱林道："愚兄用心读书，休要贤妹挂情。"说完，一家大哭起来。又听得外边鼓乐喧天，金奏齐鸣，催亲甚急。钱林只得将她抱上了轿。

三声大炮，彩轿抬起。花文芳千方百计将假小姐谋夺过来，谁知错把丧门神当做喜神。

翠秀到花府，不知可能杀死花文芳否，且听下回分解。

第三十一回 花文芳爱色被杀 赵翠秀为主报仇

话说假小姐是钱林抱上彩轿，百子炮响，开道鸣锣，军牢、差役唱道，好不热闹。那些街坊看的百姓拥挤不开，人人道好，个个夸强，真正是相府人家做事不小。

此刻已到相府门前，预先放了三咚大炮，将新人大轿抬至大厅正中歇下。花老夫人请了两位有福有寿的夫人搀亲。将珍珠门一开，请出新人，到了洞房。新郎先在房中做过富贵，吃毕交杯，将盖头揭去。花文芳一看，心中大喜："果然话不虚传，也不枉费我多少心机，今日方得到手。"

花文芳欢喜之极，走出房来，到了前厅，款待亲友。全城文武官员并亲戚、邻舍来恭喜的不计其数。不一时，开道鸣锣，都堂执事来到相府，东方白下轿，登堂拜贺。这日，车马填门，纷纷贺客。花文芳见世兄到来，慌忙迎接，见礼作谢，分宾主坐下。献茶已毕，花文芳道："向日多蒙美意，致有今日，尚未亲诣行辕叩谢，又蒙厚赐。欲待不受，又恐见责，只得权且领下，容再酬答。"东方白道："微物恭贺，何劳挂齿，且谊属通家至好，怎么言谢。"说毕，就要进内恭喜师母。花文芳再三推辞，东方白便上了轿去了。

花文芳送了都堂去后，回到厅上，吩咐家人摆席，邀请诸亲友入座。童仁在此极力款陪。梨园开场演戏，送入洞房。半本之后，歇了锣鼓，邀亲友进喜房看新娘。一路灯球点得如同白昼。众人进得洞房，丫环掌灯，一看，人人道好，个个称奇。童仁见众客赞美，心下也十分喜悦，说道："舍甥妇不独外貌出众，亦且腹内文才惊人。"众人齐赞道："可谓才貌双全了，真是大富大贵福相，若生相府中，谁人配得她过。"里面正在称赞好处，外边又细吹催席。童仁遂邀众客出厅入座，按下不提。

且言花有怜见诸客前厅看戏，家中大小仆从人等俱在那里伺候，他悄悄走进帐房，取了三百两银子揣在怀中，慌忙出府，赶得魏临川家门首敲门，崔氏将门开了。有怜道："东西可曾收拾齐备？此项你可收好，我还要拿他几百，然后叫轿回来。"崔氏道："你却要快些，恐关了城门。"有怜道："今日尚早，府中有客看戏，半本才完，何愁不得出城。"复身进府，又到帐房拿了三百两银子，雇了两乘小轿，并抬轿的一齐来到。

看官，你道黑夜之中，许多人行走，岂不怕人盘问？乃花有怜头一月前吩咐过的这些人，都是在府中效过力的熟人，花有怜况且是相府中的总管，哪个敢多言语？到了魏家门首，崔氏与小红上了轿子，将包裹放在轿内。有怜吩咐轿夫抬了轿，又叫挑夫扛了箱笼行李出来，随手把门锁好，竟自去了。正是：

> 鳌鱼脱了金钩钓，摇头摆尾再不来。

一路行来，到了河边，下轿上船，搬取箱笼行李。轿夫人等各自散去。开船走下许多路程，方行歇住，下回书中再行交代。

话分两头，且说钱太太打发小姐上轿后，身体有些不快，带病料理，费了精神，不觉昏迷过去。慌得那些妇人忙忙报与大相公知道。钱林来到房中，只见那些妇女扶着太太。公子着人去请太医来看，只问母亲此时如何。不一时，医生到来，请进房中诊脉。老太太年老，又加劳碌，下了参汤服下。钱林走到自己书房，取一包人参，约有五六两重。称了一枝顶大的人参，带在身边，恐其一时要用。亲自将参煎好，捧进房中与太太吃。过了半晌，方才叫道："我儿，为娘的不怎样，你可准备明日过门合礼。"钱林道："母亲不必费心，孩儿俱已端正，明日早间送去。"

按下钱林不表，且说花府做戏已完，诸亲友俱已散去，只有童仁并留下两位福寿双全之人送房。此时将交二鼓，家丁掌了灯球，送花文芳入房。

见房中酒席摆得现成，只见二位送房之客已退，花文芳坐在席上，叫众丫头走至床边，说道："请新人上席。"假小姐听了，走至席前，竟坐在花文芳右手。文芳醉眼朦胧，观看小姐十分标致，越看越爱，吩咐丫头上酒。

小姐偷看花文芳，鼠眼鹰鼻鬼头，恼恨不得即刻下手，无奈众丫头在旁，只得暂且忍耐。不一时，酒席将终，花文芳起身来，吩咐道："搬去酒席，取水洗手。"花文芳那边洗手，房内走上四个丫环，道："请小夫人更换大衣。"假小姐道："你们不必在此伺候，我会更换衣服，你们将酒席搬出去，大家分散，吃杯喜酒，不必在此等候。"四个丫头一齐跪下，谢过小夫人赏赐，大家送出房去了。

花文芳随即站起身来，将门关上，走到新人身边，道："请夫人宽衣，早赴佳期，莫要误了。"说毕，就来动手动脚脱衣。假小姐用手推道："你先去睡，待奴除冠衣就来。"文芳听了，忙忙解去衣巾，将被盖好，仰卧相等，口中叫道："夫人快些睡罢。"假小姐忙忙除下凤冠，脱去霞帔，只穿着大红洋绉紧身小衣，俱是缝在一处，怀中取

出剪刀，暗拿在手，来到床边睡了，翻身骑在花文芳身上。花文芳道："有趣，趣极！想是夫人要摸我有须无须么？小生尚未长须哩。待我伸长些，夫人好摸。"将头分外伸长了好些，叫道："夫人不信，且摸摸。"假小姐看得真，用手拿剪刀，将银牙一咬，狠狠地认定咽喉刺下。

　　不知文芳性命如何，且听下回分解。

中国禁书文库

伟人藏禁书

话言假小姐手持剪刀，恨了一声骂道："奸贼，你也有今日！"用剪刀刺去，入肉已一寸多深。花文芳哪里料她行刺，大叫一声，跌下床来，在踏凳上面乱滚，鲜血直流，忍着疼，挣着爬起来，就奔房门，实指望开门逃。假小姐被他翻跌在地，见他去开门，连忙爬起来，带剪刀骂声："奸贼，哪里走。"

花文芳正欲开门，忽被一阵阴风吹得花文芳毛骨耸然，抬头一看，见一妇人鲜血淋淋，骂道："奸贼，还我命来！"花文芳仔细一看，乃是春英，唬了一跳。那春英向花文芳劈面一掌。花文芳哼了一声，跌倒在地，连忙爬起来，又奔房门，抬头一看，看见门旁站立一个大汉，青面獠牙，蓬头赤脚，手中提着两口朴刀，浑身挂着许多人头，阻住去路。花文芳看见这般形状，大叫一声，跌倒在地，再也爬不起来。

假小姐见花文芳在地下乱滚，正待用剪刀复刺，抬起头来，见壁上挂着一口宝剑，忙去抽出来举起，一剑砍来项下，结果了奸贼的性命。假小姐犹恐不死，又一连砍了几剑，见他不会动，方才放手，正是：

> 阎王注定三更死，谁敢留人到五更。

假小姐砍死花文芳，神魂皆散，不觉一阵昏迷，就倒在尸首旁边，手中宝剑吊落在地板之上，一个时辰方才醒来。睁眼一看，见奸贼已死，大仇方雪，"天明伊母知道，岂肯干休？不若就剑自刎，以报冯郎、小姐二人罢了。"正待要去拾来那口宝剑，猛听得"玎珰"一声响，就起在半空中去了，不见影响。看官，你说奇也不奇。这口宝剑原是当日马云在五柳园卖相赠汤彪。汤彪因见花文芳爱它，故此转赠与他，谁知今日断送自己性命，却是前生注定。故此宝剑飞去。翠秀不该死，后来还要受朝廷封诰，为贞烈夫人。此系后话不题。

且说花文芳听见门旁大汉却是何人？原来是个杀神，凡人起意杀人，就是这个杀神相随。翠秀是个软弱女子，为何连砍三剑？一者是杀神护佑，二者是春英冤魂要命，三者是花文芳一生作恶报应。正是：

嫩草怕霜霜怕日，恶人自有恶人磨。

不一时，杀神退去，魂魄归身，春英冤魂亦散。假小姐见宝剑不在，慢慢爬起来，连四两气力全无，思量解下汗巾自缢，行至床边，不觉错迷，倒在床头净桶巷内，如醉如痴，就睡着在地下了。

看官，你道这相府中许多丫头仆妇，难道这等惊天动地，为何不知？却有个缘故：那些丫头仆妇连日为娶小夫人，忙了十多天，没有睡着觉，今日小夫人又赏了酒席，大家又多吃了几杯酒，倒了头就呼呼睡着，哪知道房里杀人？一觉醒来，走到房外，听了一听，不见动静，各各放心去梳洗。梳洗完了，又走来伺候，听了一会儿，房中还是静悄悄地。天色渐渐明了，小夫人还未起来梳洗，"倘有贺客到来，老夫人岂不责备我们？又不敢推门进去，恐大爷责备我们。"

等了一会儿，天色大亮，内中有个胆大丫头，道："你们怕骂，待我进去，请他起来。"把门推开，只见房中残灯未尽，她却奔床边走去，不防足下被尸首一绊，跌在上面。也不知是什么东西，她手去一摸，高声问道："你是何人倒在地下？"慌忙爬起，灯下一看，两手鲜血，唬得魂不附体，口中叫道："你们快些进来，不好，杀死人了。"

外边妇人望里一拥而进，将灯一照，只见地下睡倒一人，浑身是血，仔细一看，方知是公子。大家喊叫起来，惊动合府众人，挤了一房，飞报与老太太知道。

花老夫人听得此言，惊呆不醒人事，半晌方哭出来，着起衣服，蓬头赤脚，妇女搀扶，直奔新人房中。哭着到来，看见尸首，抱住大哭，哭了一会儿，问道："小夫人在哪里？"丫头执灯寻到床头，只见小夫人倒在地下，叫道："小夫人在此。"太太听了，道："快把小夫人搀扶起来，服侍上床。"众丫头服侍已毕，假小姐上来床。

看官，你道翠秀一身血迹，为何众人看不出来？只因她身上穿的是大红，红上加血，一时却难看出。太太带哭走近床边，叫道："我的媳妇儿呀，你丈夫被哪个杀死？快快说来，好替你丈夫报仇。"翠秀也不做声，只是咽咽地哭。太太见她流泪，复走到尸首旁边，抱住大哭，叫道："我儿死得好苦，为娘看见好不伤心。"哭了一会儿，吩咐家人快把舅老爷请来。家人不敢怠慢，飞星去了。

再言钱林次日清早起来，开门合了礼物，着人挑来至花府，门公不在，直至新人房下礼，忽听小姐在房哭泣声音，走到房首一看，只见许多妇女哄哄忙乱，花太太蓬着头，坐在地下，抱着尸首痛哭，却不晓得何人。恰恰有个小丫头从房中走出，一手拉住，道："姐姐，你家中死的何人？太太为何哭他呢？"那小丫头答道："你如今还不晓得么？这地下死的就是你家姑爷、我家公子，昨晚好好进房，夜间不知被何人杀死。"

钱家家人一闻此言，向外没命地就跑，只唬得他魂飞天外，魄散九霄。出了相府，一路飞跑，来至家中，到里面慌慌张张没命地喊道："不好了，不好了！相公在哪里？"里面答应："相公在太太房中请安，你为何这等光景？"家人也不理他，竟自飞跑至房中，叫道："不好了！"

太太正与公子说话，听见吃了一惊，问道："你到他家回来，因何事这等慌张？快快说与我们知道。"家人此时跑得气急，连话也说不出来了，只见他把两只手乱摇。钱林道："他是老人家，想必一路跑急了，你且喘喘气，慢慢地再将事情说来。"那老人定了一会儿，喘气才平："太太、公子，老奴适才奉命送那开门合子到花府中去，一直走至内堂，只听得新人房中哭泣之声，走进一看，只见地下睡一个死尸，花太太坐在地下抱住大哭。老奴问那小丫环是何人，小丫环回我道是他家公子我家姑爷，昨夜不知被何人杀死。老奴听了，飞奔回来报信。"

太太、公子唬得魂不附体，呆了半晌，钱林叫道："母亲，我知道了。"太太惊问道："我儿，你知道什么来？"钱林道："杀死花文芳的不是别人，必是翠秀妹妹，一定无疑。"太太惊问道："你如何知道是她杀的？"钱林道："她昨拜别时节叫我寻个僻静处读书去避避，于今她把花文芳杀死，岂不连累于我？"太太一听，登时昏倒在地。

不知好歹如何，且听下回分解。

第三十三回　都堂飞马闭城门 知县踏看定真假

话说钱林见母亲死过去，慌了手脚，放声大哭。众仆妇们一齐哭起来。有半个时辰，太太苏醒过来，叹了一口气，道："怎得好？"钱林慌忙叫声母亲，太太流泪道："我儿，为娘的想来，定是她杀的，昨日说'难得相逢之日'。"太太向钱林说道："我儿，此事必有人来拿你，我看来，'三十六计，走为上计'，快快逃命去罢，迟则就不能脱身了。"钱林哭道："母亲，叫孩儿怎得放心前去。"太太道："亲儿，事到其间也说不得了，料想官府不能拿我，你不必挂念于我，快快去罢！"

太太叫仆妇快快去收拾行李，叫声："我儿，不必留恋。"钱林哭道："孩儿有大不孝之罪，就此拜别母亲。"双膝脆下，拜了两拜，万分无奈，只得抛别而去。正是：

急急如丧家之犬，忙忙若漏网之鱼。

按下钱林逃走暂且不表，再言花府家人奉太太命来请舅老爷，到了童家门首，见大门未开，他就拾起一块砖头乱打。看门的不知什事，慌忙起来，开了大门，见是花府的家人，把手一拱，道："你好冒失鬼，如此敲门。"家丁道："舅老爷在哪里？"看门的道："昨晚在你家吃喜酒，想必多吃了几杯，尚未起来。你有什么话，说下来，等老爷起来再回罢。"家丁道："我家大爷好好成亲，不知被何人杀死，特来请舅老爷过去看的。"门公听了大惊。

童仁把酒都惊醒了，顷刻披衣起来，即忙叫抬轿过来，连忙上轿，一直来至相府下轿，直入洞房。

太太看见哥哥到来，放声大哭："还要哥哥做主，代我儿报仇。"童仁流泪道："妹妹须要保重，待我看来。"走进房中，看见文芳满身鲜血淋漓，死于地下，也就哭了几声，收泪道："一定是大盗见相府娶亲，这般富贵，夜间来劫，杀死花文芳。"写下报呈道："黑夜大盗劫杀相府公子。"

这杭州有五十多员堂官，上至都堂，下及典史，飞报文武各衙门。巡抚都堂大老爷一见大惊，想道："禁城之内，竟有大盗劫杀，岂不要怪我，此事怎么了？"随即拔了令箭一枝，传齐旗牌来，飞马叫各城门紧闭，不许大盗走脱。即时来到相府，那些

中国禁书文库

绣像大明传

臬司府道厅县吏目并武职：都统、总兵、游击、参将、千百、把总一齐俱到相府。童仁一一迎接。

东方白问着童仁道："老先生，昨日世兄好好成婚，夜来就有如此大变，卑职吩咐已将城门锁到，擒拿大盗，须代世兄报仇便了。"童仁答道："昨日舍甥进房，到有二更时分，不知被何处大盗杀了，还求老祖台并各位老父母做主，治生即报到京师，与舍妹丈知道。"东方白道："何劳老先生吩咐，是学生们份内之事。"又向着众官道："尔等须要小心察访大盗，恐防脱走，关系甚大，一者花太师见罪，二者怕皇上动怒，合城官员听参。"孙知县打一躬，道："待卑职看来，再禀大人。"都堂道："是你的干系，务要小心。"

孙知县打一躬，退下，带了五六个衙役直奔内堂。至洞房门外，听得花夫人啼哭，向着他家丁说道："请夫人安息一会儿。"心中想道："如此高大之屋，大盗怎能进来？"吩咐取张梯子过来，孙知县即自己爬上去，四下观看，并无形迹可疑。屋上的瓦片都是摆得好好的，没有一处倒乱。摇头道："非是大盗。"爬下梯来，复走到前厅，向都堂打一躬，道："细观屋上动静，并无一点破绽，非是大盗劫杀，求大人将城门开了，令百姓贸易。"东方白道："据贵县看来，不是大盗，将城门开了，倘或大盗走脱，是贵县认罪。"孙知县又打一躬，道："倘有疏虞，知县听参无辞。"东方白道："既然如此，本院就开城门便了。但凶手却是何人？"孙知县又打一躬，道："卑职检验之后，再审详报。"都堂向各官道："诸位年兄且退。本院在此请师母的金安。"童仁道："老祖台请回，俟治生代达台意罢。"都堂只得起身，众官随后纷纷而去。只有孙知县在此相验，行人、刑房伺候。

孙知县来到内堂，公案现成。行人将花文芳尸首翻来复去，报道："喉下剪刀伤深有二寸八分，宽二寸，肩上剑伤深有三寸，腿上剑伤深有二寸六分，周身别处无伤。"刑房写得明白，送到公案上。

知县看了一遍，亲自起身进房，又细看一番，复身坐下，标了封皮，封了尸棺，吩咐收尸，向童仁道："老先生府中有多少下人？开个册子，待本院一问，便知明白。"童仁道："容治生开来。"不一时，开成一本册子，呈递案上，将这些家人叫来伺候。知县点名，从东边点至西边，一齐站立。点到花有怜，不到。孙知县道："花有怜却是谁人？"家丁道："是主人书童。"知县道："有多少年纪？为何不到？"家丁禀道："十六岁了，不知躲在哪块睡觉去了。"

知县也就不问了，将合府家人点过，看其神情，并无一人失色。知县向童仁道："不是大盗，并不是家人。本县放肆，只得要请夫人一问，就得明白。"童仁道："待治生问声舍妹。"走到房中，向着夫人道："知县如今要问媳妇，可容她出去？"太太思想一会儿，道：“我们宰相之家，岂容儿媳见官，但如今孩儿被何人杀死，想她必知其情，只得叫她出去说明，代孩儿报仇。”叫丫头：“你们代小夫人收拾收拾，拿件上盖衣服换了，好好服侍她出去见知县。”丫头答应，拿了一件元缎衫子，请小夫人穿好，又代她梳了头。太太大哭道：“我儿，你见知县须要诉出真情，不要含糊，丈夫的冤仇要在你口中伸。”假小姐并不做声，走至书房中来。正是：

混浊不分鲢共鲤，水清方见两般鱼。

不知这假小姐见了孙知县可肯招认？不知孙知县问出什么口供？且听下回分解。

第三十四回　孙文进通详咨部　花荣玉火速行文

话言假小姐走出房来，到了公案前，双膝跪下。知县道："小夫人请起。"小姐道："妾身有大罪在身，怎敢起来。"知县听了，大吃一惊，想道："有几分是她杀的。"遂道："小夫人夜来可知什么人杀死了公子？"假小姐道："老爷是个明镜，不用细说，犯女情愿抵偿便了。"孙知县道："如此说，是小姐杀的了。你们这段好姻缘，为什么杀死他？"小姐道："明明是恶姻缘，有什好处。犯女杀这奸贼，代夫报仇寻恨，以与万人除害。"

花太太站在旁边，听得明白，儿子就是他杀的，哪里忍耐得住，也不顾夫人体统，亦不怕知县在坐，蓬着头忙走出来，骂道："你这个小贼人好大胆，我儿与你贼人何仇，绝我后代。"向假小姐脸上连打嘴巴子，不分气，便把口来咬小姐。孙知县起身拦住，说道："太太请息怒，既犯在卑职手里，自有王法处她。老太太不必乱打，倘有失误，公子人命是假，她家人命是真。"吩咐带下，用小轿子一乘抬至本衙，说毕起身。

童仁送出府门，转身退至内室，向夫人道："可恨钱林这个小畜生，你的妹妹不肯嫁来也罢了，为何叫妹子下这般毒手，害了外甥性命？我要到都堂那里去，将此事说明，着他差人拿这小畜生，拿来同妹子一同问罪，与外甥报仇。"太太此时全无主意，哭道："听凭哥哥做主。"

童仁即刻上轿，来到都堂辕门，道："快报都堂！"执堂官不敢怠慢，随即禀过都堂。都堂请进，分宾主坐下。童仁将知县审出情由诉说一遍。都堂大怒，道："必是钱林同谋，杀死世兄。"都堂拔下一枝令箭，即委巡捕官儿多带从人，锁拿了来，吩咐带到辕门听审，休得走了。

巡捕官得了令箭，怎敢怠慢，即时带了从人，哪就晓得此事不好，早已公子逃去，恐有人拿他，那时不便。再者这些家丁又恐主人不在，拿他拷问，预先走得干干净净。只有几个没脚蟹的妇人在家服侍夫人。这巡捕官不见人影，有些犯疑，吩咐且进内室。一走来到内堂，见几个仆妇慌忙忙乱跑，巡捕官问道："你家主人往哪里去了？"仆妇们回道："昨日没有回家。"巡捕官道："胡说！"吩咐搜起，从人一声答应，便在前前后后、里里外外四下搜遍，并无一个人影儿。从人回道："并无一个男人，只有几个妇

人。"巡捕官道："必有隐情，逃脱去了，就此回禀大人便了。"即时来到辕门，禀明钱林预先逃走去了。童仁道："钱林情虚逃脱，还求老祖台缉获。"都堂道："老先生请回，待本院缉获便了。"童仁起身，都堂送出。

童仁回转相府，告诉妹子一遍。太太听了，大哭起来。童仁吩咐家人快些收尸。天气渐暑，家丁早已备棺木现成，将花文芳入殓。童仁和太太、家丁，人人大哭一场。童仁写下了家报，打发花能连夜去报花太师不表。

再言孙知县回到衙门中，叫原差来，问："钱小姐今在哪里？"回道："现在班房伺候。"知县吩咐带进听审。

孙知县坐了内堂，早有三班书吏伺候，将钱氏月英带上堂来。知县叫道："小姐，因什么杀死花公子？"假小姐道："犯女受冯旭之聘，奸贼陡起风波，诬害丈夫充军，又将犯女婆婆放火烧死，此仇深于海底，怎能不报！奸徒又来强娶犯女，只得将计就计到他家，要报此仇。"知县道："凶器现在哪里？"小姐道："剪刀实系犯女带去的，宝剑却是他家壁上挂的。犯女见剪刀刺他不死，方才拿他宝剑砍他几剑是实。"知县道："你的哥可知情么？"小姐道："我哥哥要知情，也不将犯女嫁去，实是犯女主意，要报此仇，别人哪里知道？自古言道'一人杀人，一人偿命。'与犯女哥哥并不相干，只求老爷早早通详，将犯女哥哥开豁。犯女情愿行斩，免得眩人眼睛，就死在阴曹，也得瞑目，留得我清白，传于后世。"孙知县听了这番言语，暗暗赞道："烈女难得。"吩咐左右带去收监，着官媒伴她，做下文书，连夜通详不表。

按转词来，且表花能奉了舅老爷之命，差往京都，报与老太师知道，限定日期，怎敢怠慢，星速赶到京师。到了相府，见了太师爷，叩头呈上家报。花荣玉接到手中，见家报的封头上贴着蓝签儿，心中暗吃一惊，随问花能："太太在府好么？"花能道："好。"又问："公子好么？"花能停了一会儿，答道："也好。"又问："新娶小奶奶可好么？"花能道："都好，请太师爷看家报便知。"花荣玉想道："府中亲眷不过三人，都好，怎么这封上贴着蓝签，必是远门族中之事，亦未可知，待老夫拆开一看，便知明白。"随即拆开一看，看了两行，大惊，再将书子看完，不觉大惊道："怎的好！"一阵昏迷过去。慌得花能抱住，叫道："太师爷醒来。"府中家丁不知是什么缘故，一齐走来。半晌方才醒来，大放悲声，哭了一会儿，眼住泪，问花能："他家这头亲事不情愿的么？"花能禀道："原是冯旭先定的。"就把舅老爷与公子强夺这头亲事，定计诬害冯旭与钱林，孙知县不肯通详，公子怎么去见都堂，就断与公子，公子怎么叫人放火烧冯旭家家眷，怎样将钱氏强娶过门，从头至尾，说了一遍。太师听了，不觉又哭起来，心中想道："都是夫人治家不严，晓得其中事情，也就该阻止孩儿，不要为非作歹。"又想道："东方白这个畜生，叫你做了都堂，照看我的儿子，怎么硬把钱氏断与

吾儿？如今被他杀死，绝老夫之后，我且放在心里，早晚奏他一本，将这个畜生坏了，方消我心中之恨。只是我六旬之外，后嗣将来是不想的了。自古道'不孝者三，无后为大'，只候详文一到，吩咐刑部立刻回文，立决无疑，杀了这个贱人，代孩儿报仇。冯旭、钱林这两个小畜生等我慢慢处治他。"忙差人到刑部知照：倘杭州详文一到，即刻回部文，立决钱氏。又吩咐花能："快快回去罢。"花能答应下来。花太师终日如醉如痴，思念儿子不表。

且言花能离开了京都，直奔杭州，非止一日。那日，到了山东高唐州地方，正往前走，只见林内走出三五个喽罗，一声大叫："往哪里去！"花能腰中拔出刀来，骂声："狗强盗，都瞎了眼么？连爷都认不得了，我乃当朝太师府中的，奉太师爷钧旨公干，还不退去，饶你们性命。"喽罗道："当今天子从此经过，也要留下买路钱来，莫讲什么太师。"众人一齐上前，花能见势头不好，寡不敌众，转身就跑，被绊马索绊倒在地，众喽罗一齐拥上，绳捆索绑，推推拥拥上山去了。

原来此山叫做迎风山，山上有个大王，姓董名天雄，占去此山，打家劫舍来往客商。不一时，将花能推上山来，至银鞍殿，众喽罗禀道："小的们拿到一个肥羊，请大王将令。"董天雄道："推来。"众喽罗将花能推至银鞍殿，挺挺站着。大王见他立而不跪，大怒道："你这狗奴才，如此大胆，见了大王敢立而不跪。"花能道："我乃当朝宰相府中的家将，奉太师爷钧旨去往杭州公干，路过此山，被你众喽罗拿我上来，却是为何？好好送我下山便罢，若还不让我回去，留我在山之时，太师爷知道，那时你这山上强徒，刀刀斩尽，个个杀绝。"董天雄听了此言，不觉三尸神暴跳，大叫道："喽罗，快斩了这该死的狗头。"喽罗齐声答应，将花能推出，不一时，只见血淋淋人头献上。这也是放火烧冯家的报应。这且不表。

再言都堂咨部文书已到刑部，差人送与花太师。这日，太师看过，地方官问的秋后处决。太师道："我哪里等得秋后处决，恨不得立决这个贱人。"着刑部即刻行文，飞上杭州。

不上数日，已到。地方官接了刑部文书，怎敢怠慢，立刻坐堂，标了监票，提出钱氏小姐当堂。

不知后事如何，且听下回分解。

第三十五回　假小姐市曹行刑　真丈夫法场劫犯

话说钱塘县将钱月英提到大堂，跪在案下，知县吩咐："人绑了。"众役一齐动手绑了。假小姐并无半点惧怕，面不失色，抬头一看，只见知县身穿吉服，坐在公案上面，手拿着朱笔。书役叫道："犯女钱月英。"假小姐应道："有。"知县道："今日是你的旧日。"假小姐问道："上面坐的可是孙老爷么？"众役道："不是，孙老爷升了山东济宁州正堂。"假小姐点点头，道："愿他高升一品，世代不□。"后来孙文进断事如神，声名甚好，吏部更有提升，此是后事，暂且按下。

这老爷是县丞，才署了三日县印，就要监斩这段公案，随即标了招子，赏了长离酒、永别饭。□□□□进出县门，直奔市曹行刑。

街坊百姓观看招子上面写得明白："奉旨枭斩犯女一名钱月英示众"，人人叹息，个个垂泪，道："难得这个贞烈小姐替我们除了大害，今日可怜受此非刑。"男男女女，无不下泪。小姐双目紧闭，任凭众役推往不表。

只见大路上来了一位英雄，头带范阳毡帽，身穿元缎箭衣，腰中一条丝鸾带，足踏一双粉履乌靴，四个家丁押着行李在后，大步踏来了。看官，你道此人是谁？原来是常万春南海进香，今日回来。目下是五月尽，天气渐渐暑热，吩咐家丁："不消寻寓所，就将行李挑在冯相公家去。"家丁答应。这条路是认得的，进了城直奔冯府，心中得意道："冯家弟媳已经过门，闻得才貌双全，我今少不得要见个礼。"

正往前走，只听得街坊上纷纷传说道："有才有貌有贞有节的小姐今日被斩，我们大家前去看看。"常大爷虽闻其言，却不知道，一心直奔冯府前来。走了一会儿，到了冯旭家住处，抬头一看，只见许多瓦砾堆积，一片火烧空地，回头问家丁道："难道走错了？待俺问声看，只怕冯相公迁移别处，也未可知。"话犹未了，那边来了一位老者。常大爷将手一拱，道："俺借问一声。"那个老者正急急前行，到法场看看钱小姐，猛听一声叫，犹如半空中一个霹雳，唬了一跳，回头一看，见这位爷的形状，早有三分胆怯，叫道："爷问什事？"常大爷道："此处可是冯尚书府？"老者道："正是，爷问他怎么？"常大爷道："他家几时被火烧的？如今搬到何处去了？"老者道："爷，说

来话也长，待老汉告诉你：冯相公为定了一房亲事，弄得家败人亡。"常大爷大惊，道："请问老丈，何至如此？"老者道："说也可怜，怎样定了钱月英，与冯府结亲，后来证明冯相公人命，都堂将他问成死罪，把钱小姐硬断与花公子为婚。孙老爷不肯出详，将孙老爷坏了，多亏教门众百姓罢市，大闹辕门，方将孙老爷复任，将冯相公开活，发在桃源充军。花公子又暗地找人放火，烧死冯老太太并合府二十余口。花公子前月二十八日硬将钱小姐娶去，哪知钱小姐虽系软弱女子，却怀丈夫气概，即日夜将花公子杀死。"常大爷道："杀得好，如今怎了？"老者道："哪知今日部文到了，要将这位有忠有孝、有节有义的千金小姐市曹行刑，故此小老儿前去观看。"说毕，迈开大步往法场去了。

常大爷听了大怒，"哎呀"一声，说道："气死我也！此恨怎消？"心中想道："我离了此地冯家兄弟不过两个多月，就被花文芳害得家败人亡，俺想弟妇有这般气节，代婆婆与丈夫报仇。俺常万青乃是堂堂男子，既与冯贤弟为生死之交，弟妇今日行刑，俺若不救，岂不是大丈夫反不如个弱女子？人命之事，怎么这般迅速，一月光景就要典刑？这都是奸贼弄的事。"回头向着家丁道："你们速速回府，面禀老太太，说我后边就到。俺如今要劫法场去也。"四个家丁听说，吃了一惊，道："大爷还要三思而行，浙省有武将兵马、许多镇守官员，不要当耍的，劝主人早早回府，恐老太太在府中想望。"说毕，一齐跪下，说道："大爷呀，古语说得好，正是'各家自扫门前雪，哪管他人瓦上霜'。"常大爷听了大怒，忙向腰中取出一把刀，叫道："如有人阻我，照此为例。"一朴刀将未烧过的木头砍为两段，飞身而去。四个家人唬得魂不附体，终日跟随主人，岂不知他的性格，说得出来做得出来，哪个敢向前来阻挡？他四人只得出城到寓所，慢慢打听主人消息不表。

单言常万青跟着那些看的人一直来到法场。犯人尚未到，常万青抬头一看，见座酒店，他就走入店内。酒保道："客官是吃酒饭的么？"常万青答道："正是。"酒保道："酒饭虽有，只是此刻决人，我家酒楼紧靠法场，不便卖酒，你到别家去罢。"常公爷道："俺是过路的客人，吃了就要赶路，多与你几个酒钱，悄悄吃了就走。"酒保道："客官上楼，不可开窗照看，恐怕官府看见有人在楼上吃酒，就要责罚小人了。"常公爷道："他杀他的人，俺吃俺的酒，看他做什么？"登时上楼，横靠窗坐下，酒保捧了酒饭摆下。常公爷取了一块银子，约有一钱多重，说道："赏你，俺若叫时，你便上来，不叫，你不可上来。"酒保得银，欢喜答应去了。

常大爷虎食狼餐，吃了一饱，将上盖衣服脱下，朴刀别在腰间，在那窗眼里观看。

不一时，听得人语喧哗起来。将犯人推至法场跪下，知县坐在上边，阴阳官报道："午时三刻。"知县道："斩讫报来。"猛听得一声炮响，刽子手提刀在手。说时迟，行时快，只听得楼窗开处，大叫一声，如半空中一个霹雳，跳下楼来劫法场也。

不知好歹如何？且听下回分解。

第三十六回　劫法场英雄显武
调官兵追赶逃人

话说知县听得报道"午时三刻"，吩咐斩讫报来。只见酒楼上窗门开处，一声大叫，跳下一个彪形大汉，手提朴刀，将刽子手砍死，手起刀落，也不知杀死多少护场官兵。官兵见他如此英勇，早已四散。

常万青也不忙救小姐，将身一纵，直奔知县。那知县一见有人来劫法场，唬得痴呆一边，半晌方才说出一个"拿"字来。常万青早到面前，大喝道："狗官休走！"一刀砍死知县。

那些众役见伤了本官，一齐拥来捉常公爷。常公爷道："我的儿，来得越多越好。"手起刀落，如同砍瓜切菜一般，只听得"哼哎"喊叫之声，死者不计其数。这些官兵、衙役不到半刻工夫都做了无头之鬼、刀下亡魂。那些看的人力强胆大者早已跑脱了，那些无胆气者脚都唬软了，欲跑不能。常公爷杀得性起，哪里还管官兵、衙役、百姓，遇着就杀，遇着就砍，也不知伤了多少。

常公爷见人都散去，方走到小姐跟前，将刀尖挑断绳索，驮在背上，大叫一声："让俺者生，阻俺者死。"手中朴刀一摆，迈开大步，如飞而去。那些百姓人家早已关门闭户，让他过去。

跑了一会儿，到了涌金门。那守门的军士不知劫法场之信，正来闭门。常公爷早已到了，认草不直，举起刀来，一刀将门军杀死，开了城门，也认不得路，竟往大路飞奔而去。正是：

鳌鱼脱了金钩钓，摆尾摇头再不来。

再表护场官兵剩了几个，见大汉去了，忙忙飞报各衙门去了。

怎么一个法场，常万青一人，如何劫得这等容易？一则钱塘县初署任，不甚熟谙；二者所斩的犯人乃官宦之女，谁敢前来劫得？因此没有多备围护。

不一时，各衙门知道，点了多少官兵、游击、守备、千百、把总，顶盔贯甲，擂鼓摇旗，追赶下去，这且不言。

再言都堂东方白闻报大惊，说道："此必是钱林窝藏大盗，防备妹子典刑，故来劫去。前番拿他不着，倒也罢了，今番务要拿获。"即刻传出令来，本院亲点百十个从人，到钱家门首，一声呐喊，团团围住，齐齐拥进。

且说钱老太太自从钱林走后，病体十分沉重，合眼睡去。猛听一声呐喊，唬出一身冷汗，问道："哪里喧哗？"有个仆妇跪来叫道："太太，不好了，今有都堂带领人马将我家团团围住，说是今日出斩小姐，有个大汉劫了法场，特来搜捉相公。"太太闻听此言，不觉大怒，恨了一声，双目紧闭，呜呼哀哉。仆妇们看见太太死了，一齐大哭起来。正是：

> 三寸气在千般用，一旦无常万事休。
> 喉中断了三寸气，化作南柯梦里人。

那些众人搜到内堂，看见众仆妇大哭，众人一齐喝道："奉都堂大老爷的钧旨，令我等搜捉犯人，还不走开。"众仆妇们哭道："我家无人，方才你们唬死我家太太，要捉什人。"众人不由分说，房里房外搜遍，不见一个男人，只得回复都堂，禀道："不独钱林不在，连家人亦且全无。"都堂道："主母在内么？"众人禀道："适才死去，只有几个妇女啼哭。"都堂无奈，吩咐回衙。来到署中，行文各处，捉拿大汉，委杭州府查检杀伤之人详报。

杭州府奉委查被杀之人，有钱塘知县一员、官兵三十九名、书役十七名、百姓九名，共计六十六名，被伤者不计其数。各处行文捕捉不提。

且说那些追赶的捕役、兵丁追了一日一夜，并无影响。游击、守备回城详禀各宪不表。

再言钱太太死了，那几个仆妇们忙成一堆，且喜寿木现成，将太太抬起，横七竖八入了殓。可怜一位诰命夫人，有子有女，也不在面前披麻带孝，铁石心肠人闻之，也要下泪。众仆妇入殓之后，在哭守灵柩不表。

话分两头，再说常公爷驮了假小姐往前乱跑，正是：

> 信步行将去，任天吩咐来。

渐渐天色晚了，一个林子在面前，且将小姐放下，回看前后，并无人行，方才叫道："小姐受惊了。"假小姐此时犹如梦中一般，耳边听得呼"小姐"二字，将眼一开，见一个大汉站在面前，便问道："阎罗天子，今在哪里？"常公爷叫声："小姐，此

刻你还不知么？你今绑在法场行刑，是俺救你到此。"假小姐方才醒觉，说道："妾身与恩公并非亲眷，因何救我至此？"常公爷道："俺与冯相公乃八拜之交，闻你杀了花文芳，与丈夫、婆婆报仇，有这等声气，俺因此不避刀斧，救你到此。"假小姐问道："请问恩公高姓大名，将我带往何处？"常公爷道："俺家住着，慢慢访问冯家兄弟，那时你们才知道大丈夫之为人也。"假小姐闻言，双膝跪下，道："如何拜谢恩公，犹如我重生父母、再养爹娘。"常大爷道："弟妇请起，就此快走，迟则官兵赶前来。"假小姐道："恩人，妾鞋弓袜小，怎能行走？"常大爷道："这个容易。"腰间解下鸾带，将小姐仍驮在身上拴紧，道："小姐，你把个手伏在咱身上，巴紧了好走。"小姐道："只是连累恩公，叫奴怎生过意得去，只好容奴慢慢报答。"况且黑夜之中，并无月色。常大爷认草不直，哪顾高低，飞跑而去。

走了一夜，见天色明亮，肚中饥饿，远远望见有个镇市，人烟凑杂，脚下又紧一步，顷刻到了。看见一点心铺，门首摆着许多杂色点心，热气腾腾，铺门首挂着两面幌子，又有几把瓦壶。就走进店来，见里面摆有二十多张桌子，拣了靠墙一张坐下，叫道："拿茶来。"合店中吃茶的听他一声叫，唬了一跳，抬头看见一个大汉，身上驮着一个女子，不知他是个什么人，大家乱猜。店小二走来，问道："客官，还是吃茶还是吃点心？"常大爷道："拿茶带点心。"又问道："你们这里叫什么地方？"小二道："叫做乌金镇，过去就是石门县。"遂拿了四盘点心，放下一壶茶、两个茶杯、两双筷子。常大爷道："点心少了，多取几盘来，一总兑帐。"小二想道："八十个点心还叫少了。"又去拿八笼来入下，道："客官，要少再添。"常大爷道："俺吃了看。"斟了两盅，拿了一盅递与小姐。小姐双手接了茶，随拿了一笼点心，道："小姐，你吃剩下的带在怀中，以便充饥。"小姐应道："是。"

常大爷放开英雄口，一手抓着十四五个朝口中放了，又去抓那盘，即时吃了二百个。十二笼共是二百四十个，小姐吃了二十，又剩了二十在笼内。

再言那石门县的捕快在各乡各镇上日夜缉拿，忽有里长跑来，报道："镇上点心店内有个大汉驮着女子，在那里吃点心。"众捕役听说有大汉，连忙赶去观看，果然见一大汉驮着一女子。众捕役一齐拿着槐杖、铁尺，就要进店。擒拿内中有个老捕快，道："你们要怎样得他？"众役道："我们一齐拥进，要他措手不及。"老捕快道："你们只知其一，不知其二，他一个人劫法场，不知杀了多少官兵。你我不过二十多人，若进去，枉送性命了。我有一条计策，此人只可智取，不可力敌。"众人道："请教妙计。"

不知老捕快说出何计，且听下回分解。

第三十七回 乌金镇瓦打英雄
刘家庄夜闹官兵

话说众捕快请教老捕快的妙计，那老捕快姓薛名堂，那薛堂道："我们叫了里长、保长来，着他多带些人，将两头栅子关闭，叫他们多带兵器，在店外伺候。你们众人陆续进店，或三五个，或五七个，三桌吃茶，各人藏器械于身。我扮个乞人，进来问他化点心。他哪里留神，我走至他面前，打他一铁尺。他不能起手，你们一齐围住。他有双拳，难敌我们众手，怎当得我们兵器如雨点打下。"众捕役道："好计，好计，事不宜迟，可快去装扮起来，我等好陆续进店。"

不一时，店中桌子都坐满了。常公爷将英雄眼一睁，见满座都是筒内将刀带在身边。常公爷正欲起身，只见一个乞丐走近前来，道："客官，花子饥饿难忍，望施舍点心几个与花子充饥。"常公爷将他一看，这个花子年近五旬，生得白白净净，头戴一顶草帽，身穿一件鱼白布褂儿，足下穿了一双草鞋，手中拿着一根竹子，原来铁尺贯在竹子内。常公爷道："你要点心，桌上现有，何不自取？"花子道："多谢官人。"即伸手来拿点心，谁知露出马脚来，被常公爷看破：半段是黑的，半段是白的。常公爷大喝一声，将脚踢开桌子，向前一刀，将薛堂砍死。

那些捕快一齐喊叫，大家一齐拥上，口中喊道："莫放走了大盗。"内中有一人道："快快上屋揭瓦打这强盗。"一个个跳上楼屋，齐齐揭瓦在手，往下乱打。

常公爷先前犹可，今见人都上屋揭瓦乱打，犹如雨点相似。常大爷此时感觉有兴，迈开大步，一直飞跑前去。不想一瓦打来，正中小姐头上，将头打破，鲜血往下直流。小姐叫道："恩公，妾头已破，血都流下来了。"常公爷道："小姐，此时无可奈何，且自忍着痛，不多时，就出镇市。"口中说着，足下直往前走。只见栅门紧闭，那些把守栅门的人见他杀了众人，只保性命，却一溜烟逃了。

常公爷举起朴刀，照着栅门一刀砍去半边，跑出回头一看，见几个捕役还在屋上乱跑，一声大叫，道："你们这班狗头，要较高低，可下来到此平地见个上下。"那些捕役听他一声大叫，正跑之间，就退回几步。屋上有几个连脚也站不稳，从屋上跌将下来。

常大爷见无人敢来，道："谅你这些狗头也不敢上来，俺大爷去也。"迈开大步，一口气跑有二十里远。

小姐叫道："恩公，奴头上的血总流不住。"常大爷见空处有一树林，忙走进四下一望，并无人影，即将小姐放下。常大爷将自己衣衫扯下一幅，代小姐将头扎起来，依然驮起小姐，往前又跑。这且不表。

单言众捕快见他走了，飞报知县，又到乌金镇相验，杀死捕役八个、百姓十余人，共计杀死二十余人，带伤者何止四十多人。石门县连忙通详。

再言常大爷从早至晚，走了一日，到了秀水县，天色渐渐晚了，肚口又饥，远远望见个庄子，见灯光射月，想道："且到庄上去讨些东西充充饥。"来到庄上，见庄门外竖着一对纸灯笼，写着一个"刘"字，后面写着"世家"二字，庄门外挂着一疋红绸子，想道："这个刘家一定有喜事，待俺进去看一看，若有酒饭，饱吃一顿再走。"手中提着两把朴刀，往里直走。但见草堂灯球照着，有许多人在厅上吃酒。他就走至厅中，高声叫道："列位请了！"这一声犹如半空中打了一个霹雳。高声叫道："俺是过路客人，因天晚走错了路，肚中饥饿，借你贵庄一宿。庄主有酒饭送俺一顿充饥，后当补报。如若不肯时，俺手中的刀恐就得罪了。"说着说着，就走到靠墙一席坐下，常大爷喝道："还不走开！"这一席的人久已吓得跌跌爬爬，一个个都走开了。

那些众人正吃得高兴，猛听得这一声高叫，唬了一跳，见一个大汉驮着一个女子，手中拿了两口明晃晃的刀，一个个吊落魂，不知是个什么人。常大爷此时叫做事急无君子，见桌上许多菜蔬，常大爷将手拿过壶来，斟了一杯酒，道："小姐吃酒。"小姐接到手中。他又拿过菜一碗，向别人碗里一倒，将壶内酒倾刻倒空，口又叫道："还不快拿酒来！"小二拿了酒来，咕咚咕咚一口气吃了一大碗。他也不拿筷子，伸手就在碗内抓了些鸡鸭鱼肉送与小姐，自己端过大碗，动手在碗内抓了个干净，又把汤端起，也是这般吃，一连几碗，吃得干干净净，连连叫道："快拿酒来！"

看官，你道为何就一直来到草堂上面？有个缘故：乡间比不得城中有管门的，今日这刘老儿门大开。那些吃酒的见他这般凶恶，胆小的预先去了，有那胆大的都还在这里看他吃酒。

这刘老儿听见，唬得战战兢兢，走上前来，问道："壮士何来？"常大爷见这老儿问，乃笑道："俺实对你说罢，俺在杭州劫了法场，救了这位小姐在此，一路杀死无数人命。因俺肚中饥饿，借你酒饭一餐，异日再为补报。请问老翁尊姓大名，府上有什么喜事？"刘老儿听了这番言语，唬得魂不附体，半晌方才答道："小老儿姓刘，这座庄子叫做刘家庄。今日小老儿娶媳妇，不知壮士驾到，没有远迎，望乞怒罪，切莫连累于我。"常大爷道："快拿酒来，吃了就走，必不连累你们。"

刘老儿便去拿酒，顷刻之间，送上几壶酒来。常大爷道："古云：'主不饮，客不欢。'"刘老儿道:"莫非壮士疑心?待小老儿奉陪。"刘老儿就在他碗中吃了一大口。常大爷方才端起碗来,一口一碗,把几大碗酒吃得干净。吃毕,正欲起身,猛听得一声呐喊,官兵团团围住,大叫:"休要放走大盗!"正是:

　　　　踏破铁鞋无觅处,得来全不费工夫。

　　不知常大爷可能脱离此难?且听下回分解。

第三十八回 观音点化常万青 马杰调兵捉壮士

话说常大爷正待出刘家庄门，忽听得一声呐喊，只见灯球、火把，许多官兵将刘家庄团团围住，喊道："强人往哪里走！"这些都是石门县的官兵。详文报到秀水县，遂点了二百名官兵，各执兵器，拦住庄门。常大爷便大叫道："快快开路，你们这些不知死活的狗头，早早闪开，让路者生，挡路者死！"忙舞动手中的朴刀往外一纵，犹如一只斑斓猛虎跳出。那些官兵一见，慌了手脚，齐把兵器打来。常大爷将刀一摆，只听官兵"哎呀"之声，死者不计其数。

那些官兵见他如此利害，怎敢上前阻挡，渐渐四散奔走。常大爷道："俺也没有什么谢你，多杀几个谢你罢。"说罢，舞动朴刀四下赶来，杀的那些官兵人人要命，个个逃生，先前还叫"休走强人"，这会儿连声也不敢做了，怕他赶来厮杀。常大爷赶了一阵，不见个官兵，只得放开大步，认草不直，往前而去。

再言那些官兵连夜报与本官，知县听了，大惊道："此事怎么好？连忙详文到嘉兴府，点了守府营官，带了兵丁，埋伏城外缉拿。

秀水县来到刘家庄查点，杀死官兵五十三名，吩咐各家收尸埋葬，立刻回衙详报上司不表。

且言常大爷走了一夜，也不知走到何处地方。又走到下午，肚中饥饿，远远望见有个小小市镇，只得赶上一步。不一时到了，却不是村庄，只有数十户人家，并无饭店，心内好不烦恼。抬头一看，却有个豆腐店，豆腐卖完了，还剩下三十多块干子摆在篮子上面。常大爷出于无奈，只得将篮子拿着就走。店中看见，忙跑出来，叫道："拿贼！"常大爷两脚如飞，已离了此处二、三里之远，便拿几块豆腐干子与小姐吃，自己吃了十数块，将篮子丢在路上。

走到傍晚，远远望见一座城，又怕官兵，不可进城，只在城外找些东西充饥，只得落荒而走。渐渐天色已晚，腹中又饥饿，好生难走，足下渐渐无力。猛听得一声炮响，常万青唬了一跳，见四路俱是呐喊之声，不知有多少官兵。

看官，你道他一个人在杭州劫了法场，一路至此，杀了多少人，也没有胆怯，怎么到了嘉兴，只见炮响，就唬了一惊？因为有个缘故：日夜奔走辛苦，肚中又饥饿了，又听四面炮响不绝，若遇官兵，怎生抵敌？见城上呐喊渐近，便道："不好了，我今性命休矣！"忙移大步乱走。走不一会儿，将近二鼓，足下无力，又是黑夜，不知路径，追兵紧紧跟来，又无避身之所，怎生脱得此危？

正欲前走，见路旁有一草庵，不过是两进，耳边又听得木鱼之声，常大爷想道："庵中有僧在内，不免敲门进去，或者有什东西，吃些充饥，就有官兵，也不怕也。"忙启虎爪在门上敲了数下。那和尚把经念完，口占七律一首，然后将门开了。诗曰：

> 杭州劫了钱月英，因何叩我老僧门。
> 乌金镇上来赌斗，刘家庄上受虚惊。
> 适才离了嘉兴府，又有官兵追你身。
> 不男不女门前站，莫非山东常万青？

常大爷听了和尚念这八句，说着他的心病，又知他的姓名，想道："此僧非凡。"连忙叫道："师父开门。"和尚将门开了。常大爷进内，和尚将门关好转身。常大爷正要叩见和尚，和尚望着常大爷道："难得你这一片好心，辜负你一片痴心，错把那人当月英。你要同贫僧见礼么？可拜了我佛如来。"常大爷放下小姐，拜了如来，叫道："师父请上，待弟子拜见。"彼时拜毕，假小姐过来，拜了如来，又拜见和尚。和尚道："居士和女菩萨请上坐。"二人方才坐下。

万青问道："师父宝号？"和尚道："贫僧与居士有缘，特备素席奉候。"万青称谢。即时摆下大碗素菜，请他二人共食。食毕，听得金鼓齐鸣，众人呐喊，灯球、火把照耀如同白日，战马嘶嘶，从此经过。万青站起身来就走。和尚止住道："居士不可造次乱行，贫僧在此，无妨。"

不多一时，人马去远。和尚道："连日辛苦，况有人马在前，贫僧备下草榻，权住一宿，明日早行如何？"常万青又向和尚称谢。和尚道："还有四句，居士须要牢记在心：'英雄此去莫心焦，逢州过县要坚牢。扬子江心须仔细，波清浪涌祸难逃。'"和尚道："女菩萨请在此房歇宿，居士请在隔壁歇宿。"二人称谢。和尚依然念他的经去了。

常大爷辛苦日久，不觉睡到日红东方才醒了，忙睁二目一看，大惊道："怎么睡到空地上？"站起身来，小姐也就醒了，却在草地上，那些佛像却不见了，草庵亦无。万青道："菩萨感应。"二人在地下望空拜谢神明。看官，你道是何神明？原来就是南海菩萨点化。因常大爷奉母命朝南海烧香，其心最诚敬，虽然他是杀人不眨眼的魔君，一路诚心进香。菩萨感应，救他一命。

常大爷拜罢，驮了小姐又走。谨记菩萨偈言，逢州过县，俱是落荒而走。在路行程非止一日，那一天到了镇口，在江口店内住宿，次日过江。

　　再言江口有个总兵，名叫马杰，镇守江口。前有文书到各州各县，提获劫法场的大汉。将人马点齐，终日打听。忽见报来："江口饭店中有一人，身长大汉，驮着一个女子，住在饭店之中，不知可是劫法场的大汉否，故此一面来报知大老爷，请令定夺。"马杰闻报，就赶去提拿。

　　不知常大爷可能脱离此难否？且听下回分解。

第三十九回 金山寺总镇司将 扬子江英雄交锋

话说马杰闻报大惊，就要率大队人马，齐到江口擒拿劫法场的大汉。有个右营守备禀道："大老爷不可擅动人马，想来此贼劫了法场，一路到此，不知杀了多少官兵。大老爷要拿此贼，卑职有一妙计：此贼明日必要过江。把江中民船尽行赶散，只留一只官船，停泊码头。叫个水鬼扮做船家，渡他过去。到了江心，大老爷稳坐金山，待末将生擒此贼，献于麾下。"马杰听了大喜，忙传将令，暗暗围着不表。

再言常大爷叫道："店主人，烦你叫只船，渡我过去。"这店家是马杰吩咐过的，答道："客官，尚早。"常大爷道："你可收拾饭，待俺饱餐一顿，好过江去。"店家答应，揩抹桌椅，收拾打扫，拿东拿西，延捱了一会儿。常大爷好不心焦，问道："店主人，你既开饭店，难道怕大肚汉？叫你收拾饭，待俺吃了好过江，为何慢吞吞地？"店主人道："客官为着何事这等性急？你看码头并无船只，叫我到哪里寻船？"常大爷走出店门，一看，只见一派长江，波涛滚滚，并无一只舟船。

常大爷转身进店坐下，取了一锭小银子，交与店家，道："这锭银子你拿去买十斤鱼、肉，烹好了吃饭，多的你收了，算房钱。"店家接银上街，买了十斤肉回来。

不一时，肉、饭俱好，二人用毕，又催店家寻船。正待出门，只见水鬼从门前过去，店家叫道："张大哥，你的船在哪里？我店内有位客人要过江去，烦你来渡他罢。"水鬼道："今日风大，难以把棹，明日去罢。"常大爷道："船驾长，俺多与你些钱，送俺过去。"那水鬼道："客人，你看江中大风大浪，并无船只往来，有什么要紧之事，明日送客人去罢。"常大爷道："俺有要紧公务，迟延不得，烦你送我过去。"水鬼道："客人决意要过江去，却有大浪，休要害怕。"常大爷道："俺也不知见过多少风浪，在乎这个扬子江！"水鬼道："既然不怕，先小人后君子，单送客人过去，船钱是二两银子。"常大爷道："依你，就是二两银子。"随即取了二两银子与他，道："多的与你，算酒钱。"那水鬼俱是做成圈套，因道："客人请上船，趁此刻风小。"

常大爷雇下一乘小轿，抬了小姐，直至江边上船。小姐上了船，坐在中舱。常大爷坐在后艄。艄公将绳子一拉，篷子一扯，将铁锚拉上船头，篙子一点，头撑开，两个艄公在艄后摇起橹来，只听得"咿呀咿呀"摇到江心之中。

常大爷正看江景，只见那金、焦二山景致十分有趣，猛听得金山顶上"扑通"一声响亮，又听得甘露寺大炮一响，又听得瓜洲花园港内"扑通"大炮一响，又听得焦山顶上大炮一响，又见金山上摇旗呐喊，山崩地裂之声，只见"别别"连声，掌号不绝。少时，满江战船，挤满风帆，赶着顺风呼呼齐来。船头上站了许多官兵，一个个弓上弦，刀出鞘，顶盔贯甲，挂铜悬鞭。船艄后座宝纛旗，旗上写着"镇海大将军"。

常大爷问船家："这些人炮连响，满江战船却是为何？"水鬼道："客人，没相干，今日是大老爷水操。"常大爷听了，也不在意。

哪知水鬼将船摇到战船旁边，常大爷心中暗想："不好，其中有变。"忙忙走到船头，将朴刀拿在手中，八字脚站稳船头。

忽听金山顶上大炮一响，众军呐喊之声。马杰在上头将杏黄旗一展，只见各营中的军船上呐喊一声，众兵丁各执兵器在手。只见那中军头戴铁幞头，身穿乌油甲，手拿竹节钢鞭，将钢鞭梢一指，那只战船飞奔常大爷的坐船。将近船边，离有二丈远近，大喝一声："劫法场的死贼，你想逃往哪里去呢！"将身一纵，上头手举钢鞭，分顶就打。常大爷见他势来凶勇，将身一闪，手中朴刀往上一迎，只听得"叮当"一声响，将他的钢鞭磕有三丈远，掉在江中去了。这个中军手中没有兵器，慌在一堆。常大爷大喝一声，叫道："这样无用的狗头，这般没用技的也来送死。"手起刀落，一下砍为两段，尸首往江中一丢。

战船上众兵丁看见主将死了，呐喊一声，大众放箭，射来势如飞蝗。常大爷将朴刀舞起，遮拦招架。那战船打着风帆，一阵风呼呼地摇将过来。

马杰在山顶上看得明白，心中大怒，遂将手中令字旗招展。众军一声呐喊，猛见右营中军战船风帆扯满，蜂拥而来。头戴一顶熟钢盔，身穿一件钢叶铠，手执两根镀金铜，道："怎敢伤我同寅！"隔船有二、三丈远，将身一纵，跳过船来，手举双铜打来。常大爷用刀一架，谁知力用大了些，那右营中军站立不住，将身跌下水去。

战船上看见右营中军跌下水去，大家一齐呐喊，各各放箭。常大爷舞起朴刀，遮拦隔架，并无半箭近身。不一时战船渐渐远了。

马杰见了，心中大怒，道："连伤我左右中将，岂不可恨！吾不生擒此贼，誓不为人！"忙取一面大红旗在手，站立于山顶之上，左展三展，右展三展。一声大炮，众军齐声呐喊。四面八方，无数战船围住，将常大爷坐船围在中心。众军士一个个各执鸟枪，下了钱粮，飞奔常大爷的船来。

不知常大爷性命如何？且听下回分解。

绣像大明传

第四十回　万青被擒解杭州
飞鹏甘露逢旧友

话说马杰见连伤左右中军，心中大怒，将红旗一边三展，众军呐喊，满江尽是战船，围裹上来。个个手执鸟枪，各用火索钱粮。原来马杰用的五色旗号，先前用的是杏黄旗，令将对阵，此刻用的大红旗，乃是火攻。便慌得那镇江府丹徒县连连禀道："大人，此乃花太师要紧人犯，今用火攻，倘若伤了他的性命，那时花太师见罪，不当稳便。必须擒捉活的，解去浙省，听都堂发落，或者解京，或者枭首，也是大人威风。"马杰听了此言，口称："年兄言之有理。"忙把大红旗摆了又摆。忽听金锣一响，那些战船上的兵丁收了鸟枪，趁着帆四散去了。不一时，江中静悄悄，并无船只。

忽然，金山上面一声炮响，三军齐齐呐喊。马杰换了一面皂旗在手，展了一展。那摆船的两个水鬼口中叫道："你竟是劫法场的人么？如今大老爷要拿你，若拿了，岂不连累我们船家？也是死，不如我们先自投江了罢，倒还干净。"说毕，先自向江中一跳。

常大爷大惊，船上无人扶柁摇橹，横飘江心，随风逐浪，东转西弯。常大爷是陆地上英雄，哪知水面之事，一时难得到岸。

那个水鬼奉了总兵的将令，跳在水里，腰间取出斧头、錾子，将船底连錾了八九个大洞。钱小姐坐在舱中，叫道："恩公，不好了，船中走了漏，满船都是水了。"常大爷进舱中一看，钱小姐倒坐在水里，连忙将小姐扯起，坐在上边。只见那水灌船中，小姐坐在茂粱满上，两只金莲仍在水里。小姐哭道："奴好苦也！"叫道："恩公，怎生是好？"常大爷见小姐哭将起来，没有主意，仰天大叫钱小姐，道："这是天绝我也，英雄无用武之地。"将朴刀向江中一丢，"非是做好汉有始有终，此时却不能顾你了。"将身一跳，下了长江。

哪知江底下早有罗网，有多少水鬼在下等候，见他跳下，将网一收，打在网中。

马杰把白旗一展，只见满江战船如飞而至，将网扯起，绳捆索绑，绑做一团。复又把小姐锁了。忽听金山上双吹双打，得胜下山，西营三声大炮，下了战船。

不一时，到了江岸，又是三炮进府。常大爷、小姐被兵丁扛抬，团团兵马护押，向总兵衙门而来。

又听三咚大炮，两边吹打开门。马杰升堂，吩咐将那劫法场的贼推来。外面一声吆喝，犯人进内，将常公爷推推拥拥，来到大营。背剪牢拴，立而不跪。马杰大喝道："好大胆的强人，今已被捉，见了本镇，尚敢立而不跪。"常公爷骂道："狗匹夫，你的诡计，水中寻俺，怎奈俺英雄无用武之地，误被汝寻来。要杀就杀，要剐就剐，跪你这匹夫何用！"马杰听了大怒，把惊堂一拍，吩咐两边："拿杠子与我打这厮的狗腿！"两边一声答应，取了杠子，认定常公爷的腿上打了五、七杠子，一时打倒，睡在地下，到底不跪。马杰问道："你叫什么名字？"常公爷道："爷爷叫做张大胆。"马杰道："胡说！到底叫什么名字？"常公爷道："爷爷叫做张大胆，难道你这狗匹夫是个聋子么！"马杰又问道："你这狗才，为何劫起法场来，把相府人犯劫了！一路杀死无数官兵，意欲逃走，快快招来！"常公爷大叫道："莫说那些狗卒，连你这老匹夫撞在爷爷手里，都莫想得活。"马杰大怒道："把这恶贼夹起来，三绳收足。"问道："还是招不招？"常公爷道："你这千刀万剐的匹夫，叫老爷招什么。"骂不绝口，吩咐打边杠，越骂。他这里骂得狠，并无半句口供。

马杰无奈，吩咐抬过一边，带钱氏上来。假小姐来至丹墀跪下。马杰问道："劫法场的贼子叫什么名字？你与他是何亲眷？将你劫了带往何处？从实招来。"假小姐道："犯女绑在法场，洗颈受戮，不知哪里来了这位好汉，将犯女救了。行到半路，犯女才知道劫了法场，问他姓名，他说叫做张大胆，并非亲眷。犯女便问他带往何处去，他说带往山东地方去。"马杰听了钱氏口供，与张大胆一样，吩咐松刑，手枷脚镣，带去收监。连夜做起文书，点了兵丁、解差，即送杭州不表。

话分两头，再言汤彪自从那日别了冯旭，同常万青登舟，到了严州府分路，他却带了家人回金华府，拜见母亲，又与妹子见过礼，将父亲任所之事细细禀告一番。住了几天，择日祭祖。

忽有汤公书信回来，叫汤彪星速赶来任所，有公干。只得辞别母亲、妹子，竟奔金陵而来，却没有工夫到冯旭家中去，亦不知冯旭家中遭此大变。到得金陵地方，住了个月，又打发他回去。

来到京口西门外，住船上岸买些米，汤彪走上埠头观看，只见船埠头行门口有许多人观看，拥挤不开，不知为着何事。汤彪上岸，也挤在上面观看。走到船行门口，抬起头来，心中大惊：见那大汉脚镣手枷，盘脚坐在柜上，分明是常大哥模样，又见一个青年女子坐在凳上，也带着刑具。

常公爷忽然回头来，见汤彪，好生没趣，慌忙把头低下。原来马杰将他们解送杭州，今在这埠头问行主要船。汤彪会意，转过身子就走，见个老者，拱拱手，问道："老丈，借问一声，那个大汉与这个青年女子犯的何罪？为什么许多兵丁围住？"老者

道：“他在杭州劫了法场，杀死无数官兵，来到镇口，被总兵大老爷拿住，仍要解往杭州去，来此寻埠头要船。”

汤彪听了，吃了一惊，别过老丈，回到船中，心里想道：“怎生能够救得常大哥才好？”随即吩咐家丁寻个寓所，安放行李。左思右想，没个计策。

家人去寻寓所不表，自己行步到甘露寺，上了严子陵的钓鱼台坐下。思前忖后，没有计策。正在踌躇之间，忽见山下来了一人，威风凛凛，身高丈二，膀阔二挺，头戴将巾，身穿元缎箭衣，腰束一条五色鸾带，足登一双朝靴，面如瓦兽，两道浓眉，步上台来，大叫道：“好一派江景也！魔家数载未到此处，今日又来，复观江景。”说毕，哈哈大笑。汤彪看见有人上台，即忙起身下去。二人打个照面，有些面善，一时想不起来。那人抬头一看，大叫道：“原来是汤公子，为何独自在此？”汤彪道：“小弟有些面善，不知在哪里会过兄长？”那人大笑道：“公子难道就不认得魔家？”汤彪道：“请教兄长尊姓大名，哪方人氏。”那人答道：“魔家就是……”那人住了口。

不知那人说出什么姓名来？且听下回分解。

第四十一回 钓鱼台英雄聚义 丹阳县夜劫犯人

话表那人大笑一声，叫道："汤公子，难道忘了咱家？今春在西湖五柳园卖宝剑就是咱家，姓马名云。多蒙公子赠咱路费，咱家时刻在心中，未尝相忘。"汤彪闻了此言，便道："原来就是马兄，小弟失照了。"两下见礼。

看官，你道汤彪与马云不过相别半载，如何就认不得了？有个缘故：正月间卖宝剑之时何等淡泊，今日在此相逢，何等威风，故此汤彪想不起来。

二人正在讲话之间，见台下八个大汉拥着抬盒人上来，摆在台上。马云道："今日难得公子来此，请坐下，慢慢再说别后之事。"随叫那八人过来与汤公子见礼。汤彪只得坐下。彼时从人上酒，十位英雄举杯共饮。马云问道："公子从何而来？"汤彪答道："自家君任所返舍。"

酒过数巡，马云见汤彪眉头不展，面带忧容，问道："公子为何不乐？"汤彪道："小弟有些心事，故此勉强相陪，礼貌不周，望诸兄原宥。"马云道："公子有何疑难之事，说来，咱与公分解分解。"汤彪道："话却有一句，怎奈是件机密之事，惟恐走漏消息，不当稳便。"马云笑道："公子疑咱这八位兄弟？俱是咱的心腹。咱家先把别后之事告诉公子：自从在五柳园相别，行到宁波地方，有座山叫做东华山，遇见这八位兄弟阻截咱家，战了一日一夜，彼此相爱，结为兄弟，拜咱家为寨主，占住东华山。今八位兄弟来此，一则游玩山水，二则顺便做些买卖，以作住山之粮草。"随把八位姓名逐一相告，指着左手二人道："一个叫做浪里滚钟有德，一个叫做水上飘钟有义，他二人能在波涛浪里走踹，直如平地。"又指着右手二人道："一个叫做纵上天滕云，一个叫平地风滕飞，他二人爬山过岭，如飞一般。"又指着东边二人道："一个叫做过天星耿直，一个叫做闪电光廖成，此二人一日能行千里。"又指着西边二人道："一个叫做出肚豹毕顺，一个叫做入洞蛟龙荣贵，此二人俱是万夫不当之勇。"马云说毕，哈哈大笑，道："公子之事，说与咱们弟兄知道，或者可以稍为分忧。"汤彪道："不瞒列位兄长说，小弟有个结义兄弟，姓常名万青，乃是高祖驾下功臣常遇春世袭子孙。只因一时仗义，独自一个在杭州劫了法场，沿途杀死无数官兵，到了此处过江，被马杰水

内擒住，复解杭州。小弟欲要救他，怎奈独自一人，绝无帮助，故尔心中抑郁，忧形于色。已被诸兄长看出，说明此意，为之奈何？"

马云听了，哈哈大笑，道："公子何不早言？公子的兄弟即是咱们的兄弟，既然常兄如此仗义，已是我辈朋友。公子放心，咱们兄弟九人在此，哪怕他千军万马，咱们敢向前去，刀枪林中救出常兄，与公子相公。"汤彪称谢。

又饮了一会儿，一同到了寓所。汤彪吩咐家人发了行李到西门河下。那些鸭嘴船都在河岸边泊，内中船家认得汤彪，连忙向前，叫道："汤大爷，小人服侍回府罢。"汤彪道："你是熟人，倒好送我们去罢。"马云道："你的船小，装载不下我们，另雇只船。"船家道："小人还有兄弟船，一同送爷去，汤大爷时常是小人装载。"马云哼了一声，一眼看去，船上共有九人，就要断送了他九人性命。

即时下船，马云同汤公子一船，那钟有德等人一船。不多一时，只听得稍锣一响，有二十号船只开下来。两岸上都是带甲马军，弓上弦、刀出鞘护送；船上众兵丁都是明盔亮甲，在船上耀武扬威，乱赶民船。那些民船早已拦开，让着官船。马云吩咐船家离他三里，跟在后面慢行，暗道："不知常兄在那只船上？"

又行了一日，到了丹阳县。一帮锣响，将船住下，二十只船一字摆开。船上好些兵丁上岸，打酒的打酒，买菜的买菜，上下来往不绝。

马云见兵船住下，亦吩咐船家住船。船家道："趁此兵船住了，我们摇过去，好走夜船。"马云道："必须上岸买点神福，再走未迟。"船家听见有神福，连忙将船下锚，只离兵船二、三里远。马云叫人上岸去买神福。不一时，买了个整猪头，抬了两、三坛酒，还有许多香烛、纸马。一齐动手，烧了神福。马云赏了船家一坛酒、一方肉。船家千恩万谢，欢天喜地。两只船上人合在一堆同吃，马云与汤彪同八员健将一处共饮，两边从人亦同在一处饮，大碗、小杯，吃了个不亦乐乎。

听得锣声响亮，兵船上起了更鼓，两岸上灯烛齐明，兵丁往来巡哨。听得已打三鼓，马云吩咐八员健将将这些船户杀了。汤彪忙止住，道："与船户无干，杀他怎么？"马云笑道："公子有所不知，并非咱家执意杀他。适才在河边，他叫了你几声汤大爷，自然晓得你来目的，若不先杀了此九人，今日我劫了兵船，岂不是连累了尊大人么？"汤彪方才醒悟。众人飞过船去，见九个长家俱醉倒舱中，就如死的一般，登时杀了，将尸首抛入河中。

马云道："钟有德、钟有义、滕云、滕飞从水中到船上，咱家带耿直、廖成、毕顺、荣贵四人从岸上去，汤彪领众人从自船上去。"说罢，十位英雄换了行头，各执兵

中国禁书文库

伟人藏禁书

器。火炮照着，如同白日。汤彪带四个家将上船去，马云的从人由水路而进，马云带了由旱路而来。不一时，到了船边，齐声呐喊，犹如山崩地裂之声。正是：

乱滚滚翻江搅海，闹攘攘地裂山崩。

不知马云、汤彪等众人可能救得常万青与假小姐性命？且听下回分解。

第四十二回　马杰提兵追壮士　英雄踏水夺行舟

　　马云、汤彪并八员健将来到船边，齐声呐喊。那些护解官兵二百余名都是吃了酒的，大家和衣睡着了。猛听得一声呐喊，一个个连忙爬起。怎当得十只猛虎手起刀落，如同砍瓜切菜，只听得"哎哟"之声，死者不计其数。一半死于英雄之手，一半堕于河中淹死。不多一时，剩下五、六十人各自奔走逃命去了。

　　十位英雄杀散众兵丁，汤彪道："不知常兄在哪只船上？"便大叫一声："常兄，常兄！"谁知常大爷在闷斗内，上面锁着复板，盖着横檐，檐着上加了封锁，还有许多绳索捆住上面，哪里听得有人叫他，亦不料有人救他。汤彪叫了一会儿，并无答应之声，心内焦躁，大叫喊道："常兄在哪里？"常公爷在内虽然听不明白，觉得外面似有人呼他"常兄在哪里"，好似汤家兄弟之声，待俺答应一声："常万青在这里呢！"汤、马二人听见，跳过船来，用刀砍断绳索、横檐，揭起锁，复将常公爷拉出船来。众英雄见他九条铁链锁着。马云大怒，用手将铁链扭断，只听得"哈啷"一声，堆了一船头。常大爷将身一跳，又活了一只猛虎。马云递过一把刀，与常大爷来到中舱，一脚把舱门踢开，见了小姐，打开刑具，与众英雄一齐跳上岸来。正是：

　　　　海阔凭鱼跃，天高任鸟飞。

　　十位英雄带领众人奔丹阳县西门，望茅山大路而去，按下不表。

　　且讲那些败残兵马远远避了，望着这班英雄去了，方才出来，远远尾在后面，连忙飞报大老爷。

　　马杰闻之，大吃一惊，即刻传命："知会五营四哨、千百把总、大小头目人等知悉，一个个顶盔贯甲，挂铜悬鞭，俱到辕门伺候。"不一时，只听三声大炮，大老爷升堂，一齐参谒拜。马杰叫道："列位将军。今有相府劫法场的人犯在丹阳县被贼人羽党劫去，尔等可带五百人马连夜追去，不可走脱。"众官领令去了。

　　马杰想道："贼犯勇猛，必须亲自走一遭。"即带了一千人马向前追去。正是：

风吹鼍鼓山河动，电闪旌旗日月光。

不说马杰前来追赶，再言十一位英雄行了半日夜，到天明才至胥镇地方。众人打伙吃了一顿饭，又往前走。走至午，到了句容县交界。哪知句容县闻报，点了二百名官兵四下巡哨，早已打探明白，忙令官兵捉拿。那些官兵一声大喝，道："贼犯逃向哪里去！"一齐围裹上来。

马云一见，哈哈大笑，道："列位兄长不必动手，这个生意让了咱家罢。"将身一纵，举起钢刀，就如风卷云雾，那二百名官兵如何招架得住，只听得"哎哟"之声，斩者不计其数。不到半个时辰，杀了一半。那些官兵见势头不好，各自逃生。

马云见他们各自逃去，也不追赶，便大笑道："杀得快活。"汤彪道："兄长快走。"十一位英雄望前走去不表。

再言那些官兵飞报与句容县知道。县官听了，唬得哑口无言，半晌才吩咐道："速查杀死多少官兵。"至晚回报：共杀死九十有七名。只得连夜通详上司不表。

再讲那十一位英雄走到天晚，并无打伙之处，腹中饥饿。正往前走，猛听得一声炮响，满山之中，五色旗号招摇，金鼓齐鸣，呐喊如雷，阻住去路。汤彪道："前有兵马阻住，腹中又饥，怎生对敌？"正说之间，又听得后面摇旗鸣鼓，旌旗招展，追赶上来。汤彪大惊，道："前有阻将，后有追兵，肚中又饥，怎生是好？"马云道："公子莫慌，且从旁边小路而去。或者有卖饭之处，大家吃些，就有官兵也不怕他。"于是众英雄直奔小路而去。天晚，并无卖饭之处。及至龙潭地方，只见一派长江，波涛滚滚。

正值马杰提兵到来，与前兵合在一处。不见贼子，着人打听，不一时，飞报到来："贼子已奔龙潭去了。"马杰吩咐追赶，火把、灯球如同白昼。

众英雄一见，道声"不好了。"满山遍野都是官兵，呐喊渐近，如之奈何？欲待迎敌，肚又饥饿。见旁边有一个火芦洲子，众英雄只得走地，实指望逃出，谁知是条江，一派大江阻住去路。欲要退后，追兵赶来。

再言马杰到龙潭，又着探子打听，报道："贼子一定躲在芦洲之内。"传令将芦洲围住。众军一声"得令"，呐喊如雷，随即将芦洲团团围裹。正是：

撒下天罗与地网，云里飞禽脱也难。

不知众英雄可能脱身，且听下回分解。

第四十三回 花荣玉哭奏天子 东方白锁解京都

话说马杰围住芦洲，料得这班贼子插翅也难飞去，且到天明擒他不表。

再言众英雄被困，无法可使。钟有义道："莫慌，我看对面黑丛丛，好似一只船。"众英雄睁眼一看，果是一只船湾在那边。钟有德道："小弟同兄端水过去，将船夺来，渡过江去，就有生路了。"即时滚在浪里，端水而去。到得江边，看见船只，二人大喜。到船边爬将上去，不论青红皂白，扯起茅蓬，拿起篙子，荡过江来。

一班英雄七手八脚，荡过江。此船中客人听见水响，便大叫道："船驾长，有歹人上船，快些起来。"常大爷大喝道："俺们不是歹人，借你船一用。若要声张，一刀两段。"舱中客人听见声音颇熟，便问道："外面莫非常公爷么？"常公爷答道："你是何人？为何认得俺家？"那人从舱中走出，叫道："公爷，小人是姚夏封。"常公爷道："姚先生，向日相俺有战门之灾，今日果然应了。"汤彪道："姚先生如何在此？"姚夏封道："小弟回往江西，船取行李，同拙荆与小女到淮上做些生理。"正是：

> 一旦浮萍归大海，有缘何处不相逢。

马云道："魔家有一言禀告公爷与公子，不知尊意如何？"常万青道："俺蒙马兄虎穴龙潭救了性命，感再生之恩，不知马兄有何吩咐？"马云道："姚先生上淮，常兄可同他一往；小姐与汤公子带回金华府去；魔家可夺一只船，过了金陵，走长江到江西。"常公犹豫未决。马云便说道："魔家送小姐到金华府，交代明白，那时再往东华山去便了，不知有当尊意否？"常万青道："马兄金石之言，无有不信，但蒙恩救拔，怎忍分手？"汤彪道："人生何处不相逢，吾辈后会有期。"常万青道："既然如此，小弟就此拜别恩兄，再容补报。"说毕，倒身下拜。拜毕，假小姐也来拜谢恩公。

彼此拜别已毕，天色始明。"你看那里湾了许多船"，马云道："趁此夺一只。"众人道："言之有理。"八员健将一齐跳上岸来，不一时，夺得一只船来。马云、汤彪、小姐众人一同上船。众英雄洒泪而别，两个一齐开船。

不言常公爷望山东登州而去，下回书中自有交代，且云汤彪、马云并假小姐自从过江，正遇顺风，扯起风帆，向金陵进发，亦且不言。

再说马总兵将人马围定芦洲。天色渐明，不见动静，传令放箭，箭已射完，不见动静。又令众军各执兵器，直奔芦苇之中。寻了一会儿，影响全无，回禀道："贼人一个也没有。"马杰道："必躲在深处。"传令："将芦苇放火烧了，贼子要命，自然出来。"众兵在上风放火烧芦苇。火仗风势，风助火威，好不利害！只听得"刮刮喇喇"，不一时，将芦苇烧成一块空地。马杰道："想必是夜间投水而死。"传令收兵，三咚大炮，将人马收回。

回到了镇江，进入府门，有丹阳县文书到来，杀死官兵一百三十三名，杀死船户三十二名，共计一百六十五名。句容县文书又来，杀死官兵九十七名。马杰做下文书，通详咨部不表。

话分两头，再言花太师终日闷闷不乐，思想儿子。只见门公捧进许多部文，放在桌上，太师爷也无心政事，只不去观看。忽然想起前番行文到杭州，将钱月英枭首，代儿子报仇，不见回文，不免将文书翻翻看，看到杭州东方白的文书云："钱月英有个大汉劫了法场，杀死知县，又杀死无数的官兵。"花太师看了，大吃一惊。又看到江南总制文书："劫法场的贼人被总兵马杰拿住，审问明白，名张大胆。解往浙江省，行至丹阳县界，被羽党劫去。后至句容县，杀死官兵无数，至今未曾拿获。"花太师看完，放声大哭，道："苦死的娇儿，仇人枭首，又被大盗劫去，杀死无数官兵，如何是好？倘若皇上知道，罪归老夫了。"又恨东方白："这畜生好生无礼，知道老夫只有此子，硬将钱月英断与我儿，送了他性命，绝了老夫后代。如今将法场劫去，杀死无数官兵，岂不是都堂之过？待老夫修下本章。"

一宿已过，次日早朝，天子登殿。百官参毕，王开金口道："文官不少，武将班齐，有事早奏，无事散朝。"言还未了，闪过一位大臣，跪在金阶，奏道："臣武英殿大学士花荣玉，有一短表冒渎天庭。"武宗皇帝道："先生有何奏章，这等哭泣？"花荣玉道："臣年已五十以上，今有浙江都堂灭臣后裔。臣有短表奏达圣驾。"侍从官接了表章，摆在龙案。天子看毕，龙颜大怒，道："传旨，着锦衣卫到浙江锁拿东方白进京，三法司勘问。"回叫道："先生不必悲伤，朕传旨着地方官沿门搜捉张大胆与钱月英，代卿子报仇。"荣玉叩谢皇恩。天子袍袖一展，群臣各散不表。

再言锦衣卫领了圣旨，星速赶到浙江。早有合省文武官员知道圣旨到来，都堂率领文武官员出郭迎接。到了十里长亭，香案现成。不一时，锦衣卫到了，众官迎接圣旨。锦衣卫开读，道："圣旨已到，跪听宣读。"早将东方白摘去衣冠。

"奉天承运皇帝诏曰：朕着尔东方白代天巡狩，封疆大臣原为上报国恩，

下治民事，你今滥刑枉断，错配婚姻，有伤天理，致绝花门之后；张大胆劫了法场，杀死知县，俱是尔之过愆。着锦衣卫即日锁解来京，以便治罪。钦此谢恩。"

东方白与全城文武官员齐声："万岁、万岁、万万岁"，锦衣卫将铁链锁起东方白，押解赴京去了。正是：

从前做过事，今朝一齐来。

不知东方白进京，怎生发落？且听下回分解。

第四十四回　三法司勘问方白　地方官搜擒月英

话说锦衣卫拿了东方白星速赴京不表，再言杭州百姓听见锁拿东方白，好生欢喜："这个瘟官也有今日，此番进京一定杀头，还便宜了他，要千刀万剐方消我们之恨。"看官，你道百姓与他何仇，这般恨他？一人听见此言，哭将起来，道："这瘟官不把钱月英断与花文芳，我的女婿也不至死。那日出斩钱月英，我女婿鬼使神差，在家好好的，要去看出斩。谁知遇着一个天诛地灭的强人来劫法场，我女婿可怜一刀砍去半段，丢得我女儿无靠，如今累我养她，怎不叫我痛恨。"

不言百姓们唾骂于他，再言锦衣卫将东方白解至京师，缴过圣旨，三法司勘问。刑部大堂这位老爷姓傅名龙，乃高祖驾下功臣傅有德五代孙，为人耿直秉公。不一时，大理寺李嘉与吏部大堂郭文进一同到了，傅公迎入。见礼已毕，郭文进同李嘉道："年兄，奉旨同审东方白这一案，傅年兄鞫问。"傅龙道："年兄例该先问，小弟随后。"

当时三法司升了大堂，上面供着圣旨。九卿书吏参见过，分列两边。郭、李二人将东方白带进，一声报名，来到法堂。傅公道："打开刑具。"众役禀道："犯官当堂松刑。"东方白参拜圣旨已毕，跪于丹墀。郭公道："东方白，圣上命你做外京天子，封疆重任，为何不思报国，贪婪害民？"傅公道："郭大人，不是这等问法。我等奉旨审他如何枉断、硬配婚姻、劫了法场、杀死官员并官兵百姓等。东方白，你可实实招来。我等好去复旨。"东方白道："三位大人在上，容犯官细禀。犯官非是硬断婚姻，钱氏原是花公子原配，后冯旭考文，比花公子较胜，钱林就将妹子改嫁冯旭。"傅公一声大喝，道："你这狗官，一派胡言支吾，怎么钱氏是花文芳原配，后嫁花门，就该夫唱妇随，如何反将公子杀死？劫了法场，杀死知县并无数官兵都是因此而起。"叫左右取大刑过来夹这狗官。两边一声答应，即时把东方白夹起住一踹。可怜东方白早已死去了。看官，你道东方白哪知夹刑利害？他向日做都堂时，哪晓得今日在三法司堂上受刑？当时逢迎文芳，将冯旭夹打成招，只望花太师升任，谁知今日弄巧反成拙。

傅公见东方白死去，吩咐取凉水喷面。不一时，东方白醒来。哼声不止，叫道："三位大人在上，犯官情愿招了。"三法司见他认罪，一一叫他画供，带去收监，候旨发落。就此复旨。

天子见奏，龙颜大怒，传旨："着校尉到湖广天门县将东方白家产尽行抄查存库，将东方白发沉口外充军。"到了半路而亡，这是东方白一段公案完了。正是：

善恶到头终有报，只争来早与来迟。

再说马云、汤彪送得假小姐到了宁波地方，汤彪道："马兄，在此处分路了。"马云道："待魔家送至尊府，魔家才放心回山。"汤彪道："此处到金华乃一水之便，尊兄放心回山。"马云只得拜别，带领八员健将回东华山去不表。

汤彪带着假小姐来到金华，进了自己府门，拜见过母亲。假小姐进来拜见太太。汤夫人问道："我儿，此位小姐却是何人？"汤彪道："姓钱名月英，是孩儿结拜兄弟冯旭之妻，因被花文芳谋婚，杀死奸人，代夫报仇。市曹行刑，多亏常兄救了性命。中途遇见孩儿，交与孩儿带回家中。"太太听了，道声："贤哉小姐，老身收为义女。"假小姐道："蒙太太见爱，即请上坐，待女孩儿拜见。"彼此四双八拜。又叫汤彪与小姐拜为兄妹。拜毕，太太亲生女儿比翠秀小一岁，名唤秀英，也来相拜，亦是姐妹称呼。太太又吩咐家丁、仆妇人等叩见，俱以大小姐相称。即便款待酒饭。筵席散后，即吩咐小姐同秀英往后楼居住。

姐妹正是合式，两人终日拈弄笔墨，吟诗作对，不觉过了八月有余。哪知有奉旨搜捉张大胆与钱月英的旨意到了，各省行文各府州县，沿门搜捉。金华府张挂告示，晓谕军民人等知悉："如有隐匿不报者，一同治罪。不论绅衿世官人家，内眷不便搜捉，着该地方官饬令媒婆严行搜缉，不得视为具文。"看官，你道此时无论官民之家，媒婆悉行穿房入室，逐细搜寻，不得漏网。告示一出，人人皆知。

汤彪闻得此言，即入后堂禀告母亲，将此事细说一遍。太太吃惊，问道："这怎么处？"翠秀在旁流下泪来。太太看见，叫道："我儿不要忙慌，大家想个主意，藏过一时就好。"汤彪左思右想，并无藏身之处。汤小姐在旁叫道："太太、哥哥莫慌，何在乎钱家一个姐姐，就是几十个也有藏身之处。"太太听说，叫道："我儿，你有何计策，快快说来，为娘的方才放心。"

不知汤小姐说出何计，可能藏得假小姐下来？且听下回分解。

第四十五回

功臣庙潜身避祸
迎风山姐妹遭凶

话说汤秀英叫道："母亲，我家有个功臣庙，可以将钱家姐姐请在庙里躲避，那地方官怎敢上去搜寻？"太太与汤彪听了，道："好个功臣庙，我却忘了。"

这个功臣庙乃是太祖皇帝敕建，当日太祖创业登基，将这些功臣各镇一方。太祖道："朕与诸位皇兄朝夕不离左右，怎忍分散？"故此各建一所功臣庙，正中塑了太祖皇帝神像，左是军师刘基，右是领兵大元帅中山王徐达。那些功臣挨次分列两旁，左边是开平王常遇春、岐阳王李文忠、宁河王邓玉、东瓯王汤和、黔宁王沐英等；右边却是颍国公傅友德、越国公胡大海、宗国公冯胜、韩国公李善长、营国公郭英等，皆如联聚会。是这个缘故，每逢春秋二祭，才敢开门祭祀，如有人擅入功臣庙者，斩首示众。今何不将小姐请在庙中，朝拜太祖与众家功臣，拜过依然封锁。

金华府沿门搜捉，到了汤彪家。迎接上厅见礼，分宾主坐下，知府道："公子休怪本府多事，此乃奉旨，又有部文，正是上面差遣，概不由己。"汤彪道："老公祖奉上谕，不得不如此，治生怎敢见怪。"二人说毕，知府站起身来，汤彪陪着知府走了几处。来至功臣庙旁，汤彪道："老公祖，登功臣庙上一观。"知府道："此庙乃是太祖皇帝敕建，本府怎敢擅登此庙。"前后走了一遍，复至厅上坐下，叫道："唤过官媒头来。"吩咐道："你到夫人内室一走，看看有无。"回禀："并无其人。"本府知道起身，汤彪送出了大门。知府上轿，出了府第，又往下家搜捉去了。

如今按下假小姐在金华府不提，再言钱月英同落霞二人女扮男装，往山东投舅舅任所。自从那日雇船，直到扬州换船，到淮上，过了黄河，到了王家营。起早，雇下一乘轿子长行，走了几日。那天，正往前走，只听得树林之内射出一枝响箭来，山凹里跳出一伙强人，听他口中喝道：

> 不种桑田不种麻，亦无王法亦无家。
> 有人打我山前过，十驮金银要九驮。
> 若无金银来买路，丢下人头由你过。
> 占住此山为好汉，巡捕官兵难报咱。

为首的大王大喝道："会事的留下买路钱来！"两个骡夫道声："不好，强盗来了。"转身飞跑，金命水，跑个没命，丢下轿子。那大王看见，哈哈大笑，道："顺手而得。"吩咐喽罗将骡轿拉上山来。喽罗一声答应，走来将骡轿拉了就走，小姐同落霞唬得死去还魂。

不一时，上了山，大王升了银鞍殿，坐在虎皮交椅之上，吩咐将轿内肥羊推出来。喽罗走至轿旁，将小姐和落霞从轿中扯出，即时绑起来，推至银鞍殿前。二人双膝跪下，告道："大王爷爷饶命。"看官，你道此山叫什名字，大王却是何人？原来就是迎风山，大王姓董名天雄，杀花能者即此人也，占住此山，聚集喽罗，打家劫舍。凡遇客商经过，轻则劫去财物，重则丧他性命，也不知杀死了多多少少。董天雄睁眼一看，原来是两个后生，喝道："你这两个狗，在我山下经过，快献上财宝，饶你性命。"钱月英告道："小人主仆二人投亲不遇，并无财宝，求大王爷饶命。"董天雄听了大怒，道："既无财宝，吩咐与我绑起来，取他的心肝做个醒酒汤。"喽罗答应一声，将钱月英同落霞二人绑起。二人长叹一声。

到了剥衣亭，喽罗动手剥她衣衫。钱月英与落霞暗道："早知死在此处，不如死在家中。"满面羞惭难当，将双眼紧闭，任他动手。那些喽罗一齐动手，脱了露出一双小脚，众喽罗笑起来："原来是个女子，险些儿杀了，大王岂不责我们。"复至银鞍殿，禀道："那两个肥羊不是男子，却是两个女人，请大王爷定夺。"董天雄听了大喜，道："孤家正少一位压寨夫人，此乃天定良缘。"吩咐："将娘娘送入后宫，着宫女们伺候，孤家今晚花烛成亲。"喽罗答应，来到剥衣亭，跪下道："请娘娘入宫梳妆。"小姐与落霞听了此言，唬得魂不附体，只求早死。

喽罗将绑放了，送至后宫内，有几个宫女迎接。众喽罗道："大王有旨，着你们服侍娘娘梳妆，大王今夜就要成亲。"这些女子怎敢怠慢，就请娘娘沐浴。二人听了此言，唬得魂不附体，说道："众位姐姐可开一线之恩，让我们姐妹二人寻个自尽，保全名节。"众宫女道："娘娘此言差矣！大王好不利害，娘娘若有差池，我们这些人都是死的了。娘娘，我们俱是左右附近人家女子，被他掳来做了宫人，要生不得生，要死不得死。"小姐、落霞听了，一齐大哭起来。正是：

屋漏又遭连夜雨，船迟又被打头风。

按下小姐二人哭泣不表，再言董天雄吩咐宰牛杀马，做个喜筵。不一时，酒席完备，请大王上席，头目把盏。饮至半酣，只见巡山喽罗报上："启大王，今有山下来了数十辆车，俱是装载货物，请大王令下定夺。"董天雄听了大喜，道："今日是洞房花烛之日，又有买卖送上门来，岂不是双喜，待孤家走遭。"即刻披挂上马，手执一把斩将金刀，一棒锣响，齐声呐喊，一马当先，冲下山来，高声喝道："速速献上宝来！"那些客人见强盗来了，丢下车辆、货物，各自逃生去了。董天雄在马上看见，哈哈大笑，道："孤家有福，举手而得。"众喽罗推上山去，复至银鞍殿前饮酒。见日色沉西，就要回宫成亲。正是：

　　有缘千里来相会，无缘对面不相逢。

　　不知那钱月英与落霞二人可能脱得此难否？且听下回分解。

第四十六回 常万青路见不平 董天雄恶盈受戮

话说董天雄正欲回宫，众头目禀道："大王爷，今日双喜，待我们众头目各敬一杯酒。"董天雄听了大喜。众头目挨次奉酒，这且不表。

再言那些客人跑了一会儿，不见强盗追来，大家方才放心。看见有个林子，大家打伙坐下，也有说道："如今货物是被强人劫去，怎好回家？"也有叹气的，也有哭的，也有暗自流泪的。

只见那大路上来了一位英雄，你道此人是谁？原来就是那常大爷。自从龙潭与马云、汤彪分别，同姚夏封到了淮安，别了姚夏封，独自归山东登州而去。到了这高唐州地方，见那些人坐在林内哭的哭，泣的泣，他就停了脚步，高声问道："你等为何在此哭泣？"众人道："我等俱是到东昌府做买卖的，来到前面迎风山，不想遇着强人，将我等货物、车辆悉行劫去，不是我们跑得快，不然，连性命也难保。可怜我们回不得家乡，所以在此哭泣。"这英雄听了，不觉大怒，道："目今山东大府早已清平，不想高唐州地界又出这班强盗，害民不浅。尔等不要哭泣，俺不到这里便罢，既到此间，怎不与万民除害，将尔等货物夺来还你。"众人道："爷爷，强盗不是好惹的。"常公爷笑道："俺生来最喜打报不平，尔等跟俺去，远远站开，看将这狗强盗灭了，替万民除害。"说毕，手提两把朴刀，飞奔迎风山而去。众人见他恶狠狠、雄赳赳去了，只得远远跟来。

那常公爷来到山前，大叫道："山上狗强盗，快将方才劫去的车辆、货物送下山来还俺，万事干休，如有半个'不'字，俺就杀上山来，叫你人人皆死，个个遭诛。"巡山的喽罗听得这般言语，飞报上山来，道："启上大王爷得知，山下来了一个大汉，口出大言，要将方才车辆、货物还他，如不肯还，他就杀上山来。"那董天雄正欲回宫成亲，听了此言，只气得三尸神暴跳，五陵豪气飞空，吩咐快备马来，将身一纵上了马，手执大砍刀，众喽罗一齐呐喊，一马当先，闯下山来，高声喝道："谁敢这等放肆！"常万青见强盗来得凶恶，也就大喝道："清平世界，你这狗头因何打劫客商？"董天雄哪容他说，把马一提，举起刀来就砍，犹如泰山压顶剁将下来。常公爷把手中双刀用尽平生气力望上一迎，只听得"叮当"一声响亮，那董天雄在马上晃了八九晃，叫道：

"我的儿，好本事。"常公爷叫道："狗强盗休走！"用双刀当胸砍来。董天雄忙取刀来招架，哪里架得开，将身一闪，跌下马来。常公爷忙赶上前去，一刀砍下，结果了性命。正是：

嫩草怕霜霜怕日，恶人自有恶人磨。

那些众喽罗看见大王死了，齐齐跪下，禀道："愿保将军为寨主。"常公爷道："休得胡说，俺堂堂丈夫岂肯做此草寇。你们这班狗头因什占有此山，打劫来往行人，不遵王法？过来受死！"众喽罗禀道："爷爷，非是小人之过，但小人们俱是良民，被董天雄掳来，做了喽罗，也是出于无奈。董天雄已死，小人们都可得见父母而得生路矣。"公爷道："既然如此，俺到山寨。"又回头叫道："尔等客人可过来，各自查点车辆、货物。"众人一齐答应，俱到山上。

常公爷来至银鞍殿，吩咐道："尔等可将他平日所积之财帛分散，各人各安生理。"众喽罗叩谢。又叫众人各查货物下山，众人拜谢，各推车辆而去。

常公爷走至后山，听得一派哭泣之声，即问喽罗："何人在此啼哭？"喽罗禀道："今日掳来两个女子。"常公爷怒道："快些唤来。"即叫出小姐与落霞，哀告道："大王饶命。"常公爷道："俺不是强盗，咱是过路客人，一时仗义，诛了强徒。你是谁家女子？因何来此，被劫掳上山来？说个明白，待咱家送你回去。"钱月英听得问她家乡，不由得两泪交流，告道："妾是杭州人氏，因丈夫被奸人害去充军，又来强娶妾身，惟恐失身与奸贼，故此带了仆女，女扮男装，去投舅舅。来到此处，被强人掳上山来，知妾是个女子，强逼为婚，幸遇恩人将军灭了。"常公爷听了，吃了一惊，道："难道又有个花文芳行恶的人？"又问道："你丈夫叫什么名字？说与咱家听。"钱月英道："妾的丈夫叫做冯旭。"常公爷大惊，忙问道："你姓什么？被何人所害？"小姐道："妾身姓名是钱月英，被花文芳所害。"常公爷道："住口，杭州钱月英已嫁花文芳，是夜将奸人杀死。押赴市曹行刑，是俺劫了法场，已送到金华府去了。你又是个钱月英，咱今实难深信。你可有哥哥？"小姐与落霞听说翠秀杀了花文芳，暗谢天地，回道："妾的哥哥名叫钱林，抵嫁者是妾结义姐姐，名叫翠秀。"常公爷听了，道："你才真正是我弟妇了。"小姐问："恩公是谁？"常公爷道："俺乃是世袭公爷，曾与冯家兄弟结义订盟，咱住山东省登州府。弟妇放心，你二人可到咱家住着，等咱慢慢访问冯家兄弟消息，同你夫妇相逢。"二人拜谢。常公爷又叫众妇女一同收拾下山，各自回家。即时放火烧了山寨，常公爷带了二人回登州而去，这且不表。

再言花有怜拐了崔氏、小红，四月二十八日晚上偷走，非止一日，那日来到江南

淮安府赁房住下。他就扮做个书生模样，竟是夫妻做成。人家邻舍来问他，就假充是当朝花太师的侄子，因此没有人家欺他。

那日，也是合当有事。花有怜不在家里，崔氏在家纳闷，同了小红，将大门开了，站在门首观望。只见一丛人骑着六七匹马，马上坐着两位公子，后边跟四匹马，坐着四个家丁，正打花有怜门首经过。两位公子马上见崔氏生得百般娇媚，万种风流，令人可爱，魂灵儿早已飞去。又把马头勒转，越看越爱。

要知二人姓什名谁？且听下回分解。

第四十七回 花有怜身入相府 沈廷芳花园得意

看官，你道那两位公子是谁？乃是文华殿大学士沈谦之子，大个名廷芳，兄弟名义芳，维扬住家，大不守本分之人，倚仗父势，无所不为，强夺人家妇女，硬占有人家田地，累算利债，刻剥小民。他有四个豪奴，一名沈连，一名沈登，一名沈高，一名沈奎，倚仗主人之威，在外欺人。个个闻名丧胆，人人见影消魂。

弟兄二人今日路见崔氏，即对义芳说："兄弟，妇人你我见得甚多，从未见过此人。这个妇人生得实在可爱。"义芳答道："何不找人访问是谁妇人？"廷芳道："有理，有理。"遂叫过沈连等四人前去访问回复。四人领命去了。

兄弟二人心痒难捱，左思右想，坐卧不安，一心思想那妇人，恨不得一时到手，方遂其心。不一时，见四人走来，回禀道："二位老爷，此人不是别人，就是花太师侄儿，名唤花有怜，不知怎么到此处居住。"二位公子道："你们四人可有什么主意将她哄进府来？重重有赏。"四人道："二位少老爷，要那妇人进府有何难哉！"二人道："你且说来，是何主意。"四人道："待小人明日拿个名帖，见了本人，只说是我公子访得花太师的令侄老爷下在此地，本该自己来奉拜，恐少老爷不会，故尔先差小人到寓，问个的确，即日再来奉拜。看他是进京是久住，他若是进京，小人等扮作强盗，尾在后面，到了僻静之处，将那妇人抢进府来；若是久住在此更妙，二位少老爷明日就去拜他，等小人骗进府来，不怕他飞上天去。"弟兄听了大喜，道："事成之后领赏。"

过了一夜，到了次日，四人到了有怜门首扣门。花有怜出来开门，见了四人，问道："何处来的？"四人道："小人们是沈府差来的，奉我家二位少老爷之命。昨日闻得相公是花相爷之侄，我家少爷本当亲自拜谒，恐传言不确，今差小人等先送上名帖。小人等特来说声，将名帖呈上。"花有怜看了名帖，道："小生与你家二位公子未经会面，怎敢领帖。"四人道："我家太师爷与花太师爷同殿又同寅，家爷不知便罢，即知相公至此，必须尽情，始无愧地主之谊，哪有不拜之理。请问相公有何公干至此？"花有怜道："小生带着房下进京，到相叔府中去，怎奈天时甚暑，暂住在此，延至秋后起身。"四人道："原来如此，小人们告退。"登时四人去了。

花有怜关上了门进内，崔氏问道："何人扣门？"有怜告诉一遍，"明日等他来时，我自有话说，倘有机缘到他府中走动也是好的。"

一宿已过，次日清晨，忽听有人扣门，外边叫道："花相公，花相公，今有沈府二位少老爷来拜。"花有怜听得明白，即忙开门相见，礼毕分宾主坐下。献茶已毕，沈廷芳道："不知花兄驾临敝地，小弟等多失进谒，昨日方知，今特拜见。"花有怜答道："昨蒙尊管赐帖，尚未进谒，今蒙光顾，有失远迎，望二兄原宥。"沈廷芳道："花兄今到敝地，不知有何公干？"有怜道："弟同房下进京，因天时暑热，难以行走，所以暂住贵地，到秋凉即赴都中。"沈廷芳道："这个寓所能有几间房子，且甚窄小，如何避暑？不若请兄嫂至舍，过了伏再进京，何如？"有怜正在无门可入，一闻此言，心花都开了，答道："承兄美意，何以克当，萍水相逢，怎好造府打搅？还是在此暂住罢了。"沈廷芳道："你我虽系初会，实为通家，何必太谦，只恐供膳不恭，有慢兄嫂，少停着小价打轿来接。"言毕，弟兄二人告辞，花有怜送出大门，一躬而别。

花有怜进内，对崔氏道："快收拾行李，好进相府。也是我们时运来了，且到沈府过活，并省得杭州事发。"崔氏也觉欢喜，连忙收拾。不一时，见四个管家打了两乘轿子、一骑马来接。花有怜早已收拾现成，另外叫了几个脚夫，挑了行李。自己上马，崔氏与小红上轿，直奔沈府而来。正是：

满天撒下钩和线，从今引出是非来。

转弯抹角到了相府，花有怜下马，只见沈廷芳弟兄二人远远迎接见礼。花有怜道谢。崔氏轿子抬到厅上，下轿出来。沈氏兄弟二人上前，口称："尊嫂，见礼。"崔氏还一个万福。请他在东花园居住，当日摆酒款待，如兄似弟。

非止一日。那沈廷芳兄弟二人商议道："我们费了若干机谋，将他骗进府中。他夫妇终日不离左右，怎得到手？岂不空养了三个闲人？待等今晚将他请来同吃晚饭，明日叫他到典中去管总，他若肯去，不愁妇人不到手。"商议已定，堪堪天晚，着人请花有怜来同吃晚饭并□□□。酒至半酣，沈廷芳道："我典中缺少个管总之人，意欲拜烦花兄前去典中照看几日，待有人接手，再请回来，不知尊兄肯代弟为否？"花有怜道："弟在尊府，多蒙二兄美意，些须小事，无不尽心。"弟兄二人听了大喜。彼时各散。

次日，沈廷芳叫人请了花有怜来。沈廷芳道："你把花大爷送典至中。"花有怜与二位沈公子作别去了。沈廷芳暗暗欢喜，道："小花今日离了眼前，我且瞒着兄弟，先去会会这妇人，看她如何，倘有机缘，也未可知。"想毕，遂悄悄走至园门，只见崔氏一人正在天井中磁墩上坐着乘凉，手拿一柄冰纱扇儿，背着面在那里摇扇，身穿一件

银红纱小短褂儿，下边穿一条无色罗裙，内里露出大红底衣，头儿梳得光油油的。沈廷芳不见犹可，见了之时，魂飞魄散，哪里按捺得住心猿意马，紧走两三步，遂低低叫道："尊嫂，拜揖。"崔氏没有存神，反唬了一跳，回过脸来，见是沈廷芳，遂带笑道："原来是大爷。"站起身来，还了个万福。沈廷芳笑道："尊嫂贵庚多少?"崔氏答道："贱妾今年二十一岁了。"沈廷芳惊问道："请教花兄尊庚二八，为何尊嫂反长五岁?"崔氏将脸一红，微微一笑，也不回答。沈廷芳见她不言语，有些蹊跷，便说道："我今日请花兄到典中，撇下尊嫂独自一人，好不冷清。"崔氏将眼一瞅，又笑了一笑。大凡妇人嘲笑，就有几分邪气。沈廷芳见她几次含笑，魂魄早被她摄去，哪里拴得住，走近身边，叫道："尊嫂，我今和你如此。"妇人又笑一声，道："有人来了。"沈廷芳一把抱住。

也不知崔氏肯与不肯？且听下回分解。

第四十八回 沈廷芳独占崔氏 姚夏封入赘东床

话说沈廷芳一乱了心猿意马，按捺不住，小红又不在眼前，走上前来，将崔氏抱住，叫声："亲亲，想杀我也。"那崔氏原是一个水性杨花，正合其意，叫声："冤家，有人看见，不好意思。请尊重些。"沈廷芳道："我家花园，谁敢进来。"一头说，一头将崔氏抱住来到房中，做起勾当来。

事完之后，沈廷芳问道："你到底为何长花有怜五岁，难道不是原配？"崔氏道："说来话长，待我慢慢来告诉你。"沈廷芳道："何不今日说明。"崔氏被他逼问，只得说道："他非我真丈夫也，我是魏临川之妻，被他拐到此处。他哪里是花太师的侄儿，不过是花府中一个书童。"沈廷芳又问道："你丈夫果系一个什么人？你为何被他拐了来？"崔氏道："我夫妻说也话长，我丈夫乃是花公子一个帮闲篾客，花文芳爱妾姿色，叫他金陵去买缎子，即造做假银害他，如今监禁在上元县，不知死生。花有怜惧怕主人夺妾，因此先自拐来，也是妾身桃花犯命，与大爷有缘。"正是：

有缘千里能相会，无缘对面不相逢。

沈廷芳听了妇人这一番言语，道："我如今也不说破，只叫他在典中，你我二人便宜行事。倘或二爷要来缠你，千万不要顺他。"妇人点头。沈廷芳将园门锁了，只叫书童拿东拿西送到门口，着小红接进。

非止一日，沈义芳见哥哥与妇人好不亲热，自己不能上手，好不气闷。沈廷芳往往见兄弟无好辞色对他，心内明知为这妇人，问道："兄弟因何这般光景？"义芳答道："那有怜的老婆你为独自占有着受用，门户关锁，是何道理？"廷芳道："不过一个妇人，也是小事，待愚兄外边寻一个绝色女子，与贤弟受用何如？"义芳道："这个不劳，我只把花有怜叫回，你也终日关锁不着，弄得大家没有快活。"廷芳道："你就叫他回来，也不容他进去，他若有什么言语，我就摆布于他。贤弟，但请放心。"义芳不服，遂叫沈连即至典中将有怜请来。

不一时，有怜走到书房，看见他兄弟二人一个个气冲冲地，也不知为的什么事情，正是：

　　　　进门休问荣枯事，观看容颜便得知。

　　花有怜只得叫道："二位兄长，拜揖。"沈廷芳道："老花，我有一句话告诉你，那魏家妇人是我受用了，少不得我大爷抬举你，拣好女子娶一个与你。若要多言，我大爷就摆布你了，少不得问你个拐骗妇人、假充官家子弟之罪。"花有怜听得此言，犹如半空中打了一个霹雳，呆了半晌，暗道："罢了，罢了。"骂声崔氏贱人："你与沈廷芳私通，倒也罢了，为何将我根底倒出来，叫我脸面何存？常言女人水性杨花，真乃不错。"自恨当初失于检点，连忙转口向沈廷芳道："大爷息怒，小人既蒙大爷抬举，还求大爷遮盖一二，崔氏但凭大爷罢了。"沈廷芳道："好。"

　　沈义芳在旁听见，不知就里，见花有怜如此小心，将自己老婆凭人怎样罢了，便大笑道："老花，你真真是个明乌龟了。"有怜道："二爷要用也使得。"沈廷芳道："老花，你肯，我大爷还不肯哩，只好外边再寻一个与他。"有怜道："这容易，包管寻一个比崔氏好些的与二爷受用。"义芳道："既如此说，你也不必往别处去寻，就在此处与我寻来，限你十日。"花有怜满口应承。这且不表。

　　再讲冯旭那日蒙季坤放了，又赠了五十两路费，不敢回杭州。在此维扬，举目无亲，终日思想母亲死得好苦，又怕有人知他是个军犯，改了舅舅家的姓，称为林旭。肩不能挑担，手不能提篮，又不会经营买卖，只得坐吃山空，将五十两银子用了，所余有限，终日无情无绪，暗自悲伤。那日，信步走到西湖嘴上，抬头见一招牌，上写"江右姚夏封神相惊人"，林旭想道："我向日随舅进京，在扬州教场里相面的是姚夏封，莫非就是此人？待我问声。"走到门口，叫道："姚先生。"只见内有个女子站在房檐下，莺声呖呖地道："不在家。"林旭见那女子生得十分齐整，身带重孝，年纪约有十五、六岁，杏脸桃腮，娇嫩不过。林旭道："小生特来请教姚先生，无奈不遇，改日再来罢。"

　　原来姚先生无子，单生此女，芳名蕙兰，今年十七岁了，尚未许配人家。同妻子带了女儿来至淮安，不想其妻到此，不服水土，一病而亡，如今只有父女二人过日子。姚夏封出门，就是女儿在家照应。姚夏封已有赘婿之心，怎奈不得其人。

　　且言林旭次日又至馆门，道："姚先生在家么？"姚夏封连忙走出，问道："是哪位？"抬头一看，乃是冯旭，便道："冯相公几时来此？"林旭摇头道："一言难尽。"见过礼坐下。林旭道："自从正月烦先生观过小生之相，一一皆应，今已家破人亡，骨肉分离，坐牢受刑，流落在此，回不得家乡，又恐人知我姓名，如今改了家母舅之姓。"姚夏封道："原来如此。但令正钱小姐已嫁到花府去了。"林旭听了大惊，道："我的妻子已嫁花文芳了，叫我好不恨她。"说毕，就一气昏迷过去了。姚夏封连忙抱

住，叫道："林相公醒来，我还有话说哩。"林旭慢慢醒来，姚夏封流泪道："林相公，小老儿一句话尚未说完，你便动气。"林旭道："姚先生，人即过门，还有何说？"姚夏封道："林相公，你还不知得你令正乃是三贞九烈之人，怎肯真心嫁他。"林旭惊异道：

"怎的不是真心？"姚夏封道："钱小姐心怀大义，代夫报仇，改忧作喜，到了洞房之夕，将花文芳杀死。"林旭大喜，道："杀死仇人，真乃可敬服。"复又大惊，道："杀死花文芳，难道不要抵命？"姚先生道："有何话说，押赴市曹行刑。"林旭又大哭道："我那有情有义、有贞有烈的贤妻呀，为我报仇，可怜市曹典刑，叫我林旭闻之，肉落千斤之重。这般大恩大德，叫小生何能补报。"姚夏封道："莫哭，莫哭，未曾死。"林旭收泪，忙问道："为何不死？"姚夏封道："多亏了你结拜兄弟常公爷独劫法场，路遇汤彪，带往金华去了。"林旭道："这也可喜，难得我两个好兄弟救了性命。"姚夏封道："我自江西搬取货物、家眷至龙潭，遇见常公爷……"从头至尾，细细说了一遍。

林旭听了，如梦初醒，叫道："姚先生，如今小生回不得家乡，在此又无亲人，不知可还有出头日？"姚夏封道："待我观观你的气色如何。"相了一会儿，道："相公，好了，目下黑暗已退，红光出现，必有喜星照命；天庭丰满，必登黄甲，他年封妻荫子，必受朝廷诰赠。"林旭道："小生这般落魄，哪有喜事，衣衿已经革去，黄甲从何而来？"姚夏封道："小人这双俊眼，从来事皆不错，尊相若不应，我姚夏封再不相面了。"

不言二人在此谈相，且言姚小姐在房听得爹爹在外与人相面，道他后来必登黄甲，就到房门口朝外偷看。原来就是昨日那生，细细偷看一会儿，越觉可爱，暗道："世上也有这般俊俏男子。"早动嫦娥爱少年之心，想道："我姚蕙兰也生得不村不俗，颇知礼义，不知后来怎样结局。若能嫁得这般一个人，也不枉为人在世一场。"猛听得父亲说道："相公，你又无亲人在此，又不能回家乡，我有一言，只是不好启齿。"林旭道："多蒙先生指教，有话但说何妨。"

不知姚夏封说出什么话？且听下回分解。

第四十九回 花有怜智诱林旭 姚蕙兰误入圈套

话说姚夏封叫道："林相公，你又回不得家乡，此地又无亲人看顾，我有一言，不好启口。"林旭道："多蒙先生指迷。但说不妨。"姚夏封道："不瞒相公说，我时运不济，来到淮安，方住了月余，不幸内人不服水土，去世几月，丢下小女没人照应，就是人家来请我相面，舍下无人，小女在家，放心不下。我意欲招赘相公，相公尽可以读书以图上进。我又完了女儿终身大事，相公又有了安身之所，不致东奔西窜。安坐读书，他年及第，以报前仇，不知尊意若何？"那姚蕙兰听见爹爹将终身许配此生，暗暗欢喜，正是天从人愿，听他说些什么言语。林旭道："多蒙先生美意，无奈小生已聘糟糠，先生尽知，怎么又做得此事？恐难从命。"姚小姐听了，好生不悦。姚夏封又道："但人生在世，妻财子禄，俱是前生注定。我在扬州，观你阴水太多，命中有五、六位夫人之像。我如今见你无有倚靠，被难在此，你执意不行，怎好强求。"

林旭低头暗想道："我举目无亲，承他不嫌我落难之人，愿将女儿与我，不如将机就机，招在他家，权且过日，又好用心读书。"主意已定，答道："只是小生落难在此，没有聘金，如之奈何？"姚夏封道："你是客居，我也没有妆奁陪奉。"林旭道："如此，岳父请上，待小婿拜揖。"姚小姐听见他口称岳父，心中好生欢喜，忙忙走开去了。林旭拜毕，姚先生取过日历一看，后日乃是玉堂吉期，正宜合卺。林旭别去。

不觉光阴迅速，到了那日，林旭与姚蕙兰同拜天地，转身又拜岳父。送入洞房，夫妇和顺，如鱼似水，百般恩爱。分过三朝，林旭安心读书，非止一日。

那日，合当有事。花有怜每日替沈义芳寻绝色女子，堪堪走到姚夏封门首，听得书声朗朗，心中想道："这相面先生馆中竟有这等用心攻书之人。"把眼向里一勾，只见一个绝色女子站在房门，露出半截身子，对着那人道："你吃茶么？"花有怜想道："我一向瞎跑，谁知此处竟有如此绝色女子。正是'深山出俊俏，无地不生财。'"转眼又把那人一看，"哎哟，此人非别，就像是冯旭么。他问罪桃源县，我家大爷着季坤杀死他，今又怎生在此处？一定是半路逃脱。我如今回去，对二爷说知，叫他到山阳县出首，他是个逃军，将他拿去，送进监牢，那时把他妻子带进府中，岂不是我的功劳?"正待转身，又想道："不好，不好，那时山阳县问起何人知他是个逃军，岂不要我去对审？我是花府的书童，知得情由，岂不丢了脸面？我却认得他，他却不认得我，我如今只做不认得，说是相面的，与他一谈，见机而作。"随即走到里边，叫道："姚先生请了。"

蕙兰见有客来，即转身进内。林旭道："请坐。"花有怜道："久慕先生风鉴如神，特来请教。"林旭道："家岳不在舍，另日尊驾再来相罢。"有怜道："姚先生原来是令岳，未请兄长尊姓大名。"林旭道："小弟姓林名旭。"有怜道："兄长不像此地口音。"林旭道："小弟是武林人氏。"遂问道："兄长高姓大名？"有怜道："小弟姓花，本处人也。小弟看长兄用功太甚，但令岳处宾客来往，非读书之所，若有馆处，做个西宾也好，一则得了馆谷，二则又可以读书。"林旭道："目下权且住过今年，来春亦要谋个小馆。"花有怜道："小弟有个舍亲，倒有几个学生，一几要访个高明先生。台驾若肯去，每年束修二百金，待小弟力荐。他是淮安城中第一家乡宦，这位老爷姓沈，就是当朝宰相。他家中有两个学生，意下欲访个高明先生，尊兄若还肯去，本人明日亲自来拜请。"林旭答道："等家岳回来商议，再为禀复。"有怜起身去了，林旭送出店门。

到了晚间，姚夏封回来，林旭将此话对他说了一遍。姚夏封道："正当如此。"蕙兰道："也访访可是个良善人家。"林旭道："他不过是请先生，并不曾与他做儿女亲家，访他怎的？"

且说花有怜回到相府，顶头撞见沈义芳，道："我叫你与我寻个美人，至今信也不回我的。"有怜道："正来与二爷商议，现在有个美人，又不甚远，就在西湖嘴上。有个相面先生叫做姚夏封，招了一个女婿，叫做林旭，却是杭州人氏。他的妻子大约不过十五、六岁，生得天上少有、地上无双，说不尽她的妙处，比崔氏胜强十倍。"义芳道："怎么能够到我手的？"有怜道："我如今定下一个计策，他的丈夫却是个书呆子，假请他做先生。"义芳道："我又没个儿子，请他做什么先生。"有怜道："不过图他的老婆，把他哄到府中，将家生子选两个，只说是公子所生。"义芳道："他老婆不进府来，奈何？"有怜道："二爷，大凡想人的老婆，非一朝一夕之功，故要用尽许多气力。待她丈夫进来，再想巧计将他老婆骗进府中，听二爷受用。"这一番话说得义芳好不快活，说道："你的主意千万要做得妥当。"有怜道："二爷明日假意下关书，备下礼物，前去拜请他上馆便了。"沈义芳听了，十分欢喜。

次日，同有怜骑两匹马，带了家丁，往西湖嘴而来，不一时，到了馆门口，二人下了马。有怜看见姚小姐拿着茶杯，正欲进去，花有怜故意咳嗽一声。沈义芳心中明白，忙把头一抬，看见小姐，痴在一边，那点魂灵早已飞在九霄云外。姚小姐看见人

来，忙忙走进里边去了。花有怜叫道："林先生，小弟与令亲同来拜府。"林旭听了，连忙出来迎接，分宾坐下。献茶已毕，义芳道："一向久慕先生大名，今日特来拜请。"彼时家丁取出名帖、关书、礼单献上。林旭道："请教东翁台甫，几位令郎？"义芳回道："两个小犬，特请先生大驾到舍。"当时别去，林旭相送出门。回家将那帖儿一看，只见上写着："年家眷弟沈义芳拜"，又有关书，上写"每年奉金二百两，还有靴帽衣服并赘敬礼"，满心欢喜，对姚小姐道："娘子，可预先收拾我琴剑书箱，恐他家明日来接。"少时，姚夏封把关书并名帖看了，心中好生欢喜。

一宿已过，次日早间，只见两个家丁走来，口称："相公，我家爷差小人来请相公到馆。"奉上名帖。林旭看了，随即叫了一个闲人挑了行李、书箱，辞别岳父、妻子，同着家丁出得门来，上了牲口，竟奔沈府而来。

不知姚小姐可能中他之计？且听下回分解。

第五十回　沈义芳贪淫被戮　姚惠兰斧劈奸徒

话说林旭上了马，家丁跟往相府而来。不一会儿，到了相府门首下马，只见花有怜同沈义芳远远迎接。来至大厅，见礼分宾主坐下，献茶已毕，请到花园闲游。

原来沈义芳与哥哥各分一宅，哥哥那边亦有花园。义芳却住西边，廷芳居东边。来到园中，见得十分精致，四面亭台幽雅，阶下花木争荣。林旭一见，心中暗道："好座花园。"忙叫把公子请来拜见先生。不一时，二位公子出来，先拜圣人，后拜先生。义芳同有怜陪坐，吃茶已毕，即往前边去了。林旭上了新书房，上了书。

到晚间，请先生坐了首席，花有怜陪坐，义芳主位相陪。酒至半酣，义芳道："请教先生台甫。"林旭答道："贱字林旭。"当时谈了一会儿，林旭称谢。义芳奉送出大门，一拱而别。

林旭回至家中，将今日之事说了一遍。次日，早早上馆去了。

不觉半月有余，那日，义芳对有怜道："依你主见，作何计策？已经过了半月有余，连他的老婆面也未见。"有怜道："只今日我便有个计策。"那时走到书房，见林旭正在念书，有怜走到背后，道："先生太用功了。"林旭回头一看，见是有怜，忙站起身来，道："失照了，请坐。"坐下，有怜道："先生过几日回府一次？"林旭道："逐日返舍。"有怜道："天晴何妨，阴雨不便。待小弟与舍亲说声，这花园房子甚多，凭先生拣一处好的，把师母请来住，一来免得逐日奔波，二来省得心挂两头，不知尊意如何？"林旭道："好却好，只是东翁面上不好看，等回去商议便了。"当时花有怜又谈了些闲话，到前面去了。

林旭见天色已晚，放学回家，将此事对岳父、小姐说了。小姐道："我是不去。"姚夏封道："我儿，你听我说，古言道'嫁夫作主'。我这馆又窄小，来往许多不便，我又多在外，少在家，你的丈夫早去晚归，你一人在家，放心不下。依我说，可同丈夫到那里去住，省得挂念。"一席话，说得小姐肯去了。

次日，林旭到了馆中，花有怜午后走来，到了书房，与林旭二人见礼坐下，道："

昨晚同舍亲言及先生往返之苦，舍亲便说房子现空，何不将师母请来，只是供膳不佳，休要见怪。只不知先生昨日回府，可与师母说知否行止，小弟好回禀舍亲。"林旭道："蒙兄美意，已与家岳、房下说明，择日以便称来。"花有怜道："取日历来，看几时是个好日子。"即看道："明日是个上好日期。"林旭道："就是明日罢。"有怜道："我叫家丁扫抹洁净房屋。"说毕，起身去了，将此言回复义芳。

义芳听了大喜，随叫家丁到书房，请问先生道："相公，打扫那一间？"林旭起身，拣了一间。登时收拾干净。不一时，义芳同有怜走来，道："林先生。"林旭起身迎接，称谢。义芳道："有此心久矣，请师母到此，又恐先生多心，昨日舍亲谈起，正合其意。只是家常供膳不佳，万望原宥。"林旭道："岂敢。"义芳道："叫家人搬取行李、桌椅等物。"谈了一会儿，各自散去。

林旭晚间回去，将此话对姚小姐说了，"今日已经打扫房屋，明日过去。"一宿晚景不表。次日，姚小姐收拾完备，只见沈府两个家人走来，口称："相公，小的奉太太之命来请师奶奶过去，轿子已现成。"林旭称谢，忙催上轿。姚小姐拜别爹爹，正是：

> 满天撒下钩和钱，从今引出是非来。

林旭也就辞别岳父，不一时，来到相府下轿。

早有沈义芳与花有怜在厅上饱看了一会儿。家人引路，到了花园，不见丈夫到来，勉强坐下。不一时，林旭走来，浑身是汗。沈义芳与花有怜二人走上前来接住："恭喜，候先生到了，好去见礼。"林旭道："不敢。"同花有怜三人走进园中。姚小姐见丈夫陪着二人进来，就知是东翁与花先生在此。林旭道："快些出来见礼。"义芳、有怜齐声道："恭喜师母。"随作了一揖。小姐站在门首，道声："万福。"义芳与有怜听见她声音这般娇嫩，那义芳的魂灵不知飞到哪里去了，恨不得一手抓过来，道："不敢，不敢。"当时退出去了。晚间，内外摆下席来，请先生师母。

话休重叙，非止一日，过了月余，义芳终日思想，无奈林旭不离左右。有怜道："二爷莫心急，待小的略施小计，包管人就到手。"忙忙走到书房。林旭站起身来请坐，彼时谈了闲话几句，花有怜道："弟忘了一件事，昨日打令岳门首经过，只见招牌也没有挂，店门又关了，小弟大生疑心，只得叩见。令岳带病出来开门，小弟道：'因何有恙？'令岳答道：'小老儿十分病重，小女、小婿都不知道，烦驾传个口信，叫小婿回来走走。'"林旭听了此话，大吃一惊，道："竟有此等异事，我哪里知道。"忙忙走进内室，将此话对小姐说知。这小姐听见丈夫说他父亲病重，不觉就哭将起来，叫道："快喊轿子来，我回去看看爹爹。"林旭道："莫慌，等我先去看看何如，你再回去不迟。"小姐道："快去看来什么光景。"这林旭一溜烟去了，按下不表。

且说花有怜这个奴才见林旭去了，即将此事告诉沈义芳。沈义芳听得此言，就去换了一身齐齐整整新衣，摇摇摆摆，奔花园而来。抬头看见两个学生在那里高声朗诵，他就走进去，吩咐道："先生不在馆中，你等今日散去。"两个学生听得二爷吩咐道，即收拾书本一溜烟去了。义芳暗想道："此时不下手，还等何时。"姚小姐手中拿着一条汗巾，在那里拭眼泪。沈义芳见了，更觉可爱，遂走到她背后，轻轻抱住，叫道："我那美人，想杀我也。"正是：

舐破纸窗容易补，坏人名节罪非轻。

不知姚小姐可肯依从？且听下回分解。

第五十一回 沈白清滥刑错断
林子清屈招认罪

话说沈义芳轻轻走来，双手抱住，叫声："亲亲，想杀我了。"姚小姐正在那里痴痴地想他爹爹因何得病，再不想背后有人走来将她抱住，唬了一跳，急回头看时，见是沈义芳，大怒道："你这厮真乃衣冠中禽兽，还不放手！"义芳道："我为你不知费了许多心机，怎肯轻易放手，望美人早赴佳期，了我相思之愿。"姚小姐听了此言，越觉大怒，骂道："你这没天理的匹夫，怎敢前来调戏师母，该当何罪！"义芳道："只此一次，下次不敢了，只求美人方便些。"小姐此时急得满面通红，骂道："你这狗男子、狗强盗，休得胡缠，还不放手，先生来时一刀两断。"沈义芳陪笑道："打我是爱，骂我是疼，我正是打情骂趣，今日比做个染坊，料你也不得清白了。"小姐被他缠了一会儿，又不见丈夫回来，气极连一点气力全无。终是个软弱女子，哪里缠得过男人，便高声叫道："杀人了！"沈义芳笑道："美人枉费神思，我府中高堂大屋，你就把喉咙喊哑了，哪有人。纵有家人听见，也不敢前来捉我二爷的奸情。我劝美人从了罢，若不肯时，叫了家丁前来，将你捆住，任我二爷取乐莫怪。"

姚小姐心中想道："这个奸徒料然不肯放手。"陡生一计，假作欢颜，道："此事乃两厢情愿，哪有这等举动，你且放手，我自随你。"义芳道："我就放手也不怕你飞上天去。"随将手放了。姚小姐见他放了手，转身向外就跑。义芳道："看你跑往哪里去。"随赶来。

姚小姐口中喊道："救命！"哪管脚下高低，只管朝外乱跑。不料，天井中有一把劈柴斧头，将金莲一绊，跌倒在地下。义芳见她跌倒，乘势将身向上一伏。姚小姐跌了一个面磕地下，见他伏在身上，一个鹞子翻身，将义芳跌下。刚刚凑巧，一把斧子在身旁，蕙兰伸手拿起，银牙一挫，恨了一声，朝天庭盖上"喀喳"一声，砍将下去。正是：

　　宁在花前死，做鬼也风流。

沈义芳被姚小姐一斧砍死，脑浆迸出，死于非命。姚小姐全无半点气力了，坐在地下哭泣，权且放下不表。

再讲林旭急忙走到馆中，见姚夏封在馆帮人相面。等他相完了，那人已去，林旭方才问道："岳父为何欠安？"姚夏封道："我平素全无什么病，此话从何而来？"林旭将花有怜之言述了一遍。姚夏封道："那奴才说我，何尝看见他来？你今日问他，因何咒我？"

林旭别过岳父，慌慌张张走回相府，直奔书房，刚刚走到天井，见妻子坐在地下，不像模样，旁边一个人，花红脑浆流得满地。林旭唬得哑口无言，半晌方才问道："为何将他杀死？"姚小姐睁眼望着丈夫，哭道："我原说不来，你偏要人来，今日险些中了奸人之计，情愿抵偿，有何话说。"林旭心中明白：必是沈义芳见我不在，进来强逼和妻子，妻子不从，因此杀死。

不表夫妻面面相觑，毫无主意。再言花有怜定计将林旭哄去，二爷进内，他就远远打听，见林旭回来，以为中好不着急，二爷许久不出，走到书房，探头探脑张望，不见动静，只得走进。到了天井，只见二爷直挺挺仰在地下，满地花红脑浆，唬得魂不附体，便高叫道："你们好大胆，因何将二爷杀死？"

不一时，府中男女也不知来了多少，急报与老太太与大爷知道。老太太闻知此言，放声大哭，走来抱住尸首哭个不了。沈廷芳吩咐家丁先将林旭痛打一顿。可怜瘦怯怯的书生，哪里捱得这班恶奴如狼似虎，打得浑身是伤。正是：

> 浑身有口难分辨，遍体排牙说不清。

沈廷芳又吩咐仆妇、丫头将姚小姐打一番，便将二人锁了，写了报呈，即刻到山阳县去报。

说起这个知县，本是浙绍人，在部中做过书办，赚了几两银子，捐了一个县丞，后又谋干才，放了这山阳。此人姓沈名明，字白清，为人最爱贿赂，有人告到他手中，不论青红皂白，得了贿赂，没理也就断他有理，一味贪婪，逢迎上司，结交乡宦。淮安府百姓将他的名改了一字，叫做沈不清，又有一个号，叫做卷地皮。这日，正要升堂理事，忽见沈府报呈送上，从头至尾看了一遍，大惊道："怎么？林旭夫妻因什事杀死沈府公子？我闻沈太师最爱的是二公子，此乃我身上之事，须要上紧赶办。"即刻传出话来，着三班书役伺候，相府看验。

不一时，打道开锣，直至相府下轿。早有沈廷芳迎接，见礼分宾主坐下。献茶已毕，沈白清问道："因何遭此大变？"沈廷芳道："林旭夫妻无故将舍弟杀死，只求父母做主，代治生舍弟伸冤。少不得差人进京，报与家君知道。"沈白清道："自古杀人偿命，何必多嘱，待本县验过二公子，收尸再审凶手便了。"随将身走到尸场，公案现成。知县坐下，仵作将公子翻看一会儿，走来报道："脑门斧伤致命，宽二寸九分，深

二寸二分，周身无伤。"沈白清出位，自己又细看一分，吩咐仵作道："不可乱，好好收殓。"又坐下标了封皮，吩咐带凶手上来。

众役将姚小姐带上跪下，点过名，叫快头押下，回衙听审。知县起身，廷芳相送，道："都是林旭同谋，务要抵偿。"沈白清道："公子何须吩咐。"

知县回衙，坐了内堂，吩咐将犯人带进听审。正是：

　　青龙与白虎同行，吉凶事全然未晓。

要知沈白清怎样断法？且听下回分解。

第五十二回 沈白清出详各宪
姚夏封得信探监

中国禁书文库

绣像大明传

话说沈白清坐了内堂，吩咐将相府杀人凶手带上来。原差答应，将林旭、姚蕙兰牵到内堂跪下。知县提起笔来，门子叫道："林旭。"林旭答应："有。"又叫："林姚氏。"蕙兰答应："有。"点名已过，沈白清问道："你夫妻二人因何将斧劈死沈府公子？从直招来，你知道本县刑法利害。"姚小姐爬上一步，叫道："青天老爷，斧劈奸徒是犯妇劈的，丈夫并不知情，只求青天老爷将犯妇的丈夫释放，与他无干。犯妇情愿抵偿。"沈白清道："你丈夫与沈公子是个宾主，你也不该下这等毒手。"蕙兰道："今日丈夫去看犯妇的父亲，这奸徒走来，抱住犯妇，勒逼强奸，犯妇宁死不从，一时性起，斧劈奸徒是实，并无半字虚言，望青天爷爷详察。"沈白清道："胡说，那公子怕没有三妻四妾，你将奸情赖他，希图出罪。必是你夫妻见公子富贵，因此商议害了公子的性命，要想谋占有他的家产。今日天网恢恢，事败犯在本县手里。你可知罪？还不招来！"

林旭道："老爷，容小人上禀：小人正在书房，有个花有怜走来，向小人说道岳丈得病，急忙忙走回看视，看了丈人并未得病。哪知是两个奸徒用的计，要强逼小人的妻子。只求老爷把花有怜拘来，一问便知端的。"沈白清将惊堂一拍，两边一声吆喝。知县道："你这奴才一派胡言，自己砍死人，为何攀别人？你这个狗头不夹打，再不肯招认。"吩咐把这奴才夹起来，衙役一声答应，取过夹棍，"当啷"一声朝下一掼，禀道："大刑到。"只听得两边吆喝一声。林旭见夹棍，唬得魂不附体，连连禀道："实是冤枉，小的不知。"沈白清大怒，道："快把这个奴才夹起来。"众役一声答应，将林旭扯下丹墀，不由分说，扯去袜子，往下一端。林旭大叫一声，登时昏死过去。

看官，你道这林旭前在杭州，被东方白夹过。至今尚未全好，每逢天阴，还要作痛，今又被这沈白清一夹，登时死去。沈白清吩咐取凉水喷面。不一时醒来，哼声不止。沈白清问道："你这个奴才，可是同谋，要想谋占有他的家产，将公子砍死，可是真情？"林旭禀道："小人乃是读书之人，岂不知礼法，并无此事。"沈白清听了，喝叫："收！"众役一声答应，一绳收足。林旭复又死去，不一时醒来，口中连称："老爷，小人受刑不起，情愿招了。"

姚蕙兰见丈夫要招，连忙爬上几步，叫声："官人，你不知情，招什么来！"沈白清吆喝下去，众役将姚蕙兰扯下去。知县道："快快招来，怎样同谋杀死沈府公子？"林旭道："小人一时同妻商议，指望谋占有他的家产，急求富贵，不料被他人识破，犯在老爷台下，情愿抵罪。"

沈白清道："不怕你这奴才不招。"吩咐画供，松了刑具，带过一边，把姚氏带上来。问道："你的丈夫招了同谋谋占有沈府家产、杀死公子，你有何辩赖？"姚蕙兰道："奸徒实系犯妇砍死，丈夫并不知情。"沈白清大怒，道："看你小小年纪，这般利嘴，你丈夫倒招了，你还不招。"叫左右："与我拶起来！"从役答应一声，如狼似虎，登时拶起。问道："招也不招？"可怜那姚蕙兰娇皮嫩肉，何曾受过这般刑法，咬着牙关说道："丈夫实实不知情，由你就拶死了，小妇人也没有什么说法。奸徒实是小妇人劈死，情愿抵偿，与丈夫无干！"沈白清大怒，道："好个熬刑的妇人。"吩咐左右加拶，两边一声答应，加上三十拶。姚蕙兰打得十指连心，万分疼痛，只是不招，口中喊道："奸徒实是犯妇砍死，不关丈夫闲事，犯妇情愿抵罪！"沈白清大怒，吩咐衙役再加拶。众役答应，又是三十拶。姚蕙兰登时昏死过去，半晌醒来，口中叹了一回，道："老爷把犯妇就拶死在法堂之上，也没有丈夫的罪。"

林旭在下边看见妻子一拶子又加了五、六十拶，心中好生难过，叫道："娘子，我倒招了，你何苦受这般刑法，不如权且招了下来，也是一死。"姚蕙兰听了，恨一声，道："这也是我前世里的冤仇，只得招了，同丈夫谋害沈公子，指望图占有他的家产是实。"沈白清见他们招认，吩咐松了刑具，叫她画供，带去收监，做下详文，通详各宪。正是：

> 人心似铁非为铁，官法非炉却似炉。

沈白清将林旭夫妻问成死罪收监，这满城百姓哪个不知沈府作恶，强占有人家妻子，霸占有人家田地，万方作恶，被这女子砍死，也是上天报应。沈白清这个狗官今日这般用刑，无故招了，将他送下监中，问成死罪。自古一人杀人，一人抵偿，为何要他二人抵偿？人人谈讲，个个不服。正是：

> 大风吹倒梧桐树，自有旁人说短长。

且说姚夏封听得此言，唬了一跳，忙走到县前，打听实信，急急回来收拾酒饭下监。走到监门口，用了些使费，进得监来看见女儿、女婿，好不伤心，抱头痛哭。林旭双泪道："岳父少要悲伤，这乃是小婿命该如此，死而无怨。"蕙兰道："爹爹呀，养儿一场，不能养老送终，空费了一番劬劳。但沈义芳这个奸徒实是女儿劈死，理该抵偿，只是连累丈夫白白送命。"翁婿父女哭得天昏地暗，日月无光。姚夏封道："你二人放心坐在监中，待我赶上南京上司各处告状，放你二人出狱。"商量已定，姚夏封辞了女儿、女婿，出了监中，要赶南京告状。

也不知可能救得女婿与女儿的性命，且听下回分解。

第五十三回 护国寺奸僧造孽
马文山误陷土牢

如今按下姚夏封告状话暂不表，且言钱林自从慌慌张张唬走，一路思想到何处去好，想道："如今妹妹投舅舅那里去了，不如我也到山东去罢。"又恐人知他姓名，只得改他舅舅之姓，叫做马林。一路上饥餐渴饮，直奔山东，思想家中之事不知怎样，又想母亲不知好歹。

那日，到了淮安府管辖地，名海州。听得街坊上传说此处有个护国寺，来了一个大和尚，是当今皇上替身，名唤水月和尚，奉旨住持护国寺，御赐许多东西。这海州知州时常同他来往。水月和尚能知过去未来之事，因此哄动海州地方，道他是个圣僧活佛临凡。这些百姓们求财得财，求子得子，无有不应。但凡人家没有子息，妇人斋戒，来往寺中礼拜。问水月和尚可有子息，他道："你来求子，须要在寺祈梦，有无自有灵应。"他亲自送到一个净室，封锁，祈祷。到了夜间，水月和尚从地窖中走来，装做神圣，特来送子与她。淫欲已毕，天明，依然往地窖子下去。邀她丈夫，只得说了有梦。那等贪淫妇人尝着滋味，不肯回家，因说道："神圣吩咐过的，必须多日方能有验。"那个秃驴也不知坏了人家许多妇人。

马林听说有这般圣僧下凡，前去问问吉凶如何。一路来到了护国寺，见那个大寺院一个人也没有，一直朝里走来。来到方丈，并无僧人，信步到了一个内室，其实收拾得十分精致，四壁俱有名人诗画贴满。马林见无人在此，只管细细观看，兼之坐下相候。坐了一会儿，不见人来，立起身来，往外就走，见上面香几上摆着一个铜磬，磬槌现在。马林看见，拿起磬槌朝上"当啷"打了一下。哪晓得"豁拉"一声，忽然开了两扇门，走出七、八个妇人来，俱是浓妆艳服，打扮得娇娇滴滴的妇人，抬头一看，见不是的，就说道："你来，不是当要的。你是何人？还不快走，迟些性命难保。"说毕进去，依然将门关上。

看官，你道这些妇人从何而来？却是水月和尚看见人家妇女生得标致，至夜间带领徒弟打劫到此，任意淫欲。外边这个铜磬是他的暗号，他要进来，将这磬敲上一下，内里这些妇人听见磬响，开门迎接。

且言这马林听见这些妇人之言，只唬得魂不附体，急急往外就走，不想奸僧回来一撞，撞个满怀。马林看见，也不言语，只往外跑。奸僧走进，先看磬槌不在原处，不觉怒从心上起，恶向胆边生。他就紧三步赶出山门来，一声大喝，骂道："你这狗头，跑到哪里去？"马林见他来得凶恶，料然跑不掉了，立住脚，叫道："师父，并未得罪。"水月和尚哪里容他说，走来不由分说，一把抓住他提起来，犹如小洋鸡子一般，轻轻提回到了净室，往地下一丢。走到廊下，拿起三只槌子，在那云板上打了三下。不一时，走出十个徒弟，问道："师父唤弟子们哪边使用？"水月和尚道："有个狗头擅入净室，看破行藏，是我拿回，现在净室。将他绑了，快取刀来，将这狗头杀了。"众徒弟一声答应，登时将马林绑了，跪在地下。水月和尚手执明晃晃的钢刀走来，骂道："你这狗头，非是俺来寻你，是你自来送死。"马林告道："小人无知，冒犯大师，恕小人不知之罪，求大师开一线之恩，放条生路，小人感恩不浅矣。"水月和尚喝道："休得胡说，俺如今了放你不打紧，你这个狗头在外倡扬，岂不坏我的声名。"说毕，将戒刀就要杀他。马林告道："既然大师不肯饶小人之命，只求大师留个全尸罢。"说毕，泪如雨下。

众徒弟们道："既然这个狗头愿死，师父何必破了杀戒，不如送到土牢，结果他的性命便了。"水月和尚点头依允。众徒弟将马林推到土牢门口，将门开了，放了绑。众徒弟将他往里一推。哪知这个土牢是有名锅底牢，一直滚到底，要想上来，万不得能够。众徒弟将他推下，依然关锁牢门去了。要想得活，除非转世为人。

马林滚在底下，睁眼一看，俱是黑洞洞的，并无半点亮光。伸手一摸，摸起许多骨头，他也不知什么东西。原来都是劫来的烈性女子不从，他就推入这个土牢，过不上数日，活活饿死，这些人骨头聚积在底下。可怜马林在底下放声大哭："早知今日，悔不当初在家，纵有官府拿我审问，不至于死。"又想老母病体如何，叫声："娘，你哪知道孩儿今日死在此处。"越想越哭，哭个不止，不分日夜，好不凄惨。不觉肚中饿了，如何是好？复想："我身边现有几两人参，还是侍亲煎吃的，幸喜带在身边，不如权且度命。"正是：

　　命是五更寒山月，身如三鼓油尽灯。

也不知马林在土牢之内性命如何，且听下回分解。

第五十四回 武宗爷私游玩月
林正国幸遇明君

按下马林在土牢之内有人参度日不表，且说当今武宗爷时逢中秋佳节，在宫中饮宴，至更深时候，见月如同白昼，万里无云，道："好月色也，寡人不免改换衣妆，向街坊玩月一回，莫负秋光月夜。"武宗皇爷原是一条游龙，自己换了衣妆，也不带内侍，悄悄出去了后宰门，到得街坊，信步玩月。只见许多妇人嬉笑之声，步月而来。武宗爷站在一边，让这班妇女过去。又往前走，抬头一看，见座高大府门，挂着一副对联在两边，写的是：

> 门迎朱履三千客，户纳貔貅百万兵。

武宗皇爷看见原来是徐弘基的府第，"待寡人进去观望观望，好回宫去。"皇爷移步就往里走。门官不在，都去吃酒赏月去了。皇爷也不呼唤，竟自进了府门。步至东书房，听得书声朗朗，皇爷想道："如此皓月佳节，不去步月赏玩，却是何人在此，这等用功苦读？朕且慢慢进去，听他一会儿。"书已读完，又听得他吟诗一首：

> 皓月当空照绮楼，秋光皎洁静中收。
> 樗材愧我窥全豹，月斧输他占上头。
> 壮志空怀情脉脉，抡才终挟思悠悠。
> 篝灯坐诵将勤补，美盼乘槎得自由。

皇爷听他吟诗已毕，心中想道："诗句清秀，真乃奇才。朕且看来，却是何人。"移步叫道："弘基！"看官，你道吟诗的却是何人？原来就是林璋。自从被花荣玉黑墨涂脸，推出贡院门首，因此一气投水，遇了定国公救了。次日，徐弘基上朝参见，皇上道他文武不和。徐千岁留他做了西宾，教训儿子。

林璋在内听见叫道："弘基"，心中想道："必是千岁长亲。"连忙走出迎接，口称："老先生请了。"皇爷龙目一看，见是个儒生，头戴方巾，身穿元色直摆，生得五

短身材，年纪约来五十以外。皇爷进了书房。林璋施礼，皇爷略略将腰弯一弯。林璋好生不悦，人将礼乐为先，树将花果为园，怎么这个人生得这般蠢材，同他见礼，这般大模大样？耐着性子，道："先生请坐。"皇帝也不谦逊，公然坐在上面。林璋暗想道："此人必是千岁爷的舅舅，他也不同我谦逊。怎么就坐下来了？"皇爷向林璋问道："足下是徐弘基家何人？"林璋见问，想道："我看此人品貌不俗，怎么吐出言语这么的蠢？"只得答道："徐千岁世子是我教训的。"皇爷道："原来是位先生，你是何出身？姓什名谁？"林璋答道："姓林名璋，字正国，金华人氏，举子出身。"皇爷道："我方才窗外听你吟诗，诗句清秀，必是高才，为何去岁春间不去会试，出力皇家？在此做个西宾，何也？"林璋道："去岁原进春闱会试，奈权臣当道，不许进场，只得权且居在徐府一载，以待下科。"

正说之间，耳听窗外一阵金风，风过之后，又听得微微细雨洒在芭蕉叶上。皇爷道："我才听你读书之声，此刻又听见风雨之声，我有一对在此，足下可能对来？"随道："风声雨声读书声声声入耳。"林璋不用思想，随口对道："家事国事天下事事事关心。"皇爷听了，连声赞道："真乃奇才。"忙将手中一柄画扇递过，道："此柄粗扇相送足下。"林璋伸手去接，谁知没有拿得牢，失手掉落于地，将根边骨跌断。这柄扇子乃是碧玉做成的边股，扇面画的是长江万里图。皇爷看见跌断边股，好生不悦。林璋知道，随口说道："边断乾坤在。"皇爷道："好个'边断乾坤在'。"即起身向外走去，也不作辞。林璋随后相送。皇爷走至书房门口，将一足放在外，一足放在内，回头向林璋笑道："你知我出门是进门？"林璋想道："说他出门，他就进门，说他进门，他公然出门。"林璋亦笑应道："你知我送你是不送？"皇爷赞道："好捷才。"大悦而去，竟自出了徐府，悄悄回宫。

次日五鼓，百官朝贺已毕，皇爷即传一道旨意："速赴定国公府内，宣召金华举子林璋见驾。"

内使捧了旨意，飞马来至徐府，道："皇上有旨，宣召金华举子林璋朝见。"林璋不知头绪，不肯进朝，道："钦差大人召错了。"内使道："皇爷御口传旨，岂有差错，快快应召。"林璋只得随了内使入朝。

到了金阶，内使奏道："奉旨召到金华举子林璋朝见。"林璋朝拜已毕，俯伏金阶。皇爷道："你抬起头来，可认得寡人么？"林璋领旨，抬头一看，只唬得魂不附体，原来昨晚就是皇爷！奏道："臣该万死。"皇爷道："卿有何罪，朕面试其才，知卿堪为国家栋梁。听朕封职：赐为御进士、翰林院侍读兼左都御史，加礼部尚书，代朕巡狩七省经略，敕赐上方宝剑一口，先斩后奏，钦赐七斩之权，一斩皇亲国戚，二斩附马仪宾，三斩朝官宰相，四斩六部公卿，五斩贪官污吏，六斩举监生员，七斩土豪光棍。"

看官，你道何为七省经略？乃是山东、江南、江西、湖广、福建、广东、广西这七省。皇爷道："朕昨日所赐之扇，卿家所到之处，如遇拿不得的犯人，卿可裁一页子贴与本章之上，随到随奏，朕好批发。"原来此时天下官员、各省督抚上本，俱有一道帮本到内阁里。如今林璋但有本章，贴上一页扇面，就不用帮本，到皇爷面前。

　　林璋受封之后，叩谢皇恩，登时平地登仙。迎接官带，重又谢了皇恩。皇爷又道："爱卿须要一心报国，毋负朕意。卿乃文员，须得一位武职伴卿前去巡狩七省，朕乃放心。"话言未了，只见黄门官驾前奏道："今有江南总制操江汤英，奉旨朝见，在午门候旨。"皇爷传旨召来。

　　黄门官领旨，将汤英召至金阶。朝贺已毕，皇爷道："朕久知你为官清正，召卿朝见，升为工部侍郎之职。"汤英谢恩。皇爷问道："卿有几子？官居何职？"汤英道："臣只有一子，名彪，一向随臣任所，并未报效皇家。"皇爷道："卿子既未受职，召来朝见寡人。"汤英领旨。

　　不知汤彪召来见驾，封为何职？且听下回分解。

第五十五回 奉圣旨谒相辞阁 察民情理屈伸冤

且说汤英领了圣旨，带了汤彪，来至金阶朝主见驾已毕，皇上道："你抬起头来。"汤彪领旨，将头抬起。皇上龙目观看，见他虎背熊腰，像貌魁伟，皇上大悦，道："真乃壮士也，朕赐你七省大厅之职，保护林璋，功毕回朝，论功封赏。"汤彪谢恩。天子望着林璋道："朕着汤彪保卿巡视，卿可拜文华殿大学士沈谦为师。"林璋谢恩。天子袍袖一展回宫，百官朝散。

林璋与汤公子父子相见，各道其喜。林璋向汤彪问道："不知舍甥冯旭可曾娶过甥妇否？"汤彪见问，回道："老伯若问冯旭贤弟娶亲之事，说也话长。"就将始末根由从头至尾说了一遍。林璋大惊，道："别后半载，就有如此大变，难得舍甥妇贤名可表，冯旭却在桃源悬我。"且不表。

话分两头，且言沈义芳被姚蕙兰劈死，面嘱山阳县沈白清将冯旭苦打成招，问成夫妻二人的死罪，详与上司。廷芳就修了家报，打发沈连去报父亲知道。沈连怎敢怠慢，不辞辛苦，连夜赶到京中，见了太师爷，叩头呈上家报。沈谦折开家报，从头看毕，大怒道："将姚氏、林旭速斩，以代公子报仇。"堂后官领下钧旨。

只见门官手拿手本禀道："今有七省经略奉旨来谒相爷，现在府门伺候。"沈谦即看手本上写着的是"御赐门生林璋。"沈谦想道："欲要会他，怎奈老夫心事不佳；欲要不会，他又是皇上御赐的门生，不得不会。"只得吩咐有请。

不一时，林璋进了偏厅。沈千岁出厅相见，林璋道："太师请坐，待门生拜见。"沈千岁笑道："贤契与众不同，乃天子爱才，御笔亲点之臣，只行常礼。"两下谦逊一会儿，行了两礼，站立一旁。沈谦道："贤契乃贵客远来，哪有不坐之礼。"林璋道："太师钧旨，门生告坐。"随打一躬，坐下。堂官献茶已毕，沈谦道："贤契，几时荣行？"林璋打一躬，道："门生只在三两日内就要起身，故此今日来拜辞，老太师恕门生不恭之罪。"沈谦道："此系钦命，正该如此。贤契若到敝地，老夫舍下有一命案，恐有凶手有人喊贤契的状子，不要准他的。但部文一到，将凶犯斩首，代吾子报仇。"林璋打一躬，道："门生领命。"林璋又行了一礼，起身。沈谦送至仪门，道："恕不远送了。"林璋忙打一躬，道："老太师留步，请回。"登时出了相府，又往别衙门拜客。

到了花荣玉的府门，只投了个"年家弟"名帖进去。且说花荣玉只因花文芳被钱月英杀死，终日思想，忧成一病，告假养病。见门官手拿名帖进来，禀道："今有七省经略拜见太师爷。"花太师接过名帖，一看林璋名字，又想道："老夫抱病数日，未曾上朝，这个畜生怎么就放了经略？且自由他，等老夫病痊，自然摆布他。"这且不言。

次日，林璋辞王别驾。皇上着文武百官在十里长亭送别，林璋谢恩。来到十里长亭，众官把盏，林璋辞别众官下船，三咚大炮吹打开船。正是：

> 一朝权在手，言出鬼神惊。

为何林璋不辞定国公，是何也？原来徐千岁却不在朝，去朝五台山去了。

林璋坐在中舱，与汤彪相谈别后之话，所过州县自有迎接，不必细说。那日，到了山东地界。林璋想道："蒙天子洪恩，寄封疆重任，上答国恩，下察民情，岂可高坐舟中？我想到处俱有贪官污吏、恶棍土豪，不免改换衣妆，私行察访。"一面吩咐传中军。中军进舱，叩见大人。林公问道："前面是何地方？"中军禀道："前面是兖州府管辖济宁州了。"林公吩咐道："本院先自坐一小船前去私访民情，尔等照常办事，不可泄漏，将舱门封锁。如有地方官迎接，一概不许通报。如若渎法，本院决不轻贷。"那中军又叩了一个头，答应，退出舱来，挽过一只小船，请大老爷过船。

林璋同汤彪更换服色，二人过船去了。坐船在后，慢慢而行。林璋与汤彪在小船之上，一路谈些家常。不觉林璋在船中要解手，吩咐跟随左右叫船家住船。船家将船住了，林璋登岸，汤彪跟随左右。

林璋见一派俱是空地，蹲下解手。汤彪远远站立相等。林璋蹲下，只见数十个屎头苍蝇飞来飞去，不一时，齐歇在林璋面前。林璋见这般多苍蝇，心中暗想："必有缘故。"解毕手起身，那些苍蝇越飞越多，不一时，将地下齐齐歇满。林璋看见汤彪，用手一招。汤彪走到面前，叫道："老伯唤小侄有何吩咐？"林公道："方才解手，见许多苍蝇歇在此地，我想必有缘故。你可将腰刀就在此地掘它几刀，看是何物？"汤彪暗道："皇上差他管七省经略，他连苍蝇也要管管。"没奈何，只得将腰刀出了鞘，就在那块掘了几刀。哪知地土空虚，不一时，掘了一个大塘，看见底下有一物，汤彪大惊道："有一个大包袱，不知里面什么东西。"林璋一见，大笑道："我说必有缘故，快些取上来，看是什么东西。"汤彪此时才服林璋，连忙将那包袱取上。

要知是何物件，且听下回分解。

第五十六回　姚夏封赴水投状 林经略行牌准提

再讲汤彪将那件东西取来，林璋见是个长包袱，叫汤彪打开。汤彪将绳挑断，见是一条单被包裹里，内里却是绸缎包紧，一层一层剥去，内里却是一个死尸。林璋细想："见其尸坏动脑门，却是斧伤，那些花红脑子满面俱有。"林璋向汤彪道："此人必是图谋害命的，但此事是无头之事，怎生拘问？无又尸主，又不知他的名姓。"想了一会儿，吩咐汤彪将那些绸缎一匹一匹拿起细看，只见机头上有六个字，织着"金陵王在科造"。林璋道："有了这六个字，就有处拿人。"仍吩咐汤彪将尸首裹好，放下土去，将土盖好。

回船又往前行，到了济宁州城池。林璋又与汤彪私行，吩咐船家将船放到济宁州码头伺候，船家答应。

林璋一路走，来到了一个镇市，地名叫闸口，离城四五里之远，只见人烟凑集，来到闸口，十分热闹。林璋抬头一看，见钱店铺面前挂着两个钱幌子，柜内坐着一个人，生得奇形古怪。林璋暗想："此人必是个光棍。"只见一人，挑了一担高粮草，挑了来卖。那人叫道："卖草的，你这担草要卖多少钱？"那人歇下担子，道："要卖一百文铜钱。"钱店那人道："就要许多，与你肆拾文。"那人道："少哩。"挑起就走。钱店那人道："你不卖与我，下次不许走我家门口。"那人道："官街官地，偏要走，看你把我怎么。"店内人便从店中跳出，骂道："你这狗娘养的，敢回我的嘴！"赶上前打了他两个嘴巴子。那个卖草的被打不过，只得挑了担子去了。

林璋看见他，也不与他讲话，走进他店来，拿了一锭银子与他换钱。那人入柜，将银子称了一称，就拿了六百个钱往柜上一掼，一屁股坐下去了。林璋道："我白银子是一两二钱。"那人道："只得八钱银子，与你六百二十文，扣二十文底子，把六百个足钱与你。"林璋道："我的银子明明是一两二钱，你不信，拿来重称。"那人圆睁怪眼，道："我这里换钱，没有多话说，要钱就拿了去，如若饶舌，将钱放下，任你要做什么，武艺我是不怕你。"林璋道："目下经略大老爷快到了，我劝你放小心些好，不可十分凶勇。"开钱店的那人闻听此言大怒，将六百个钱一手抓住，往柜里一掼，骂

道："你这该死的囚囊养的，我要你喊了经略状子，我再把钱与你。"林璋道："你且莫慌。"说着说着，走出店门去了。汤彪看见，跟在后面。

走了一箭之地，又见一个钱铺了，林璋走进，将手一拱，道："借问一声。"那店主人立起身来，道："客官请坐，问什么？"林璋道："那个闸口开钱店铺的姓什名谁？为人何如？"那人道："客官，你难道吃了他的苦了么？"林璋道："我看他不像个开店的模样。"店主人道："话长，等我说与你听，他就在此，最喜的私和人命，包管词讼，行强赌博。这个地方，人人惧怕于他。他开个钱店为名，那等不知道的走进他的店内，与他换钱，拿银子与他，听他把多少钱，不说什么的还是他的造化，如若与他讲究多少，轻者将银拿去，重者还要打上几个嘴巴子。也不知白白折拿人多少银子用了。"林璋道："难道你们这里地方官不能治他？"店主人道："那些被害之人气他不过，走到州里去告他，犹如击水拍水一般。州中三班六房都与他交好，看见他的状子，登时拿过一边，哪里得到官府面前去。"林璋点头道："此人叫什么名字？"店主人道："他姓王，名字叫做王义。旁人见他凶恶，起他一个绰号，叫他做黑老虎。"林璋又问道："你们这济宁州老爷为官可好么？"店主人道："客官问我们这里州官太爷？为官清正，不爱钱财，断事如神，人人称他为青天，说起这位老爷，姓孙名文进，原做过杭州钱塘县，后升济宁州正堂。前任那冯旭之事，亏他活命的哩。"

林璋正与店主人说话之间，听得喝道，合城文武官员带领兵丁、衙役人等如飞而去。林璋问道："这些官员有何事情这等样忙？"店主人道："听见说新经略大老爷快到了，想必这些大老爷出城迎接去了。"

林璋听说，将手一拱，别了店主人。汤彪依然随在后面，直往东门而来。但见河中客商船只并民间的船都被将爷赶开去了。汤彪将手一抬，小船到岸。林璋下船，问道："是什么人赶船？"船家回道："小人是大人吩咐过的，放在东门伺候，不想地方官带领衙役乱赶民船，清理河道，迎接大老爷。小人们也不好回他，只得被他赶到此处，幸遇见大老爷。"林璋吩咐迎上去，船家答应。不一时，见岸上文武百官纷纷不绝，那些兵丁俱是明盔亮甲，在岸上奔驰。汤彪吩咐快些赶奔上去，船家怎敢怠慢。不一时，迎着坐船。船夫搭扶手，大人过船。

那济宁州带领文武百官直奔船边，手拿两个手本跪在船头，喊道："济宁州知州带领属下等官跪接二位大老爷。"又见武职游击、守备、管卫、千百、把总跪在船头，喊道："济宁游击带领中军、千百、把总跪接二位大老爷。"看官，你道他们为何称跪接二位大老爷，是何也？原来汤彪封为七省大厅之职，所以如此接法。众官呈上手本，早有巡检官接了手本与中军，中军禀道："今有济宁州合城文武官员叩接二位大老爷。"将手本摆在大人面前。林璋正待要看手本，猛听得一声喊叫"冤枉"，大人抬头，从窗中看得明白：只见一只小船，船头上站着一人，往河中一跳。

不知此人有什么冤枉，且听下回分解。

　　且说林公正待要看官员手本，猛听得一声"冤枉"，那人朝水中一跳。大人在纱窗内看得明白，传出钧旨："快叫水手搭救告状之人。"中军走向船头，叫声："水手快些搭救。"水手怎敢怠慢，向河中一指，那告状人从水中冒起，喊道："大老爷，大老爷!"依然沉下去了。那水手一个余子气下去，一把抓住，从水中冒起。众水手看见，忙把挽子伸来，水手一把抓住，用力拖至船边，一齐用力拉上船来。

　　那告状人水淋淋跪在船头，也不言语，口内只吐清水。旋把舱门一开，大人睁眼一看，认得是姚夏封，想道："这姚夏封为何称冤枉，赴水喊状?"吩咐中军将状子接来。中军官走至船头，叫声："汉子，你的状子在哪里?"姚夏封此刻方才明白，从腰中取出状子呈与中军。中军将油纸去掉，走进舱中，将状子摆在大人面前观看。

　　这姚夏封偷眼一看，认得汤彪站立舱中，转眼一看，上面分明是林璋，心中暗想："原来就是我女婿的舅舅。"复又想道："早知是亲家做了经略，状子上就该写冯旭名字，可惜写错了林旭。"

　　不言姚夏封暗想，且言大人将状子从头至尾看毕，想道："怎么他女儿因奸不从，斧劈沈义芳，女婿林旭并不知情，山阳县为何夹打成招，将女儿、女婿问成死罪?自古一人杀人，一人抵命，为何要二人偿命?好不糊涂。"叫道："姚夏封，本院细阅你的状子，一人杀人，怎么要二人抵命?这问官好不糊涂。本院准了，俟本院到彼亲提。"姚夏封禀道："大老爷真乃明见万里，这一句我的女婿就有生路了。只是部文将到，惟恐一时出斩，大人到得迟，怎处?"林公听了，将头点点："也谅得是，本院行文到淮，着地方官权且缓斩，候本院到任之后，亲提发落便了。"姚夏封叩了一个头，道："多谢大老爷天恩。"中军叫道："去罢。"姚夏封道："是。"下了小船，去了。

　　且言林公传出话来："着济宁州与游击过船，有话吩咐。"中军出舱道："大老爷钧旨，传济宁州与游击过船。"一声答应，登时将小船傍拢坐船。知州与游击上了坐船，双双跪在船头，叫道："济宁州知州孙文进今见大老爷。"那游击道："济宁州营游击孔成见大老爷。"林璋叫游击进舱。孔成连忙起身，来至舱中跪下叩头，禀道："游击孔成今见大老爷，不知大老爷有何吩咐。"大人道："本院闻天井河口有个王老虎，是个光棍，可去锁拿，速解辕门，候本院到任之后听审，不可泄漏。倘若逃去，听参不便。"孔成连连答应，退出过船去了。

又传济宁州知州进舱。孙文进答应，来至舱中，磕过头。大人吩咐起身，道："本院未曾出都，久知贵州清廉。"孙文进打一躬，道："卑职蒙大老爷作美。"林公道："本院有一事相烦贵州，闻知济宁乃是重要码头，四路客商买卖什物中必有各色绸缎贩卖，贵州代本院在各缎店搬取杂色花纹绸缎，送至辕门，候本院挑选。其价决不短少，平买平卖。"孙文进打一躬，退出舱来，暗想道："这位大老爷才到我这里，见面就要许多绸缎，我乃是个清廉官，哪有银子应酬上司。如若不依，怎奈尚方宝剑利害，只得上岸伺候。"

这只坐船早到东门，三咚大鼓，吹打三起，住下。合城文武等官齐至迎接。大人传出钧旨："令文武回衙，本院明日辰时上任。"

一宿已过，次日，文武早来伺候，三咚大炮，大人起身，坐在八人轿中，两边吹打，摆齐执事，直奔察院衙门而来。正往前走，只见两只乌鸦、一只喜鹊在轿前"寡寡鹊鹊"地叫，飞来飞去，不离左右。林公坐在轿中，见三个鸦鹊不离左右，林公想道："必有蹊跷的事。"吩咐住轿，望着鸦鹊叫道："有什么冤枉可都叫三声。"只见那个乌鸦叫道："寡寡寡"，又听那个喜鹊也叫道："鹊鹊鹊"，林公随叫济宁州的捕快："尔等可随着乌鸦、喜鹊去速拿一个穿白的、两个穿白夹皂的赴院听审。"捕快答应下来，大人依然往前而行。

不一时，到了察院门口，三咚大炮，两边吹打，大人升了大堂。各官参拜已毕，只见游击孔成跪下禀道："王老虎已锁到了，现在辕门，请钧旨发落。"大人说道："带进来。"孔成答应，离了大堂，吩咐犯人王老虎进。内役应声进来，来至丹墀，大人道："打开刑具。"众役答应，开了刑具。王老虎跪下，不敢抬头，跪在下面。大人叫："王老虎，你可知罪么？"王老虎禀道："小人不知其罪，望大老爷明示。"林公道："今有那个掀钱的在本院台下告你，不知可是你么？"王老虎听说，唬了一跳，禀道："小人买卖公平，不知为何告在大老爷台下？"林公道："那人告你硬取他的银两，又道你叫他告了经略状了，你才还他的银子。"王老虎禀道："大老爷，并没有此事。"大人道："你且抬起头来，认认本院是谁。"王老虎抬头往上看了一眼，唬得魂不附体，原来就是昨日换钱之人，跪在底下只是磕头："小人该死。"林公笑道："本院知你是个光棍，包写包告，私和人命，开场赌博，强占有人家妻女，攘夺人的财物，结交书吏，无所不为，无法无天。"随向签筒内抓了八根签子，往堂下一掼。众役一声吆喝如雷，不由分说，将王老虎扯下堂来，拉去裤子。众役禀道："求大老爷验刑。"大人道："这奴才留他无益，取大头号板子打他四十，不可徇私。"众役听了，一声吆喝口堂，好不

利害，打到三十以外，早已死去了。这才是：

　　　　嫩草怕霜霜怕日，恶人自有恶人降。

　　众役禀道："大老爷，犯人已打死了。"大人吩咐拖出掩埋。

　　只见孙文进上堂禀道："卑职绸缎俱在辕门外，请大老爷拣选。"大人道："取上来。"知州答应，登时将那些绸缎俱已抬上堂来，大人只看机头，并不开看，一连看了百十余匹，都不中意。孙知州在旁想道："这位经略大老爷不知想要什么缎子，这些缎子连一匹都不中意。"大人将绸缎一匹一匹看过，也剩不多少，拿起一匹缎子，机头上织着"金陵王在科造"六个字，向着知州道："本院只取一匹，不知是哪家店中的，贵州可将开店之人拘来一问。"知州打一躬答应。大人又道："倘有客人在店，一同拘来，不可有失。可将那些不中意的绸缎发回，交带各店，不可倚本院的声名骚扰百姓。"知州又打一躬，退下。大人方才退堂。

　　也不知孙文进前去如何拘开缎店人与店中客人，回来如何禀说？且听下回分解。

第五十八回　三鸟飞鸣冤喊状　二秃被害命强奸

　　且说济宁州孙文进领下钧旨，要拘缎店之人。来到缎行，店主人忙跪接。到了厅上坐下，问道："昨日头役取缎子，还是你自造的，还是有客人在此？"店主人道："现有客人住在小店行中发卖。"知州听了，叫头役将他主客赶着带往辕门听候审问，登时起身，来到辕门，将此事说与巡捕。

　　这巡捕转答中军，中军细细禀明大厅，汤彪禀明大人。即刻传外役进去，升了内堂，道："带主客二人听审。"大人道："先将主人带上。"问道："你叫什么名字？"店主人禀道："小人叫做郑开成，在此开行多年，往来客商俱是现银购买客家，并未分文欠客。"大人道："本院哪管你客帐。这匹缎子是金陵客人王在科的么？"郑开成禀道："每年俱在小人行里发卖。"又道："每年累次来，今年家中有事，未曾到此。"大人道："既未来此，这货怎得来的？"郑开成禀道："每年王在科同他舅子来，今年只有他的舅子到此。这些货物是他的舅子在此发卖。"大人道："他的舅子叫什么名字？是几时到此？"郑开成禀道："他叫姜天享，是前月十八日到小人行中来的。"大人想道："前月十八日，今日才到二十，不过个月，分明是姜天享与王在科同来，至半路上图谋害命。这王在科的性命必是他舅子送他的了。"又问道："此刻有多少货物？其价值多少？"郑开成禀道："缎子共有九百多匹，每匹价银四两有零。"

　　大人听了，心中明白，道："带姜天享上来。"众役将姜天享带上堂跪下。大人说道："王在科是你何人？他今现在何处？"姜天享听见大人问起王在科是你何人，唬了一跳，连忙禀道："王在科是小人的姐夫，今年王家有事，并未曾出来。"大人问道："你家姐夫还是与你合本的，还是王在科带你做伙计的？"姜天享禀道："小人代姐夫出力的。"大人大怒道："你这丧良心的奴才，你图财害命，将你姐夫杀死，你还在本院面前强辩，快快招来，免受刑法！"姜天享禀道："小人的姐夫现在家中。"大人将惊堂一拍，两边众役吆喝如雷，骂道："你这奴才还要强辩，本院还你一个见证。你拿些绸缎包束尸首，斧劈脑门，不是你的姐夫王在科么？你这奴才早早招来，本院开你一线之恩，如若强辩，以大刑过来！"姜天享听了此言，唬得魂不附体，口中支吾不来，只是磕头求大老爷开恩。大人道："可将怎样害了王在科的性命从直招来，本院开恩与

你。"姜天享招道："小人一时该死，同姐夫每年到此贸易，今年小人陡起没良之心，将姐夫谋死，不想天网恢恢，一月后就败露出来。"大人问道："你这奴才，自己姐夫如何下得这般毒手？你若回去，你姐姐问你姐夫，你这奴才如何回答你的姐姐？"姜天享禀道："那时小人不过是之乎者也回她。"大人笑道："你好个之乎者也回她。"伸手向签筒内抓了六根签子，往下一掼。两边众役吆喝一声，将姜天享扯下，重打三十大板。

大人提起朱笔，批写道：

> 审得王在科姜天享一案，系江宁府上元县人氏，贩卖绸缎。姜天享陡起不良之心，图财害命，斧劈王在科脑门身死，将绸缎充作自己之货，在郑开成行中发卖。本院审明奸徒，不动刑具，自己招认。秋后将姜天享处斩。委济宁州到彼收尸。行文上元县，细查王在科家，亲丁到此领银。郑开成可将公价兑还交明，如有分文私弊，本院耳目最长，访出决不轻贷。立案存验。

林公判断明白，传进知州，吩咐道："将姜天享带去收监，速去收王在科尸首。"知州打一躬，领下犯人。大人叫上郑开成，吩咐道："速将价银兑足，缴济宁州州库。"郑开成磕了一个头，答应下来，大人方才退堂。正是：

> 不是一番寒彻骨，怎得梅花扑鼻香。

按下大人断案不提，且言济宁州的四个捕快领下林公钧旨，跟着乌鸦、喜鹊去处来去。四个捕快生怕飞了不在，紧紧跟住飞跑。那三个孽障一直飞往城外，只奔东北上飞去。四个捕快跑得满身是汗。约有离城十几里，忽然飞不见了。四个捕快不见鸦鹊，好生着急，说道："怎生是好？这位经略大老爷好不清廉，若拿不得人去，我等如何担当得起？"内中有一人说道："伙计，你们说这位老爷清廉，据我看起来，是个贪官。"三人道："怎见得是个贪官？""昨日我跟知州太爷去接，见面就问太爷要绸缎，岂不是个贪官？我今日到公馆里去，遇见这三个孽障在面前叫，他就说是冤枉，叫我们随来拿人，这三个孽障又不知飞到哪里去了。天色渐渐晚了，不如前面借个宿头，明日等我回他。"

四人商议停当，走向前去，不多一进，到了一个房院，只见四面墙垣倒塌，石碣上写着"差斗峰古寺"四个大字。四人道："我们进去问和尚借宿一宵，明日早上进城去回他。"四人进了山，静悄悄，并无僧人。一直往里走去，只见满地青草，长有尺余深。大殿两边倒败得不堪。进了大殿，只见有个菜园，菜园内数间房子，四人想道："和尚必在这里。"四人走进菜园，听得有人嘻笑之声。四人走到门口，看见三个和尚在那里饮酒，正是两个穿白夹皂的，一个穿白的。四人一齐大喝道："秃驴，你的事犯了。"走向前，将三个和尚锁了，连夜进城来禀大人。

次日清晨，禀复大人："拿到三个犯人，两个穿白夹皂的，一个穿白的。"大人吩咐传点，开门升了大堂，要审这案乌鸦、喜鹊告状奇文。

不知怎样审法，凶手何人？且听下回分解。

中国禁书文库

绣像大明传

第五十九回　赴市曹奸僧枭首 暗探访私渡黄河

话讲林公听得拿到两个穿白夹皂的，一个穿白的，自己也觉有些奇异，即刻传点，开门升了大堂。

众官参见已毕，分列两旁。四个捕役跪下禀道："小的们奉大老爷钧旨，行拿到三个犯人。"大人道："带起来。"一声报门，将犯人带至丹墀跪下。林公问道："原来是三个和尚，你们是何处寺院的？"只见那穿白的喊道："大老爷在上，小妇人如拨云见日，血海冤仇可伸也。"大人听他自称小妇人，惊问道："有什么冤枉，细细禀上来。"那妇人禀道："小妇人本是兖州府人氏，嫁到福建漳州府。丈夫叫做朱义同，与小妇人回家看亲。小妇人同着丈夫那日行至斗峰寺，天降大雨。我夫妇投寺避雨，撞见这两个奸僧，将酒灌醉丈夫，不知怎样，将我丈夫害了性命。轮流强奸，又把刀剃了小妇人的头发，充做和尚。"林大人道："你何不寻个自尽！"妇人道："我丈夫死得冤枉，山海之仇未报，又兼奸僧防守最严，小妇人只得苟延岁月。"

林公听了大怒，将两个和尚带上来，问道："你们叫什么名字？"两个和尚战战兢兢禀道："犯僧叫做一空、一清。"大人道："你怎样将朱义同害了性命？尸首现在何处？"两个和尚只是磕头，道："求大老爷开恩，犯僧该死。"林公大怒，将惊堂一拍，两边吆喝一声，喝道："快将这两个奴才与我夹起来！"两边一声答应，取了两副夹棍，将二僧夹起。这两个秃驴酒色过度，怎经得夹棍一收，早已昏死去，半晌醒来，疼痛难禁，料想难脱此祸，禀道："大老爷，犯僧愿招了。"朱义同的尸首现在菜园井中。"大人问道："怎样害了他的性命？"二僧道："他们那日夫妻在寺中避雨，看见他妻子生得标致，将酒把他灌醉，哄他到井边，将他推落下去，上面用土填满是实，占有他妻子亦是实。"

大人吩咐道："济宁州将一空、一清带去收监，速去斗峰寺井中打捞尸首，买棺收殓，将一空、一清田产入官，置卖其余，与朱义同妻子领回兖州府去，事毕禀本院发落。"众役将二僧松了刑具。朱义同的妻子叩谢老爷，大人即时退堂。

济宁州当时到斗峰寺，将朱义同尸首捞起，备棺收殓。细查和尚田产，入官变卖，与义同妻子领柩回兖州府而去。济宁州回禀大人。林公吩咐济宁州将一空、一清押赴市曹，斩首示众。知州怎敢怠慢，即刻回衙，将两具秃厮剥去衣裳，市曹行刑。炮响一声，两个秃厮驴头落地。正是：

　　善恶到头终有报，只争来早与来迟。

　　这林公在济宁州断这两件无头公案，人人都道龙图转世。林公离了济宁州，各官送出交界地方，方才各回衙门。

　　林公又同汤彪上了船。行到了黄河渡口，林公与汤彪上了渡船。等了许久，船上满了，方才开船。船家拿起篙来，荡起浆来。只见黄河水滚浪翻，好不惊人。

　　到了河心，船家放下浆来收钱，先从林璋要起，林公抬头一看，见他头戴一个草帽，身穿一件青布褂子，青色底衣，搬尖趿鞋，裹脚打腿，腰中束了一条打腰布，肩上有把夹剪，手中拿了个稍马子，一脸攀枝麻子、嘴上糊刷的胡子，林公暗想："此人定不是个正道之人。"回道："满船的客人，为何先从俺收起？"那人道："女子当门户，前后不等。"林公向腰中取了六十文钱，道："我与这位的船钱。"船家道："这几个钱装了一个头过去。"林公道："一个人要多少？"那人道："过个黄河要三钱银子一位，你二人要六钱银子。"林公道："六钱银子也是小事，但向人要银子也该放和气些。"船家道："老子的平生本像，少说多话，快拿银子来。"林公随取一锭银子，道："这是一两银子，你夹六钱去罢。"船家伸手拿过，向褡裢内一丢，道："你说是一两，钱存在咱处，明日再渡一遭罢。"又向别人收取，但要三钱一位。那些人上了他的船，弄得来不来去不去，在个河当中心里，只得每人三钱与他。那些客人也有零星银子的，亦有整锭银子的，与了他就向褡裢中一丢。林公看在眼里。

　　船家收足了银子，方才拿起浆来，荡到岸边，丢下浆来，将木跳放在烂黄泥里，叫声："众客人上岸。"林公见黄泥滩上，说道："怎好上岸？船家长，自来古语说得好，使人钱财，与人消灾，你放到码头上，也好让我们上岸。"船家睁开怪眼，说道："别人上去得，你也上去得。若不上去，咱把船放过去，再把三钱银子，如少一厘，拿黄蜡补足了。"

　　那满船客人谁敢作声，一个个没奈何，脱下鞋袜走下跳，来到黄泥地中，一脚踏多深，拔起前足，陷下后足。汤彪看见如此模样，好不焦躁。林公见汤彪一脸怒色，恐他发作，把头摇了两摇。汤彪只得忍气吞声，说道："伯父待侄儿脱了脚，驮你上去。"汤彪脱去鞋袜，走下跳来，相扶林公。林公说道："船家长，你叫什么名字？"船家道："你问咱的名字，咱老子叫桑剥皮，在这黄河渡口做了多年买卖。咱也知道你是个有来历的，不是咱说大话，就是坐牢、打板子、夹夹棍，哪样老子没有见过？只有

上法场，我却没有。"林公道："目下新经略大老爷快到了，难道你也不怕?"桑剥皮大怒，回道："你何不在经略那边告我一状，谅你也没有这般武艺。"骂道："囚娘养的，上去罢!"将手一推，林公站立不稳，早已一个筋斗跌下黄泥滩去，跌得满身都是黄泥。汤彪看见，不觉大怒，起来拔口腰刀，赶来要杀桑剥皮。

不知汤大厅可能杀得桑剥皮否，且听下回分解。

话言汤彪见桑剥皮将林大人推下黄泥滩下，心中大怒，拔出腰刀，起来要杀那桑剥皮。林公看见，叫声："贤侄，快来搀起我来。"汤彪只得走来，将林大人搀起，驮在身上，从黄泥里带水拖浆驮到高岸之上。抬头一看，见一座庙宇，放下林公，脱去上身泥衣，晒在日色当中。林公见石碣上有四个金字，写着"黄河福地"。大人走进山门，见一位令官站立，手执一条金鞭，塑下像鬼狰狞。林公将手一拱，道："请了。"就在门槛上坐下，脱去泥袜子。汤彪拿了，放在日色里晒。

林公吩咐寻只小船。大人同汤彪下了船。一路顺水，到了清江浦淮安城外。将近黄昏，吩咐住船，打点明日进城私访。

林公同汤彪用过晚膳，各自安寝。林公睡在舟中，左思右想："桑剥皮这般凶恶，不知讹诈了多少百姓。明日到任，先除此处一害。"耳听得更鼓正打三更，翻来复去，总睡不着。伸手将舱门板推开一看，只见月光如尽。又抬头看见一个和尚披枷带锁，跪在岸上，只向船上磕头，又有个身长大汉，也跪在旁边，手执一条铁绳，锁住和尚。林公一见，走出舱来，向着和尚叫道："本院知你是鬼，你有冤枉要本院代你报仇，可是么？"那和尚将头点了两点，磕下头去。只见那个大汉将身跳起，铁绳一扯，拉着和尚就走。那和尚暗暗哭泣而去。

林公想道："汤彪和船家都已睡熟，冤魂此去，我必须见个踪迹。"悄悄上了岸边，并不叫他们。见那和尚还在前面走，林公放大了胆，跟在后面。走了一会儿，只见一家"咕喇"一声将门开了，手中拿着一盏灯，口中叫关门，慌慌张张去了。不多一会儿，走回家用手叩门，前面就是方才的男子，后面跟了一个妇人。进来然后将门关上，只见那大汉将他带到门首，门内走出一个穿皂的大汉来，将这和尚已投带进门内去了。那大汉解了铁绳，将手一拱而别。猛听得里面小娃子之声，大人想道："和尚已投胎去了。这段冤仇不知结到何时？"看官，你道先前那个大汉，是个解子；门内走出一个男子，是唤稳婆的；后从门内出来穿皂的，是位灶君。林公想道："我必须记真在此。"抬头一看，有五六棵柳树，心中谨记。

离了此处，依然归了原处，轻轻悄悄地回船。汤彪与船家影儿也不知。林公依然

睡了不言。

且说京中部文久已到了江西，移文到山阳县，又到七省经略文书，单将这案提审。沈白清弄得毫无主意，只得亲到相府，与沈夫人商议。拿出移文并文书与沈廷芳看，沈廷芳道："老父母，这有何难，请放宽了心，林旭、姚氏出斩。但新经略是家父的门生，有什么言语，治生一一承当。"知县道："经略好不利害，皇上钦赐尚方宝剑，枉县有多大前程，敢不遵诸依，只得要候大人到任，亲提审问。"沈知县告辞回衙，候大人到任亲审，这且不言。

再表沈廷芳将此言告诉老夫人一遍，沈老夫人忍不住放声大哭，道："娇儿死得好苦，京中详文已到，不想如今经略行牌又叫停斩。孩儿，仇人停斩，叫我心中何安？"说毕又哭。沈廷芳劝道："母亲不要悲伤，孩儿想来，修书一封到金陵与世兄，叫那边行牌催斩文书就是了。那时经略到了，无奈宋世兄已先有催斩文书到了，业行斩讫，他纵有话说，也迟了。"老夫人道："你世兄如今做什么官？行牌到了山阳县，不知可遵依？"沈廷芳道："就是南京按察司宋朝英，是爹爹得意门生，也是爹爹保举他做个臬司。是山阳县亲临上司，令箭到了山阳县，不敢不遵，即刻提出林旭与姚氏，处斩市曹，与兄弟报仇便了。"沈夫人道："孩儿快快修书。"沈廷芳答应，即刻写书一封，差了沈连。

沈连星速赶到南京，投了文书。号房见是相府来人，款待道："奈封宪衙门不便，书中之意尽知，但刻下请先回府，不日就有差官催去了。"沈连得了这番言语，只得回来，见了主人，如此如此说了一遍。沈廷芳将沈连这番言语向老夫人说知，老夫人方才放心，只等臬司差官到山阳县催斩。

过了一二日，臬司差官到了，进了山阳县衙门。沈白清见臬司差官到了，不知什么事情，连忙请进，见礼坐下。献茶已毕，沈知县道："请问尊兄有何事务到县衙门？"差官道："今臬司大人有令箭一枝，着你将相府人犯押赴市曹处斩，不可迟延。弟立等行刑。"沈白清道："非是小弟停留，只因凶手父亲在经略大人手里告状，经略大人早有令箭，留此案候到任提审。"差官道："现有大人令箭，不是儿戏，如若不斩，快写回文与我，去复大人。"沈白清见差官变脸，立刻就要回文，心中暗想："如若依他出斩，又怕经略大人早晚即到，怎好禀复？若是不依，差官一回，提我上去，凶吉难保。"眉头一皱，计上心来："不如将这差官软禁在此，竟自出决，倘经略大老爷到来，预先将此事禀明：现在差官令箭在此，不敢不遵。大人有什言语，一总向臬司身上一推便了。"沈白清主意定了，道："年兄，何须着急。大人令箭催斩，知县焉敢逆拗？倘经略大人有什言语，都是大人承当？"差官道："这有何难，总有言语，是传家大人催斩，于你何事？"沈白清道："既年兄如此说法，今日夜幕，明早出决犯人。"当时摆酒款待差官。

不知后来如何？且听下回分解。

话说山阳县款待臬司差官，已至三更歇息。次日五鼓，升了大堂，标了监票，监中提出林旭、姚氏。

众役来到狱中，众役说道："今日是你夫妻喜日。"说着，众人一齐动手，将身上衣服剥下去，登时绑起，推推搡搡，来至大堂。林旭、姚氏面面相觑，各各流泪。只见知县身穿大红吉服。众役将二人带至丹墀跪下，禀道："犯人当面。"沈白清提起朱笔，在招子上批下。赏他们斩酒片肉，破锣破鼓齐鸣，推出宅门，押赴市曹典刑。哄动淮安百姓来看，招子写得明白："奉旨枭首典刑，谋占家产杀人命犯人姚氏、林旭二人示众。"来看百姓拥挤不开，众兵役逐赶闲人。挤至法场，二人跪下，只等午时三刻就要动手。淮城之人哪个不知，都来看杀。

姚夏封闻得此言，唬得魂不附体，慌忙打了两个包子赶到法场，要来活祭。一头跑，一头哭，赶到法场，只见那法场挤得人如山海，怎挤得进去。姚夏封哭道："老爹，请让让路，可怜我女儿、女婿负屈含冤，今日典刑，让我进去见他一面，也是我父女一场，少时，就要做无头之鬼。"说毕，放声大哭。人回头一看，只见一人跑得两汗交流，手中提了两个包子挤进。内中有认得的，说道："列位开些，让姚先生进去，活祭他女儿、女婿。"众人见说，站开让他进去。

姚夏封赶到里边，抬头一看，见女儿、女婿两膀背缚，跪在地下，招子插在肩上，头发蓬松。一见时，铁石人也要伤心，痛哭起来，两手抱住蕙兰。蕙兰二目一睁，双双珠泪，叫道："爹爹，叫孩儿今死不足为惜，只是爹爹生养孩儿一场，你偌大年纪无靠，叫孩儿即死市曹，也放心不下。爹爹自家保重，千万莫想孩儿为念。儿夫无辜受这一刀之惨，儿婿二人死后，爹爹念我二人负屈含冤，收殓一处。"一面说，一面大哭起来："今同儿夫不能在一处，但愿来生做个长久夫妻。"说罢，父女二人放声大哭。

正是：

世上万般哀苦事，无非死别与生离。

父女二人哭得死去还魂。

姚夏封转身抱住女婿，叫道："贤婿呀，死得好苦，都是我生这不肖之女连累与你。你的舅不知几时才到，若来迟了，你就没命了。我在济宁州告状，不知是你舅舅做到七省经略，若知是他，就写冯旭名字，他也早早赶来救你，他如今不知还在何处？"林旭叫道："岳父，少要悲伤，还请保重要紧。也是小婿前生造此冤孽的，如今一次脱去又一次来。就是今日小婿死向阴司，五中也不能忘岳父大恩。"翁婿也是抱头大哭，按下不表。

且言林公次日同汤彪登舟到岸，进了淮城，丝毫不露出经略形象。这日正在前行，只见前面拥挤多人，有四五个妇人拉住一个后生，约有十五六岁。那几个妇人手中拿着锥子，骂着叫道："你若不说，我就拿出锥子钻你，那你的命就是我的命。"又有几个男人喊道："不要与他说，只把他拉到山阳县讲话，活的还我个活的，死的还我个死的。"一起推推拥拥，竟奔山阳县去了。

林公在后面跟定。内中见个老者，林公看见，将手一拱，道："老丈请了，方才这般人因何拿铁锥子锥那个后生？"那老者道："客官有所不知，方才这后生怪不得人如此痛恨。这几房只有这一个儿子，每日同这个后生上学。方才拉的那个孩子姓许名成龙，今年十八岁了。不见的学生姓庞名起凤，今年方才十六岁。他二人是表兄弟。"

正在说话之间，许多人从城中跑出。林公道："这些人为何这等慌慌张张？"老者道："闻得今日杀人，想必是去看杀人的。"林公道："杀的什么人犯？问的什么罪？"那老者道："这件事却是冤枉，无故两条人命，客官不厌烦琐，待老汉告诉你。"林公道："一定要请教的。"那老者把林公一拉，道："前面有个漂母祠，何不请到里边坐下，等老汉奉禀。"林公道："甚好，甚好。"当下两人手拉手儿来到漂母祠茶棚坐下。老者道："我们这淮安城中有个大乡宦，有两个公子，仗着父亲在朝做宰相，无所不为，惯放利债，盘剥小民，强占有人家田地，硬夺人家妻子。我们这湖踨上有一相面先生，所生一女如花似玉，招了一个女婿，倒也是个读书之人。不知怎么，漏在二位公子眼内，将他夫妇二人说做西宾，请到相府里头。自然是强奸他的妻子，哪晓得这个女子烈性不从，举斧将二公子砍死。将他二人问成死罪，如今山阳县将他二人出决示众。"林公道："一人杀一人抵命罢了，为何连她丈夫都斩？"老者道："人人惧怕他，是以这般光景，大公子吩咐山阳县，要他二人抵命。"林公道："这个大乡宦姓什么？表字什么？被害之人姓什么？叫什么名字？"老者道："这个大乡宦乃是当朝文华殿大学士沈谦，大公子沈廷芳，砍死的二公子名义芳。西湖嘴上相面的先生叫做姚夏封。他的女婿名叫林旭，女儿叫蕙兰，再迟一刻就要做无头之鬼了。"

林公听见吃一惊，原来是老师的儿子犯法。那天我记得姚夏封在济宁州投水喊冤，我知行牌到山阳县，此案候本院亲讯。这知县如此大胆，不遵我的文书。抬头看日色，已经巳时，堪堪到午，起身道："在下也要进城，前去看看，却认不得路，望老丈指引。"老者道："不用指问，你看这些人都是看去的，跟着他们，自是法场。"林公道："承教。"将手一拱，别了老者，跟定众人进城，要救这起犯人。正是：

达水漫流滩上月，快刀难斩梦中人。

也不知林公进城怎救他性命？要知后事，且听下回分解。

第六十二回

林经略行香宿庙
府城隍各案显灵

话说汤彪在前开路，林公在后走。无奈林公走不甚快，生得上身长、下半截短，古之云："上身长，伴君王；下身长，只是忙。"所以走不上来。

堪堪走到法场，只见里一层外一层人围裹着争看。猛听一声报"到午时三刻"，沈知县道："斩讫报来。"汤彪三声大叫，道："刀下留人！"众兵丁、衙役唬了一跳，抬头看，前面一个彪形大汉开路，后面有一个客官打扮模样，一摇二摆，朝里直走，众人不知是谁。汤彪望着观上那些护法场兵丁，道："俺看你们有几个驴头，还不让路！"众马兵一个个摸不着头绪，见那大汉说出大话，也不知道他是什么人，只见将缰绳一拉，马头一转，让开一条路来，在马上观看，看他见了知县怎样。

林公抬头一看，见一男一女两个犯人跪在地下，睁睛一看，唬了一跳，前面男子好像外甥。冯旭为何做了姚夏封的女婿？因什么改姓林？猛想道："正是，我的外甥他改了我的姓了。我正要到淮安桃源县查外甥之事，不想竟在淮安山阳，今日绑在法场，我若到迟一刻，岂不误了大事？"正是：

> 踏破铁鞋无觅处，得来全不费工夫。

汤彪早已认明白是冯旭，连忙走来，向着林公耳边如此如此说了一遍。林公点点头会意。汤彪走到知县面前，见沈白清身穿大红，公然端坐公座上面，汤彪大喝一声，道："狗官，你还不下来迎接七省经略大老爷！俺看你这狗官有几个驴头。"沈白清一听，唬得魂不附体，连忙走下公案，双膝跪下，道："接七省大厅大老爷，小官该死，不知二位大老爷入境，没有远迎，恕不知之罪。"汤彪道："快去接大老爷。"沈白清答应，连忙起来，见林公一摇二摆走来，双膝跪下，道："淮安府山阳县知县沈白清迎接大老爷。"叩头。林公也不理他，走至公案上面坐下。沈白清膝下几步，跪在地下，只是磕头，不敢抬头。

那个姚夏封听见炮响，早被众役推拉半边。看见林公、汤彪到了，哭也不哭了，

好不欢喜，走到女婿身边，道："好了，救命主到了。"

那些护法场的马兵坐在马上，看见知县只是磕头，一个个跳下马来细察其情，方知是经略大老爷私行入境，飞报本官去了。

林公向知县道："好大胆的狗官，本院前有行文，将这案停斩，候本院到来亲提发落，你难道不知么？若是本院到迟一刻，岂不误杀两条小命！"沈白清又磕了一个头，禀道："大老爷息怒，容小官禀上。小官怎敢不遵大老爷的牌示，无奈小官的臬司差差官，又有令箭催斩，小官怎敢违拗。现有差官并臬司令箭在此，非小官之罪。"林公道："速将两个犯人放了绑，好生收管，如有差池，知县抵罪，候本院到任之后亲提复审。可将臬司差官收监。"知县又磕了一个头，退下，登时将林旭、姚氏放了人，带去收监，好生看管，又将差官拿下，一同收监，候大老爷发落。

不一时，淮安一府文武官员都到，跪的跪，接的接，通上手本。林公与各官见礼，道："诸位年兄，请回衙理事。游击可在？"把那个游击唬了一跳，双膝跪下，禀道："游击费全忠在此叩头。"林公道："你可悄悄速去到黄河口渡船拿桑剥皮，解到辕门，不可走脱。"游击答应去了。

不一时，地方官备下大轿，众役伺候，请大老爷上公馆到任。林公换了冠带，坐了八轿。汤彪骑了顶马。三声大炮，两边吹打，众役开道前行，百姓纷纷拥看。正往前行，猛然一阵旋风，推以林公轿前。林公一看，想道："此风必有缘故。"吩咐住轿，向着那风道："有什么冤枉，左转三转。"那风果然左转三转。林公取了朱笔，写了几行红字，仰行飞去。叫两差人道："尔等随风而去拿人。"林公将朱笔一丢，谁知那阵风从地卷起，刮到半天里去了。那朱笔好似一个风筝，在天上乱转，转了一会儿，不觉去了。林公速叫跟去拿人。两个差人望着朱笔飞跑。林公方才起身。

到了公馆，三咚大炮，吹打三回，进了辕门，升了大堂。众役参堂已毕，大人退堂，登时发出告示："于次日行香拜庙。"又发出一角文书到山阳县，提林旭这案，又提许成龙一案，着山阳县解到辕门亲审。又发出一枝令箭，速到金陵拿按察司宋朝英到淮，审问他令箭催斩的缘故。

吩咐已毕，林公在内同汤彪商议冯旭的话，道："为何做了姚夏封的女婿？叫我如何断法？此案明日行香，必须宿庙。"

一宿已过，次日，各官早到辕门问安。不一时传点开门，林公坐了八轿，众衙役开道，来到城隍庙行香拜庙。道士跪接，两边吹打，大人下轿。早有礼生伺候，将林公引到大殿，先朝拜万岁龙牌，后拜城隍。只打了三躬，有一道表文焚化井中，就请入净室献茶。传出话来："各官与众役不必伺候，本部院在此宿庙，明日一早伺候。"巡捕官将大人钧谕传出，众役、官员俱散。

堪堪红日西坠，早见玉兔东升，一轮明月照耀如同白昼。林大人端坐椅上，等至更深漏永，正交三鼓。正是：

天上诸星朝北斗，人间无水不向东。

大人朦胧睡去，似梦非梦，只见阶下一人走上殿来，蟒袍玉带，粉底朝靴，将手一拱，道："林大人请了，只因阴阳阻隔，天机不便泄漏。但淮城有许多公案要大人判断，叫判官将各宗各案人犯推来与林公过目。"判官推上各案事情，不知推出什么东西。

要知后事如何？且听下回分解。

话说那阴官叫小鬼将各案人犯推来与林大人过目。不一时，小鬼拿上一枝牡丹花，却有斗大，四面有铃铛，站在面前。城隍道："请林大人过目。"林公抬起头来，那一枝牡丹花连转三转，四面铃铛齐响，即时不见。又见推上一只牛来，却是两个头，也在林公面前转了三转，又不见了。又见推上一颗稻来，俱是花青的，也在林公面前转了三转，一时不见。忽然现出一轮明月来，照耀当空，下面一池清水映着，一时不见。又见下边还有各种故事，一时复过了。城隍道："这些案件林大人已过目。"将手一推，林公忽惊醒，一身香汗，耳边听得更鼓三敲。思想梦中之事，一椿椿记得明白，左思右想，不知冯旭应在哪件事上。正想之间，不觉金鸡三唱，早已天明，外边各官俱到。请安已毕，众衙役伺候，巡捕官传出话来，吩咐伺候回转察院衙门。三咚大炮，大人起身，那道士跪送。

不一时，到了察院，升了大堂。众官参谒已毕，林公道："山阳县，本院先有文书到来，将林旭、许成龙解辕听审，可曾解到？"沈白清道："人犯俱已带到，现在辕门听审。"大人吩咐林旭这一案先审，原告姚夏封听审。沈白清道："是。"离了大堂，走到辕门外，带过林旭，吩咐道："听审，尔等这供词一改，大人夹棍非比本县之刑，厉害。"林旭口里只说这供原词不改，心中不怕，知道他舅舅做了经略。一声报"进"，姚夏封、林旭、姚氏蕙兰一同进来。来到丹墀，俱各跪下。众役禀道："大老爷，犯人当面。"叫："林旭。"林旭答应："有。""犯妇姚氏。"蕙兰答应："有。"又叫："原告姚夏封。"姚夏封答应："有。"又叫："家属沈连。"沈连答应："有。"点名已过，吩咐将各犯带下去，先审林旭。众役答应，将各犯带过一边。

大人道："林旭，不许抬头。你将问罪情由一一写来。"巡捕官将纸笔放下，叫林旭写来。林旭伏在丹墀，便把始末根由细写一遍：怎样花文芳谋婚，诬害人命，发配充军，半途遇了季坤释放。后来蒙姚夏封招我为婿，改名舅舅的姓，避祸淮安。后不幸遇见沈府花有怜，引进府来。沈义芳强徒强奸妻子。姚氏不从，将斧头砍死沈义芳。山阳县夹打非刑。无奈受不住刑法，只得屈招，问成死罪。从头至尾写了一遍。巡捕官接了，放在公案上面。

林大人观看良久，方知其中委曲。拿过山阳县原卷一看，上面口供内却有花有怜。想道："为何不到案就问人一个死罪？本院宿庙，梦见一枝花牡丹，上面又有许多铃铛，莫非就应了花有怜身上？"道："山阳县何在？"沈白清连忙跪下，道："小官在此伺候。"大人道："本院细看原卷，上有花有怜的名字，他并未到案对词，怎么就将林旭、姚氏二人问成死罪？"沈白清禀道："林旭谋占有相府的家产，将公子义芳杀死，理当抵偿。"大人听了，一声吆喝，沈白清跪在地下，只是磕头。大人道："做了父母官，必须推情问事，设法拿人。人命重情，怎么人证也不到堂，就将人问成死罪？你这瘟官如此糊涂。"吩咐带上姚氏来。

姚蕙兰知是舅公，料然不能加刑，走到丹墀下，便跪在一旁。林公道："你同丈夫同谋杀死沈公子，现该抵偿，因何叫父亲赴水，喊本院的状子？把杀死的情由诉将上来。"那姚蕙兰口称："大人听禀：犯妇生于贫门，颇知礼义。丈夫被花有怜诱进相府，做个西宾。又把犯妇诱进同住。哪知奸贼串成恶计，要想逼犯妇通奸。无奈丈夫寸步不离，奸徒又生毒计。花有怜走来，说犯妇的父亲抱病危急。丈夫只得回去看我父亲。俟丈夫方才出去，那奸贼沈义芳走来，将犯妇抱住，口中尽吐胡言，要行强奸。当时犯妇哄奸贼撒手，就向外跑。不想脚下有把劈柴斧头，绊了一跤，跌倒在地下。奸徒赶来，抱住犯妇。犯妇那时情急，举斧将奸徒一斧砍死，倒在地下。奸徒既死，其实丈夫并不知情。犯妇的父亲告了大老爷的状子，只求丈夫出罪，犯妇抵死无辞。"

林公问道："沈连，林旭谋占沈府家财，后来怎么杀死你主人的？你把他杀死情形细细说来。"沈连道："林旭不仁，见沈府富贵。同妻姚氏合心商议，将主人杀死。望大老爷代小的主人伸冤。"大人问道："相府有许多人口？"沈连禀道："有四百多人。"林公道："林旭有多少人在你府中？"沈连禀道："他只有夫妻二人。"大人将惊堂一拍，两边吆喝如雷。林公怒道："好大胆的奴才，在本院台下支吾。相府人众，怎么谋占有他家家产？分明是你主人贪淫好色。有这般豪奴终日在外缉访美色，看见姚氏生得有些姿色，在主人面前串齐奸意，千方百计骗进府中，指望奸淫。谁知姚氏烈性不从，将主人砍死。这也是他贪淫好色之报，却是你们豪奴之过。本院问你，花有怜是你主人什么人？今在何处？"沈连道："是小的主人的一个陪闲。"林公笑道："原来是个蔑片。住在何处？"沈连回道："现在府中陪伴主人。"

林公道："把花有怜拿来，限次日早。"提起朱笔，标了票子："速拿花有怜，限次日早堂面审。"原差领了票子。大人吩咐山阳县将犯人仍然带回收监，候拿到花有怜再审。又向山阳县吩咐道："前有许成龙一案，带进听审。"一声答应报门，犯人带来。

不知林公怎么审这一案？且听下回分解。

第六十四回　林公释放许成龙
经略正法桑剥皮

话说林公坐在大堂上，吩咐把许成龙这案带进听审。一声报门，来至丹墀跪下。林公往下一看，只见一个后生披枷带锁，年纪不过十八、九岁，生得品貌端方。又见三五个妇人同个男子跪下在旁边。林公叫上一个年纪大的，问道："你叫什么名字？"那人道："小的叫庞元，不在的是小的儿子，名叫庞起凤，十六岁了，每日与小的外甥许成龙上学，早去晚归。忽然不见，至今十多天了，不知死活。小人怎不着急？小人只有此子，岂不绝了小人之后？望大老爷做主。"林公道："本院却亲见这些妇人手拿锥子锥他。这许成龙是你外甥，也不该下这样毒手。"庞元禀道："妻子原是唬他，叫他说出真情话来。"林公道："你去喊了山阳县是什么口供？"庞元答道："老爷听见是人命重情，把许成龙寄监，随即迎接大老爷，至今未审。"林公道："你且下去，待本院问许成龙的口供。"

大人道："许成龙，我看你小小年纪，与你表弟一同上学，同来同去，为何不见？你必知情，你可慢慢讲上来。如有半字虚言，可知道本院刑法厉害。有人么？"吩咐下边看夹棍伺候。许成龙唬得战战兢兢，叫道："老爷，小人实是冤枉。那日，同表弟到了半路，小人进城有事，叫表弟先回。到晚上，舅舅问起表弟，小人就说早已先回。彼时将灯球、火把寻了一夜，至今不见，求老爷做主。"林公道："唤庞元。"庞元上来，林公向他道："你儿子不见，不是你外甥害他的，且放他去回，本院还你个儿子就是了。"

正在那里审问，只见先前拿风去的两个差人跪下禀道："奉大老爷钧谕，小的跟那风去拿人。谁知大人朱笔被风刮去，落在城中一个深塘里头。小人即赶来回复。"缴票呈上。林公道："庞元、许成龙带去塘边伺候，本院亲自看来。"众役一声答应，即时抬过八轿，三声大炮，出了辕门。街上百姓纷纷前来观看。不一时到了下轿，只见一池水清，深有丈余。林公吩咐："着几个水鬼下去打捞，看何物件。"水鬼脱了衣服，一齐下去。

不一会，两个水手拉上一物到塘边看，却是一个死人。只见浑身绳绑定，背上绑

二八三〇

了一块石头，四十向外，眼中生出一颗稻来。林公想道："本院宿庙，梦见一颗稻，就是此般。"说犹未了，只见塘边水鬼喊道："又有一个死尸。"推在岸边，林公看了，是个后生，年纪不过十六、七岁，生得齿白唇红。一般百姓拥挤争看。只见庞元放声大哭，抱住死尸，哭个不止。林公道："是你什么人？"庞元道："这就是小的儿子，庞起凤，必是许成龙推入水中淹死，望大人做主，代小人的儿子伸冤。"林公道："你且收尸，待本院还那个冤家。"将许成龙放回，又收银两拿去，先将死尸收殓。吩咐开道，回察院衙门。

林公在轿中一路思想梦中之事："梦见两个牛头，待我本院出票子去捉牛二，便知端的。又那尸首长出一颗稻来，与夜中相同。待本院出票子拿那易道清。"只听得三声炮响，两边吹打，进了衙门。升了大堂，坐下标了票子："仰原差去拿犯人牛二、易道清，当堂回话。限三日内拿来，如拿不到，重责四十大板。"差人领下这桩无头票子，想："叫我们哪里去拿那人？"

林公正要退堂，只见游击费全忠跪下禀道："游击奉钧票拿桑剥皮，现在辕门，请大人施行。"林公听禀，吩咐带进来。一声报门，带到丹墀跪下。林公道："桑剥皮，你抬起头来，认认本院。"桑剥皮抬头一看，只唬得魂不附体，原来就是前日过渡时，咱推他下黄泥滩上的，叫道："小的有眼不识泰山，该死，只求大老爷开恩。"跪在下面，只是磕头。大人道："本院看你前日英雄哪里去了。想你在黄河渡口讹诈客商多少财帛，害了多少百姓。你的名字叫做桑剥皮，本院今日还你个剥皮。"吩咐游击将这个恶人带出去，剥皮揎草，在黄河渡口示众。费全忠答应。大人退堂不表。

且说游击带了桑剥皮，来至外边，将衣服扯去。挖了一个深坑，约有丈二深，堆了些柴炭，引起火，就将炭火扇得通红的，把坑烧得滚热的。将炭火扒出，将桑剥皮松了绑，往下一推。桑剥皮大叫一声道："我命休矣。"只在那热塘内乱滚，又不能上来，跳了一会儿，浑身枯焦，还有丝毫冷气。又打开一坛滴醋，向他头上一倒，只闻一阵香，送了他的性命。正是：

嫩草怕霜霜怕日，恶人自有恶人降。

又将桑剥皮从塘中拖起，用尖刀打脊背上一刀两开，用钩子一拉两边，剥下皮来。用草揎在腹中，发在黄河渡口示众。将他的皮撒在荒郊，听凭狗食狼吞，这且不表。

再说大老爷的四个公差奉大老爷钧票去拿花有怜回话。四人商议道："这花有怜如

今躲在相府，如何拿他？我们又不敢进相府拿他，怎的是好？"内中有一个说道："真正这位大老爷不是好说话的。我们一同到相府，见机而作。他若发人出来便罢，倘不肯发人，我们回去禀官，凭大老爷上裁。"四人商议已定，竟奔相府而来，要捉花有怜。

不知可能拿得来？且听下回分解。

第六十五回 经略拜本进京都
廷芳计害死有怜

话言四个公差走到相府，叫道："门上有人么？哪位大爷在此？"门官出来问道："做什么？"四人道："我们是新经略大老爷差来的，府中有个人，要他当堂对词。大叔请看朱票。"与门公观看良久。见是要拿花有怜，门公道："你们在此坐坐，待我回声大爷。"拿了票子进去，到了内书房，听得沈廷芳大叫道："老花，事情反了。这个瘟官好大胆，初下车，一些民情不知，单将我家这案复审，停斩凶犯，将沈连当堂大骂一番，又将臬司差官收监。老花，你在我府中，不要出去，看他有什么法儿来拿你。今日有我爹爹家报回来，说是林璋是我父亲的门生，当面吩咐他，叫莫将我家人命提起。如今将我兄弟仆人兜搜。明日写下家报，打发人进京去，报与我爹爹知道，坏了这个瘟官。"花有怜道："全仗大爷做主。"二人正说之间，一时看见门公手中拿了票子，问道："你手中拿的何票子？"门公道："今有经略差了四个公差来拿花相公。"沈廷芳听了大怒，道："什么人敢到我府中拿人。待我大爷出去，看他有什么话说。"从书房一路喊叫出来。来至大厅，便叫道："家人何在？取木柴过来伺候，将这班狗腿打断了，看这个经略怎奈何我来。"四个公差句句听得明白，不敢言语一声。门公走出来，票子还与差人，道："我家大爷现在厅上，你们当面去讲明。"四个公差皆不言语，谁敢进去挨打木柴。这淮安城哪个不知沈大爷利害，说得出，做得出，况且我们大老爷是太师爷的门生，被他打了，何处伸冤？向着门公道："我们奉公差遣，既然府内不肯发人，与我们何干。"

四人竟自去了，离了相府，商议道："我们打个禀帖，见得身等不能入相府拿人，如若罗唣，相府大爷要锁起我们进厅痛打，因此上禀。"

林公正在内堂与汤彪商议冯旭之事，将花有怜拿来便知情由。忽见外边传进文书，大人细看差人禀帖。大人道："王子犯法，与民同罪。花有怜拘不来，必是相府情虚。待本院亲走一遭。"吩咐众役传鼓开门。

不一时，众役齐集，搭过八人大轿。三咚大炮，两边吹打，众役开道，全班执事，竟奔相府而来。不一时，到了相府，将帖投过与门公："请老太太金安。"三声大炮一响，进了府门，到了大厅下轿。

门公接了手本，慌忙来报与大爷知道。沈廷芳见此时经略亲来，这等威风，想："若与我要这花有怜，倘他拿去动刑，招出人命是假，奸情是实，我相府岂不白白送了？如今倒不如回他进京去了，倒也干净。"忙忙见了母亲，将此言语告诉一遍。太太听了，也觉一惊，吩咐家人："挂下帘儿，等我出去。"

门公走来，请林公道："家主不在家，老太太请大人相见。"只听云板一响，夫人出堂。林公隔帘施礼。礼毕，家人移过座儿。林公坐下，家人献茶。茶过，林公道："门生下车以来，因国事纷纭，未得到府请安，望师母恕罪。"夫人回道："大人奉命七省，理当代民伸冤理枉。"林公道："这是门生份内之事。"夫人道："大人，因何缘故单单将我家命案提起？可怜老身的次子死得苦。"林公道："非是门生停斩，因凶手之父在济宁赴水喊状，岂可出乎反乎之理。凶手招出府上花有怜诱奸，请师母将花有怜交出，带去一问便知真假。那时代世兄报仇。"夫人回道："小儿已打发他进京去了。要在舍下，就与大人带去审问何妨，实实不在家中。"林公道："花有怜一日不到，此案一日不能清结。门生只得要拜本进京，请旨定夺。"遂打一躬，辞出上轿。众役开道，出了相府，回院而去。

沈老夫人看见林公脸上带了怒色而去，要拜本进京，忙将沈廷芳叫来商议。道："母亲放心，些须小事，料然林璋必不能拜本。孩儿自有个主意。"

不表这边，且说林公回到察院，心中好生着恼，道："本院钦命巡视七省，一个平民百姓拿不来，还做什么经略。"随即修成本章，就将皇上御赐的扇子上裁一页，粘于那本章之上。此本随到随进。住宿一宵，次日，三咚大炮，差官上马，星速飞去。这淮安城哪个不知大人拜本进京。

沈连打听得明白，报与主人知道："林大人有本进京。"沈廷芳听得，唬了一跳，道："不好了，弄假成真，倘若奉旨要人，如何是好？如今若把花有怜送出，他的本章已经进京去了。"左思右想，无有主意。想了一会儿，道："有了，不如将花有怜害死，永除后患。此事要与崔氏商议，看她肯与不肯。"就往花园而来。

崔氏看见，喜笑相迎，叫道："大爷请坐。"连忙倒了一杯茶送来，叫道："大爷请茶。"沈廷芳笑了一笑，叹了一气，道："为了这个冤家白白送了我家兄弟的命。到今日要拿花有怜，是我不肯。那瘟官拜本进京，倘若奉旨要人，将他拿到当堂夹打，他受不住刑，自然招出你我，不是就露出马脚来了，岂不被人谈笑？我同你商议，下个毒手，将花有怜害死，就死无对证，你我就做长久夫妻。不知你心如何？"

崔氏听了此言，也不知崔氏肯与不肯，怎样回答？且听下回分解。

第六十六回　林经略判出奇冤　崔氏妇路遇对头

　　话说沈廷芳说出花有怜的话，崔氏唬了一跳，低头一想："我当初为花文芳害了魏临川，丢下我来，怕落花文芳圈套，跟了花有怜到了淮安。遇了沈大爷，有缘。又不是我的真正丈夫，害了他的性命，与我何干？"即便笑了一笑，叫道："大爷，姜身蒙大爷抬举。在此倒也格手格脚，不大方便。听大爷做主，姜身没有话说。"沈廷芳听了大喜，道："不是我要害他性命，也是出于无奈，怕他日后到官，熬不住刑法，吐出真情，岂不害了我大爷之事？既然你真心跟我，我今晚上行事便了。"崔氏道："只要做得干净为妙。"沈廷芳道："包你干净。"正是：

　　　　善恶到头终有报，只争来早与来迟。

　　再讲林璋此时专等谕旨到来。前日差人去拿牛二、易道清，未曾到限。猛然想起，那夜和尚冤枉告状。本院下车，没有工夫，将此案搁起。今日闲暇，不免去查手一遭。吩咐中军传点开门，众役伺候出门。只听得吹打三咚，众役纷纷不知大人何处去来。中军传出话来：出东门，顺河岸而走。不一时，坐了八轿，到河边去。做什么？一路行来，出了东门，顺着河岸走去。

　　林公在轿内观看。众役到住船所在，大人吩咐住轿。汤彪下马，大人出轿。众役开道，大人行走观看。行了一刻，只见有一灯笼挂在门首，写着"王二房客寓"。大人抬头，见对面有数棵大柳树，正是此处，就往里走。众役先见，齐齐走来，一声吆喝。饭店里面人唬了一跳。大人走到天井，汤彪连忙移个座儿。大人坐下，将饭店主人叫来。店主人摸不着头尾，即慌忙跪下叩头，道："小人不知大老爷驾临，没有远接。"林公道："你叫什么名字？开的何店？"店主人道："小人名叫王奇，开了二十余年的饭店。"林公问道："你今年多大年纪了？"王奇禀道："小人今年四十九岁了。"林公道："开了许多年的饭店，可杀死多少人么？"王奇唬了一跳，禀道："并无此事。"林公道："和尚也没有害了一个么？"王奇大吃一惊，禀道："没有。"林公道："十日前，你家三更天生下一个儿子，可是有的么？"王奇道："是，有的。"林公道："那是你的

儿子么？分明是你的对头来了。你这奴才不知怎么害了一个和尚性命。和尚今来投胎，必定是报仇。"王奇禀道："小人并没有害了这和尚命。"林公道："本院还你个对证。"立起身来，走到卧房门首，林公道："房中小孩听了，你若是冤枉，就将大哭三声。"房中小孩子只哭三声，就不哭了。林公道："你这奴才，还不招来！"王奇唬得魂不附体，禀道："小人愿招。五年前，有个山西和尚在小店投宿，露了财帛是实。"林公道："有多少财帛？今尸首在何处？"五奇禀道："百金财帛，尸首就在天井中。"林公道："百金财帛就害人性命。"吩咐将这天井掘开。

众役动手，将地掘开丈余深，只见露出衣服。掘起一个尸首，却是一个和尚。将尸首抬上来，只见尸下一物，有足有头，还是活的，在坑里乱爬。汤彪在旁说道："好大胆木鱼。"林公道："不是木鱼，是身上流下来的血。一年下去一尺，到了千百年之后，那物就成形，这人才得五年。"叫众役取上打死。众人登时打死，并无肚脏，却是一堆紫血。人人看见暗道林公如神。

林公吩咐将王奇锁了带去，交与山阳县，秋后抵偿和尚之命。林公起身，向着汤彪道："本院代这和尚伸冤，今不免叫和尚早早脱身去罢。"走到卧房门外，叫道："和尚，本院准你状子，已将仇人抵偿你命，快快托生去罢。"只听得房中小孩子连哭三声，气就绝了。王奇的妻子还在那里哭泣。林公呼众役道："将小孩子拖出，与和尚尸首一并同葬。王奇得百两财帛，令山阳县断三十两买口棺材收葬。"

大人上了八轿，众役开道回衙门。百姓无一个不说是活佛下界。到了东门，三声大炮，进了城门。只见有一起送殡人，见了大人进城，连忙将棺材歇下，让大人过去。林公在轿子内看见一口火烧头的棺材，有一顶白布小轿在棺材旁边，轿内有一个妇人暗暗啼哭。大人耳中听得哭声不甚哀切，吩咐住轿，将这轿里妇人叫她出来听审。众役暗暗笑道："这位大老爷好不兜搜，淮安府百姓一日不知抬多少棺材出城，怎么连送殡的人都要审起来了。"既奉钧谕，谁敢不从，只得走至轿边，喝道："轿内是什么堂客，快些出来，大老爷立等听审呢。"轿内妇人唬得战战兢兢，不敢出来。众役等一会儿，又不见出来，伸手将轿帘一掀，说道："早早出来到大老爷面前，免得我们动手动脚。"那妇人没奈何，只得从轿子内走出，来到大人面前。众役一声喝道："跪着。"妇人只得跪下，不敢抬头。林公看妇人生得十分齐整，上穿一件新白绫大褂，下系一条白绫裙。林公摇头，道："必有缘故。"忙问道："死者是你什么人？"妇人道："是小妇人的丈夫。"林公道："是何病症而死？"妇人道："暴病身亡。"林公道："就如此薄情，只与他一口火烧头的棺材，其中必有缘故。"吩咐带回衙门听审。众役开道，回察院衙门。

也不知审出什么冤枉？且听下回分解。

第六十七回　林经略开棺验伤　崔家妇当堂受刑

话说林公带了妇人，进了察院衙门，升了大堂。带过妇人，问道："你丈夫叫什么名字？住何居处？做什么生理？几时得病？先生下的什么药材？案存在何处？取来本院观看。快快实说上来！"

看官，你道这个妇人是谁？原来就是花有怜拐来魏临川的妻子崔氏。花有怜被沈廷芳害了性命，叫崔氏送出城外埋葬，遮人耳目。要早一刻抬出城外就无事了，刚刚抬到城门里，撞见大人进城，只得歇下棺材回避大人。哪知林公听那哭声不甚哀切，带回审问。这也是花有怜一生作恶报应，故有窄路相逢，遇着对头。

来到了堂下，崔氏禀道："小妇人的丈夫叫做崔有怜，杭州人氏，本是个清客出身，住居沈府旁边，今年二十岁。偶得暴病身亡，却没有请医生诊视。"林公听了妇人口气，一派胡言，便道："你若不实说，本院就要动刑了。"崔氏道："大老爷钢刀须快决，不斩无罪之人。"林公听了大怒，道："你这泼妇，好张利口。"吩咐拶起来。众役一声答应，登进拶起。林公问道："招与不招。"崔氏大叫道："冤枉，难招。"林公问道："你道是冤枉，本院开棺一验你丈夫是何病症而亡，照供便罢，若是有伤，你便怎么回我？"崔氏道："情愿认罪无辞。"林公见这妇人顶真一边，即便吩咐松刑。崔氏想道："料想大人不能开棺。"为何？律条上载："开棺者斩，挖掘坟墓，只见棺者绞。"妇人识认此律，是以大胆硬禀。不想林公传了淮安府来，吩咐："带这妇人去收监。着山阳县仵作伺候，本院明日开棺验伤。"崔氏跪在丹墀，禀道："有了伤痕，小妇人认罪。若无伤痕，大老爷怎样？"林公道："你这妇人好张利嘴，无伤痕，本院罢职！"大人退堂，淮安府将妇人带出收监不表。

且言沈廷芳的家人送花有怜棺材出城，不想遇见林公，将崔氏一拶子，明日要开棺验伤，连忙报与大爷知道。沈廷芳听了大惊，跌足道："罢了，罢了，怎么恰恰遇见这个瘟官？"口中骂了家中小使道："你们这些人都是死的？看见这个瘟官，就该把棺材抬回来便了。"家丁道："小的们见大人来了，吩咐抬的人歇在半边，等他过去。不想遇见花大娘在轿中哭泣，彼时经略见她哭得不甚悲切，住下轿子，带过问了几句话，

就是一拶子。"沈廷芳道："我娇娇滴滴的那美人怎受得这般刑法，如今却在哪里？"家人道："收禁在监。"沈廷芳道："你们快快带个信儿与她，叫她死也不要招出来。我大爷自然代她料理。"家人答应去了不表。

再言林公次日传点开门，到尸场验伤。众役开道，三声大炮，出了辕门。来到尸场，只见那公座摆得现成，早有人把棺材抬来伺候。淮安府又把崔氏带来。林公坐下，仵作上来，叩过了头，禀道："大老爷，开棺验伤。"林公道："速上去开来。"仵作一声答应，走来拿木椿打钉，将棺材头抬起，猛然向下一行丢，在椿上"咯喳"一声响，材头离了三寸；又端起来一丢，离了四寸；再四五下一丢，棺材猛然开了。将尸拖出来，林公出位观看。死者青春年少，约有二十向外年纪。身上穿的元色直摆，足下镶鞋绫袜，并无装殓，就是本来之衣。林公坐在尸场，仵作动手剥去衣服，将尸首翻来复去，细细验了一会儿，并无一处伤痕，禀道："大老爷，并无伤痕。"林公站起身来，走至身边，亲自验了一会儿。仵作将尸首又翻来复去，林公看了，并无半点伤痕。崔氏走来，哭泣道："我的丈夫呀，你死得好苦。"抱住尸首，哭得无休无歇，叫道："丈夫，你今日遇见这位老爷翻尸倒骨，要验伤痕，如今伤在哪里？"林公听了"无伤"，传淮安府，吩咐道："将妇人收监，调桃源县、海州、宿迁县、高邮州四处仵作，明日调来重验。如若无伤，本院亲自拜本罢职便了。"淮安府打一躬退下。

林公叫上仵作，问道："你可处处验过？"仵作禀道："小人凡致命之处都已验过，并无伤痕。"林公道："你这奴才莫非受了钱财，蒙混本院？今调四处仵作到此重验，如果无伤便罢，若验出伤来，你这奴才的狗命莫想得活！"仵作叩头禀道："小人怎敢卖大老爷的法，其实无伤。"

大人起身，回转察院。坐在那轿中思想："验他的尸首并无伤痕，又不像有病之人，怎么好好的就死了？将这火烧棺材与他，其中必有缘故。"到了辕门，三咚大炮，进了内堂。与汤彪商议此事，汤彪道："且等调四处仵作来。"不表。

再言仵作回家中，此人姓陈名有，年纪四十岁了，娶了一个后婚，姓武。妇人年纪二十四五岁，夫妻倒也相爱。陈有想道："我在山阳县当了二十多年仵作，没有见过这个尸首，并无伤痕。明日要调四处仵作重验。"正说之间，到了自家门首，用手敲门。武氏走来开门，陈有坐下，闷闷无言。武氏问道："今日回家，为何不乐？"陈有把今日开棺验伤的话说了一遍。武氏道："你验了几处伤？"陈有道："两耳、鼻、口、眼、肚脐、下身、粪门细验过，并没有伤痕。经略对我说了许多狠话，故此不乐。"武氏笑道："你买件东西请请我，我教你去验。"陈有道："俱验过，无伤。伤从何来？"

武氏道："头顶可曾验过？金针伤致命，是看不出来的。"陈有道："好个头顶内金针伤，我却忘了，没有验过。明日当面禀大人，且过一宵。"

次日，林公升堂。陈有禀道："昨日小人回家，想起头顶内没有验过。容小的再验验。"林公听了，即刻传众役再到尸场走一遭。

也不知此去可验得伤来？且听下回分解。

第六十八回　林经略二次开棺
宋朝英辕门听审

话说林公到了尸场，陈有禀道："大老爷，验尸。"大人道："速去验来。"陈有答应道："是。"来到棺材前，将棺材盖揭起，将尸抬出，把他头发打开细细验看，只见头顶内有点亮光。陈有跪下禀道："大老爷，小的才验，尸首头顶有伤，有一物，不知是什么物件。"林公出位，走至尸边一看。陈有取出一把小钳子，拨出一物，不知是什么。只见头顶上冒出一物，随即冒出许多血来。陈有献上。林公一看，见是一根金针，约有二寸。吩咐收尸，林公观看标了封皮，封了棺材。开道回衙，升了大堂，把陈有带上，问道："你昨日为何验不出来？今日为何有了伤了？"陈有道："小的一时想不得到，大老爷又要调四处仵作来验，回家告诉妻子。是小人的妻子教我。"大人问道："你妻子多大年纪？是继娶夫妻还是自幼的夫妻？"陈有禀道："小人的妻子是去年娶的一个寡妇。"又问道："你妻子何氏？"陈有禀道："小人的妻子武氏。"林公道："她是个妇人，如何知道？必有缘故。待本院拘来，一问便知端的。"随即标了两张票子，一张提崔氏到辕门，明日早堂听审；一张票子去拿陈有的妻子武氏。大人方才退堂不表。

再言四个公差领下大人钧票去拿牛二、易道清，限三日到案听审，想道："这一案是无踪无迹事情，只限三日，叫我们到哪里去拿人？今日也是三限，就要逢比，一些形影全无，怎生是好？明日就要上比较。"内中有一个人说道："人人道这位老爷清廉，据我看来有些糊涂。出了这张票子，叫我们去拿牛二、易道清，也不知为的什么事情，连累我们打板子。我们今日且到酒馆内吃酒去，散散闷去。"

彼时四人到得酒馆，坐下吃酒。只见外边一个走来，对店主人道："请了。"店主人叫声："牛二爷，请坐。"把他邀了进来，坐在这四人旁边，店小二取了酒菜，与他对面坐下吃酒。店主人道："连日生意平常，得罪牛二爷驾临。明日一准送到尊府。"牛二道："不然，我不进城有个缘故，明日客人要动身，故尔凑银子与客人。"店主人道："决不误事。"四个差人听得明白，就要动手。四人丢过眼色，一齐站起身来，道："牛二哥，你的事犯了。"牛二与店主人吃了一惊。四个差人拿出票子，又把铁绳拿出，往地下一倒，道："知事的不要我们动手。"牛二与店主人看见票子，道："四位请坐。但不知经略大老爷拿我却为何事？"四人道："且到大爷大堂上去讲话。"说着就动手把牛二锁了。就时把个饭店就挤满了人。内中有个道士多嘴："牛二哥也还有些脸面，有话请坐下来说。"店主人道："易老爷说得有理。"四个差人听了一个"易"字，暗想道："莫不是两案俱破了？道士就要坐下，再问他。"四人都坐下，道："这位老爷是哪座宝刹？尊姓大名？"道士说："小道东门外清虚观住持，贱字易道清。"四个差人道："来得正好。"将票子取出，与他一看，亦用铁绳锁起，连牛二齐带到辕门而来。

　　一宿已过，次日传点开门。不一时大老爷升了大堂。只见淮安府带了妇人辕门伺候，臬司宋朝英俱至辕门伺候。大老爷升了大堂，一一报名已毕。正待要审，只见四个公差跪下禀道："奉大老爷朱票去拿牛二、易道清，现在辕门听审。"大人吩咐带进来。一声报门："犯人进！"二人来至丹墀。点名已毕，林公吩咐把易道清带下去，便问："牛二，你做什么生意？"牛二道："小人是个屠户，今日进城是讨当，遇见大老爷公差，不由分说将小人锁来，也不知为的什么事情，求大老爷开恩释放。小人是个小本生意，一日不做，一日就没食用了。"林公道："你为何把庞起凤丢入深塘？从实招来，省得本院动刑。"牛二道："小人不知什么庞起凤。"林公道："你这奴才，不动刑。料你必不招认。"吩咐将夹棍夹起他来。两边一声吆喝，就将三绳收足，牛二咬定牙关，不肯招认，口中只叫"冤枉"。林公道："他不招，拿鞭杠敲这奴才。"众役一声答应，拿起杠子，照定夹棍打了三、四下。牛二一声大叫，昏死过去。不一时醒来，叫声不绝，叫道："大老爷，小人愿招了。那天小人该死，每朝见两个学生同上学堂，由小人门前经过，生得实在俏雅。那天，只见一个独行，小人陡起不良之心，将他哄到树林，欲行鸡奸。谁知那个小孩子不从。小人唬他道：'你若不从，我便丢你下水。'那学生道：'宁可死于水中，此事断不能做。'小人就将他推入水中，小人就走了。后边不知那个学生不曾扒上来。"林公道："你既招了。"吩咐松刑，骂道："你这千刀剐的奴才，鸡奸陡起毒心，将人谋死，绝人家后代，真乃可恨。"向签筒内抓了一把签子，向下一丢。众役一声吆喝，如狼似虎，将牛二扭下，打了三十大板，把牛二打得死去还魂。吩咐淮安府带去收监，三日后立决此人，以抵庞起凤之命。这些百姓无一个不赞林公断事如神，将这没头没脑之事俱皆审出真情人，实乃天神下降。许成龙与合族人等往辕门焚香，叩拜叩谢林公。

　　淮安府将牛二带下，林公吩咐带易道清听审。众役一声答应，将易道清带至丹墀跪下，禀道："犯人易道清当面。"林公点过名，要审易道清。

　　不知怎么审法，好歹如何？且听下回分解。

第六十九回　易道清立毙杖下
陈武氏得放归家

　　话说林公将易道清带上，问道："你是哪里的道士？住居何处？"易道清禀道："小的是本处人氏，在清虚观修行。"林大人道："你做了几年道士。"易道清禀道："道士修行十余年。"林公道："你做了十多年道士，可害了多少人的性命？"易道清听了，唬了一跳，禀道："道士出家人，怎敢害人的性命。"林公喝道："你将人害死，拖在深塘，还说什么没有害死人命。快快招来，本院开你一线之恩，活你的狗命。若还抵赖，看夹棍伺候。"易道清口中强辩。林公大怒，吩咐夹起来。从役一声答应，拖下丹墀，拉下袜子，套上往下一端。易道清大叫一声，昏死过去。半个时辰方醒来，心中叫道："救苦天尊。"林公道："招与不招？"易道清喊道："大老爷夹死小道，也是枉然。"大人大怒，吩咐一声："收足！"众役答应一声，又是一绳收足。易道清死去，半晌醒来，叫道："大老爷，小道愿招了。五年前，有一孤客借宿，小道化他十斤灯油，就允了。我当时就将灯油银称下。露出财帛，小道起了歹心，将他用酒灌醉，将他绑起，用一块石头绑在背后，掼于深塘。这是实情。"林公道："共有多少财帛？是哪里人氏？"易道清道："只得四十余金。却是山东人氏，到江南做生意的。"林公大怒，骂道："你这个丧良心的贼徒，为四五十两银子就害人的性命。他的父亲、妻子、儿女倚门而望。"吩咐："将银子还了本院，也没有什么法儿抵偿他人之命。"把一筒签子往下一倒，众役吆喝一声，走至堂下，把易道清拖下丹墀。打到三十以外，堪堪气绝。众役禀道："道士打死了。"林公吩咐拖出荒郊，众役答应。个个害怕，人人心惊。正是出生入死，衙门好生利害。

　　大人吩咐带陈有武氏上来。武氏唬得魂不附体，战战兢兢，答应一声，报门来至丹墀跪下。林公点过了名，只一看，这妇人生得十分俊俏。大人问道："陈有可是你原配夫妻么？"武氏道："小妇人是后婚嫁与陈有。"林公道："你先前丈夫得何病症而死？棺材在哪里？"武氏唬了一跳，禀道："前夫是痨病而死的，棺材是火烧了。"林公道："守几年孝后嫁与陈有？"武氏禀道："小妇人守了四年孝，只因家业凋零，又无儿女养活，因此嫁与陈有。"林公问道："头顶金针致命之伤是你教导陈有报出伤来的么？"武氏道："是小妇人说的。"林公把惊堂一拍，两边吆喝一声，骂道："你这泼

妇，还在本院面前支吾。把从前之事，与何人通奸，谋杀亲夫，从实说来，如有半字虚言，本院刑法利害！"武氏禀道："没有此事。"大人大怒，道："上拶子，拶起这个泼妇。"众役一声答应，拶起武氏。武氏大叫一声，昏死过去。半个时辰醒来，叫道："大老爷，小妇人受刑不起，情愿招了。"林公问道："你前夫叫什么名字？"武氏禀道："前夫叫做王齐，是个木匠。是因早出晚归，家中无人。隔壁有个张友，与她往来。只因夜间不能常会，因此张友陡起毒心，将金针害了亲夫性命。"林公道："张友如今在哪里？"武氏道："只因与小妇人来往数年，得了痨病，去年死了。小妇人才嫁陈有。"

林公听了，沉吟半晌，想："张友已死，不必究问。"叫上陈有，道："你这妻子不是良善之人。谋害亲夫，本院不究，宽恕她了。量责几板，与你领回去，小心待她。"陈有叩头谢道："大老爷开恩。"林公吩咐将武氏松刑带上来，道："本院要问你个谋死亲夫之罪才是，本院姑宽免究，饶你的性命。你与陈有做定夫妻，务必须要改过，莫起歹心。倘若再犯在本院手里，难免刀下之苦。"伸手向签筒内抓住六根签子，往下一掼，"责你几板，禁你下次不许如此。"众役一声吆喝，将武氏拖出仪门，打了三十大板，打得皮开肉绽，死去还魂。带至丹墀跪下，林公道："你知自己之过么？从今以后，休起不良之心害你丈夫。去罢。"武氏叩头，谢过大老爷。陈有领了妻子武氏回去不表。

大人正欲再问别事，听得辕门外人语喧哗。大人传出话，问何人喧哗。中军官忙忙走出，只见许多百姓拥挤在外。中军官问道："所为何事，如此喧哗？"百姓禀道："小人们是海州的百姓。因有护国寺内来了一个奸僧，名唤水月和尚，是万岁爷的替身，住持本寺。这个奸僧淫人家的妻子女，内里起造土牢，无所不为，因事没有，四处找寻。百姓受害，因无处伸冤，望大老爷与万民伸冤除害。"众人随将公呈递与中军。

中军拿了公呈呈上，摆在大人面前。观看良久，林大人摇头道："哪有此事？"忽然想起本院下马宿庙，曾梦见一轮明月映在水中，莫非水月就是这个和尚，叫做水月和尚？向中军道："把这些递公呈百姓为首的叫几个上来，待本院问他。"中军走出，叫了几个百姓进来跪下。林大人问道："据你们公呈上说，这和尚如此凶恶，难道地方官不知么？"百姓跪禀道："因他是皇上御替身，故尔地方官不能管他。"林公道："王子犯法，庶民同罪。今待本院细访，如果然是真，待本院替尔等百姓除害。"众百姓叩头而去。

大人吩咐带那出殡的妇人上来听审，也不知审出什么口供？且听下回分解。

第七十回　林公严刑拷淫妇
　　　　　崔氏受刑吐真情

　　话说林公叫带那妇人听审，崔氏战战兢兢进来。外边报门已毕，带至丹墀跪下。大人点过名，问道："你是何氏？丈夫叫什么名字？你与何人通奸，用金针害了丈夫性命？从实招来。"崔氏顺口答道："丈夫叫崔有怜，小妇人叫沈氏。丈夫抱病身亡，并无奸夫，不知金针之事。"林公大怒，骂道："你这泼妇、奴才，本院明明二次开棺，验出金针之伤，还在本院堂一应支吾。"吩咐左右掙起来。众役答应，将崔氏掙起。崔氏大叫一声"疼杀我也！"林公问道："招也不招？"崔氏咬定牙关，只叫冤枉。林公大怒，道："这个熬刑的淫妇。"吩咐左右打掙。又加了几十掙，崔氏依旧不招。这是沈廷芳与她料理，叫她莫招。

　　别的官府犹可谋为人情份上，这个铁面御史哪个敢言一声。林公见打了一百二十掙也不招，吩咐松刑，又吩咐众役把猪鬃取数根来。众役答应下去，不知要了何用。走出辕门，见个皮匠口吃猪鬃，差人道："老爷要几根猪鬃有用。"皮匠笑道："大老爷要猪鬃做什么？"连忙拿了几根。差人拿进辕门，禀道："大老爷，猪鬃有了。"呈上。林公又叫左右把那淫妇衣服剥去，两膀背前绑了。众役一声答应，将崔氏一绑，露出两个白奶子，令人可笑，众役皆笑。林公问道："奸夫是何人？怎么害了亲夫性命？"崔氏回道："冤枉！"林公大怒，道："若再不招，本院就要动非刑了，看你招也不招。"崔氏道："宁可身死，冤枉难招！"林公听了大怒，吩咐差人把猪鬃插入乳孔内。崔氏大叫一声，好似一把绣花针儿栽在心里，即时死去。林公叫取井水喷面，半晌方才哼声不绝。林公问道："招是不招？"崔氏把头摇了两摇。大人大怒，道："泼妇如此可恶，金针现在头顶取出，这般熬刑。"吩咐："将猪鬃与我捻他几捻。"众役答应，走来将猪鬃一捻。崔氏昏死过去。半会儿醒来，裤裆里尿都流出许多，叹了一口气，道："崔氏今日遇了对头了。"林公问道："招是不招？"崔氏不言。林公大怒，道："与我快些捻！"崔氏唬得魂不附体，叫道："求大老爷休捻，待小妇人招了罢。"林公道："速速招来。"崔氏道："求大老爷开恩，拔出猪鬃，待我招来。"林公道："拔出猪鬃，你又反了供。你口先招了，然后放你。"崔氏叹了口气，叫道："欲待不招，又受刑不起，如今也顾不得他。我生生的坑在他手里，只因与他常常聚会，不想今日弄巧成拙。

悔不当初依然送了花有怜性命。”崔氏此时只得招道：“大老爷，小妇人本是杭州人氏，原配却是魏临川之妻，小妇人是崔氏。”林公暗道：“魏临川名字甚熟，一时想不起来。”崔氏道：“只因花文芳要夺冯旭妻子，叫我丈夫计议陷害冯旭。”林公想道：“在五柳园会见此人，乃是花文芳一个帮闲。”问道：“你丈夫可代他计议？”崔氏道：“白杀了春英丫头，硬诬冯旭人命。将冯旭充军之后，花文芳陡起不良之心，造成铅银，

陷害我丈夫之命，要将小妇人带进相府。花文芳有个书童，名叫花有怜，把小妇人拐了，到得此地。遇见沈府大公子，带进府中，将小妇人强奸占住。原来冯旭在此地招了亲事。花有怜认得冯旭，冯旭认不得他。花有怜见他妻子标致，生得美貌。沈府二公子叫花有怜诱进相府指望强奸。谁知姚氏烈性不从，将斧劈死沈义芳。大公子报了山阳县，不论青红皂白，夹打成招，要他夫妻二人抵命。正要典刑，不想遇见大老爷救了，将此案复审。冯旭招出花有怜，如今大老爷要拿花有怜，沈廷芳不肯放出。倘大老爷拷出人命是假，奸情是实，此岂不把相府人命白送了？又闻大老爷拜本进京，倘若奉旨要花有怜到案，那怎么处？沈廷芳当小妇人商议：不如把花有怜害死了，无有对证。因此将酒灌醉，金针刺死，叫小妇人送他出城埋葬。也是天泪燃了，遇见大老爷，开棺连出场来。此是实情，并无虚言。望青天大老爷龙笔开恩。"林公看了一遍，方知外甥果然冤枉。林公问道："你受这般非刑，为何不招？""只因沈廷芳差人面嘱，叫小妇人不要招。他代小妇人谋为料理。小妇人是望跟了沈廷芳过快活的日子。"林公吩咐淮安府："将崔氏交与贵府，此乃要紧人犯，小心看守。休要伤了她性命。本院今拿沈廷芳对词。"淮安府打了恭。

　　林公随即标了票子，即拿沈廷芳，差四个头役。差人惊道："小人怎么就拿？他乃堂堂相府，小人不能进去。"林公道："尔等见有闲人阻拿，一同拿来。"四个差人叩头答应下去。

　　林公遂发出一支令箭，速到山阳县将沈白清拿来，提冯旭、姚氏，将按察司差官拿来，次日早堂听审。吩咐已毕，见天色已晚，明日早堂。听三咚大炮响，大老爷退堂。

　　不知后事如何？且听下回分解。

第七十一回　沈廷芳潜身内院　宋臬司当堂受刑

按下林公退堂不表，且说四个公差奉经略大人之命去拿沈廷芳。四人商议道："沈大爷是当朝宰相的公子，如今大人着我们去拿他，岂不是个难字，叫我们怎好以入？"内中有一人道："大人吩咐过的，如有人拦阻，我们就拿他去见大人。"众人道："我们到相府，见机而作便了。"

四个人来至相府，只见大门已关，此时有初更时分。四人叩门，门公问道："是谁人叫门？"四人应道："是我。"那门公把门开了。四人进来，只见门房里有许多人在那里吃酒。那些人问道："是谁？黑夜到此何干？"四人道："我们是经略大老爷差来，有要紧话说。"那沈奎、沈高立将起身来，高声叫道："俺大爷久已进京，到太师府中去了。有什么话说来，我们禀声夫人。"四人道："我们奉差而来，请大爷的。"二人走至后堂，禀道："林老爷差来人请大爷的。"夫人道："他们四人来，要面见大爷的么？"二人应道："是。"太太吩咐二人道："你们回他们，要见我家大爷也不难，只须到京中就见了。"二人出来，将此话对四人说了。四人道："既然大爷不在府中，请二公同我去，有要紧话说。"那沈奎、沈高不知是计，即便同行。出了府门，四个公差一同走了半里之遥。四人将铁链向沈奎、沈高项下一套，叫道："快走，快走。"二人大怒道："我得何罪，怎敢锁我，这等放肆！"四人道："你们才回说大爷进京，我们这锁你们去回大人便了。"沈奎、沈高道："就去见你本官，看他把我们怎的。"四个差人带了二人回去。住了一宿，次日带到辕门伺候不表。

只听得传令开门，吹打三咚，三声大炮，一声吆喝，大人升堂。众官参见已毕，分列两边。只见山阳县报门进来，跪下道："卑职奉大人钧谕，将令箭提取臬宪差官并提林旭等一案，今已带到辕门伺候。"林公道："你且起来，站过一边。"沈白清叩了一个头起来，站在一边伺候。

大人吩咐带差官听审。外边一声报门，来至丹墀跪下。林公问道："你叫什么名字？"公差回道："小的叫做高升。"林公道："向日前催斩是你来的么？"高升禀道：

"奉本官之命到此催人犯。"

林公吩咐带宋朝英进来。外边报道："犯官进内。"便答应进来，来至丹墀跪下。林公问道："相府人犯是枭司令箭催斩的么？"宋朝英回道："是犯官催斩的。"林公笑道："好个掌生死之权的枭司，只当俟花有怜到案，质对明白，情真罪当，方可拟抵。况自古以来，从未见枭司出令箭催斩人犯之例，且令箭几于王命相衡，是何道理？贵司可速把催斩情由细细禀时，毋得饰词塞责，本院尚可宽恕。如有半点虚言，本院刑法利害。"宋朝英道："大人在上，容犯官细禀：部文已到，不见山阳县回文，犯官恐误朝廷大典。犯官一时失于检点，令箭催斩是实，望大人详察。"林公道："好一个一时失于检点，你做臣岂不知朝廷的律例。快把情由从实说来。"宋朝英道："犯官俱是实情，并无半字虚言。"林公大怒，道："本院念你是朝廷命官，不肯加刑，叫你实上供来。你今一派胡言支吾，本院吩咐取大刑过来，夹起这个狗官！"众役一声答应，即时扯去袜子，禀道："大老爷，犯官动大刑了。"林公道："夹起来！"众役往下一端，宋朝英早已昏死过去。半晌，方才醒来，心中暗恨沈廷芳："何苦害我受刑，你修书来叫我发令箭催斩，一时却想不到，发出令箭，今日反累于我受此非刑。欲待不招，刑法难熬。"只得叫道："大老爷，犯官招了。只因是沈大世兄修书与犯官，要代二世兄报仇。犯官见了世兄之情，一时不是，发出令箭催斩是实。"林公笑道："好一个一时顺了人情，险些误杀两条人命。"吩咐松了大刑。与高升无干，高升叩了头就下去了。林公即传淮安府进来，道："听本院吩咐，宋朝英交与贵府，待拿到沈廷芳对词发落。"淮安府打躬退出，将枭司驮出。

只见四个公差跪下禀道："小的奉大老爷朱票去拿沈廷芳，沈府老太太叫家丁回说大爷进京去了。小的们将他家丁拿来，现在辕门伺候。"大人吩咐带进来。一声报门，来至丹墀，欲待不跪，又见这等事武，只得跪下。大人问道："你们叫什么名字？"沈奎回道："小的叫做沈奎，他叫沈高。"林公道："你二人还是自幼在相府的，还是半路上来的。"二人道："小的是自幼在相府的。"林公道："你二人自幼在相府跟随主人，必知主人来踪去迹。目今沈廷芳现在哪里，快快说来。"二人道："主人前月进京到太师府中去了。"林公道："崔氏现今招出沈廷芳同谋用金针害了花有怜性命，宋枭司又招出写书叫他催斩，怎么前月就去了？你这两个奴才，不打如何肯招出主人情由！"吩咐夹起来。众役答应，即时将沈奎、沈高二人夹得大叫道："疼杀我也。"沈奎叫道："大老爷饶命，主人现在府中。"林公吩咐道："放了大刑。"旋叫山阳县过来。沈白清

慌忙跪倒："小官在此伺候。"林公吩咐："把这两个奴才带去看守，只待沈廷芳到案清结便了。"沈白清答应去了。

林公道："尔等差人共有几个？"众役禀道："通班共有二十四名。"林公道："本院差你通班去捉沈廷芳到案，限三日。如违，定责三十大板。"众役一齐答应，林公退堂。

合班二十四名要到相府捉拿沈廷芳，也不知可捉得到？且听下回分解。

第七十二回 天子见表心不悦
林公失陷护国寺

话说众役出了辕门，商议道："我们如今想个什么法拿沈廷芳，他躲在深宅大院，叫我们怎么入内？又比不得寻常人家，他是堂堂相府，怎生去拿他？如今大老爷限我们三日到案。"众人道："我们四个人前去，你们只在后门等着，前门再着几个。"众人议定，四个公差直奔相府而来不表。

且说沈廷芳听说拿了沈奎、沈高前去，心中大怒，骂道："这个瘟官，如此大胆，我府中家丁如何拿去。"忙差人到辕门打听。次日回报说："大爷，不好了。原来昨日四个公差是来拿大爷的。只因花大娘受不住刑法，招出大爷害了花有怜性命。今日又将宋老爷夹了一夹棍，招出大爷修书叫他催斩。又把沈奎、沈高每人夹了，招出大爷在府。又吩咐全班人役前来捉拿大爷到案才审。"沈廷芳听了这一句话，正是：

> 顶梁门飞去七魄，泥丸宫走了三魂。

半晌方才开口道："罢了，罢了，这个瘟官倒如此放肆，气杀我也。他还是我爹爹的门生，这等可恶，竟差人来拿我。"走入后堂，将此言语告诉太太。太太闻听，也就大怒道："这个畜生如此无礼。"叫道："我儿，休要害怕。你在内院里住着，看什么人进来拿你，自有为娘的做主。"太太与沈廷芳议论定，这且按下不表。

且说四个公差来到相府门在，叫道："有人么？"门官问："是做什么的？"差人道："我等奉经略大老爷差来的，请你家沈大爷说话。"门官道："我家大爷久已进京去了，不在府中。"四人道："我们是奉差来的官人，今日之事，概不由己，如今你家大爷不在家府，我们不好回话，只好得罪你老人家，到大堂上回声大老爷罢。"一头说，一头就动手扯那门公。门公心急，大叫道："你们少要在此放肆。"

正然吵闹，只见里边跑出沈连、沈登二人来。他二人听得门口喊叫，不知什么事情，跑到门前观看。沈连向前一声吆喝，道："你们是什么人，敢在此处放肆？"四个人见沈连出来，也不作声，扯着门公同沈连就走。沈登见事不好，转身就走入里边。

四个差人把二人拉出相府来，旁边闪过同伙。诸人不由分说，将二人锁了，直夺

辕门而来。那林大人方才退堂。众人商议写了手本投递。林公批示："还到相府拿人，且等沈廷芳到案对词发落。"众人看了大人批示，又到相府押守，仍去捉拿沈廷芳不表。

且言沈廷芳见又拿了门公与沈连去了，心中好不焦躁，骂道："这个瘟官，真正该死，怎么乱拿我的家丁。"吩咐将大门关了。家丁只得闭了大门。到第二日，又听得后门有人，吩咐后门锁了。真正堂堂相府，弄得关门闭户，众人哪个还敢出来。

话分两头，再表差官奉了经略大人之命进京拜本。这个差官在上面就知是经略之本，即刻传进，莫敢延迟，忙把本章接到御前与内官。内官接了，摆在龙书案上。皇上见了大悦："朕恩赐林璋出京，许久不见奏章。今见本上有扇子一页，知必是拿到钦犯了，要朕降旨拿他。"于是将本看完，好生不悦，暗道："林璋乃大才之辈，朕向日赐他扇子，原说王子贵戚不能拿他，将扇子贴一页，朕好降旨拿他。这花有怜一个光棍，也将扇子贴本章，朕就赐他一百把扇子，他也不够用。以此看来，真又是无用之才了。悔朕当日误用此人。"将本搁在一边，也不将扇页搁在心上，这且不表。

再说众差人拿了沈家几个家人，见相府前后门关户闭，无处捉拿，只在前后缉捕。不觉三日限到，众役投了一个手本，求大老爷宽限。林公宽限一次，众差人日夜不离相府缉捉沈廷芳不表。

却说林公在私衙与汤彪商议道："本章进京，久不见纶音到来，倘得旨意发下，就到相府拿人，虽花有怜已死，若得了沈廷芳，就可以结清冯旭一案。"汤彪道："再候三日看。"林公道："前日海州百姓有公呈，说护国寺水月和尚奸淫不法。我想哪有此事。趁此闲暇，同你私访一回，如果是真，必须与民除害。"随叫中军进来，吩咐道："本院私访海州一案，不可泄漏。尔等照常办事。速备小舟一只，泊在河下伺候，再备大船一只，唤妓女二名，扮作良家妇人，先往海州，候本官到时，自有布置。"中军答应，即时备办已毕。

林公与汤彪在船上说闲谈话，不觉到了海州，见那只大船早已到了，林公过船，妓者迎接。林公道："你二人只称我员外到此求子，不可泄漏机关。"二妓者答应："晓得。"随叫了三乘小轿子。二妓者与林公坐了，竟奔护国寺而来。

不一时，到了山门。众徒看见有客来，忙报与水月和尚。林公下轿，与二妓者进寺。方丈水月迎接，见礼已毕，入座。水月和尚道："尊姓大名？到此何干？"林公道："在下姓章，表字双木，家住山东。年过半百，尚无子息。闻得宝刹神圣有灵，特带二妾前来，乞求子息。"水月和尚道："若要求子，必须虔诚，住在小寺，早晚叩求，断无有不应验之理。"吩咐备斋款待。

林公无事，自己散步，走至静室。只见四壁诗画贴满，静悄悄不见一人，随身坐

下。见一张香几上摆着一口铜磬，磬锤在旁，林公想道："此处又无佛像，摆这个做什么?"拿起磬锤子，"当啷"打了一下。只听得"咿呀"一声响，就开了两扇门，走了八、九个女子来。林公一见大惊。那些女子一见不是和尚，齐声叫道："你这客人，此处不比别处，有性命相关之患，还不快走!"林公闻听此言，唬得魂不附体，道："你们这些女子为何在此?"众妇女道："我们俱是奸僧淫盗而来的。"说毕，关门进去。林公欲待再问，只见门已关闭，只得出了静室。正是：

> 隔墙须有耳，窗外岂无人。

哪知被水月和尚的徒弟在外听见磬声，连忙报与水月和尚。水月和尚知道，说道："莫要放走了他，今晚结果他的性命。"又来同他用晚饭。林公也不说破了日间之事。水月和尚道："请员外与二位夫人在静室安歇。"又叫汤彪在别处歇宿。

林公与二妓者遂同水月和尚来至静室门首。水月和尚道："就请在此处罢。"林公见有许多客床。水月和尚别过，将门关锁。忙唤徒弟们："快将我戒刀拿来。"便从地窖里上去，来杀林公。

不知后事如何?且听下回分解。

第七十三回　汤彪急调海州兵　林璋初请上方剑

话言水月和尚带领徒弟从地窨子里上来，大喝一声："你这匹夫，不是我来寻你，这是你来寻我的，自取其死，你今识破我的行藏。"赶上就是一刀。林公正在思想，见水月和尚一刀砍来，将身一闪，那时把坐的交椅也砍得粉碎。两个妓女者唬得战战兢兢，上前跪倒，口称："师父饶命。"水月道："我不杀你，你二人也不能出我的寺去。只杀这个匹夫！"林公就跪下哀求师父，说道："是我不知，一时冒犯虎威。恕我不知，饶我的性命。"水月道："若留你的性命，除非西方日出。"林公听了，心中好害怕，早知如此，何不稳坐淮安，不知此时汤彪在于何处？林公又哀告道："师父，若不肯饶我，求留我一个全尸。"众徒弟道："他既然知罪，恕他刀下之鬼，师父又不至破了杀戒，不如把他送到土牢，活活饿死他罢，叫他死而无怨。"水月和尚道："只是便宜了。"吩咐将他捆了。众徒弟将他就从地窨子里抬到土牢旁边，开了土牢，将林公往下一推，反手关下土牢去了。

林公被掼下土牢，恰好遇见钱林先在下。幸喜那腰内带了人参，不然，久已饿死多时了。钱林问道："你是何人，遇见这个贼秃把你送进来。"林公听见他的声音，慌忙问道："我林璋好像在哪里会过尊兄，我听你的声音甚熟。"钱林问道："莫非正国老伯父么？"林公道："正是。你是何人？"钱林道："小侄叫钱林。"林公道："你为什么事也在此处？"钱林道："小侄因花文芳夺亲，将妹丈冯旭害去充军到桃源县。后将翠秀代嫁过去，不知翠秀杀了花文芳。小侄闻了此凶信唬走，来到此地，遇见这个恶秃，将小侄陷于此地。"林公道："我自从在舍甥别过，进京会试，遇见花荣玉点了大主考，不许双木进场，自此一气投水。亏了徐千岁救了性命，做了西宾。今年八月十五日又遇皇爷私行。回宫次日，召我入朝，钦赐进士及第，钦点七省经略。目下正在淮安府。有海州百姓告这水月和尚奸淫，特来此处私访。谁知正遇对头，被他识破机关，要杀我命。再三哀求，方才讨了个全尸。故此将我捆住，掼在这里头。汤彪不知还在哪里。"钱林道："汤兄与老伯一同进来？"林公道："不知何时才来？"钱林道："汤兄既然在外，自然要救老伯父出去。不知我妹夫今充到桃源，目下如何？"林公道："冯旭现在淮安府，做了姚夏封女婿。姚氏用斧劈死沈义芳，山阳县将他二个问成死罪。前

日法场是我救了性命。只有拿到沈廷芳，方可出狱。"钱林哭道："原来妹夫受了这些磨折，好不苦也。"

闲言少叙，言归正传。此时不表林公与钱林在土牢里议话，且言汤彪在外过了一宵，次日早间大便，到了东厕，听见有人说话。汤彪将身蹲下，侧耳细听，只见有个和尚叫道："师兄，昨日来的那个员外怎样得罪了师父，定要杀他性命？"那个道："不怪我家师父，昨日来的员外怪他自己寻死。他原不该走入静室，看出行藏。就要杀他，是他再三哀求，求个全尸，收禁土牢。那两个小老婆如今也曾吩咐不许放她出去，今晚结果他的性命。"汤彪听了，心中大惊，想道："必是大人受了此难。俺还不出去救他，等待何时。"天将初亮时分，随即起身出了寺门，一路问人，直奔海州衙门而来。不一时走到大堂，提起鼓锤，"咚咚咚"打了三下，把那看堂的惊醒起来，骂道："王八羔子，想是妈妈房里孤着了孤老了，大清早起就来击鼓。"汤彪大喝道："休得胡言，俺看你本官长了几个狗头，是俺经略大老爷私访，失陷护国寺中。叫你本官出来救护，若还迟延，我叫你本官项上无头。"那个衙役闻得此言，唬得魂灵儿早从顶梁门中跳出，跪在地下，只是磕头，道："小的该死，不知大老爷驾临。"汤彪喝道："还不起去速报本官知道。"

那个衙役飞跑进去，不一时，知州慌忙出来迎接大厅。汤彪道："大人失陷护国寺，城守营在哪里，还不速速唤来。"知州连忙答应，不敢停留，随即着人飞马报与城守营知道。不一时，合城文武官员都来迎接。汤彪吩咐众官多带兵丁，将寺院前后围住，休叫放走一人。众官答应下去。

只见汤彪上马，手执大刀一把，直奔寺院而来。后边游击、守备、千百、把总率领兵丁，一个个弓上弦、刀出鞘，明盔亮甲，跟到寺门口。汤彪跳下马来，众官随后，见一个捉一个，问道："水月和尚在哪里？"那些和尚喊道："现在静室与昨日两个夫人睡觉哩。"汤彪大怒，走到静室，见门关锁，用刀砍开。水月和尚、两个妓者睡了一夜，正睡熟，听得一声门响惊醒。早见汤彪到了面前，手举钢刀，照定后面打来。水月和尚"嗳呀"一声，从床上滚将下来。汤彪上前，一脚踢倒，吩咐绑了。前后搜捉，众兵一齐动手，前前后后搜了一番，搜出八九个妇女，不见大人之面。

汤彪此刻，心中好不着急，"奈何不见大人在此，难道不曾到此私访？"心中疑虑参半。汤彪仔细一想，计上心来，随即便问道："你这个秃驴，俺且问你，昨日到你寺中那员外却在何处？快快招来，免得俺动怒。"此时，水月和尚心中想道："若说来时，量也不能走脱，若不说时，罪在不赦了，此际有不得不告之势。"水月和尚忙说道："昨日来的那位员外老爷在后园，旁有一土牢，现在土牢里边。"汤彪听了这些言语犹不可，听了"土牢"二字，三尸神暴跳，五陵豪气冲，"嗳呀"一声，道："好大胆的和尚，清平世界，朗朗乾坤，你这一个出家人如此肆行凶恶!"汤彪叫水月和尚引路，来到土牢，打了进去，看见林公捆做一团，慢慢扯救起来，见了钱林，一齐救起。汤彪就把绳索割断。合城官员一齐跪倒，口称："大老爷，小官等该死罪死罪。"

要知林公后事如何？且听下回分解。

第七十四回 林公火焚护国寺
公差受比捉廷芳

话说林公被汤彪救出，各官请罪，登时更换衣冠坐下。众官参谒已毕，林公吩咐带那恶僧上来。众役答应一声，交水月和尚带上。那和尚立而不跪。林公骂道："圣上命你来此做个住持，就该朝暮焚香，拜祝国裕民康。因何在此无法无天，强占人家妇女，私造土牢？杀害良善也不知多少了，你这秃驴造下如此罪孽，今日犯在本院手里，就该屈膝求生，尚敢如此抗拒！"水月和尚哈哈大笑，连称："林璋，林璋，俺是当今御替身，些须过犯，情有可原。俺昨日早知你是林璋，昨晚早将你性命结果作几十块了，怎容今日你作这些威武。"林公听了大怒，吩咐取大板子打这秃厮。众役遵令，拿起板子，认定腿肚子上，一连打了几下。水月和尚站立不住，倒在地下。

林公道："本院没有别的罪问你。"命汤彪取过尚方宝剑斩他的驴头。水月道："你将俺解进京去罢。"林公大怒，吩咐斩讫报来。众役将水月和尚推出庙门。炮响一声，人头落地，可怜当今一个御替身，犯了王法，也不能保全性命。可见为人在世，总要安分守己，不可造孽。正是：

善恶到头终是报，只争来早与来迟。

不一时，刽子手提一颗血淋淋人头献上。林公吩咐用木桶盛贮，挂于百尺楼标杆木上示众。又将水月和尚的众徒弟带上来，每人重责四十大板。也不知打死多少，活的边外充军。又将所掳来妇女等，俱亲人领回。和尚田产入官，衣服等物赏济穷民。将庙宇举火毁烧，霎时变成一块荒地。海州百姓无一个不称赞感激。

及到次日，林公动身，百姓们家家焚香跪送。三声大炮，开了船只，直奔淮安而去。林公在船上细细问钱林别后之事。钱林将前后事情说了一遍，汤彪方知杀死花文芳者乃钱家侍女翠秀也。汤彪就将常万青劫法场，并自己和马云劫杀之事亦细说了一遍。三人方知始末根由，如梦初醒。

讲讲说说，不觉已到淮安。众官迎接，林公上了大轿。三声炮响，众役开道，进

了东门。不一时，到了察院，升了大堂。各官打躬已毕，分立两旁。林公叫上原差，问道："沈廷芳拿到了么？"众役禀道："二次又拿了两个家人。沈府前后门紧闭，小的们不得进去，因此误了大老爷的限期，要大老爷宽限一次。"林公大怒，道："你们这大胆的奴才，本院执法如山，先将你等狗腿打断，才得上紧去拿人。"伸手向签筒内抓出四根签来，向阶上一掼，每人重责四十板。众役吃喝一声，打了个灯名叫做满堂红。林公道："再限你们三日，如再拿不到沈廷芳到案，活活打死你们这奴才。"众役退下。三声大炮，大人退堂不表。

且说众役出了辕门，说道："好没分晓，我们受这无辜比较。又限三日，如再拿不到，又要受刑法。沈廷芳这个狍娘的又不知躲在哪里，叫我等怎么去拿法？不免我们到他前后门乱打乱骂，他听急了，或者出来，也未可定。"众人商议已定，挤到相府，一半在前门，一半在后门，拾了些乱砖乱瓦将门泼打，骂道："沈廷芳狍娘的，你家父亲是个当朝宰相，今日家中关门闭户也不怕人家说。狍娘的，是你自己做的事，凡该自己出来，因何连累我们打板子？狍娘的，你再不出来，我们就拿梯子爬进来了。看你躲在哪里去。"众人在前后门骂了一天。

沈廷芳一句句听得明白，心中好不气闷，欲要出去，心中又怕，欲不出去，又从来没有受过这般屈气，左思右想，没有主意。走到母亲房中，叹口气，不言不语。太太问，道："气杀我也。"就把差人乱打前后门，又出言吐骂，还要拿梯子爬进了来捉拿孩儿说了一遍，"我想爹爹堂堂宰相，家中弄得关门闭户，体面何存？不如孩儿寻个自尽，省得受这个瘟气。"太太闻言，大吃一惊，道："我儿休得如此，为娘的生你兄弟二人，不幸兄弟遭惨死。我夫妻全靠你一人身，什么天大不了的事就要寻死？你只在我房中坐卧，看哪个大胆之人到我房中来搜你。"沈廷芳道："母亲言之有理，只是孩儿如何出气？"夫人道："如此说，我着个得当之人送你到爹爹府中去罢，将林璋这番言语告诉你爹爹，好代你出这口气。"沈廷芳道："此语甚好，但是前后门俱有瘟官那原差把住，怎得出去？"夫人道："后园门从来未开，自然无人防守，哪个知道？快快收拾行李，夜静更深行走。"沈廷芳闻得此言，心中欢喜，准备今日溜走。

且说众役见门闭了一天，心里暗道："今日要等到三更，明日又到限期。这个狍娘的躲在哪里，他死也不出来。再拿不住又要受比。这个狍娘的被我们闹急了，防他夜间逃之夭夭，赶到京中太师爷府中，再不回来了，我们活活就要被他比较死了。我们夜间要在此防备。"

却说沈廷芳将行李收拾完备，同家人沈登至半夜时候拜辞母亲。太太道："我儿，你去一路务要小心，到京中速寄家信，让我老身放心。"沈廷芳道："孩儿知道。母亲在家保重要紧。"母子洒泪而别。同家人开了花园门，如飞而去。

公差道："花园门从来不开，今日夜静更深，开了此门，其中必有缘故。"连忙约齐伙伴，一齐喊道："沈廷芳，你想往哪里去?"沈廷芳闻听此言，只唬得魂不附体。众差人随即赶到面前，想拿住了他，好免明日顶限比较。

也不知后事如何? 且听下回分解。

第七十五回 沈廷芳逃走被获 林经略勘问真情

话说众役齐喊道："沈廷芳，你往哪里走？"众人这一声喊，把一个沈廷芳唬得目瞪口呆。沈登道："休得胡说，沈廷芳是我家大爷，现在京中太师府中。"差人取灯火一照，道："你们半夜三更出来做什么？你家这花园门从来不开的，你二人到哪里去？"沈登道："你家老爷要拿我家大爷，大爷却在京中。我家太夫人差我二人到京，把大爷请来。因你在此缉拿吵闹，不敢行走，故此晚间开了花园门好走。"众人道："为你家公子打紧，带累我们比过几次。堪堪明日又逢比期，我们先把你二人拿去，暂宽一限再讲。"说毕，一齐动手，取了两条铁索，将二人锁了。正是：

狱囚遇见重回禁，病客逢医又上来。

众人将他二人锁了，堪堪天明，俱带至辕门伺候。内中有个衙役叫道："伙计，此人就是沈廷芳，原来扮作书童打扮，指望逃去，快把禀明写上。"

且表街坊那些百姓道："包管无事，我等听说，这位大老爷是他老子的门生，料然无事。"一个传十，十个传百，百个传千，那些百姓纷纷向辕门而来。哪知相府有个家丁在外边要进府，门又闭着，不得进府。今日听见这个信儿，飞跑来到相府，打门里听见是熟人声音，走到门边。门里边道："你做什么事的？"那个家丁道："快去报与老夫人知道，大老爷被经略差人拿辕门去了。"里边人听见，飞跑报与老太夫人知道。

老夫人闻信，大惊失色，道："如今怎的好？"慌忙吩咐家丁打轿，老夫人央人去说情。即时上轿，来到刘尚书府中。这老爷就是老太太的妹丈。禀过刘公与夫人，刘公听见说沈太太到了，心中暗想："早上来此，必有缘故。"慌忙同夫人出来迎接，口称："姐姐，这早至舍，有何要事？"沈老太太听了，流下泪来，道："妹妹有所不知，因你姨侄沈廷芳被经略差人拿去，今特来央妹丈前去说个人情。"说毕，放声大哭。刘公道："若说讨这个人情，却也甚难。道是个封宪衙门，又不容情况，且尚方宝剑利害，怎生进去会他？我闻宋朝英被他拿来，当堂就是一夹棍。这个人情只好另寻别人去说。"沈老太太听了，哭道："妹丈不去救你姨侄，还有何人？"刘夫人道："你不肯

中国禁书文库

绣像大明传

去，谁肯前去？"说得刘琰只得依允，说道："快请几位大乡绅前去。"刘公道："留沈夫人在府。"即刻写下名帖，上轿去邀太仆寺察瑶，又去邀翰林院朱义、两署总督张成。他三人却不过情，且去走走。又约了几个小乡绅，都到辕门不表。

且说林公正在内堂与钱林讲说，只见中军官禀道："差人拿着沈廷芳，现在辕门伺候。"林公听禀，叫吩咐传点开门。

不一时，大人升了大堂。众官参谒已毕，公立两边。林公正要审理公事，忽见中军官禀道："今有合城文武大小官员、众乡绅求见大老爷，现在辕门。"呈上帖子。林公看罢良久，心中明白：这些众乡绅俱是为沈廷芳而来。向禀事官道："本院多多拜上各位老爷，现当面会，奈有公事在身，容日相见便了。"禀事官答应道："是。"遂出了辕门，将大老爷言语对众绅说了。刘琰道："相烦再禀一声，我等有公事要见。"禀事官道："大人回过，谁敢再禀？"众乡绅见不肯再禀，一时鼓噪起来。

林公坐在堂上，听辕门外喧哗，忙叫中军官问道："是何人在此喧哗？"中军官道："众乡绅求见大人。"林公吩咐："请各位老爷进公馆等候一时，本院审过公事再来相会。"中军官即将此言回复众人。刘琰听了此言，道："诸位年兄，我们一同进去看审公事，审到沈大公子这案，我们大家一齐挤上堂去，也不怕他不依这一分上。"众人道："说得有理。"大家一同进去，坐在官厅之上。

只见林公发出票来，传山阳县将林旭、姚氏、沈奎并沈高，淮安府带崔氏对词，并提臬司宋朝英到案对词。吩咐已毕，即叫汤彪取了上方剑过来。汤彪答应，即时取过。又吩咐中军过来，道："本院今在法堂剖断曲直，如有闲杂人等立堂上乱我堂规者，用尚方宝剑先斩后奏。"中军答应，手执尚方宝剑走到堂下，高声叫道："大老爷有令，今日法堂审理公事，如有一人上堂，紊乱堂规者，取尚方宝剑先斩后奏，不要自误性命。"众乡绅听说，唬了一跳。大家无言，面面相觑。

只听得一声报名："山阳县进。"又报道："淮安府进。"山阳县来至丹墀跪下，禀道："奉大老爷钧旨，提到林旭、姚氏、沈奎、沈高一案人犯，俱已带门听审。"林公道："起来。"知县站一边。淮安府一到丹墀，行了礼，禀称："臬司并崔氏俱已带到，在辕门伺候。"林公道："贵府站在一旁。"知府打一躬，站在一边。提起朱笔，点了名字。中军叫道："带各犯进来。"外边一声报道："带各犯人进。"林旭、姚氏、沈奎、沈高、崔氏、宋朝英俱到堂下，跪满丹墀。林公吩咐将各犯打开刑具，带在一旁。

林公叫道："差人上来。"众公差上堂跪下。林公问道："尔等共拿沈府家丁几个？"公差禀道："前项拿一个门公、一个沈连，再后有人又拿了两个家丁，昨晚三更时分拿了沈廷芳同一个家丁，现在辕门外，听大人发落。"林公吩咐带进来。众差人答应，飞出辕门外，将沈廷芳并沈府家人带进。只听里边报门："犯人进。"众役吆喝一声：“进来。”众差人将沈廷芳并家丁带至丹墀跪下。正是：

　　青龙与白虎同行，吉凶事全然未晓。

　　毕竟不知沈廷芳到堂，可能说出真情话来，不知何如？且听下回分解。

却说沈廷芳同众家丁一齐来至丹墀，众人都跪下，惟有沈廷芳立而不跪，口里叫道："世兄请了。"林公道："你就是沈太师的公子么？"沈廷芳答道："正是。"林公问道："你是个什么前程？"沈廷芳答道："读书未成的公子。"林公大怒，道："今在本院堂上立而不跪！"吩咐左右取大棍子打他的狗腿。众役一声答应，正欲要打。沈廷芳道："莫打，莫打，就跪。""咕咚"一声响跪下去。林公问道："当日沈义芳被姚氏砍死，是你面嘱山阳县，教他审作同谋家产的重罪，可是有的么？"沈廷芳道："世兄，并无此事。"林公吩咐掌嘴。下边答应一声，打了五个嘴巴，打得沈廷芳口吐鲜血，只得改口，口称："大老爷，没有此事。"林公问道："林旭可是你兄弟两个慕他妻子颜色，着花有怜诱进相府，可是么？"这沈廷芳口中才吐出一个"世"字，"兄"字还未吐出，林公吩咐掌嘴。廷芳连忙叫道："大老爷，没有。"林公问道："本院差人拿花有怜，你与崔氏通奸，用金针将花有怜刺死，可是有的么？"沈廷芳道："花有怜是得病自死的。"林公问道："你修书叫臬司行下令箭催斩，可是有的么？"沈廷芳回道："俱没有。"林公大怒，道："你这奴才，还要口辩么？本院还你一个对证。"吩咐把崔氏带上来。崔氏来至丹墀跪下。林公道："本院前审，你招出沈廷芳与你通奸，用金针害了花有怜的性命。今日沈廷芳现在堂上，速速供来。"崔氏叫道："沈大爷，你害得我好苦。你自己怕大老爷拿到花有怜，审出真情，事体败露，人命是假，奸情是真，同我商议把花有怜害死，无有对证。是妾身一时错了主意，依从了你，将我今日弄得出乖露丑，受了多少非刑。今日在大老爷法堂之上抵赖到哪里去。"说毕，台下放声大哭。沈廷芳假意大喝道："我认得你是何人，这般乱说。"林公在上面看见沈廷芳不肯招认，吩咐把宋朝英带上来。臬司来至堂上跪下，口称："大老爷，犯官叩头。"林公道："你招了沈廷芳修书叫你用令箭催斩是实，今有沈廷芳在此，可去对证明白。"臬司道："沈世兄，何苦害我，叫我发下令箭催斩。"沈廷芳道："世兄，今此话从何而来？"臬司道："你差人下书与我，是我一时却不过老师分上，发下令箭，怎说没有？现是你的亲笔迹写的书字在此。"沈廷芳也不开看，扯得粉碎，说道："你这都是假的。"林公道："看他如此大胆，在本部院堂上将书子撕得粉碎。"吩咐取大刑过来。众役答应一声。那官厅上众乡绅听见要夹沈廷芳，众人着急。刘琰道："列位年兄，速速上去说个人情。"众官回道："我们正该上去，奈大人先有钧令，带出尚方宝剑，十分利害。性命要紧，且看审下来再作道理。"刘琰要想自己强行上去，怎奈先有钧谕，又恐经略大人变过脸来，那时要取上方宝剑斩起来，怎生是好，只得答应："诸位年兄言之有理。"惟有缩头而望不表。

却说林公吩咐取大刑，叫道："沈廷芳，招是不招？若再不招，本院就要动刑了。"沈廷芳听了，唬得魂不附体，口称："老爷，还看我爹爹分上。"林公听见，把惊堂一拍，骂道："该死的奴才，本院奉旨巡狩七省经略，先斩后奏。王子犯法，与庶民同罪。本院准了人情，也不会三番五次来拿你了！"吩咐夹起来。两边公人如狼似虎，走过十数人，不分青红皂白，就将他靴子扯掉，端下去，夹起来。沈廷芳大喊一声："我的娘呀，疼杀我也。"沈廷芳是生长宦门，怎受得这般大刑，即时死去。半晌醒来，叫道："快快松了刑具，我愿招了。"林公道："速速招来。"沈廷芳招道："我们兄弟二人见崔氏齐整，着四个家丁哄进府中奸淫，奈兄弟义芳与我争论，只得又叫花有怜在外寻个绝色美女与我兄弟玩耍。后来花有怜在外瞥见林旭妻子姚蕙兰的容貌俏俊，生得美好。便与花有怜设计，哄进府中，实为奸淫。谁知姚氏烈性不从，将斧劈死兄弟。是我面嘱山阳县，叫他审成谋占家产之罪，屈打成招是实。又写书叫宋朝英世兄发下令箭催斩，并同崔氏设计谋害花有怜性命。俱是实情，毫无假托。"

林公道："叫山阳县过来。"沈白清答道："小官在此。"林公大怒道："食君之禄，理当公平处断，不得曲意徇私。你为何听一面之词，非刑枉断，定成二人死罪？你这狗官，不论民情虚实，一味逢迎，还做什么地主父母官！不与皇家出力，只晓阿谀奉承，成何体制！"吩咐左右将他冠带摘去。众役一齐动手，将沈白清冠带摘下。沈白清双膝跪下，只管朝上叩头，求大人开恩。林公骂道："本院请上方剑斩你的驴头才是。"忙叫淮安府。知府上前，打一躬。林公道："贵府，你将沈白清发配充军。"知府答应，将沈白清领下去。

林公叫宋朝英上来，道："沈廷芳招出有书子叫你发令箭催斩，你为朝廷显职，出生入死之门，自己轻易发下令箭，汝该得何罪？"宋朝英道："犯官知罪，惟求大人开恩。"林公道："今日本该取你首级，念汝十载寒窗之苦，速速将印献上来。"宋朝英叩谢大人开恩，遂将印捧上来。林公看过，吩咐赶出辕门。正是：

任君洗尽三江水，难免今朝满面羞。

不言宋朝英赶出辕门，林公吩咐带姚氏、林旭上来，吩咐道："本院亲结尔等这

案，知县已经发配充军，你二人便得生路去罢。"林旭、姚氏二人齐声谢道："蒙大老爷天恩，我二人冤已得伸矣。"叩头而去。

林公又吩咐将沈廷芳家丁沈奎、沈高、沈登、沈连四人俱带了上来。众役禀道："犯人家丁当面。"林公骂道："你们这些奴才，终日在外闲游，看见良家妇女生得齐整，面见姿色，就在主人面前说长道短，引动主人做些无耻之事。本院也没有什么口供问你。"将签向下一倒，"每人重责四十大板。"众役一声答应，每人打了四十大板，报道："已打死了。"林公吩咐拖出去掩埋，余下家人一齐释放回家。又叫把崔氏带上来，旋把淮安府叫进，道："将崔氏交与贵府，带去收监，以俟秋后处决便了。"淮安府答应带下。崔氏哭哭啼啼，进了府监。后来不上半年，得了牢里病症而死。

林公发落各案已毕，吩咐松了沈廷芳的大刑，问道："沈廷芳，你可知罪么？"沈廷芳道："小人知罪了，求大人开恩。"

也不知林公怎生发落沈廷芳？且听下回分解。

第七十七回 沈廷芳杖下立毙
刘尚书痛哭姨侄

话说林公见沈廷芳知罪，笑道："汝父既为当朝元宰，就该闭户读书，思想功名，以图上进，替皇家出力，报效朝廷，以继父业。为何纵放豪奴，终日倚势强占人家妻女，硬夺人家田地，滚放利债，盘剥小民，害人性命，无所不为，如同儿戏？本院要问你个罪，看你父亲分上，只此一子，本院今日谅责你几板，警戒下次。"林公抓了八根签子，往下一洒。众役一声吆喝，将沈廷芳拉下堂来。

官厅上刘尚书看见，好生着急，口称："诸位年兄，快快上去说个情儿。"众人欲待上去，又怕尚方宝剑利害。众人叫道："刘兄且慢，自古道'板子一敲，官事就了。'让他量责几下，我们再去说情。"刘尚书答道："说得有理。"

且说众役走上前来禀道："请大老爷发刑。"林公道："用头号板子打这个奴才。"众役一声答应，提起头号板子，好不利害，认定沈廷芳腿上打下。沈廷芳大叫一声："疼杀我也。"口中叫道："大老爷饶命。"不觉打到十板以上，口中只有些微气。可怜那娇皮嫩肉，何曾受过毛竹根子。又打五七板，早已呜呼哀哉。众役禀道："沈廷芳已死于杖下。"林公道："给我拉去。"这是沈廷芳一生作恶的一段公案。正是：

> 人犯王法身无主，祸到临头悔已迟。

众乡绅看见沈廷芳打死，人人大惊，一齐下了官厅，出了辕门而散。惟有刘尚书抱住尸首大哭，哭了一会儿，吩咐家人看好了尸首，连忙报与沈老太太知道不表。

且说林公将案结清，即传淮安府道："贵府可速往金陵护理臬司印务，山阳县着官署印。本院请旨定夺。"淮安府打一躬，道："蒙大老爷天恩。"接了臬司印信，出了辕门而去。林公方才退堂。按下不表。

且言刘尚书来到沈府下轿，走至内堂。沈夫人正在吃午饭。沈老太太见刘尚书回来，立起身来，道："难为妹丈，不知孩儿可曾回来否？"刘尚书道："不好了，可恨林璋竟把侄儿打死了。"太太一唬，即时昏死过去。唬得刘尚书与丫环、仆妇人等忙取姜汤同来灌下。半晌方醒，放声大哭。哭了一会儿，收泪道："孩儿先前怎样说法？"刘

尚书道："我邀了合城文武乡绅前去问他，他道有公事在身，不便相会。是我们在辕门外鼓噪起来，才将我等请进去，内厅坐下。谁知这个瘟官捧出上方剑来，说道："今日法堂审理公事，如有闲杂人等搅乱堂规，先斩后奏！将吾辈禁住。姨侄上堂，立而不跪，他就叫取夹棍过来，又叫了他一声'世兄'，又被他打了五个嘴巴。后来又将姨侄一夹棍，招出许多情由。又将臬司坏了，又把山阳县发去充军。后来又叫四个家丁上堂，每人责了四十大板，一个个都被打死。次后叫上姨侄，重责四十，可怜打到十板，一命呜呼哀哉。"太太又哭了一场。刘尚书叫道："姨太太不必哭，一则叫人买棺木收公子尸首，二来公同写一字，差人进京报与太师爷知道。"

不讲相府之事，拨转书词，且言冯旭同了姚氏出了辕门，来至西湖嘴，到得家中，拜谢岳父活命之恩。见钱林走来，即时相逢，抱头大哭一声，各诉苦情。冯旭又问道："不知老岳母在于何处？令妹嫁于花家，将花贼杀死，后来怎样？"钱林道："那却不是舍妹嫁于花家。"冯旭大喜，问道："却是何人？"钱林道："是我妹子的丫环，名叫翠秀。"冯旭大喜，连声称赞道："我那翠秀姐姐有此丈夫之志，代我杀了仇人，这也可喜。但不知后来如何？"钱林道："我哪里知后事，小弟在海州被陷，幸遇林老伯救了。会见汤彪，方知翠秀市曹行刑，亏了常万青劫法场，救了翠秀，如今现在汤府，夫人收为义女。"冯旭听了，道："令妹却在何处？"钱林答道："舍妹同落霞两个女扮男妆，逃到山东家母舅家去了，至今音信不通，不知二人如何。"钱林又道："林老伯方才对小弟说来，本该请你一会，怎奈耳目要紧。曾吩咐，叫弟同兄进京，求取功名，不可久停在此。"冯旭听了，次日急忙收拾行李，辞别岳丈，进京会试。下回自有交代。

且说林公次日，淮安城文武大小官员、军民人等叩头相送，三咚大炮，吹打三起，开船竟奔广陵而去不表。

且说沈府老家人奉了夫人之命前往京都，去报信与太师知道。这家人不敢怠慢，星速赶到太师府中。进了府门，叩见太师爷，呈上家报。沈谦打开家报一看，放声大哭，昏死过去。唬得这些家丁目瞪口呆，不知书中有什么事情，连忙上去救醒。哭着叫道："我儿死得好苦。可恨林璋这畜生这般无礼。正是'画虎画皮难画骨，知人知面不知心'，记得那日这个畜生出京，老夫吩咐过他，若至淮安府，把我府中之事包涵要紧，怎么到淮安就与老夫做对，先次停斩我府中犯人？你又晓得老夫只有二子，次子先已惨死，只存一子，应传后接嗣，怎么下这般毒手，将我儿子打死了，绝我后代？此仇不报，枉在朝中执掌阴阳。不若灯下修成本章，明日五鼓起奏，让天子拿下这个畜生，与我儿报仇。"回心一想："倘天子问起我那儿子，问儿犯了何罪，被林璋打死了，那时我如何回奏？岂不有欺君之罪？想来并无主意，不免与花太师商议。又听见他每每常要害林璋，见我解劝，看我分上，是我救了这个畜生，哪里知道好歹。"
正是：

堪堪人无害虎之心，虎有伤人之意。

也不知沈太师来会花太师，如何商议要害林璋性命？林璋性命不知能否保全？且听下回分解。

第七十八回　林正国挂印征西　冯子清独占鳌头

　　且说沈谦到了花荣玉的府中，花太师见报，连忙出来迎接见礼，请至书房内。献茶已毕，花荣玉见沈谦面上带泪，二目通红，花太师问道："年兄眼中带泪，是何缘故？"沈谦见问，不觉双泪交流，才欲开言，又忽打住。花太师只得喝退左右，附耳问道："所为何事？请教年兄，直言无隐。"沈谦四顾无人，方把林璋打死儿子这事说了一遍。花荣玉听了大惊，道："这个畜生好大胆子，把老师都不放在眼里，老夫向日原要害他性命，看年兄分上。今日反害年兄后嗣，可恨可恨。"

　　正在书房思想计策，要害林璋，只见门官呈上西凉边报。二人看了大惊。原来定国公奉旨征西凉国王，谁知中了空城计，困在锁阳城里，内无粮草，外无救兵，堪堪被擒。定国公无奈，上本求救。花荣玉叫道："年兄，林璋必死也。"沈谦问道："用何计策能害这个畜生？"花荣玉道："明日上朝，将徐弘基的本章启奏天子，必要出人征西。待老夫启奏林璋征西，必死于西域。"沈谦问道："如何保奏林璋征西？是何道理？"花荣玉道："老年兄不知其故，那林璋乃是白面书生，哪晓得领兵出师、出入进退之事。胡人好不利害，叫他上去送命，代老年兄报令嗣之仇，有何不可？"沈谦大喜，道："多谢年兄费心。"当日别过，一宿无话。

　　次日早朝，天子登殿。众官朝贺已毕，只见文华殿大学士沈谦、武英殿大学士花荣玉二人跪倒金阶，奏道："二臣昨接一报，定国公徐弘基征西，被胡人一空城计困在锁阳城里，内无粮草，外无救兵，指望我主速发强兵将士前去救护。"天子闻言，大惊道："徐皇兄乃久战之士，怎么失机与胡人？二卿速报能员，前去救皇兄还朝。"花荣玉道："臣报一人，可以扫荡西戎。御赐七省经略林璋可能领兵前去，以平胡人，救得定国公徐弘基还朝。"天子道："他乃文员，怎晓武事？"沈谦奏道："林璋乃是文武全才，领兵前去，管保奏凯回朝矣。"天子道："既二卿果真知他文武全才，即传旨调回。"沈谦又道："救兵如救火，定国公久困城中，若得传旨召回，往返又多时日。乞即遣钦差赶寻林璋住扎之地，追回尚方宝剑，叫他该处速去征西，方能有济。"天子准奏，遂传旨点钦差前去，加林璋两路征西大元帅，逢州过县，拣选兵将粮草，俟凯旋回朝，另行加封显职。尚方宝剑缴回。天子传旨已毕，回宫。群臣皆散不提。

且言天使奏旨追赶林璋，非止一日，走到南京。林公在大堂审事，忽见上元县报道："圣旨到来。"林公吩咐速摆香案接旨。圣旨已下，跪听宣读。

奉天承运皇帝诏曰：哈咧西凉不守本分，大肆猖獗。朕前敕定国公前去讨罪，反被该正设计，致陷城中困缚，束手无策，几乎被擒。在京朝臣，俱乏全才，难胜此任。朕素知尔林璋文武兼全，将才凤包，今特授尔为两路扫西大元帅，领兵前往。务须实心实力，相度机宜，奋勇击攻，速行剿灭，生擒逆匪，早靖边疆。尔须保护定国公回朝，协同襄赞。朕当格外加封尔爵，所有经过州县地方，任尔裁派粮草，解往西凉，拣选精兵，随身带往，毋得延挨迟滞。钦哉谢恩。

林璋领旨。天使见礼，请出大印。尚方宝剑交与天使，回朝去了。

汤彪前来恭贺林公。林公心内暗想道："此本前来，必是沈、花二贼在天子前保奏，要害我性命。"汤彪道："君命臣怎敢违拗？还是尽忠报国为念。吉人自有天相，且是天子洪福，马到成功。"林公道："我岂不知为国君臣烈士之为，但我手下并无心腹大将，如之奈何？"汤彪道："老伯放心，马云现在东华山，手下有强将八员，待至彼处地方，侄去招来辅助老伯，有何不可？"林公听了大喜，遂传下令，择吉起程，往东华山而来不言。

且说冯旭同钱林二人赶到京中，寻下寓所，只等试期。二人闭户读书，临场双双入内。三场已毕出来，各各得意。二人这回来应会试，正是：

窗外日光容易过，席前花影坐间移。

不觉腊尽春回，早到新年，又见春为岁首。到二月初八日，冯、钱二人进场。三场已毕，主考慎选奇才献于天子，点了状元，分定天、地、人三号。当驾接得，将天字号开了，新科状元冯旭乃是浙江省钱塘县人氏。又看地字号，榜眼钱林也是浙江钱塘县人氏。天子心喜，状元、榜眼俱出在此地，这也难得。再拆人字号，探花朱珏也是浙江钱塘县人氏。天子龙颜大悦，道："越发奇了，一县出了三个鼎甲。"向着花荣玉道："卿处真好文风，入科而夺鼎甲。"花荣玉尚不知取名何人，闻得本处一科而中三甲，也觉光辉，乃奏道："真乃此陛下洪福齐天，可得栋梁辅助。"传旨宣三鼎甲朝见。冯旭、钱林、朱珏三人入班朝见，俯伏金阶候选。天子传旨："抬起头来"，天子一见三个少年书生，大喜："寡人有福，出此年少英才。"向三人道："可各将祖父、籍贯奏来。"冯旭奏道："小臣父名冯高，原任礼部尚书。"钱林道："小臣父名钱铣，原任两广都堂。"朱珏道："小臣父名朱辉，曾受翰林院大学士。"天子大喜："原来都是功臣之后，可喜，可喜。"传旨："即赴琼林宴，游街三日，听朕加封官职。"三人谢恩，赴宴去了。天子袍袖一展，群臣各散。

且说花荣玉听见三人奏出籍贯，大惊道："原来三子俱是老夫杀子之仇人。向日家报上朱辉代冯旭作媒，定了钱氏，我那不肖之子定要这头亲事。至今，钱林妹杀死吾子。今日仇人相见，叫人可恼。若不报复冤仇，腼为当朝元宰。"吩咐打轿，往沈府而来。门官报与主人知道。沈谦出来迎接，请入内书房，见礼入坐。献茶已毕，花荣玉道："皇上今日见了三个鼎甲少年，龙心大悦，好不欢喜。"沈谦道："都是年兄同乡，难得难得。"花荣玉道："这三个畜生俱是小弟杀子仇人。"沈谦问起缘由，花荣玉说了一遍。沈谦道："将如何去除此患，代年兄报仇？"花荣玉道："怎奈此三人新科鼎甲，乃天子得意门生，此时恐无除他之法。"沈谦道："前日多蒙年兄代弟谋报小儿之仇，那林璋已经奉旨征西去了。如今弟有一法害这三个畜生性命。"花荣玉听了，问道："年兄有何妙计？请道其详。"

也不知沈谦说出什么妙计来，可能害得冯旭、钱林、朱珏三人性命，不知如何？且听下回分解。

第七十九回 结丝萝两国相好 献降书元帅班师

话说沈太师道："别的计策害不死这个畜生，惟有保他一本，言前日林璋挂元帅印，实无先锋。今有新科状元冯旭，文武全才，可挂先锋之印，与林璋一同征西，奏凯还朝，论功封赏。钱林、朱珏可一同前去。弟想徐弘基乃南北大战、久练兵家，今尚失于胡人被困，何况这几个书生，晓得什么兵法，一定死于胡人之手。岂不快哉！"花太师喜道："难得年兄高才，正是如此如此，天理不然不然。"当日花太师别去，沈谦就在灯下写本。

次日五鼓，天子登殿。百官朝贺已毕，左班中走出文华殿大学士沈谦，跪奏道："臣有保本，助徐弘基扫清贼寇，即日回朝。"天子问道："卿举何人？"沈谦说道："新科状元冯旭文武奇才，可挂先锋之印。"天子大喜，准奏，即降旨："封冯旭前部先锋，钱林、朱珏为左右参谋之职，速向西凉进发。"

冯旭在寓所正与钱、朱二人商议，上表谢恩。忽闻圣旨到来，三鼎甲连忙接旨。宣读已毕，三人谢恩。冯旭与钱、朱相言道："我等文臣，怎挂先锋之印？"钱、朱二人齐道："君命怎敢违拗。闻得常国公住居山东登州府，兄长领兵，前去请他前去，好夺头功。"冯旭大喜，即日收拾启行。正是：

> 一朝权在手，言出鬼神惊。

冯先锋带领兵丁人马竟奔登州而去。非止一日，早有探子报道："前途登州请令定夺。"冯旭传令安营。三军遵令，安下营寨。

冯旭、钱林带了从人来拜常国公，到了府门，递进名帖。常万青看见冯旭、钱林名字，心大喜，连忙出来迎接。三人相见，喜出望外。邀至内书房坐下，冯旭、钱林遂将前前后后之事，并遇见汤彪，方知此事的话细细说了一遍。常万青大笑道："不惟相救弟妇，连弟妇都在舍下。"冯旭、钱林二人惊喜道："如何却在此处？"常万青道："自从劫法场之后，到了扬子江心，被马杰擒住。多亏汤彪弟与马云兄救俺。到龙潭分别，同姚先生的船只直往淮安，方才回家。及至高唐州，管下有座迎风山，山上出一个草寇，名唤董天雄。俺就上山烧他的山寨，见有许多妇女，内有两个女子，哭得甚凄惨。问她的根由，她说是杭州钱月英同使妾落霞，女扮男妆，今日从山前经过，被山贼掳上高山，识破行藏，今晚要强逼成亲。见俺是与贤弟八拜之交，她二人托俺带至家中。家母认为义女。俺一时要赴桃源，访问贤弟下落。不想贤弟已取魁元，奉旨征西至此。"

冯旭、钱林二人又起身拜谢，至后堂叩谢老伯母。拜毕之后，钱月英同落霞出来，夫妻、兄妹相逢，各诉别后之苦，两行珠泪乱滚。大哭已毕，月英道："哥哥，母亲现在何处？"钱林道："愚兄自翠秀杀死花文芳，连夜逃走，也不知母亲下落。"说罢，兄妹抱头又大哭。常万青劝道："今日相逢，尚冀团圆，少要悲伤。"吩咐速摆酒席，庆贺小团圆。内席是坐钱月英、落霞、老夫人三人，外席是冯、钱、常三人。重叙了一番别后之情，冯旭方才说道："弟有一言相告，不知长兄见纳否？"常万青道："你我弟兄，有话请说。"冯旭道："荷蒙天恩，敕赐征西先锋，同家母舅合兵一处救徐千岁回朝。但弟软弱书生，哪晓抢枪舞剑，意欲请兄大驾帮助功成。"常万青听了，大笑道："自古说得好，学成文武艺，货卖帝王家。俺就有此意，出力皇家。前番劫了法场，杀死无数官兵，有罪在身。难得贤弟征西，愚兄愿去，立功以赎前罪。"冯旭、钱林二人听了大喜。

暂宿一宵，次日起程，钱林辞别妹子，说道："贤妹安心在此住着，待我班师回朝，自然带你回家。"当日常万青辞别了母亲，同冯旭起程，星夜前进，按下不言。

再言林璋奉旨征西，一路逢州过县，拣选雄兵，真是兵多将勇。早到东华山，汤彪道："前面却是马兄山寨，待小侄一人前去，招来见元帅。"林公大喜，吩咐扎下营寨。

伏路喽罗看见，一帮锣响，一齐喊道："留下买路钱来。"汤彪高声喝道："你等听着，快报你的寨主得知，就说故人汤彪求见。"喽罗闻言飞报上山。

汤彪来至银鞍殿上，施礼已毕，分宾主坐下。马云吩咐宰羊杀猪，做个喜会筵席，便问汤彪别后之话："怎么今日驾临山寨？"汤彪答道："至别后，倒是家君同了小弟进京。荷蒙圣恩，家君升了兵部尚书。皇上钦赐林老伯七省经略，无人相助，皇上封小弟七省大厅之职，保护林老伯去了金陵。又下旨意，封林老伯两路征西大元帅，速赴锁阳城，救出定国公回朝。故尔前来，相烦兄长相助一臂之力，不知尊兄意下如何？"马云道："哪个林老伯？"汤彪道："就是当日在西湖五柳园与小弟同席的，此人姓林名璋。"马云大笑道："好好好，俺只记得他的品貌必定大贵，今已果然。但咱家昔日一人一骑劫了皇家八十三万皇纲，身犯大罪，不能与皇家出力，故此聚集在山，为了草寇。此事断不可从。"汤彪道："马兄，你既知有罪在身，今正当随林元帅征西，奏凯

之时，将功赎罪。堂堂丈夫也得封妻荫子，岂可久居绿林而终，隐姓埋名，没没无闻乎？"马云听了这番言语，大喜道："既然立功可赎前罪，就同兄前去走遭。"于是汤彪亦大喜，遂同马云下山。

到了营门迎接，汤彪领马云到了大帐。马云欲行参竭，林公连忙离位，伸手相携，道："你我今日相逢，只行朋友之礼。"马云道："小将愿投麾下，岂有不拜之礼。"林璋再三不肯。行了礼，坐下各诉别后情由。

少停，马云别过上山，众喽罗兵将愿去者随阵而去，不愿去者各给银两归农。吩咐已毕，放火烧了山寨，领众将下山，会合一处。

林公取出令箭，催促各州府县粮草。三声大炮，拔起营寨。一路上人马浩浩荡荡，往前而行。到了山西太原府，扎下营寨，俟各处兵到齐。忽见蓝旗报道："禀上大老爷，今有征西先锋在营门等候。"林公看那手本："新科状元冯旭敕赐征西先锋。"林公吩咐进来。冯旭随即进帐，朝上鞠躬，口称："元帅在上，恕末将甲胄在身，不能叩见。"林公见是外甥，心中大喜，道："将军少礼。"彼时坐下，问道："怎么中了状元？细细说来。"冯旭道，前蒙舅舅救了性命，同钱兄到了京中，得中魁元。皇上加封先锋之职，钱林、朱珏左右参谋。三人路过山东，相邀常兄相助甥男在彼的话，细细说了一遍。林公与汤彪听了大喜，忙将常万青、钱林、朱珏就请相会。林公吩咐挑选精兵，忙排筵席，叫群贤聚会。

次日，众合兵一处。只见各府州县粮草齐至，惟有阳曲县粮草兵马未到。林公又住了一天，报阳曲县兵粮已到。林公升帐，众将分立两旁。林公道："你系何职？因何违限不至？"解官道："元帅在上，容千总细禀，只因天雨，泥泞难行，故违限一日。"林公大怒："停兵一日，花费国家斗金。似此玩员，留之何用。"吩咐推出，斩讫报来。刀斧手答应，将那人推出去了。只见那解官大叫："俺季坤死得不明！"冯旭在旁，听得"季坤"二字，想起："当日松林之中释放我命，又赠我路费，莫非就是此人？"慌忙走出，喝叫刀斧手留人。上前问道："汉子，方才口说什么季坤，你从前做何事，细细说来，待我禀与元帅，好放你便了。"那人道："咱向日在花文芳充当马夫，只因主人差咱杀一个姓冯的，只因同他无仇，放他逃走，难回主人，到了阳曲县，吃了一份粮，做个千总。"冯旭道："原来就是我的恩人，小弟即是你释放冯旭也。"季坤惊讶道："原来冯相公今日做了将军，望乞救咱一命。"冯旭道："恩人放心。"即走进营来，在林璋耳边说了几句言语。林公吩咐放进季坤来。至大帐，向上叩头，谢元帅不斩之恩。林公道："留你帐前伺候。"吩咐放炮走营。

非止一日，大兵已到锁阳城。不知好歹如何？且听下回分解。

第八十回　受皇恩一门富贵
加封赠五美团圆

话说林元帅闻报，离了锁阳城只有三十里之路，传令安营，埋锅造饭。众将各饱食一顿，上帐听令。林公向两边说道："本帅奉旨征西，以救定国公回朝，今日欲破此围，必须一阵成功，望众将军努力前去，以助本帅一阵，马到成功！"众将齐齐打躬道："听元帅军令。"林公传令："马将军何在？"马云上前道："末将在此。"林公道："马将军，令本部人马，只听号炮一声，杀奔东门。"马云应声："得令。"去了。林公又叫："常将军何在？"常万青上帐打躬。林公道："带领三千人马，只听号炮一响，杀奔西门。"常万青应声："得令。"林公又点："汤将军何在？"汤彪答应上帐。林公道："与你三千人马，听吾号炮一响，杀奔南门。"汤彪得令去了。林公又道："尔等众将俱随我本帅去杀奔北门。"吩咐已毕，拔寨起营，听得号炮一响，众军大喊一声，如山崩地裂之声。旗幡招展，号令森严，一个个顶盔贯甲，挂铜垂鞭，各按方向杀入。

且说马云杀奔东门，手执大刀，正遇番将哈哩哈阻住去路，喝道："至此休要撒野，某家在此等候多时。"马云也不答话，举刀就砍。哈哩哈举械相迎。两人斗了百十回合，不分胜败。马云大怒，卖了一个破绽，一刀将哈哩哈砍去半截。马云大喊一声："孩子们，随俺快端番营。"众军呐喊一声，跟定主将，杀到城中。

且言定国公因闻城外杀声震地，忙到城楼观看，只见西北东南喊声连天，知是救兵到来，急忙将城门开了。四面总见里外夹攻，杀得番兵尸积如山，血渍成河。

且说林璋率领众将杀奔北方，哪知就是西凉王的大寨，有多少人马扎住在此。小番报道："呈上郎主，今有南蛮端营。"这西凉王有一女儿，名唤飞英公主，生得面如西子，更且有万夫不当之勇，听得南蛮端营，披挂整齐，叫道："父亲放心，有孩儿保驾。"正说之间，只见林元帅兵将一拥而来，把番将兵冲作几段。

却说冯旭正遇西凉王拍马来迎。冯旭见他身穿金甲龙袍，知是西凉王，想道："待俺生擒此人，岂不称为大功。"想罢，把马一催，追赶前来。又见那人身旁转过一员女将，年纪不过十七、八岁，金甲红袍，桃花马，绣鸾刀，莺声燕语，说道："来将莫要逞凶，快通名姓。"冯旭道："吾乃大明武宗皇帝驾下新科状元、林元帅麾下前部先锋冯旭是也。"飞英听说是天朝状元，生得这般美貌，早动嫦娥爱少年的心肠，暗想道：

"若得此人配为夫妇，也不枉为人生天地之间。"喝道："南蛮，放过马来。"冯旭耳听此言，举枪就刺。飞英举起绣鸾钢刀相迎。二人打马交头而过。将军二人圆睁双眼，各自认定兵器来战。战了五七个回合、三四个照面，冯旭看见不济，虚晃一枪败下。飞英道："南蛮休走。"拍马追来。堪堪赶上，挂下钢刀，伸过手，提过马鞍桥去，生擒活捉。来到番营，吩咐番将将冯旭绑了。

西凉王查取败残人马，升了宝帐。飞英叫道："父王在上，孩子生擒南蛮在此。"西凉王听了大喜，吩咐推过来，冯旭来至帐前，立而不跪。西凉王道："你今被擒，还不跪下求生。"冯旭道："我乃天朝状元，怎肯屈膝于你番奴。"西凉王大怒，吩咐推出斩首。飞英叫道："刀下留人。父王在上听禀，孩儿若杀此人，久已杀了多时。"西凉王见公主如此说法，心中暗自明白，吩咐推转过来，亲解其缚，延入帐中坐下。飞英早自回避。西凉王道："方才孤家误犯虎威。"冯旭道："被擒之将，理该斩首，反留赐坐，不知有何台谕？"西凉王道："孤家只生一女，年方十七，尚未择婚。今状元来到敝地，意欲招赘成婚，两国和好，不知尊意允否？"冯旭道："君命在身，怎敢先图伉俪？"西凉王道："孤家预遣使臣一人前去天朝，通其媒妁，兼可代为作伐，不致使状元有背圣恩，有负君命便了。"

按下冯旭不表，且说林璋与众将进城，齐齐参见定国公。查点人马，单单少了冯旭，心中好不着急，着人打探，并无踪迹。过了一宵，忽报西凉王遣使前来，求见定国公。传令："开城，着他进来。"番使即唤至帐中，礼毕说道："小臣乃西凉王驾下，官拜丞相之职，名唤惜别，特奉我主之命来呈，求婚配之喜。我主生有一位公主，年纪及笄，昨将冯状元擒去，欲招为婿。冯状元道：'今有君命在身，焉敢先行自为匹配。'我主故遣小臣亲诣帐前，叩问明悉。倘蒙千岁允成，情愿献上降表，年年进贡，岁岁来朝，两国永远和好。"定国公大喜，款待来使，旋即吩咐道："可将冯状元先送回来，我去准备花烛。汝主亲送公主到我帐中，成其亲事。"番使辞去。

不一时，冯旭回来，相见定国公，叩拜礼毕，又与诸将见礼。国公笑谓冯旭道："状元打点做新人。"冯旭谢了定国公，忽报番王亲送公主銮舆前来，定国公着诸将相见迎请。銮舆已到，宾相赞礼，请出新人。冯旭身穿大红，头戴乌纱，与新人交拜天地，然后拜见西凉王，又拜定国公。大摆筵席，款待西凉王。酒终席散，将冯状元送入洞房，成其夫妇。正是：

有缘千里来相会，无缘对面不相逢。

这一夜恩爱，实非寻常可比。

过了三朝，定国公传令班师凯旋。西凉王献上降书、降表、奇珍异宝，聊为投诚纳币之供。冯旭拜别岳父，飞英拜别父王。西凉王好不悲伤。自古道"女生外向"，话不虚传。

按下不表西凉王这边，后来也没有交待了。再言公主同了丈夫回朝交旨。只听得三声大炮，元帅率领众军起身，得胜回朝。正是：

> 鞭敲金镫响，人唱凯歌声。

大兵在路非止一日，那一天，到了京城。人马扎住，三声大炮，安下营寨。定国公带领随征众将入朝见主，献上降书、异宝、立功劳簿。天子看了大喜，将功劳细细看了一遍，传旨："随众将暂行回营，候朕加封。"定国公领众将回营。

次日，圣旨到来。摆下香案，跪拜已毕，钦差宣读谕旨，其诏内有云："天子征伐，惟在元戎；臣子尽忠，全凭沥胆。尔定国公徐弘基、两路元帅林璋合奏西凉王愿将亲女飞英叩恳天朝许配先锋臣冯旭，自此两国和好，各不相争，朕已允其所奏。但读摄服用，平息干戈安境日后；眼看边靖，自缘兵将以输忧。尔等收服不法之徒，寡人久享平成之福。各宜褒奖，用表奇勋。今交战功加封名姓爵秩详载于左：

徐弘基加俸米三万，仍袭定国公，世袭罔替，并赐蟒衣一袭、玉带一围。

常万青原任开国公之子，仍袭父职，并赐蟒衣一袭，世袭罔替。

林璋着特授文华殿大学士，并赐蟒衣一袭。

汤彪之父汤英教子有方，着升武英殿大学士，并赐蟒衣一袭。

汤彪着升为兵部尚书。

马云着授为保驾将军。

冯旭着升为礼部尚书，并赐内帑银五千两为毕婚之费。

钱林、朱珏俱着升为翰林院侍读学士。

众人齐在午门前山呼谢恩，各归本职。

看官，你道为何出了两个大学士之缺？原来文华殿大学士沈廉因二子俱死于非命，郁闷在心，遂成不起之症，个月身亡。武英殿大学士花荣玉见边报风声，知林璋已救定国公于锁阳城中，不日班师回朝，怕徐、林二家会面，无颜相对，且恩眷势在必隆，自觉形秽，兼之陷害不着，愈思愈恨。因此染成一病，告老回家，死于半路。故将两相缺情由交待明白。

单言冯、钱、朱三鼎甲上表辞归养亲，而冯旭又另将"月英、落霞因男妆私逃，偕行远路，辛苦非常，翠秀持斧杀奸，不避显戮，皆缘臣下身受无限苦楚。今臣蒙恩，不次之擢，优渥频加。臣忍以糟糠发妻、萍踪义妾，忘其颠沛，没没无闻，故特疏缕陈陛下，乞陛下俯准，给假回乡，侍老养亲，成就婚姻，要求荣褒妇职。"天子阅毕奏章，龙颜喜道："我朝卿栋梁之才，又得贞烈贞静之女，真乃我朝之隆庆也。朕准给假一年，归里完娶。事毕回朝，以劝襄赞。所封卿的妻妾事实、品第悉于后：

钱月英，苦守母兄之命、媒妁之言，改妆履险，终成美志。封为纯贞一品夫人。

赵翠秀，松亭一语，终身倚之，胸怀义志，千古不磨，诛奸胆壮，足迈英豪。封为纯烈二品夫人。

钱落霞，随主改妆，不辞跋涉，灭寇逞凶，终归清侈。封为纯谨三品淑人。

姚蕙兰，愿随寒土，能识英勇，斧劈邪奸，自甘刑法。封为纯勇四品淑人。

哈飞英，身产边地，情囿英年，抛离父母，喜近不颜。封为纯恪五品宜人。"

天子封毕，冯旭谢恩，偕钱、朱二翰林出朝，打点起身。

复有武英殿大学士汤英拜烦文华殿大学士林璋作伐，将女儿汤秀贞招钱林为婿。钱林允诺，择吉下聘。秀贞过门，翠秀一同到京。请了汤英到来，将翠秀接过门，与冯旭同了姚蕙兰及飞英公主相见。冯旭拜谢代夫伸冤之恩。

择日起程长行，离了京师，往登州前进，接取钱月英与落霞。姐妹相逢，大哭一场，各诉离别之苦。常国公与钱林商议，就在登州择日花烛。冯旭大喜，准备筵席款待。常国公、钱、朱三人临晚送入洞房，头一日与钱小姐成亲，第二日翠秀，第三日落霞，第四日蕙兰，第五日飞英。可怜冯旭死里逃生，吃尽千辛万苦，如今方享受五位美人之福。住不多日，辞谢常公，同钱、朱二人望杭州而来，逢州过县，自有地方官迎接。

到了杭州，早有地方官起造尚书府，现成人夫轿马前来迎接。钱林、月英才知母亲过世，先自回家，在灵前大哭。不一时，冯旭与众夫人俱各拜灵，合家大哭，复番治丧开吊，择日入祖茔安葬。

冯旭回到家中，同了众位夫人俱到地藏庵拜奠母太夫人。众人灵前大哭一场。请僧超度，然后治丧开吊。合城文武官员并乡宦人等俱来叩吊。正是：

贫居闹市无人问，富处深山有远亲。

真是车马临门，将老夫人送入祖茔。

杭州百姓只见钱、冯二家兴旺，无人不为他称快，俱云忠良之后，自有上天怜佑，而花文芳强悍行凶，父子俱亡，绝无继嗣。

再言花太师夫人闻得冯旭、钱林两家衣锦还乡，自己儿子被杀，太师悔恨向日所为，致使途中因病而亡。夫人在家备礼，往两家谢罪。冯、钱二人虽痛恨其非，但怜其夫亡子丧，不肯拒绝，仍以乡党伯母之礼待之。那花老夫人见了月英并翠秀，就想起自家儿子，不觉流泪，回家一病身亡。其赀产业俱被家奴分散。此表人行恶之极。

闲言少叙，且言冯旭为殡葬母亲之事整整忙了两个多月，方才安闲。不觉光阴迅速，堪堪一年限满，带了五位夫人，同钱林、朱珏协同进京复命，永保山河，勤劳国

政，矢忠赤胆，襄赞纶扆。又上两疏保荐孙文进、季坤二人。天子准奏，升了孙文进顺天府知府，季坤升了游击。

这冯旭以恩报恩，后来五位夫人俱生贵子，永享朝廷厚禄，世代公卿，子孙绵绵不绝，科第连连。有诗为证：

　　　　一生忠直有收成，世代绵绵作宰卿。
　　　　试看义芳奸恶报，少年遭戮丧其身。

毛泽东藏书

第二篇

贪欣误

[明] 罗浮散客 撰

第一回　王宜寿　生儿受屈分离苦　得梦寻亲会合奇

中国禁书文库

贪欣误

千重肌血受胞胎，十月怀耽岂易哉。

情实片言违主意，羁栖两纪受身灾。

不因梦里腾云去，争得山边避雨来。

子母如初天理在，晚年甘旨且相陪。

人生一夫一妇，名为一马一鞍，娶了姬妾，便叫做分情割爱。但娶妾的甚有不同：有一等富贵之家，专意贪图美色，纵欲求欢，不惜千金买娇娥者；有一等膝下无儿，希图生育，多置媵妾，不仅仅思供耳目之玩者。无奈妇女之流，不识轻重缓急，一味吃醋研酸，做出许多榜样。那为丈夫的，一来爱惜名节，二来以妇女不好十分较量，渐渐让一个惧内的头目成了。

我朝有个总兵，姓纪名光，号南塘，是个当世名将。灭虏寇，杀倭夷，无不指挥如意：遣兵将，相形势，何尝差错分毫。不合当日把个公郎做了先锋，临阵偶然失事，军实难庇护，就学那韩元帅斩子的故事，将来绑出辕门，枭首示众。夫人不及知，不曾出来力救，闻之，止有悲痛哽咽，怨恨不已。后无子嗣，再不容他娶妾。总兵杀了亲儿，也难好对夫人强求，但隐忍畏缩，无后承宗，怎免得不孝之名？古语道得好：娶妾谋诸妻，必不得之数。怎使守定死路，不去通融？遂私立别馆于外，另娶娇娃，连生二子，渐已长成。

一旦，总兵六旬，大张寿筵，亲朋毕集，一时高兴，私令两个儿郎，假装做朋友之子，家来祝寿。夫人年老无儿，看见甚是欢喜，引他在膝前嬉耍，这两个儿子忘其所以，不觉顺口叫出一声"爹爹"来。夫人随即怒目圆睁，说道："这孩子好没分晓，别人爹娘，如何胡乱称呼！"内里丫环也有预知是老爷公子，口快的露个风声，就如火点百子爆，咭咭聒聒，吵闹惊天，吓得两个小官人，没命的望外边一道烟溜了。夫人急忙传令，打轿亲迫。还亏了总兵平日军威严肃，无人敢来凑趣，只在衙内如春时雷电，轰轰寻个不已。正是：

闺门只听夫人宣，阃外才有将军令。

幸喜得天无绝人之路，遇着夫人嫡弟正在标下做参游，早来称贺，总兵急促里，就在他身上讨一个出脱法子，道："我因乏嗣，行权娶妾，今得子全家。汝姊不谅，又做出这等丑模丑样，真欲绝人祭祀！汝速去调妥：母子全收，策之上也；留子去母，策之下也。二者不可得，我决当以死争。先杀汝一家，大家都做绝户罢了！"

其弟正在他矮檐下，怎敢不低头？委委曲曲，在夫人跟前再三劝解。夫人只当耳边风，那里肯听？参游计无所施，只得下跪哀泣，说到"戮辱全家，父母不得血食"，略略有些首肯。参游登时回覆，即令一妾领了二子，一同进见。夫人尚逞余威，将妾痛责逐出，自口其子。总兵已先布置在外，仍旧将妾寄养，上下瞒得不通风。后来夫人去世，迎归同住，母子团圆，一生快乐。若使总兵终于惧内，不思活变，那得个儿子来庆生？后边若没个母舅做救兵，这娘子军发作，便大将也抵不住，大丈夫反经行权的事，定要相时，自立个主意，决不可随风倒舵。

今说个果山之隅，有一个富翁，姓王名基，表字厚重。家中积金巨万，积谷千仓，生平安分，乐守田园。娶了个妻室安氏，是个大族人家，有几分姿色，但性格严刻，又兼妒忌，十余年来，惟知：

鸳鸯稳宿销金帐，忘却生儿续后昆。

王基虽然有些惧内，儿子毕竟是心中要紧的，背地忧愁，闷闷不乐，每动念娶妾，又退缩不敢即形口齿。看看四十岁到来，须鬓已成斑白，亲族都来庆生，设席款留附饮，便乘醉淘洗心事，睨其妻说道："我和你二十余年夫妻，口不缺肥甘之奉，衣不少绮罗之服，可谓快活过了半生。只是膝下半男只女都无一个，留下这许多家私，谁来受用？我们这副骨头，谁来收拾？死后逢朝遇节，谁来祭享？"两人说到伤心刺骨，到悲悲戚戚起来。安氏尚有大家风味，得一时良心发现，便道："你如今年力未衰，尽可寻个生育，不必如此悲啼。"

王基听得，千谢万谢，忙忙走去，叫个媒妈妈替他讲说，寻个偏房。安氏私下密嘱："不要寻了十分娇妖出色的。"媒妈妈领命而去。访得一个人家，姓柳，有女名柔条，年纪方才一十八岁。容貌端庄，举止闲雅。但见他：

眉儿瘦，新月小，杨柳腰枝，显得春多少。试着罗裳寒尚早，帘卷珠楼，占得姿容俏。

翠屏深，形孤泉，芳心自解，不管风情到。淡妆冷落歌声杳，收拾脂香，只怕巫云绕。

只是人家中等，父母都亡，高门不成，低门不就，惟恐错过喜神，正要等个主儿许嫁，加之媒婆花言巧语，说得天花乱坠，自然一说就成。择日下些聘礼，雇乘花轿，娶过门来。王基一见，果然是：

妖冶风情天与措，清瘦肌肤冰雪妒。
百年心事一宵同，愁听鸡声窗外度。

安氏见之，口中不语，心内十分纳闷，好似哑子吃黄连，苦在心头谁得知？王基也只认她是贤惠的，私下与柔条乘间捉空，温存体贴，周年来往，喜得坐妊怀胎。安氏要儿心急，闻知有妊，解衣推食，毫无吝惜；祈神拜佛，无处不到。至十月满足，催生解缚，一朝分娩，果然天赐麒麟，满家欢天喜地。方显：

有个儿郎方是福，无多田地不须忧。

安氏急急去寻乳母，将来乳哺，日夜焚香祷祝，只求长大成人，取名宜寿，字长庚。那柔条亦思得子可以致贵，何尝虑着不测风波？彼此忘怀，绝不禁忌。

忽一日，抱儿坐在膝上，与王基引诱嬉笑，安氏走过觑见，来到房中，想道："我与他做多年夫妇，两个情深意笃，如胶似漆，不料如今这东西，把一段真情实意全都抢夺。日间眉来眼去，实是看他不得，夜里调唇弄嘴，哪里听得她过？如今有了这点骨血，他两人越发一心一路，背地绸缪。儿子长成，一权在手，哪有我的话（活）分？不如留了孩儿，打发这东西出门，不特目下清净，日后儿子也只道是我亲生，专来孝顺是稳的。"口与心中思量停当：

先定分离计，来逐意中人。

一日，对着柔条说："我向因自己肚皮不争气，故没奈何，讨你借个肚皮，生个儿子。今儿已及周，乳哺有人，你的事已完局，用你不着了。我拣选个好人家嫁你去，一夫一妇，尽你受用，免得误了你半生。"柔条一时闻言蹩额，对主母道："娶妾原为生儿，妾如不孕，去妾无辞；今有儿周余，如何有再嫁的道理？妾又闻女训云：'好女不更二夫。'妾虽不肖，决难奉主母命。"安氏尚道她是谦词，又对着她说道："俗语云：'只碗之中，不放双匙。'又说：'一个锅里两把杓，不是磕着就是蹦着。'我和你终在一处，必至争长竞短，不如好好开交，你可趁了后生，又可全我体面。倘执拗不从，我却不顺人情，悔之晚矣！"柔条泣曰："身既出嫁，理无退转。儿已庆生，逐母何因？生死但凭家长，苦乐不敢外求，惟愿大娘宽容。"安氏听她不肯去，如火上加油，焦燥了不得，即将柔条首饰衣衫尽情剥去，竟同使婢，粗衣淡饭，略无顾恤，不过借此揃勒，要她转一个出嫁的念头，谁知她受之安然。那安氏又放出恶肚肠，一应拖泥带水、粗贱生活，折罚他做，少不如意，又行朝打暮骂，寻闹一个不已。

　　一时凶狠实哀哉，平日恩情何在也。

　　柔条只是情愿忍耐，再无退言，安氏也无缝可寻，时时但闻恨恨之声。不期一日，宜寿走到亲娘面前，倒在怀里，哭将起来，诚所谓孩提之童，无不知爱其亲的真情。柔条不觉伤心，失声号泣，惊动了安氏。好一似老虎头上去抓痒，发起凶性，执杖而骂道："小贱人！好意叫你出嫁，你又撇清卖乖。如今拐骗儿子，用个主意，莫非要设心谋害？这番决难留你！"登时逐出门来，不容停留半刻。那个王基也不知躲在那里，就如与他毫不相干一般。柔条走出门来，上无亲，下无眷，竟似乞婆一般，身无挂体衣裳，口无充饥米粒。

　　昔作闺中女，今为泣路人！

　　幸得王家族里，有个王员外，平生仗义，扶危济困是他本念，目击家中有此不平之事，忿忿的要学个苏东坡谏净柳姬，去解劝一番。又思量道："妒妇一种，都是那些委靡丈夫时常不能提醒，以致些小醋时，反假意任做取笑；又思一味欺瞒，百般招服，惯了她的性子，只晓得丈夫是好欺的，不管生死，遇着有事，声张起来，丈夫又怕坏了体面，遮遮掩掩，涂人耳目。容纵已不成模样，我如何便以舌争？不如且收留她家来安顿，免得外人耻笑。且待她儿子长成，慢慢再与她计较，两个会合罢了。"教个使用婆子去领了回家，随常过活。

　　不觉光阴如箭，宜寿日渐长大，家中替他说亲，请个先生教读诗书，恩抚备至。宜寿也不知嫡母之外，还有个生身母亲。王基也日就衰老，有子承宗，心满意足，对柔条也不在意了。无奈安氏胸中怀着鬼胎，时刻防闲。访问得这冤家留住本族家里，

全怕人引他儿子去见，无事生事，去到那家，寻非作闹，絮絮烦烦，日夜不休，他家甚觉厌烦。柔条安身不稳，说道："何苦为我一人，移累他家作闹。"依先走出，东游西荡，经州过县，直到凤凰山下，一所古庙安身。日间采些山草去卖，夜间神前栖宿。天青月白之下，仰天呼号："宜寿，宜寿，知儿安否？知母苦否？"哀泣之声彻於四境。

偶遇梓童帝君云游八极，看见凤凰山瑞霭森蔚，徜徉于其间，闻而恻然，就本山之里域问其来历。里域一一奏知帝君。帝君曰："有此怨妇，何忍见之？有儿无望，何以生为？可怜凡夫昏昧，境界隔绝，无人指迷，以至如此。吾将登宜寿于觉路，而与之聚孤乎！"遂题诗一首：

> 寻幽缓步凤山明，惊见贫婆凄惨真。
> 有时念子肝肠碎，无计营生珠泪倾。
> 日采山花同伯叔，夜栖神宇恨王孙。
> 广行方便吾曹事，忍见长年母子分。

帝君竟往果山而来，寻访宜寿。

此时宜寿也有廿余岁，娶妻张氏，相得甚欢。不过二年光景，已生儿清秀，看看周岁。宜寿正与妻子对膝抱弄，怎奈张氏把丈夫前因往迹，件件明透，向恐婆婆严切，吞声不语，此时触景伤感，不免一五一十都向宜寿说了。宜寿惊心大恸，埋怨妻儿不早说破，即日便将家事付托于妻子，也不与爹娘禀告，单身就道，寻访生身之母。

到一市镇，人人下礼问去向；遇一庄村，个个陪笑探虚实，那见有些影响？宜寿又自想道："她是女身，怎能走得远路？或在附近四邻乡村存身，不如回转细访。"家中父母知他私出，又着人四下追求，遇见宜寿，劝他回程。宜寿只得转来，一路求神问卜，朝思暮想，凄惨已极。正好帝君驾云而来，观见他苦楚景状，因而托彼一梦，梦中指点他该经过的地方，某处登山，某处涉水，明明令其牢记。宜寿惊醒，却是一梦。正是：

> 分明指与平川路，不必奔波逐去程。

宜寿打发家人先回，仍依着梦中路程，逐程而去。走到一处，果然与梦中历过的境界相合，心中暗喜，猛力前奔，免不得晓行夜住，宿水餐风，望路而行。

> 逐程风景无心恋，贪望慈帏指顾中。

一日，走到凤凰山下，倏然一阵狂风大雨，前无村舍，后少店房，刚有一间古庙坐在路侧，挨身而进，避这风雨。抬头瞻仰庙宇，却是本山土地之神，整冠端正，拜祷神前。忽然见一老妇，背一捆山柴，跑进庙来，放柴在地，看见一人跪着，听其声音，又是同乡，追思旧土，想念娇儿，高叫"宜寿"数声。宜寿急促回看，却是一个老妇，连忙答应，转身细认，吓得柔条反呆了脸，开口不出，倒去躲了。宜寿仓皇失措，觉得自己轻率，深为懊悔。那柔条亦一时着急，不暇辨别。及至过了一会，追念声音，模拟面貌，着实有些动念，从新走来致意。宜寿便将远地寻母的缘故，细细说明，又问她因何只身在此？柔条也将生儿被逐的出迹，一一诉说。两人情景，适合符节，子抱母，母抱子，痛哭伤情。

　　踏破草鞋无觅处，得来全不费工夫。

两人相携，依路而归，不觉到了家门。其时王基二老已是昏耄，媳妇带了孙儿，拜贺于庭。一家团圆，和气盈满，叩谢神天，永载不朽。若使王基不萌娶妾之念，焉得有继统之人？只是后来也该竭力周旋，不宜任她狠毒。若是柔条不生此子，谁肯登高涉险，竭蹶而趋，感动神灵，指引会合？故为丈夫的不可学王基，为子的不可不学宜寿。

　　骨肉摧残数十秋，相逢全在梦中游。
　　当年不解承宗嗣，安得孤身返故丘！

第二回　明青选　说施银户眼　幻去玉连环

　　熔冶阴阳天地炉，达人弹指见虚无。

　　篆图秘授长生诀，铅汞经营出世术。

　　奉使蟾蜍诬帝子，还携环佩证仙徒。

　　清风两袖知何处，玄鹤翩翩去紫都。

　　世间拘儒，每每说起怪幻之事，便掩耳以为不经之谈，不知古来剑客飞仙，若昆仑奴、妙手空空儿之流，何代无之？但其间或为人抱负不平，或为人成全好事，纯是一团侠气激发，却於自己没一些利欲，故垂名千古。若徒挟着幻数，去掠人财物，这终是落了邪魔外道。然据他那术数演起来，亦自新人耳目。

　　就如嘉靖年间，有一个大金吾，姓陆名炳，名重当朝，富堪敌国；艳妾名姬，如翠屏森立，好似唐朝郭令公一样。时逢中秋佳节，排列筵宴，那金吾在庭前玩月，挟着姬妾们，吹弹歌舞，且是热闹。忽见一个力士，头戴金盔，身穿金甲，从空而下，突立庭前。那金吾吃了一惊，暗想道："这所在都是高墙峻宇，且外宅营兵四下巡守，此人如何得到这里？"便立起身来，延之上座，欠身问道："力士能饮乎？"答道："我非为饮而来。"金吾道："莫非欲得我侍妾，如昆仑故事乎？我处姬妾颇多，但恁尊意择之而去。"力士摇首道："非也！"金吾道："即非为此，明明是来代人行刺了。我陆炳亦是个好汉，并不怕死，只要说个明白，可取我首级去！"力士又摇着头道："非也！"金吾道："既非为此数件，突然到此，有何贵干？"力士道："我只要你那一颗合浦珠。"金吾想道："向日李总兵曾送我一珠，也叫道什么合浦珠，但我并不把这珠放在心上，恁侍妾们拿去，实不知落于何人之手。"那些侍妾们齐道："珠到各人所蓄颇多，但不知怎样的便叫做合浦珠，叫我们那里去查来？"那力士便向袖中摸出一颗来，道："照此颗一样的。"侍妾们一齐向前争着，内有一妾道："这珠却在我处。"那妾径去取来递与金吾，金吾递与力士，力士不胜欢喜，把手拱一拱作谢，便化一道彩云而去。岂不奇绝！

如今还有个奇闻，是当今秀士，姓明名彦，字青选，四川眉州人。自幼父母双亡，为人天资颖悟，胸中尽自渊博，但一味仗义任侠，放浪不羁，遂致家业罄尽，无所倚赖。好为左慈、新垣平之术，只恨生不同时，无从北面受教。闻得岳州地方有个异人，姓管名弢，字朗生，精於遁炼之法。明彦想慕此人，收拾些行囊，独自一个搭船到岳州。那管弢踪迹不定，出没无常，明彦寻访半年有余，并没下落。心下昏闷，无处消遣，闻洞庭湖边有岳阳楼，乃吕纯阳三醉之所，前去登眺一回。只见满目江景，甚是可人，遂题诗放壁：

楚水滇池万里游，轻舟重喜过巴丘。
千家树色浮山郭，七月涛声入郡楼。
寺里池亭多旧主，阁中杖履若同游。
曾闻此地三过客，江月湖烟绾别愁。

赋毕下楼，趁步行了数里，腹中觉有些饥渴，一路都是荒郊僻野，那得酒食买吃。又行数里，远远望见一茂林中，走出一童子来，手中携着一个篮儿，里头到有些酒肉在内。明彦向前，欲与童子买些，那童子决然不肯。明彦道："你既然不肯卖，可有买处么？"童子指着道："只这山前，便有酒家，何不去买些吃？"明彦听说大喜，急急转过山后，只见桃红柳绿，闹簇簇一村人烟，内有一家，飘飘摇摇挂着酒帘。正是：

借问酒家何处有，牧童遥指杏花村。

明彦径到酒家坐定，叫拿酒来。那酒保荡了一壶酒，排上许多肴馔。明彦心中想道："身边所带不过五百文，还要借此盘缠寻师访友，倘若都吃完了，回到下处把些什么来度日？不吃又饥饿难忍。"正在踌躇之际，忽有一个道士，头戴方竹冠，身穿百衲衣，手中执着拂尘，也不与明彦拱手，径到前席坐定。明彦怪他倨傲，也不睬他，只是自斟自饮。那道士倒忍耐不定，问道："你这客官，是那里人？"明彦道："我四川眉州人也。"道士说："来此何干？"明彦道："寻师访友。"道士说："谁是你师父？"明彦道："当今异人管朗生。"道士说："什么管朗生？"明彦道："管师父之名，四方景慕，你是本地人，倒不知道，也枉为一世人。"道士哈哈大笑，道："你不曾见异人的面，故只晓得个管朗生。"明彦听他说话，倒有些古怪，心中想道："当日张子房圯上遇老人进履，老人说：'孺子可教。'便授以黄石秘书，子房习之，遂定天下。俗语说得好：'凡人不可貌相，海水不可斗量。'这个道士倒也不要轻慢他。"遂竦然起立，把盏相敬道："愿师父一醉。"道士说："我知你身边所带不过五百文，何足醉我？"明彦吃了一惊道："我所带之数，他何由知之？必是不凡之人。"问道："师父将饮几何，才可致醉？"道士说："饮虽百斗，尚未得醉。"明彦道："弟子身边所带，不足供师父之醉，奈何！"道士说："不妨，我自能致之。"那道士将桌上嘘一口气，忽然水陆备陈，清酤数瓮。明彦看了，吃了一惊，心中想道："这师父果然不凡。"愈加钦重，执弟子之礼甚谨。那道士那里睬他？也不叫他吃些，只是自己大嚼。不上一杯茶时，桌上菜蔬，瓮中美酒，尽数吃完，不留丝毫，径往外走。明彦一把扯住，道："师父那里去？挈带弟子一挈带。"道士说："你自去寻什么管朗生去，只管来缠我，可不误你的前程？"明彦只是扯住不放道："师父既有此妙术，毕竟与管师父定是同道中人，万乞师父挈带同行，寻管师父所在，就是师父莫大功德。"

原来那道士就是管朗生，只不说破，特特装模做样，试他的念头诚也不诚。那道士见他果然出于至诚，便道："我虽不认得什么管朗生，你既要寻他，可跟我去，须得一年工夫，或可寻着。你若性急，请自回去。"明彦道："寻师访道，何论年月，但恁师父指引。"道士说："今先与你说过，倘或一年找不着，你却不要埋怨我。"明彦道："就是再多几年，总不埋怨着师父。"道士说："这等，便可随行。"明彦见道士应允，不胜欢喜，将身边五百文还了酒钱，只见道士所执拂尘失落在桌上，明彦搦在手中，随了道士出门去。

那道士行步如飞，那里跟的上？行不了十余里，转一山湾，忽然不见了道士。天色已晚，前后又无人家，明彦一步一跌，赶上前路找道士，那里见些影儿？走得肚中已饿，足力又疲，远远望见山头上有一小庙，明彦只得爬上山去，推开庙门，蹲坐一会。约有二更天了，只听得四山虎啸猿啼，鬼嚎神哭，孤身甚是恐惶。道士还要他坚忍性情，又变出些可畏可惊之事历试他。忽来敲门，明彦听得似道士声音，不胜欢喜，连忙开门，只见一只老虎，张牙舞爪，跳进门来，唬得魂不附体。

> 萧然变魂，暮夜黯如幽隐。听风驱万树，猛咆哮近身。舞利爪如掷刀，排钢牙便似那列戟，颠狂惊杀人。纵做朱亥圈中也，怎当他那金睛怒逞。瘦弱书生，恐这样形躯不入唇。

明彦一时无计可施，只得躲在庙门后，却有一根门闩，将来抵挡他，却被那孽畜一口衔去，丢在山下去了。明彦又无别物可敌，止有道士拂尘在手，那孽畜赶将过来，明彦只将拂尘一拂，那孽畜便垂首摇尾而去。明彦道："这道士真有些神奇，难道这一个拂尘儿，大虫都怕他的？"

说也不信，正在赞叹之际，只见一阵狂风，一个黑脸獠牙的跳进来。明彦道："苦也。这番性命怎生留得住！"

飘零力尽，经旬辗转。奔波苦楚，黑鬼侮行尘。道是张飞现形。这壁厢却不是尉迟公，从今再闻这些狰狞行径。不念歧路，马足伶仃。莫缠他、天涯吊影身。

明彦左顾右盼，无有安顿之处，只得躲在神像背后，口中叫："神明救我一命，日后倘有发迹之时，决当捐金造庙！"那黑鬼那里肯饶他，直奔到神像之后来擒明彦。明彦死命挣定，也把拂尘一拂，那黑鬼酥酥的放了他，嘿嘿而去。

明彦自此之后，信服道士如神明一般。乱了一夜，看看天亮，出了庙门，再去寻那道士。又翻了几个山头，望见竹林甚是茂盛，内有大石一块，明彦就在石上一坐，身体困倦，不觉的昏昏睡了去。那石头却也作怪的紧，突的一动，把明彦翻倒在地。明彦惊醒，石头不见，却见那道士端坐在那石块上。明彦见了，不胜欢喜。

踏破铁鞋无觅处，得来全不费工夫。

倒身就拜，那道士动也不动。明彦将夜来苦楚，细细说了一番，道士哈哈大笑，道："好也！我叫你不要跟来，如今受这许多苦楚，着什么要紧！"明彦道："只要师父找着管师父，便再受些苦，也是情愿。"道士看他诚心可嘉，便直对他说："你要寻甚么管朗生，一百年也找不着，你便将我权当管朗生何如？"明彦已悟其意，又复拜恳道："弟子愿悉心受教。"道士从从容容身边取出一小囊来，囊中有书数页，递与明彦，明彦跪而受领，喜出望外。道士说："我身如野鹤，来去无常，此后不必踪迹于我，但将此书寻一僻静所在细细玩讨，自有效验。日后另有相见之期，不可忘却了这拂尘儿。"言毕，化一道清风而去。明彦望空又拜，拜毕，寻路而行。

行不数里，有一小庵，庵中止得一个老僧，甚是清净。明彦向老僧借住，将此书细玩，前数页是炼形飞升，驱雷掣电的符咒；后数页是烧丹点石的工夫。明彦看了道："如今方士辈，动以烧炼之术走谒权贵，以十炼百，以百炼千，阿谀当时，岂不是个外道！若果炼得来，用得去济得人饥寒，解得人困厄，庶几也不枉了行道的一点念头。"整整坐了四十九日，把这书上法术，一一试验得精妙。于是遍游江湖，那些公卿士夫，也都重他的坐功修养。

一日，云游到鄱阳湖口，远远望见一个妇人，手持白练，将缢死树上。明彦便动

了那恻隐之心，道："救人一命，胜造七级浮屠。"忙跑上前，且喜那妇人尚未上吊。明彦道："你这女客，何故如此短见？"那妇人便含着泪，向前叩礼道："仙客在上，妾也处之无可奈何。妾夫周森，手艺打银度日，被匠头陈益，领了宁府打首饰银三千两，雇妾丈夫帮做。岂知陈益怀心不良，将宁府银两尽行盗去，见今发落有司缉获。妾夫亦被陷害，拘禁图圄，鞭打几毙，想这性命料也拖不出。丈夫不出，妾依何人？不如寻个自尽，倒得干净。"言讫，扑簌簌掉下泪来。

　　　　信乎有泪不轻弹，只因未到伤心处。

　　明彦见那妇人哽哽咽咽哭不住，又问道："那宁府钱粮，你丈夫多少也曾侵渔些用么？"妇人道："丈夫若果偷盗，妾必得知。若果偷盗，不远遁去，是飞蛾投火，自送死了，何曾见他有分毫来！"明彦道："不须讲，我知道了。你且在树林深茂处躲着，自有晓报与你。"那妇人果潜身在茂林中，远远望见明彦口中念咒作法，不一时，起了朵云头，降下个狰狞恶煞的金甲神，拱手前立，听了他指挥一遍，复驾云而去。那明彦方才叫出妇人道："我适才已召值日功曹，查得陈益挈家逃入海中，被海寇劫资，乱刀杀死，全家沉没。不然，我还要飞剑去砍他的头来，今不可得矣！就你丈夫的罪，我一一还要为他解纷开豁，你且回家静待，一月后可消释也。"那妇人倒身下拜称谢，不题。

　　却说那明彦，探听得宁王积蓄甚厚，便也存着一点心儿。一日，宁王当中秋之夕，宫中排列筵席，宫嫔缤纷，笙歌杂沓，庆赏佳节。因见月色甚好，吩咐撤了延宴，携了妃子，同登钓月台上玩月，诗兴陡发，便叫宫嫔捧着笔砚，题诗一首于台上：

　　　　翠壁瑶台倚碧空，登临人在广寒宫。
　　　　峨媚未作窗前面，吴楚遥添镜里容。
　　　　大地山河归眼底，一天星斗挂帘东。
　　　　士人应喜攀蟾易，十二栏杆桂子红。

　　吟罢，夜深人静，月色逾加皎洁。那明彦略施小术，将自己化作一个童子，把拂尘儿向空一丢，变做一只玄鹤。正值宁王酣歌畅饮之际，忽见月宫门开，光彩倒射中，有一童子穿青衣，跨玄鹤，冉冉从空而下。直至王前，稽首道："我主姮娥，致祝大王、妃子。千岁！千岁！"王与妃子不胜骇异，起身回礼道："你主乃天上仙娥，我乃人间凡质，有何见谕，差你下来？"童子道："我主并无他说。因殿前八宝玲珑银户限岁久销铄，非大王不能更造，愿为施铸，当增福寿。"宁王见此光景，敢拂来意？欣然应允，道："此事甚易，但须示之以式样，我当依样造奉。"童子解开小囊，拿出一条长绳道："式样在此。"王命把妃子量来，计长一丈一尺，阔厚各七寸。王收了此绳道："仙童请返报命。"童子又道："必须良工巧制，庶堪上供，不然恐徒往返不用。当于来月十五完工，即有天下力士来取也。"言毕，复翩翩乘玄鹤凌空飞入月宫，宫门闭。王与妃子极口称奇不已，回宫安寝去了。

次早上殿，集了大小宫臣，备说此事，那宫臣俱各称贺。独有个孔长史，是山东济南人，从容向前曰："月宫乃清虚之府，岂有范银为限之理？此必妖人幻术，为新垣平玉杯之诈以欺殿下耳，愿殿下察之。"王听说，未免有些疑心，未即兴工铸造。

迟了两日，十八之夜，月门忽开，童子又跨鹤下来道："银户限未铸，大王疑我为幻乎？我主以大王气度慷慨，特来求施，若大王违旨，我当回奏我主，必遣雷神下击，薄示小警，那时恐悔无及矣！"言毕，复飞去。

王又迟疑数日，果然风雷大作，雷电击碎正殿一角。王乃大恐，急捐银万计，发了几个内相，命即日兴工，限半月内完。这干内相领了银子，叫到了十几名银匠，要铸这银户限。只见银匠中走出一个来道："禀公公，小的们止会打首饰，制番镶，若要铸这银户限，须得个着实有手段把得作的方好。"内相道："你们如今晓得那个有手段，开名来！"众银匠道："除非是前此犯事在监的周森，果然有些力量。"众内相就禀了宁王。

宁王下令与有司，取监犯周森。周森闻取，又不知为什么事，大大怀着一个鬼胎，到府前方才晓得要他铸银户限。他便心中也动了个将功折罪的念头，便欢欣踊跃见了内相。一例儿领着众人，装塑子，整炉罐，整整忙了十个日夜，果然铸得雕楼光莹，献上宁王。宁王大喜，又加异宝，四围镶嵌。限缝之中，却少一环。王对妃子道："前年上赐一环，道是暹罗国王所贡，凡人佩之。暑天能使身凉，寒天能使身暖，乃是希世奇珍，不是凡间所有，何不取来系在上面！"料理已备。恰好又是九月初一日。宁王升殿，大集官臣，叫力士取出银限，与众宫臣观看。人人喝采称庆，那孔长史只是摇着首道："决无此事。"王笑道："公读书人，终是拘泥常见。两度鹤降，我与妃子明明共见，岂有差错！"那长史不敢强辨，默默差惭而退，从此与王不合，遂告病回家去了。一连几日，早已十五夜了，王与妃子仍坐台上，候童子下来。只见天门大开，童子复跨鹤下来，稽首王前。宁王道："户限已成，计重百斤，恐非天下力士不能负去，仙童单身，何能致之？"童子俯首前谢，只是那玄鹤张喙衔之，凌空飞上，如飘蓬断梗，旋舞云中，不劳余力。王与妃子倒身下拜，称羡不已。

次日有司进本，有福建三人获到陈益盗去宁府银三千两解纳，及点名查验，止银三包，解人忽然不见。宁王阅本道："哦！这周森真无辜了。况前日银户限，也曾用着他。"一面就令有司释放不题。

却说那周森妻子也知丈夫出监铸银户限，欲要见一面，争奈王府关防，封锁得铁桶相似，苍蝇也飞不进去。归家又哭了几日，心中暗想道："那道人原许我一月后，便见晓报，终不然又成画饼了？"正是悬望之际，只听得外面敲门，开来看时，却是丈夫周森。夫妻一见，抱头大哭，哭个不止。那周森把月官要银户限，三人获着陈益盗银，及查验一时不见，并自己得放的缘由，说了一遍。他妻子也把道人救了他命，还要力为解纷开豁的根苗，也说一遍，骇得他夫妻又惊又喜，道："这分明是神明见我们平白受冤救我们的。"双双望空就拜。只见云端内飘飘摇摇飞下一个柬帖来，上写道：

> 周森幸脱罗网，缘妻某氏志行感格，故全汝夫妇。今可速徒他乡，如再迟延，灾祸又至。

那周森夫妇看了，连夜远遁，逃生去讫。

正是：

> 鳌鱼脱却金钩去，摆尾摇头再不来。

却说那明彦略施小术，救了周森夫妇，又将银户限去下八宝，用缩银法，万数多银子，将来缩做不上十来两重一条，并八宝俱藏在身边，道："可以济渡将来。"一日，云游至山东济南府地方，寻寓安歇。那店主人道："师父，实难奉命，你且到前面看看那告示。"明彦看时，只见上写道：

> 济南府正堂示：照得目今盗贼蜂起，每人（每）潜匿城市，无从觉察，以致扰害地方。今后凡有来历不明，面生可疑之人，潜来借寓，许歇家即时拿送，即作流贼，定罪。倘有容隐，重责五十板，枷号两月；决不轻贷。特示。

明彦看了，便冷笑道："何足难我！以我的行藏，终不然立在路（露）天不成！"

易了服正行，见座栅门上，有一面小扁，写道"王家巷"，巷内闹哄哄一簇人围住了一家人家。明彦也近前去看，只见一个小妇人，一个老婆子。那婆子摊手摊脚，告诉一班人道："列位在上，咱这门户人家，一日没客，一日便坐下许多的债，加五六借

了衙（衒）院本钱，讨了粉头，本利分文不怕你少的。不消说，只开门七件事：柴、米、油、盐、酱、醋、茶，那件不靠这碗水里来？你守着一个孤老，妆王八醋儿，不肯接客，咱拼这根皮鞭断送了你！"一五一十骂个不住。那小妇人只是哭哭啼啼，一声也不做。这些看的人，也有插趣点掇的，也有劝的，纷纷扰扰，不一时也都散了。

明彦便悄悄问那鸨儿道："你女儿恋的是谁？"鸨儿道："是孔公子。"明彦道："莫非孔长史的儿子么？"鸨儿道："正是。"明彦暗想道："那孔长史虽然在宁王面前破我法术，然亦不失为正人。如今看起来，不如将这桩事成就他儿子罢！"便对鸨儿道："我如今要在你家做个下处。"便袖中取出十两雪花银，递与鸨儿。鸨儿笑欣欣双手接了，道："客官在此住极好，咱这女儿虽则如此执拗，随她怎么，咱偏要挫挪她来陪客官就是。"明彦道："我这也不论，况公子与我原有交。"鸨儿道："一言难尽。咱家姓薛，这女儿叫做玄英，自从梳拢与孔公子相好以后，打死也不肯接客，为此咱也恨得她紧。"

当晚，鸨儿也备了些酒肴，叫玄英陪。玄英那里肯来？鸨儿只得将酒肴搬到玄英房里，邀了明彦，鸨儿也自来陪。玄英见鸨儿在坐，不好撇得，只得也来陪。当下明彦也就把些正经劝世的话讲了一番。那鸨儿逢人骗般，随风倒舵，也插了几句王道话。那玄英心中暗想道："有这般嫖客？莫非故意妆些腔套，要来勾搭不成？且看他怎么结局。"不言不语，也吃了几杯。那鸨儿脱身走出，悄悄将房门反锁了，暗想道："若不如此，怎消得他这十两银。"那玄英便道："足下也好请到外面安歇了。"明彦道："正是。"要去开门，只见紧紧反锁上的。明彦故意道："不然同娘子睡了罢。"那玄英道："小妾不幸，失身平康，亦颇自娴闺范，既与孔郎结缡终身，岂有他适？所以妈妈屡次苦逼，缘以孔郎在，不则一剑死矣！"

明彦听了道："此真女中丈夫也！"便一拳一脚，登开房门，叫鸨儿出来道："你女儿一心既为孔郎，不易其志，与那柏舟坚操何异？我明彦也是个侠烈好汉，岂肯为此不明勾当，有玷于人，贻讥于己？且问你家食用，一日可得几何？"鸨儿道："咱家极不济，一日也得两数多用。"明彦道："不难，我为孔郎日逐代偿罢了。"一对一答，整整混了半夜，鸨儿又收拾一间房，与明彦睡了。

到次日，玄英见明彦如此仗义，写一个柬儿，将情意件件开上，叫个小厮去接那孔公子。不一时，小厮转来道："孔相公因老爷初回，不得工夫，先回一个柬儿在此。"玄英拆开看时，上写道：

　　　日缘老父返舍，未获一叩妆次，彼此怀思，谅有同心。接札知明君任侠高风，而能神交尔尔，殆过于黄衫诸豪倍蓰矣。翌日竭诚奉竭，不既。

次日，公子果然来访明彦，感谢不尽。少顷，见一个苍头，挑了两架盒子，一樽酒。公子向明彦道："意欲奉屈至舍下一叙，恐劳起居，特挟樽领教，幸宥简亵。"明彦也称谢不遑，就叫鸨儿、玄英四人同坐，他三人也都把肝鬲道了一番。明彦见孔公子是个风流人物，玄英是个贞节女子，便每人赠他一首诗，孔公子也答谢了一首。明彦从袖中摸出一颗珠子、一枝玉环赠他二人，二人俱各赞赏称谢。鸨儿一见，便眼黄地黑道："怎这珠子多大得紧，好光彩射人哩。"明彦道："这是照乘珠，夜晚悬在壁间，连灯也不用点的。"鸨儿便把玄英扯一把道："既蒙相公厚情，咱们到收这珠罢，好省得夜间买油，这是咱穷人家算计。"大家也都笑了一会。明彦便对公子道："玄英为兄誓死不二，兄也该为他图个地步，或纳为如夫人，或置之于外室，使玄英得其所安，方是大丈夫的决断。"公子道："小弟去岁亡过先室，尚未继娶，如玄英之于小弟，小弟岂忍以妾分置之？但老父薄宦初归，俸余甚淡，妈妈又必得五六百金偿债，是以迟滞至今，安有负订之理。"明彦道："此说何难，弟当措千金为君完璧。"公子称谢道："明早当即禀明老父，以听命也。"又吃了一会酒，大家散讫。

公子次早起来，那晓玉环遗在桌上，适值四方有些人来访，竟便出去迎接。孔长史多年在任，不知儿子学业如何，近来看那种书，一到书房，看见桌上一枚玉环。便惊讶道："这是宁王府圣上所赐之物，前为妖人骗去，如何在此？"竟自拿了，公子一进门，便问他原故。公子初时也遮掩，被父亲盘不过，便把明彦原由说了一遍。孔长史也不做声，竟修一封书与同官。众官将长史书并玉环献上宁王，宁王惊讶，始信妖人幻术，即下令严缉妖人。

孔公子心中不安，若不说知，有误此人，况当日非此银完璧，并赠环珠，今不救走，非丈夫之所为也。竟来见明彦，将父在书房见环修书，同官奏缉妖人之事说知，叫其连夜逃去，勿留受害。明彦笑道："吾见玄英贞节女子，公子风流人物，一时触动，仗义任侠，吾今本欲济人饥寒，解人困厄，如此用心，岂为望报！"正在徘徊，忽然一道清风，管师至矣。哈哈大笑道："贤弟行事，与上天好生无异，无一毫私心，无一点欲念，真不负吾所传矣！但宁王严缉吾弟，此处岂可久留？"说罢，二人化作两道彩云，冉冉而去。孔公子、玄英二人知是神仙下降，成其姻缘，望空拜谢不迭。

一日，差官到长史家，着讨出妖人。孔公子及鸨儿受逼不过，只得拈香望空哀告，祝道："神仙，你明明说解人困厄，今某等受此困厄，为何不来一解？"拜了又祝。不一时，只见云端内，飘飘摇摇……

第三回　刘烈女　显英魂天霆告警　标节操江水扬清

系彼松柏，岁寒凌霄，挺节而弗私邪。吁嗟兮，凤友凰，鸣锵锵，胡为牖穿雀角，衅谤云张。吁嗟兮，万古心，一丝绝，维彼石泐，维彼江涸，而乃声光与斯湮没。

我笑世人碌碌庸庸，无迹可树，无名可传，单只经营算计，愁衣愁食，为妻妾做奴仆，为儿孙作马牛，看看齿衰发落，空手黄泉。这样人，凭他子孙满堂，金珠盈筐，不得个好名儿流传千古，一旦死了，总与粪土一般。甚有高官显爵，受了朝廷厚恩，不思赤心报效，到去反面降夷，屈身臣虏。细细参详，端只为儿女肠热，身家念重，恋恋浮生，决不肯提起一个死字儿，以致青紫无光，须眉少色。倒不如一个红颜女子，烈烈轰轰，视死如归，为夫君增气色，为自己立芳名，充她这念头，能为夫死节，必能为君死忠。只为皇天差了主意，不生她在青云队里，到落她在红粉丛中，岂不可惜！

话说浙江杭州府仁和县地方，有个刘镇，字元辅，原是武举出身，曾做宁波水总，现在军门标下听用，因住候潮门外南新桥大街。其妻颇娴女范，于天启二年七月廿二夜间，梦庭前老柏树，忽然化作青云一道，上天结成五色彩云，飞堕到他身旁，醒来说向元辅，不知主何吉凶。元辅道："老柏乃坚劲之物，化作青云，结成五彩，倘得一子，必然青云得路，想不失为朝廷柱石，劲节清标，能与天地间增些气色。此梦定然是好的。"语未绝口，只觉身腹疼胀，到巳牌时分，却生下一个女儿，元辅道："这梦如何应在女子身上？这也不明。"

且喜此女生来自聪明伶俐，却又端庄凝静。十岁来的时节，唤做大姑。这大姑再不逐在孩子队中间行嬉耍，只是坐在母亲身旁做些针指。那母亲见她伶俐，先教她认些字儿，将那《孝经》教她读了，又将《烈女传》细细与她讲解一番。大姑道："古来烈女，孩儿俱已领略一二，到是我朝人物，未曾晓得，求母亲指教。"那母亲将靖难时，惨死忠臣之女，约有九百余人，都发教坊为娼，不屈而死，如学士方孝孺，妻女贞烈，不能一一尽说。即如解缙、胡广二人，俱是学士，胡学士之女，许配解学士之子为妻。后来解缙得罪身死，圣上把他儿子安置金齿地方，胡广悔亲，要将女儿另配别人。其女割耳自誓，毕竟归了解家。侍郎黄观，夫人翁氏，也生两个女儿，因得罪死于极刑。圣上将翁氏赐于象奴为妻，象奴喜从天降，领到家中，要为夫妇。夫人道："既要我为妻，可备香烛，拜了天地，然后成亲。"象奴欣然出外去买香烛。那夫人携了二女，同死在通济桥河下。这都是宦家之女，不必尽述，我且将本地百姓人家几个烈女说与你听。有个烈女，叫做许三姑，其夫青年入学，未嫁身死。许氏闻之，痛哭数日，满身私置油衣油纸，与母亲往祭灵前。痛哭一场，焚帛之时，将身跳入火中，油衣遍着，力救不能，遂死。这是景泰间远年之事。即近天启元年，梅东巷住有个沈二姑，其父沈子仁，把他许与于潜县中俞国柱为妻，未嫁夫亡。其女在家，守孝三年，父母逼她改嫁，到三更时分，悄悄拜别父母，怀了丈夫庚帖，投河中而死。其时抚按题请建造牌坊，旌扬贞烈。有诗为证：

赴水明心世所奇，从夫泉下未归时。
萧郎颜面情何似，烈女存亡节忍移。
连理萋□鸳对唤，空山寂寞雌双随。
柏舟芳节留天地，薤露哀章泣素騣。

其母讲解已毕，大姑便叹息一声道："凡为人做得这样一个女子，也自不枉了。"其母看他年纪虽只得十岁，志向便自不凡，因道："古人说得好：'国难识忠臣。'男子之事君，犹女子之事夫；男子殉节谓之忠，女子殉难谓之烈。然忠与烈，须当患难死生之际才见得，故又云：'愿为良臣，不愿为忠臣。'那患难死生，是怎么好事？只愿天下太平，做个好官；只愿家室和睦，白首到老。'烈'之一字，用他不着便好了。"大姑道："患难死生之际，那个是要当着他的？只是到没奈何田地，也须从这个字走去，才了得自己本分内事。"其母大加称异，心中想道："这个女儿，后来毕竟能尽妇道的，但不知怎么造化的人家承受他去。"

道犹未了，只见一个媒婆，来与大姑说亲。那大姑连忙避过了。其母问媒婆道："却是那一家？"媒婆道："是吴都司第九子，今住镇东楼下。"其母连忙去请刘元辅来说知。元辅道："这个吴都司是我世通家，况小官又读书的，极好！极好！"媒婆见元辅已应允，如风一般去了。与吴都司说知，吴都司择定好日，率了儿子嘉谏去拜允。刘元辅见了女婿，十分欢喜。那女婿果是如何？看他：

举止风流，何异荀令之含香；仪容俊雅，不减何郎之傅粉。想其丰度，如此霞举，笔底自能生花。

拜望已毕，吉期行礼，把那钗环珠花、黄金彩缎，齐齐整整，摆在桌上。两个家人施了礼，递上一封婚启。元辅展开观看，那启云：

伏以七月瓜辰，金风蔼银河之影；百年丝约，玉杵联瑶岛之姻。爰订佳期，周届吉旦，恭惟老亲翁门下：白雪文章，紫电武库。雕弧负橐，期清塞上风烟；彩笔登坛，会草马前露布。千军总帅，万里长城。挟策祖计然之奇，传范守班姑之诚。女娴四德，门备五长。固宜乔木之兴怀，应咏桃夭之宜室。乃者弱儿，方惩刻鹄；甫令就傅，初识涂鸦。既生瓮牖之寒宗，又非镜台之快婿。赤绳系武，紫气盈庭。掷玉留款，宝细横眉倩丽；折花比艳，青梅绕榻盘旋。用涓吉以荐筐筐，敬修盟而联秦晋。

刘把总接了婚启，收下礼物，款待行媒已毕，徐徐捧出庚帖、鞋袜诸礼，亦修答启一函。启云：

伏以高媒作合，已纳吉而呈样；大贶惠施，荐多仪之及物。占叶风鸣，光传鸾影，恭惟老亲翁门下：山川献瑞，星斗腾辉。类申甫之生神，膺国家之重奇。清平镇静，寝刁斗以无声；怀远保宁，偃旌旗于弗用。郎君袭六里之天香，石傍摹篆；弱息咏一眭之雪色，林下续胶。辱传命于冰人，盟谐两姓；赞分阴于乔木，欢缔百年。惟幸因可为宗，顿忘本非吾偶。谨伛偻而登谢，敢斋沐以致词。伏冀钧函，曷胜荣荷。

回礼已毕，自此两家时时通问不绝。那女婿吴嘉谏，加意攻书，十分精进。庚辰之岁，值许宗师岁考，上道进学，刘元辅不胜欢喜。吴家择定本年八月二十日，乃黄道吉辰，央媒之日，刘家亦忙忙料理妆奁，送女儿过门。时值五月初一，杭俗龙船盛发，大姑与母亲也往后楼观看，果然繁华。有词云：

梅霖初歇，正绛色、葵榴争开佳节。角黍包金，香满切玉，是处玳瑁罗列。斗巧尽皆少年，玉腕五丝双结。舣彩舫，见龙簇簇，波心齐发。奇绝。难画处，激起浪花，番作湖间雪。画鼓轰雷，龙蛇掣电，夺罢锦标方歇，望中水天，日暮犹自珠帘方揭。归棹晚载，十里荷香，一勾新月。

是时，母亲便推开两扇窗子，叫大姑观看。大姑却羞缩不敢向前。母亲道："有我在此何妨。"大姑只得遮遮掩掩，立在母亲背后，露出半个脸庞儿，望着河里，好似出水的芙蓉一般。那看的人，越是蚂蚁样来来往往，内中有一个少年，也不去看船，一双眼不住的仰望那大姑。但见：

> 雪白庞儿，并不假些脂粉；轻笼蝉鬓，何曾借助乌云。溶溶媚脸，宛如含笑桃花；袅袅细腰，浑似垂风杨柳。真如那广寒队里婵娟，披香殿上玉史。比花花解语，比玉玉生香。

那人看见这般容貌，不禁神魂飘荡。便想道："这是刘把总家，一向听说他的女儿十分美貌，始信人言不虚。怎得与这女子颠倒鸾凤一场，便死也是甘心。得个计儿才好！"俯首一想，道："有了！有了！"那大姑自与母亲说着话，微有嬉笑之容，又见那人不住的看，便与母亲闭上窗儿进去了。那人见有嬉笑之色，只道有意于他，不觉身上骨头都酥麻去了。

却道那人是谁？乃是刘家对门开果子行张敬泉之子，小名阿官。这阿官年纪二十余岁，自小油滑，专在街上做一个闲汉。他家有个拳奴，叫名张养忠。这养忠却住在刘把总右首紧贴壁。阿官道："我家在对门，如何能得近他？除非到养忠家里住了，才好上手。"于是买了些酒食，又约了一个好朋友叫做宋龙，竟到养忠家来，摆下酒食，请养忠吃。那养忠道："却是为何？"阿官备道大姑向他微笑之意。养忠道："我有个笑话，说与你听：一个货郎，往人家卖货去。一个女子看他笑了一笑，货郎只道有情于他，相思得病，甚至危笃。其母细问原由，遂到这女子家中，问他笑的意思，果是真情否？女子曰：'我见他自卖香肥皂，舍不得一圆擦洗那黑的脖子。'"大家听罢，一齐笑将起来。后人得知真情，作诗诮之曰：

> 虾蟆空想吃天鹅，贫汉痴贪骏马驼。
> 野草忽思兰蕙伴，鹌鹑难踏凤凰科。

养忠笑罢道："那刘把总是老实人家，他女儿平日极是端重，我紧住间壁，尽是晓得。恐无此意，不可造次。"阿官再三说道："他向我笑，明明有情于我，这事须你做个古押衙才好。"因跪了道："没奈何，替我设一个法儿。"养忠道："只恐他无此意。

若果有意时，这却不难。"阿官又跪下道："果有何计？"养忠道："我后面灶披紧贴他后楼，那后楼就是大姑卧房，晚间扒了过去，岂不甚易？"阿官大喜，便道："今晚就去何如？"养忠道："这般性急！须过了端午，包你事成也。"阿官又跪了道："等不得，等不得！没奈何，没奈何！"养忠道："我在此居住，你做这事不当稳便。我原要移居，待到初六移了出去，你移进来住下，早晚间做事，岂不像意？"阿官道："这都极妙，但只是等不得。今晚间暂且容我试试何如？"养忠只是不肯。阿官与宋龙只得回去，反来覆去，在床上那里睡得着？到得天明，又拿了一两银子与养忠，要他搬去。宋龙便插口道："老张，老张，你这个情，还做在小主人身上还好，我们也好帮衬他，你不要太执拗。"养忠不得已，也便搬去。

过了端午，阿官移到养忠家里住下，叫宋龙在门首开个酒店，阿官在楼后居卧。天色已晚，宋龙排了些酒食，道："我与你吃几杯，壮一壮胆子。"那阿官那里吃得下去？只管扒到梯上，向刘家后窗缝里瞧。只听得刘把总夫妻二人，尚在那里说话响，只得是扒了下来。停了一会，又扒上去张，只见楼上灯光，还是亮的，又扒下来。停了一会，又扒上去，只听得刘把总咳嗽一声，又扒下来。宋龙笑道："这样胆怯心惊，如何去偷香窃玉？"看看半夜，听刘家楼上都睡着了，于是去挖开窗子，便钻身进去。那大姑是个伶俐人，听得咯咯叫有些响，便惊醒了，暗想道："这决是个小人！"登时便穿了衣服，坐起床来，悄悄的听那足步在侧楼上移响。将近前来，便大叫："有贼！有贼！"元辅夫妻听得说"有贼"，忙执灯上楼。那阿官也待要跳出窗去，足步踏得不稳，一交反跌下来。当时被元辅夫妻一把扯住，将绳子捆缚了，道："我家世守清白，那个不知？你这畜生，贪夜入来，非盗即奸，断难轻饶！本要登时打死，且看邻舍面情，即把剪子剪下了头发，明日接众位高邻，与你讲理！"

那宋龙在间壁，听得阿官已被捉住，如何救得出来？慌忙去叫了世达、养忠。养忠道："何如？不听我说，毕竟做出事来！此事如何解救？"宋龙急促里无法可施，只得将锣敲起，街上大喊道："刘把总谋反，连累众邻，众邻可速起来！"这邻舍听得，却个个披衣出来观看，一齐把刘家门来打。元辅听见，下楼开门。不料宋龙、世达直奔上楼，抢了阿官出来，反立在街心，大声道："刘家女儿日里亲口约我到楼，如今倒扎起火囤来。"那大姑在楼上听得此言，不胜羞愧，道："没有一些影儿，把我这等污秽，总有百口，没处分说。不如死了罢。"就把绳子缢死床上。

却说元辅夫妻正在门首，与众邻分青理白，众邻始悉根由，散讫。元辅夫妻上楼，只见大姑已缢死了。元辅道："且不要做声，天明有处。"看看天亮，那阿官尚不知大姑已缢死了，还摇摇摆摆，到元辅门前分说，被元辅一把扯进，拿绳捆了，伴着死尸，自己径往告府拘拿不提。

那时飞飞扬扬，一传两，两传三，传到吴秀才耳朵里。吴秀才正值抱恙之时，将信将疑，正要亲往打听，适值雷雨暴作，不能行走。次日，两更倾盆，一连六日不住。民谣有云：

> 东海杀孝妇，大旱三年。
> 钱江缢烈女，霪雨六日。

吴秀才忍耐不定，初九日只得扶病冒雨往探，只见正将入殓。时值天气颇热，寻大姑两眼大开，面貌如生，更自芬香扑鼻。吴秀才不禁称异，然这污口纷纷，心下还有些儿信不过，心思道："我闻女子的眉发剪下，可搓得圆的。"乃讨剪子剪下，把手一搓，却自软软的，似米粉一般搓圆了。始信其贞烈，恸哭于地，力不能起。左右看的，尽皆掩袖悲咽，莫能仰视。却也作怪得紧，那大姑见吴秀才拜下，便把双目紧闭，流泪皆血，见者无不惊异。吴秀才举手将汗巾拭之，其血方止，更自香气袭人。同里钱长人有诗二首，赠云：

其一

> 死贞事之异，之子更堪哀。
> 荆棘须臾间，芳兰为之摧。
> 相蔑以片言，慷慨起自裁。
> 求之史传中，高行孰可埋。
> 庶几鲁处士，千载共昭回。

其二

> 自古忠臣了自心，从来节烈岂幽沉。
> 投环寂寂月照寝，绝玦轰轰雷振林。
> 数日颡颜神不死，双眸赤泪语无音。
> 香魂彻骨喷千古，弹指之间感昨今。

同郡柴虎臣，作《钱江刘娥词》一首吊之，曰：

> 钱江浩以澄，凤山高以凝。江流山峙间，挺生实奇灵。轰轰刘氏子，家

门奕有英。

三季公卿裔，帝王满汉京。勋伐在皇朝，世居负州城。阿爷百夫长，旗鼓总前行。

阿姥娴壶范，壶内不闻声。爷娘鞠一女，爱惜掌上擎。自小端严相，肌肤如白雪。

娇羞弗敢前，盼睐众尽折。七岁辨唯俞，八九殊席食。十龄通经训，十三学组织。

十五调酒浆，女工咸有则。左右侍阿姥，语言无苟疾。张姓比邻人，妾凯窃窥看。

径托媒妁言，来在爷娘侧。云是第一郎，才貌不世出。红丝天上系，鸳鸯宜作匹。

念是终身托，相做须慎择。闻知少年郎，跌荡行叵测。逊词谢媒妁，齐大非吾敌。

女又薄禄命，那堪执巾枥。陈请既失望，耽耽匪朝夕。有顷侦刘氏，酌酒定婚帖。

举家尽欢喜，女夫吴公子。补邑博士员，文誉乘龙比。纳吉展多仪，请期亦在迩。

视历岁庚辰，利在九月始。爱整嫁衣裳，一切宜早理。无赖张氏儿，愤恚姣媒起。

凤昔闻刘娥，天授多才美。自小端严相，肌肤如白雪。娇羞弗敢前，盼睐众尽折。

七岁辨唯俞，八九殊席食。十龄通经训，十三学组织。十五调酒浆，女工咸有则。

左右侍阿姥，语笑无苟疾。以彼穿窬窥，矢心愿结发。媒约拒不通，嘉偶阻咫足。

楚材晋用□，枉作他人室。甘心得一当，时哉勿可失。况我逼处此，乘便势易为。

黄昏薄夜半，穴隙跳中闺。欲效阳台梦，烂醉入罗帷。处子惊遽起，疾呼知阿谁？

家人以贼获，间族正厥非。仓猝难辨问，女心痛伤悲。罗敷自有夫，乃为贼所窥。

昏夜入房闼，青蝇岂易挥。爷娘掌上擎，常言爱弱息。自小端严相，肌

肤白如雪。

娇羞弗敢前，盻睐众尽折。七岁辨唯俞，八九殊席食。十龄通经训，十三学组织。

十五调酒浆；女工咸有则。左右侍阿姥，语笑元苟疾。行年二八余，中门鲜足迹。

先世清白遗，于飞卜嘉客。无端遭嫌猜，胡然谢口实。涕泪摧肝肠，气结语为塞。

扃户从雉经，一死矢天日。爷娘出毋望，启视悬梁楹。号痛莫救药，讣闻俱涕零。

幽愤动苍穹，风雨来震电。气绝三日夜，容颜好如生。瞠目仰直视，炯炯披双星。

夫家随哭赴，蹢躅痛幽灵。一见遽长瞑，流血达精诚。若翁控所司，列状雪仇雠。

恶少善诋诬，居间要贿赂。覆盆不见察，法网漏吞舟。士民抱愤叹，公论自千秋。

声冤吁明府，义激谁能私。豪暴蠹贞良，瘅痹堪倒施。东海称孝妇，曹娥诵古碑。

处子徇节死，幽芳曷愧之。作歌告来者，俎豆宜在时。钱江流不浊，凤山常嶔崎。

衣冠齐下马，兹是烈女祠。男儿重大义，刘氏以为师。

却说张敬泉见儿子阿官情真罪当，难以脱逃，央了亲友，上门议处。许刘家二百两银子，把房契押戤。元辅起初决不肯。圈至府前，又央人再三求释，元辅只得含糊应之。且那状词，出于主唆丁二之手，府尊临审，把那状词看道："这分明是个和奸！"元辅因有求和之说，又不甚力争，阿官又以利口朦胧府尊，遂以和奸断之。审断已定，只见那主唆丁二在家，蓦地头晕仆地，口作女音道："我的贞烈，惟天可表，你缘何把我父亲状词改了七字，蔑我清操？我今诉过城隍，特来拿你！速走！速走！"言未毕，只听有铁索之声，须臾气绝而死。

那时合郡绅衿愤愤不平，齐赴院道，伸白其冤。院道将呈批发刑厅，刑厅请了太尊挂牌，于六月初九日会审。审会之日，人如潮涌，排山塞海而来。这番刘把总比前不同，理直气壮，语句朗然，说的前后明明白白。两位府尊问已详悉，因断云：

审得张阿官无赖凶棍，色胆包天，窥邻女大姑之少艾，突起淫心，黉夜布梯，挖窗而入，随被大姑惊觉喊捉。刘元辅剪发痛殴，此亦情理所必然者。宋龙、张养忠闻知被执，不思悔过，反鸣锣喊詈，致令处女气愤投环。其为因奸致死，阿官固无逃于罪矣！刘元辅初供强奸杀命，自是本情，乃临审受饵，贪其二百金，遂尔含糊。且更有张自茂思党，亦受贿嘱，顶名宋龙，一帆偏证。在元辅因智昏于利，在自茂真见金而不有其躬矣。地方公愤，群然上控，灼知女死堪怜耳！阿官依律斩；张自茂受财枉法，冒顶混证，应从绞赎；宋龙、张养忠鸣金助喊，各照本律拟徒。

是日，审单一出，士民传诵，欢呼载道，感谢神明云。那时刘太尊亲制祭文，委官往奠。祭文附录于后：

赐进士出身、杭州府刘梦谦，委本府儒学教授张翼轸，致祭于故烈女刘氏大姑之灵曰：呜呼！此女之烈也。其遇暴，暴无玷也则烈。家人立擒，暴之党鸣钲诡厉之。女闻之，义不受污，遂潜自缢死。钲声未绝，而女已绝，其视死如归也则烈。死之后，其父惑于人言，故谬其词，供称和状。冤矣！贞魂不散，能作如许光怪，以自表异。俾一时大夫士以暨齐民，咸咎其父，而代为鸣冤，虽死而有未尝死者存，则更烈。呜呼！始予闻诸孝廉方君，调此女死三日未殓，君亲往哭之，时盛暑，绝无秽气，面如生。其夫婿吴生吊之，初疑不拜也。尸见其夫，则血痕迸于眉目，观者数千百人咸泣。予闻之，泪盈盈承睫也。既而大中丞洪公为予言：讼师丁二实教其父，谬供已成，丁二忽昼日见此女谪之曰："汝改窜讼词七字，致我不白！"言未已，其人大叫，仆地而绝。予闻之，又攫然发上指，而女之大端见矣。先是，予不敏，窃谓都人士惜之，何如其父惜之，供词当不妄。故谓女榻去父母榻数步，孽虏梯牖而入，遂致破瓜。由是观之，无强形也。既孽虏以凤约自诬，冀从和律。予不忍信，以问其父。对曰："不知。"因问之，终对如前。由是观之，不独无强形，且无强证矣。孰知前之供，即此女其杀之讼师教之；后之供，则孽虏之兄号财虏者属居间数人，以舍宅建祠，多金茔葬之说款之，而污贞口也。冤哉！异哉！痛哉！予尝疾夫好事者，取慢不关切、无指实之事，群尊而奉之，以号召通都，为挟持当事之具。今日之事，则殊不然。诸公之义愤同声，盖有不知其然而然者，安知非此女贞魂不散所致哉！予不敏，不能烛其文之误，致烦上台之驳，刑馆刘某奉命于上台，仍属予会勘其事。其父乃叩堂，将前后尽情托出向来被惑状。予与刘公更容从讯尊阃，尊阃陷……。

第四回　彭素芳　择郎反错配　获藏信前缘

露萼临风多烨烨，其如零落路旁枝。
琴心枉托求凰曲，垆衅徒般用酒卮。
慢疑怀春归吉士，那堪载月效西施。
总令繁艳相矜诩，何以幽贞松桧姿。

世上人生了一个女儿，为父母的，便要替他拣择人家高下。某家富贵，方许；某家贫贱，不可许。某家郎君俊俏，可许；某家郎君丑陋，不可许。费了多少心机，那都是时命安排，岂容人情算计！时运不好，富贵的倏忽贫贱；时运好来，贫贱的倏忽富贵。时运不好，那俊俏的偏不受享；时运好来，那丑陋的偏能成立。为父母的，也免不得要留一番心，斟酌其间，总也逃不过个前缘分定。如今试将几个向来富贵，倏忽贫贱；向来贫贱，倏忽富贵，结了亲又退悔的，引证来听一听。

如唐朝两个秀士，一个姓王名明，一个姓杜名诗，都是饱学，自幼同窗念书，颇称莫逆。其年同在法音庵中读书，他两家娘子，都身怀六甲。两个秀士在馆中说道："我两人极称相知，若结了姻眷更妙。"当时便一言相订道："除是两男两女，此事便不谐。"看看临月，果然王明生下一男，杜诗生下一女，两人欢天喜地道："毕竟称我们的心愿。但今日贫穷相订，倘后日富贵，万勿相忘。"於是同在伽蓝面前拜了，各立一誓，自此两人愈加亲厚。

不期同去应试，杜诗却中了，官已至廉访使；这王明只是不中，家道甚是贫穷。但儿子却是聪明，会做文字，年已十八九岁了，杜家并不说起亲事。王明因他向年订盟，料无他变，亦无力娶亲，且自听之。那杜夫人对杜诗道："女儿年已长成，看王家无力来娶，不如接他到任，完了婚配何如？"杜诗道："以我势力，怕没亲么？况王家原未行聘，且又这般清寒，何苦把这女儿送在穷汉手里？我前日曾在朝房里，已许黄侍郎为媳，不久便来行聘。况黄侍郎系当朝元相国极厚的，与他联了姻，仗他些线索，却不更加好看。"夫人不敢相强，只得将女儿嫁与黄公子成亲了。那王明父子这样落窦，如何与那侍郎抗得过？且直隐忍。

岂料三年之间，朝廷抄没了元载，以黄侍郎同党为奸，藉没家产，发他父子岭外充军。却好这年大比，王明儿子叫做用贤，中了进士。那杜诗闻知，懊恨无地，却不迟了？看来世人只为势利两字迷了肚肠，才得发迹，便把贫贱之交，撇在东洋大海。只道黄侍郎泰山可靠，那知速化冰山；只道王秀才贫寒到底，那知转眼荣华。俗证云：

> 万事不由人计较，一生都是命安排。

我朝神庙时，苏州府常熟县有个员外，姓彭名一德，向在太学中，也是有名目的。早丧妻房，单生一女，名唤素芳。自幼聪明伶俐，更自仪容绝世。那员外止得这个女儿，十分珍重，派定一个傅姆，时时伏侍照管他，顷刻不离左右。县中著姓大族，因他是旧家，都央着媒人来求亲。有那家事富足的，新官人不甚标致；有那新官人标致的，却又家道贫寒。高门不成，底门不就，蹉蹉跎跎，那素芳已是十六岁，尚无定议，员外好生忧闷。适值同里有个乡宦姓杨，曾做太守，回家既有势焰，又有钱钞，浼媒来说，员外欣然应允，择了日子，行了聘礼。只见彩帛盈筐，黄金满箧，亲友们都来称贺，那个不晓得素芳许了杨公子。

看看吉期将近，那素芳只是闷闷无言，长吁短叹。傅姆见她愁闷，劝解道："未定姻时，反见你欢天喜地，今定了姻事，佳期将到，正该喜气盈盈，为什么皱了眉头？莫非有甚心事？便对我说说何妨！"素芳低着头道："那公子面貌何如？不知像得那间壁的陆二郎否？"原来那陆二郎乃是贾人陆冲宇之子，住在彭家间壁，素芳常常看见的。傅姆道："杨官人乃宦家公子，那生意人家的儿子，怎么比得他来？定然是杨官人好些！"素芳道："只是等我见一面，才好放心。"傅姆道："这有何难！公子的乳母却是我的亲妹，我明日见妹子，对他说这缘故，叫公子到后街走过，你就看看，何如？"素芳把头一点，那傅姆，果然去见妹子，对公子说这缘由。

这公子大悦，打扮得华华丽丽，摇摇摆摆，往后街走一转。傅姆推开窗子，叫素芳看。素芳看了，径往房中去，把门掩上，寻条绳子，缢在床上。博姆推进房门见了，吃一大惊，忙忙解下绳子救醒了，从容道："公子虽不甚俊俏，却也不丑陋，只是身子略略粗岔些，尽是穿着得华丽。况既已许定，终身难改，如此短见，小小年纪，岂不枉送了性命！"素芳道："我闻之：夫妇，偶也。嘉偶曰配，不嘉吾弗配矣！宁可死了罢！"傅姆道："小姐且自忍耐着，待我把你的意思，与员外说知，看员外意思如何？"

傅姆即把这意对员外说，那员外把傅姆骂着道："痴婆子，这样胡说！许定姻亲，况是宦门，如何更易得！"那傅姆回见小姐道员外是不肯的意。那素芳却又要去寻死。

傅姆竭力劝住道："等我再去，委曲与员外说便了。"傅姆又去，将小姐决然不肯，屡次寻死之意说了。员外呆了半日，欲得顺他的意，怎么回复杨太守？如不顺他的意，又只得这个女儿，终身所靠，倘或一差二误，叫我靠着谁来？再三踌躇，无计可施。又问傅姆道："杨公子这样势力，这样人品，还不中意，却怎么的才中他意？"傅姆道："前日小姐曾私下问我，说杨公子面貌，可像得间壁陆二郎否？想他的意思，却要如陆二郎的才好。"员外听说，又呆了半日："这事叫我难处！"傅姆笑着道："员外，我到有一计在此，不知可行否？"员外道："你有何计，且说来。"傅姆道："我去叫那陆二郎来，今晚私下与小姐成就了，完她这个念头，后来仍旧嫁杨公子，岂不两便？"员外骂道："痴婆子，这样胡说！依我想来，若要成就这事，须得如此如此方可。"那婆子点点头道："好计！好计！"

於是忽一日，员外与傅姆嚎嚎大哭起来，说小姐暴病死了。吩咐家人，一面到杨太守家报丧，一面买棺殡殓开丧。到了三日，杨太守领了公子，行了吊奠，四邻八舍，也都只道小姐真死了，也备些香纸来吊。又过几日，员外叫傅姆去唤陆二郎来，悄悄说道："我女儿实未曾死，只因看得杨公子不中意，决然不肯嫁他，只是寻死觅活，故此假说死了。我想小小年纪，终是要嫁的，若嫁别门去，未免摇铃打鼓，杨家知道，成何体面？想你住我紧间壁，寂寂的与你成了亲，有谁得知？我私下赠你些妆奁，你又好将去做本生理，岂不两便？"二郎听说大喜，归与父亲说。父亲听说，摇首道："这却使不得！我虽生意人家，颇知婚姻大礼，若不明公正气，使亲友得知，就是过门来，终是不光采的。断然不可。"二郎见父亲不肯应允，闷闷的来回复员外，员外亦闷闷不乐而罢。

傅姆在旁听见，私下拉二郎说道："这有何难！你今晚瞒了父亲，可到后园，叫小姐多带些银两，雇了船，远方去了，岂不快活一生。"二郎道："员外只得这位小姐，如何肯放远去？"傅姆道："连员外也瞒了，却不更好。"二郎欢喜，应允而去。那想这小官家终是胆怯，日间虽则允了，夜来睡在床上，反来覆去，右思左想道："去倒同去，倘或杨家知觉，必至经官，倘或路上遇捕缉获了，怎么抵对？"再三踌躇，心里又要去，又害怕，迟疑不决，不敢出门。

却说素芳见说与二郎相约已定，到二更时分，与傅姆身边各带了二百余金，又有许多宝饰，伏在墙下，只等二郎到来。不多时，远远见一人走来，昏夜之间，那里看得分明？傅姆便低声叫道："二郎，来了么？"那人便应道："怎么？"傅姆道："我们束缚定当，只等你来同行。"傅姆与素芳连忙将宝饰箧儿递与此人。傅姆问道："这里到河口，有多少路？"那人看他两个女人，黑夜里这般行径，定有缘故，答道："河口不远，快走！快走！"三个人奔到河口，唤了小船，行了三十余里，天光渐亮。那素芳与傅姆将那人一看，却不是陆二郎，乃是对门牧牛的张福，形貌粗丑，遍身癣癞，素芳便要投河而死。傅姆再三劝住，张福摇了船，径到虎丘山堂上，租赁一间房子居住。那张福该他时运好来，不消三日，癣癞俱光了，形貌虽则粗丑，为人却自聪明乖巧，性格又温柔，凡事却逢迎得素芳意儿着。素芳渐渐也有些喜他，与他些银子制些衣帽，打扮得光光鲜鲜，竟与他成了婚配。

却说员外在家，不见了女儿，定道是陆二郎同走了，再不道落在张福手里。间壁去看，二郎却还在家，又不好外面去寻，不寻心下又实难过，只得昏昏闷闷，过了日子。

却说张福与素芳、傅姆，同住虎丘山堂上，约有数月，闭门坐食。傅姆道："张官人，须寻些生意做做才好，不然怎么过得这日子？"张福与素芳商量，却再没些便宜生理：若在此开店，恐有来往的人认得；若要出外走水，家里无人，却又心下舍不了素芳。展转思量，再无道理。又耽置了月余，正好是七月七日，张福买下些果品酒食，与素芳、傅姆并坐乞巧。三个你一杯，我一盏，未免说着些家常话儿，不知不觉却都醉了。张福装疯作痴与素芳搂抱玩耍，上床高兴，做了些事业，两个身倦，都睡熟去了。直到次日已牌时候才醒转来，只见门窗大开，傅姆叫道："不好了，被盗了。"连忙上楼看时，箱中衣物都不见了。

素芳所带，约有千余多金，尽行偷去，无计可施，素芳只得绣些花儿卖了度日。却又度不过日子，将身上所穿衣服，卖一分，吃一分。看看冬已到，身上甚是寒冷，素芳只是哭哭啼啼的。傅姆道："小姐，你真自作自受，本等嫁了杨公子，吃不尽，用不尽，那有这苦楚？如今自苦了也罢，却又连累我苦，着甚来由？不如速速回去，依然到员外身边，还好度日。"素芳道："说到说得是，只是我既做下这般行径，还有甚颜面去见父亲？"傅姆道："员外只生你一个，不见了你，他在家不知怎样的想你。若肯回去，见了自然欢喜，难道有难为你的意思么？"素芳道："就是要回去，也须多少得些路费，如今身边并无半文，如何去得？"左思右想，再没区处。

桌上刚刚剩得一个砚台，素芳道："这砚台是我家传，或者是旧的，值得几百文钱也未可知。"张福持了这砚台，径到阊门街上去卖。走了一日，并没一个人看看，天色将晚，正待要回，吊桥上走过，恰好撞着一个徽州人，叫拿砚来看，张福便双手递过去。那徽州人接来一看，只见砚背有数行字刻着，却是什么？其词云：

　　昔维瓦藏，歌女贮舞焉；今维砚侑，图史承铭焉。呜乎！其为瓦也，不知其为砚也，然则千百年之后，委掷零落，又安知其不复为瓦也。英雄豪武，人不得而有之，子墨客卿，不得而有之，吾嗒然有感於物化也。

东坡居士题

原来这砚是魏武帝所制铜雀瓦，那徽人是识古董的，反来覆去，念了又念，看了又看，心里爱他，不忍放手。便道："我身边不曾带得银子，你可随我到下处，就称与你。"即问张福道："这砚从那里得来？"张福道："是我家世代传下的。"到了下处，那徽州人道："你要几两银子？"张福听见说几两银子，心下大喜，索性多讨些，看他怎说，答道："须得百两。"徽州人道："好歹是四十两，就进去兑银子与你。"那徽州人原是做盐商的，坐等一会，只见兑出四十两纹银来。张福不肯，持了砚台就走。那徽州人扯住他道："你后生家做生意，怎么是这样的？"添到五十两，张福也便卖了。

得了五十两银子，欢天喜地，走到家来，摆在桌上。素芳、傅姆吃了一惊，张福备述其事。素芳道："如今有了盘缠，回去也罢。"张福自想道："倘小姐回去，嫁了别人，怎么好？总不别嫁，那员外如何肯认我这牧牛的女婿？"便说："回去不好，不好！不如将几两银子开个酒店，小姐与傅姆当了炉，我自算帐会钞何如？"傅姆道："这却使得。"于是兑了十两银子，买了家伙食物，开起店来。日兴一日，不上一月，这十两本钱，倒有对合利息，三人欢喜之极。

忽一日，有一人进店吃酒，只管把张福来看。张福看他一看，却认得他是彭员外的管家李香。张福连忙进内，通知素芳、傅姆躲到间壁去了。那李香虽认得是张福，看他形貌比当初不同，心里只管疑心。忍耐不住，只得问道："你是我对门看牛的张福么？"张福道："正是。"李香道："你难道不认得我？"张福假意道："认倒有些认得，却叫不出。"李香道："我就是彭员外家李仰桥。"张福道："为何得此？"李香道："那陆二郎走漏消息，说我家小姐假死，杨太守得知了，说我员外赖他姻事，告在府里，故此着我来打点衙门。"因问张福道："你却为何在此？"张福道："我在此替人走递度日。"李香道："也好么？"张福道："什么好？只是强如看牛。"李香说话之间，并不疑心，吃罢，算还酒钱，张福决不肯收他的，李香千欢万喜，作谢而去。

张福见素芳，备述陆二郎走漏消息，杨太守告员外之事。素芳道："这般说，却在此住不的了，须到远方去才好。"张福道："我倒有个堂兄，现为千户，住在北京，只是路远难去。"素芳道："只我三人，十余两盘费便可到京。"随即收拾店本，妆束行李，搭了粮船，三个月日，径到张湾。张福雇了牲口，先进了京。那京城好大所在，那里去寻这张千户？一走走到五凤楼前，看了一回，实在壮观。有赋云：

> 三光临耀，五色璀璨。壮并穹窿，莫罄名赞。凭鸿蒙以特起，凌太虚之汗漫。乎云霞之表，巍峨乎层汉之半。篷天关以益崇，炳祥光而增焕。目眩转於仰瞻，神倘恍於流盼。

张福看了，不禁目眩神摇。正东走西闯，忽见一个官长，骑着马儿，远远的来，近前一看，却就是张千户。张福扯住道："阿哥！阿哥！"那千户有数年不见了张福，况今形貌又改换，那里认得他？张福说起祖父旧事，千户才晓得是张福，便问道："你在家为人牧牛，如何到这里？"张福也囫囵的答应了几句，竟去搬了家眷，到千户家住下。素芳对张福说："在此也不是坐食的，须开个小小店儿方好。"张千户便指着道："间壁到有空房四楹，尽可居住做生意。只是屋内有鬼作祟，凡进住者，非病即死。"张福道："这也是个大数，不妨！不妨！"

於是夫妻二人并傅姆，俱移过去，修葺扫除一番。只见黑夜中，地上隐隐有光，张福道："这却奇怪，必有藏神在此。"寻了锄头，掘不盈尺，果有黄金数块，像方砖一般，砌在下面。砖上俱镇着"张福泊妻彭氏藏贮"数字在上。两人大喜道："可见数有前定，我两人应该做夫妻。这金子上也刻着我两人的名姓，若在虎丘不遇李香，如何肯到这里收这金子。"将金数来计十块，每块计重六斤，共有千两之数。陆续变换了银子，便开一个印子铺。日盛一日，不三年，长起巨富，在京师也算得第一家发迹的。张福也就将银千两，纳了京师经历。富名广布，凡四方求选之人，皆来借贷并寻线索。京师大老，内府中贵，没有一个不与他往来，皆称为张侍溪家。这话不提。

却说那彭员外，原是监生，起文赴部听选，该选主簿之职。若要讨一好缺，须得五百金，身边所带尚少，因问房主道："此处可有债主？为我借些，便利银重些也罢。"房主道："这里惟张侍溪家钱最多，专一放京债，又是你常熟县人，同乡面上，必不计利。"明日，彭员外写了一个乡侍教生帖儿，叫家人李香跟了，去拜张侍溪。侍溪偶他出，不得见。明早又来拜，长班回道："俺爷还未起哩！要见时，须下午些来。"下午又去，只见车马盈门，来访宾客络绎不绝，那里轮得着彭员外？员外只得又回来。次日午后，又去拜，长班回道："内府曹公公请吃酒去了。"员外心下甚是焦闷。

迟了十余日，长班才拿彭员外的帖子与张侍溪看。侍溪看了大骇，连忙要去回拜，却又不曾问得下处，吩咐道："如彭员外来，即便通报。"那长班在门首，整整候了两日，并不见来到。第三日，彭员外只得又来，只见门前车马仍是拥满，候见的人都等得不耐烦，向着长班求告道："我是某某，要见，烦你通报声。"连忙送个包儿与那长班，那长班那里肯要？只回道："俺爷没工夫。"彭员外也只得陪着小心，换一个大样纸包，与那长班道："我是你爷同乡彭某，求速通报一声。"那长班听见彭某某字，便道："爷前日吩咐的，正着小人候彭爷。"长班进报，即出请进内堂相见。

那些候见的官儿，个个来奉承员外，都来施礼道："失敬！失敬！我是某某，烦老先生转达一声。"那员外欢天喜地，进去相见，却再不晓得张侍溪就是张福，即见面也总不认得了。到堂施了礼，那张侍溪道："请到内房坐。"吩咐快备酒席。那彭员外暗想道："我与他不过同乡，没有些儿挂葛，为何请到内房？必有原故。"只见转进后堂，那傅姆出来，磕了一个头。员外认得傅姆，大骇道："你如何在这里？"傅姆道："小姐在内候见。"员外大骇大喜，进内，小姐相见拜了，坐定问道："张侍溪是你何人？"小姐笑道："是你女婿。"员外想了半日："我常熟并没有这个人。"又问道："这张侍溪在常熟什么地方住的？你因何嫁得这个好女婿？"小姐并不回话，只是咯咯的笑。

少顷，张侍溪酬应未完，只得撇了众客，进来陪坐，将京师事情两个说了一番。员外因谈及自己谒选之事，侍溪问道："岳父该选何职？"员外道："主簿。"侍溪笑道："主簿没甚体面，不如改选了州同。小婿当竭力主持，并讨一好缺，何如？"员外道："须用费几何？"侍溪道："岳父只管去做官，银子小婿自用便是。"即日盛席款待，并唤跟随管家进内待饭。那管家就是李香，数年前曾在虎丘见过，倒认得是张福。又私下问傅姆，得了根由，悄悄的对员外说了。员外大骇，又大喜道："不料这看牛的到有今日！"小姐算得员外要晓得的，索性把始末根由细告诉一番。

员外叹息道："可见是前身之数。你别后，那陆二郎走漏消息，杨太守知道了，告我在府里，整整涉了两年讼，尚未结局。今他家中一场大火，烧得精光。太守已死，公子又好嫖好赌，如今饭也没得吃了。你从前见了一面，就不肯嫁他，是你的大造化。至于你要嫁的陆二郎，不上二十岁，怯病死了，若一时失身於他，今日反要守寡。向日他父亲执定不肯，毕竟是你有福，该有今日荣华。只是我近日讼事多费，家业凋零，须讨得个上缺做做才好，这全靠女婿。"素芳道："女婿在京线索甚熟，就是大老先生，俱来向他寻路头。父亲的事，就是自己事一般，自然全美，不必挂念。"

过了几日，却是选期，侍溪与岳父先干办停妥，径选了湖广兴国州州同之职。员外大喜，却又愁了眉头道："官到靠了女婿做了一个，只是年已半百，尚无一子，彭氏绝矣！奈何！"素芳道："这有何难？替父亲娶一个妾回去便是。"即捐百金，寻得了花枝相似的一个，与父亲为妾，叫做京姨。又将三百金为父亲路费，凭限到手，即收拾赴任。到任未几，知州已升，即委州同署印，年余，极得上司欢心。元宵之日，上府贺节。那京姨在衙大放花灯，烟火流星，通宵不绝。有诗为证：

敞筵华月霁澄空，灯火高悬锦里逢。
座握龙蛇浑不夜，星驰非马似生风。
初疑香雾浮银界，忽为金莲照绮丛。
胜事莫教催玉漏，纷纷游骑满城东。

那京姨放流星烟火，火药脱在空房里，烧将起来。私衙与堂库化做一片白地。库内烧去钱粮万余两，衙内囊资不计其数，上司拿员外禁在武昌府监中，不题。

却说张侍溪原是京府经历，恰好升了武昌府通判，到任两月，即署府篆，为岳父之事，竭力在上司讨情。那上司在京中之时，都向他寻些线索，且又有些帐目，於是将彭州同释放了。但回禄之后，虽生一子，身中却无半文蓄积，张侍溪即请到衙内，养老终身。后来侍溪官至同知，家赀百万，甲於吴邦。你看当初，彭员外只生一女，要仰攀高亲，若劝他把女儿与这放牛的，他决不肯。谁想数年之内，杨公子穷饿，陆二郎夭死，单单受这牧牛无限恩惠。俗语云，"碗大的蜡烛，照不见后头。"我劝世人，再不要安排算计，你若安排算计，天偏不容你安排算计。合升州山人也："运去良金无绝色，时来顽铁有光辉。"张福之谓也。

第五回　云来姐　巧破梅花阵

五遁奇门述，株株见□□。
步罢被锦伞，咤叱起□□。
逐崇宗丹篆，传刀有□□。
只今挥指辈，谁复是阴谋。

凡人祸福死生，都有个一定之数，那一个能挽回得来？就是那至圣如孔子，也免不得陈蔡之厄；大贤若颜子，也免不得三十之夭。然古今来亦自有法家术士，凭着自己手段，岂无转祸为福、起死回生的时节？究竟能转移得来，这就是个数。我看世界上人，只随自己的性儿，怪着这个人，便千方百计去陷害他，加之以祸，置之以死。除非那个人该当要死，该当有祸，才凑着你的机关；不然你去算计人，人也会来算计你。纵使这个人被你算计倒了，或是自己限余势力不能还报，或一时躲过了，却不知那个青天湛湛，最肯为人抱负不平，断断不容你躲过。这却不是使心用心，反累其身么！

话说近年间，山东东昌府有一个员外，姓富名润。单生一女，生下之时，只见仙乐绕绕，异香袭人，满室中都是彩云围结，以此名唤云来。年长到十五岁，丰姿清秀，体态妖娇；更兼聪明慧巧，好看异书，凡天文地理，阴阳卦命，无所不通。以此为人占卜祸福，课算生死，应验如神。凡有人来求他的，只是不肯轻试。然又心肠极慈，但遇那贫穷孤苦之人，又肯极力为她出步醋力。

忽一日，紧间壁一个妈妈姓段，那段妈妈六十於岁，半世守寡，望靠着一个儿子，叫做段昌。段昌出外生理，日久不回，妈妈终日想望，杳无音信。心下记念不过，走到间壁，去求云来姐占卜，云来姐再三不肯。

十里之外，有个专门课卜的，叫做石道明。那石道明课卜，凡人死生祸福，丝毫不差。每课足足要一钱银子，若一课不准，情愿出银一两，反输与那上人，所以远近的人，纷纷簇簇，都来向他买课。然买课的人极多，略去迟些，便轮他不着。那段妈妈起了一个五更，走到石家门口，却又有数十人等着他，那里轮得着妈妈？妈妈等到晚，只得回来，次日五更又早去，又轮不着。一连七八日，再不能轮着妈妈，忧闷之极，索性起了个半夜，到他门首坐着，等他开门。因想念儿子，便苦苦咽咽，哭将起来。道明听见门外有人哭响，便起来开门，叫妈妈进来，问他缘故，妈妈告诉了一番。将那课筒儿搦了，祷告天地已毕，道明占下一卦，便叫道："阿呀！阿呀！此卦大凶！你儿子命断禄绝，应在今夜三更时分，合当在碎砖石下压死。"妈妈听说，慌忙还了卦钱，一路哭到家里，且是极其哀切。正是：

> 世上万般哀苦事，无非死别与生离。

那云来姐在间壁，听得哭声甚是凄惨，便去问妈妈道："你每日欢欢喜喜，今日何故哭得这样苦切？"妈妈晓得云来肠肠极热，且又精於课数，便道："我守寡半世，单单靠着这个儿子，今命在旦夕了！"又大哭起来，云来道："你怎么便知他要死？"妈妈把石道明的话说了一遍。云来道："难道石先生这样灵验？将你儿子八字念来，我替她课算一命看。"妈妈便将八字说与云来，云来将手来轮着，又排一卦，仔细详断。呆了半晌，便把头来摇道："石先生真是神仙，果然名下无虚。你的儿子果是今夜三更，要死在碎砖石下。"妈妈听了大哭，昏仆在地。这些邻舍们走来看，也有眼泪出的，也有替她叫苦的，也有拿姜汤来救她的，团团簇簇，计较真是没法。

只见云来微微的冷笑道："还不妨，有救哩！"这些邻舍们见说有救，便都向云来齐齐施出礼，求道："云小姐，没奈何，看这妈妈可怜得紧，救人一命，胜造七级浮屠。便看我众人面上，救他一救。"云来道："救到救了，只是石先生得知，要怪我哩！"那妈妈时想道："这个女子，却又说天话了，难道石先生不准了不成？"然又心下放不过，或者她有些法儿，能救得也不可知。便向着云来拜下两拜道："姐姐，若能救得我儿子，便是重生父母，再长爹娘。"云来道："你若依我吩咐，包管你儿子不死。"妈妈大喜道："但凭吩咐，敢不遵依。"云来道："如此如此，你可速速备办。"那妈妈连忙应允，一一备下。

只见三更时分，云来到她家，贴起一位星官马，点起两支大烛，一盏油灯，一碗清水，一个鸡子，摆在中堂。又对妈妈说："你可剪下一缕头发来。"妈妈只得应允，剪下递与云来。云来将头发缚在木杓上，左手拿了木杓，右手搦了真诀，口内念念有词，到门首把大门连敲三下，叫妈妈高叫三声，道："段昌！段昌！段昌！"已毕，云来自回家去。看他应验何如？正是：

青龙共白虎同行，吉凶事全然未保。

且说段昌出外长久，想念家里，心忙缭乱，径奔回家。饥餐渴饮，一路辛苦，不在话下。因赶路程，不觉晚了。只见：

金乌渐渐坠西山，玉兔看看上碧栏。
深院佳人频报道，月移花影到栏杆。

天色已晚。怎见得那晚景天气？有只词儿，单道晚景，词名《满庭芳》：

山抹微云，天连衰草，画角声断樵门。暂停征棹，聊共饮芳樽。多年蓬莱旧事，空回首，烟霭纷纷。斜阳外，寒鸦数点，流水绕孤村。断销魂。当此际，香囊暗解，行李轻分。谩赢得、秦楼薄幸名存。此地何时见也，襟袖上、空染啼痕。伤情处，高城望断，灯火黄昏。

段昌见天色晚了，入城还有四十里路，如何走得及？前不着村，后不着店，怎生是好？正忧虑间，忽然飞沙走石，狂风猛雨，满身透湿，慌忙走入一个破窑内躲避。那雨果是来得猛烈，段昌见雨大，又睡不着，做得一首词儿消遣，名《满江红》：

窑里无眠，孤栖静，潇潇雨意。南楼近，更移三鼓，漏传好永。点点不离杨柳外，声声只在芭蕉里。也不管，滴破故乡心，愁人耳。无似有，游丝细，聚复散，真珠碎。天应吩咐与，别离滋味。破我一窑蝴蝶梦，输他双枕鸳鸯睡。向此际，别有好思量，人千里。

词毕，已是三更时分，正要合眼，梦里神思不安，忽听得外面三声响亮，高叫道："段昌！段昌！段昌！"却似我母亲声音，如何到了这里？慌忙出来看时，四下里又不见些影儿。正要复入窑中蹲作片时，只见一声响，原来破窑被雨淋倒了，几几乎压死。段昌连忙住了脚，唬得魂不附体，叫了几声观世音菩萨，道："我段昌这时节，想是灾星过限，要略迟一会，岂不死在窑中？我家老母不得见面，这骨头也没处来寻，好不苦也！亏了神明保佑，还有救星，明日回家，大大了个愿心。古人说得好：'大限不死，必有后禄。'我段昌后来，毕竟还要好哩！"十分欢喜，到那碎砖内，寻拨行李，挨到天明，入城到家，见了母亲。

那母亲见了儿子回来，喜出望外，心里想道："这云来姐果然有些意思。"连忙抱住儿子，哭了几声，道："我的儿，你缘何得早回来？我昨日到石先生家买卦，说昨夜你三更时分，该死在碎砖内，因此回家大哭，昏倒在地，亏了邻舍家，都来救醒。你如何今日得好好的回家？这石先生的课，却卜不着了。"段昌道："不要说起，说也奇怪。孩儿因赶路辛苦，天晚不及入城，且又大雨狂风，无处存身，只得躲入一个破窑内去。将近三更时分，梦寐中只听得母亲在外叫我名字三声，慌忙走出来看，四下里寻，又不见母亲。正待要复入窑中，只听得应天一声响，破窑被雨冲倒，几乎压死在窑里。这却不是石先生课卜得着了？只是说我该死，我却没死，这又卜不着了。我闻他一课不准，输银一两。母亲可去问他讨这一两银子，完了愿心，谢这神明。"妈妈道："石先生算不着，不必说起，却又有一个卜得着的，这个人却是你的大恩人，你可速速拜谢她。"段昌道："却是那个？"妈妈道："是间壁云来姐。"段昌道："他是个香闺弱质，却如何有这灵应？却是怎么样救我的？"妈妈将夜来演镇之法，一一说与段昌知道。段昌即忙走到富家，向云来姐深深的拜了四拜，一面叫了一班戏子，摆起神马，备下牲醴，又盛设一席，请云来上坐看戏。

戏完，到了次早，妈妈道："我同你到石先生家，讨这一两银子，看他怎么样说。"於是母子同往石家讨银。石先生见了妈妈娘儿两个，默默无言，满面羞惭，只得输银一两，付与妈妈去了。心中暗想道："我石道明从不曾有不准的课，这课却如何不准了？好生古怪，必有原故。"私下叫儿子石崇吩咐道："你可悄悄到富家门首打探，看段昌却如何得救。"石崇果然到段家相近，只听得这些邻舍，飞飞扬扬，传说段昌夜间之事：石先生起课不灵，却亏了富家云来姐这般演镇，得有救星。那石崇回去，一五一十告诉了石先生，石先生道："这丫头这般可恶，我石道明怎么肯输这口气与他！"眉头一展，计上心来，道："我有处，我有处！"

却说那富家村有个邓尚书的坟墓，墓旁有个大石人，离云来家里只有一里路。到了三更时分，石先生到邓尚书坟里，朝着石人左手搯诀，右手仗剑，把一道符贴在石人身上。口内念念有词，道声："疾！"那大石人却也作怪得紧，径往空中飞了去。道明暗喜，说："这番这丫头要死也。"那料云来日间演下一数，早晓得自家该於三更时分，有大石人压在身上。於是画起一道符，贴在卧房门上，房内点了盏灯，对灯坐着不睡。到了三更时分，果然一阵鬼头风，从西南上来，却有一块大石应天一响，把房门一撞，恰好撞着那符儿，大石人跌倒在地。云来开门看时，笑道："原来果如我所料，这石先生却要拿石人压我身，害我性命，心肠太毒。我却不下这样毒手，只略略用个法儿，小要他一场。"放是又画一符，左手捻诀，右手持一碗法水，把符贴在石人身上，口中念念有词，喷了一口法水，道声："疾！"那大石人又飞也相似从空而去，

却好端端正正当对着石先生墙门立住。石先生那里料他有这手段！到了天明，正要叫儿子去富家门首，打听云来消息，开门一看，只见一个大石人，当门而立。吃了一惊，连忙叫石先生来看，也吃一惊，道："这丫头倒有这手段！"

却说那石家墙门甚小，那大石人当门塞住，只好侧着身子出来进去，好生苦楚。那些买卦的人，约有百人要进门，却又进不得，只得又号召许多邻舍，死命合力去抬，那石人动也不动；石先生无计可施，又用下百般法术遣他，只是一些不动。约有一月，这些买卦的人，因进出不便，多有回去，却又一传三，要来买卦的，都不来了。

石先生见没了生意，石人当门，进出又难，又百法遣他不去，心上闷之极。无可奈何，只得备了些礼物，亲自到富家拜求。云来只是不理他，只得到间壁去见段妈妈，千求万告，要妈妈去讨个分上。妈妈因石先生为着自己儿子，所以起这祸端，只得到云来姐房内，婉转代求。云来道："我并不收他些毫礼物，只要他跪在我大门首，等我与他一个符儿去。"妈妈传言与石先生，石先生只得双膝跪在门首。约有两个时辰，只见妈妈传出小小一张符儿，递与石先生。石先生将符看时，称赞道："我石道明那一个法不晓得，只这符儿却从来不曾见。"欢天喜地，走到门首，将符贴在大石人身上。那石人好生作怪，倏尔从空飞去，仍落在邓尚书墓前不题。

却说那石先生只是心中愤愤不快，恨着云来，又没个法儿去报复他。闷闷之间，戏笔题道：

> 闲似江淹去笔，愁如宋玉悲秋。
>
> 子瞻不幸贬黄州，寡妇孤儿独守。

正在昏闷之间，却有个相厚朋友，姓乌名有，携了些酒食来与石先生解闷。两人对酌，说了些闲话，未免说到家常事来。那乌有道："我今星辰不好，整整的病了半年，这恶星辰不知几时得出？"石先生道："不难，你明早可来，我与你将八字排看，便知明白。"那乌有喏喏而去。

次早，乌有先到来，将八字与石先生排看，又占下一卦。石先生连声叫道："阿呀，阿呀！不好，不好！可怜你年五十岁，却该本月十五日子时暴疾而死。"乌有慌着问道："还有救么？"石先生又仔细看道："断没有救。奈何，奈何！"叹息道："我与你相好一生，无以为赠，送你白银二两，可去买些酒食，快活吃了，待死而已。死后衣裳棺木，俱是我买。"乌有收了银子，大哭出门，有词《江城子》云：

> 西城杨柳弄春柔。动离忧，泪难收。犹记多情，曾为系归舟。碧野朱桥

当日事，人不见，水空流。韶华不为少年留。恨悠悠，几时休。飞絮落花时候了，一登楼。便做春江都是泪，流不尽，许多愁。

乌有大哭归，将银子买了些酒食，与妻子吃了分别。妻子道："石先生也有算不着的时候。"因把那云来姐救段昌之事说了一回，道："怎得那云来姐救救才好。"乌有道："我与富家并没往来，他如何肯？"妻子道："要求性命，也说不得，我与你同去求他便了。"夫妻二人哀哀出门，乌有道："石先生说断没有救的，今去见云来姐，恐亦无救处，到多了这一番事，不如不去也罢。"妻子道："万一有救，也未可知，且又不费什么，好歹走这一遭。"於是急急同到富家门首。妻子径到云来房内，备说其故。云来想道："那石先生道我破他的法，他好生怀恨，今番又去破他，却不仇恨越深了？"再三不肯。那妻子大哭，跪了拜求。云来姐的肚肠，却是极慈的，见她哭得这般哀切，又求得这般至诚，便一把拽起那妻子，道："你且说你丈夫八字来看。"妻子说了八字，云来把手一轮，便道："你丈夫果然该死。"妻子道："可有救么？"云来道："怎么没救？"妻子哭道："只求姐姐救我丈夫一命。"云来道："我救便救，只是不要对石先生说便好。"妻子摇手道："决不！决不！"云来画了一张符，递与那妻子，道："你快回去，买七分斗纸，时鲜果品，香花灯烛，净茶七盏，七盏斗灯，於洁净处排下，将符烧化了。待四更时分，烧香跪下，伺候北斗星君朝玉帝而回，云驾打你头顶经过，你却要志诚诵念大圣北斗七元君。"妻子与乌有欢喜拜谢到家，一一全备，斋戒沐浴，换了新衣。

夜至四更，夫妻二人一心朝着北斗而拜。果然人有善念，天必从之，不多时，遥遥望见北斗七星。闪闪烁烁，明晃晃的。如有白日，碧天如洗，忽然彩云飞起，果然好光景。有词为证，词名《醉蓬莱》：

> 渐看月明下，陇首云飞，素秋新霁。华阙中天，镇葱葱佳气。嫩菊黄深，拒霜红浅，近宝阶香砌。玉宇无尘，金茎有露，碧天如水。正值升平，万几多暇，夜色澄鲜，漏声迢递。南极星中，有老人呈瑞。此际宸游，风辇何处？度管弦声脆。太液波翻，披香帘卷，月明风细。

只见那彩云飞处，果然七位真君，金童玉女持着彩幡宝盖，按着云头而下。那乌有跪了，苦求阳寿。那第一位真君道："你是辰申生人，系第五位北斗丹元廉真冈星君所管。"那第五位真君道："你命该尽，因你致诚恳告，增寿一纪。"乌有听罢大悦，低头便拜。忽然一阵香，抬头看时，冉冉从碧空而上，须臾不见了。自此乌有月月奉斋

中国禁书文库

斗素，行方便，作好事，寿果七十。这也是后话不表。

次早，夫妻二人同去拜谢云来。云来又嘱咐他，决不可对石道明说，二人应允而回。乌有道："虽是云来姐救我性命，也亏石先生课算，对我说该死，故我才求救星。若他不与我课算，却不昨夜鸣乎哀哉了！只是他说我断断没救，却又不准了。今日去谢他，看他怎么说？"妻子道："去便去，千万不要说是云来姐救你的。"乌有应允而去。见了石先生，那石先生呆做一团，道："你却如何得活？是那个救你的？"乌有说："我夜来并无暴疾，也并没人救我，却是北斗星君救的。"石先生道："你如何得见星君？星君如何救你？你却说说看。"乌有道："我只闻北斗司寿，故我志诚向北而跪，亲见星君从空而下，许我增寿一纪。"石先生道："这毕竟有人教你的，你可从实说来。"乌有只是低头不语。石先生想了半日，把手一轮，佯问道："我晓得了，却是云来这婆娘。"乌有摇手道："没相干！没相干！"石先生道："我却未卜先知，手里轮出是她救你，却来哄我。"乌有低了头，只是不做声，作谢而去。石先生原假意把话去探他真情，看他低头无语光景，却真是云来了。心中想道："这婆娘好生无礼，前番段昌之事，破了我法，今番又与我作对，毕竟斩除此妇，方消我恨。"呆了半晌，想道："我有计在此。"

从空布下弥天网，任你飞鸣无处投。

却说那石先生怎么样计较？只见他闭门三日，不出去卖卦，却在一间空屋内，铺下法坛，摆了五个香案，乃是金、木、水、火、土五行方位，画符五道，步罡捻诀，披发仗剑，口内念念有词，道声："疾！"只见东南上狂风忽起，雷电大作，那五道符，从空旋舞，这叫做"梅花阵"。石先生道："这'梅花阵'乃是九天玄女秘诀，那泼贱如何晓得？这番定死在我手里了！"

却说云来姐正在房中睡着，忽听见东南上狂风忽起，雷电大作，心里想道："这却古怪，毕竟又是这妖贼来害我性命了！"披衣急起，开门看天，只见五道白气，半空旋舞。云来道："这是'梅花阵'，是我演成的，他倒要来害我。我只消略显神通，叫他再来跪求。"即时捻诀，望着这五道符，口内念念有词，道声："疾！"却也作怪得紧，那五道符竟飞了回去，一个大霹雷，把石道明正屋打倒一间，儿子惊死在地。道明唬个半死，连忙去救，儿子心头却是热的，只是动不得，脱下衣服来看，只见背上有五道梅花符，却像刊刻定的，百般演法，再不能救，死去三日不醒。道明大哭道："屋倒打碎也罢，只我年已六旬，单生一子，倘救不醒，却叫我靠着那个？分明是这泼妇害我！我今又有一计在此，须是这般这般，他却那里参透得我的机关！"

次日，封了二十两银子，四疋缎子，叫一个小使持着，竟去见段妈妈。石先生见了段妈妈，双膝跪下，递了礼物，拜了四拜，道："有事相求。"妈妈连忙答礼道："这礼物如何可受？有事见托，自然尽心，但不知所托何事？请说就是。"先生道："妈妈若收了礼物，我才说；若不收时，我只跪着不起。"妈妈见了这许多礼物，心下却也有些动火，便道："这样收了，请起来说。"石先生道："有个小儿，特求妈妈作伐。"妈妈道："却是那家？"先生道："富员外令爱云来小姐。"妈妈道："这小姐生性古怪得紧，千家万家来求，只是不肯，一心只要修行成仙去哩！恐怕说也没用，实难奉命。"石先生又跪下道："妈妈，没奈何，救我一家之命。"妈妈连忙扯起石先生道："先生只要求亲，为何说救一家之命？"先生道："实不相瞒，却有至情告诉与妈妈听。"妈妈道："却是为何？"先生道："前番为令郎之事，得罪了云来姐，用法把大石人塞我大门，四方的人，却把这节事当笑话说，哄传道我课卜不灵，自此以后，鬼也没得上门。今又因乌有之事，得罪云来姐，用法使雷打碎正屋。这也罢了，只是我年已六旬，止生一子，却被雷震，半死在家。俗语说得好：'解铃须用缚铃人。'若非云来姐救，如何得醒？"妈妈道："这样说，只消求他救令郎便是，何必求亲？"先生道："小姐与我作对，只因与我没甚关切，若结了婚姻，则我的儿子便是他丈夫，至亲骨肉，料不来破我的法了。且她的道术委实高妙，我却万万不如。得她做了媳妇，助我行道，我的生意日兴一日，岂不更妙？所以特来相求。"说毕又跪。妈妈见他求得恳切，应允道："请起，待我说来。"先生道："请妈妈就去，我在此等一等。"

那妈妈只得三脚两步，走到富家。却好富员外立在门首，妈妈把这话说了一遍。富员外道："我再三劝她嫁人，她总不肯。妈妈，除非你去劝她，若劝的肯了，我自然应允了。"这正是：

得她心肯日，是我运通时。

妈妈径进房内见云来姐。云来道："妈妈来意，我已预先知道，不必再说。我修行念重，誓不嫁人，只因与那石先生做下两番对头，俗语说得好：'冤家宜解不宜结。'若结了亲，全了两家和气，尽也使得。"妈妈听说大悦，却不知石先生求亲是用的计，云来应允，也是个计。那石先生的计，云来晓得，云来的计，石先生却不晓得。妈妈总不晓得两边都是计，回家将云来的话，一一覆了石先生。先生大悦，便道："既蒙许允，则我的儿子便是她丈夫，须求她一个符儿救醒。"妈妈又向云来求符。云来即刻画一张与他。那先生欢天喜地，走将回去，贴在儿子背上，即时醒了。石先生求亲一节，恐云来日久反悔，即放三日内行聘，并拣下吉期，就要成亲。

却说石先生一心只要害云来，选个癸亥灭绝日，又是玄武黑道，周堂值妇红纱杀、往亡杀，白虎人中宫，又是星日马与昴日鸡交争，斗木獬、鬼金羊聚会。许多恶星值日，叫他来时，踏着便死。又有天罗地网，若兜着就死。

却说云来姐收了礼物，将吉期帖儿一看，把手一轮，心中暗想道："这妖贼果来害我！这些机关，难道我不晓得？"悄悄吩咐段妈妈道："我进石家之门，须要如此如此，这般这般，各样物件，可一一为我齐备。"妈妈应允了，回复石先生。石先生大悦，心思道："这泼贱有些什么本事，只我这些机关也认不破？如今落在我圈套中，看她走到那里去！"於是唤集工匠，把那雷打倒的正屋从新造起来，唤了鼓乐，结了彩轿，大吹大擂，到富家迎接新人。好不热闹，有词为证，词名《鹧鸪天》：

佳气盈盈透碧空，洞房花烛影摇红。云来仙女游蓬岛，瑶阙嫦娥降月宫。

诸恶退，福星拱，阴阳变化古今同。石公机变真奇诀，又被仙姑道达通。

只见云来坐轿进门，叫妈妈把芸柏香先烧下一炉。原来芸柏香最能驱邪退恶，那些恶星俱回避了。下轿之时，妈妈将地下铺了白布，不踏着黑道：背行人门，不冲往亡；大红绫一方，兜了头脸，不犯红纱杀；马鞍跨过，不惹星日马。昴日鸡，被她将五谷吃了；鬼金羊，以寸草降之；斗木獬，以方斗冲之；夜游神，用两瓶酒解之。以此诸般恶星，各各被她解过。拜了香案归房，却没一些事儿。

原来石公只晓得演法，不晓得破法，一些儿不懂。心中想道："这也作怪得紧，百般演镇她，她却动也不动。今日是大杀白虎直房内，这会儿入房，定被白虎杀死，看她躲那里去！"云来早已知道，来到房内，叫妈妈将青铜镜一面，照着自己，将白帕一方，往新官人背后一兜，不多时，只见那新官人骨碌碌一交跌倒在地，昏迷不醒了。石公慌忙进房，放声大哭，双膝跪下求饶。云来道："不妨，不妨，待我救她。"取了一杯净水，念个咒儿，将净水一喷，新官人醒了，却是两眼钉定，做声不得，好像软瘫一般。石公想道："我用这许多心计，指望害她，反却被她害了。叫她不要慌，我又有处。"正是：

计就月中擒玉兔，谋成金殿捉姮娥。

到了次日，石公将天罡诀法看到深奥处，内有杀法，极是灵验。云来是庚戌生的，他到正南方上，用大斧砍一枝带花的桃枝，买一只大雌狗，办备香花灯烛，书下几道符，把云来年月日时写了，贴在狗身上，步罡作法。云来在房，早已知道了，连忙叫段妈妈来，道："我今番要死也！当初我救你儿子的性命，须你救我。公公在后园作法，此法却是难解，必须死后三日方可救活。我死之时，你可接我爹爹来，要他停三日才可入殓。你等我尸首入棺之时，不要与四眼人见，左手拿个木杓，杓柄朝着斗口，大门上敲三下，连叫三声'云姐'，用左脚踢开大门。可一一依我而行。"吩咐已了。

却说石公在后园作法已完，把狗连打七七四十九桃头，左手挥剑，右手掐诀，一剑杀死了那狗。这云来正坐房中，忽然叫声苦，仆倒在地。石公见云来果死了，大喜道："这番却除了一害，你如何斗得我过！"便去买一口棺材，将尸停放中堂。那妈妈见云来死了，连忙去请富员外来。员外来大哭一场，那石公恐他又用法儿醒转，便要即时入殓。员外决然不肯，定要停到三日。将殓之时，妈妈依计而行，却去大门上连打三下，连叫三声，踢开大门。一声响亮，只见云来一个翻身，跳将起来："咦！你倒用计要害我死，我偏不死呀！却叫你父子两死在今夜四更时分。"石公看云来跳起，呆了半晌，面如土色；又听他说父子两个却要死在今夜，越发慌了。想着道："仔的法儿，委实斗不过，费尽心机，倒讨这个祸碎进门，却怎么好？不若求她一番，陪上一些不是，仍先送她回家罢了。"於是双膝跪下，在云来面前，父子两人磕百十个头，道："今后再不敢冒犯，只求饶恕。"云来哈哈的大笑，道："好货儿，思量要我做媳妇！若饶你父子性命，须一一依我才使得。"石公道："但凭吩咐，敢不依从。"云来道：你到清净（下缺）。

第六回　李生、徐子　狂妄终阴籍　贪金定损身

影响昭昭理可寻，性天岂与物交侵。
眼根所著无非色，身业居多莫匪淫。
贪财竟失清朝节，图利能伤一世名。
祸福皆因举念错，果报徒嗟罪孽深。

　　天下读书人，十载寒窗，苦心劳志，只求个一举成名，显亲扬姓。但其中升沉不一，潜见不同，也有未经琢磨，少年科甲，一节打通者；也有用尽苦工，中年得意，后享荣华者；也有终岁穷经，暮年一第，受享无多者；也有驰名一世，屡困场屋，到老不达者。此何以故？或是祖上积德，感动天庭，降生富贵之子. 或是祖宗坟墓葬得真穴，荫出个耀祖儿孙；或是命里颇可发迹，祖宗福薄，承受不起；或是自损阴骘，神天示罚，削籍减算。故士子进场，甚有借人提掇，而高攫巍科；买通关节，而反病生不测，不得终场，谁知都是鬼神暗中颠倒。这些举子，遇着考试，纷纷议论生风，那些中了的，自夸文章锦绣；那不中的，只恨试官面目无珠。不知自古道得好：

　　　　文章自古无凭准，只要朱衣暗点头。

　　怎奈后生辈，平日在个窗下，每每出口夸惊人之句，落笔称经世之文，又且古古怪怪，装作道学真儒；邋邋遢遢，做出名公样子。及至暗室之中，欺世盗名，损人利己，无所不为。遇着一个色字，没骨髓钻去，不管人的死活，意忘却自己生涯。若说到利财，一边没眉毛，只要自得，义理也不暇分辨，名声也不及顾恤。图他暮夜之金，便忘四知之畏；看见金宝之物，那想骨肉之亲！念念守此阿堵，只道可以天长地久，可以垂子荫孙，他却不见世人厚蓄的，也有遇了盗贼，劫夺一空；也有生个败子，荡费几尽。正所谓：

积金非福荫，教子是良谋。

今说个唐朝有一士子，姓李名登，字士英。生来手内有个玉印纹，清透迈俗，聪明盖世。读书过目成诵，词成鬼服神惊，士林之中，都是推尊他是个奇男子。十八岁赴科，果然首荐鹿鸣。其时鼓吹喧闹，轿伞鲜明，跨马欢迎，士女挨挤而看。李生少年得志，喜气扬扬，人人赞道：

美青年，名誉早，御苑争先到。鹿鸣首唱，白屋增荣耀。百辈英豪，尽皆压倒。试看他跨青骢，越显人儿俏。一举名扬，双亲未老。

坐在马上，眼见妇女辈纷纷杂杂，争先看他。内有口不谨的，称赞他年纪小小的，便中了解元。李登听了，心忙意乱，按捺不住。但是贺客盈庭，参谒无暇，分不出工夫便来谋算到女子身上去。过了几时，稍有余闲。只在居停间壁，有个人家姓张，父亲叫做张澄，经纪营生。止生一女，春天燕来时养的，就唤名燕娘，十分俊。但见：

芳姿凝白如月晓，举步金莲小。翠眉两靥如云流，秋波一转，含恨使人愁。竹溪花浦能同醉，得趣忘身累。谁教艳质在尘埃，好把金屋贮将来。

一日，李登拜客归来，刚凑燕娘在门前看买彩线。李生出轿，一眼瞟见，好似苍鹰（蝇）见血，钉住不放，连那些家人、轿夫也看不了。燕娘抬起头来，见有人看他，没命的跑进去了，再不出来。李生正血气未定，戒之在色，从此朝思暮想，要寻个计较去偷情。谁想这个女子深闺自重，原不轻自露形，不要说偎红倚翠不可得，连面面相觑也不可得。有那趋炎附势的闻这风声，献策求谋，怎奈无隙可乘。正是：

任他巧设香甜饵，藏在深渊不上钩。

内中有个豪仆李德，禀白李生："要此女子，何不为苦血计，寻个事端，奈何她的父亲，自然贡献我主。"李生闻言大喜，即令他去做作，事成重赏。李德竟往狱中通个消息与积贼，扳诬张澄同盗，拿去下狱。谁知他生平守分，邻里钦服，因此愿以身保。适值李登也要去会试，心急，只得丢手，回来收拾行李上京。

到了京中，场前寻寓，有个白家甚是清雅，即便赁居。主人白元，有妻郑氏，年方二十三岁，娇娜娉婷，极是可爱。李登一见，又不觉眉迷目乱，妄想引诱，日夕吟风弄月，逞自己伎俩；华衣艳服，显浪子风流。见他：

> 蜂狂蝶乱迷花性，雨意云情觉自痴。

李生终日偷寒送暖，何曾想着前场后场。一旦，白元有罪在官，正值巡城御史是李登的乡里，白元道是个居停主人，来小心求他说个分上。那李生弄他妻子不上手，反生了歹意，口里应承，心里思量扎他个火囤。拿个新中式的举人名帖，备些礼仪，来见御史，那御史见个同乡榜首，十分亲密。李生不替他求饶，反行葬送。御史不由分诉，竟将白元捕了。家中妻子着实埋怨。

李生带个陪堂，叫做王倒鬼，乘机将李生想慕芳容的实情，露与郑氏知道。郑氏也是活脱脱得紧的，一心又要救丈夫，夜间故意的妖妖娆娆，月下拜祷。李生此时色胆天来大，踱将出天井来，说道："娘子求神，甚无影响，不若拜我李解元，倒有速效。"郑氏道："只为求了李相公，做个惹火烧身哩！"李生说："今日救火，只在娘子身上。"郑氏笑道："奴家无水，何从救火？"李生说："女人自有菩提水，点点滴滴便能灭盛火。"两下言来语去，讲得人妙，携进兰房。正是：

> 忘夫龙虎分争斗，且效鸳鸯稳睡浓。

一来李生少年丰韵，二来郑娘云雨情浓，竟成男贪女爱。惟恐白元出狱，两下间隔，进场草草应付。出榜名落孙山，无颜久住，同年相约归家，一段风流罪过，又付东流了。

及至到家，毫不去温习古书，止在女色上寻求。忽听得邻居王骥家中有个女儿庆娘，却是个破瓜的闺女，妖娆体态，甚是可人。李生日逐走来走去，看见了就要欺心，百般去勾引她。又去教家中接她过来，教她做针指，假意记拜做姊妹，渐渐熟了，也不避忌李生。李生乘时挑弄，那庆娘年纪二八，也是当时日夜戏狎，惹得那女子春心飘荡起来。自古说妇女家水性扬花，有几个能决烈正性的？清清白白一个闺中女子，被他拐上了，朝眠夜宿，若固有之，他家父母来接，竟不放回。王骥出於无奈，不敢声扬，自家隐忍。

那李生专贪色欲，本领日疏，屡上公车，再不登榜。闻叶静法师能伏章，知人祸福，甚悉纤毫。李生斋沐谒法师坛中，说道："余年十八，首登乡荐，凡今四举，不得一第，未识何故，求师人冥勘之。"法师唯唯，特为上章於掌文昌职贡举司禄之官而叩焉。有一吏持籍示法师，内云："李登初生时，赐以玉印，十八岁魁乡荐，十九岁作状元，三十三岁位至右相。缘得举后，窥邻女张燕娘，虽不成奸，累其父入狱，以此罪，展十年，降第二甲。后长安旅中，又淫一良人妇郑氏，成其夫罪，又展十年，降第三甲。后又奸邻居王骥女庆娘，为恶不悛，已削去籍矣。"法师趋归语登。登闻之毛骨竦然，惶恐无以自容，终朝愧悔而死。正是：

美色人人好，皇天不可欺。
莫言室幽暗，灼灼有神祇。

再说个徐谦，为新都丞，居官清正不阿。士大夫期许他为远到之器。那（他）自家也道根器不凡，要致君尧舜，做个忠良不朽事业。常见他书一律于衙斋座右：

立志清斋望显荣，滥叨一第敢欺公。
清忠自许无常变，勤慎时操有始终。
君亲罔极恩难报，民社虽微愿欲同。
矢志不志期许意，赋归两袖有清风。

毕竟野有月旦，朝有公议，一日，檄充勘官，上下都仰望他秉公持正，扬善瘅恶，开释无辜，使善良各安生理。赴任之时，也不遗牌，也无头踏，清清净净，如过往客商一般，宿於境上。那店主人徐化前一夜梦见赤衣神道，到他厅堂示之曰："来日有一徐侍郎到你家借宿，他是朝中贵臣，一清如水，守正不阿，尔可预备供应款待之。"醒来与妻子说知，叹其奇异。次日早起，洁净客房，铺设床帐，一应器具，无不全备，三餐品馔，极其丰洁。果然徐丞来到，徐化连忙小心迎接，自致殷动。徐丞见他十分恭敬，反觉有不自安的意思。无奈徐化既是梦中有应，又是现任官员，怎敢轻慢？并随行家童，一个个都去周到。徐丞过了一宵，次早称谢而去。说道：

我愧在家不揖客，出路何逢贤主人。

随程攒路前进。来到任所，少不得门吏健皂，齐来迎候；升堂画卯，投文放告，一应事照常行去。

一日，将前任堆积的案卷取来审阅。内有未完事件，剖决如流，无不称快。但是百姓歌颂的固多，内中要夤缘脱罪的，又怨他执法严；有要谋涅人的，又恨他忒伶俐。

吏书只要乘机进贡，阿谀万千；皂快只要奉牌拘拿，欺诳百出，弄得那文案七颠八倒，哄得官府头昏眼恼。一晚退衙，气狠狠说："清官出不得滑吏手，我一人耳目，真是盘他不过，落得自己清，银子还替吏书趁去。"谁想这个念头一转，铁石硬的肠子竟绵软去了。遇这一个势家，素逞豪强，有一班乡人不知进退，逆拗了他，诬他成狱，也要在他手内覆勘，全怕露出些破绽，已约定丞行的按奈住了，正要乘个隙弄得他过去。

计就钳罢一空网，话揿深冤不得鸣。

谁想衙中一席话传出外边，那些衙门人，原是没缝的鸭蛋也要腌他盐味进去，既有了这个念头，怕不渗人？况又是势力极大的来头，一发容易对付。一旦早堂，清闲无事，那势家又是两衙门方出差还乡，特来拜他。为着一件诬人的事，要来智缚他。先称赞道："下车来清廉之声盈耳。不肖别无可敬，带得惠泉六坛，衙斋清供。"徐丞初时只道是水，便说清贶自当……

后来任满归家，仍游旧地，主人先一夕又梦前神告之曰："徐公此任，受人五百金，枉杀七十命。上帝已减寿三十年，官止於此，已无足敬矣！"徐丞意谓旧主重逢，愈加隆重，及至相见，淡然毫不为礼。徐丞怪而问主人，告以梦中之事，一一不爽。徐丞闻而骇异，且思此事成狱，非我枉法，何为即注在我的名下为惭德，心中大不其然。然来到家，候部中殊擢，久之寂然，方才醒悟。平生之苦，何为便为五（下缺）。

贪欣误

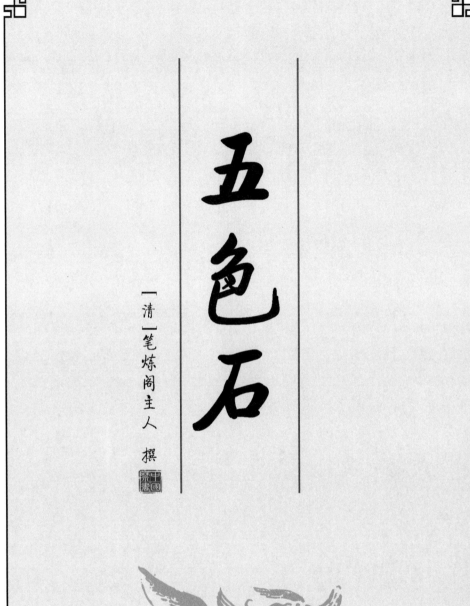

五色石

[清]笔炼阁主人 撰

卷之一 二桥春

假相如巧骗老王孙　活云华终配真才士

黄卷无灵，红颜薄命，从来缺陷难全。却赖如椽彩笔，谱作团圆。纵有玉埋珠掩，翻往事，改成浓艳。休扼腕，不信佳人，偏无福份邀天。

右调《恋芳春》

天下才子定当配佳人，佳人定当配才子。然二者相须之殷，往往相遇之疏。绝代娇娃偏遇着庸夫村汉，风流文士偏不遇艳质芳姿。正不知天公何意，偏要如此配合。即如谢幼舆遇了没情趣的女郎，被她投梭折齿；朱淑真遇了不解事的儿夫，终身饮恨，每作诗词必多断肠之向，岂不是从来可恨可惜之事？又如元微之既遇了莺莺，偏又乱之而不以终之，他日托言表兄求见而不可得；王娇娘既遇了申生，两边誓海盟山，究竟不能成其夫妇，似这般决裂分离，又使千百世后读书者代他惋惜。这些往事不堪尽述，如今待在说一个在折齿的谢幼舆，不断肠的朱淑真，不负心的元微之，不薄命的王娇娘，才子佳人天然配合，一补从来缺陷。这桩佳话其实足动人听。

话说元武宗时，浙江嘉兴府秀水县有个乡绅，姓陶名尚志，号隐斋，甲科出身，历任至福建按察司，只因居官清介，不合时宜，遂罢职归家。中年无子，只生一女，小字含玉，年方二八。生得美丽非常，更兼姿性敏慧，女工之外，诗词翰墨，无所不通。陶公与夫人柳氏爱之如宝，不肯轻易许人，必要才貌和她相当的方与议婚，因此迟迟未得佳配。陶公性爱清幽，于住宅之后起建园亭一所，以为游咏之地。内中多置花木竹石，曲涧流泉，依仿西湖景致。又于池上筑造双桥，分列东西，以当西湖六桥之二。因名其园，曰双虹圃，取双桥落彩虹之意。这园中景致，真个可羡。正是：

碧水遥看近若空，双桥横梗似双虹。

云峰映射疑天上，台榭参差在镜中。

陶公日常游咏其中，逍遥自得。

　　时值春光明媚，正与夫人、小姐同在园中游赏，只见管门的家人持帖进禀道："有武康县黄相公求见。"陶公接帖看时，见写着年侄黄琼名字，便道："来得好，我正想他。"夫人问道："这是何人？"陶公道："此我同年黄有章之子，表字黄苍文。当黄年兄去世之时，此子尚幼。今已长成，读书入泮，甚有文誉。我向闻其名，未曾会面。今来拜谒，须索留款。"夫人听说欲留款的，恐他要到园中来，先携着小姐入内去了。陶公即出至前厅，叫请黄相公相见。只见那黄生整衣而入，你道他怎生模样？

　　丰神隽上，态度安闲。眉宇轩轩，似朝霞孤映；目光炯炯，如明月入怀。昔日叨陪鲤对，美哉玉树临风；今兹趋托龙门，允矣芳兰竟体。不异潘郎掷果返，恍疑洗马渡江来。

　　陶公见他人物俊雅，满心欢喜，慌忙降阶而迎。相见礼毕，动问寒暄，黄生道："小侄不幸，怙恃兼失，茕茕无依。久仰老年伯高风，只因带水之隔，不得时亲仗履。今游至此，冒叩台墀，敢求老年伯指教。"陶公道："老夫与令先尊夙称契厚，不意中道弃捐。今见贤侄，如见故人。贤侄天资颖妙，老夫素所钦仰。今更不耻下问，足见虚怀。"黄生道："小侄初到，舍馆未定，不识此处附近可有读书之所？必得密迩高斋，以便朝夕趋侍。"陶公道："贤侄不必别寻寓所，老夫有一小园，颇称幽雅，尽可读书。数日前本地木乡宦之子木长生，因今岁是大比之年，欲假园中肄业，老夫已许诺。今得贤侄到来同坐，更不寂寞。但简亵嘉宾，幸勿见罪。"黄生谢道："多蒙厚意，只是搅扰不当。"陶公便命家人引着黄家老苍头搬取行李去园中安顿，一面即置酒园中，邀黄生饮宴。黄生来至园中，陶公携着他到处游览。黄生称赞道："佳园胜致毕备，足见老年伯胸中丘壑。"陶公指着双桥道："老夫如今中分此二桥，自东桥一边，贤侄与木兄作寓。西桥一边，老夫自坐。但老荆与小女常欲出来游赏，恐有不便，当插竹编篱间之。"黄生道："如此最妙。"说话间，家人禀酒席已完，陶公请黄生入席。黄生逊让了一回，然后就坐。饮酒中间，陶公问他曾娉姻否，黄生答说尚未婚娶。陶公叩以诗词文艺，黄生因在父执之前，不敢矜露才华，只略略应对而已。宴罢，陶公便留黄生宿于园内。次日即命园公于双桥中间编篱遮隔，分作两下。只留一小小角门，以通往来。黄生自于东边亭子上做了书室，安坐读书。

　　不一日，只见陶公同着一个方巾阔服的丑汉到亭子上来，黄生慌忙迎接。叙礼毕，

陶公指着那人对黄生道："此位便是木长生兄。"黄生拱手道："久仰大名。"木生道："不知仁兄在此，失具贱柬，异日尚容专拜。"陶公道："二位既为同学，不必拘此客套。今日叙过，便须互相砥志。老夫早晚当来捧读新篇，刻下有一小事，不及奉陪。"因指着一个小阁向木生道："木兄竟于此处下榻可也。"说罢，作别去了。二人别过陶公，重复叙坐。黄生看那木生面庞丑陋，气质粗疏，谈吐之间又甚俚鄙，晓得他是个膏粱子弟，挂名读书的。正是：

> 面目既可憎，语言又无味。
> 腹中何所有？一肚腌赞气。

原来那木生长生名唤一元，是本学秀才。其父叫做木采，现任江西西南赣兵道，最是贪横。一元倚仗父势，夤缘入学，其寔一窍未通。向因父亲作宦在外，未曾与他联姻。他闻得陶家含玉小姐美貌，意欲求亲，却怕陶公古怪，又自度人物欠雅，不足动人，故借读书为名，假寓园中，希图入脚。不想先有一个俊俏书生在那里作寓了，一元心上好生不乐。又探得他尚未婚娶，一发着急。当下木家仆人自把书集等物安放小阁中，一元别却黄生，自去阁内安歇。

过了一日，一元到黄生斋头闲耍，只见白粉壁上有诗一首，墨迹未乾，道是：

> 时时竹里见红泉，殊胜昆明凿汉年。
> 织女桥边乌鹊起，悬知此地是神仙。

右集唐一绝题双虹圃

一元看了，问是何人所作。黄生道："是小弟适间随笔写的，不足寓目。"一元极口赞叹，便把来念了又念，牢牢记熟。回到阁中，想道："我相貌既不及黄苍文，才调又对他不过，不如先下手为强。他方才这诗，陶公尚未见，待我抄他的去送与陶公看，只说是我做的。陶公若爱才，或者不嫌我貌，那时央媒说亲便有望了。"又想道："他做的诗，我怎好抄得？"却又想道："他也是抄唐人的，难道我便抄他不得？只是他万一也写去与陶公看，却怎么好？"又想了一回道："陶公若见了他的诗，问起我来，我只认定自己做的，倒说他是抄袭便了。"算计已定，取幅花笺依样写成，后书"通家侄木一元录呈隐翁老先生教政。"写毕，随即袖了，步至角门边，欲待叩门而入，却恐黄生知觉，乃转身走出园门，折到大门首，正值陶公送客出来。一元等他送过了客，随

后趋进。陶公见了，相揖就坐。问道："近日新制必多，老夫偶有俗冗，未及请教。今日必有佳篇见示。"一元道："谫劣不才，专望大海。适偶成一小诗，敢以呈丑，唯求斧政。"袖中取出诗笺，陶公接来看了，大赞道："如此集唐，真乃天造地设，但恐小园不足当此隆誉。"因问："敝年侄黄苍文亦有新篇否？"一元便扯谎道："黄兄制作虽未请教，然此兄最是虚心。自己苦吟不成，见了拙咏，便将吟藁涂落，更不录出，说道：'兄做就如我做了。'竟把拙咏写在壁上，不住地吟咏。这等虚心朋友，其实难得。"陶公道："黄生也是高才，如何不肯自做，或者见尊咏太佳，故搁笔耳。虽然如此，老夫毕竟要他自做一道。"说罢，便同着一元步入后园，径至黄生斋中。相见毕，看壁上时，果然写着这首诗。陶公道："贤侄大才，何不自著佳咏，却只抄录他人之语？"黄生听了，只道说他抄集唐人诗句，乃逊谢道："小侄菲陋，不能自出新裁，故聊以抄袭掩拙。"陶公见说，信道他是抄袭一元的，乃笑道："下次还须自做为妙。"言讫，作别而去。一元暗喜道："这番两家错认得好，待我有心再哄他一哄。"便对黄生道："适间陶公虽说自做为妙，然自做不若集唐之难。把唐人诗东拆一句，西拆一句，凑成一首，要如一手所成，甚不容易。吾兄可再集得一首么？"黄生道："这何难，待小弟再集一道请教。"遂展纸挥毫，又题一绝道：

闲云潭影日悠悠，别有仙人洞壑幽。
旧识平阳佳丽地，何如得睹此风流。

右集唐一绝再题双虹圆

一元看了，拍手赞叹，便取来贴在壁上。黄生道："不要贴罢，陶年伯不喜集唐诗。他才说得过，我又写来粘贴，只道我不虚心。"一元道："尊咏绝佳，但贴不妨。"黄生见一元要贴，不好揭落得，只得由他贴着。一元回至阁中，又依样录出，后写自己名字。至次日，封付家僮，密送与陶公。陶公见了，又大加称赏。却怪黄生为何独无吟咏，因即步至黄生书室，欲观其所和。相见了，未及开言，却见壁上又粘着此诗，暗想道："此人空负才名，如何只抄别的人诗，自己不做一句？"心下好生不悦，口中更不复说，只淡淡说了几句闲话，踱进去了。一元这两番脱骗，神出鬼没，正是：

掉谎脱空为妙计，只将冷眼抄他去。
抄人文字未为奇，反说人抄真怪异。

一元此时料得陶公已信其才，便欲遣媒说亲，恐再迟延，露出马脚。却又想道："向慕小姐美貌，只是未经目睹。前闻园公说，她常要来园中游赏，故编篱遮隔，为何我来了这几时，并不见她出来？我今只到桥上探望，倘若有缘，自然相遇。"自此，时常立在东桥探望西桥动静。

原来小姐连日因母亲有恙，侍奉汤药，无暇窥园。这一日，夫人病愈，小姐得暇，同了侍儿拾翠，来至园中闲步。那拾翠是小姐知心贴意的侍儿，才貌虽不及小姐，却也识字知书，形容端雅。当下随着小姐步至桥边，东瞻西跳，看那繁花竞秀，百卉争妍。不想一元此时正立在东边桥上，望见西桥两个美人临池而立，便悄然走至角门边，舒头探脑地看。拾翠眼快，早已瞧见，忙叫小姐道："那边有人偷看我们。"小姐抬起头来，只见一个丑汉在那里窥觑，连忙转身，携着拾翠一同进去了。正是：

> 未与子都逢，那许狂且觑。
>
> 却步转身回，桥空人不见。

一元既见小姐，大喜道："小姐之美，名不虚传。便是那侍儿也十分标致。我若娶了小姐，连这侍儿也是我的了。"随即回家，央了媒妪到陶家议亲。陶公私对夫人道："前见黄生人物俊雅，且有才名，我颇属意。谁想此人有名无实，两番做诗，都抄了木长生的。那木长生貌便不佳，却倒做得好诗。"夫人道："有貌无才，不如有才无貌。但恐貌太不佳，女儿心上不乐。婚姻大事，还须详慎。"陶公依言，遂婉复媒人，只说尚容商议。

原来陶公与夫人私议之时，侍儿拾翠在旁一一听得。便到房中一五一十地说与小姐知道。小姐低头不语，拾翠道："那木生莫非就是前日在桥边偷觑我们的？我看这人面庞粗陋，全无文气，如何老爷说他有才？不知那无才有貌的黄生又是怎样一个人？"小姐道："这些事只顾说他怎的。"拾翠笑了一声，自走开去了。小姐口虽如此说，心上却放不下。想道："这是我终身大事，不可造次。若果是前日所见那人，其寔不像有才的。爹爹前日说那黄生甚有才名，如何今又说他有名无实？"又想道："若是才子，动履之间，必多雅致；若果有貌无才，其举动自有一种粗俗之气。待我早晚瞒着丫鬟们，悄然独往后园愉瞧一回，便知端的了。"

过了几日，恰遇陶公他出，后园无人。小姐遣开众丫鬟，连拾翠也不与说知，竟自悄地来到园中。原来这几日木一元因与陶家议亲，不好坐在陶家，托言杭州进香，到西湖上游要去了。黄生独坐园亭，因见池水澄澈可爱，乃手携书卷，坐于东桥石栏

之上，对着波光开书朗诵。小姐方走到西桥，早听得书声清朗，便轻移莲步，密启角门，潜身张看。只见黄生对着书编呀唔不辍，目不他顾。小姐看了半晌，偶有落花飘向书卷上，黄生仰头而视，小姐恐被他瞧见，即闭上角门，仍回内室。想道："看这黄生声音朗朗，态度翩翩，不像个没才的。还只怕爹爹失于藻鉴。"想了一回，见桌上有花笺一幅，因题诗一首道：

> 开卷当风曳短襟，临流倚石发清音。
>
> 想携谢朓惊人句，故向桥头搔首吟。

题罢，正欲藏过，却被拾翠走来见了，笑道："小姐此诗想有所见。"小姐含羞不答。拾翠道："看此诗所咏，必非前日所见之人。小姐不必瞒我，请试言之。"小姐见她说着了，只得把适间私往园中窥见黄生的话说了一遍。拾翠道："据此看来，黄生必是妙人，非木家丑物可及。但如今木生倒来求婚，老爷又认他是个才子，意欲许允。所以不即许者，欲窥小姐之意耳。小姐须要自己放出主意。"小姐道："黄生器宇虽佳，毕竟不知内才如何；木生虽说有才，亦未知虚实。爹爹还该面试二生，以定优劣。"拾翠道："小姐所见极是。何不竟对老爷说？"小姐道："此岂女儿家所宜言，只好我和你私议罢了。"正话间，小鬟来说，前厅有报人来报老爷喜信。小姐闻言，便叫拾翠收过诗笺，同至堂前询问。只见夫人正拿报贴在那里看。小姐接来看时，上写道：

兵科乐成一本，为吁恩起废事。奉圣旨：陶尚志着照原官降级调用，该部知道。随经部覆：陶尚志降补江西赣州府军务同知，限即赴任。奉圣旨是。

原来这兵科乐成，号宪之，为人公直，甚有作略，由福建知县行取入科，是陶公旧时属官，向蒙陶公青目，故今特疏题荐。当下陶公闻报，对夫人道："我已绝意仕进，不想复有此役。即奉简书，不得不往。但女儿年已长成，姻事未就。黄生既未堪入选，木生前日求婚，我犹豫未决。今我选任赣州，正是他父亲的属官。若他再来说时，不好拒得。"小姐见说起木家姻事，便怏怏地走开去了。夫人道："据说黄生有貌，木生有才，毕竟不知女儿心上取哪一件？"拾翠便从旁接口道："窥小姐之意，要请老爷面试二生，必须真正才子，方与议婚。"陶公道："这也有理，但我凭限严紧，急欲赴任，木生在杭州未归，不及等他，却怎么处？"夫人道："这不妨，近日算命的说我有些小晦，不该出门。相公若急欲赴任，请先起身，我和女儿随后慢来，待我在家垂帘面试，将二生所作，就付女儿评看何如？"陶公道："此言极是。"少顷，黄生登堂作贺，陶公便说："老夫刻期赴任，家眷还不同行，贤侄可仍寓园中，木兄少不得也就来

的。"黄生唯唯称谢。陶公择了吉日，束装先到任所去了。

黄生候送了一程，仍回双虹圃。方入园门，遥见隔篱有红妆掩映。黄生悄悄步至篱边窥觑，只见一个美人凭着桥栏，临池而坐。有词一首，单道那临池美人的好处：

天边织女降层霄，凌波香袂飘。谁云洛浦佩难招，游龙今未遥。　　腰细柳，口樱桃，春山淡淡描。双桥若得当蓝桥，如何贮阿娇？

原来那美人就是含玉小姐，她因父亲匆匆出门，未及收拾园中书集，故特来检点，偶见池中鱼游水面，遂凭栏而观，却不防黄生在篱外偷眼饱看。少顷，拾翠走来叫道："小姐请进去罢。"小姐方才起身，冉冉而去。黄生看得仔细，想道："天下有恁般标致女子，就是就侍儿也甚风韵。她口呼小姐，必是陶年伯令爱。吾闻年伯艰于择婿，令嫒尚未字人。像我黄苍文这般才貌，可也难得，如何当面错过！"又想道："从来佳人必爱才子。方才我便窥见小姐，小姐却未见我。她若见我，自然相爱，可惜被这疏篱遮隔了。不然，我竟闯到她跟前，看她如何？"痴痴地想了一回，便去白粉壁上题诗一首道：

插棘为潘竹作墙，美人咫尺隔苍霜。
东篱本是渊明业，花色还应独取黄。

右题双虹圃疏篱一绝

自此黄生读书之暇，常到篱边窥看。

忽一日，陶家老苍头传夫人之命，请黄生至前堂饮酒，说道："木相公昨已归家，老夫人今日设宴款他，特请相公一同叙饮。"黄生想道："此必因陶年伯做了木乡宦的属官，故款其子以致殷勤耳。"便同着苍头来到前堂，恰好木一元也到。相见叙话，一元扬扬得意。原来一元从武陵归，闻陶公做了他父亲属官，欢喜道："今番去求婚，十拿九稳的了。"及见陶家请酒，认道是好意，故欣然而来。堂中已排列酒席，苍头禀道："老爷不在家，没人作主，便请二位相公入席，休嫌简亵。"一元道："你老爷荣行，我因出外未及候送，今反造扰，何以克当？"黄生道："恭敬不如从命，小弟代敝年伯奉陪。"一元道："兄是远客，还该上坐。"两个逊了一回，大家序齿，毕竟一元僭了。酒至半酣，忽闻时边传命，教将堂帘垂下，老夫人出来也。黄生不知何意，一元却认是要相他做女婿，只把眼睃着帘内，妆出许多假风流身段，着寔难看。正做作得高兴，只见苍头捧着文房四宝，送到席上道："夫人说，双虹小圃未得名人题咏，敢求二位相公各制新词一首，为园亭生色，万祈勿吝珠玉。"一元听罢，惊得呆了。一时无措，只支吾道："题词不难，只是不敢以醉笔应命，且待明日做了送来罢。"黄生笑道："饮酒赋诗，名人韵事，木兄何必过谦。况伯母之命，岂可有违。待小弟先著俚词，抛砖引玉。"说罢，展纸挥毫，不假思索，题成《忆秦娥》词一首：

　　芳园僻，六桥风景三之一。三之一，移来此地，更饶幽色。　　漫夸十里波光碧，何如侧足双桥立。双桥立，蟠虹绕处，如逢彩石。

一元见黄生顷刻成章，愈加着急。没奈何，只得也勉强握管构思，却没想一头处。苍头一面先将黄生词送进去了。须臾，出来说道："夫人见词，极其称赏。今专候木相公佳制，以成双美。"一元急得肠断，攒眉侧脑，含毫苦吟，争奈一个字也不肯到笔下来。正是：

　　耳热头疼面又赤，吮得枯唇都是墨。
　　髭须捻断两三茎，此处无文抄不得。

一元正无奈何，只见苍头又来说道："夫人说，圃中东西二桥，今我家与二位相公各分其半，乞更以半圃为题，即景题词一首。"一元见一词未成，又出一题，吓得目瞪口呆，连应答也应答不出了。黄生却不慌不忙，取过纸笔，立地又成一词，仍用前调：

　　银河畔，牛郎织女东西判。东西判，平分碧落，中流隔断。　　等闲未许乘槎泛，何时得赐仙桥便。仙桥便，佳期七夕，终须相见。

黄生写完，问道："木兄佳作曾完否？请一发做了第二题。"一元料想挣扎不出什么来，乃佯作醉态，掷笔卷纸道："拙作已完，但甚潦草，尚欲细改，另日请教。"苍头还在旁催促道："老夫人立候，便请录出罢。"倒是黄生见不像样，对苍头说："你先把我的送进去，木相公已醉，只好明日补做了。"一元便起身告辞，假做跟跄之状，叫家人扶着去了。黄生亦传言致谢了夫人，自回双虹圃中。夫人命苍头送茶来，黄生问道："夫人见我题词，果然怎么说？"苍头道："题目便是夫人出的，文字却是小姐看的。"黄生惊喜道："原来你家小姐这等聪明。"苍头笑道："相公可知，夫人今日此举正为小姐哩。前日木相公曾央媒来议亲，故今日面试他的文才，不想一字不成，夫人好生不乐，只称赞相公大才。"黄生听说，不觉大喜。正要细问，却因苍头有别事，匆匆去了。黄生想道："木家求婚的倒不成，我不求婚的倒有些意思。这两首词就是我定婚的符帖了。"便将两词写在壁上，自吟自咏道："银河织女之句，暗合道妙，岂非天缘?"想到妙处，手舞足蹈。

不说黄生欢喜，且说木一元回家，懊恨道："今日哪里说起，弄出这个戏文来！若是老夫人要面试真才，方许亲事，却不倒被小黄得了便宜去。"想了一想道："有了，我索性假到底罢。明日去抄了小黄的词，认做自己制作，连夜赶到江西，面送与陶公看。说他夫人在家垂帘面试，我即席做成的，他自然准信。一面再要父亲央媒去说，他是属官，不怕不从。既聘定了，便是夫人到时对出真假，也只索罢了。妙计，妙计！"次日，便往双虹圃中。黄生正在那里吟味这两词，见了一元，拱手道："木兄佳作，想已录出，正要拜读。"一元道："珠玉在前，小弟怎敢效颦。昨因酒醉，未及细读佳章，今特来请教。"黄生指着壁上道："拙作不堪，幸赐教政。"一元看了，一头赞叹，一头便把笔来抄录，连前日写在壁上的这首疏篱绝句也都抄了。黄生道："俚语抄他则什?"一元道："正要抄去细读。"又见黄生有一本诗稿在案头，便也取来袖了。黄生道："这使不得。"一元道："小弟虽看不出，吾兄幸勿吝教。捧读过了，即当奉还。"说罢，作别回家，欢喜道："不但抄了诗词，连诗稿也被我取来。我今都抄去哄骗陶公，不怕他不信。"遂将两词一绝句写在两幅花笺上，诗稿也依样抄誊一本，都写了自己名姓。打点停当，即日起身，赴江西去了。正是：

> 一骗再骗，随机应变。
> 妙弄虚头，脱空手段。

却说夫人面试二生优劣已定，正要到任所对陶公说知，商量与黄生联姻，不意身子偶染一病，耽延月余方才平复，因此还在家中养病。

小姐见黄生题词，十发赞赏。侍儿拾翠道："前日夫人面试之时，拾翠曾在帘内偷觑，那黄生果然是个翩翩美少年，正堪与小姐作配。相形之下，愈觉那木生丑陋了。"小姐道："黄生既有妙才，如何老爷前日说他倒抄了木生的诗？那木生面试出丑，如何前日又偏做得好诗?"拾翠道："便是，这等可疑，竟去问那黄生，看他怎么说?"小姐沉吟道："去问他使得，只是勿使人知觉。"拾翠应诺，便私取小姐前日所题诗笺带在身畔，悄地来到后园，开了篱边角门，走过东桥。只见黄生正在桥头闲看，见了拾翠，认得是前番隔篱所见这个侍儿，连忙向前作揖。拾翠回了一礼，只说要到亭前采花。黄生随她到亭子上，拾翠采了些花。黄生问道："小娘子是夫人的侍妾，还是小姐的女伴？"拾翠笑道："相公问他则什？"黄生道："小生要问夫人见我题词作何评品？"拾翠道："尊制绝佳，夫人称羡之极。只是木相公亦能诗之人，如何前日不吟一字？"黄生道："我与木兄同坐了这几日，并不曾见他有什吟咏。"拾翠道："他有题双虹圃的集唐诗二首，送与老爷看，老爷极其称赞。闻说相公这般大才，也甘拜下风。怎说他没什吟咏？"黄生惊道："哪里说起！"指着壁上道："这两首集唐诗是小生所作，如何认做他的？"拾翠道："他说相公并不曾做，只抄录了他的。"黄生跌足道："畜生这等无耻，怎么抄我诗去哄你老爷，反说我抄他的？怪道你老爷前日见了我诗，快快不乐，说道不该抄袭他人的。我只道他说不要集唐人旧句，原来却被这畜生脱骗了。他设心不良，欲借此为由，妄议婚姻。若非前日夫人当堂面试。岂不真伪莫分。"拾翠笑道："当堂面试倒是我小姐的见识，若论老爷，竟被他骗信了。"黄生道："小姐既有美貌，又有美才，真伪自难逃其明鉴。"拾翠道："小姐的美貌，相公何由知之？"黄生笑道："寔不相瞒，前日隔篱遥望，获睹娇姿，便是小娘子的芳容，也曾窃窥过来。若不信时，试看我壁上所题绝句。"拾翠抬头看了壁上诗，笑道："花色取黄之语，属望不小，只是相公会窃窥小姐，难道小姐偏不会窃窥相公？"黄生喜道："原来小姐已曾窥我来。她见了我，可有什说？"拾翠道："她也曾吟诗一首。"黄生忙问道："诗怎么样的，小娘子可记得？"拾翠道："记却不记得，诗笺倒偶然带在此。"黄生道："既带在此，乞即赐观。"拾翠道："小姐的诗，我怎好私付相公？"黄生央恳再三，拾翠方把诗笺递与。黄生看了大喜道："诗意清新，班姬、谢蕴不是过也。小生何幸，得邀佳人宠盼。"便又将诗朗吟数过，笑道："小姐既效东邻之窥，小生愿与东床之选。"拾翠道："才子佳人，互相心许，夫人亦深许相公才貌，婚姻自可有成。今岁当大比，相公且须专意功名。"黄生道："多蒙指教。只是木家这畜生，前日把我诗词稿都取了去，近闻他已往江西，只怕又去哄你老爷。况你老爷又是他父亲的属官，万一先许了他亲事，岂不大误。"拾翠道："这也虑得是，当为夫人言之。"说罢，起身告辞。黄生还要和他叙话，恐被外人撞见，事涉嫌疑，只得珍重而别。

拾翠回见小姐，细述前事。小姐道："原来木生这等可笑，只是我做的诗，你怎便付与黄生？"拾翠道："今将有婚姻之约，这诗笺便可为御沟红叶了。但木家恶物窃诗而行，倘又为脱骗之计，诚不可不虑。小姐道："奸人假冒脱骗，毕竟露些破绽。老爷作事把细，料不为所惑。夫人病体已痊，即日也要到任所去也。"言未已，丫鬟传说夫人已择定吉期，只在数日内要往江西去了。小姐便与拾翠检点行装，至期随着母亲一同起行。黄生亦谢别了陶老夫人，往杭州等候乡试，不在话下。

　　却说木一元到江西，见了父亲木采，说和陶家议亲一事。木采道："这不难。他是我属官，不怕不依我。我闻他与本府推官白素僚谊最厚，我就托白推官为媒。"一元大喜，次日袖了抄写的诗词诗稿，具了名贴，往拜陶公。

　　且说陶公到任以来，刑清政简，只是本地常有山贼窃发，陶公职任军务，颇费经营，幸得推官白素同心赞助。那白推官号绘庵，江南进士，前任广东知县，升来赣州作节推，也到任未几，为人最有才干。但中年丧妻，未有子嗣，亦只生得一女，名唤碧娃，年将及笄，尚未字人，聪明美丽，与陶小姐仿佛。白公因前任广东，路途遥远，不曾带女儿同行。及升任赣州，便从广东到了江西任所，一面遣人到家接取小姐，叫她同着保母到赣州来，此时尚未接到。那白公欲为女儿择婿，未得其人，因与陶公相契，常对陶公说："可惜寅翁也只有令嫒，若还有令郎时，我愿将小女为配。"

　　当日陶公正在白公衙中议事而回，门吏禀说兵道木爷的公子来拜。陶公看了帖，请入后堂，相见叙坐寒温罢，一元把夫人垂帘面试的事从容说及，随将词笺送上。陶公看了，点头称赏。因问黄生那日所作如何，一元便道："黄生这日未曾脱稿，拙咏却承他谬赏，又抄录在那里了。"陶公不乐道："黄生美如冠玉，其中无有，单会抄人文字，自己竟做不出。"一元道："这是他虚心处。他若做出来，自然胜人。都因拙咏太速就了，以致他垂成而辄止。"说罢，又将诗稿一本并绝句一首送上，说道："这是晚生平日所作，黄兄也曾抄去。今乞老先生教政。"陶公正欲展看，前堂传鼓有要紧公事，请出堂料理。一元起身告别，陶公道："尊作尚容细读。"别了一元，出堂料理公事毕，到晚退归私署，想道："人不可貌相，谁知木生倒有此美才，黄生倒这般不济，既经夫人面试优劣，东床从此可这矣。"遂于灯下将一元所送诗词细看，见词中暗寓婚姻会合之意，欣然首肯。及见疏离绝句，私忖道："用渊明东篱故事，果然巧合。但花色取黄之语，倒像替黄生做的，是何缘故？"心中疑惑，乃再展那诗稿来看，内有《寓双虹圃有怀》一首，中一联云：

　　　　离家百里近，作客一身轻。

陶公道："他是本地人，如何说离家百里？奇怪了！"再看到后面，又有《自感》一首，中一联云：

　　　　蓼莪悲罔极，华黍泣终天。

陶公大笑道:"他尊人现在,何作此语?如此看来,这些诗通是蹈袭的了。"又想道:"黄生便父母双亡,百里作客,莫非这诗倒是黄生做的?况花色取黄之句,更像姓黄的声口。"又想道:"木生若如此蹈袭,连那两词及前日这两首集唐诗也非真笔。只是他说夫人面试,难道夫人被他瞒过?且待夫人到来便知端的。"正是:

抄窃太多,其丑便出。
只因假透,反露本色。

次日,陶公才出堂,只见白推官来拜。作了揖,便拉着陶公进后堂坐定,说道:"小弟奉木道台之命,特来与令媛作伐。"陶公笑道:"莫非就是木公子么?"白公道:"正是木公子。道台说寅翁在家时,已有成言。今欲就任所行聘,特令小弟执柯。"陶公道:"此事还要与老荆商议。今老荆尚未来,待其来时商议定了,方好奉履。"白公应诺,即将此言回复木采。

不一日,陶公家眷已到,迎进私衙,相见毕,说了些家务,陶公询问面试二生之事。夫人半黄生即席题词,木生一字不就,装醉逃归的话一一说了。陶公道:"木家小子这等奸险!"便也将一元假冒诗词先来脱骗,及木采求婚、白公作伐,并自己阅诗生疑、不肯许婚的话说与夫人。小姐在旁听了,微微含笑,目视拾翠,拾翠也忍笑不住。夫人道:"早是不曾许他,险些被他误了。"陶公道:"黄生才貌兼优,可称佳婿。等他乡试过了,便与议婚。"

隔了一日,白公又传木采之命,来索回音。陶公道:"木公所命,极当仰从。但一来老荆之意要女婿入赘,木公只有一子,岂肯赘出?二来同在任所,尊卑统属,不便结婚;三来小女近有小恙,方事医药,未暇谋及婚姻。乞寅翁婉覆之。"白公道:"婚姻事本难相强,小弟便当依言往覆。"至次日,白公以陶公之言回复木采。木采大怒道:"陶同知好没礼!为何在家时已有相许之意,今反推三阻四,不是明明奚落我?"白公道:"大人勿怒,可再婉商。"木采道:"不必强他了,我自有道理。"

正说间,门役传进报贴一纸,上写道:

兵科给事中乐成,钦点浙江主试。因房考乏员,该省监场移文,聘取江西赣州府推官白素分房阅卷,限文到即行。

木采看了道:"贵厅恭喜。"白公便道:"既蒙下聘,例应回避,卑职就此告辞。"木采道:"且慢,尚有话说。"便教掩门,留入后堂,密语道:"小儿姻事尚缓,功名为急。今贵厅典试敝乡，万祈照拂，不敢忘报。"说罢，作揖致恳。白公不好推托，只得唯唯。木采竟自定下卷中暗号，嘱咐白公，白公领诺而出。

木采才送了白公出堂，只见飞马报到各山苗僚大乱，势甚猖獗，军门传檄兵道，作速调官征剿。木采闻报，想道："专怪陶老倔强，今把这件难事总成了他罢。"便发令箭，仰本府军务同知统领士兵剿贼。陶公明知他为姻事衔恨，公报私仇，却没奈何，只得领兵前去。谁想木采把精壮兵马都另调别用，只将老弱拨与，又不肯多给粮草。白推官又入帘去了，没有赞助。陶公以孤身领着疲卒枵腹而战，不能取胜。相持了多时，贼众大队掩至，官军溃散。陶公仅以身免。木采乃飞章参劾陶公，一面另拨兵将御敌，陶公解任待罪。

却说夫人、小姐身陶公领兵去后，心惊胆战。后来纷纷传说，有道官兵杀败，陶同知被害了；有道陶同知被贼活捉去了；有道陶同知不知去向了。凶信沓至，举家惊惶。小姐晓得父亲为她姻事起的祸根，一发痛心，日夜啼哭，染成一病。及至陶公回署时，小姐已卧病在床，陶公见女儿患病，外边贼信又紧，恐有不虞，先打发家眷回家，自己独留任所候旨。夫人护着小姐扶病登舟，不在话下。

且说兵科乐城奉命浙江主试，矢公矢慎，遴拔真才。一日，正看那各经房呈来的试卷，忽觉身子困倦，隐几而卧。梦见一只白虎，口衔一个黄色的卷子，跳跃而来。乐公惊醒，想道："据此梦兆，今科解元必出在白推官房里。"少顷，果然白推官来呈上一个试卷道："此卷可元。"乐公看那卷时，真个言言锦绣，字字珠玑，遂批定了第一名。到填榜时，拆号书名，解元正是黄琮，恰应了白虎衔黄卷之梦。木一元也中在三十名内，是白公房里第三卷。原来白公虽受了木家嘱托，却原要看文字可取则取，若是差他，也不放奉命。这木一元却早自料不能成篇，场中文字又不比黄生的诗词可以现成抄写。只得拼着金银，三场都买了夹号，央请一个业师代笔，因此文字清通，白公竟高高的中了他。正是：

> 琳琅都是倩人笔，锦绣全然非我才。
>
> 有人问我求文字，容向先生转借来。

话分两头。且说黄生自未考之前，在杭州寓所读书候试，因想着陶家姻事不知成否若何，放心不下。闻说天竺寺观音大士甚有灵感，遂办虔诚去寺中拜祷，保佑婚姻早成，兼求功名有就。拜祷毕，在寺中闲玩。走过佛殿后，忽见四五个丫鬟、养娘们拥着一个十五六岁的女郎冉冉而来，后面又跟着几个仆从。那女郎生得眉如秋水，黛

比春山，体态轻盈，丰神绰约，真个千娇百媚。黄生见了，惊喜道："怎么天下又有这般标致女子？"便远远地随着她往来偷看。转过回廊，只见又有一个从人走来叫道："请小姐下船罢，适间有人传说江西山贼作乱，只怕路上难行，须趁早赶到便好。"那女子听说，不慌不忙，步出寺门，黄生也便随出，见这女子上了一乘大轿，女侍们都坐小轿，仆从簇拥而行，口中说道："大船已开过码头了，轿子快到船边去。"黄生呆呆地立着，目送那女子去得远了，方才回寓。正是：

> 已向轿边逢织女，又从寺里遇观音。
> 天生丽质今有两，搅乱风流才士心。

看官听说：那女子不是别人，就是白推官的女儿碧娃小姐，因父亲接她到任所去，路经杭州，许下天竺香愿，故此特来寺里进香，不期被黄生遇见。那黄生无意中又遇了个美人，回到寓所想道："我只道陶家小姐的美貌天下无双，不想今日又见这个美人，竟与陶小姐不相上下，不知是谁家宅眷？"又想道："听他们从人语音，好像江南人声口，又说要往江西去，此女必是江南什么官宦人家之女，随着父母到任所去的。我何幸得与她相遇，甚是有缘。"又自笑道："她是个宦家女，我是个穷措大，料想无由作合，除非今科中了，或者可以访求此佳丽。"却又转一念道："差了，我方欲与陶小姐共缔白头，岂可于此处又思缘鬓？况萍踪邂逅，何必挂怀。"忽又想道："适闻他们从人说，江西山贼作乱，不知此信真否？此时陶公家眷不知曾到也未，路上安否？木一元到江西，不知作何举动？我若不为乡试羁身，便亲到那边探视一番，岂不是好！"又想了一想道："我今虽不能亲往，先遣个人去通候陶公，就便打听姻事消息，有何不可？"算计已定，修书一封，吩咐一个老仆，教他到江西赣州府拜候陶爷，并打探小姐姻事来回报。

老仆领了主命，即日起身。迤逦来至半路，只听得往来行人纷纷传说赣州山贼窃发，领兵同知陶某失机了。那老仆心中疑惑，又访问从赣州来的人，都说陶同知失机，被兵道题参解任待罪，家眷先回来了。老仆探得此信，一路迎将上去，逢着官船便问。又行了几程，见有一只座船停泊河干，问时，正是陶同知的家眷船。老仆连忙到船上通候，陶家的家人说道："老爷还在任所候旨，家眷先回。今老夫人因小姐有恙，故泊船在此延医看视。"老仆细问陶公任所之事，家人备述因陶公不许木家姻事，触怒了木兵道，被他借端调遣，以致失误军务，几乎丧命。小姐惊忧成疾，扶病下船，今病势十分危笃，只怕凶多吉少。

正说间，忽闻船中号哭之声，说道："小姐不好了。"一时举舟惊惶，家人们打发老仆上了岸，都到前舱问候去了。那老仆见这光景，只道小姐已死，因想道："主人差我去通候陶爷，实为小姐姻事。今小姐既已变故，我便到赣州也没用。不如仍回杭州寓所，将此事报知主人，别作计较。"遂也不再去陶家船上探问，竟自奔回。

此时黄生场事已毕，正在寓所等揭晓，见老仆回来，便问如何回得恁快，老仆道："小的不曾到赣州，只半路便回的。"黄生问是何故，老仆先将半路遇见陶家内眷的船，探知陶公为小姐姻事与木家不合，以致失事被参，现今待罪任所的话说了一遍。黄生嗟叹道："木家父子这等没礼！然陶公虽被参，不过是文官失事，料也没什大罪，挤得削职罢了。幸喜不曾把小姐姻事误许匪人，你还该到他任所面致我殷勤之意，或者他就把姻事许我也未可知。如何半路就回了？"老仆道："相公还不晓得，小姐惊忧成疾，扶病登舟，到了半路，病势甚笃。"黄生吃惊道："原来如此！如今好了么？"老仆道："相公休要吃惊，小姐已不好了。"黄生大惊道："怎么说？"老仆道："小的正在船上探问时，忽闻举舟号哭，说道'小姐不好了'。因此小的不曾到赣州，一径来回报相公。"黄生听罢，跌足大哭，老仆苦劝不住。黄生哭了一场，叹息道："我只指望婚姻早就，偕老百年，谁知好事难成，红颜薄命，一至于此。"因取出小姐所题诗笺，一头哭，一头吟。吟罢，又叹道："我与她既无夫妇之缘，便该两不相遇，老天何故，又偏使我两人相窥相慕，彼此钟情耶？"呆想了一回，又拍案恨道："我姻事已垂成，都是木家父子作耗，生巴巴地把小姐断送了。如今回想昔日隔篱偷觑、即席题词、红叶暗传、赤绳许系这些情景，俱成梦幻矣！"说罢又哭。正是：

　　未偶如丧偶，将弦忽断弦。
　　回思桥上影，疑是梦中仙。

　　黄生正在寓中悲恨，忽然人声鼎沸，一簇人拥将进来，报道："黄相公中了解元！"黄生闻报，虽是悲喜交集，却到底喜不胜悲。及闻木一元也中了，又与他同房，一发心中疑忌。打发了报人，饮过了鹿鸣宴，少不得要会同年，拜座师。乐公、白公见黄生丰姿俊雅，矫矫出群，甚是欢喜。白公有意为女儿择配，等黄生来谒见时，留与细谈。问起他缔婚何姓，黄生惨然道："门生曾与敝年伯陶隐斋之女议婚，不幸未聘而卒。"白公惊道："原来陶寅翁的令爱已物故了，他前日原说有病。不知贤契几时与他议婚来？"黄生道："敝年伯赴任后，年伯母在家择婚，曾蒙心许门生。"白公点头道："怪道前日木家求婚，他说要等夫人到来商议。"黄生听了"木家求婚"四字，遂恨恨地道："木家夺婚不成，借端隐害敝年伯，致使他令嫒中道而殂，言之痛心！"白公道："木家求婚一事，我曾与闻，却不知陶老夫人已属意贤契。至于后来生出许多变故，此虽木公作孽，然亦数该如此。今贤契既与木生有年谊，此事还须相忘。"黄生道："多蒙明训，但老师不知木生的为人最是可笑。"白公道："他为人如何？"黄生便备述双虹圃抄诗脱骗，及面试出丑之事，白公沉吟道："看他三场试卷却甚清通，若如此说来，连场中文字也有些情弊。我另日亦当面试之。"黄生道："门生非好谈人短，只因他破坏我婚姻，情理可恶，故偶道及耳。"白公道："陶家姻事既成画饼，贤契青年，岂可久虚良配？老夫有一小女，年已及笄，虽或不及陶家小姐才貌，然亦颇娴闺范，不识贤契亦有意否？"黄生谢道："极荷老师厚爱，但陶小姐骨肉未寒，不忍遽尔改图？"白公笑道："逝者不可复生，况未经聘定，何必过为系恋？贤契既无父母，我亦只有一女，如或不弃，即可入赘我家。"黄生见白公美意倦倦，不敢固辞，乃道："老师尊命，敢不仰遵。但生与陶氏虽未聘定，实已算为元配，须为服过期年之丧，方好入赘高门。"白公道："贤契如此，可谓情礼交至，但入赘定期来年，纳聘须在即日。我当即遣木生为媒，使之奔走效劳，以赎前愆。"

黄生称谢而别，回到寓所，想道："承白老师厚意，我本欲先去吊奠陶小姐，少展私情，然后与白家议姻。今老师又亟欲纳聘，只得要依他了。但不知白小姐容貌比陶小姐何如？论起陶小姐之美，有一无二，除非前日天竺寺所见这个美人，庶堪仿佛，只怕白小姐比她不过。"又想道："前日所见这女子，是江南宦家女，要往江西去的。今白老师也是江南人，在江西作宦，莫非此女就是白小姐？"又想道："我又痴了，江南人在江西作宦的不只一人，哪里这女子恰好便是白小姐？"因又自叹道："陶小姐与我已是两心相许，尚且终成画饼，何况偶然一面，怎能便得配合？不要痴想，只索听他罢了。"

不说黄生在寓所自猜自想，且说白公次日请木一元到公寓中，告以欲烦做媒之事。一元初时还想陶家这头亲事，到底要白公玉成，及问白公说陶小姐已死，已是没兴，不想白公自己做媒不成，反要他做媒起来，好不耐烦，却又不敢违命，只得领诺。方欲告辞，白公留住，出下两个题目，只说是会场拟题，给与纸笔，要他面做。一元吃了一惊，推又推不得，做又做不出，努腰捻肚了一日，依旧两张白纸。被白公着实数落了一场，一元羞惭无地。有词为证：

场题拟近篇。请挥毫，染素笺，一时踽踽红生面。车家牡丹，鲜于状元，假文向冒真文惯。恨今番、又遭面试，出丑胜帘前。

白公择了吉日，与黄生联姻，一元只得从中奔走效劳。黄生纳聘之后，正打点归家，适有京报到来：朝廷以江西有警，兵科乐成才略素著，着即赴彼调度征剿事宜；其失事同知陶尚志革职回籍。乐公闻报，即日起马赴江西，白公亦回任所。黄生候送了座师、房师起身，然后归家，周旋了些世事，便买舟至秀水县，要到含玉小姐灵前祭奠，并拜候陶公起居。

却说陶公奉旨革职回籍，倒遂了他山林之志。也不候乐、白二公到，即日扁舟归里，重整故园。且喜夫人、小姐俱各无恙。看官听说：原来小姐前日患病舟中，忽然昏晕了去，惊得夫人啼啼哭哭，过了一日，方才苏醒。夫人延医调治，到得家中，已渐平愈。黄家老仆来候问时，正值小姐发昏之时，故误以凶信回报黄生，其实小姐原不曾死。当下陶公归家，闻黄生中了解元，心中甚喜。正想要招他为婿，不想木一元也恰好回家，知陶小姐未死，复遣人来求亲，且把白公托他为媒，黄生已聘白氏的事对陶家说知。陶公夫妇都不肯信。侍儿拾翠闻知此事，即报知小姐。小姐道："不信黄生恁地薄情。"拾翠道："此必又是木一元造言脱骗，我看黄生不是这样人。"小姐道："今不须疑猜，只把他的序齿录来查看便了。"遂教丫鬟吩咐家人，买了一本新科序齿录来看，只见解元黄琼名下注道：

原聘陶氏，系前任福建臬宪、现任赣州二府陶公隐斋女，未娶而卒。继聘白氏，系现任赣州司李白公绘庵女。

原来黄生既面禀白公为陶小姐服丧，因此齿录上竟刻了原聘，欲待到陶家作吊时禀明陶公，执子婿之礼，哪知小姐安然无恙。当下小姐见了齿录所刻，不觉潸然泪下道："原来他竟认我死了，果然别聘了白氏女。好孟浪也，好薄情也！"拾翠也十分不忿，便把齿录送与夫人看，道："天下有这等可笑之事。"夫人看了，甚是惊异，即说与陶公知道。陶公取齿录看了，恼怒道："黄生与我女未经聘定，如何竟说是原聘？且我女现在，如何说卒？他既别聘，又冒认我女，误生为死，殊为可笑！"

陶公正然着恼，这边黄生到了秀水，备着祭礼，径至陶家来要吊奠小姐。陶家的家人连啐是啐道："我家小姐好端端在此，这哪里说起！"黄生细问根由，方知误听，又惊又喜，急把祭礼麾去，更了吉服，候见陶公。陶公出来接见了，埋怨道："小女现存，与贤侄未有婚姻之约，如何序齿录上擅注原聘，误称已卒？贤侄既别缔丝萝，而又虚悬我女于不生不死，疑有疑无之间，将作何究竟？"黄生惶恐跪谢道："小婿因传闻之误，一时卤莽，遂尔唐突，乞岳父恕罪。"陶公扶起笑道："翁婿之称何从而来？老夫向来择婿固尝属意贤侄，但今贤侄既已射屏白氏，小女不能复举案黄家矣。"黄生道："业蒙心许，即是良缘。齿录误刻，小婿且不忍负死，今岂反忍负生？况岳父与白家岳父既称契厚，安用嫌疑。事可两全，唯期一诺。"说罢，又要跪将下去。陶公扶住道："若欲许婚，须依我意。"黄生道："岳父之命，怎敢有违？"陶公道："我只有一女，不肯出嫁，必要入赘。你须常住我家，连那白小姐都要接到我家来与小女同住。"黄生想道："要我赘来还可，那白小姐如何肯来？这是难题目了。"陶公见黄生不答，便道："若不如所言，断难从命。"黄生只得权应道："待小婿禀明白家岳父，一如台命便了。"说罢辞出，回到舟中，思忖道："这话怎好对白公说？"欲待央原媒转达，那木一元又不是好人。左思右想道："我不如去央座师乐公转致白公，或者其事可就。"算计定了，连夜移舟望江西进发。

却说乐公自到赣州，即命白公督师剿贼，又调取各州兵马钱粮协应，兵精粮足，调度有方，贼氛尽平，不日凯还。一面表奉捷音，并叙白公功绩，又特疏纠参木采故误军机，陶公失事本非其罪；一面打点回京复命。黄生适至，投揭进谒。乐公叩其来意，黄生细述前事。乐公道："此美事也，吾当玉成。"随传请白公到来，将黄生所言婉转相告。白公初时犹豫，后见乐公谆谆相劝，又因自己向与陶公契厚，晓得含玉小姐德性贤淑，女儿碧娃亦素娴闺范，他日女伴之中，自然相得，遂欣然许允。黄生大喜。

乐公教黄生先就白公任所与碧娃小姐婚姻过了，然后入赘陶家，以便携往同居。一面起马赴京，便道亲至秀水县拜见陶公，为黄生作伐。陶公见了乐公，先谢了他前番特疏题荐之情，又诉说木采故意陷害之事。乐公道："这些情节，小弟已具疏题报，不日将有明旨。"陶公再三称谢。乐公说起黄生亲事，并道："白绘庵肯使女儿造宅与令媛同住。"陶公欣喜允诺。乐公即择定吉日代为黄生纳聘，又传谕木一元教他做个行媒，专怪他前日要脱骗这头亲事，如今偏要他替黄生撮合。一元又羞又恼，却又不敢违座师之命，只得于中奔走帮兴。时人有嘲他的口号道：

帮人兴头，看人快活。奔走奉承，眼红心热。羞之使为蹇修，罚之即用作伐。两治脱骗之人，妙哉处置之法。乐公代黄生纳聘过了，然后别却陶公，赴京复命。一面修书遣人至江西回复黄生。

且说黄生在白公任所先与碧娃小姐成亲，花烛之夜，细看那碧娃小姐，却便是杭州天兰寺中所遇这个美人，真乃喜出望外。正是：

> 向曾窥面，今始知名。昔日陶家之玉，果然天下无双；今朝白氏之花，亦是人间少对。双虹正应双红艳，谁知一红又在这厢；二桥喜睹二乔春，哪晓一乔又藏此处。白虎衔来黄卷，棘闱里已看魁占三场；苍文幸配碧娃，绣房中更见文成五采。霄汉忽逢两织女，牛郎先渡一银河。

黄生婚姻过了几日，正欲别了白公，去陶家就婚，恰好乐公所上本章已奉圣旨，乐成升左都御史，白素升兵部右侍郎，陶尚志仍准起用，着即赴京补授京职，木采革职听勘。白公奉旨入京赴任，便道亲自送女儿女婿至陶家来。陶公商议先择吉入赘黄生，然后迎接白小姐过门。

那黄生才做那边娇婿，又来做这里新郎，好不作乐。花烛过了，打发女侍们去后，便来与小姐温存。见小姐还把红罗盖头，背灯而坐，黄生乃轻轻揭去红罗，携灯窥觑花容。仔细看时，却不是小姐，却是侍儿拾翠。黄生失惊道："你不是小姐，小姐在哪里？"拾翠道："小姐已没了，哪里有小姐？"黄生忙问道："我前来作吊之时，你们家人说小姐不曾没。及见岳父，也说小姐不曾没，道我齿录上误刻了，十分埋怨。如何今日又说没了？"拾翠道："小姐本是没了，老爷也怪不得郎君续弦，但怪郎君既以小姐为原配，如何不先将续弦之事告知老爷，却径往白家下聘。所以老爷只说小姐未死，故意把这难题目难着郎君。如今郎君肯做这个题目，老爷却寔没有这篇文字，故权使贱妾充之耳。"黄生听罢跌足道："这等说，小姐果然没了！"不觉满眼流泪，掩面而哭。拾翠道："看郎君这般光景，不像薄情之人，如何却做薄情之事？"黄生一头哭，一头说道："不是小生薄情，小生一闻小姐讣音，十分哀痛，本欲先服期年之丧，然后商议续弦，不想白老师性急，催促下聘，故未及先来吊奠小姐。"说罢又哭。拾翠只是冷笑。黄生见她冷笑，便住了哭，一把扯住问道："莫非你哄我，小姐原不曾死？"拾翠笑道："如今实对郎君说了罢，小姐其寔不曾死。"黄生听了，回悲作喜，连忙问道："小姐既不曾没，如何不肯出来？"拾翠道："不但老爷怪郎君卤莽，小姐亦怪郎君草率。小姐说齿录上刻得明白，彼既以我为物故之人，我只合自守空房，焚香礼佛，让白小姐去作夫人便了。所以今夜不肯与郎君相见。"黄生听说，向拾翠深深唱个肥喏，道："小生知罪了，望芳卿将我衷曲转致小姐，必求出来相见，休负佳期。"拾翠道："只怕小姐不肯哩。"黄生道："小姐诗笺现在，今日岂遂忘情，还求芳卿婉曲致意。"拾翠笑道："我看郎君原是多情种子，待我对小姐说来。"说罢，便出房去了。

黄生独坐房中，半晌不见动静，等够多时，只见一群女使持着红灯拥进房来，黄生知道拥着小姐来了，看时却并不见小姐。只见女使们说道："老爷在前堂请黄相公说话。"黄生随着女使来至堂前，陶公迎着笑道："小女怪贤婿作事轻率，齿录上误刻了她，今夜不肯便与贤婿相见，故权使侍儿代之。侍儿拾翠颇知诗礼，小女最所亲爱，既已代庖，可充下陈。容待来日老夫再备花筵，送小女与贤婿成亲。"言讫，便教女使们送新郎进房。黄生回至房中，只见拾翠已在那里了，对黄生说道："适已代郎君再三

致意小姐。小姐方才应允，许于明日相见。但今夜凤凰尚未归巢，鹪鹩何敢先占？贱妾合当回避，且待小姐成亲之后，方好来奉侍巾栉。"说罢，便要抽身向房门外走。黄生着了急，连忙扯住道："说哪里话，小生自园中相遇之后，不但倾慕小姐娇姿，亦时时想念芳卿艳质。今夕既承小姐之命而来，岂可使良宵虚度？"说罢，便拥着拾翠同入鸳帏就寝。正是：

> 珊珊玉佩听来遥，先见青鸾下紫宵。
>
> 仙子知非容易合，一枝权让与鹪鹩。

次日，黄生整衣冠来见陶公。只见陶公拿着齿录对黄生道："贤婿可将齿录改正，送与小女看过，今宵方可成亲。"黄生取过笔来，心中想道："原配继配既无此理，正配次配又成不得，如何是好？"想了一想道："有了，我只还她一样称呼，不分先后，不分大小便了。"遂写道：一配陶氏，系某公女；一配白氏，系某公女。写毕，送与陶公。陶公看了，点头道"如此可谓并行不悖矣"。便教女使把齿录送与小姐看。是夜再治喜筵，重排花烛，请出真小姐来与黄生成亲。合卺后，黄生极叙平日思慕之情，自陈卤莽之罪。此夜恩情，十分欢畅：

> 嫦娥更遇，仙子重逢。再生得遂三生，后配反为元配。昔日讹传，认作离魂倩女；今宵喜见，依然步月崔莺。始初假意留难，落得作成青鸟；到底真身会合，必须亲步蓝桥。白氏碧娃，于此夜全让一个新妇；陶家含玉，被他人先分半个新郎。虎变协佳期，梦兆南闱虽应白；鸾交谐旧约，花色东篱独取黄。新婚句可联，当依谢朓诗吟去；合欢杯共举，疑是陶潜酒送来。

黄生与陶小姐婳过姻，即以鼓乐花轿迎接白小姐。陶公亦迎请白公到家。黄生先率白小姐拜见了陶公夫妇，再率陶小姐拜见白公，然后两个佳人互相拜见。拾翠也各相见了。女伴中你敬我爱，甚是相得。正是：

> 一女拜两门，两岳共一婿。
>
> 妻得妾而三，友爱如兄弟。

当日陶公排庆喜筵席于双虹圃中会饮，饮酒中间，陶公说起木一元抄诗脱骗，白公亦说面试一元之事，黄生道："木生虽会脱骗，却反替人做了两番媒人，自己不曾得一些便宜，岂非弄巧成拙？"说罢，大家欢笑。过了几日，陶公、白公俱欲赴京，黄生亦要会试，遂携着二位小姐并拾翠一齐北上。至来年，黄生会试中了第二名会魁，殿试探花及第。后来黄生官到尚书，二妻俱封夫人，各生一子，拾翠亦生一子，俱各贵显。两位小姐又各劝其父纳一妾，都生一子，以续后代。从此陶、白、黄三姓世为婚姻不绝，后世传为美谈云。

【回末总评】

从来未有旧弦未安，先续新弦者；从来未有河洲未赋，先咏小星者。本专意于白头，初何心乎绿鬓，而一家琴瑟，偏弄出两处丝萝。方抱歉于连理，敢复问其旁枝，而两处丝萝，偏弄出三番花烛。事至曲，文至幻矣。其尤妙处，在天竺相逢，恍恍惚惚，令人于白家议聘之后，又虚想一寺中美人。此等笔墨，飘乎欲仙。

五色石

卷之二　双雕庆

仇夫人能回狮子吼　成公子重庆凤毛新

　　恨事难悉数，叹琪花瑶树，风欺霜妒。为德未蒙福，问苍苍果报，何多诖误。盱衡今古，论理须教无负。看女娲炼石，文成五色，尽堪相补。

　　　　　　　　　　　　　　　　　　右调《瑞鹤仙》

　　从来妻妾和顺，母子团圆，是天下最难得的事。人家既有正妻，何故又娶侧室？《汉书》上解说得好，说道："所以广嗣重祖也。"可见有了儿子的，恐其嗣不广，还要置个偏房，何况未有儿子的，忧在无后，安能禁他纳宠？最怪世上有等嫉妒的妇人，苦苦不许丈夫蓄妾，不论有子无子，总只不肯通融。及至灭不过公论，勉强娶了妾，生了子，或害其子，并害其母，如吕氏杀戚夫人故事，千古伤心；又或留其子而弃其母，如朱寿昌生母为正夫人所弃，直待儿子做了官，方才寻得回来。红颜薄命，不幸为人侍妾，却受这般苦楚。又有一等贤德的妇人，行了好心，未得好报，如邓伯道夫妇弃子抱侄，何等肚肠，后来到底无儿，一弃不能复得，正不知苍天什么意思。如今待在下说一个能悔过的吕氏，不见杀的戚姬，未尝无儿的邓伯道，不必寻母的朱寿昌，与众官一听。

　　话说嘉靖年间，景州有个举人，姓樊名植，字衍宗，祖代读书，家声不薄。平日结交得一个好朋友，姓成名美，字义高，与他同榜同乡，幼时又系同学，最相契厚。那成美的夫人和氏，美而且贤，只生一子，年方三岁。她道自己子息稀少，常劝丈夫纳宠，广延宗嗣。倒是成美道："既已有子，何必置妾？"因此推托不肯。那樊植却年过三旬，未有子嗣，妻仇氏性既凶悍，生又生得丑陋。你道她怎生模样？

　　眉粗不似柳叶，口阔难比樱桃。裙覆金莲，横量原是三寸，袖笼玉笋，轮开却有十条。貌对花而辄羞，也算羞花之貌；容见月而欲闭，也称闭月之容。夜叉母仰面观

天，亦能使雁惊而落；罗刹女临池看水，亦能使鱼惧而沉。引镜自怜，怜我独为鬼魅相；逢人见惜，惜她枉做妇人身。

论起仇氏这般丑陋，合该于丈夫面上通融些。不知天下唯丑妇的嫉妒，比美妇的嫉妒更加一倍。她道自家貌丑，不消美妾艳婢方可夺我之宠，只略似人形的便能使夫君分情割爱，所以防闲丈夫愈加要紧。有篇文字单道妒妇的可笑处：

猜嫌成性，媢嫉为心。巫山不容第二峰，岂堪十二并列；兰房占定三生石，谁云三五在东。念佛只念狮子吼佛，窃谓释迦许我如斯；诵诗若诵螽斯羽诗，便道周婆决不为此。客至待茶，听堂上所言何言，倘或劝纳尊宠，就要打将出来；人来请酒，问席间有妓无妓，苟知坐列红妆，断然不肯放去。垆前偶过，认杀和仆妇调情；廊下闲行，早疑共丫鬟私语。称赞书中贤媛，登时毁裂书章；艳羡画上美人，立刻焚烧画像。醒来忽虚半枕，呼之说是撒尿，忙起验溺器之冷热；午后见进小房，询之如云如厕，定须查净桶之有无。纵令俊仆也难容，唯恐龙阳邀嬖幸；只有梦魂防不得，还愁神女会襄王。

樊植见她这般光景，无可奈何。一来是贫时相守的夫妻，让惯了她；二来自己是衣冠中人，怕闺中闹吵，传将出去坏了体面，所以只得忍耐，时常对着成美歆歔嗟叹。见了成家这三岁的年侄，便抱置膝上抚弄，叹谓成美道："不孝有三，无后为大。弟为妒妇所制，竟作了祖宗罪人矣。"成美道："年兄无子，岂可不早娶侧室。若年嫂不容，待小弟教老荆去劝她便了。"原来樊、成两家因年通至谊，内眷们互相往来，迭为宾主。自此和氏见了仇氏，每用好言劝谏，说道："宗嗣要紧，娶得偏房，养了儿子，不过错她肚皮，大娘原是你做。"仇氏初时摇得头落地不肯，后来吃她苦劝不过，才绽口道："若要娶妾，须依我一件事。"和氏问是哪一件，仇氏道："不许他娶美貌的，但粗蠢的便罢，只要度种。"和氏道："这个使得。"便把这口风教丈夫回复樊植，樊植道："多蒙年兄、年嫂费心，但欲产佳儿，必求淑女，还须有才貌的方可娶。"成美道："年兄所言亦是。小弟倒有个好头脑，作成了兄罢。"樊植道："有什好头脑？"成美道："老荆前日欲为小弟纳宠，亲自看中一个小人家的女子，姓倪小字羽娘，举止端庄，仪容俊雅，又颇知书识字。老荆十分赞赏，已议定财礼二百金。只因小弟意中不愿娶妾，故迟迟未聘。如今年兄去聘了她罢。"樊植大喜，便瞒了仇氏，私自将银二百两付与成美。成美与夫人商议，央媒择吉，聘定了倪羽娘。樊植在仇氏面前只说得身价二十两，都是成年嫂主张的。

到了吉期，迎娶羽娘过门。仇氏见她生得美貌，心中大怒道："我只许讨粗蠢的，如何讨这妖妖娆娆引汉子的东西？"欲待发作，因碍着和氏面皮，暗想道："我今不容丈夫近她的身，教他眼饱肚中饥便了。"于是假意优容，日里也许她与丈夫同桌而食，夜间却不许丈夫进她房，弄得樊植心痒难熬，只博得个眉来眼去，无计可施。又常对着成美嗟叹，成美询知其故，叹道："若如此有名无实，虽小星罗列，安能有弄璋之庆乎？"便将此事与和氏说知。和氏想了一回，定下了个计策，对成美道："只须如此如此。"

此时正是暮春天气，花光明媚，成美发个帖儿，请樊植于明日郊外踏春。和氏一面差两个女使去请仇氏并新娘到家园看花。仇氏因从前往来惯的，更不疑惑，便带了羽娘如期赴席。和氏接着，相见过，即邀入后园饮宴。却预先对付下有力好酒，把仇氏冷一杯，热一杯，灌得大醉，看看坐身不住，和氏命丫鬟扶她到卧房安歇。一面唤舆夫急送羽娘归家。正是：

> 只为贪杯赴席，醉后疏虞有失。
> 平时谨慎巡逻，此夜关防不密。

且说樊植是日来赴成美之约，成美暗将和氏所定之计说与知道，樊植欢喜称谢。成美拉着同去郊外闲行，成家从人已先向一个空阔幽雅之处铺下绒单，排到酒肴伺候。二人席地而坐，相对共饮。正饮间，只见一个少年头戴大帽，身穿短衣，骑一匹骏马，往来驰骋，手持弹弓，望空弹鹊。樊植见了，心中暗祝道："我若能生子，此鹊应弦而落。"才祝罢，早见一只鹊儿为弹所中，连弹子落在他身边。樊植大喜，不觉抚掌喝采。那少年听得喝采，在马上高叫道："二位见我弹鹊，何足为奇。你看远远地有双雕飞至。待我连发二矢，与二位看。"说毕，张弓搭箭，回身反射。这边成美心中也暗祝道："我两人来年会试，若得一齐中式，当使双雕并落。"祝罢，果见那少年连发二箭，双雕一齐落下。成美大喜，便与樊植俱立起身来，向那少年拱手道："壮士果然好箭，不识可邀同饮乎？"那少年滚鞍下马，大笑道："既蒙雅意，何辞一醉。"二人逊他上首坐定，连举大觥送他。少年略不谦让，接连饮了十数觥，就起身作别。二人问道："壮士高姓大名？"少年笑道："二人不必多问，小可叫做无名氏。"说罢，上马加鞭，飞也似去了。正是：

> 来不参兮去不辞，英雄踪迹少人知。
> 君家欲问名和姓，别后相逢会有时。

二人见少年去了，相谓道："这人踪迹非常，不知何处来的壮士？"因大家诉说方才暗祝之事，各各欢喜。又饮了一回，直至红日沉西，方才吩咐家人收了酒席，信步入城。成美别了樊植，自回家中，去书房歇宿。樊植回家，已知仇氏被留，羽娘独归，满身欢喜。乘着酒兴，竟到羽娘房中了其心愿，说不尽此夜恩情。正是：

小鸟欢深比翼，旁枝喜庆并头。影里情人，此夜方才着手；画中爱宠，今宵乃得沾身。向也嬺母同衾，几为抹杀风流兴；兹者西施伴宿，直欲醉是温柔乡。初时半推半就，免不得柳怯花惊；后来渐熟渐亲，说不尽香温玉软。回兵转战，为惜此一刻千金；裹甲重来，直弄到五更三点。

两人欢娱了一夜。

哪知乐极悲生，明日仇氏赶将回来，查问丫鬟们，丫鬟不敢隐瞒，都说相公昨夜在二娘房里歇的。仇氏听了，心头一把无名火直冲三千丈，与樊植大闹，又辱骂羽娘，准准闹乱了四五日，樊植吞声忍耐。此自，仇氏把羽娘封禁密室，只从关洞中递送饮食，就如监禁一般。连日里也不许她与丈夫见面。和氏知了这消息，欲待去劝他，哪知仇氏连和氏也怪了，和氏不好再来。仇氏又哪里肯再向成家去。正是：

将酒劝人，并非好意。
识破机关，一肚恶气。

羽娘被她封禁房中，几及两月，渐渐眉低眼慢，恶心呕吐，已是有了身孕。樊植闻知，好不欢喜。仇氏却愈加恼怒。光阴迅速，不觉秋尽冬来，倏忽腊残春至。樊植免不得要同成美入京会试，却念羽娘怀孕，放心不下。因与成美商议，要将此事托付年嫂，说道："小妾若得年嫂维持，幸或生男，使樊门宗嗣不绝，感恩非浅。"成美把这话传与和氏，和氏使侍儿出来回言道："既蒙伯伯见托，这事全在我身上，不须挂念。"樊植再三称谢。过了一日，收拾行装，同成美上京去了。那仇氏一等丈夫去后，便令家人唤媒婆来，要起发羽娘出去。羽娘哭哭啼啼，要死要活，仇氏哪里管她。主意已定，没人敢劝。这边和氏也竟不来管闲事。

忽一日，有个媒婆引着个老妪到樊家来，说道："城外村中有个财主，为因无子，他大娘欲为娶妾，闻说宅上二娘要出嫁，特令这老妪来相看。他们正要讨个熟肚，若是二娘现今怀孕，不防娶过门去，等分娩满月之后成亲也罢。"仇氏巴不得羽娘早去，便一口应允。引老妪到羽娘房前，开了封锁，与她相看了。议下财礼五十两，即日交足，约定次日便来迎娶。此时羽娘事在危急，想道："如何成家的和夫人不来救我，莫非她还不知道？罢了，我今挤一死罢！"却又转一念道："我今怀孕在身，是樊家一点骨血，若便自尽，可不负了相公。且到那人家分娩之后，或男或女，将来托与和夫人，然后寻死未迟。"

算计已定，至次日黄昏，迎亲的已到，媒婆撮拥羽娘上轿。羽娘痛哭一场，拜别了仇氏，升舆而行。约莫行出了城门，又走了多时，到一个门前歇定，媒婆请新人下轿，羽娘下了轿，随着媒婆进得门来，满堂灯烛辉煌，并没一个男人在彼，只见两个女使提着纱灯，引羽娘到一所卧房里坐定。少顷，外边传说大娘来了，羽娘定眼看那大娘，不是别人，却就是成家的和夫人。见了羽娘，便携着她手笑道："你休烦恼，这是我定下的计策。我料你大娘劝化不转，故设此计。此间是我家新置下的别宅，你但住无妨。"羽娘方省悟，跪谢道："夫人如此用心，真是重生父母了。"和氏忙扶起道："你相公出门时，曾把你托付于我。我岂有不用心之理？今日之事，只有我家的人知道，你们樊家上下诸人都被我瞒过，没一个晓得。你只宽心在此调养身子，等候分娩便了。"自此和氏自拨女使伏侍羽娘。到得十月满足，产下了个孩儿，且自生得头端面正，和氏大喜。

到满月之时，恰好北京报录人报到，樊植、成美都中了进士，正应了前日弹鹊射雕之祝。两个殿试俱在二甲。时遇朝廷有恩典，新科进士加级选官，成美选了兵部员外，樊植选了扬州太守。这里仇氏见丈夫中了，便遣人到京迎候。家人一到，樊植即问羽娘安否，曾分娩未，家人不敢回言。樊植惊疑道："莫非产了个女么？"家人道："不是。"樊植又道："莫非有产难么？"家人道："也不是，这事小人不好说得。"樊植再三盘问，家人方把仇氏逼卖的事说了。樊植气得暴躁如雷，把头上纱帽都掼落地上，喝骂家人："你何不苦谏主母？"家人禀道："成老爷的夫人也不敢来劝，谅奴辈怎劝得住？"樊植懊恨道："成年嫂好不济事，我这般托付她，如何容我家悍妇如此胡行，竟不相劝？"当下恨着一口气，连成美也不去别他，亦不等扬州接官的人来，竟自轻骑赴任。将仇氏差来的家人打了二十板，喝骂道："传与你主母说，我誓于此生不到家中相见了！"家人抱头鼠窜而去。正是：

> 本为夫妻反目，却教奴仆代板。
> 聊借家人之臀，极当妒妇之脸。

樊植自带原来从人，怀着文凭，离了京师，竟从旱路望扬州进发。行了几日，来至济南地方一个旷野之处。正行间，只听得飕地一声，一支响箭迎风而来。有几个同行客商都下了马，叫道："不好了，歹人来了！"樊植还坐在马上呆看。早见十数个彪形大汉，手持兵器，骑着马，风也似跑将来。为头一个穿绿的喝道："过往客商留下买路钱去！兀那不下马的，敢与我打仗么！"樊植厉声道："我非客商，我乃新科进士去扬州到任的，哪讨买路钱与你！"那穿绿的喝道："管你进士不进士，一总拿到营里去发落!"便教众人一拥而上，把樊植及从人并同行客商押着便走。转过几个山坡，只见两边山势险恶，树林内都列着枪刀剑戟，中间一条山路，高阜处立着个大寨。到了寨前，那穿绿大汉下马升帐坐定，叫请二大王来议事。

少顷，见一个白袍银铠的少年好汉从外而入，与穿绿的相见过，便去右边交椅上坐了。问道："大哥唤我议何事？"穿绿的道："目下寨中正缺粮草，方才拿得个扬州赴任的官员在此，我意欲选个精细头目，取了他的文凭冒名赴任，再着几个孩儿们扮了家丁同去，到彼处吊取些钱粮来应用。你道好么？"穿白的道："此计甚妙，但宜暂不宜久，限他赴任二月之内便起身回寨，不可逗留，以致失事。"穿绿的道："兄弟说的是。"便令小喽啰去樊植行囊中搜出文凭，付与一个头目叫做权小五，教他装作樊太守，带着假家丁依计而行，前赴扬州去了。然后喝教把樊植一干人绑去砍了罢。

只见那穿白的把樊植仔细看了一眼，便问樊太守："你是何处人？"樊植答是景州人。穿白的便对穿绿的说道："那樊太守是新科进士，一日官也没做，又不曾贪赃坏法，杀之无罪。"穿绿的道："若放他去，可不走漏了消息？"穿白的道："且软监他在营里，待我们头目回来之后放他便了。"穿绿的应允，只把从人及同行客商砍了，将樊植就交付与穿白的收管。穿白的领了樊植，竟回自己营中。樊植仔细看那穿白少年时，却依稀有些认得，像曾在哪里会过。正疑惑间，只见他大笑道："先生还认得我么？去春在景州游猎之时，曾蒙赐酒，不想今日却于此处相会。"樊植方才晓得是去年郊外弹鹊射雕的少年。正是：

> 昔曾与君逢，今复与君会。
> 相会莫相惊，世上皆君辈。

当下那人与樊植施礼，分宾而坐。樊植道："适间荷蒙相救，不知壮士高姓大名，今日肯相告否？"那人道："小可姓伏，名正也，曾应过武科，因路见不平，替人报仇，杀了个负心汉子，怕官司究问，故权避于此。方才那穿绿的大汉姓符名雄，为人性暴好杀，我与他意气不合，故另自立了个营头。今日先生事已至此，且在我营中暂住几时，我亦欲觑个方便，去邪归正，此处亦非久恋之地也。"樊植无奈，只得权住伏正营中。伏正又问起去年郊外同饮的那位是什人，樊植说是敝同年成美，如今也中了，现为兵部。伏正点头记着，不在话下。

且说仇氏晓得丈夫为了羽娘责骂家人，不肯回家，竟自赴任，不觉大怒道："这没良心的，一定在路上娶了妾，到任所去作乐了。他不肯回来，我偏要赶去。"便令家人请大舅爷来商议。原来仇氏有两个哥子，大的叫做仇奉，第二的叫做仇化。这仇化平日只是劝化妹子休和妹夫斗气，那仇奉却一味奉承妹子，火上添油。当日仇氏只约了仇奉，带两个家人、两个老妪，买舟从水路望扬州来。不则一日，来到扬州，泊了船问时，樊太守已到任半月余了。仇氏先使仇奉上岸去查看私衙里可有妇人，并催促衙役来迎接。去了多时，却不见太守使人来接，又不见仇奉回来。仇氏焦躁，再差那两个家人上去，却又去了多时，不见一个转来，仇氏气得直挺。看看等到晚，方才见有几个不齐不整的执事抬着一乘暖轿到船边来接，却又不见一个家人，只见三四个长大汉子，说是太爷路上招的家丁，今差他到船来迎接奶奶。仇氏道："家人们为何不来？舅爷在哪里？"家丁道："通在衙里没有来。"仇氏忍着一肚皮气上了轿，又唤两乘小轿抬了两个老妪，到得私衙，仇氏下了轿，正待发作，家丁道："老爷去接新按院了，不在衙里，且请奶奶到后边房里坐，舅爷和大叔们都在那边。"说罢，引仇氏并两个老妪到后面一间僻静房里。仇氏才进房，家丁便把房门反拽上，用锁锁了。仇氏大怒道："如何把门锁了！舅爷与家人们何在？"家人道："且休问，待老爷回来便知端的。"说毕，竟自去了。仇氏只道丈夫奚落她，十分恼怒，却又一时没对头相骂，只得且和两个老妪在房里坐地。

直到黄昏以后，听得外面呼喝之声，说道："老爷来了。"仇氏准备着一天凶势，一等他开门，便大骂天杀的，恰待一头拳撞去，抬眼一看，火光之下，却不见丈夫，却见一伙十来个人，都身穿短衣，手执利刃，抢将入来。仇氏大惊，只见为头一人喝道："你还想见丈夫么？我实对你说，我们都是山东响马好汉，你丈夫已被我们杀了。方才什么舅爷与家人也都杀了。你今从我便罢，不从时也要杀哩。"仇氏吓得跌倒在地，头脑俱磕破，血流满面。两个老妪抖做一块，气也喘不出来。那权小五就地上拖起仇氏来一看，见她相貌丑陋，且又磕破面庞，便道："啐！这妇人不中用，只把她拘禁在此罢。"遂麾众人出房，对着仇氏喝道："你住在此，不许啼哭！若啼哭便杀了你！"仍旧把房门锁闭，只留一个关洞，送些饮食与她。仇氏此时无可奈何，只得苟延残喘，终日吞声饮泣。正是：

> 夫人禁锢侍妾，强盗禁锢夫人。
> 前日所为之事，今日反乎其身。

看官听说：原来当日权小五正在私衙，闻樊家家眷到来，本要哄她进衙，男了杀却，妇女留用。不想那日恰好察院按临，急欲往接，一时动手不及。况府中衙役众多，耳目切近，私衙杀人怕风声走漏。又见樊家来的人不多几个，料也容易处置。因此吩咐假家丁只将舅爷与家人拘禁密室，奶奶与老妪另自安顿别房。后见仇氏丑陋，便也不去点污她。且拘留在那里，等起身时再作计较。其寔此时仇奉和家人们都未曾死。

如今说仇奉的兄弟仇化在家，闻得妹子同了哥哥赶到妹夫任所去了，想道："此去必与妹夫争闹。官上不比家中，不要弄出没体面来。须等我去解劝她才好。"于是带了老仆，星夜兼程，赶到扬州。才入得境，只见有大张告示挂在市镇，上写道：

扬州府正堂示为禁约事：照得本府莅任以来，清介自矢。一应乡亲游客，概行谢绝。嗣后倘有称系本府亲识在外招摇者，严拿重究。地方客店寺观不许私自容留，如违一并重治。特示。

仇化看了，忖道："此必我哥哥去惹恼了他，以至于此。这般光景便到他衙门上去，料也没人敢通报。不如等他出来时，就轿子上叫住他，难道他好不认我？"算计已定，便隐了太守乡亲名色，只说是客商，就城外饭店上歇了。次日，吩咐老仆看守行李，自己步进城中，等候知府出来。刚走进城门，只一簇执事喝道而来，街上人都闪过两旁，说道："太爷来了。"仇化欢喜，也立在一边，看那执事一对对地过去，到后面官轿将近，仇化恰待要叫将出来，只见黄罗伞下端坐轿中的却不是他妹丈，仇化惊问旁人道："这什么官府？"旁人道："你不见他印匣封皮上，明明写着扬州府正堂？"仇化道："莫非是二府、三府权署正堂印的么？"旁人道："这就是簇新到任的樊太爷了。"仇化听了，好生惊疑，连房奔到府前，等候他回府时再看。只见那个官员果然进了本府后堂，退入私衙去了。仇化一发猜详不出。再去访问府中衙役道，"这樊太守是哪里人？叫什名字？"衙役说是景州人，姓樊名植，新科进士选来的。仇化大惊道："他几时到任的？可有家眷同来么？"衙役道："这太爷也不等我们接官的去，蓦地里竟来到任，随身只有几个家丁。到任半月以后家眷才来，却也不多几个人，只是一个舅爷、一个奶奶、两个大叔、两个老婆子，就进衙里去了。"仇化又问道："如今可见他们大叔出来走动？"衙役道："不见大叔出来，有事只令家丁传报。"仇化听罢，只叫得苦。想道："一定我妹夫在路上有些差失，不知是什夕人冒了他名在此胡行？怪道不许乡亲见面。我兄妹陷入衙里，大约多凶少吉，我今须索去上司处首告。"忙转身回到寓所，密写下一纸状词，径奔按院衙门抱牌进告。

那按院姓崔名慎，此时正巡历扬州。当日才放炮开门，见仇化抱牌而入，便喝左右："拿上来！"众人如鹰拿燕雀地把仇化押到堂下跪着。仇化不等按院开口，便大叫道："有异常大变事！"按院教取状词来看。仇化禀道："此事泄漏不得，求老爷屏退左右。"按院喝道："什么事情在我这里大惊小怪？"叫左右："拿这厮下去打！"众人吆喝一声，把仇化拖翻在地。仇化大喊道："这事情重大，关系朝廷的，故敢来老爷台下首告。"按院见他这般说，便教："且莫打，唤他近前来。"仇化直至案桌边，取出状词呈上，说道："求老爷密阅。"按院接了状词，叫左右退下一步，然后展开细看了一遍，不觉大惊，便将状词袖了。

正沉吟间，门役通报江都县县官候见。按院吩咐仇化且出外伺候，传唤知县进见。那知县上堂便请屏左右，有机密事要禀。按院唤左右都退出仪门，知县禀道："本府新任樊知府，到任才一月有余，已到各州县吊过数次钱粮。又不差衙役，只差家丁坐索。昨又行牌到县，预撮漕赠银两，碌'漕'字误写'糟'字。及与县官面谈，语多俚鄙，不像甲科出身。细访本府衙役，都说本官与带来家丁猫鼠同眠，绝无体统。到任时突如其来。前日家眷却不接自至，及进私署之后，又杳没动静。近日又禁约乡亲，不许见面。种种可疑，恐系奸人假冒。伏乞大人廉察。"按院听了，正与仇化所告相合，便点头道："此事本院亦略闻风声，如今自有处置。"知县辞别去了。

次日，恰好是望日，各官俱进院作揖。按院发放了各官，独留本府知府到后堂小饮。叙话间，问起他会试三场题目，房师何人，并问乡试何年中式，是何题目，中在何人房里，乡、会同门中的是哪几个。知府面红语塞，一字也答不出。按院便喝声："拿下！"后堂早已埋伏下许多做公的，听说一声"拿"，登时把假知府拿住，跣剥了冠带，绳缠索绑，跪倒地下。按院就后堂拷问，夹了一夹棍，那权小五受痛不过，只得把寮情招了。按院讯问真樊太守下落，权小五道："犯人出行之后，想已被寨主杀了。"按院录了口词，密传令箭，点起官兵围住府署，打入私衙，把这几个假家丁一个个拿下。打到后面，有两处阴房里锁禁着男妇共六人，唤仇化来认时，正是他妹子仇氏、哥子奉与家人老妪。那仇氏蓬头垢面，一发不像人形了。当下见了仇化，各各抱头大哭。按院给与盘费，令归原籍。一面将众盗监禁，表奏朝廷，具言樊植被害，强盗窃凭赴任之事。朝廷命下，着将权小五等即就彼处枭斩。随敕兵部，速差官一员，前往山东地方，调军征剿大盗符雄、伏正。

此时成美正做兵部员外，恰好差着他去山东出征。成美初闻樊植遇害，十分悲恨。及奉旨剿贼，便即日进发，早有探事小喽啰把上项事报入符雄寨中。符雄与伏正商议退敌之策，伏正沉吟半晌道："我与兄分兵两路，兄可前往迎敌，却用诈败诱那成兵部赶来。小弟却引兵出其背后，声言攻打景州，他是景州人，恐怕有失，必回兵转救。兄乃乘势追之，小弟断其归路，彼必成擒矣。"符雄大喜道："此计绝妙，但权小五既已失陷，我这里将樊植砍了罢。"伏正道："这不难，待我回营去砍了他便了。"说罢，便回营中，请出樊植，将前事对他说明，付与一匹快马，教他速速逃命。樊植拜谢了，骑着马自望扬州一路去了。

且说符雄听了伏正之计，一等成美官兵到，便不战而退，官兵乘势追赶。伏正却一面先领一军从山后抄出，径趋景州，暗传号令，不许妄杀一人，妄掳一物，只呐喊摇旗，虚张声势。

谁知景州人民已是惊惶无措，大家小户出城逃难，樊、成两家免不得也要逃避。原来一月之前，仇氏等一行人奔回家乡，此时成家和夫人因未往京中，还在家里，闻樊植被害，仇氏又受了一场苦楚，甚为伤感，随即过来问候。仇氏自念丈夫被难，自己又陷于贼中而归，又羞又苦，见了和氏，不觉大哭。和氏道："年姆如今丧了夫主，又无子嗣，影只形单，茕茕无倚，如何是好？"仇氏哭道："早知今日，悔不当初。若当时留着羽娘，等她生下一男半女，延了一脉宗嗣，今日也不至这般冷落。"和氏见她有回心转意的光景，便接口道："若使羽娘今日还在，年姆真个肯容她么？"仇氏道："她今若在，我情愿与她相守。但差之在前，如今说也没用了。"和氏笑道："好教年姆得知，樊伯伯虽然不幸了，还亏有个公子，宗祀不至断绝。"仇氏惊问道："如今有什么公子在哪里？"和氏乃将前事一一说如。仇氏倒身下拜道："若非年姆如此周全，妾身已做绝祀之鬼。此恩此德，何以为报？"和氏连忙扶起，即令家人立刻接取羽娘母子过来与仇氏相见。那羽娘自闻樊植凶信，已是哭昏几次，今见仇氏，两个又抱头大哭。自此仇氏与羽娘俱因哀痛之故，恹恹抱病。亏得和氏再三劝慰，方才小愈。

不想景州又逢寇警，家家逃难，和氏与仇氏、羽娘等只得也出城奔避。当下樊、成两家的人做一块行走，行不上几多路，那些家人和丫鬟、养娘们渐渐挤散，只剩下和氏与仇氏、羽娘各抱着自己孩儿相携相挈而行。那仇氏、羽娘病体粗痊，已是行走不动，又兼抱着个孩子，一发寸步难移，只得相对而哭。和氏心中凄惨，便道："不须哭，我替你抱着孩子走罢。"遂一手携了自己四岁的孩儿，一手抱了樊家这小的，慢慢行动。不想被一起逃难的妇女拥将来，和氏身不由主，随着众人拥了一回，回头已不见了仇氏、羽娘。和氏独自一人，哪里照顾得两个孩子，因想道："我若失了孩儿还可再养，樊家只有这点骨血，须要替他保护。"没奈何，只得硬了肚肠，竟把自己这四岁的孩儿，撇下，单单抱了樊家这孩子，奔入一个荒僻山林中躲避。过了一时，贼兵已退，风波已息，成家家人寻着和氏，迎回家中。仇氏、羽娘亦已归家，幸各无恙。和氏把孩子送还，只寻不见自己的孩儿。羽娘哭拜道："夫人高亦，虽伯道、鲁姑不是过也。只是公子寻不着，奈何？"仇氏亦拜谢道："年姆行了如此好心，公子自然寻得着的，只须多方寻访便了。"自此两家各自差人在外寻访。

话分两头。且说成美闻得景州有警，果然回兵转来相救。符雄便乘势追袭，官兵大败。不防伏正又从前边拦住去路，成美着忙，匹马落荒而走。却被绊马索把马绊倒，成美跌下马来。贼军齐上，将成美拿住，绑解伏正军前。伏正喝退左右，亲解其缚，延之上坐。笑道："明公还记得去年郊外弹鹊射雕的少年否？"成美低头一想，不觉又惊又喜，遂拱手称谢。因问道："足下既认得学生，那敝同年樊植当时亦曾会过，想也认得，如何前日竟见害了？"伏正笑道："何尝见害？"便将救了樊植，放他出营的事说

了一遍。成美大喜。伏正移坐密语道："小可有心归顺朝廷久矣，今当斩符雄以赎罪。"说罢便差心腹小喽啰去符雄寨中报捷：说已拿得成兵部，请大王到来发落。符雄闻报，欣然而来，随身只带得一二十骑。伏正先于营门埋伏刀斧手，等符雄入营，一声号起，伏兵齐出，将符雄砍为两段，从骑都被杀死。伏正割下符雄首级，招降他部下众喽啰，说道："我已归顺朝廷，汝等各宜反邪归正。"众人一向畏服伏正，不敢不从。伏正偃旗息鼓，请成美申奏朝廷，候旨定夺。正是：

慷慨绿林客，曾邀邂逅欢。
当年赠杯酒，今日释兵权。

当下成美上疏，具言伏正投诚，计杀符雄，功绩可嘉，并题明樊植未死，其只身失陷，情有可矜。一面回京复命，便归家看视老少。樊家仇氏、羽娘知成美剿贼而归，亲自过来拜见。当日仇氏、羽娘闻知樊植未死，却是一喜。成美、和氏感伤公子不见，又是一悲。

不说两家悲喜不同，且说樊植自那日别伏正，匹马逃生，从山僻小路行了两日，方转出大路上，不想此时附近州县因朝廷差官剿贼，恐贼兵猖獗，俱各戒严。有个守备官领兵扎营在三叉路口，巡逻军士见樊植单骑而来，疑是奸细，拿解营中。樊植说是扬州真樊太守，这守备哪里肯信，说道："前日有文凭的尚然是假，今日没文凭的如何是真？况闻樊太守已被杀了，哪里又有个樊太守，你明是贼中来的奸细！"樊植大叫道："现今奉旨剿贼的成兵部是我同年，你只问他，便知真假了。"守备道："既如此，且待兵部成爷破贼之后查验真伪，今且把来软监在营里。"樊植此时分说不得，只得由他拘禁。正是：

假的反认做真，真的反认是假。
俗眼大抵如斯，世事诚堪嗟讶。

樊植被禁营中，因细问扬州假太守始末，方备知自己家小受辱，十分忿恨。后闻符雄已死，伏正已降，成美奏捷。那守备正要申文请验樊太守真伪，原来成美已先行文扬州及山东附近州县，备称樊太守未死，已出贼营，曾否经到各该地方。守备得了这个消息，方知这樊太守是真的，深谢唐突之罪。随即知会地方官，要起夫马送樊植赴任。恰好朝廷命下升成美为兵部侍郎，伏正即封为山东挂印总兵，樊植召回京师，改授京职。于是樊植坐着官船，从水路进京。

一日行至一个驿递之前，因天晚泊船。是夜月色甚好，樊植步出船头看月，只听得隔船里有小儿啼哭之声，寻爹觅妈，口口说要回家去。听他语音，是景州人声口，那声音却又厮熟，心中疑惑，因叫左右唤那隔船的人过来，问道："你是景州人么？"那人道："小的不是景州人。"樊植道："既不是景州人，如何舟中有个景州小儿？可抱来我看。"那人不敢违命，只得去抱这小儿来。那孩子于月光下见了樊植，便连声叫："樊伯伯，"樊植大惊。细看时，却是成美的公子，因平日樊植到成家来，常抱他坐在膝上玩耍，所以认得亲熟。当下樊植喝问那人道："这是我年兄成老爷的公子，如何却在你船里？"那人道："小的是客商，前日寇犯景州之后，小的偶从那里经过，有人抱这孩子到船边来要卖。小的见他生得清秀，用五两银子买的，并不晓得是成老爷的公子。"樊植听了，便留公子在舟中，取五两银子付还那人，那人拜谢而去。

樊植领了成公子，急欲进京送还成美，却闻成美已便道回家去了。樊植本不要回家，因欲送还成公子，只得吩咐从人也到景州暂歇。不则一日，来到景州，泊船上岸。且不到自己家中，却先到成家来。见了成美，大家执手流涕，互相慰劳了一番。樊植道："小弟在路上拾得一件宝贝，特来送还年兄。"成美道："什么宝贝？"樊植将途中遇着公子，收留回来的话说知。成美听了，真个如拾了珍宝地一般，喜不自胜，便令家人报与夫人知道，即往舟中接取公子回家，再三向樊植致谢。因笑道："小弟也留得两件宝贝送还年兄。"樊植道："有什宝贝？"成美亦将和氏设计周全羽娘，并逃难保全公子的话细述一遍，樊植感泣称谢。成美道："老荆一向劝弟娶妾，弟以为既已有子，不必多事。今失子之后，又再三相劝。弟说她弃子抱侄，立心可嘉，或者将来仍自生育，亦未可知。不想今日失者复得，此皆出年兄之赐。"樊植道："年嫂高义古今罕有，小弟衔结难报。"说罢，便敦请和氏出堂，当面拜谢。和氏亦谢他收留公子之恩。正是：

> 你又谢我，我又谢你。
> 一报还报，昭昭天理。

樊植谢了成美夫妇，然后回到自己家中。见了仇氏、羽娘，一喜一怒。喜的是羽娘无恙，又生公子；怒的是仇氏轻身陷贼，出乖露丑。当下指着仇氏数说道："你好不识羞耻。你生性狠妒，不能容人。若非成年嫂周全，事已决裂。我既不来接你，如何轻身自到任所？既陷贼中，又不能死，你今有何面目见我？"仇氏听了，又羞又恼，气得半晌说不出话，只说得一声道："我死了罢。"樊植道："你如今死也迟了。"仇氏便呜呜地哭将起来。羽娘慌忙劝住了仇氏，却来跪着樊植恳告道："夫人虽陷贼中，毁容

破面，为贼所拘禁，不曾有什点污。况归来之后，十分贤德，善待贱妾，保护公子。从前之事，望老爷谅之。"樊植唤起羽娘，沉吟不语。少顷，成美来答拜，亦再三相劝，和氏又遣女使过来劝解，二舅爷仇化亦来劝慰，樊植怒气方息。仇氏道："我今情愿削发披缁，看经念佛，以终余年。"樊植道："你既有此心，不消削发披缁，只照常妆束，在家出家罢了。"羽娘道："休说这话，夫人原系正室，仍当正位蘋蘩，贱妾只合赞襄左右而已。"仇氏哪里肯听？正是：

今朝之过必改，前日愚蒙等诮。

一心推位让国，不敢坐朝问道。

　　自此仇氏在家另居别室，修斋诵经，让羽娘主持家政。樊植到京，改授户部员外，接取家眷，仇氏不肯去，教羽娘领了公子自去。成美家眷也到京师。明年，和夫人生一女，羽娘便把公子与她联了姻。后来两家之子俱各贵显，樊、成二人官至尚书，和氏、仇氏俱臻寿考，羽娘亦受封诰。这是妻妾和顺，母子团圆，一场美事。其间为善得福，为恶得祸，改恶从善，亦有后禄。世人传之，堪为劝戒。

【回末总评】

　　美之妒美，只为自恃其美，不容天下更有美于我者，此尹夫人所以见邢夫人而泣也。若丑之妒美，不谓之妒，直谓之不识羞耳。读此回书，可为若辈作一热棒。

卷之三　朱履佛

去和尚偷开月下门　来御史自鞫井中案

> 冤狱多，血泪枯，兔爱偏教雉入罗。佛心将奈何。
>
> 明因果，证弥陀，变相如来东土过。澄清苦海波。

右调《长相思》

自来出家与读书一般，若出家人犯了贪嗔痴淫杀盗，便算不得如来弟子，譬如读书人忘了孝弟忠信、礼义廉耻，也便算不得孔门弟子。每怪世上有等喜欢和尚的，不管好歹，逢僧便拜。人若说读书人不好，他便信了；若说出家人不好，他只不信。殊不知那骂和尚的骂他不守如来戒，这不是谤僧谤佛谤法，正是爱僧奉佛护法。如今待在下说几个挂名出家的和尚却是活强盗，再说两个发心皈佛的俗人倒是真和尚，还有个不剃发、不披缁、守正持贞、除凶去暴、能明孔子教的宰官，就是能守如来戒的菩萨。这段因果，大众须仔细听者。

宋徽宗政和年间，浙江桐乡县一个书生，姓来名法，字本如，年方弱冠，父母双亡，未有妻室。他青年好学，家道虽贫，胸中却富，真个文通经史，武谙韬钤，更兼丰姿潇洒，性地刚方。只是多才未遇，年过二十，尚未入泮，在城外一个乡村财主家处个训蒙之馆。那财主姓水名监，有一女儿，小字观姑，年已十四，是正妻所出。正妻没了，有妾封氏月姨，生子年方六岁，延师就学，因请来生为西席。那月姨自来生到馆之日，窥见他是个美少年，便时常到书馆门首探觑。来生却端坐读书，目不邪视。月姨又常到他窗前采花，来生见了，忙立起身，背窗而立。月姨见他如此，故意使丫鬟、养娘们送茶送汤出来，与来生搭话。来生通红了脸，更不交谈。有诗为证：

> 闲窗独坐午吟余，有女来窥笑读书。

欲把琴心通一语，十年前已薄相如。

自此水家上下诸人，都说我家请的先生倒像一个处女。水员外爱他志诚，有心要把女儿招赘他，央媒与他说合，倒是来生推辞道："我虽读书，尚未有寸进。且待功名成就，然后议亲未迟。"自此把姻事停搁了。

一日，来生欲入城访友，暂时假馆。到得城中，盘桓了半日。及至出城，天色已晚。因贪近路，打从捷径行走。走不上二三里，到一个古庙门前，忽听得里面有妇人啼喊之声。来生疑忌，推门进去打一看，只见两个胖大和尚，拿住一个少年妇人，剥得赤条条的，按倒在地。来生吃了一惊，未及开言，一个和尚早跳起身，提着一根禅杖，对来生喝道："你来吃我一杖！"来生见不是头，转身往外便走，却被门槛一绊，几乎一跌，把脚上穿的红鞋绊落一只在庙门外。回头看时，和尚赶来将近，来生着了急，赤着一只秃袜子，望草地上乱窜。和尚大踏步从后追赶。来生只顾向深草中奔走，不提防草里有一口没井栏的枯井，来生一个脚错，扑翻身跌落下去了。和尚赶到井边，往下望时，里面黑洞洞地，把禅杖下去搠，却搠不着底，不知这井有几多深。料想那人落了下去不能得出，徘徊了半晌，慢慢地拖着禅杖仍回庙里。只见庙里那妇人已被杀死在地，那同伙的僧人，已不知去向。这和尚惊疑了一回，拽开脚步，也逃奔别处去了。正是：

淫杀一时并行，秃驴非常狠毒。
菩萨为之低眉，金刚因而怒目。

看官听说：原来那妇人乃城中一个开白酒店仰阿闰的妻子周氏，因夫妻反目，闹了一场，别气要到娘家去。娘家住在乡村，故一径奔出城来，不想到那古庙前，遇着这两个游方和尚，见她孑身独行，辄起歹意，不由分说，拥入庙中，强要奸淫，却被来生撞破，一个和尚便去追赶来生，那个在庙里的和尚因妇人声唤不止，恐又有人来撞见，一时性起，把戒刀将妇人搠死，也不等伙伴回来，竟自逃去。

这边仰家几个邻舍见周氏去了，都来劝仰阿闰道："你家大嫂此时出城，怕走不到你丈母家里了。况少年妇女，如何放他独自行走？你还该同我们赶去劝她转来。"仰阿闰怒气未息，还不肯行动，被众人拉着，一齐赶出城，迤逦来至古庙前。忽见一只簇新的红鞋落在地上，众人拾起看了道："这所在哪里来这东西，莫不里面有人么？"便大家走进庙来看。不看时犹可，看了都吓了一跳。只见地上一个妇人满身血污，赤条条地死在那里。仔细再看，不是别人，却就是仰阿闰的妻子周氏，项上现有刀搠伤痕，

众人大惊。仰阿闰吓得目瞪口呆，做声不得。众人都猜想道："谋死他的一定就是那遗失红鞋的人，此人料去不远，我们分头赶去，但见有穿一只红鞋的便拿住他罢了。"于是一哄地赶出庙来。行不半里，只听得隐隐地有人在那里叫救人。众人随着声音寻将去，却是草地上枯井中有人在下面叫唤。众人惊怪，便都解下搭膊脚带之类，接长了挂将下去。来生见有人救他，慌忙扯住索头，众人发声喊，一齐拽将起来。看时，正是一只脚穿红鞋的人。把拾来那一只与他脚上穿的比对，正是一样的。众人都道："天网恢恢，疏而不漏。你谋死了人，天教你落在这井里。"来生失惊道："我谋死了什么人？"众人道："你还赖哩！"便把来生拥到庙里，指着死妇人道："这不是你谋死的？"来生叫起屈来，将方才遇见和尚，被赶落井的事说了一遍。众人哪里信他。正是：

> 黑井方出，红鞋冤证。
> 百口辩来，无人肯信。

众人当下唤出地方里长，把妇人尸首交付与看管，一面扭住来生去县里首告。县官闻是人命重情，随仰巡捕官出城查验尸首。次日早堂，带进一干人犯听审。原来那知县姓胡名浑，本是蔡京的门生，性最奉佛，极喜的是斋僧布施。当日审问这宗公事，称问了仰阿闰并众邻里口词，便喝骂来生："你如何干这歹事？"来生把实情控诉，知县道："你既撞见僧人，可晓得他是那寺里的和尚？"来生道："他想是远方行脚的，哪里认得？"知县又问众人道："你等赶出城时，路上可曾见有两个行脚僧人？"众人都说没有。知县指着来生骂道："我晓得你这厮于旷野中过，见妇人起了不良之心，拉到庙里欲行奸骗，恨其不从，便行谋害。又怕被人撞破，心慌逃避，因此失履堕井。如今怎敢花言巧语，推在出家人身上？"来生大叫冤屈，知县道："这贼骨头，不打如何肯招！"喝教左右动刑。来生受刑不过，只得依着知县口语屈招了。知县立了文案，把来生问成死罪，下在狱中。一面着该地方殡殓妇人尸首，仰阿闰及众邻舍俱发放宁家。

此时哄动了城内城外之人，水员外闻了这个消息，想道："来先生是个志诚君子，岂肯作此歹事？其中必有冤枉。"因即亲到狱中探望。来生泣诉冤情，水员外再三宽慰。那来生本是一贫如洗，以馆为家的，难有几个亲戚，平日也只淡淡来往，今见他犯了事，都道自作自受，竟没一个来看顾他。只有水员外信他是好人，替他叫屈，不时使人送饭，又替他上下使钱，因此来生在狱中不十分吃苦。正是：

> 仲尼知人，能识公冶。
> 虽在缧绁，非其罪也。

光阴迅速，来生不觉在狱中坐过三年。那胡知县已任满去了，新知县尚未到任。此时正值江南方腊作乱，朝廷敕命张叔夜为大招讨，领着梁山泊新受招安的一班人马攻破方腊。那方腊弃了江南，领败残兵马望浙江一路而来。路经桐乡县，县中正当缺官，其署印衙官及书吏等都预先走了，节级、禁子亦都不见，狱门大开，狱中罪犯俱乘乱逃出，囹圄一空，只有来生一个人坐在狱中不去。方腊兵马恐官军追袭，不敢停留，连夜往杭州去了。随后张招讨领兵追来，到县中暂驻，安辑人民，计点仓库、牢狱，查得狱中众犯俱已脱逃，只有一个坐着不去。张招讨奇异，唤至军中问道："狱囚俱乘乱走脱，你独不走，却是何意？"来生道："本身原系书生，冤陷法网，倘遇廉明上官，自有昭雪之日；今若乘乱而走，即乱民也，与寇无异。故宁死不去耳。"张招讨听罢，点头叹道："官吏人等，若能都似你这般奉公守法，临难不苟，天下安得乱哉。"因详问来生犯罪缘由，来生将上项事情并被刑屈招的事细细陈诉。张招讨遂取县中原卷仔细从头看了，便道："当时问官好没分晓，若果系他谋死妇人，何故反留红履自作证据？若没有赶他，何不拾履而去？若非被逐心慌，何故自落井中？且妇人既系刀伤，为何没有行凶器械？此事明有冤枉，但只恨没拿那两个和尚处。然以今日事情论之，这等临难不苟的人，前日决不做这歹事的。"便提起笔来，把原招尽行抹倒，替来生开释了前罪。来生再拜道："我来法如今方敢去矣。"张招讨道："你且慢去。我想你是个不背朝廷的忠臣义士，况原系读书人，必然有些见识，我还要细细问你。"于是把些军机战略访问来生，那来生问一答十，应对如流。张招讨大喜，便道："我军中正少个参谋，你可就在我军前效用。"当下即命来生脱去囚服，换了冠带，与之揖让而坐，细谈军事。

正议论间，军校禀称拿得贼军遗下的妇女几百口，听候发落。来生便禀张招讨道："此皆民间妇女，为贼所掳。今宜拨给空房安顿，候其家属领去。"张招讨依言，就令来生去将众妇女点名造册，安置候领。来生奉令，于公所唤集这班妇女逐一报名查点。点过了一半，点到一个女子，只见那女子立住了，看着来生叫道："这不是来先生么？"来生惊问："你是谁家女子，缘何认得我？"那女子道："我就是水员外之妾封氏月姨。"来生便问："员外与家眷们如今都在哪里？你缘何失陷在此？"月姨道："员外闻贼兵将近，与妾领着子女要到落乡一个尼姑庵里去避难，不想半路里彼此相失，妾身不幸为贼所掳。今不知我员外与子女们俱无恙否？闻来先生一向为事在狱，却又几时做了官了？"来生将招讨释放，命作参谋之事说与知道。因问水员外所往尼庵在何处，

叫什庵名，月姨道："叫做水月庵，离本家有五十里远近。"来生听了，随差手下军校把自己名帖去水月庵中请水员外来相会，并报与月姨消息。一面另拨房屋请月姨居住，候员外来领回。其余众妇女俱安置停妥，待其家属自来认领，不在话下。

且说水员外因不见了月姨，正在庵中烦恼，忽见来生遣人来请，又知月姨无恙，十分欢喜，随即到参谋营中来拜见。来生先谢了他一向看顾之德，并将自己遭际张招讨，开豁罪名，署为参谋，及查点妇女，得遇月姨的事细诉一遍，水员外再三称谢。叙话中间，又提起女儿姻事，来生道："感荷深恩，无以为报。今既蒙不弃，愿为半子。但目今兵事倥偬，恐未暇及此。待我禀过主帅，然后奉复。"当下水员外先领了月姨回去。次日，来生入见张招讨，把水员外向来情谊，并目下议婚之事从容禀告。张招讨道："此美事也，我当玉成。"便择吉日，将礼金二百两、彩币二十端与来生下聘，约于随征凯旋之日然后成亲，水员外大喜。正是：

> 此日争夸快婿，前日居然罪囚。
>
> 若非结交未遇，安能获配鸾俦。

且不说水员外联了这头姻事，十分欣悦。且说来生纳聘之后，即随张招讨领兵征进，劝张招讨申明禁约，不许兵丁骚扰民间。自此大兵所过，秋毫无犯，百姓欢声载道。连梁山泊投降这班好汉见他纪律严明，亦皆畏服。来生又密献奇计，教张招讨分兵设伏，活捉了贼首方腊，贼兵不日荡平，奏凯还朝。张招讨备奏参谋来法功绩，朝廷命下，升张招讨为枢密院正使，参谋来法赐进士第，擢为广东监察御史。当下来御史上表谢恩，即告假归娶，圣旨准了。来御史拜辞了张枢密，驰驿还乡，与水员外女儿观姑成婚。此时来御史已二十四岁，观姑已十七岁了。正是：

> 昔为西席，今作东床。三载图圄，误陷鼠牙雀角；一年锋镝，争看虎步龙骧。重耳配霸姬，本是蒲城一罪犯；文王逑淑女，曾从羑里作囚夫。眼前荣辱信无常，久后升沉自有定。

来御史成亲满月之后，即起马往广东赴任。那时广东龙门县有一桩极大冤枉的事情，亏得来御史赴任替他申冤理枉，因而又弄出一段奇闻快事，连来御史自己向日的冤枉也一齐都申理了。看官慢着，待我细细说来。

却说龙门县有个分守地方的参将，叫做高勋，与朝中太尉高俅通谱，认了族侄，因恃着高太尉的势，令兵丁于民间广放私债，本轻利重，百姓若一时错见，借了他的，往往弄得家破人亡。本县有个开点心店的曾小三，为因母亲急病死了，无钱殡葬，没奈何，只得去高参将处借银十两应用。过了一年，被他利上起利，总算起来，连本利该三十两。那高参将官任已满，行将起身，一应债银刻期清理，曾小三被高家兵丁催逼慌了，无计可施，想道："我为了母亲借的债，如今便卖男卖女去还他也是该的，只可惜我没有男女。"左思右想，想出一条万不得已之策，含着眼泪扯那兵丁到门首私语道："我本穷人，债银一时不能清还，家中又别无东西可以抵偿，只有一个妻子商氏，与你们领了去罢。"兵丁道："我们只要银子不要人，况一个妇人哪里便值三十两银子？我今宽你两日，你快自己去卖了妻子将银子来还我们。"说毕去了。曾小三寻思道："我妻子容貌也只平常，怕卖不出三十两银子。除非卖到水贩去，可多得些价钱，却又心中不忍。"只得把衷情哭告妻子。那商氏听罢呆了半晌，放声大恸。曾小三寸心如割，也号啕大哭起来。

只这一哭，感动了隔壁一个菩萨心肠的人。那人姓施号惠卿，是做皮匠生理的。独自居住，不娶妻室。性最好善，平日积趱得二三十两银子，时值城外宝应寺募修大殿，有个募缘和尚结了草棚住在那条巷口募缘，施惠卿发心要把所积银两舍与本寺助修殿工。那日正请那化缘和尚在家吃斋，忽闻隔壁曾小三夫妻哭得凄惨，便走将过来问其缘故，晓得是如此这般，不觉恻然动念。回到家中，打发和尚吃斋去了，闭门自想道："比如我把银子去布施，何不把来替曾小三偿了债，保全了他夫妻两口，却不强似助修佛殿？"思忖已定，便来对曾小三道："你们且莫哭，我倒积得三十多两银子在那里，今不忍见你夫妻离散，把来替你完了债罢。"曾小三闻言，拭泪谢道："多承美意，但你又不是财主，也是手艺上积来的，如何为了我一旦费去"施惠卿道："恻隐之心，人皆有之。我和你既做乡邻，目睹这样惨事，怎不动心？我今发心要如此，你休推却了。"曾小三还在踌躇，只见讨债的兵丁又嚷上门来，说道："我们老爷不肯宽限，立要今日清还。若不然，拿去衙中吊打。"施惠卿便出来捥手道："长官不须罗唣，银子我已替他借下，交还你去便了。"说罢，随即回家，取出银子，拿过来付与兵丁，兑明足纹三十两。兵丁见有了银子，也不管他是哪里来的，收着去了。曾小三十分感激，望着施惠卿倒身下拜，施惠卿连忙扶起，曾小三称谢不尽。当晚无话。

过了一日，曾小三与妻子商议定了，治下一杯酒，约施惠卿叙饮。施惠卿如约而来，见他桌上摆着三副盅箸，施惠卿只道他还请什客。少顷，只见曾小三领着妻子商

氏出来见了施惠卿，一同坐着陪饮。施惠卿心上不安，吃了两三杯，就要起身。曾小三留住了，自己起身入内，再不出来，只有商氏呆瞪瞪地陪着施惠卿坐地。施惠卿一发不安，连问："你丈夫如何不出来吃酒？"商氏只顾低着头不做声。施惠高声向内叫道："小三官快出来，我要去也。"只见商氏噙着两眼泪对施惠卿道："我丈夫已从后门出去，不回家了。"施惠卿失惊道："却是为何？"商氏道："他说你是小经纪人，如何肯白白里费这些银两。我这身子左右亏你保全的，你现今未有妻室，合当把我送你为妻，他已写下亲笔执照在此。今日请你过来吃酒，便把我送与你，自削发披缁，往五台山出家去了。"说罢，两泪交流。施惠卿听了，勃然变色道："我本好意，如何倒这等猜我？难道我要谋他妻子不成！"说毕，推桌而起，往外就走。回到家中，想道："这曾小三好没来由，如何恁般举动？"又想道："他若果然出去了，不即回家，我住在隔壁也不稳便，不如搬好别处去罢。"算计已定，次日便出去看屋寻房，打点移居。这些众邻舍都道施惠卿一时假撇清，待移居之后少不得来娶这商氏去的。

过了两日，施惠卿已另租了房屋。一个早晨，搬了家伙，迁移去了。那一日，却再不见商氏开门出来。众邻舍疑忌，在门外叫唤，又不见答应，把门推时，却是虚掩上的，门转轴已掘坏在那里了。众人入内看时，只见商氏歪着身子死在床边，头颈伤痕是被人用手掐喉死的，一时哄动了地方，都猜道："施皮匠是那一日移居，这妇人恰好在隔夜身死，一定是皮匠谋杀无疑。"当下即具呈报县。那县官叫做沈伯明，正坐堂放告，闻说有杀人公事，便取呈词看了，又问了众人备细，随细出签提拿施惠卿。不一时施惠卿拿到，知县喝问情由，施惠卿道："小的替曾小三还了债，曾小三要把妻子商氏与小的，是小的不愿，故此迁居别处，以避嫌疑，却不知商氏如何身死？"知县喝骂道："你这厮既不要他妻子，怎肯替他还债？明明是假意推辞，暗行奸骗，奸骗不就，便行谋害。"施惠卿大喊冤屈，知县哪里肯信，拷打一番，把他逼勒成招，下在牢里，正是：

> 为好反成仇，行仁反受屈。
> 天乎本无辜，冤哉不可说。

且说曾小三自那日别过妻子，出了后门，一径奔出城外，要取路到五台山去。是日行了二十多里路，天色已晚，且就一个村店中安歇。不想睡到半夜，忽然发起寒热来，到明日却起身不得，只得在店中卧病。这一病直病了半月有余，方才平愈。那一日正待起身，只见城里出来的人都纷纷地把施惠卿这桩事当做新闻传说。曾小三听了，暗吃一惊，想道："施惠卿不是杀人的人。况我要把妻子送他，已先对妻子再三说过，妻子已是肯从的了。如何今又被杀？此事必然冤枉。我须回去看他一看，不要屈坏了好人。"于是离了村店，依旧入城，不到家中，竟到狱门首，央求禁子把施惠卿带将出来。曾小三见他囚首囚服，遍身刑具，先自满眼流泪。施惠卿叹道："我的冤罪想是命该如此，不必说了。只是你何苦多此一番举动，致使令正无端被害。"曾小三道："这事倒是我累你的，我今来此，正要县里去与你辨罢。"曾小三道："断案已定，知县相公怎肯认错？不如不要去辨罢。"曾小三道："既是县里不肯申理，现今新察院来老爷按临到此，我就到他台下去告，务要明白这场冤事。"说罢，别了施惠卿，便央人写了状词，奔到马头上，等候来御史下马，拦街叫喊。

当下来御史收了状词，叫巡捕官把曾小三押着到了衙门。发放公事毕，带过曾小三，细问了始末根由。便差官到县，提施惠卿一宗卷案，并原呈众邻里赴院听审。次日，人犯提到，来御史当堂亲鞫，仔细推究了一回，忽然问道："那商氏丈夫去后可别有人到他家来么？"众邻里道："并没别人来。"来御史又道："他家平日可有什么亲友来往惯的么？"曾小三道："小的是穷人，虽有几个亲友，都疏远不来的。"来御史又叫施惠卿问道："你平日可与什么人来往么？"施惠卿道："小的单身独居，并没什人来往。"来御史道："你只就还债吃酒迁居这几日，可曾与什人来往？"施惠卿想了一想道："只还债这日，曾请一个化缘和尚到家吃过一顿斋。"来御史便问道："这是哪寺里的和尚？"施惠卿道："他是城外宝应寺里出来募缘修殿的，就在小人住的那条巷口搭个草厂坐着募化。小的初意原要把这三十两银子舍与他去，所以请他吃斋。后因代曾小三还了债，便不曾舍。"来御史道："这和尚如今还在那里么？"众邻里道："他已去了。"来御史道："几时去的？"众邻里道："也就是施惠卿迁居这早去的。"来御史听了，沉吟半晌，乃对众人道："这宗案也急切难问，且待另日再审。"说罢，便令众人且退，施惠卿仍旧收监，曾小三随衙听候。自此来御史竟不提起这件事，冷搁了两个月。

忽一日，发银一百两，给与宝应寺饭僧。次日，便亲诣本寺行香。寺里住持闻御史亲临，聚集众僧出寺迎接。来御史下了轿，入寺拜了佛，在殿宇下看了一回，问道："这殿宇要修造成功，须得多少银子？"住持道："须得二三千金方可完工。"来御史道："若要工成，全赖募缘之力。"因问本寺出去募缘的和尚共有几个，住持道："共有十个分头在外募化。"来御史道："这十个和尚今日都在寺里么？"住持道："今日蒙老

爷驾临设斋，都在寺里伺候。"来御史便吩咐左右，于斋僧常膳之外，另设十桌素筵，款待那十个募缘和尚。一面教住持逐名的唤过来，把缘簿呈看，"以便本院捐俸施舍。"住持领了钧旨，登时唤集那十个僧人，却唤来唤去，只有九个，中间不见了一个。来御史变色道："我好意请他吃斋，如何藏匿过了不肯相见？"喝教听差的员役同着住持去寻，"务要寻来见我！"住持心慌，同了公差各房寻觅，哪里寻得见？

原来那和尚闻得御史发狠要寻他，越发躲得紧了。住持着了忙，遍处搜寻，直寻到一个旧香积厨下，只见那和尚做一堆儿地伏在破烟柜里，被住持与公差们扯将出来，押到来御史面前。来御史看时，见他满身满面都是灶煤，倒像个生铁铸的罗汉，便叫将水来替他洗净了，带在一边。蓦地里唤过曾小三并众邻居到来，问他："前日在你那巷口结厂募缘的可是这个和尚？"众人都道："正是他。"来御史便指着那和尚喝道："你前日谋害了曾小三的妻子商氏，你今待走哪里去？"那和尚还要抵赖，来御史喝教把一干人犯并众和尚都带到衙门里去细审。不一时，御史回衙，升堂坐定，带过那募缘和尚，用夹棍夹将起来。和尚熬痛不过，只得从实供招。供状写道：

犯僧去非，系宝应寺僧，于某月中在某巷口结厂募缘，探知本巷居民施惠卿代曾小三还债，小三愿将妻商氏送与惠卿，自己出外去讫。惠卿不愿娶商氏为妻，商氏单身独居，犯僧因起邪念，于某月某夜易服改妆，假扮施惠卿偷开商氏门户，希图奸骗。当被商氏认出叫喊，犯僧恐人知觉，一时用手掐喉，致商氏身死。所供是实。

来御史勒了去非口词，把他重责三十，钉了长枷，发下死囚牢里。又唤住持喝骂道："你放徒弟在外募缘，却做这等不良的事。本当连坐，今姑饶恕，罚银三百两，给与施惠卿。"住持叩头甘服。来御史随即差人去狱中提出施惠卿，并传唤原问知县沈伯明到来。这知县惶恐谢罪，来御史喝道："你问成这般屈事，诬陷好人，做什么官？本当参处，今罚你出俸银五百两，给与施惠卿。"随唤施惠卿近前抚慰道："你是一位长

者，应受旌奖。我今将银八百两与你，聊为旌善之礼。"施惠卿禀道："小人荷蒙老爷审鞫，几死复生，今情愿出家，不愿受赏。这八百两银子乞将一半修造本寺殿宇，一半给与曾小三，教他追荐亡妻，另娶妻室。"曾小三叩头道："小人久已发心要往五台山去为僧，不愿受银，这银一发将来舍与本寺修殿罢。"来御史听了，沉吟道："你两人既不愿领银，都愿出家，本院另自有处。"便叫本寺众僧一齐上来，吩咐道："你这班秃子，本非明心见性，发愿出家的。多半幼时为父母所误，既苦无业相授，又道命犯华盖，一时送去出了家。乃至长大，嗜欲渐开，便干出歹事。又有一等半路出家的，或因穷饿所逼，或因身犯罪故，无可奈何，避入空门。及至吃十分，衣丰食足，又兴

邪念。这叫做'饥寒起道心，饱暖思淫欲。'本院如今许你们还俗，如有愿还俗者，给银伍两，仍归本籍，各为良民。"于是众僧中愿还俗者倒有大半。来御史一一给银发放去了。便令施惠卿、曾小三且在宝应寺暂住，吩咐道："我今欲于本寺广设斋坛，普斋往来云游僧众，启建七七四十九昼夜道场，追荐孤魂。待完满之日，就与你两人剃度。只是这道场需用多僧，本处僧少，且又不中用，当召集各处名僧以成此举。"吩咐毕，发放了一干人出去。次日，即发出榜文数十道，张挂各城门及村镇地方，并各处寺院门首。榜曰：

巡按广东监察御史来榜为延僧修法事：照得欲兴法会，宜待禅宗。果系真僧，必须苦行。本院择日于龙门县宝应寺开立丛林，广设斋坛，普斋十方僧众。随于本寺启建七七昼夜道场，超荐向来阵亡将士并各处受害孤魂。但本处副应僧人不堪主持法事，窃意云游行脚之中，必有圣僧在内，为此出榜招集，以成胜举。或锡飞而降，或杯渡而临，或从祇树园来，或自舍卫国至。指挥如意，伫看顽石点头；开设讲台，行见天花满目。务成无量功德，惟祈不惮津梁。须至榜者。

这榜一出，各处传说开去。这些游方僧人闻风而至，都陆续来到宝应寺里。来御史不时亲临寺中接见，逐一记名登册，备写乡贯，分送各僧房安歇。

忽一日，接到一个和尚。你道这和尚怎生模样？但见：

目露凶威，眉横杀气。雄赳赳学着降龙罗汉，恶狠狠假冒伏虎禅师。项下数珠疑是人骨剁就，手中禅杖料应生血裹成。不是五台山上鲁智深，却是瓦官寺里生铁佛。

这和尚不是别人，便是五年前追赶来御史入井的和尚。今日和尚便认不出来御史，那来御史却认得明白，便假意道："我昨夜梦见观音大士对我说，明日有恁般模样的一个和尚来，便是有德行的高僧。如今这位僧人正如梦中所言，一定是个好和尚。可请到我衙门里去吃斋。"说罢，便令人引这和尚到衙门首。门役道："衙门里带不得禅杖进去。"教他把手中禅杖放了，然后引至后堂坐下。来御史随即打轿回衙，一进后堂，便喝左右："将这和尚绑缚定了！"和尚大叫："贫僧无罪！"来御史喝道："你还说无罪，你可记得五年前赶落井中的书生么？"那和尚把来御史仔细看了一看，做声不得。来御史道："你当时怎生便弄死了这妇人，好好供招，免动刑法。"和尚道："小僧法名道虚，当年曾同师兄道微行脚至桐乡县城外一个古庙前，偶见一少年妇人独自行走，一时起了邪念，逼她到庙野去强奸，不防老爷来撞见了，因此大胆把老爷赶落井中。及至回到庙里，妇人已死，师兄已不知去向。其实赶老爷的是小僧，杀妇人的却不是小僧。"来御史道："如今这道微在哪里？"道虚道："不知他在哪里？"

来御史沉吟了一回，便取宝应寺所造应募僧人名册来查看，只见道微名字已于三日前先到了。来御史随即差人到寺里将道微拿到台下，喝道："你五年前在古庙中谋杀妇人的事发了。你师弟道虚已经招认，你如何说？"道微道："小僧并不曾与道虚作伴，他与小僧有隙，故反害小僧。伏乞爷爷详察。"道虚一口咬定说："那妇人明明是你杀死，如何抵赖？"来御史喝教把道微夹起来，一连夹了两夹，只是不招。来御史仔细看那道微时，却记得不甚分明，盖因当日被赶之时，回头屡顾，所以道虚的面庞认得明白，那庙中和尚的面庞其实记不起来。当下来御史见道微不招，便把道虚也夹了两夹，要他招出真正同伴的僧人。道虚只是咬定道微，更不改口。来御史想了一想，便教将两个和尚分作两处收监，另日再审。

且说那道微到了监中，独自睡在一间狱房里，心中暗想道："道虚却被御史认得了，白赖不过。我幸而不曾被他认得，今只一味硬赖，还可挣扎得性命出去。明日审时，拚再夹两夹，我只不招，少不得放我了。"算计已定。挨到三更时分，忽听得黑暗里隐隐有鬼哭之声，初时尚远，渐渐哭近将来。道微心惊，侧耳细听，只听得耳边低低叫道："道微你杀得我好苦，今番须还我命来。"那道微心虚害怕，不觉失声说："你是妇人冤魂么？我一时害了你，是我差了，你今休来讨命，待我挣扎得性命出去，多做些好事超度你罢。"言未已，只见火光明亮，两个穿青的公人走到面前，大喝道："好贼秃！你今番招认了么？我们不是鬼，是御史老爷差来的两个心腹公人，装作鬼声来试你的。你今真情已露，须赖不过了。"道微听罢，吓得目瞪口呆。正是：

> 暗室亏心，神目如电。
>
> 无人之处，真情自见。

当下两个公人便监押住了道微，等到天明，带进衙门，禀复御史。来御史笑道："我昨日夹你不招，你昨夜不夹自招了，如今更有何说？"道微料赖不过，只得从实供招。来御史取了口词，仍令收监。一面传谕宝应寺，即日启建道场。随后便亲赴寺中，先将施惠卿、曾小三剃度了，替他起了法名，一个叫做真通，一个叫做真彻，就请他两个为主行大和尚，令合寺僧众都拜了他。真空、真彻禀道："我二人只会念佛，不会诵经，如何做得主行和尚？"来御史道："你两个是真正有德行高僧，只消念佛便足超度孤魂了。"于是请二人登台高坐，郎声念佛，众僧却在台下宣念诸品经咒，奏乐应和。如此三昼夜，道场圆满。来御史吩咐设立下三个大毚子，狱中取出去非并道虚、道微三个和尚，就道场前打了一百，请入龛中，四面架起干柴，等候午时三刻举火。当时寺中挤得人山人海的看。到了午时，只见来御史袖取出一幅纸儿，递与真通、真彻两个，叫他宣念。真通、真彻也曾识得几个字，当下展开看时，却是一篇偈语，便同声宣念道：

你三人作事不可说，不可说。我今为你解冤结，解冤结。焚却贪嗔根，烧断淫杀孽。咄！从兹好去证无生，切莫重来堕恶劫。

宣偈毕，来御史喝令把三个龛子一齐举火，不一时把三个和尚都荼毗了。正是：

> 焚却坐禅身，烧杀活和尚。
> 一齐入涅磐，已了无常帐。

原来那来御史已预先着人于道场中另设下两个牌位，一书"受害周氏灵魂"，一书"受害商氏灵魂"，面前都有香烛斋供。烧过了和尚，便请真通、真彻到二妇人灵前奠酒化纸。来御史又在袖中取出一幅纸儿，付与二人宣诵道：

怜伊已作妇人身，何故又遭惨死劫。想因前孽未消除，故使今生受磨灭。冥冥幽魂甚日安，冤冤相报几时绝。我今荐你去超生，好向西方拜真佛。

宣毕，焚化灵牌，功德满散。

次日，来御史召集各处游方僧人，谕令还俗。如有不愿还俗者，须赴有司领给度牒。如无度牒，不许过州越县，违者查出，即以强盗论。发放已毕，众僧各各叩谢而去。

此时恰好前任桐乡知县胡浑为事降调广东龙门县县丞，原任广东参将高勋在高俅处用了关节，仍来复任，被来御史都唤到台下，喝问胡浑如何前年枉断井中之狱，胡浑吓得叩头请死，来御史喝骂了一番，罚他出银一千两，将二百两给仰阿闰，其余为修葺寺院和。又叫高勋过来，说他纵兵害民，重利放债，要特疏题参。高勋惶恐恳求，情愿也出银一千两修造佛殿。来御史道："你克剥民脂民膏来施舍，纵造七级浮屠，不过是涂膏衅血。今可将银一千两赈济穷民，再罚你一千两买米贮常平仓，以备救荒之用。"二人皆依命输纳。来御史又令知县沈伯明与胡浑、高勋三人同至宝庆寺中拜见真通、真彻，择了吉日，送他上五台山，命合寺僧人用鼓乐前导，一个知县、一个县丞、一个参将步行奉送出城，又差书吏赍了盘费，直护送他到五台山上。正是：

欲求真和尚，只看好俗人。

两现比丘相，一现宰官身。

当时广东百姓无不称颂来御史神明，朝中张枢密闻他政声日盛，特疏荐扬，朝廷加升为殿中侍御史。来御史奉命还朝，广东士民卧辙攀辕，自不必说。来御史回到桐乡县，迎取夫人并水员外一家老小同至京中。朝廷恩典，父母妻子都有封赠，来御史又替水员外谋干了一个小前程，也有冠带荣身。后来又扶持他儿子读书入泮，以报他昔日知己之恩。正是：

有冤在世必明，有恩于我必报。

能智能勇能仁，全义全忠全孝。

看官听说：来御史剃度了两个和尚，是护法；烧杀了三个和尚，也是护法；又令无数和尚还了俗，一发是真正护法。他姓来，真正是再来人；他号叫本如，真正是能悟了本愿人。于世生佛佛连声，逢僧便拜，名为活佛，反是死佛。世人读此回书，当一齐合掌同称"菩萨"。

【回末总评】

前番冤枉，一替人鞫，一己自鞫。或速或迟，各自不同，又三个和尚，三样捉法，三样审法。玩其旨趣，可当一卷《佛经》读；观其文字，可当一部《史记》读。

卷之四　白钩仙

投崖女捐生却得生　脱桎囚赠死是起死

中国禁书文库

五色石

激浊李膺风，搅辔陈蕃志。安得当年释党人，增长贤良气。　　千古曹娥碑，幼妇垂文字。若使香魂得再还，殊快今人意。

右调《卜算子》

古来最可恨的是宦竖专权，贤人受祸。假令萧望之杀了弘恭、石显，陈仲举、李元礼杀了张让、赵忠，李训、郑注杀了仇士良，又使刘蕡得中状元，陈东得为宰相，岂不是最快人心的事？古来最可恨的又莫如娇娃蒙难，丽女遭殃。假令虞姬伏剑之时，绿珠堕楼之日，有个仙人来救了，他年项王不死，季伦复生，再得相聚，又岂非最快人心的事？如今待在下说一个绝处逢生的佳人，再说一个死中得活的贤士，与众位一听。

话说成化年间，陕西紫阳县有个武官，姓陆名世功，由武进士出身，做到京卫指挥。妻杨氏，生一子一女，子名逢贵，女字舜英。那舜英自幼聪慧，才色兼美。乃兄逢贵却赋性愚鲁，目不识丁。舜英自七岁时与哥哥在后园鱼池边游戏，逢贵把水瓯向池中取水玩耍，偶然撤起一条小白蛇，长可二寸，头上隐隐有角，细看时，浑身如有鳞甲之状。逢贵便要打杀它，舜英连忙止住道："此蛇形状甚异，不可加害。"夺过瓯来，把蛇连水的倾放池里。只见那蛇盘旋水面，忽变有三尺来长，跳跃而去。舜英道："我说此蛇有异，早不曾害他。"逢贵也十分惊讶。

过了一日，舜英正随着母亲在内堂闲坐，丫鬟传说外边有个穿白衣有道姑求见夫人、小姐。夫人听了，便教唤进。不一时，那道姑飘飘然走将进来，你道她怎生模样？

头戴道冠，手持羽扇。浑身缟素，疑着霓裳舞裙；遍体光莹，恍似雪衣女子。微霜点鬓，看来已过中年；长袖飘香，不知何物老媪。若非天上飞琼降，定是云边王母来。

夫人见她仪容不俗，起身问道："仙姑何来？"道姑稽首道："贫道非为抄化而来，因知贵宅小姐将来有灾难，我有件东西送与她佩带了，可以免难消灾。"说罢，袖中取出一个白玉钩来，递与舜英道："小姐好生悬带此钩，改日再得相见，贫道就此告辞了。"夫人再要问时，只那道姑转身下阶，化作一阵清风早不见了。夫人与舜英俱各惊怪不已。细看那白玉钩，澄彻如冰，光莹似雪，皎然射目，真是可爱。夫人对舜英道："这道姑既非凡人，你可依她言语，将此钩佩在身边，不要遗失了。"舜英领命，自此把这玉钩朝夕悬带，不在话下。

光阴迅速，不觉过了五六年。舜英已十三，一发出落得如花似玉。哥哥逢贵已娶了一个岳指挥家的女儿为室，舜英却还未有姻事。有个姑娘叫做陆筠操，是父亲同胞之妹，嫁在白河县任家，不幸早寡，生一子名唤任蒨，字君芳，年长舜英三岁。筠操是最爱内侄女舜英才貌，意欲以中表联姻，却反嫌自己儿子才貌不及舜英，恐未足为舜英之配，故尔踌躇未定。不想舜英到十四岁时父母双亡，陆逢贵守过了制，谋干了一个京卫千户之职，领了舜英并妻子岳氏一同赴任。

到京之后，逢贵专意趋承权势，结交当道，因此虽是个小小武官衙门，却倒有各处书札往来，频频不绝。逢贵自己笔下来不得，要在京中请个书记先生，有人荐一四川秀才到来。那人姓吕名玉，字琼仙，蜀中梓潼县人氏，年方二十，负才英迈，赋性疏狂，因游学到京，也要寻个馆地读书，当下就应了陆逢贵之聘。逢贵便把一应往来书札都托他代笔，吕玉应酬敏捷，不假思索，逢贵恐怕他草率，每每把他所作去请问妹子舜英，直待舜英说好，细细解说了其中妙处，然后依着妹子言语，出来称赞吕玉几句。吕玉暗想道："此人文墨欠通，每见吾所作，初时读不断、念不出，茫然不解其意；及至进去了一遭，便出来说几句在行的话，却又像极晓得此中奥妙的，不知他请教哪个来？"一日等逢贵他出，私问馆童道："你的家主每常把我写的书文去请问何人？"馆童笑道："吕相公还不晓得，我家舜英小姐无书不读，她的才学怕也不输与吕相公哩。我主人只是请教自己妹子，更没别人。"吕玉失惊道："原来你家有这一位好小姐，可有姻事也未？"馆童道："还未有姻事。我听得主人说，要在京中寻个门当户对官宦人家与她联姻。"吕玉听罢，私忖道："如何这一个蠢俗的哥哥，却有这一个聪明的妹子？她既称许我文字，便是我的知己了。我今弱冠未婚，或者姻缘倒在此处也未可知。"又转一念道："他要攀官宦人家，我是个寒素书生，一身飘泊，纵然小姐见赏，他哥哥是势利之徒，怎肯攀我？"又一个念头道："只愿我今秋乡试得意，这头姻事不愁不成。"却又疑虑道："倘我未乡试之前，她先许了人家，如何是好？"

当下正在书馆中左思右想，只见陆逢贵走将进来，手持一幅纸儿，递与吕玉道：

"先生请看这篇文字。"吕玉接来看时，第一行刻着道："恭贺任节母陆老夫人五襄华诞乞言小序，"再看序文中间，都是些四六骈丽之语，大约称述任节母才德双全之意。吕玉看了一遍，对逢贵道："这是一篇徵文引。是哪里传来的？"逢贵道："这任节母陆氏，就是家姑娘。今有表弟任君芳寄到手札一封在此，先生请看。"言罢，袖中取出书来，只见上面写道：

自去岁别后，兄嫂暨表妹想俱康胜。兹者家慈寿期已近，蒙同学诸兄欲为弟广徵瑶篇，表扬贞节。吾兄在都中，相知必多，乞转求一二名作，以为光宠，幸甚。徵文引附到。弟今秋拟赴北雍，相见当不远也。

表弟任倩顿首

陆表兄大人

吕玉看毕，谓逢贵道："任节母既系令姑娘，又有令表弟手札徵文，合该替他多方转求。"逢贵道："徵文一事不是我的熟路，他既秋间要来坐监，待他来时自去徵求罢。目下先要遣人送寿礼去作贺，敢烦大才做首寿诗附去何如？"吕玉应允。便取出花笺一幅，磨得墨浓，蘸得笔饱，写下古风八句道：

乐安高节母，世系出河南。青松寒更茂，黄鹄苦能甘。华胄风流久坠矣，逊、抗、机、云、难再起。从兹天地锺灵奇，不在男子在女子。

吕玉一头写，逢贵一头在旁乱赞道："莫说文章，只这几个草字就妙极了。"等他写完，便拿进内边，请教妹子舜英道："这诗可做得好？"舜英看了，笑道："诗虽好，但略轻薄些。"逢贵细问其故，舜英道："前四句是赞姑娘守节，后面所言逊、抗、机、云，是四个姓陆的古人，都是有才有名的奇男子。他说四人已往之后，陆家更没有恁般奇男子，秀气都聚在女子身上去了。这等意思，岂非轻薄？"逢贵听罢，不喜道："这般说，是他嘲笑我了。"便转身再到书房，对吕玉道："先生此诗如何嘲笑小弟？"吕玉道："怎么是嘲笑？"逢贵便将妹子对他说的话依样说了一遍，道："这不是明明嘲笑？"吕玉道："这猜想差了。小弟赞令姑娘是女中丈夫，不愧四古人之后，奇女子便算得奇男子，此正极致称颂之意，并没什嘲笑在里边。"逢贵见说，却便不疑，暗想道："他是个饱学秀才，我妹子虽则知文，到底是女儿家，或者解说差了也不可知。"遂转口道："是我一时错认，先生休怪。明日将这诗笺并寿礼一同送去便是。"说罢，自去了。

吕玉暗暗喝采道："好个解事的慧心小姐。我诗中之谜，又被她猜着了。此诗不但赞她姑娘，连小姐也赞在内。她晓得我赞她，自然欢喜。只不知她可晓得我还未婚聘否？"到得晚间，逢贵陪着吕玉夜膳，吕玉闲话间对逢贵道："小弟今秋要给假两三月，一来回籍乡试，二来因姻事未定，要到家中定亲。"逢贵道："先生何不援了例，就在北京进场？"吕玉道："小弟贫士，哪里援得例起？"逢贵道："既如此，先生到贵省乡试后，可就入京，不消为姻事担搁。但得秋闱高捷，还你京中自有好亲事便了。"吕玉听说，心中欢喜，笑道："今秋倘能侥幸，定要相求作伐。"当晚吃过夜膳，各自安歇。

次日，逢贵对舜英说道："秋间吕琼仙要假馆几月，他去后书柬无人代笔，须要妹子与我权时支应。"舜英道："吕生为什要假馆？"逢贵把吕玉昨夜所言述与舜英听了。舜英笑道："我女儿家哪里支应得来？到那时任表兄若来坐监，央他支应便了。"逢贵道："我听得姑娘说，任君芳的肚里还到你不来，这事一定要借重你。"舜英笑而不答，暗想道："吕琼仙原来未曾婚娶，我若嫁得这样一个才子也不枉了。但他文才虽妙，未知人物如何？"过了一日，吕玉与逢贵在堂中闲话，舜英乃于屏后潜身偷觑，见他丰姿俊朗，眉宇轩昂，端地翩翩可爱。正是：

> 以玉为名真似玉，将仙作字洵如仙。
>
> 自知兄长非刘表，却羡郎君是仲宣。

不说舜英见了吕玉十分爱慕，且说吕玉欢羡舜英的敏慧，道是有才者毕竟有貌，时常虚空摹拟，思欲一见。一日，正值端阳佳节，逢贵设席舟中，请吕玉去看龙船。至晚席散，逢贵又被几个同僚邀去吃酒了，吕玉独步而回。不想舜英是日乘吕玉出外，竟到书馆中翻他的书集，恰好吕玉自外闯将进来，舜英回避不迭，刚刚打个照面。吕玉慌忙退了几步，让舜英出了书房，看她轻移莲步，冉冉而进，临进之时，又回眸斜眺，真个丰韵动人，光艳炫目。有诗为证：

> 已知道蕴才无对，更慕文君貌少双。
>
> 撇下一天风韵去，才郎从此费思量。

吕玉见了舜英，不觉手舞足蹈，喜而欲狂，恨不得便与配合。这一夜千思万想，通宵不寐。

次日起来梳洗方毕，馆童来说主人在堂中请吕相公讲话。吕玉走到堂中，逢贵迎着道："有篇要紧寿文，敢求大笔。"吕玉道："又是什么寿文？"逢贵道："内相汪公公五月十五日寿诞，小弟已备下许多寿礼，只少一篇寿文。今有个上好金笺寿轴在此，求先生做了文字，就写一写。"吕玉道："可是太监汪直么？这阉狗窃弄威福，小弟平日最恨他。今断不以此辱吾笔。"逢贵听了，好生怫然。原来逢贵一向极其趋奉汪直，连这前程也是打通汪直关节得来的。今见吕玉骂他，如何不愠？当下默然了半晌，却想道：“这狂生难道真个不肯做？待我还慢慢地央他。”到晚间，命酒对饮。饮得半酣，逢贵道：“今早所求寿文，原不劳先生出名，千乞不吝珠玉。”吕玉被他央浼不过，又乘着酒兴，便教童子取过笔砚，将寿轴展放桌上，醉笔淋漓，写下一首绝句。道是：

> 净身宜了此身缘，无复儿孙俗虑牵。
> 跨鹤不须夸指鹿，守雌尽可学神仙。

写毕，后又大书"陆逢贵拜祝"，逢贵看了大喜。吕玉掷笔大笑，逢贵又劝了他几杯，酩酊大醉，馆童扶去书房中睡了。逢贵见轴上墨迹未干，且不收卷，随请妹子舜英出来，秉烛观之。舜英看了，笑道：“这首诗送不得去的。”逢贵道：“如何送不得去？你可解说与我听。”舜英道：“总是吕生醉笔轻狂，不必解说。只依我言语，休送去罢了。”逢贵见说，心中疑惑。次早，令人持了轴子，亲到一最相知的同僚解少文家里。这解少文虽是武官，颇通文墨，当下逢贵把轴上的诗与他看，解少文一见了，摇头咋舌道：“谁替你做这诗？你若把去送与汪公，不是求福，反取祸了。”逢贵惊问何故，解少文道：“这诗第一句笑他没鸡巴；第二句笑他没后代；第三句是把赵高比他，那赵高是古时极恶的太监；第四句说他不是雄的，是雌的。这是何人所作，却恁般利害？”逢贵大恨道：“这是我家西席吕琼仙做的，不想那畜生这等侮弄我。”解少文道：“这样人还要请他做西席，还不快打发他去！”

逢贵恨了一口气，别了解少文，赶将回来，径到书馆中，见了吕玉，把轴儿掷于地上，乱嚷道：“我请你做西席，有什亏你处？你却下此毒手！”吕玉愕然惊讶。原来吕玉醉后挥毫，及至醒来，只依稀记得昨夜曾做什么诗，却不记得所做何诗，诗句是怎样的了。今见逢贵发怒，拾起轴来看了，方才记起。乃道：“此我醉后戏笔，我初时原不肯做的，你再三强逼我做，如何倒埋怨我？”逢贵嚷道：“若不是我去请教别人，险些儿把我前程性命都送了。你这样人留你在此，有损无益，快请到别处去，休在这里缠帐！”吕玉大怒道：“交绝不出恶声，我与你是宾主，如何这般相待？我如闲云野鹤，何天不可飞，只今日就去便了。”逢贵道：“你今日就去，我也不留。”吕玉道：“量你这不识字的蠢才，也难与我吕琼仙做宾主。逢贵听了这话，十分忿怒，躁暴如雷，两个大闹了一场。吕玉立刻收拾了书箱行李，出门而去。正是：

> 醉后疏狂胆气粗，只因傲骨自难磨。
> 酒逢知己千樽少，话不投机半句多。

当下逢贵气忿忿地走进内边，埋怨妹子舜英道："吕家畜生做这等无礼的诗，你却不明对我说，只葫芦提过去，好生糊涂。"舜英道："我原说是醉笔轻狂，送不得去的。"逢贵道："哪里是醉笔，这是他明明捉弄我。我方才赶他去时，他还口出狂言，我教这畜生不要慌！"舜英见说，低头不语，暗忖道："我看吕生才貌双美，正想要结百年姻眷，谁料今朝这般决撒。此段姻缘，再也休提了。"正是：

好事恨多磨，才郎难再得。

宾主两分颜，只为一汪直。

不说舜英思念吕玉，时时背着兄嫂暗自流泪。且说逢贵十分怨恨吕玉，想出一个毒计道："我就把他这首诗到汪府中出首了，教汪公拿这厮来问他一个大罪，既出了我的气，又讨了汪公的好，却不大妙。"算计已定，等贺过了汪直生辰之后，便把吕玉所写的诗轴面献汪直，细诉前情。汪直大怒，便要擒拿吕玉。却想诗轴上没有吕玉名字，且又不好因一首私诗，辄便拿人，只牢记着他姓名，要别寻事端去奈何他。哪知吕玉自从出了逢贵之门，更不在京中担搁，便即日归四川去了。

光阴荏苒，看看这了八月场期，各直省都放过乡榜，只有陕西因贡院被火焚烧，重新建造，改期十月中乡试，其他各处试卷俱陆续解到礼部。吕玉已中了四川第二名乡魁。舜英闻了此信，好生欢喜。料得乃兄最是势利，今见吕生高捷，或者等他到京会试之时，宾主重讲旧好，那时再要成就姻缘，便不难了。却不料逢贵早把诗出首，汪直正在那里恨他。今见他中了举人，便授旨于礼部尚书宁汝权，教他磨勘吕玉试卷。那宁汝权是汪直的心腹，奉了汪直之命，就上一本，说四川新中举人吕玉第三场试策中多有讥讪朝政之语，殊为妄上，合行议处，其房考成都府推官文举直并正副主考官俱难辞咎。汪直票旨吕玉革去举人，着彼处有司火速提解来京究问，房考文举直着革职，正副主考分别降级罚俸。旨下之日，逢贵欣欣得意，对舜英说知，拍手道："今日才出得我这口气。"舜英听了，吃惊不小，想道："我兄如何这般狠心？他骂汪直，也是他的气骨；你附汪直，不是你的长策。一旦冰山失势，不知后事如何，怎生把个有才的文人平白地坑陷了？"心中愁痛，寸肠如割。有一曲《啄木儿》单说舜英此时的心事：

心私痛，泪暗零，难将吴越谐秦晋。正相期萝茑欢联，恨无端宾主分争。鹿鸣幸报秋风信，只道鸾交从此堪重订。又谁知顿起戈矛陷俊英。

却说陆逢贵倾陷了吕玉，汪直喜欢他会献媚，就升他做了四川指挥使。逢贵大喜，即日谢过了汪直，领了家小出京赴任，迤逦望四川进发。行个多日，路经陕西北界，时值陕西分防北路总兵郗士豪为克减军粮，以致兵变，标下将校杀了总兵，结连土贼流民一齐作乱，咸阳一带地方都被杀掠。这里陆逢贵不知高低，同了妻子岳氏、妹子舜英并车仗人马正到咸阳界口。逢贵乘马先走，教家眷随后慢慢而行，不提防乱兵冲杀过来，逢贵竟为乱兵所杀，从人各自逃命。舜英与岳氏见不是头，慌忙弃了车仗，步行望山谷小路逃奔。岳氏又为流矢所中而死，单只剩舜英一人，也顾不得山路崎岖，尽力爬到一个山岩之上，只闻四面喊声渐近，又听得贼人喊道："不要放箭，看有少年女子，活捉将来。"舜英度不能免，不如先死，免至受辱。转过岭后，见一悬崖峭壁，下临深潭，乃仰天叹道："此我尽命之处矣"却又想道："以我之才貌，岂可死得冥冥无闻，待我留个踪迹在此，也使后人知有陆舜英名字。"便咬破舌尖，将指蘸着鲜血去石壁上大书九字道：

　　陆氏女舜英于此投崖

写罢，大哭了一场，望着那千尺深潭踊身一跳。正是：

　　玉折能离垢，兰摧幸洁身。
　　投崖今日女，仿佛堕楼人。

看官你道舜英拼命投崖，这踊身一跳，便有一百条性命也不能再活了。谁知天下偏有稀奇作怪的事，舜英正跳之时，只见身边忽起一道白光，状如长虹，把舜英浑身裹住，耳边但闻波涛风雨之声，两脚好像在空中行走一般。约有一盏茶时，白光渐渐收敛，舜英已脚踏实地。那白光收到衣带之间，化成一物，看时，却原来就是自幼悬佩的这个白玉钩儿。舜英心中惊怪，抬头定睛细看，却见自己立在一个洞府门前，洞门匾额上题着"蛟神之府"四个大字。正看间，呀的一声，洞门早开，走出一个白衣童子，见了舜英，说道："恩人来了，我奉老母之命，特来相请。"说罢，引着舜英直入洞内。只见洞中奇花异草，怪石流泉，非复人间景致。中堂石榻之上，坐着一个白衣道姑，仔细看时，依稀像是昔年赠钩的老妪。那道姑起身笑道："小姐还认得我么？小儿曾蒙活命之恩，故我今日特来相救，以报大德。"舜英愕然，不解其故。道姑指着那白衣童子道："小姐，你十年前池边所放小白蛇，便是此儿，如何忘了？"舜英方才省悟。正是：

　　别有洞天非人世，似曾相识在何处？

回思昔日赠钩时，始记当年池畔事。

当下舜英伏地再拜，道姑忙扶起道："你且休拜，可随我到洞后来。"舜英随着道姑走至洞后，出了一头小角门，来到一个去处，只见一周遭树木蓼杂，却是一所茂林之内，隐隐听得隔林有钟磬之声。道姑对舜英道："我送你到此处，还你三日内便有亲人相见。我这玉钩仍放你处，另日却当见还。"说罢，用手指着林外道："那边有人来了。"舜英转顾间，早不见了道姑，连那洞府也不见了。舜英恍恍惚惚，想道："莫非是梦里么？若不是梦，或者我身已死，魂魄在此游荡么？"伸手去摸那玉钩，却果然原在衣带上。正惊疑间，忽闻林外有人说话响，定睛看时，却又见两个道姑走进林子来，一见了舜英，相顾惊讶道："好奇怪，果然有个女郎在此。"便问舜英是谁家宅眷，因何到此，舜英把上项事细细陈诉，两个道姑十分欢诧。舜英问道："这里是什所在？"道姑道："是白河县地方。我两个便是这里瑶芝观中出家的道姑。昨夜我两人同梦一仙姑，好像白衣观音模样，说道：'明日有个女郎在观后林子里，你们可收留她在观中暂住三日，后来当有好处。'因此今日特来林内寻看，不想果然遇见小娘子，应了这奇梦。"舜英听了，也暗暗称奇。两个道姑引舜英入观中，那观中甚是幽雅，各房共有六七个道姑，都信仙姑脱梦的灵异，敬重舜英，不敢怠慢。

舜英在观中住了两日，到第三日，正在神前烧香拜祷，只见一个道姑来传报道："任家太太来进香，已在门首下轿了。"言未已，早见一个苍头斋着香烛，两个女使随着一个中年妇人走进观来。舜英看那妇人，不是别人，却是姑娘陆筠操，便叫道："这不是我姑娘么？"筠操见了舜英，大惊道："这是我侄女舜英小姐，如何却在这里？"舜英抱着姑娘放声大哭，筠操询问来因，舜英把前事述了一遍。筠操听罢，一悲一喜，悲的是侄儿、侄妇都已遇害，喜的是侄女得遇神仙，救了性命。当下对舜英道："你表兄赴京援例，还是五月间起身的，不知为什至今没有音耗？两月前我差人到京探问，却连那家人也不见回来。因此我放心不下，特来这观里烧香保佑，不想却遇见了你。你今可随我到家中去。"说罢，烧了香，谢了道姑，另唤轿子抬了舜英，一齐回家。自此舜英只在任家与姑娘同住。

话分两头。且说吕玉才中举人，忽奉严旨革斥提问，该地方官不敢迟慢，登时起了批文，点差解役两名，押解吕玉星夜赴京。不则一日，来到陕西咸阳地面，早闻路上行人纷纷传说，前边乱兵肆行杀掠，有个赴任的四川指挥陆逢贵一家儿都被杀了。吕玉听说，想道："逢贵被杀不打紧，不知舜英小姐如何下落了？"心下十分惊疑。两个解役押着吕玉，且只顾望前行走，走不上二三十里，只见路上杀得尸横遍野，吕玉心慌，对解役说道："我们往小路走罢。"正说间，尘头起处，一阵乱兵冲将过来，吕玉躲得快，将身钻入众死尸中，把死尸遮在身上，两个解役躲避不及，都被杀死。吕玉等贼人去远，方从死尸中爬出，却待要走，只见死尸里边有个像秀才打扮的，面上被刀砍伤，胸前却露出个纸角儿。吕玉抽出看时，却是一角官文书，护封上有陕西提学道印信，外又有路引一纸，上写道：

咸阳县为恳给路引，以便归程事：据白河县生员任蒨禀称前事，为此合行给付路引，听归原籍，所过关津客店，验引安放，不得阻遏。须至引者。

原来那任蒨自五月间领了提学道批行的纳监文书起身赴京，只因路上冒了暑气，生起病来，挨到咸阳县中，寻下寓所，卧病了两个多月，始得痊可，把入京援例乡试的事都错过了。却闻陕西贡院被烧，场期已改在十月中，他想要仍回本省乡试，正待行动，不意跟随的两个家人也都病起来，又延挨了两月有余。这年是闰八月，此时已是九月中旬，任蒨急欲回去料理考事，却又闻前途乱兵猖獗，官府防有奸细，凡往来行人都要盘诘，他便在咸阳县中讨了一纸路引，出城而行。行不多路，早遇了乱兵，主仆都被杀害。却不料吕玉恰好在他身边拾了文书路引，想道："这任蒨不就是陆逢贵家亲戚么？如何被杀在此？"当下心生一计，把文书路引藏在自己身边，脱那任蒨的衣巾来穿戴了，把自己囚服却穿在任蒨身上，那两个杀死的解役身边自有批文，吕玉却拖他的尸首与任蒨尸首一处卧着。安置停当，放开脚步，回身望山谷小路而走。爬过了一个峰头，恰好走到陆舜英投崖之处，见了石壁上这九个血字，十分惊痛，望着深潭，欷歔流涕。正是：

> 石壁题痕在，香魂何处寻？
> 临风肠欲断，血泪满衣襟。

吕玉在崖边哭了半日，然后再走。走到个山僻去处，取出那角文书拆开看了，方知是任蒨纳监的文书，想因路上阻隔，不曾入京，仍回原籍，"我今且冒了他名色，躲过盘诘，逃脱性命，再作去处。"计较已定，打从小路竟望兴平、武功一路逃奔。

且说这些乱兵猖獗了一番，却被陕西巡抚晋名贤亲提重师前来尽行剿灭，其余乌合之众四散奔窜。晋抚公将贼兵所过地方杀死官民人等俱各查点尸首，随路埋葬。查得新任四川指挥陆逢贵并解京钦犯吕玉及解役二名都被杀死，有劄付与批文为据，随即具疏申奏去了。一面班师，一面行文附近地方，严缉奸宄，倘有面生可疑之人，擒解军前审究。此时吕玉正逃到兴平县界，投宿客店，店主人查验路引是白河县人，听他语音却不像那边人声口，疑是奸细，即行拿住。恰值晋抚公经过本处，便解送军门。吕玉见了晋抚公，把路引文书呈上，晋抚公看了，问道："你既往北京纳监，如何倒走

回来？"吕玉道："正为路上有警，故此走回。"晋抚公道："你既是陕西白河县人，如何语音有异？"吕玉道："只因出外游学已久，故此乡语稍异。"晋抚公道："若果系秀才，不是奸人，待我出题试你一试。"便命左右给与纸笔，出下三个题目，吕玉手不停挥，三义一时俱就。晋抚公看了，大加称赏道："你有这等文学，自然高捷，既不能入京援例入场，现今本省贡院被烧，场期改于十月中，本院如今就送你去省中乡试便了。"吕玉本要躲过了盘诘，自去藏身避难，不想抚公好意，偏要送他进场，不敢违命，只得顿首称谢。晋抚公随即起了文书，给发盘费，差人送至省中应试。吕玉三场既毕，揭晓之日，任蒨名字又高高地中在第三名。吕玉恐本处同年认得他不是任蒨，不敢去赴鹿鸣宴，只推有病，躲在寓中。凡有同年来拜的，俱不接见。连房师、座师也直待他临起身时，各同年都候送过了，然后假装病态，用暖轿抬到舟中一见。见过仍即回寓，闭门托病。正是：

　　　　冒名冒籍，出头不得。
　　　　人愁落第，我苦中式。

　　话分两头。且说报录的拿了乡试录，竟到白河县任家报喜。任母陆筠操闻儿子中了，好不喜欢。却又想道："他已援北例，如何倒中在本省？此必因路上遇乱，故仍回省中乡试。他今既中了，少不得即日回来省亲。"过了几日，却不见音耗。任母心中疑虑，即差老苍头到省去接他。此时吕玉已离了旧寓，另赁下一所空房居住，就本处收了两个家僮伏侍，吩咐他："凡有客来，只说有病，不能接待；就是我家里有人来，也先禀知我，方放他进来相见。"那任家老苍头来到省中，要见主人。两个家僮便先到里面禀知，吕玉慌忙卧倒床上，以被蒙首，苍头走到榻前问候，吕玉只在被中作呻吟之声，更没话说。苍头心慌，出来询问家僮道："相公为什患病？一向跟随相公的两个家人如何不见？"家僮道："相公正因病中没人伏侍，收用我们，并不见有什家人跟随。但闻相公路遇乱兵，只身逃难，亏得巡抚老爷送来进场的。那跟随的家人莫不路上失散了？"苍头听罢，认道主人途中受了惊恐，所以患病，便星夜赶回家里，报知老安人。

　　任母听了，甚是惊忧。即日吩咐侄女陆舜英看管家中，自己带了两个女使、一个老苍头，买舟亲到省中看视任蒨。那吕玉闻任母到了，教家僮出来传说相公病重，厌闻人声。女使、苍头都不要进房门，只请老安人一个到榻前说话。当下任母进房门，只请老安人一个到榻前说话，当下任母进得房门，吕玉在床上滚将下来。跪伏于地，叫声："母亲，孩儿拜见。"任母道："我儿病体，不消拜跪。"一头说，一头便去扶

他。吕玉抬起头来，任母定睛一看，失惊道："你不是我孩儿！"吕玉忙摇手，低叫道："母亲禁声，容孩儿细禀。"任母道："你是何人？"吕玉道："孩儿其实不是令郎，是四川秀才。因路上失了本身路引，特借令郎的路引到此中式。今乞母亲确认我做孩儿，切莫说明是假的，使孩儿有冒名冒籍之罪。"任母道："你借了我儿的路引，如今我儿却在哪里？"吕玉道："母亲休要吃惊，孩儿方敢说。"任母道："你快说来。"吕玉道："令郎已被贼兵所害，这路引我在死尸身上取的。"任母听了，大叫一声，蓦然倒地。吕玉慌忙扶她到床上睡了。过了半晌，然后哽哽咽咽哭将转来。吕玉再三劝解，又唤家僮进来吩咐道："老安人因路途劳顿，要安息一回。传谕家人女使们只在外边伺候，不得进房惊动。"吩咐毕，闭上房门，伏于床前，殷勤侍奉。任母连连发昏了几次，吕玉只顾用好言宽慰。到夜来，衣不解带，小心伏侍。任母见他这般光景，叹口气道："我儿子没命死了，也难得你如此孝敬。"吕玉道："令郎既不幸而死，死者不可复生。孩儿愿代令郎之职，奉养老亲，愿母亲善自宽解，以终余年。"任母听罢，沉吟了一回，对吕玉说道："我认你为子，到底是假骨肉，不若赘你为婿，方是真瓜葛。我今把个女儿配你，你意下如何？"吕玉道："孩儿既冒姓了任，怎好兄妹为夫妇？"任母道："这不妨，我女原不姓任，是内侄女陆氏嗣来的。"吕玉道："既如此，母亲把内侄女竟认做媳妇，不要认做女儿，把我原认做孩儿，切莫说是女婿便了。"任母道："究竟你的真名姓叫什么？"吕玉暗想道："我的真名姓，岂可便说出？还把个假的权应她罢。"便将"吕玉"二字倒转说道："我姓王名回，乞母亲吩咐家人，切莫走漏消息。"原来任家有几个家人，两个随着任蓿出去杀落了，后来又差两个去路上迎候主人，都不见回来，今只剩个老苍头，任母唤来细细吩咐了一番。

过了一日，任母要同吕玉回到白河县家中与侄女陆舜英成亲，吕玉恐怕到那里被人认出假任蓿，弄出事来，乃恳求任母接取小姐到省中寓所完婚，任母允诺。选下吉日，差人回家迎娶舜英小姐。

舜英闻说姑娘要把她配与表兄任蓿，私自嗟叹道："真个势利起于家庭，姑娘向以任表兄才貌不如我，不堪为配，今日见他中了举人，便要择日成婚。我今在他家里度日，怎好违他？只可惜吕琼仙这段姻缘竟成画饼了。"当下自嗟自叹了一回，只得收拾起身。不则一日，来至省中寓所。任母与她说明就里，方知所配不是任蓿，却是王回。到得结亲之夜，两个在花烛下互相窥觑，各各惊讶。吕玉见了新人，想道："如何酷似陆舜英小姐？我前在山崖上亲见她所题血字，已经投崖死了，如何这里又有个陆舜英？"又想道："任母原是陆氏，她的内侄女或者就是舜英的姊妹，故此面庞厮象也不可知。"又想道："便是姊妹们面庞厮象，也难道厮象得一些儿不差？"这边舜英看了新郎，也想道："这明明是吕玉，如何说是王回？据他说是四川人，难道偏是同乡又同貌？"二人做过花烛，入帏就寝。吕玉忍耐不住，竟问道："娘子你可是陆舜英小姐么？"舜英也接问道："官人你可是吕琼仙？"吕玉见他说破，忙遮掩道："我是王回，并不是什么吕琼仙。"舜英道："你休瞒我，你若不是吕琼仙，如何认得我是陆舜英？"吕玉料瞒不过，只得把实情说了。因问道："据我路上所见，只道小姐投崖自尽了，不想依然无恙，莫非那投崖的又别是一个陆舜英么？"舜英笑道："投崖自尽的也是我，依然无恙的也是我。"便也把前情细细诉说了一遍。两个大家欢喜无限，解衣脱带，搂入被窝，说不尽这一夜的恩情美满。正是：

春由天降，笑逐颜开。前从背地相思，各怀种种；今把离愁共诉，说与般般。前于书馆觑芳容，恨不一口水吞将肚里去；今向绣帏偎粉面，且喜四条眉斗合枕边来。前就诗谜中论短论长，唯卿识我的长短；今在被窝里测深测浅，唯我知伊的浅深。前见白衣儿洞府欢迎，今被赤帝子垓心直捣。前日丹流莺舌，染绛文于山间；今宵浪滚桃花，落红雨于席上。前日姻传玉镜，谁道温家不是温郎；今宵唇吐丁香，却于吕生凑成"吕"字。何幸一朝逢旧识，几忘两下是新人。

此时任母身子稍安，舜英夫妇定省无缺。吕玉叮嘱舜英："在姑娘面前切莫说出我真名字。"舜英道："你这等藏头露尾，如何遮掩得了？"吕玉道："汪直恶贯满盈，自当天败，我且权躲片时，少不得有出头日子。"舜英自此依他言语，更不说破。

过不多几日，早有送报人送京报来。时吕玉正在房中昼寝，舜英先取来看时，见上面写道：

十三道御史合疏题为逆珰谋为不轨等事：奉圣旨汪直着拿送法司从重治罪。

礼科一本，乞赠直言之士，以作敢谏之风事：奉圣旨据奏四川举人吕玉，试策切中时弊，不幸为小人中伤，被逮道死，殊为可悯。着追复举人，赠翰林院待诏。其主考、房考各官，着照原官加级起用。宁汝权革职拿问。

吏部一本，推升官员事：原任成都府推官文举直拟升陕西道监察御史。奉圣旨文举直着即巡按陕西，写敕与他。

舜英看了，慌忙唤醒吕玉，递与他看。吕玉以手加额道："谢天地，今日是我出头的日了。且喜文老师就做了这里代巡，我的事少不得要他周全。今不要等他入境，待我先迎候上去。"便教家僮雇下船只，连夜起身前往。到得前途，迎着了按院座船。虽玉乃先将陕西新科中式举人任蕎的名揭投进，文按君教请相见。吕玉走过官船参谒，文按君一见大惊，连叫："奇怪，奇怪！莫不我见鬼了么？"吕玉道："举人是人，如何是鬼？"文按君道："尊容与敝门生吕玉毫厘无二，所以吃惊。"吕玉道："乞屏左右，有言告禀。"文按君便喝退从人，引吕玉进后舱。吕玉才向袖中取出门生的名揭呈上，说道："门生其实是吕玉，不是任蕎。"文按君惊问道："都传贤契已死，如何得活？"

吕玉把前事细细呈告。文按君大惊道："本院便当替你题疏。"吕玉道："求老师隐起门生冒名冒籍、重复中式一节，门生一向托病不出，如今只说任蒨近日身故，吕玉赘在任家为婿便了。"文按君点头应允。吕玉拜别了文按君回家，仍旧闭门静坐，等候好音。

光阴迅速，不觉已是十二月中旬。忽一日，听得门前喧闹，拥进一簇报人，贴起喜单，单上大书道：

捷报踣府老爷吕：前蒙圣旨追复举人，赠翰林院待诏。今复蒙圣旨如赴京师会试。

吕玉闻报，亲自出来打发了报人去后，入见任母。任母问道："你是王回，如何报单上却又是什么老爷吕？"吕玉至此方得实情说明，任母才晓得他是吕玉，不是王回。当下吕玉对吕母道："岳母如今休认我做孩儿，原认我做女婿罢。一向为小婿之故，使岳母未得尽母子之情，我今当为任兄治丧开吊，然后去会试。"任母含泪称谢。吕玉便教合家挂了孝，堂中设棺一口，将任蒨衣冠安放棺内，悬了孝幕，挂起铭旌，旌上写道："故孝廉君芳任公之枢"，门前挂上一面丧牌，牌上说道："不幸内兄孝廉任公君芳于某月某日以疾卒于正寝"，后书"护丧吕玉拜告。"这一治丧，远近传说开去，都说任举人一向患病，今日果然死了，妹夫吕玉在那里替他开丧。于是本处同年俱来作奠，按院亦遣官来吊，一时丧事甚是整齐。正是：

谎中调谎，虚里驾虚。东事出西头，张冠换李戴。任家只有一个儿子，忽然弄出两个儿子来；吕生中了两个举人，隐然分却一个举人去。姑借侄为假媳，侄又借姑为干娘，两个俱为借名；吕冒任之秀才，任又冒吕之乡榜，一般都是冒顶。吕经魁一封赠诏，本谓赐于死后，不料赐于生前；任春元半幅铭族，只道中在生前，谁知中在死后。假王回纳妇成亲，适为真吕玉入赘张本；活琼仙闭门托病，巧作死君芳设幕缘由。这场幻事信稀闻，此种奇情真不测。

吕玉治丧既毕，兼程进京，赴过会试。放榜之日，中了第五名会魁，殿试状元及第，除授翰林院修撰。上疏乞假回籍葬亲，朝廷准奏。吕玉便同舜英到四川拜了祖茔，葬了父母。然后回到陕西白河县，却于瑶芝观里又设两上空棺，挂一对铭旌，一书"故指挥使逢贵陆公之枢"，一书"故指挥陆公元配岳孺人之枢"，也替他设幕治丧。正是：

人虽修怨于我，我当以德报之。
总看夫人面上，推爱亦其所宜。

吕玉一面治丧，一面就在观中追荐父母，并任、陆两家三位灵魂。道场完满之日，任母与舜英都到观中烧香礼佛。只见观门外走进一个白衣道姑，携着一个白衣童子来到庭前，见了舜英，笑道："小姐今日该还我玉钩了。"舜英看时，认得是前日救她的仙姑。未及回言，早见自己身边飞出一道白光，化作白云一片，那道姑携着童子跨上白云，冉冉腾空而起。一时观里观外的人，俱仰头观看。舜英忙排香案，同吕玉、任母望空礼拜，约有半个时辰，方才渐渐不见。舜英伸手去摸那玉钩时，已不在身边了。正是：

仙驾来时玉佩归，瑶芝观里白云围。

惊看天上蛟龙变，正值人间鸾凤飞。

吕玉唤高手匠人塑仙姑、仙童神像于观中，给香火钱与本观道姑，教她朝夕供养。舜英又唤过昔日在林子里遇见的两个道姑，多给银钱，酬其相留之德。吕玉把三个空枢都安厝了，然后同家小进京赴会。后来舜英生三子，将次子姓了任，第三子姓了陆，接待两家香火。吕玉官至文华殿太学士，舜英封一品夫人。吕玉又替任母题请表扬贞节，此是后话。

看官听说，隋侯之珠，杨香之环，相传以为灵异，岂若蛟神白玉钩更自稀奇。至于佳人死难，贤士捐生，不知费了吊古者多少眼泪。今观陆小姐绝处缝生，吕状元死中得活，安得不鼓掌大笑，掀髯称快。

【回末总评】

蛇为仙，玉化灵，奇矣。然神仙之幻不奇，人事之幻乃奇。托任是假，姓王亦是假；认儿是假，呼婿亦是假，是一假再假也。任蒨本有，王回却无，是两假之中，又有一真一假也。假子难为子，侄婿可为婿，是同假之中，又有半假半真也。至于任之死是真，若死在中式之后，则死亦是假；吕之病是假，乃病在治丧之前，则病又疑真。真真假假，假假真真，总非人意想之所到。

卷之五　续箕裘

吉家姑捣鬼感亲兄　庆藩子失王得生父

血诚不当庭怫意，伯奇孝已千秋泪。号泣问苍天，苍天方醉眠。有人相救援，感得亲心转。离别再团圆，休哉聚顺欢。

右调《菩萨蛮》

从来家庭之间，每多缺陷。以殷高宗之贤，不能察孝己。以尹吉甫之贤，不能活伯奇。又如戾太子被谮而死，汉武帝作思子宫，空余怅望，千古伤心。至于宜臼得立，不能再见幽王，而与褒姒、伯服势并不存；重耳归国，亦不能再见献公，而与奚齐、卓子亦势不两立，又岂非可悲可涕之事？如今待在下说个被谗见杀、死而复生的孝子、哭子丧目、盲而复明的慈父，再说个追悔前非、过而能改的继母，无端抛散、离而复合的幼弟，与众官听。

这桩事在正统年间，河南卫辉府有个监生，姓吉名尹，号殷臣，妻高氏，生一子，名孝字继甫。幼时便定下一房媳妇，就是吉尹妹丈喜全恩的女儿。那喜全恩是勋卫出身，现在京师做个掌管羽林卫的武官。夫人吉氏，便是吉尹的胞妹。所生女儿，小字云娃，与吉孝同年同月而生，两家指腹为婚。不想吉孝到十二岁时，母亲高氏一病而亡。吉尹娶妾韦氏，一年之内即生一子，乳名爱哥，眉清目秀，乖觉异常，吉尹最所钟爱，替他起个学名，叫做吉友。自古道"母以子贵"。吉尹喜欢吉友，遂将韦氏立为继室。原来吉家旧本殷富，后因家道衰落，僮仆散去，只留一旧仆高懋，原系前妻高氏随嫁来的。到得韦氏用事，把这旧仆打发出去。另自新收个养娘刁氏。那刁妪最会承顺主母颜色，趋候意旨，搬说是非，韦氏甚是喜她。正是：

彼一时兮此一时，新人用事旧人辞。

只缘主母分前后，顿使家奴兴废殊。

却说吉孝一向附在邻家书馆中读书，朝去夜回，全亏高懋担茶担饭，早晚迎送。自从高懋去了，午膳晚茶没人送去，都要自回来吃。那刁妪只愿抱着小官人，哪里来理会大官人。吉孝匍匐道途，不得安逸，或遇风雨之时，一发行走不便，时常欷歔嗟叹。刁妪便在韦氏面前搬口道："大官人道主母逐了高懋去，甚是怨怅。"韦氏变色道："难道一个家人，我做娘的作不得主？"便对吉尹说了，唤吉孝来数说了几句，吉孝不敢回言，情知是刁妪搬了是非，一日归来吃午膳，饭却冷了，忍耐不住，不合把刁妪痛骂了一场，刁妪十分怀恨，便去告诉韦氏道："相公大娘不曾骂我，大官人却无端把我来辱骂。"韦氏道："晓得是娘身边得用的人，看娘面上就不该骂你了。"刁妪道："这是骂不得大娘，所以骂我。大官人正不把大娘当娘哩，他背后还有极好笑的话。"韦氏问什话，刁妪假意不敢说。直待盘问再三，方才说道："大官人在背后说相公没主意，不该以妾为妻。又说大娘出身微贱，如今要我叫娘，寔是勉强。"韦氏听了，勃然大怒，便要发作。刁妪止住道："大娘若为了我与大官人寻闹，他毒气都射在我身上，不知只记在心里，慢慢计较便了。"韦氏自此深恨吉孝，时常对吉尹说他的不是处。正是：

信谗何容易，只因心两般。

可怜隔腹子，如隔一重山。

常言道："口能铄金。"浸润之谮，最是易入。吉孝本没什不好，怎当得韦氏在丈夫面前，朝一句晚一句，冷一句热一句，弄得吉尹把吉孝渐渐厌恶起来。看官听说：大凡人家儿子为父母所爱的，虽有短处，也偏要曲意回护；若一被父母厌恶了，便觉他坐又不是，立又不是，语又不是，默又不是。可怜一个吉孝，只因失爱于父母，弄得手足无措，进退不得。思量无可奈何，唯有祷告天地神明，或可使父母心转意。于是常到夜半，悄悄起来跪在庭中，对天再拜，涕泣祷告。又密写疏文一纸，在家庙前焚化。却不想都被刁妪窥见，一五一十地报与韦氏道："这不知做的是什把戏？"韦氏怒道："畜生一定是咒我夫妇两个了。"便对吉尹说知。吉尹初时尚不肯信，到夜间起来偷看，果见吉孝当天跪拜，口中喃喃呐呐，不知说些什么。吉尹大喝道："你这忤逆畜生，在这里诅咒爹娘么？"吉孝吃了一惊，跪告道："孩儿自念不肖，不能承顺父母，故祷告上苍，愿天默佑，使父母心回意转。岂有诅咒之理？"吉尹道："你既非诅咒，何消夜半起来，避人耳目。我今亲眼见了，你还要花言巧语，勉强支饰。"便把吉孝着实打了一顿。

　　吉孝负痛含冤，有口莫辩。自想母党零落，高家已是无人，只有喜家姑娘是父亲胞妹，又是自己的丈母，除非她便可以劝得父亲。因捉个空，瞒着父母，私自走到喜家去，拜见姑娘，诉说衷情。原来喜全恩因上年土木之变，护驾死战，身受重伤，此时景泰御极，兵部于尚书嘉其忠勇，升他做了挂印总兵，镇守边关，不得回来，保有夫人吉氏在家。当下喜夫人听了侄儿所言，便道："原来有这等事，待我婉转劝你父亲，教他休信谗言便了。"吉孝垂泪道："全赖姑娘劝解则个。"喜夫人又安慰了他几句，吉孝不敢久留，谢别了姑娘，自回家去。

　　过了一日，吉尹因欲问妹夫喜全恩信息，步到妹子家里去。喜夫人接着，置酒相待。吉尹问道："近日妹丈可有家信回来，边关安否如何？"喜夫人道："你妹夫近日有信来，说边关且喜宁静。但牵挂家中骨肉，放心不下，询问女婿吉继甫迩来学业如何？"吉尹道："不要说起，这畜生十分无礼。我正待告诉你，一言难尽。"便把吉孝夜半对天诅咒的话说了一遍。喜夫人道："我也闻得哥哥近日在家中惹气，可念父子至亲，先头的嫂嫂只留得这点骨血，休要听了闲言闲语，错怪了他。若做儿子的诅咒爹娘，天地有知，必不受此无理之诉，这是自告自身了。我看侄儿是读书人，决无此事。"吉尹听了，只管摇头，口虽不语，心里好生不然。正是：

　　　　枕边能灵，膝下见罪。
　　　　儿且不信，何有于妹。

　　当下吉尹别过妹子，回到家中，把上项话与韦氏说知。韦氏道："若不是这畜生去告诉姑娘，何由先晓得我家中惹气？原来那忤逆种要把丈母的势来压量我。罢罢，他道我出身微贱，做不得他的娘，料想姑娘也只认得选头的嫂嫂，未必肯认我为嫂，他女儿也不肯到我手里做媳妇。她说父子至亲，他们父子到底是父子，我不过是闲人，你从今再休听我的闲言闲语，我今后但凭你儿子怎样诅咒，再不来对你说了。"这几句话分明是激恼丈夫，吉尹听了如何不怒？便唤过吉孝来喝问道："你怎生在姑娘面前说我听了闲言闲语？"韦氏便接口道："你夜半对天诅咒，是你父亲目击的，须不干我事，你就教姑娘来发作我，我也有辩。我晓得你只多得我与小弟兄两个，今只打发我两个出去便了，何必连父亲也咒在里面？"吉尹听说，愈加着恼，又把吉孝打了一顿，锁在后房骂道："省得你再到姑娘家去告诉，我且教你这畜生走动不得！"自此吉孝连书馆中也不能去，终日在房里涕泣。

　　那刁姬却私与韦氏议道："相公与大官人闹了这几场，大官人心里不怪相公，只怪大娘。今大娘年正青春，小官人又只得两三岁，相公百年之后，大娘母子两个须要在大官人手里过活，况大官人又有喜家夫人的脚力，那里须受他的累。常言道：'斩草不除根，萌芽依旧发。'依我算计，不如先下手为强。"韦氏沉吟道："你所言甚是，但今怎生计较便好？"刁妪道："我有一计，不知大娘可依得么？"韦氏道："计将安出？"刁妪道："大娘可诈病卧床，教大官人侍奉汤药。待我暗地把些砒霜放在药里，等他进药之时，大娘却故意把药瓯失手跌落地上，药中有毒，地上必有火光冒起。那时说他要药死母亲，这罪名他须当不起。相公自然处置他一个了当。"韦氏道："此计大妙。"

商议已定，次日便假装做心疼，倒在床上，声唤不止。吉尹着忙，急着医生看视，讨了两贴煎剂，便付与刁妪，教快煎起来。韦氏道："刁妪只好抱爱哥，没工夫煎药。若论侍奉汤药，原是做儿子的事。今可央烦你大孩儿来替我煎煎。"吉尹听说，遂往后房开了锁，放出吉孝，吩咐道："母亲患病，要你煎药。只看你这番，若果小心侍奉，便信你前日不是诅咒，可以将功折罪。"吉孝领命，忙向刁妪取了药，看药封上写道：水二钟，煎八分，加姜二片，不拘时服。吉孝随即吹起炭火，洗净药罐，置水加姜，如法煎好。将来倾在瓯内，双手捧着，恭恭敬敬走到韦氏床前，叫声："母亲，药在此。"那时吉尹正坐在房内，教刁妪引骗着爱哥作耍，替韦氏消遣。见吉孝煎得药来，即令刁妪把爱哥放在床上，且伏侍韦氏吃药。韦氏才接药在手，却便故意把手一捵，将药瓯跌落地上，只见地上刺栗一声，一道火光直冲起来。吉孝见了，吓得目瞪口呆。刁妪只顾咋舌道："好利害，好利害！"韦氏便呜呜咽咽地哭道："大官人呵，你好狠心也！你恨着我，只去对你姑娘说，教你父亲出了我便罢。何苦下恁般毒手，药里不知放了什东西，这等利害。早是我不该死，险些把我肝肠也迸裂了。"

吉尹此时怒从心起，一把拖过吉孝来跪下，大喝道："你要药死母亲，当得何罪？"吉孝大叫冤屈。吉尹道："待我剥了你衣服，细细地拷问。"刁妪便假意走过来解劝，却从闹里把个毒药纸包暗暗塞在吉孝袖中。吉尹把吉孝衣服扯落，见袖中滚出个纸包儿，取来看时，却是一包砒霜。吉尹大怒道："药包现证，还有何说！"韦氏道："若只要药死我一个，不消又留这许多砒霜，他想还要药死父亲与兄弟哩。"吉尹听了，咬牙切齿，指着吉孝骂道："你这弑逆之贼，我今日若不处你个死，将来定吃你害了！"韦氏道："你休说这话，伤了父子至亲，不如倒来处死了我，中了他的意罢。我是闲人，死了一百个也不打紧。况我今日不死，后日少不得要死在他手里的，何不趁你眼里死了，倒得干净。"吉尹听了这话，越发躁暴如雷，便解下腰里汗巾来，扣在吉孝颈项下。吉孝慌了，放声号哭。这边爱哥在床上见哥哥这般光景，不觉惊啼起来。韦氏恐怕吓了他，忙叫刁妪抱了开去。刁妪借这由头，竟抱了爱哥出房去了，并不来解劝主人。吉尹一时性起，把吉孝按倒在地，拴紧了他颈里汗巾，只一捵，可怜吉孝挺了两

挺，便直僵僵不动了。韦氏见吉孝已死，假意在床上儿天儿地的哭将起来说："我那一时短见的孩儿，我那自害自身的孩儿，倒是我教你煎药的不是，送了你性命。恨我不先死，连累了你了。"吉尹道："他咒你不死，又来药你，这样逆子，还要哭他则什。"韦氏道："你还念父子至亲。买口好棺木殡送了他。"吉尹道："弑逆之人，狗彘不食，要什棺木。只把条草藉裹了，扛他出去。"韦氏道："姑娘晓得，须不稳便。"吉尹道："是我养的儿子，她也管不得我。"说罢，便走出去唤人扛尸。原来吉家有几个邻舍，日前都被刁妪把吉孝诅咒父母的话谇毁过的，今又闻说他要毒死母亲，被他亲爹处死的，哪个敢来说什话，只得由他唤两个脚夫把尸首找到荒郊抛掉了。正是：

> 井廪无辜犹遇难，况乎弑逆罪通天。
> 独伤孝子蒙冤谴，殒命还将尸弃捐。

却说那日喜家夫人吉氏闲坐室中，觉得满身肉颤，耳热眼跳，行坐不安，心里正自疑忌，早有吉家邻舍把吉孝殒命抛尸的事传说开来，喜家的家人知了这消息，忙报与主母。喜夫人听了，大惊啼哭，云娃小姐也在房里吞声暗泣。喜夫人道："此事必然冤枉，我哥哥如何这般卤莽？"慌忙差几个家人，速往郊外盾吉孝尸首的下落。家人领命，赶到荒郊看时，见吉孝面色如生，伸手去摸他身上，心头尚热，候他口中，还微微有些气息。家人连忙夺回报知主母。喜夫人便教取一床被去，把吉孝裹了，连夜抬到家中，安放一张榻上，把姜汤灌入口内，只听得喉间咯咯有声，手足渐渐转动。喜夫人道："好了，好了。"便连叫："侄儿苏醒。"叫了一回，吉孝忽地开双眼，定睛看了姑娘半响，方才哽哽咽咽地说道："莫不是我魂魄与姑娘相会么？"喜夫人哭道："我儿，你姑娘在此教你，你快苏醒则个。"当下扶起吉孝，姑侄两个诉说冤苦，相对而泣。傍边看的奴婢亦无不下泪。正是：

> 历山有泪向谁挥，痛念穷人无所归。
> 此日若非姑氏救，幽魂化作百劳飞。

吉孝对姑娘说道："这毒药不知从何而来？想必又是刁妪所为。侄儿今负一个弑逆罪名在身上，有何面目立于天地之间？今日虽蒙姑娘救了，若不能辨明心迹，再与父亲相见，生不如死。"喜夫人劝道："你且在我家暂避几时，在我身上教你父亲回心转意，日后再与你相见便了。"于是吩咐家人，不许走漏消息与吉家知道。

次日，喜夫人唤两个会讲话的女使来吩咐了，遣她到哥哥家里，见了吉尹夫妇说道：“我家夫人闻大官人凶信，特遣我们来探问。”吉尹把前事细述了一遍。女使道：“我家夫人说，大官人不但是我侄儿，又是女婿。相公要处置他，也该对我说声。乃至处置死了，又不来报。不知是何缘故？”吉尹道：“他诅咒爹娘，又要药死继母，大逆不道。吾已不认他为子，你家夫人也不必认他为侄为婿了。故此不曾来说。”女使道：“夫人、小姐都道大官人死得不明不白，十分哀痛。相公也忒造次了些。”吉尹道：“他身边现有毒药为证，如何说不明白？你家小姐还喜得不曾过门，如今竟另寻好亲事便了。”女使道：“夫人说大官人受屈而死，小姐情愿终身不嫁。”吉尹道：“嫁与不嫁我总不管，悉凭你夫人主张。”女使道：“相公倒说得好太平话儿。”吉尹更不回言，竟自走开去了。女使亦即辞别而去。从此两家往来稀疏，吉尹也不到喜家去，喜家也再不使人来。

韦氏与刁妪自吉孝死后，私相庆幸，以为得计。不想小孩子爱哥终日寻觅哥哥不见，时常啼哭，百般哄诱他不住。韦氏没奈何，教刁妪抱他去街坊上玩耍。正是：

> 孩提之童，具有至性。
> 天伦难昧，于兹可信。

自此刁妪怕爱哥在家啼哭，日日抱着他在街上闲行。原来吉家住在城外，与皇华亭相近。那时是天顺元年，南宫复位，有陕西、宁夏的藩封庆王进京朝贺，经过本处地方。城中各官都到皇华亭迎接，街上甚是热闹，刁妪便抱着爱哥去闲看。正抱到一个开画店的门首，爱哥忽然要讨糖果儿吃。刁妪要抱他到铺子上去买，爱哥不肯道：“我是在这里看画，你自去买来我吃。”刁妪再要强他时，爱哥便哭起来。刁妪欲待央托画店里的人替他照管，却见那画店里也只有个十数岁的小厮坐着看店，并不见有店主人在内。刁妪不得已，只得叫爱哥坐在店前横板上，嘱咐道：“你不要走动，我去买了就来。”说罢，向人丛中挨去。走过两条巷，买了糖果，才待转来，恰遇街上官过，又等了半晌，方才奔回画店前，却不见爱哥在那里了。刁妪吃惊，问那店里小厮时，说道：“他不见你来，走来寻你了。”急得刁妪叫苦不迭，四下里根寻，但见人来人往，挨挨挤挤，哪里寻得见？又东央西问，各处寻唤了一回。看看天晚，奔到家中，汗流满面，哭告与韦氏知道。韦氏大惊失色，埋怨道：“你所干何事？一个小官人不看管好了！”吉尹听得不见了爱哥，大骂刁妪：“老乞婆，你昏了头，不看好了他，让他走失了！”刁妪自知不是，不敢做声。韦氏啼啼哭哭，一夜不曾合眼。次早吉尹起来，写下招子数十张，各处粘贴。招子写道：

出招子吉殷臣，自不小心，于天顺元年十月初一日走失小孩儿一个。年方三岁，小名爱哥。面白无麻，头载乌段帽兜，上有金寿字一枚，珠子一颗，银刚铃子十粒。颈持小银项箍，臂带小银镯。身穿大红小棉袄，外着水红洒线道袍。下身白绸棉裤，脚穿虎头靴。身边并无财物。如有收留有者，谢银十两。报信者，谢银三两。决不食言。招子是实。

吉尹一面贴招子，一面教刁姬各处寻访。一连寻了数日，并没音耗。韦氏终日哭骂刁姬。看看又过了几日，眼见得爱哥是寻不着的了，韦氏肝肠如割，真个害起心疼病来。那时却没人侍奉汤药，只得教刁姬支持。病人心中又苦又恼，伏侍的人甚难中意。正是：

> 当初是假疾，今日是真病。
> 试问侍奉人，何如长子敬。

刁姬受不了一肚皮气，说不得，话不得，缠累了两日，也头疼脑痛起来。床上病人末愈，伏侍的人又病倒了。吉尹一个人哪里支持得来，只得再去寻问旧仆高懋，指望唤他来奔走几日，不想高懋自被主人打发出门后，便随着个客商往北京去了。吉尹心中烦闷，只在家里长吁短叹。

这边吉孝在喜家闻知父母近日有这许多不堪之事，心上甚是放不下，便恳求姑娘差个人去看看。喜夫人应允，即令一个老妪、一个苍头到吉家去服役。吉尹十分感谢，便教这老妪伏侍韦氏，随便也看看刁姬。那韦氏因服药调治，渐渐平愈。这刁姬却倒感得沉重，热极狂语，口中乱嚷道："大官人来索命了。"忽又像吉孝附在身上的一般，咬牙怒目地自骂道："你这老淫妇，做陷得我好！你如何把砒霜暗放药里，又把砒霜纸包塞在我衣袖里，致使我受屈而死？我今在阴司告谁，一定要捉你到鄷都去了！"一会儿又乱叫道："大官人不要动手，这也不独是我的罪，大娘与我同谋的。"说罢，又自打自的巴掌，喝道："你不献这计策，大娘也末必便起此念，我今先捉了你去，慢慢与大娘算帐。"韦氏听了这些说话，吓得一身冷汗，毛骨悚然。喜家的苍头、老妪都道奇怪，吉尹听了，将信将疑。正是：

> 贼人心虚，虚则心馁。
> 不打自招，无鬼见鬼。

刁姬准准地乱了三日三夜，到第四日，呜呼衰哉，伏惟尚飨了。临死之时，颈里现出一道绳痕，舌头拖出几寸。韦氏见了，好生害怕。当下吉尹买口棺木，把她盛殓，抬去烧化了。韦氏自此心神恍惚，睡梦中常见吉孝立在面前。忽一夜，梦见吉孝抱着爱哥在手里，醒来想道："我那爱哥一定被大孩儿阴空捉去了。"心中凄惨，不觉直哭到天明。看官听说：大凡人亏心之事断不可做。韦氏不合与刁姬谋害吉孝，今见刁姬这般死法，只道真个吉孝的冤魂利害，因猜疑到爱哥也一定被冤魂缠了去，于是便形之梦寐，此正与刁姬无鬼见鬼一般。哪知吉孝原不曾死，那爱哥也另自有个好处安身，说话的少不得渐渐说来。

如今且说韦氏因梦所见。心怀疑忌，与喜家老妪商量，要寻个关亡召神的女巫来问问。老妪道："我家老苍头认得两个女巫，一个姓赵的，极会关亡；一个姓纽的，最调得好神。"韦氏听说，便央老苍头去请她两个来。苍头领命，先回到喜家，把上项事细细对喜夫人说知。喜夫人笑道："我如今可以用计了。"便教苍头先密唤那两个女巫到来，各送与白金一两，吩咐了她言语。又教吉孝亲笔写下一纸祷告家庙的疏文，后书景泰七年十二月的日期，付与纽婆藏在身边，附耳低言，教他如此如此。两个女巫各领命而去。有篇口号，单说那些女巫的骗人处：

司巫作怪，邪术跷蹊。看香头，只说见你祖先出现；相水碗，便道某处香愿难迟。肚里说话时，自己称为灵姐；口中呵欠后，公然妆做神祇。假托马公临身，忽学香山匠人的土语；妄言圣母附体，却呼南海菩萨是娘姨。官话蓝青，真成笑话；面皮收放，笑杀顽皮。更有那捉鬼的瓶中叫响，又听那召亡的瓮里悲啼。说出在生时犯什症候，道着作享日吃什么东西。哄着妇人泪落，骗得儿女心疑。究竟这般本事，算来何足称奇。樟柳神、耳报法，是她伎俩；簼头仙，练熟鬼，任彼那移。过去偶合一二，未来不准毫厘。到底是脱空无罣，几曾见明哲被迷。

当日两个女巫到了吉家，见了吉尹夫妇。韦氏先要关亡，赵婆便讨两只桌子，将一桌放着了壁，桌下置空瓮一个，桌上缚裙一条来遮了。一桌另放一边，上置一空盘，赵婆把个茶壶盖儿去盘中团团磨转中，口中念念有词。磨不多时，早听得瓮中谡谡有声，细听时，像有人在内咳嗽的一般。赵婆问道："你是何人？"瓮中答道："我是土地。"赵婆道："吉姓香火，要请家先亡人，烦你去召来。"瓮中寂然了半响，忽听到嘤嘤地哭将来。赵婆又问："是谁？"瓮中答道："我是吉殷臣的前妻高氏。我儿吉孝死得好苦！"赵婆道："怎么死的？"瓮中答道："韦氏听了刁姬，设计陷他，被他父亲用汗巾扣死的。"赵婆道："如今刁姬在哪哩。"瓮中道："已被我儿捉杀了。如今正好在阴司受苦哩。"赵婆道："今本家小官人爱哥不见了，你可知他在何处？"瓮中答道："他的娘陷害了前儿，故罚她与亲儿不能相见。再过几时，少不得知道，今且不须问。"赵婆再要问时，只听得瓮中道："我忙些个，去也去也。"韦氏听罢，吓得通红了脸，做声不得。吉尹道："这是假的，问他爱哥的消息，便葫芦提过去。以前的话，不过晓得

刁姬临终乱言，故附会其说。若大儿下毒是虚，难道夜半诅咒也是虚的？我只不信。"

韦氏道："关亡不肯说爱哥下落，再问调神的，或者说出也未可知。"便教调神的调起神来。那纽婆便把香烛供起，焚了一道符，自己掇条凳子坐着。坐了一回，忽然连打几个呵欠，把一双眼反插了，大声道："我乃扬威侯刘猛将是也，你家屈杀了大孩儿，却只来问我小孩儿做什么？"吉尹听了，忍耐不住，开口问道："大孩儿如何是屈杀了？"纽婆道："这毒药须不是他下的，是有人诬陷他的。你如何不仔细详察，错怪了他？"吉尹道："他夜半起来对天诅咒父母，背地在家庙前焚化诅咒的疏文，这须不是别人诬陷他。"纽婆笑道："怎么不是诬陷他？他的疏文不是诅咒，是求祷父母回心转意的意思。"吉尹摇头不信，纽婆道："你不信么，他的原疏焚在家庙前，我神已收得在此。"一头说，一头便向袖中取出一幅黄纸儿，掷于地上道："你自去看，我神去也。"说罢，又打连几个呵欠，把头倒在桌上睡去了。吉尹就地上拾起那黄纸，展开看时，认得是吉孝的笔迹。上写道：

信童吉孝，虔诚拜祷于家庙众圣座前：伏以顾瞻萱室，后母无异于前；仰恋椿庭，鞠子本同其闵。特以谗人交构，致令骨肉乖张；痛思我罪伊何，必也子职未尽。不见容于怙恃，何以为人？既负耻于瓶罍，不如其死！但念高堂无人侍奉，非轻捐一命之时；还期上苍开我愚蒙，使能转二人之意。苟或予生不幸，终难望慈父回心；唯愿弱弟成人，早得代劣兄补过。此时虽瞑目而靡憾，然后可捐躯以报亲矣。临疏不胜哀恻之至。

看官听说：从来读书人不信鬼神，未有不信文字。鬼话假得，文字须假不得。况这一道疏文，明明是吉孝的亲笔。吉尹看了，如何不感动？当下不觉失声大哭道："我那孝顺的孩儿，是我屈死了你也！看你这篇疏文，岂有药死母亲之理？调神的说话不是假，连那关亡的说话也一定是真的了。"韦氏问道："这疏文上说些什么？"吉尹一头哭，一头把疏文念将出来。韦氏听道保佑弱弟成人之语，也不觉满眼垂泪，大哭起来道："原来大孩儿一片好心，是我误听刁姬，送了他性命。他在九泉之下，怎不怨我也！"那喜家的老姬便接口道："这疏文既是大官有焚化过的，如何却在纽婆袖里？我说她调的神最是灵异。"韦氏去看他纽婆时，纽婆恰好醒将转来，佯为不知，把手擦着双眼道："神道曾来过么？"韦氏道："你袖里这疏文是哪里来的？"纽婆佯摸袖中道："没什疏文。"韦氏道："你方才取出来的疏文。"纽婆道："我一些不晓得，方才昏昏沉沉，只如睡梦一般。原来神道已来过了？又取出什么疏文来，好奇怪！"韦氏听说，一发信道是真。自把钱谢了两个女巫，打发去了。

且说吉尹把这疏文看了哭，哭了又看，追想前日屈杀他的时节，十分懊悔。又想刁姬死了，倒有棺木盛殓，我儿受冤而死，棺木也不曾与他，展转思维，愈想愈痛。

哭了几日，泪尽血枯，竟把两目都哭瞎了。正是：

　　既悲幼子离，又痛长儿死。

　　洒泪似西河，丧明如卜子。

　　话分两头。却说吉孝在喜家读书，时常思想父亲，废书而泣。及闻父母见了他疏文，回心转意，便想归家。后又闻父亲为他哭瞎了双目，十分哀痛。哭告姑娘道："为着一纸疏文，使父亲两目失明，倒是孩儿累了父亲，孩儿一发是罪人了。今日心迹既明，父母俱已悔悟，合当拜别姑娘，归见父母。"说罢，便要辞去。喜夫人道："你且慢着，你父亲虽已回心转意，未知你继母的悔过可是真的。我还有个计较试她一试，看是如何。若她果然悔悟。那时我亲自送你回去便了。"过了一日，喜夫人差个女使去邀请韦氏，只说我家夫人因欲占问家事，请得一个极灵验的女巫在那里，那女巫不肯到人家去的，我夫人再三敦请，方请得来，大娘若要问小官人下落，可速到我家来亲自问他。韦氏正想前日关亡，调神都不曾说得爱哥下落，今闻喜家女使之言，便唤乘轿子坐了，来到喜家。喜夫人接着，相见过了，邀进室内坐定，动问哥哥为何近日两目失明，韦氏呜呜地哭起来道："只为屈死了大孩儿，心中哀痛，故此哭损了双目。"喜夫人道："当初屈杀大侄儿的时节，嫂嫂何不苦劝。"韦氏哭道："当时我也误听刁妪，错怪了他，只道他夜半诅咒。及到前日听他疏文上的说话，并不曾怨着父母，倒暗暗保佑小兄弟，方知他是一片好心。可怜受冤而死，今日悔之无及。"喜夫人道："大侄儿死的那日，我若知道，还可救得。如何不来报我一声？"韦氏哭道："便是那日失了计较，不曾来报得姑娘。你哥嫂合当做个无后之人，绝祀之鬼。"喜夫人道："小侄儿若在，还不至于无后绝祀，如何又走失了？"韦氏哭道："小孩儿只为寻不见哥哥，在家中啼哭，故教刁妪抱他出去的。若大孩儿不死，小孩儿也不见得走失了。都是刁妪这老淫妇送了我两个孩儿。"喜夫人道："死者不可复生，去者还可再返。若访着小侄儿的去处，还可寻得回来。"韦氏哭道："如今便寻得回来，也不济事了。"喜夫人道："这却为何？"韦氏哭道："你哥哥为思想大孩儿，哭瞎了双目。我为你哥哥失了双目，一发思想大孩儿。便寻得小孩儿回来，三岁的娃娃替得父亲什么力？瞽目之人，寸步难行，须有长子在家，方是替力的，如今教我靠着哪个？"说到苦处，不觉捶胸顿足，大哭起来。喜夫人劝道："若寻得小侄儿回家，我哥哥心上宽了一半，两目或不至全盲。"韦氏哭道："小孩儿不知死活存亡，前日两个女巫都不肯说。"喜夫人道："我今寻得个极灵验的女巫在此，她能使鬼魂现形。若小侄儿不幸而死，他便召得魂来。若不曾死，她便召别个鬼魂来明说他在何处。"韦氏道："如此最妙，如今这女巫在

哪里？"

喜夫人便教女使去后房请来。只见后房走出一个老婆子，韦氏与她相见毕，说与访问爱哥的缘故。那婆子教把一顶帐子张挂密室中，喜夫人却暗令吉孝伏于帐内。那婆子书符念咒，做作了半晌，说道："帐中已召得鬼魂来了，可揭起帐来看。"韦氏忙教丫鬟把帐儿揭起，只见吉孝从帐里走将出来，径到韦氏身边，跪下叫道："母亲，孩儿在此。"韦氏吓得跌倒在地，哭叫道："你休来索命。"吉孝上前扯住道："母亲休惊。"韦氏爬起，在地下乱拜道："当初谋害你，都是刁姬替我算计的，不干我事。你饶我罢。"吉孝连忙扶定道："母亲休要如此，孩儿不是索命的。"韦氏道："你既不来索命，可说与我小兄弟在哪里？"吉孝道："孩儿不是鬼，哪里晓得兄弟的下落？"韦氏道："你明明是鬼，怎说不是鬼？"喜夫人走过来，扶起韦氏坐定，说道："他其实不是鬼，你不须惊恐。"便把向日救活吉孝情由细细说了。韦氏重复下拜道："多谢姑娘如此周全，我夫妇何以为报？"喜夫人慌忙扶起。

当下韦氏与吉孝、喜夫人一处坐地，韦氏对吉孝道："我当初误听刁姬，错害了你，你休记怀。"吉孝道："天下无不是的父母，只恨孩儿不孝，不能承顺膝前，岂有记怨之理？"韦氏道："你父亲两日为损了双目，终日焦躁，哭一回，恨一回，痛骂刁姬一回，又埋怨我一回，朝夕不得安静，我也难过日子。要请个眼科医生看治，你道这心上的病，可是医药救疗得的？你今快回去拜见爹爹，使他心中欢喜，胜似服药。"吉孝听说，便起身欲回。喜夫人道："我当亲送你去。"遂与韦氏各乘轿子，带了吉孝，竟到吉家。

先使人报知吉尹道："喜家夫人送大官人回来了。"吉尹道："大官已死，还有什么大官人？"说言未绝，只听得吉孝声音叫道："父亲，孩儿拜见。"吉尹道："莫非你们道我哭瞎了眼，寻个声音厮象的来哄我么？"随后听得韦氏同着喜夫人进来，韦氏道："我教你欢喜，大孩儿不曾死。"喜夫人叫道："哥哥恭喜，侄儿在这里。"吉尹道："不信有这事。"吉孝钻入吉尹怀里，抱住哭道："父亲何故失了双目？"吉尹把吉孝浑身上下摸了一遍，哭道："莫非我在梦里会你么？"韦氏把姑娘暗救的事细说与听了。吉尹大喜，离坐望空下拜道："妹子多亏了你了。"喜夫人忙扶起道："哥哥今后宽心养目，两个侄儿且喜一个先回来了。死别的尚可复生，生离的少不得有再见的日子。"又对韦氏说道："父子娘儿难得如此再聚，嫂嫂今后须要始终恩育，再休伤了天份。"韦氏含着眼泪，指天誓道："这等孝顺的孩儿，我今若不把他做亲生的一般看待，天诛地灭！"当下夫妇二人把喜夫人千恩万谢。喜夫人别了哥嫂自回家去了。吉尹父子两个重复相抱而哭，准准地哭了半日。正是：

喜极而悲，痛定思痛。

相见之时，哀情愈重。

　　吉尹自吉孝归家之后，心中宽慰，便觉两目渐有微光。事孝又日日拜祷天地，保佑父亲开瞖复明。过了月余，两目竟豁然光明，仍复如旧，举家相庆。看官听说：人当否极之日，没兴一齐来；齐至泰来之时，喜事也一齐到。吉孝正喜两目复明，恰好妹丈喜全恩在京有书寄来，要接取家眷并舅子一家儿赴京同住。原来喜全恩因天顺皇帝念他护驾旧劳，从边关召回京师，适值京中有叛将曹钦作乱，全恩杀贼有功，朝廷敕封为靖寇伯，十分荣贵。京报人到喜，家报喜随后就有喜府差人寄书与舅子吉尹。书中说两家儿女都已成长，可就在家中娉了姻，两家宅眷都到京中来一同居住。吉尹见了书，便亲到妹子家中贺喜。喜夫人见哥哥两目已明，十分欣慰。即择下吉日，入赘侄儿吉孝，与女儿云娃成亲。满月之后，两家都收拾起身。两号大官船，一路起送夫马，不则一日，到了京师。来年会试，中了下武进士。喜夫人到京后，生下一个儿子，尚在襁褓。喜全恩权教女婿料理府中一应公务，内外诸人都称吉孝为喜大爷。那吉尹本是监生出身，喜全恩替他谋选京职，做了光禄寺典薄，不多时升了鸿胪寺寺丞。此时旧仆高懋跟一个客商在京开店，闻得主人做了官，前来参见。吉尹念他是旧人，仍收用了。正是：

父见生儿主见仆，一家欢乐称多福。

独怜幼子杳无踪，只此一事心未足。

　　光阴迅速，不觉过了十年有余。吉孝官至督府佥事。吉尹仗着妹丈与儿子脚力，累升至行人司行人。是年宁夏潘封庆王薨逝，王子合当嗣立，朝廷议遣行人一员赍敕到彼赐封。吉尹便谋了这个差使，领了敕书，离了京师，迤逦来至宁夏地方。那边王子闻天使至，出郭迎接。吉尹赍敕到王府中开读，王子受敕谢恩毕，设宴款待天使。饮酒中间，王子从容对吉尹道："孤家今日承袭此位，失而复得，大非容易。"吉尹道："老殿下薨逝，自当殿下嗣立，何谓失而复得。"王子道："原来天使不知，孤乃先王之侄，非至王之子也。先王无子，于天顺元年进京朝贺之时，路经卫辉府地方，拾得一个螟蛉之子，养于府中，只说是亲生的，无人知觉。直至临薨遗命，方才说明，以为天潢宗派，王位至重，不当以他姓冒立，故特命孤承袭此位。岂非几失而复得？"吉尹听了，沉吟道："原来如此。"因问老殿下天顺元年路经卫辉府拾得螟蛉是在那一日，王子道："闻说是十月初一日拾的。"吉尹听说，不觉潸然泪下。王子道："天使何故垂泪?"吉尹道:"使臣于是年十月朔日失了个亲生之子,今闻老殿下却于是日收了个螟蛉之子,一得一失,苦乐不同,心中有感,所以下泪。"王子道:"天使所失令郎,是年几岁了?"吉尹道:"是年已三岁,今日若在,已十六了。"王子点头嗟叹,更不再问。

吉尹洒过数巡,恐失了礼仪,起身拜辞。王子遣王官送出府门。吉尹回到寓中,想起幼儿爱哥杳无踪迹,倘或有人收养,也像得这王府螟蛉之子,方才造化。若遇了从此不良之人,正不知流落在何处受苦。又一念头道:"就是这王府螟蛉之子,他的父母谅也在家中悬念,也像我思想爱哥一般。纵使我爱哥此时幸得安乐,不致失所,亦何由再得与我相见?"忽又想道:"庆王拾得螟蛉,恰好在卫辉府,恰好是十月朔日,莫非他拾的就是爱哥么?"却又自叹道:"我差了,天下小孩子千千万万,难道恰好是我的孩儿?"左思右想,一夜睡不着。正是:

> 失去多时难再会,今朝提起肝肠碎。
>
> 十个指头个个疼,可怜一夜不曾睡。

吉尹次日起身梳洗毕,为心中郁闷,换个方巾便服,唤个家僮跟了,信步走出寓中,在街上闲行散闷。走不过三五十步,只见一个人拿着几件小儿穿戴的东西,插个草标儿在那里叫卖。见了吉尹,便立住脚。问道:"客官可要买他?"吉尹取过来看时,却是一件水红洒线道袍,一件大红小绵袄,一条小细绵裤,一双虎头靴,一个珠子金寿字刚铃子的乌段帽兜,一副小银镯,一个银项箍,认得是幼儿爱哥昔日穿戴的物件,不觉两眼垂泪,忙问那人道:"这都是我家之物,你从何处得来的?"那人道:"是我家主人教我拿出来卖的,如何说是你这之物?"吉尹道:"你主人是谁?住在何处?"那人道:"客官要买,只与我讲价钱便了,问我主人做什?"吉尹道:"这几件东西你要多少价钱?"那人道:"我主人说,这几件东西是无价的,若遇了真主顾,一百两也是他,一千两也是他。"吉尹见他说话跷蹊,便道:"你实对我说,我主人姓什名谁?为什把这几件东西出来卖?"那人道:"这几件东西是我家小主人幼时穿戴的,今要寻他心上一个要紧人,故教我将出来主顾。"吉尹道:"烦你引我去见你小主人,我重重谢你。"那人道:"客官,你若真个要见我小主人,可便随我来。"吉尹随着那人走过了几条巷,竟走到王府门前。那人道:"客官且等一等,我主人在王府里做些勾当,待我去请他出来见你。"说罢,竟进去了。

吉尹等了半晌,不见那人出来。正在徬徨,只见府中走出两个王官,迎着吉尹道:"殿下有命,请天使入见。"吉尹因便服在身,忙唤家僮到寓所取冠带来换了,随着王官直进到一个偏殿前，早见那王子会着相待。吉尹上前施礼毕，王子命椅赐坐，开言道："孤家义弟一向为先王收养，已不知另有本生父母。自从先王临终说明之后，他便日夜涕泣，思想回乡拜见亲生爹妈。几番要差人到卫辉府寻访踪迹，因不知姓名，不便寻访。昨闻天使失落令郎之日，正与先生拾取螟蛉之日相合，故今早特遣人将这幼时原穿戴的几件衣饰来试着天使，今天使既认得是令郎的，孤家义弟就是令郎无疑了。"说罢，便命左右快请二爷出来拜见他的亲父。不一时，只见许多侍从拥出一个少年，头戴金冠，身穿锦服，望着吉尹便拜。吉尹慌忙答礼。那少年扶住道："孩儿拜见父亲，何须答礼？"吉尹仔细看那少年时，与爱哥幼时面庞依稀仿佛。两个又喜又悲，相对而泣。正是：

踏破铁鞋无觅处，得来全不费工夫。

原来爱哥自天顺元年十月初一那日，与刁姬在画店门首玩耍，因要吃糖果教刁姬去买，自己坐着等她，等了半晌不见刁姬来，便要走去寻看。小孩子家不知路径，竟从人丛里一直走到皇华亭。那时庆王的大船正泊在亭前，爱哥见船边热闹，便走将去东张西望。恰好庆王闲坐在舱口，望见岸上这小孩子生得眉清目秀，且又打扮整齐，便吩咐小内侍："与我抱他到船里来。"内侍领命，把爱哥蓦地抱到船里。那爱哥见了庆王，并不啼哭，只管对着他嘻嘻地笑。庆王心中欢喜，因想到："好个聪俊的孩子，不知谁家走失在这里的？我今尚未有子，何不就养他做个螟蛉之子。日后我若自有子，便把这孩子来做支庶看待；若没子时，就教他袭了封爵，国祀也不至断绝。"算计已定，便将爱哥留在舟中，密谕侍从人等，不许把此事传说出去。自此爱哥养于王府，府中诸人都认他是庆王世子。直至一十六岁，庆王抱病，临终忽传遗命，立侄为嗣，承袭王位。说明爱哥是螟蛉之子，只不知他是哪家的。不想今日无意之中，却得父子重逢。当下王子排设庆喜筵席，教他父子两个共坐饮酒。王子对吉尹道："先王昔日把义弟最是钟爱，赐名朱承义，已聘下京师魏国公之女为配。今虽不得为王，既为先王养子，又为国公郡马，应授镇国将军之职。孤当修书与国公，说明缘故，就在京师择吉成亲便了。"吉尹再拜称谢。

是晚席散之后，王子就留吉尹宿于府中。次日又设席饯行，将出许多礼物奉酬天使。又别具金银币帛，送与爱哥作成亲之费。又将先王昔日赐与爱哥许多金珠宝玩，都教取去。吉尹父子称谢不尽。临别之时，王子又亲自排驾送出城外。爱哥谢别了王子，因感激先王收养之恩，又到他墓所洒泪拜别了，然后起行。

父子两个回到京中，爱哥拜见母亲与哥子，韦氏如获珍宝，喜出望外。吉孝也十分欣幸。喜全恩夫妇来庆贺。当下喜全恩对吉孝道："我子年尚幼小，不堪任事。你今既令弟归家，双亲不忧无人侍奉，你又现在姓喜，何不竟承袭了我的伯爵？"吉孝泣谢道："藩封王位，不可以他姓冒立。岳父世勋，又岂可以异姓暗奸？况表弟渐已长成，这伯爵自当使他承袭，小婿只合回家与兄弟共侍双亲。"喜夫人道："我侄儿是个孝子，不肯背本，不要强他。"喜全恩依言，便具疏将吉孝向日孝行及爱哥近日归宗之事奏闻朝廷，奉旨吉孝准即出姓，加升前军都督，特赐孝子牌额以旌其孝；朱承义着复姓名吉友，给与应得爵禄。此时吉家一对儿子，人人欢羡。正是：

埙篪迭奏，伯仲双谐。一个从泉下重归，一个自天边再返。一个明珠还浦，不作碎玉埋尘；一个落叶归根，无复浮萍逐浪。一个遗下疏文一篇，写孝子行行血泪；一个留得小衣几件，引慈父寸寸柔肠。一个心恋椿萱，宁辞伯爵；一个喜归桑梓，不羡王封。一个呼姑夫岳丈，便当呼老子舅翁，还魂后亲上加亲；一个为王府义儿，又得为国公郡马，回乡时贵中添贵。这场会合真难得，此日团圆信异闻。

且说魏国公初时与庆府联姻，今接王子手书，晓得吉友不是庆王亲儿，然虽如此，却是行人司吉尹之子，前军都督吉孝之弟，又是靖寇伯喜全恩内侄，也不算辱没了郡主，便欢天喜地，听吉家择了吉日，送郡主过来成亲。花烛之后，韦氏看那郡主时，生得十分美丽，正与长媳喜云娃不相上下。喜夫人过来见了，也与韦氏称庆。后来吉孝、吉友都有军功，加官进爵。韦氏与前母高氏生封死赠，十分荣耀。正是：

悲时加一倍悲，喜时添一倍喜。

昔年死别生离，今日双圆并美。

看官听说：这是父子重逢，娘儿再聚，兄弟两全，埙篪已缺而复谐，箕裘已断而复续，是家庭最难得的事。比那汉武帝归来望思之台，晋重耳稽颡对秦之语，殆不啻天渊云。

【回末总评】

人情慈长孝短，父母未有不慈者。纵使一时信谗，后来自然悔悟。若子之于亲则不然，有以亲之弃我而怼其亲者矣，有以受恩之处为亲而忘其亲者矣。今观吉家兄弟，至死不变，虽远必归，方信此回书不专劝慈，正是劝孝。

卷之六　选琴瑟

三会审辩出李和桃　两纳聘方成秦与晋

文士既多赝鼎，佳人亦有虚名。求凰未解绮琴声，哪得相如轻信。选婿固非容易，择妻更费推评。闺中果系女长卿，一笑何妨面订。

右调《西江月》

　　从来夫妇配合，百年大事。虽有美妾，不如美妻；虽有多才之妾，不如多才之妻。但娶妾的容你自选，容你面试，娶妻的却不容你自选，不容你面试，只凭着媒婆之口。往往说得丽似王嫱，艳如西子，乃至娶来，容貌竟是平常；说得敏如道韫，慧似班姬，乃至娶来，胸中竟是无有。只为天下有这一等名过其实、虚擅佳人声誉的，便使真正佳人反令人疑她未必是佳人。譬如真正才子被冒名混乱了，反令人疑他未必是才子。这岂不是极天冤枉！如今待在下说个不打狂语的媒人，不怕面试的妻子，自己不能择婿、有人代她择婿的妇翁，始初被人冒名、终能自显其名的女婿，与众官听。

　　说话南宋高宗时，浙江临安府富阳县，有个员外姓随名育宝，号珠川，是本县一个财主。生一女儿，小字瑶姿，仪容美丽，姿性聪明，拈针刺绣，作赋吟诗，无所不妙。她的女工是母亲郗氏教的，她的文墨却是母舅郗乐教的。那郗乐号少伯，做秀才时曾在姐夫家处馆，教女甥读书。后来中了进士，官授翰林承旨。因见国步艰难，仕途危险，便去官归家，绝意仕进。他也生一女，名唤娇枝，年纪与瑶姿差不多，只是才貌一些不及。两个小姐到十一二岁时，俱不幸母亲死了。再过了两三年，已是十五岁，却都未有姻事。郗公对珠川道："小女不过中人之姿，容易择配。若我那甥女，姿才盖世，须得天下有名才子方配得她。我闻福建闽县有个少年举人，叫做何嗣薪，是当今第一个名士。因自负其才，要寻个与他一样有才佳人为配，至今尚未婚娶。惜我不曾识荆，未知可能名称其实。我想临安府城乃帝都之地，人物聚会，况来年是会试

之年，各省举子多有先期赴京者。我欲亲到临安，访求才俊，替甥女寻个佳偶。姊丈意下如何？"珠川道："若得如此，极感大德。我是个不在行文墨的人，择婿一事，须得老舅主张方妙。"说罢，便去女儿头上取下一只金凤钗来递与郗公，道："老舅若有看得入眼的，便替我受了聘，这件东西便作回聘之敬。"郗公收了凤钗，说道："既承见托，若有快婿，我竟聘定，然后奉复了。但甥女平日的制作，也须多付几篇与我带去。"珠川便教女儿将一卷诗稿送与母舅收了。当下郗公别过珠川，即日起身望临安来。正是：

良臣择主而事，良禽择木而栖。
须知为女求婿，亦如为子求妻。

郗公来到临安，作寓于灵隐寺中。寺里有个僧官，法名云闲，见郗公是个乡绅，便殷勤接待，朝夕趋陪。一日，郗公与僧官闲话，偶见他手中所携诗扇甚佳。取过来看时，上面写着七言律诗一首，是贺他做僧官的诗，其诗曰：

华盖重重贵有加，宰官即现比丘家。
青莲香里开朝署，紫竹丛中坐晚衙。
泛海昙摩何足美，爱山支循未堪夸。
空门亦有河阳令，闲看庭前雨好花。

后面写着"右贺云闲上人为僧官，钱塘宗坦题。"郗公看了，大赞道："此诗词意清新，妙在句句是官，又句句是僧，真乃才人之笔。我两日到西湖闲步，哪一处酒楼茶馆没有游客题词，就是这里灵隐寺中各处壁上也多有时人题咏，却未曾有一篇当意的。不想今日在扇头见此一首绝妙好诗，不但诗好，只这一笔草书也写得龙蛇飞舞。我问你：这宗坦是何等样人？"僧官道："是钱塘一个少年秀才，表字宗山明。"郗公道："可请他来一会。"僧官道："他常到寺中来的，等他来时，当引来相见。"

次日，郗公早膳毕，正要同僧官出寺闲行，只见一个少年，飘巾阔服，踱将进来。僧官指道："这便是宗相公。"郗公忙邀入寓所，叙礼而坐，说起昨日在云师扇头得读佳咏，想慕之极。宗坦动问郗公姓名，僧名从旁代答了。宗坦连忙鞠躬道："晚生不知老先生在此，未及具刺晋谒。"郗公问他青春几何，宗坦道："二十岁了。"郗公问曾婚姻否，宗坦答说尚未。郗公又问几时游痒的，宗坦顿了一顿，方答道："上年游痒的。"说罢，便觉面色微红。郗公又提起诗中妙处，与他比论唐律，上下古今，宗坦无甚回

言，惟有唯唯而已。郗公问他平日喜读何书，本朝诗文当推何人为首，宗坦连称"不敢"，如有羞涩之状。迁延半晌，作别而去。

郗公对僧官道："少年有才的往往浮露，今宗生深藏若虚，恂恂如不能语，却也难得。我有头亲事，要替他做媒，来日面试他一首诗，若再与扇上诗一般，我意便决。"僧官听了，便暗暗使人报知宗坦。宗坦便托僧官预先套问面试的题目。看官听说：原来扇上这首诗是宗坦请人代作的，不是他真笔。那宗坦貌若恂恂，中怀欺诈，平日专会那移假借，哄骗别人。往往抄那人文字认做自己的，去哄这人；又抄这人文字认做自己的，去哄那人。所以外边虽有通名，肚里实无一字。你道僧官何故与他相好？只为他幼时以龙阳献媚，僧官也与他有染的。故本非秀才，偏假说他是秀才，替他妆幌，欺诳远方游客。有篇文字单道那龙阳的可笑处：

解愠尚南风，干事用乾道。本非红袖，却来断袖之欢；岂是夭桃，偏市馀桃之爱。相君之面女非女，相君之背男不男。将入门时，忒忒令挨着粉孩儿；既了事后，滴滴金污了红衲袄。香罗帕连腹束鸡巴，一样香腮偎脸；黄龙府冲锋陷马首，哪怕黄袍加身。一任乌将军阵势粗雄，不顾滕国君内行污秽。毕竟是倘秀才，当不得红娘子。纵使花发后庭堪接客，只愁须出阳关无故人。

且说郗公那日别过宗坦，在寓无聊，至晚来与僧官下象棋消遣。僧官因问道："古人有下象棋的诗么？"郗公笑道："象棋尚未见有诗。我明日面试宗生，便以此为题，教他做首来看。"僧官闻言，连忙使人报与宗坦知道。次日，宗坦具贴来拜郗公，郗公设酌留饮。饮酒中间，说道："昨偶与云师对弈，欲作象棋诗一首，敢烦大笔即席一挥何如？"宗坦欣然领诺。郗公教取文房四宝来，宗坦更不谦让，援笔写道：

竹院间房昼未阑，坐观两将各登坛。
关河咫尺雌雄判，壁垒须臾进退难。
车马几能常拒守，军兵转盼已摧残。
古来征战千年事，可作楸枰一局看。

宗坦写毕，郗公接来看时，只见诗中"壁"字误写"璧"字"摧"字，误写"推"字，"枰"字误写"秤"字，便道："尊制甚妙，不但咏棋，更得禅门虚空之旨，正切与云师对弈意。但诗中写错几字，却是为何？"宗坦踟蹰道："晚生醉笔潦草，故致有误。"郗公道："老夫今早也胡乱赋得一首《满江红》词在此请教。"说罢，取出词笺，递与宗坦观看。词曰：

营列东西，河分南北，两家势力相当。各施筹策，谁短又谁长。一样排成队伍，

尽着你、严守边疆。不旋踵，车驰马骤，飞砲下长江。

逾沟兵更勇，横冲直捣，步步争强。看雌雄顿决，转眼兴亡。彼此相持既毕，残枰在、松影临窗。思今古，千场战斗，仿佛局中忙。

当下宗坦接词在手，点头吟咏，却把长短句再读不连牵，又念差了其中几个字，乃佯推酒醉，对郗公道："晚生醉了，尊作容袖归细读。"言罢，便把词笺袖着，辞别去了。郗公对僧官道："前见尊扇上宗生所写草书甚妙，今日楷书却甚不济，与扇上笔迹不同，又多写了别字。及把拙作与他看，又念出几个别字来。恐这诗不是他做的。"僧官道："或者是酒醉之故。"郗公摇头道："纵使酒醉，何至便别字连片。"当时有篇文字，诮那写别字、念别字的可笑处：

先生口授，讹以传讹。声音相类，别字遂多。"也应"则有"野鹰"之差错，"奇峰"则有"奇风"之揣摹。若乃誊写之间，又见笔画之失。"鸟""焉"莫辨，"根""银"不白。非讹于声，乃谬于迹。尤可怪者，字迹本同，疑一作两，分之不通。"鏨"为"般""革"，"暴"为"曰""恭"。斯皆手录之混淆，更闻口诵之奇绝。不知"毋"之当作"无"，不知"说"之或作"悦"。"乐""乐"罔分，"恶""恶"无别。非但"阕"之读"葵"，岂徒"腊"之读"猎"。至于句不能断，愈使听者难堪。既闻"特其柄"之绝倒，又闻"古其风"之笑谈。或添五以成六，或减四以为三。颠倒若斯，尚不自觉。招彼村童，妄居塾学。只可欺负贩之小儿，奈何向班门而冒托。

看官，你道宗坦这两首诗都是哪个做的？原来就是那福建闽县少年举人何嗣薪做的。那何嗣薪表字克传，幼有神童之名，十六岁便举孝廉，随丁了艰。到十九岁春间服满，薄游临安，要寻个幽僻寓所读书静养，以待来年大比。不肯在寺院中安歇，怕有宾朋酬酢，却被宗坦接着，留在家中作寓。论起宗坦年纪，倒长何嗣薪一岁。只因见他是个有名举人，遂拜他为师。嗣薪因此馆于宗家，谢绝宾客。吩咐宗坦："不要说我在这里。"宗坦正中下怀，喜得央他代笔，更没一人知觉。前日扇上诗就央他做，就央他写，所以一字不错，书法甚精。今这咏棋的诗只央他做了，熟记在胸，虽在底稿藏在袖中，怎好当着郗公之面拿出来对得，故至写错别字。

当日宗坦回家，把郗公的词细细抄录出来，只说自己做的，去哄嗣薪道："门生把先生咏棋的诗化作一词在此。"嗣薪看了，大加称赏，自此误认他为能文之徒，常把新咏与他看。宗因便抄得新咏绝句三首：一首是《读〈小弁〉诗有感》，两首是《读〈长门赋〉漫兴》。宗坦将这三诗录在一幅花笺上，写了自己的名字，印了自己的图书。过了一日，再到灵隐寺谒见郗公，奉还原词，就把三诗呈览。郗公接来，先看那读《小弁》的一绝道：

天亲系恋泪难收，师传当年代写愁。

宜臼若能知此意，忍将立己德申侯。

郗公看毕，点头道："这诗原不是自己做的，是先生代做的。"宗坦听了，不晓得诗中之意是说《小弁》之诗不是宜臼所作，是宜臼之传代作，只道郗公说他，通红了脸，忙说道："这是晚生自做的，并没什先生代做。"郗公大笑，且不回言。再看那读《长门赋》的二绝：其一曰：

> 情真自可使文真，代赋何堪复代謷。
> 若必相如能写怨，白头吟更倩谁人。

其二曰：

> 长门有赋恨偏深，缘鬒何为易此心。
> 汉帝若知司马笔，应须责问《白头吟》。

郗公看罢，笑道："请人代笔的不为稀罕，代人作文的亦觉多事。"宗坦听了，又不晓得二诗之意，一说陈后不必央相如作文，一说相如不当为陈后代笔，又认做郗公说他，一发着急，连忙道："晚生并不曾请人代笔，其实都是自做的。"郗公抚掌大笑道："不是说兄，何消这等着忙？兄若自认了去，是兄自吐其实了。"宗坦情知出丑，满面羞惭。从此一别，再也不敢到寺中来。正是：

> 三诗认错，恰好合着。
> 今番数言，露尽马脚。

且说郗公既识破了宗坦，因想："替他代笔的不知是何人？此人才华出众，我甥女若配得如此一个夫婿也不枉了。"便问僧官道："那宗坦与什人相知，替他作诗的是哪个？"僧官道："他的相知甚多，小僧实不晓得。"郗公听说，心中闷闷。又想道："此人料也不远，我只在这里寻访便了。"于是连日在临安城中东游西步，凡遇文人墨客，便冷眼物色。一日，正在街上闲行，猛然想道："不知宗坦家里可有西宾否？若有时，一定是他代笔无疑了。我明日去答拜宗坦，就探问这个消息。"一头想，一头走，不觉走到钱塘县前。只见一簇人拥在县墙边，不知看些什么。郗公也踱将去打一看，原来枷着一个人在那里。定睛看时，那人不是别人，却就是宗坦。枷封上写道："枷号怀挟童生一名宗坦示众，限一月放。"原来钱塘知县为科举事考试童生，宗坦用传递法，复试案上取了第一。到复试之日，传递不得，带了怀挟，当被搜出，枷号示众。郗公见了，方知他假冒青衿，从前并没一句实话。

正自惊疑，忽有几个公差从县门里奔将出来，忙叫开枷释放犯人，"老爷送何相公出来了。"闲看的人都一哄散去。郗公闪在一边看时，只见一个美少年，儒巾圆领，举人打扮，与知县揖让出门，打躬作别，上轿而去。郗公便唤住一个公差，细问他："这是何人？"公差道："这是福建来的举人，叫做何嗣薪。那枷号的童生，便是他的门人。他现在这童生家处馆，故来替他讲分上。"郗公听罢，满心欢喜。次日，即具名帖，问到宗坦家中拜望何嗣薪。

却说嗣薪向寓宗家，并不接见宾客，亦不通刺官府，只为师生情分，不得已见了知县。因他名重四方，一晓得他寓所，便有人来寻问他。他懒于酬酢，又见宗坦出丑，深悔误收不肖之徒，使先生面上无光，不好再住他家，连夜收拾行李，径往灵隐寺中，寻一僻静僧房安歇去了。郗公到宗家，宗坦害羞，托病不出。问及嗣薪，已不知何往。郗公怅然而返。至次日，正想要再去寻访，只见僧官来说道："昨晚有个福建李秀才，也来本寺作寓。"郗公想道："若是福建人，与何嗣薪同乡，或者晓得他踪迹也未可知。我何不去拜他一拜。"便教家僮写了贴儿，同着僧官，来到那李秀才寓所。僧官先进去说了。少顷，李秀才出来，相见叙坐，各道寒暄毕。郗公看那李秀才时，却与钱塘县前所见的何嗣薪一般无二，因问道："尊兄贵乡是福建，有个孝廉何兄讳嗣薪的是同乡了。"李秀才道："正是同乡敝友何克传。"郗公道："今观尊容，怎么与何兄分毫无异？"李秀才道："老先生几时曾会何兄来？"郗公便把一向闻名思慕，昨在县前遇见的缘故说知。又将屡次为宗坦所诳，今要寻访真正作诗人的心事一一说了。李秀才避席拱手道："实不相瞒，晚生便是何嗣薪。只因性好幽静，心厌应酬，故权隐贱名，避迹于此。不想蒙老先生如此错爱。"便也把误寓宗家，宗坦央他作诗的事述了一遍。郗公大喜，极口极赞前诗。嗣薪谢道："拙咏污目，还求大方教政。"郗公道："老夫亦有拙作，容当请教。"嗣薪道："幸得同寓，正好朝夕祗领清诲。但勿使外人得知，恐有酬酢，致妨静业。"郗公道："老夫亦喜静恶嚣，与足下有同志。"便嘱咐僧官，教他莫说作寓的是何举人，原只说是李秀才。正是：

童生非衿冒衿，孝廉是举讳举。
两人窃名避名，贤否不同尔许。

当下郗公辞出，嗣薪随具名刺，到郗公寓所来答拜。叙坐间，郗公取出《满江红》词与嗣薪看了。嗣薪："此词大妙，胜出拙诗数倍。但晚生前已见过。宗坦说是他做的，原来却是尊作。不知他从何处抄来？"郗公笑道："此人善于撮空，到底自露其丑。"因说起前日看三绝句时，不打自招之语，大家笑了一回。嗣薪道："他恰好抄着讥诮倩笔的诗，也是合当败露。"郗公道："尊咏诮长门倩人，极诮得是。金屋贮阿娇，但以色升，不以才选，若使有自作《长门赋》之才，便是才色双绝，断不至于失宠，《长门赋》可以不作矣。"嗣薪道："能作《白头吟》，何愁绿鬓妇，欲为司马之配，必须卓氏之才。"郗公道："只可惜文君乃再嫁之女，必须处子如阿娇，又复有才如卓氏，方称全美。"嗣薪道："天下安得有如此十全的女郎？"郗公笑道："如此女郎尽有，或者未得与真正才子相遇耳。"两个又闲话了半晌，嗣薪起身欲别，郗公取出一卷诗稿，送与嗣薪道："此是拙咏，可一寓目。"嗣薪接着，回到寓中，就灯下展开细看，却大半是闺情诗。因想道："若论他是乡绅，诗中当有台阁气。若论他在林下，又当有山林气。今如何却假闺秀声口，倒像个女郎做的？"心下好生疑惑。当夜看过半卷，次早起来再看那半卷时，内有《咏蕉扇》一诗云：

　　　　一叶轻摇处，微凉出手中。
　　　　种来偏喜雨，撷起更宜风。
　　　　绣阁烦凭遣，香肌暑为空。
　　　　新诗随意谱，何必御沟红。

　　嗣薪看了，拍手道："绣阁香肌，御沟红叶，明明是女郎无疑了。"又见那首咏象棋的《满江红》词也在其内，其题曰《与侍儿缘鬟象戏偶题》。嗣薪大笑道："原来连这词也是女郎之笔。"便袖着诗稿，径到郗公寓中，见了郗公，说道："昨承以诗稿赐读，真乃琳琅满纸。但晚生有一言唐突，这些诗词恐不是老先生做的。"郗公笑道："宗坦便请人代笔，难道老夫也请人代笔？"嗣薪道："据晚生看来，却像个女郎声口。"郗公笑道："足下大有眼力，其实是一女郎做的。"嗣薪道："这女郎是谁，老先生从何处得来？"郗公道："兄道他才思何如？"嗣薪道："才思敏妙，《长门赋》《白头吟》俱拜下风矣。不瞒老先生说，晚生欲得天下才女为配，窃恐今生不复有偶，谁想天下原有这等高才的女郎！"郗公笑道："我说天下才女尽有，只惜天下才子未能遇之。此女亦欲得天下才子为配，足下若果见赏，老夫便为作伐何如？"嗣薪起身作揖道：

"若得玉成，感荷非浅。乞示此女姓名，今在何处？"郗公道："此女不是虽人，就是老夫的甥女，姓随小字瑶姿，年方二八，仪容窈窕。家姊丈随珠川托老夫寻觅快婿，今见足下高才，淑女正合配君子。嗣薪大喜，便问："几时回见令姊丈？"郗公道："不消回见他，他既以此事相托，老夫便可主婚受聘。倘蒙足下不弃，便求一聘物为定，老夫自去回复家姊丈便了。"嗣薪欣然允诺，随即回寓取出一个美玉琢成的双鱼珮来，要致与郗公作聘。却又想道："他既是主婚之人，必须再寻一媒人方好。"正思想间，恰好僧官过来闲话，嗣薪便将此事与僧官说知。僧官说道："小僧虽是方外之人，张生配莺莺，法本也吃得喜酒，就是小僧作伐何如？"嗣薪道："如此最妙。"便同僧官到郗公寓中，把双鱼珮呈上。郗公亦即取出金凤钗来回送嗣薪，对嗣薪道："这是老夫临行时，家姊丈交付老夫作回聘之敬的。"嗣薪收了，欢喜无限。正是：

舅翁主婚，甥婿纳聘。

金凤玉鱼，一言为定。

郗公既与嗣薪定亲，本欲便回富阳，面复姊丈。因贪看西湖景致，还要盘桓几日，乃先修书一封，差人回报随员外，自己却仍寓灵隐寺中，每日出去游山玩水。早晚得暇，便来与嗣薪评论诗文，商确今古，不在话下。

且说嗣薪纳聘之后，初时欢喜，继复展转寻思道："那随小姐的诗词倘或是舅翁代笔，也像《长门赋》不是阿娇做的，却如之奈何？况仪容窈窕，亦得之传闻。我一时造次，竟未详审。还须亲到那边访个确实，才放心得下。"想了一回，次日便来辞别郗公，只说场期尚远，欲暂回乡，却径密往富阳，探访随家去了。

话分两头。却说随珠川自郗公出门后，凡有来替女儿说亲的，一概谢却，静候郗公报音。一日，忽有一媒婆来说道："有个福建何举人，要上临安会试，在此经过，欲娶一妾。他正断弦，若有门当户对的，便娶为正室。有表号在这里。"说罢，取出一幅红纸来。珠川接来看时，上写道："福建闽清县举人何自新，号德明，年二十四岁。"珠川便对瑶姿小姐道："你母舅曾说福建何举人是当今名士，此人姓名正合母舅所言。我当去拜他一拜，看他人物如何？"小姐含羞不答。珠川竟向媒婆问了何举人下处，亲往投贴，却值那何自新他出，不曾相见。珠川回到家中，只见侍儿绿鬟迎着说道："小姐教我对员外说，若何举人来答拜时，可款留着他，小姐要试他的才学哩。"珠川点头会意。

次日，何自新到随家答帖，珠川接至堂中，相见叙坐。瑶姿从屏后偷觑，见他相貌粗俗，举止浮嚣，不像个有名的才子。及听他与员外叙话，谈吐亦甚俚鄙。三通茶罢，珠川设酌留款，何自新也不十分推辞，就坐着了。饮酒间问道："宅上可有西席？请来一会。"珠川道："学生只有一女，幼时曾请内兄为西席，教习经书。今小女年已长成，西席别去久矣。"何自新道："女学生只读《四经》，未必读经。"珠川道："小女经也读的。"何自新道："所读何经？"珠川道："先读毛诗，其外四经，都次第读过。"何自新道："女儿家但能读，恐未必能解。"珠川未及回言，只见绿鬟在屏边暗暗把手一招，珠川便托故起身，走到屏后，瑶姿附耳低言道："如此如此。"说了两遍。珠川牢牢记着，转身出来，对何自新道："小女正为能读不能解，只毛诗上有几桩疑惑处，敢烦先生解一解。"何自新问那几桩，珠川道："二南何以无周、召之言，邶、鄘何以列卫风之外，风何以黜楚而存秦，鲁何以无风而有颂，《黍离》何以不登于变雅，商颂何以不名为宋风，先生必明其义，幸赐教之。"何自新思量半晌，无言可对，勉强支吾道："做举业的不消解到这个田地。"珠川又道："小女常说《四书》中最易解的莫如《孟子》，却只第一句见梁惠王便解说不出了。"何自新笑道："这有何难解？"珠川道："小女说，既云不见诸侯，何故又见梁惠王？"何自新面红语塞。珠川见他蹐促，且只把酒来斟劝。原来那何自新因闻媒婆夸奖随小姐文才，故有意把话盘问员外，哪知反被小姐难倒了。当下见不是头，即起身告辞。珠川送别了他，回进内室，瑶姿笑道："此人经书也不晓得，说什名士？"珠川道："他既没才学，如何中了举人？"瑶姿叹道："考试无常，虚名难信，大抵如斯。"正是：

　　盗名欺世，妆乔做势。

　　一经考问，胸无半字。

自此瑶姿常与侍儿绿鬟笑话那何自新，说道："母舅但慕其虚名，哪知他这般有名无实。"

忽一日，接到郜公书信一封，并寄到双鱼珮一枚。珠川与瑶姿展书看时，上写道：

前承以姻事见托，今弟已为姊丈觅得一快婿，即弟向日所言何郎。弟今亲炙其人，亲读其文，可谓名下无虚士。以此配我甥女，真不愧双玉矣。谨先将聘物驰报，余容归时晤悉。

瑶姿看毕，大惊失色，对父亲道："母舅是有眼力的，如何这等草率。百年大事，岂可

徒信虚名？"珠川道："书上说亲读其文，或者此人貌陋口讷，胸中却有文才。"瑶姿道："经书不解之人，安得有文才，其文一定是假的。母舅被他哄了。"说罢，潸然泪下。珠儿见女儿心中不愿，便修书一封，璧还原聘。即着来人速赴临安，回复郜公去了。

且说何嗣薪自在临安别过郜公，即密至富阳城中，寻访到随家门首。早见一个长须老首，方巾阔服，背后从人跟着，走入门去。听得门上人说道："员外回来了。"嗣薪想道："随员外我倒见了，只是小姐如何得见？"正踌躇间，只见邻家一个小儿，望着随家侧边一条小巷内走，口中说道："我到随家后花园里闲耍去。"那邻家的妇人吩咐道："他家今日有内眷们在园中游玩，你去不可啰唣。"嗣薪听了，想道："这个有些机会。"便随着那小儿，一径闯入园中，东张西望。忽听得远远地有女郎笑语之声，嗣薪慌忙伏在花阴深处，偷眼瞧看。只见一个青衣小婢把手向后招着，叫道："小姐这里来。"随后见一郎走来，年可十五六岁。你道她怎生模样？

傅粉过浓，涂脂太厚，姿色既非美丽，体态亦甚平常。扑蝶打莺难言庄重，穿花折柳殊欠幽闲。乱蹑弓鞋有何急事，频摇纨扇岂是暑天。侍婢屡呼，怕不似枝吟黄鸟千般媚；云鬟数整，比不得髻挽巫山一片青。

原来那小姐不是瑶姿，乃郜公之女娇枝，那日来探望随家表姊，取便从后园而入，故此园门大开。瑶姿接着，便陪她在花园中闲步，却因员外呼唤，偶然入内。娇枝自与小婢采花扑蝶闲耍，不期被嗣薪窥见，竟错认是瑶姿小姐。

当下娇枝闲耍一回，携着小婢自进去了。嗣薪偷看多时，大失所望。想道："有才的必有雅致，这般光景，恐内才也未必佳。我被郜老误了也。"又想道："或者是瑶姿小姐的姊妹，不就是瑶姿也未可知。"正在疑虑，只见那青衣小婢从花阴里奔将来，见了嗣薪，惊问道："你曾拾得一只花簪么？"嗣薪道："什么花簪？"小婢道："我小姐失了头上花簪，想因折花被花枝摘落了。你这人是哪里来的？若拾得簪儿，可还了我。"嗣薪道："我不曾见什花簪。"小婢听说，回身便走。嗣薪赶上，低声问道："我问你，你家小姐可叫做瑶姿么？"小婢一头走，一头应道："正是娇枝小姐。"嗣薪又问道："瑶姿小姐可是会做诗的么？"小婢遥应道："娇枝小姐只略识几个字，哪里会做诗？"嗣薪听罢，十分愁闷，怏怏地走出园门。即日离了富阳城，仍回临安旧寓。心中甚怨郜公见欺，一时做差了事。正是：

媒妁原不错，两边都认差。

只因名字混，弄得眼儿花。

却说郗公在灵隐寺寓中闻嗣薪已回旧寓，却不见他过来相会。正想要去问他，忽然接得随员外书信一封，并送还原来聘物。郗公见聘物送还，心里大疑，忙拆书观看，书上写道：

接来教，极荷厚爱。但老舅所言何郎，弟近日曾会过。观其人物，聆其谈吐，窃以为有名无实，不足当坦腹之选。小女颇非笑之。此系百年大事，未可造次。望老舅更为裁酌。原聘谨璧还，幸照入，不尽。

郗公看罢，吃了一惊，道："这般一个快婿，如何还不中意？我既受了他聘，怎好又去还他？"心中懊恼，自己埋怨道："这原是我差，不是我的女儿，原不该乔做主张。"沉吟了半晌，只得去请原媒僧官来，把这话告诉他。僧官道："便是何相公两日也不僦不睐，好像有什不乐的光景，不知何故？大约婚姻须要两愿，老爷要还他聘物若难于启齿，待小僧陪去代为宛转何如？"郗公道："如此甚好。"便袖了双鱼珮，同着僧官来到嗣薪寓中，相见了，动问道："足下可曾回乡？怎生来得恁快？"嗣薪道："未曾返舍，只到富阳城中去走了一遭。"郗公道："尊驾到富阳，曾见过家姊丈么？"嗣薪道："曾见来。"郗公道："既见过家姊丈，这头姻事足下以为何如？"嗣薪沉吟道："婚姻大事，原非仓卒可定。"郗公道："老夫有句不识进退的话不好说得。"僧民便从旁代说道："近日随老员外有书来，说他家只有一女，要在本处择婿，不愿与远客联姻，谨将原聘璧还在此。郗老爷一时主过了婚，不便反悔，故事在两难。"嗣薪欣然笑道："这也何难，竟将原聘见还便了。"郗公听说，便向袖中取出双鱼珮来，递与嗣薪道："不是老夫孟浪，只因家姊丈主意不定，前后语言不合，以致老夫失信于足下。"嗣薪接了聘物，便也把金凤钗取出送还郗公。正是：

鱼珮送还来，凤钗仍璧去。

和尚做媒人，到底不吉利。

郗公自解了这头姻事，闷闷不乐。想道："不知珠川怎生见了何郎，便要璧还聘物？又不知何郎怎生见了珠川，便欣然情愿退婚？"心中疑惑，随即收拾行囊，回家面询随员外去了。

且说那个何自新，自被瑶姿小姐难倒，没兴娶妾续弦，竟到临安打点会场关节。

他的举人原是黉缘来的，今会试怕笔下来不得，既买字眼，又买题目，要预先央人做下文字，以便入场抄写，却急切少个代笔的。也是合当有事，恰好寻着了宗坦。原来宗坦自前番请嗣薪在家时，抄袭得他所选的许多刻文，后竟说做自己选的，另行发刻，封面上大书"宗山明先生评选"。又料得本处没人相信，托人向远处发卖。为此，远方之人大半错认他是有意思的。他又专一打听远方游客，到来便去钻刺，故得与何自新相知。

那年会场知贡举的是同平章事赵鼎，其副是中书侍郎汤思退。那汤思退为人贪污，暗使人在外赇卖科场题目。何自新买了这个关节，议价五千两，就是宗坦居间说合。立议之日，汤府要先取现银，何自新不肯，宗坦奉承汤府，一力担当，劝何自新将现银尽数付与。何自新付足了银，讨得题目字眼，便教宗坦打点文字。宗坦抄些刻文，胡乱凑集了当。何自新不管好歹，记诵熟了，到进场时，挥在里边。汤思退闹中阅卷，寻着何自新卷子，勉强批"好"，取放中式卷内，却被赵鼎一笔涂抹倒了。汤思退怀恨，也把赵鼎取中的第一名卷子乱笔涂坏。赵公大怒，到放榜后，拆开落卷查看，那被汤思退涂坏的却是福建闽县举人何嗣薪。赵公素闻嗣薪是个少年才子，今无端被屈，十分懊恨，便上一疏，道："同官怀私挟恨，摈弃真才事"，圣旨批道："主考设立正副，本欲公同较阅。据奏福建闽县举人何嗣薪，虽有文名，必须彼此共赏，方堪中式。赵鼎不必争论，致失和衷之雅。"赵公见了这旨意，一发闷闷。乃令人邀请嗣薪到来相会，用好言抚慰，将银三百两送与作读书之费。嗣薪拜谢辞归，赵公又亲自送到舟中，珍重而别。

且说那个何自新因关节不灵，甚是烦恼，拉着宗坦到汤府索取原银，却被门役屡次拦阻。宗坦情知这银子有些难讨，遂托个事故，躲开去了。再寻他时，只推不在家。何自新无奈，只得自往汤府取索。走了几次，竟没人出来应承。何自新发极起来，在门首乱嚷道："既不中我进士，如何赖我银子？"门役喝道："我老爷哪里收你什么银子？你自被撞太岁的哄了去，却来这里放屁！"正闹间，门里走出几个家人，大喝道："什么人敢在我老爷门首放刁！"何自新道："倒说我放刁，你主人赇卖科场关节，诓骗人的银子，当得何罪？你家现有议单在我处，若不还我原银，我就到官府首告去。"众家人骂道："好光棍！凭你去首告，便到御前背本，我老爷也不怕你。"何自新再要说时，里面赶出一群短衣尖帽的军牢持棍乱打，何自新立脚不住，一径往前跑奔。

不上一二里，听得路旁人道："御驾经过，闲人回避。"何自新抬头看时，早见旗旌招颭，绣盖飘扬，御驾来了。原来那日驾幸洞霄宫进香，仪仗无多，朝臣都不曾侍

驾。当下何自新正恨着气，恰遇驾到，便闪在一边，等驾将近，伏地大喊道："福建闽清县举人何自新有科场冤事控告！"天子在銮舆上听了，只道说是福建闽县举人何嗣薪，便传谕道："何嗣薪已有旨了，又复拦驾称冤，好生可恶。着革去举人，拿赴朝门外打二十棍，发回原籍。"何自新有屈无伸，被校尉押至朝门，受责了二十。汤思退闻知，晓得朝廷认错了，恐怕何自新说出真情，立刻使人递解他起身。正是：

> 御棍打了何自新，举人退了何嗣薪。
> 不是文章偏变幻，世事稀奇真骇闻。

却说赵鼎在朝房中闻了这事，吃惊道："何嗣薪已别我而去，如何又在这里弄出事来？"连忙使人探听，方知是闽清县何自新，为汤府赖银事来叫冤的。赵公便令将何自新留下，具疏题明此系闽清县何自新，非闽县何嗣薪，乞敕部明审。朝廷准奏，着刑部会同礼部勘问。刑部奉旨将何自新监禁候审。汤思退着了急，令人密唤原居间人宗坦到府中计议。宗坦自念议单上有名，恐连累他，便献一计道："如今莫若买嘱何自新，教他竟推在闽县何嗣薪身上，只说名字相类，央他来代告御状的，如此便好脱卸了。"汤思退大喜，随令家人同着宗坦，私到刑部狱中，把这话对何自新说了。许他事平之后，"还你银子，又不碍你前程。"宗坦又私嘱道："你若说出贿买进士，也要问个大罪，不如脱卸在何嗣薪身上为妙。"正是：

> 冒文冒名，厥罪犹薄。
> 欺师背师，穷凶极恶。

何自新听了宗坦言语，到刑部会审时，便依着他所教，竟说是闽县何嗣薪指使。刑部录了口词，奏闻朝廷，奉旨着拿闽县何嗣薪赴部质对。刑部正欲差人到彼提拿，恰好嗣薪在路上接得赵公手书，闻知此事，复转临安，具揭向礼部拆辨。礼部移送刑部，即日会审。两人对质之下，一个一口咬定，一个再三折辨，彼此争执了一回。问官一时断决不得，且教都把来收监，另日再审。嗣薪到狱中，对何自新说道："我与兄素昧平生，初无仇隙，何故劈空诬陷？定是被人哄了，兄必自有冤愤欲申，只因名字相类，朝廷误认是我，故致责革。只若说出自己心事，或不至如此，也未可知。"何自新被他道着了，只得把实情一一说明。嗣薪道："兄差矣。夤缘被骗，罪不至死。若代告御状，拦驾叫喊，须要问个死罪。汤思退希图卸祸，却把兄的性命为儿戏。"何自新听说，方才省悟，谢道："小弟多有得罪，今后只从实供招罢了。"过了一日，第三番会审。何自新招出汤思退贿卖关节，诓去银子，后又授旨诬陷他人，都有宗坦为证，并将原议单呈上。问官看了，立拿宗坦并汤府家人到来，每人一夹棍，各各招认。勘问明白，具疏奏闻，有旨：汤思退革了职，谪戍边方，赃银入官。何自新革去举人，杖六十，发原籍为民。宗坦及汤家从人各杖一百，流三千里。何嗣薪无罪，准复举人。礼刑二部奉旨断决毕，次日又传出一道旨意：将会场中式试卷并落卷俱付礼部，会齐本部各官公同复阅，重定去取。于是礼部将汤思退取中的大半都复落，复于落卷中取中多人，拔何嗣薪为第一。天子亲自殿试，嗣薪状元及第。正是：

　　　　但有磨勘举人，不闻再中落卷。
　　　　朝廷破格翻新，文运立时救转。

　　话分两头。且说郗少伯回到富阳，细问随员外，方知错认何郎是何自新，十分怅恨。乃将何郎才貌细说了一遍，又将他诗文付与瑶姿观看，瑶姿甚是欢赏。珠川悔之无及。后闻嗣薪中了状元，珠川欲求郗公再往作伐，重联此姻。郗公道："你当时既教我还了他聘物，我今有何面目再对他说。"珠川笑道："算来当初老舅也有些不是。"郗公道："如何倒是我不是？"珠川道："尊翰但云何郎，并未说出名字，故致有误。今还求大力始终玉成。"郗公被他央恳不过，沉吟道："我自无颜见他，除非央他座师赵公转对他说。幸喜赵公是我同年，待我去与他商议。"珠川大喜。郗公即日赴临安，具柬往拜赵公，说知其事。赵公允诺。次日，便去请嗣薪来，告以郗公所言，并说与前番随员外误认何自新，以致姻事联而忽解的缘故。嗣薪道："翁择婿，婿亦择女。门生访得随家小姐有名无实，恐她的诗词不是自做的。若欲重联此姻，必待门生面试此女一番，方可准信。"说罢，起身作别而去。

　　赵公即日答拜郗公，述嗣薪之意。郗公道："舍甥女文才千真万真，如何疑她是假？真才原不怕面试，但女孩儿家怎肯听郎君面试？"赵公道："这不难。年翁与我既系通家，我有别业在西湖，年翁可接取令甥女来，只以西湖游玩为名，暂寓别业。竟等老夫面试何如？"郗公道："容与家姊丈商议奉复。"便连夜回到富阳，把这话与珠川说知。珠川道："只怕女儿不肯。"遂教绿鬟将此言述与小姐，看她主意如何。绿鬟去不多时，来回复道："小姐说既非伪才，何愁面试，但去不妨。"珠川听说大喜，遂与郗公买舟送瑶姿到临安。

郗公先引珠川与赵公相见了，赵公请郗公与珠川同着瑶姿在西湖别业住下。次日即治酒于别业前堂，邀何嗣薪到来，指与珠川道："门下今日可仔细认着这个何郎。"珠川见嗣薪丰姿俊秀，器宇轩昂，与前番所见的何自新不啻霄壤，心甚爱慕。郗公问嗣薪道："前日殿元云曾会过家姊丈，及问家姊丈说，从未识荆。却是为何？"嗣薪道："当时原不曾趋谒，只在门首望见颜色耳。"赵公对郗公道："令甥女高才，若只是老夫面试，还恐殿元不信。今老夫已设一纱幮于后堂之西，可请令甥女坐于其中，殿元却坐于东边，年翁与老夫并令姊丈居中而坐。老夫做个监场，殿元做个房考。此法何如？"郗公与珠川俱拱手道："悉依尊命。"

当下赵公先请三人入席饮酒，酒过数巡，便邀入后堂。只见后堂已排设停当，碧纱幮中安放香几笔砚，瑶姿小姐已在幮中坐着，侍儿绿鬟侍立幮外伺候。赵公与三人各依次坐定。嗣薪偷眼遥望纱幮中，见瑶姿丰神绰约，翩翩可爱，与前园中所见大不相同，心里又喜又疑。赵公道："若是老夫出题，恐殿元疑是预先打点，可就请殿元出题。"便教把文房四宝送到嗣薪面前。嗣薪取过笔来，向赵公道："承老师之命，门生斗胆了。即以纱幮美人为题，门生先自咏一首，求小姐和之。"说罢，便写道：

> 绮罗春倩碧纱笼，彩袖摇摇间杏红。
> 疑是嫦娥羞露面，轻烟围绕广寒宫。

写毕，送与郗公，郗公且不展看，即付侍儿绿鬟送入纱幮内。瑶姿看了，提起笔来，不假思索，立和一首道：

> 碧纱权倩作帘笼，未许人窥彩袖红
> 不是裴航来捣药，仙娃肯降蕊珠宫？

和毕，传付绿鬟送到嗣薪桌上。嗣薪见她字画柔妍，诗词清丽，点头赞赏道："小姐恁般酬和得快，待我再咏一首，更求小姐一和。"便取花笺再题一绝，付与绿鬟送入纱幮内。瑶姿展开看时，上写道：

> 前望巫山烟雾笼，仙裙未认石榴红。

今朝得奏霓裳曲，仿佛三郎梦月宫。

瑶姿看了，见诗中有称赞她和诗之意，微微冷笑，即援笔再和道：

自爱轻云把月笼，隔纱深护一枝红。
聊随彩笔追唐律，岂学新装厨汉宫。

写毕，绿鬟依先传送到嗣薪面前。嗣薪看了，大赞道："两番酬和，具见捷才。但我欲再咏一首索和，取三场考试之意，未识小姐肯俯从否？"说罢，又题一绝道：

碧纱争似绛帏笼，花影宜分烛影红。
此日云英相见后，裴航愿得托瑶宫。

书讫，仍付绿鬟送入纱幬。瑶姿见这诗中，明明说出洞房花烛，愿谐秦晋之意，却怪他从前故意作难，强求面试，便就花笺后和诗一首道：

珠玉今为翠幕笼，休夸十里杏花红。
春闱若许裙钗入，肯让仙郎占月宫？

瑶姿和过第三首诗，更不令侍儿传送，便放笔起身，唤着绿鬟，从纱幬后冉冉地步入内厢去了。郗公便起身走入纱幬，取出那幅花笺来。赵公笑道："三场试卷可许老监场一看否？"郗公将诗笺展放桌上，与赵公从头看起，赵公啧啧称赞不止。嗣薪看到第三首，避席向郗公称谢道："小姐才思敏妙如此，若使应试春闱，晚生自当让一头地。"赵公笑道："朝廷如作女开科，小姐当作女状元。老夫今日监临考试，又收了一个第一门生，可谓男女双学士，夫妻两状元矣。"郗公大笑。珠川亦满心欢喜。赵公便令嗣薪再把双鱼送与郗公，郗公亦教珠川再把金凤钗回送嗣薪。赵公复邀三人到前堂饮酒，尽欢而散。

次日，嗣薪即上疏告假完婚。珠川谢了赵公，仍与郗公领女儿回家，择定吉期，入赘嗣薪。嗣薪将行，只见灵隐寺僧官云闲前来作贺，捧着个金笺轴子，求嗣薪将前日贺他的诗写在上边。落正了款。嗣薪随即挥就，后书"状元何嗣薪题赠"，僧官欢喜拜谢而去，嗣薪即日到富阳，入赘随家，与瑶姿小姐成其夫妇。正是：

瑶琴喜奏，宝瑟欢调。绣阁香肌，尽教细细赏鉴；御沟红叶，不须款款传情。金屋阿娇，尤羡他芙蓉吐萼；白头卓氏，更堪夸豆蔻含香。锦被中亦有界河，免不得驱车进马；罗帏里各分营垒，一凭伊战卒麈兵。前番棋弈二篇，两下遥相酬和；今日纱幮三首，百年乐效唱随。向也《小弁》诗，为恶徒窃去，招出先生；兹者《霓裳曲》，见妙手拈来，愿偕仙侣。又何疑珮赠玉鱼鱼得水，依然是钗横金凤凤求凰。

婚姻过了三朝，恰好郗家的娇枝小姐遣青衣小婢送贺礼至。嗣薪见了，认得是前番园中所见的小婢，便问瑶姿道："此婢何来？"瑶姿道："这是郗家表妹的侍儿。"嗣薪因把前日园中窥觑，遇见此婢随着个小姐在那里闲耍，因而错认是瑶姿的话说了一遍。瑶姿道："郎君错认表妹是我了。"那小婢听罢，笑起来道："我说何老爷有些面熟，原来就是前日园里见的这个人。"嗣薪指着小婢笑道："你前日如何哄我？"小婢道："我不曾哄什么？"嗣薪道："我那日问你说，你家小姐可唤做瑶姿？你说正是瑶姿小姐。"小婢道："我只道说可是唤娇枝，我应道正是娇枝小姐。"嗣薪点头笑道："声音相混，正如我与何自新一般，今日方才省悟。"正是：

当时混着鲢和鲤，此日方明李与桃。

嗣薪假满之后，携了家眷还朝候选。初授馆职，不上数年，直做到礼部尚书，瑶姿诰封夫人，夫妻偕老。生二子，俱贵显。郗公与珠川亦皆臻上寿。此是后话。

看官听说：天人才人与天下才女作合，如此之难，一番受钗，又一番回钗，一番还珮，又一番纳珮。小姐初非势利状元，状元亦并不是曲从座主，各各以文见赏，以才契合。此一段风流佳话，真可垂之不朽。

【回末总评】

一科两放榜，一妻两纳聘，落卷又中新状元，主考复作女监试，奇事奇情，从来未有。他如郗公论诗，宗生着急；宗生辩诗，郗公绝倒，不谓文章巧妙乃尔。其尤幻者，郗公初把女郎之诗为自己所作；后却说出自己之诗乃女郎所作，何郎初猜郗公之诗为女郎所作，后反疑女郎之诗是郗公所作。至于瑶姿、娇枝，嗣薪、自新，彼此声音互混，男女大家认错。又如彼何郎代此何郎受杖，此何郎代彼何郎除名，彼何即将何郎诬陷，此何郎教彼何郎吐实，种种变幻，俱出意表。虽春水之波纹万状，秋云之出没千观，不足方其笔墨也。

卷之七　虎豹变

撰哀文神医善用药　设大誓败子猛回头

桑榆未晚，东隅有失还堪转。习俗移人，匪类须知不可亲。　　忠言逆耳，相逢徒费箴规语。忽地回头，自把从前燕僻收。

右调《木兰花》

人非圣人，谁能无过？过而能改，便是君子。每怪那不听忠言的人，往往自误终身；有勉强迁善的人，又往往旧病复发，岂不可叹可惜。至若劝人改过的，见那人不肯听我，便弃置了，不能善巧方便，委曲开导；更有那善巧化人的，到得那人回心，往往自身已死，不及见其改过，又岂不可恨可涕。如今待在下说一个发愤自悔、不蹈前辙的，一个望人改弦及身亲见的，与众位听。

话说嘉靖年间，松江府城中有个旧家子弟姓宿名习，字性成，幼时也曾读过几年书，姿性也不甚冥钝，只因自小父母姑息，失于教导，及至长成，父母相继死了，一发无人拘管，既不务生理，又不肯就学，日逐在外游荡，便有那一班闲人浪子诱引他去赌场中走动。从来赌钱一事，易入难出的，宿习入了这个道儿，神情志气都被汩没坏了。当时有个开赌的人叫做程福，专惯哄人在家赌钱，彼即从中渔利。宿习被人引到他家做了安乐窝，每日赌钱耍子。原来宿习的丈人，乃是松江一个饱学秀才，姓冉名道，号化之，因屡试不中，弃儒学医，竟做了个有名的医生。初时只为宿习是旧家子弟，故把女儿璧娘嫁了他。谁想璧娘倒知书识礼，宿习却偏视书文为仇敌，一心只对赌钱掷色其所不辞，扯牌尤为酷好，终日把梁山泊上数十个强盗在手儿里弄，眼儿里相。正是：

別过冤家"子曰"，撇下厌物"诗云"。

只有纸牌数叶，是他性命精神。

璧娘屡次苦谏丈夫，宿习哪里肯听，时常为着赌钱，夫妻反目。冉化之闻知，也几番把正言规训女婿，争奈宿习被无赖之徒渐染坏了，反指读书人为撇脚红鞋子，笑老成人为古板老头巾，丈人对他说的好话，当面假意顺从，一转了背，又潜往赌场里去了。你道赌场里有什么尊卑，凭你世家子弟，进赌场便与同赌之人"尔""汝"相呼，略无礼貌，也有呼他做小宿的，也有呼他做宿阿大的，到赌帐算不来时，大家争论，便要厮打。宿习常被人打了，瞒着丈人，并不归来对妻子说。正是：

学则白屋出公卿，不学公孙为皂隶。
习于下贱是贱人，安得向人夸骨气。

看官听说：凡人好赌的人，如被赌场里摄了魂魄去得一般，受打受骂总无怨心，早上相殴，晚上又复共赌，略不记怀。只有家里规谏他的，便是冤家对头。至于家中日用所费，与夫亲戚往来酬酢，朋友缓急借贷，都十分吝啬。一到赌钱时，便准千准百准地输了去，也不懊悔。端的有这些可怪可恨之处，所以人家子弟切不可流入赌钱一道。当下宿习一心好赌，初时赌的是银钱，及至银钱赌尽，便把田房文契都赌输与人，后来渐渐把妻子首饰衣服也剥去赌落了。璧娘终日啼啼哭哭，寻死觅活，冉化之忿不过，与女婿闹了一场，接了女儿回去。指着女婿立誓道："你今若再不改过，你丈人妻子誓于此生不复与你相见！"宿习全不在意，见妻子去了，索性在赌场里安身，连夜间也不回来。正是：

赌不可医，医赌无药。
若能医赌，胜过扁鹊。

冉化之见女婿这般光景，无可奈何，思量自己有个极相契的好友，叫做曲谕卿，现弃本府总捕厅吏员："我何不去与他计议，把那开赌的人，与哄骗女婿去赌的人讼之于官？"却又想自家女婿不肖，不干别人事，欲待竟讼女婿，一来恐伤翁婿之情，致他结怨于妻子；二来也怨风俗不好，致使女婿染了这习气，只索叹口气罢了。原来此时厨牌之风盛行，不但赌场中无赖做此勾当，便是大人家宾朋叙会，亦往往以此为适兴，不叫做厨牌，却文其名曰"角"，为父兄的不过逢场作戏，子弟效之，遂至流荡忘反，为害不小。冉化之因作《哀角文》一篇以惊世。文曰：

哀哉角之为技也，不知始于何日。名取梁山，形图水泊。量无君子，喜此盗贼。以类相求，唯盗宜习。盈至万贯，缩至空没。观其命名，令人怵惕。不竭不止，不穷不戢，今有人焉，耽此成癖。靡间寒暑，不遑朝夕。如有鬼物，引其魂魄。三五成群，不呼而集。当其方角，宾来不揖。同辈谩骂，莠言口出。简略礼文，转移气质。人品之坏，莫此为极。迨夫沉酣，忘厥寝食。虽有绮筵，饥弗暇即。虽有锦衾，倦弗暇息。主人移馔，就其坐侧。匆匆下箸，味多不择。童子候眠，秉烛侍立。漏尽钟鸣，东方欲白。养生之道，于此为失。况乎胜负，每不可必。负则求复，背城借一。幸而偶胜，人不我释。彼此纠缠，遂无止刻。悉索敝赋，疲于此役。脱骖解佩，罔顾室谪。屋如悬磬，贫斯彻骨。祭此颠连，未改痼疾。见逐父母，被摈亲戚。借贷无门，空囊羞涩。计无复之，庶几行乞。行乞不甘，穿窬凿壁。赌与盗邻，期言金石。我念此辈，为之涕泣。彼非无才，误用足恤。我虽不角，颇明角剧。路分生熟，奇正莫测。亦有神理，厨荀接脉。何不以斯，用之文墨。或敌或邻，迭为主客。亦有兵法，虚虚实实。何不以斯，用之武策。人弃我留，随时变易。难大不贵，惟少是惜。何不以斯，用之货殖。有罚有贺，断以纪律。如算钱谷，会计精密。何不以斯，用之吏术。呜呼噫嘻！尔乃以无益之嬉戏，耗有用之心力。不惟无益，其损有百。近日此风，盛行乡邑。友朋相叙，以此为适。风俗由之寝衰，子弟因而陷溺。吾愿官长，严行禁饬。有犯此者，重加罪责。缅维有宋之三十六人，已为张叔夜之所遏抑。彼盗贼而既降，斯其恶已革。奈何使纸上之宋江，遗祸反甚乎往昔。

冉化之做了这篇文字，使人传与宿习看。宿习正在赌场里热闹，哪里有心去看，略一寓目，便丢开了。说话的，此时宿习已弄得赤条条，也该无钱戒赌，还在赌场中忙些什么？原来他自己无钱赌了，却替别人管稍算帐，又代主人家捉头。也因没处安身，只得仍在赌场里寻碗饭吃。冉化之闻得女婿恁般无赖，说与女儿知道。璧娘又羞又恼，气成一病，恹恹欲死。亏得冉化之是个良医，服药调治，又再三用好言多方宽解，方才渐渐痊可。宿习闻知妻子患病，却反因嗔恨她平日规谏，竟不来看视。谁知不听良言，撞出一场横祸。

时不青浦县乡绅钮义方，官为侍郎，告假在家。因本府总捕同知王法是他门生，故常遣公子钮伯才到府城中来往。那钮伯才亦最好赌，被开赌的程福局诱到家，与这一班无赖赌了一日一夜，输去百多两银子。不期钮乡宦闻知，十分恼怒，竟查访了开赌的并同赌的姓名，送与捕厅惩治，宿习名字亦在其内，与众人一齐解官听审。王二府将程福杖五十，问了徒罪，其余各杖二十，枷号一月。你道宿习此时怎生模样？

一文钱套在头中，二文钱穿在手里。二索子系在脚上，三索子缚在腰间。向来一桌四人，今朝每位占了独桌；常听八红三献，此日两腿挂了双红。朝朝弄纸牌，却弄

出硬牌一大扇；日日数码子，今数着板子二十敲。身坐府门前，不知是殿坐佛，佛坐殿；枷带肩头上，不知是贺长肩，贺短肩。见头不见身，好一似百老怀下的人首；灭项又灭耳，莫不是王英顶穿了泛供。

却说捕厅书吏曲谕卿，当日在衙门中亲见官府打断这件公事，晓得宿习是他好友冉秀才的女婿，今却被责被枷，便到冉家报与冉化之知道。化之听了，心中又恼又怜，沉吟了一回，对谕卿道："小婿不肖，不经惩创，决不回心。今既遭戮辱，或者倒有悔悟之机。但必须吾兄为我周旋其间。"谕卿道："兄有何见托，弟自当效力。"化之便对谕卿说："须如此如此。"谕卿领诺，回到家中，唤过一个家人来，吩咐了他言语，教他送饭去宿习吃。

且说宿习身负痛楚，心又羞惭，到此方追悔前非。正恓惶间，只见一个人提着饭罐走到枷边来，宿习问是何人，那人道："我家相公怜你是好人家子弟，特遣我来送饭与你吃。"宿习道："你家相公是谁？"那人道："便是本厅书吏曲谕卿相公。"宿习谢道："从未识面，却蒙见怜，感激不尽。但不知我丈人冉化之曾知道我吃官司否？敢烦你寄个信去。"那人道："你丈人冉秀才与我主人极相熟的，他已知你吃官司，只是恨你前日不听好言，今誓不与你相见。倒是我主人看不过，故使我来看觑你。"宿习听说，垂首涕泣。那人劝他吃了饭，又把些茶汤与他吃了，替他揩抹了腿上血迹，又铺垫他坐稳了，宿习千恩万谢，自此那人日日来伏侍，朝飧晚膳，未尝有缺，宿习甚是过意不去。到得限满放枷之日，那人便引宿习到家与曲谕卿相见。宿习见了谕卿，泣拜道："宿某若非门下看顾，一命难存。自恨不肖，为骨肉所弃，岳父、妻子俱如陌路。特蒙大恩难中相救，真是重生父母了。"谕卿人扶起道："史本簪缨遗胄，且堂堂一表，何至受辱公庭，见摈骨肉？不佞与令岳颇称相知，兄但能改过自新，还你翁婿夫妻欢好如故。"宿习道："不肖已无颜再见岳父、妻子，不如削发披缁做了和尚罢。"正是：

> 无颜再见一丈青，发心要做花和尚。

当下谕卿劝宿习道："兄不要没志气，年正青春，前程万里，及今奋发，后未可量。务必博个上进，洗涤前羞，方是好男子。寒舍尽可安身，兄若不弃，就在舍下暂住何如？"宿习思量无处可去，便拜谢应诺。自此竟住在曲家，时常替谕卿抄写公文官册，笔札效劳。

一日，谕卿使人拿一篇文字来，央他抄写。宿习看时，却便是前日丈人做的那篇《哀角文》。前日不曾细看，今日仔细玩味，方知句句是药石之言，"惜我不曾听他，悔之无极。"正在嗟叹，只见谕卿走来说道："宿兄，我有句话报知你，你休吃惊。尊夫人向来患病，近又闻你受此大辱，愈加气苦，病势转笃，服药无效，今早已身故了。"宿习闻言，泪如雨下，追想"妻子平日规谏我，本是好意，我倒错怪了她，今又为我而死，"转展伤心，涕泣不止。谕卿道："闻兄前日既知尊嫂有病，竟不往看。令岳因此嗔恨，故这几时不相闻问。今尊嫂已死，兄须念夫妇之情，难道入殓与不去一送？"宿习哭道："若去时恐岳父见罪。"谕卿道："若不去令岳一发要见罪了，还须去为是。"宿习依言，只得忍羞含泪，奔到冉家，却被冉家丫鬟、仆妇们推赶出来，把门闭了。听得丈人在里面骂道："你这畜生是无赖赌贼，出乖露丑，还想我认你做女婿么？我女儿被你气死了，你还有何颜再来见我？"宿习立在门外，不敢回言。又听得丈人吩咐家僮道："他若不去，可捉将进来，锁在死人脚上。"宿习听了这话，只得转身奔回曲家，看官听说：原来璧娘虽然抱病，却不曾死。还亏冉化之朝夕调理，又委曲劝慰道："女婿受辱，正足惩戒将来，使他悔过，是祸焉知非福。"又把自己密托曲谕卿周旋的话说与知道，璧娘因此心境稍宽，病体已渐平复。化之却教谕卿假传死信，哄宿习到门，辱骂一场，这都是化之激励女婿的计策。正是：

欲挥荡子泪，最苦阿翁心。
故把恶言骂，只缘恩义深。

且说宿习奔回曲家，见了谕卿，哭诉其事。谕卿叹道："夫妇大伦，乃至生无相见，死无相哭，可谓伤心极矣。令岳不肯认兄为婿，是料兄为终身无用之物，兄须争口气，切莫应了令岳所料。"宿习涕泣拜谢。

忽一日，谕卿对宿习道："今晚本官审一件好看的人命公事，兄可同去一看。"说罢，便教宿习换了青衣，一同走入总捕衙门，向堂下侧边人丛里立着。只见阶前跪着原、被、证三人，王二府先叫干证赵三问道："李甲妻子屈氏为什缢死的？"赵三道："为儿子李大哄了她头上宝簪一双，往张乙家去赌输了，因此气忿缢死。"王二府道："如今李大何在？"赵三道："惧罪在逃，不知去向。"王二府便唤被告张乙上来，喝道："你如何哄诱李大在家赌钱，致令屈氏身死？"张乙道："李大自到小人家里来，不是小人去唤他来的。这玉簪也是他自把来输与小人，不是小人到他家去哄的。今李甲自己逼死妻子，却又藏过了儿子，推在小人身上。"王二府骂道："奴才！我晓得你是开赌的光棍，不知误了人家多少子弟，哄了人家多少财物。现今弄得李甲妻死子离，一家破败，你还口硬么？"说罢，掷下六根签，打了三十板。又唤原告李甲问道："你平日怎敢教训儿子，却纵放他在外赌钱？"李甲道："小人为禁他赌钱，也曾打骂过几

次。争奈张乙暗地哄他，因此瞒着小人，输去宝簪，以致小人妻子缢死。"王二府道："我晓得你妻子平日一定姑息，你怪她护短，一定上与她寻闹，以致她抱恨投缳。你不想自己做了父亲，不能禁约儿子，如何但去责备妇人，又只仇怨他人，也该打你几板。"李甲叩头求免，方才饶了。王二府道："李大不从父训，又陷母于死，几与杀逆无异，比张乙还该问重重地一个罪名，着广捕严行缉拿解究。张乙收监，候拿到李大再审。屈氏尸棺发坛。李甲、赵三俱释放宁家。"判断已毕，击鼓退堂。曲谕卿挽着宿习走衙门，仍回家中，对宿习道："你令岳还算忠厚，尊嫂被兄气死了，若告到官司，也是一场人命。"宿习默默无言，深自悔恨，寻思"丈人怪我，是情理所必然，不该怨他。"正是：

莫嫌今日人相弃，只恨当初我自差。

过了几日，宿习因闷坐无聊，同着曲家从人到总捕厅前，看他投领文册，只见厅前有新解到一班强盗，在那里等候官府坐堂审问。内中有三个人却甚斯文模样，曲家从人便指着问道："你这三个人不像做强盗的，如何也做强盗？"一人答道："我原是好人家子弟，只因赌极了，无可奈何入了盗伙，今日懊悔不及。"一人道："我并不是强盗，是被强盗扳害的。他怪我赖了赌帐，曾与我厮打一场，因此今日拖陷我。"一个道："我一发冤枉，我只在赌场中赢了一个香炉，谁知却是强盗赃物，今竟把我算做窝赃。"曲家从人笑道："好赌的叫做赌贼，你们好赌，也便算得是强盗了。"宿习听罢，面红耳热，走回曲家，思量《哀角文》中"赌与盗邻"一句，真是确语，方知这几张纸牌是籍没家私的火票，逼勒性命的催批，却恨当时被他误了，今日悔之晚矣。自此时堂夜半起来，以头撞壁而哭。

谕卿见他像个悔悟发愤的，乃对他说道："兄在我家佣书度日，不是长策，今考期将近，可要去赴童生试否？"宿习道："恨我向来只将四十叶印板、八篇头举业做个功课，实实不曾读得书。今急切里一时读不下，如何是好？"谕卿道："除却读书之外，若衙门勾当，我断不劝你做，我亦不得已做了衙门里人，终日兢兢业业，畏刑惧罪。算来不如出外为商，做些本份生意，方为安稳。"宿习道："为商须得银子做本钱，前日输去便容易，今日要他却难了。"谕卿道："我有个敝友闵仁宇是常州人，他惯走湖广了，如今正在这里收买布匹，即日将搭伴起身到湖广去。兄若附他的船同行最便，但极少也得三五十金做本钱方好。"宿习道："这银子却哪里来？"谕卿道："何不于亲友处拉一银会？"宿习道："亲友都知不肖有赌钱的病，哪个肯见托？"谕卿道："今知兄回心学好，或肯相助也未可知。兄未尝去求他，如何先料他不肯，还去拉一拉看。"

宿习依言，写下一纸会单，连连出去走了几日，及至回来，唯有垂首叹气。谕卿问道："有些就绪么？"宿习道："不要说起。连日去会几个亲友，也有推托不在家，不肯接见的；也有勉强接见，语言冷淡，礼貌疏略，令人开口不得的；也有假意殷勤，说到拉会借银，不是愁穷，定是推故的。早知开口告人如此烦难，自恨当初把银子浪费了。"谕卿道："我替兄算计，还是去求令岳，到底翁婿情分，不比别人。前当尊嫂新亡，令岳正在悲愤之时，故尔见拒。如今待我写书与他，具言兄已悔过，兄一面亲往求谒，包管令岳回心转意，肯扶持兄便了。"

宿习听罢，思量无门恳告，只得依着谕卿所教，奔到冉家门首。恰遇冉化之要到人家去看病，正在门首上轿。宿习陪个小心，走到轿边，恭身施礼道："小婿拜见。"化之也不答礼，也不回言，只像不曾见的一般，竟自上轿去了。宿习欲待再走上去，只见轿后从人一头走一头回顾宿习笑道："宿官人不到赌场里去，却来这里做什？我相公欢喜得你狠，还要来缠帐。"宿习羞得面红，气得语塞，奔回曲家，仰天大哭。谕卿细问其故，宿习诉知其事，谕卿沉吟道："既令岳不肯扶持，待我与敝友们相商，设处几十金借与兄去何如？"宿习收泪拜谢道："若得如此，恩胜骨肉。"谕卿道："只一件，兄银子到手，万一旧病复发，如之奈何？"宿习拍着胸道："我宿习如再不改前非，真是没心肝的人了。若不相信，我就设誓与你听。"谕卿笑道："兄若真肯设誓，明日可同到城隍庙神道面前去设来。"宿习连声应诺。

次日，果然拉着谕卿走到城隍庙前，只见庙门首戏台边拥着许多人在那里看演神戏，听得有人说道："好赌的都来看看这本戏文。"谕卿便对宿习道："我们且看一看去。"两个立住了脚，仰头观看。锣声响处，见戏台上扮出一个金盔金甲的神道，口中说道："生前替天行道，一心归顺朝迁，上帝怜我忠义，死后得为神明。我乃梁山泊宋公明是也。可恨近来一班赌钱光棍，把俺们四十个弟兄图画在纸牌上耍子，往往弄得人家子弟家破人亡，身命不保。俺今已差鬼使去拘拿那创造纸牌与开赌哄人的人来，押关阴司问罪，此时想就到也。"说罢，锣声又响，扮出两个鬼使，押着两个犯人，长枷铁索，项插招旗。旗上一书"造牌贼犯"。一书"开赌贼犯"。鬼使将二人推至宋公明面前，禀道："犯人当面。"那宋公明大声喝骂："你这两个贼徒，听我道来。"便唱道：

俺是大宋忠良，肯助你这腌臜勾当？你把人家子弟来坏了，怎将俺名儿污在你纸上？俺如今送你到阴司呵，好去听阎王发放。

唱毕，向里面叫道："兄弟黑旋风哪里？快替我押这两个贼徒到酆都去。"道言未了，一棒锣声，扮出一个黑旋风李逵来，手持双斧，看着那两个犯人笑道："你认得我三十士么？先教人吃我一斧！"说罢，把两个人一斧一砍下场去。黑旋风即跳舞而下。

宋公明念两名落场诗道："善恶到头终有报，只争来早与来迟。"台下看的人都喝采道："好戏！"谕卿对宿习道："闻说这本新戏是一个乡绅做的，因他公子好赌，故作此以警之。"宿习点头嗟叹，寻思道："赌钱的既受人骂，又受天谴。既受官刑，又受鬼责。不但为好人所摈绝，并为强盗所不容。"一发深自懊悔。走到城隍神座前，不觉泪如雨下，哭拜道："宿习不幸为赌所误，今发愿改过自新。若再蹈前辙，神明殛之！"谕卿见他设过了誓，即与同回家中，取出白银三十两，交付宿习收讫。

次日，便设席钱行，就请那常州朋友闵仁宇来一同饮酒，告以宿习欲附舟同行之意，并求他凡事指教，仁宇领诺。席散之后，宿习拜辞起身，与仁宇同至常州。仁宇教他将银去都置买了灯草，等得同伴货物齐备，便开船望湖广一路进发。也是宿习命运合当通泰，到了湖广，恰值那专贩灯草的客船偶失了火，灯草欠缺，其价顿长，一倍卖发数倍，且喜宿习出门利市，连本利已有百余金，就在湖广置买了石豪，回到芜湖地方，又值那些贩石豪的船都遭了风，只有宿习的客船先到，凑在巧里，又多卖了几倍价钱。此时宿习已有二三百金在手，便写书一封。将原借本银加利一倍，托相知客伴寄归送还曲谕卿，一面打点就在芜湖置货。适有一山东客人带得红花数包，因船漏浸湿，情愿减价发卖。宿习便买了他的，借客店歇下，逐包打开晒浪，不想每包里边各有白银一百两。原来这红花不是那客人自己的，是偷取他丈人的。他丈人也在外经商，因路上携带银两恐露人眼目，故藏放货物内，不期翁婿不睦，被女婿偷卖货物，却把银子白白地送与宿习了。当下宿习平空得了千余金，不胜之喜。更置别货，再到湖广、襄阳等处，又获利厚利。正要再置货回来，却遇贩药材的客人贩到许多药材，正在发卖，却因家中报他妻子死了，急欲回去，要紧脱货，宿习便尽数买了他的。不想是年郧阳一路有奸民倡立无为教，聚众作乱，十分猖獗，朝迁差兵部侍郎钟秉公督师征剿，兵至襄阳，军中疫疠盛行，急需药物，药价腾贵，宿习又一倍卖了几倍。此时本利共三四千金，比初贩灯草时大不同了。正是：

> 丈人会行医，女婿善卖药。
>
> 赌钱便赌完，做客却做着。

看官听说：人情最是势利，初时小本经纪，同伴客商哪个看他在眼今见他腰缠已富，便都来奉承他。闵仁宇也道他会做生意，且又本份，甚是敬重。那接客的行家，把宿习当做个大客商相待，时常请酒。一日设酌舟中，请宿习饮宴，宿习同着闵仁宇并众伙伴一齐赴席。席间有个侑酒的妓女，乃常州人，姓潘名翠娥，颇有姿色，同伴诸人都赶着她欢呼畅饮，只有闵仁宇见了这妓女却愀然不乐，那妓女看了仁宇也觉有羞涩之意。仁宇略坐了片刻，逃席先回，宿习心中疑怪，席散回寓，便向仁宇叩问其故。仁宇叹道："不好说得，那妓女乃我姨娘之女，与我是中表兄妹，因我表妹丈鲍士器酷好赌钱，借几百两客债来赌输了，计无所出，只得瞒着丈母来卖妻完债。后来我姨娘闻知，虽曾靠官把女婿治罪，却寻不见女儿下落。不期今日在此相见，故尔伤心。"突习听说，恻然改容道："既系令表妹，老兄何不替她赎了身，送还令母姨，使她母女重逢。"仁宇道："若要替她赎身，定须一二百金。我本钱不多，做不得这件好事。"宿习慨然道："我多蒙老兄挈带同行，侥幸赚得这些利钱。如今这件事待我替兄做了何如？"仁宇拱手称谢道："若得如此，真是莫大功德。"宿习教仁宇去访问翠娥身价多少，仁宇报说原价二百两，宿习便将二百两白银交付仁宇，随即唤鸨儿、龟子到来，说知就里，把银交割停当，领出翠娥，当下翠娥感泣拜谢，自不必说，宿习又将银三十两付仁宇做盘缠，教他把翠娥送回常州，"所有货物未脱卸者，我自替你料理。"仁宇感激不尽，即日领了翠娥，拜谢起身，雇下一只船，收拾后舱与翠娥住了，自己只在前舱安歇。

行了两日，将近黄州地面，只见一只大官船，后面有二三十只兵船随着，横江而来。官船上人大叫："来船拢开！"仁宇便教艄公把船泊住，让他过去，只见船舱口坐着一个官人，用手指着仁宇的船说道："目今寇盗猖獗，往来客船都要盘诘，恐夹带火药军器。这船里不知可有什夹带么？"仁宇听说，便走出船头回复道："我们是载女眷回去的，并没什夹带。"正说间，只见那人立起身来叫道："这不是我闵家表舅么？"仁宇定睛仔细看时，那官人不是别人，原来就是鲍士器。当下士器忙请仁宇过船相见，施礼叙坐。仁宇问道："恭喜妹丈，几时做了官了？"士器道："一言难尽。自恨向时无赖，为岳母所讼，问了湖广黄州卫充军。幸得我自幼熟娴弓马，遭遇这里兵道老爷常振新爱我武艺，将我改名鲍虎，署为百长，不多时就升了守备。今因他与督师的钟兵部是同年，特荐我到彼处军前效用。不想在此得遇表舅。"仁宇道："妹丈昔年坎坷今幸得一身荣贵，未识已曾更娶夫人否？"鲍虎挥小道："说哪里话。当初是我不肖，不能保其妻子，思之痛心，今已立誓终身不再娶了。"仁宇道："今日若还寻见我表妹，可重为夫妇么？"鲍虎道："虽我负累了她，岂忍嫌弃？但今不知流落何方，安得重来夫妇？"说罢，挥泪不止。仁宇笑道："表妹只在此间不远，好教妹丈相会。"鲍虎惊问："在哪里？"仁宇乃将翠娥堕落风尘，幸亏宿习赎身，教我亲送回乡的话——说了。鲍虎悲喜交集，随即走过船来，与翠娥相见，夫妇抱头大哭，正是：

无端拆散同林鸟，何意重还合浦珠。

当下鲍虎接娶翠娥过了船，连仁宇也请来官船上住了，打发来船先回襄阳，自己随后也便到襄阳城中，且不去投见钟兵部，先同着仁宇到宿习寓所拜谢，将银二百两奉还。宿习见了鲍虎，吸他作叙述中情，不觉有感于中，潜然泪下道："足下累了尊嫂，尚有夫妻相见之日，如不肖累了拙荆，已更无相见之日矣！今不肖亦愿终身不娶，以报拙荆于地下。"鲍虎询问缘由，宿习也把自己心事说与知道。两个同病相怜，说得投机，便结拜为兄弟。正是：

流泪眼观流泪眼，断肠人惜断肠人。

次日，鲍虎辞别宿习，住钟兵部军前投谒。钟公因是同年常兵备所荐，又见鲍虎身材雄壮，武艺熟娴，心中欢喜，便用为帐前亲随将校，甚见信用。鲍虎得暇便来宿习所探望。此时军中疫疠未息，急欲得川芎、苍术等药辟邪疗病，恰好宿习还有这几件药材剩下，当日便把来尽付鲍虎，教他施与军士。鲍虎因即入见钟公，将宿习施药军中，并前日赎他妻子之事细细禀知，钟公道："布衣中有此义士，当加旌擢以风厉天下。"便令鲍虎传唤宿习到来相见。那时宿习真是福至心灵，见了钟公，举止从容，应对敏捷，钟公大悦，即命为军前监计同知，换去客商打扮，俨然冠带荣身。正是：

我本无心求仕进，谁知富贵逼人来。

宿习得此机遇，平白地做了官，因即自改名宿变，改号豹文，取君子豹变之意。

过了一日，军中疫气渐平，钟公商议进兵征讨。先命宿变往近属各府州县催趱粮草济用。是年，本省德安府云梦县饥荒，钱粮不给，宿习变催粮到县，正值县官去任，本县新到一个县丞署印。那县丞正苦县中饥荒。钱粮无办，不能应济军需，却闻有监计同知到县催粮，心中甚是惶急。慌忙穿了素服，来至城外馆驿中迎接，见了宿变，行属礼相见。宿变看那县丞时，不是别人，原来就是曲谕卿。他因吏员考满，选授云梦县丞，权署县印，那时只道催粮同知唤做宿变，怎知宿变就是宿习？当下望着宿变只顾跪拜，宿变连忙趋下座来，跪地扶起道："恩人，你认得我宿习么？"谕卿仔细定睛看了一看，不觉又惊又喜。宿变便与并马入城，直进私衙中，叙礼而坐。谕卿询问做官之由，宿变将前事细述了一遍。谕卿以手加额道："今日才不负令岳一片苦心矣。"宿变道："岳父已弃置不肖，若非恩人提拔，安有今日？"谕卿道：'大人误矣，当日府前送饭，家中留歇，并出外经商时赠银作本，皆出自令岳之意，卑职不过从中效劳而已。令岳当日与卑职往来密札，今都带得在此，大人试一寓目，便知端的。"说罢，便取出冉化之许多手书与宿变观看。宿变看了，仰天大哭道："我岳父如此用心，我一向不知，恩深似海，恨无以报。痛念拙荆早逝，不及见我今日悔过。"谕卿道："好教大人欢喜，尊夫人原不曾死。"宿变惊问道："明明死了，怎说未死？"谕卿把前情备细说了。宿变回悲作喜，随即修书一封，差人星夜到冉家去通报。

谕卿置酒私衙，与宿变把盏。饮酒间，谕卿说道："目下县中饥荒，官粮无办，为之奈何？"宿变道："欲完官粮，先足民食。民既不足，何以完官？"谕卿道："民食缺乏，只为米价腾贵之故，前日已曾拿两个高抬米价的惩治了，只是禁约不住。"宿变道："尊见差矣。本处乏粮，全赖客米相济，若禁约增价，客米如何肯来？我今倒有个计较在此。"便自出囊中银五百两，教谕卿差人星夜去附近地方收籴客米，比时价倒增几分，于是客商互相传说，都道云梦县米价最高，贩米客人一齐都到本县来。客米既多，时价顿减。宿变乃尽出囊金，官买客米，令谕卿杀牛置酒，款待众米商，要他照新减之价更减几分发粜，一时便收得米粮若干。将一半赈济饥民，一半代谕卿解充兵饷，百姓欢声载道，钟公剋期进兵，多亏宿变各处催趱粮草接济，士气饱腾。正是：

先之以药，继之以饵。医国国安，医民民起。商人今作医人，不愧冉家半子。

钟公统率足食之兵，进剿乱贼，势如破竹。倡立邪教贼首，被鲍虎杀戮。其余乌合之众，逃奔不迭的都被生擒活捉。钟公对宿变道："所擒贼众，多有被贼劫掳去误陷贼中的，应从宽释。汝可为细加审究一番，就便发落。"宿变领命，便坐公衙，将所拎贼囚一一细审，随审随放。次后审到两个同乡人，一个叫薄六，一个叫做堵四，看这二人，面庞好生厮熟，细看时，记得是前番在捕厅门首所见的盗犯，那薄六便是说被盗扳害的，那堵四便是说误取盗赃的。宿变问他何故陷入贼党，二人告道："小人等当蒙捕厅问罪在狱，适有别犯越牢，小的两个乘势逃出狱门，躲离本省，不想遇了贼寇，被他捉去。"宿变道："当日与你同解捕厅的，还有一个人，却怎么了？"两人道："那人受刑不过，已毙狱了。"宿变道："论你两人私逃出狱之罪，本该处死，姑念同乡，饶你去罢。"两个拜谢去了，末后审得一个同乡人，叫做李大，问他何故从贼，李大道："为赌输了钱，连累母亲缢死，被父亲告在总捕厅。因惧罪在逃，不想途中遇了乱贼，捉去养马。"宿变道："当日哄你去赌钱的，可是张乙么？"李大道："正是张乙。"宿变道："你这厮陷母于死，又背父而逃，是个大逆不孝之子。现今本处捕厅出广捕拿你，我今当押送你到本处，教你见父亲一面而死，且好与张乙对质，正其诬赃害人之罪。"说罢，便起一角公文，差人押送李大到松江总捕厅去了。正是：

天理从来无爽错，人生何处不相逢。

宿变审录贼犯已毕，回复了钟公，钟公即日拔寨班师，奏凯还朝。上表报捷，表中备称宿与鲍虎功绩。宿变又恳求钟公于叙功款项口，带入曲谕卿名字。朝迁降旨：升钟秉公为太子少保兵部尚书，宿变特授兵部郎中之职，鲍虎升为山东济南府副总兵，曲谕卿实授云梦县知县。

命下之后，宿变即上本告假，驰驿还乡。一路经地府州县，客官都往来拜望。不则一日，路经常州，宿变具名帖往拜常州太守。那太守出到宾馆与宿变相见，宿变看那太守时，原来就是松江总捕同知王法，当下王公便不认得宿变，宿变却认得是王公。正是：

> 今为座上客，昔为阶下囚。
> 难得今时贵，莫忘昔日羞。

二人叙礼毕，宿变动问道："老公祖旧任敝郡，几时荣升到这里的？"王公道："近日初承乏在此。"宿变道："治弟前在军中，曾获逃犯李大，押送台下，未识那时台驾已离任否？"王公道："此时尚未离任，已将李大问罪，结过张乙一案。不想来到此间，却又有一宗未结的公案，系是妇人潘氏，告称伊婿鲍士器，为赌输官债，卖妻为娼，并告张乙同谋，当初撺掇鲍士器借客债也是张乙，后来撺掇卖为娼也是张乙，今鲍士器已经问罪发配，张乙却在逃未获。原来这张乙本是常州人，因犯罪逃至松江，又在那里开赌害人，十分可恶。学生前日已行文旧治，吊取他来，毙之杖下了。"宿变点头称快。当下别过王公，便到闵仁宇家拜望了一遭。随后王公到船答拜讫，即开船而行。

舟行之次，听得有叫化船上，一个老婆子在那里叫唤，求讨残羹冷饭。宿变怪她声音厮熟，推开吊窗看时，认得是开赌的程福之妻，因向日在他家住久，故此认识。原来程福自被王公问徒发驿，在路上便染病死了，妻子孤身无靠，只得转嫁他人。谁知又嫁了个不成才的，遂流落做了乞丐。当下宿变唤那婆子来，问知备细，嗟叹不已。正是：

> 东边阙事西边补，前报差时后报真。

宿变回到松江，便到冉家，见了丈人，哭拜于地道："小婿不才，荷蒙岳父费尽苦心，暗地周全，阳为摈绝，几番激励厉，方得成人。此德此恩，天高地厚。"冉化之答拜道："贤婿前穷后通，始迷终悟，也是你命运合该如此，老夫何力之有？"说罢，请出女儿璧娘来，与女婿相见。二人交拜对泣，各诉别后衷曲，再叙夫妇之情。正是：

既知今是，始悔昨非。前日只顾手中的宋江、武松，那管家里的金莲、婆惜；今日忽然谢别了雷横、史进，不至屈死了秀英、交枝。前日几为鲁智深，险些向五台山皈依长老；今朝喜会红娘子，不致如小霸王空入罗帏。前一似林冲远行，不能保其妻子；今何幸秦明归去，依然会着浑家。若还学那攘臂下车的晋冯妇，捉老虎犹念千生；今既做了素服郊次的秦穆公，顺风旗不思红万。百老原为短命郎，前日几被活阎罗送了性命；四门本有都总管，今朝还让晁天王镇住妖魔。圣手书生的挥毫，写不出《哀角》一篇文字；玉臂匠人的篆刻，印不就戒赌一段心肠。裴孔目铁面虽严，不如曲谕卿的周旋为妙；安道全神医无对，岂若冉化之的术数尤高。直教立誓撇开八叶去，遂使无心换得五花归。

次日，宿变备了礼物，到曲谕卿家拜谢。此时谕卿在任所未归，宿变再三致谢他家内眷，又将钱钞犒赏曲家从人。过了一日，闵仁宇来答拜，并拉着初时这几个同伴客商来贺喜，宿变置酒款待，因说起鲍虎之事，宿变对冉化之道："岳父这篇《哀角文》劝醒世人，造福不小，当即付梓，广为传布。"化之依言，便刻板发印，各处流传。

宿变与新友们酢作了几时，到得假限将满，携了妻子，并请丈人一同赴京。路经山东济南府，下是鲍虎的任所，鲍虎闻宿变到，亲自出城迎请他一家老少，都到私衙相叙，就教妻子翠娥，并丈母潘氏出来拜谢。难宴了几日，宿变辞别起身，鲍虎亲送至三十里外，洒泪而别，宿变到了京师，那时京中新推升的礼部尚书便是青浦县乡绅钮义方，他偶从那里见了这篇《哀角文》十分称赏。原来前日那本戒赌的戏文就是钮义方做的，与化之正同心。他访知这篇文字是兵部郎中宿变丈人冉化之所作，又晓得化之现在京师，便发名帖，邀请化之到来相会。叙话间，问起化之原系儒生学医的，便道："先生具此美才，岂可老于牖下。"两个说得投机，治酌留饮，唤出公子钮伯才来相。饮至半酣，钮公对化之道："赌钱场中不但扯牌，还有掷色，其害更甚。愚意欲再作一篇《戒掷骰文》，先生高才，乞更一挥毫。"化之欣然允诺。便教娶文房四宝过来，走笔立就。其文曰：

吁嗟乎，赌之多术，其端不一。既有八张，又有六色。六色之害，视角甚焉。呼卢呼雉，转盼萧然。庶几宴饮，用佐觞政。自酒而外，用之则病。或云此戏，从古有之。我思古人，大异今兹。桓温善算，博则必得。知其用兵，百不失一。问君之智，何如于温。苟或不及，此好当惩。刘毅慷慨，一掷百万。敌人塞心，雄豪是患。问君之胆，何如于刘。苟或不及，此好当休。壮哉袁君，脱其破帽。掉臂一呼，人识彦道。问君之技，何如于袁。苟或不及，此好当捐。掷骰子矣，莱公雅量。俯镇人民，仰安君上。问君之度，何如于莱，苟或不及，此好当裁。我愿父兄，戒厥弟子。防闲必严，

毋习于此。禁之不听，伊教之疏。何以治之，是在读书。

化之写完，钮公接来看了，极口称赞道："此文与《哀角》一篇并臻绝妙。先生这两篇妙文，当得两服妙药。他人之药，只药身病；先生之药，能药心病。忠言苦口，能药人于既病之后；潜消默夺，又能药人于未病之前。只看撰文之精，便知用药之妙。"说罢，即以此文付与公子观看，教把去立时发刻，与《哀角文》一并行世。当晚钮公与化之饮酒，尽欢而散。

次日，便上一疏，特荐儒医冉道文才可用，奉旨冉道特授为翰林院撰文中书兼太医院医官。化之谢了王恩，随即同着宿变往谢钮公，自不必说。后来宿变官至卿贰，化之亦加衔部郎，翁婿一门荣贵。女婿未尝学医，偏获药材之利。丈人已弃儒业，卒收文字之功。正是：

> 遇合本非人所料，功名都在不意中。

看官听说："人苦不能悔过，若能悔过，定有个出头日子。那劝悔过的，造福既大，天自然也以福报他。奉劝世人，须要自知我病，切莫讳疾忌医；又须善救人病，切莫弃病不治。"

【回末总评】

淋淋漓漓，为败子说法。悲歌耶？痛哭耶？晨钟耶？棒喝耶？能改过者，善补其阙者也；能劝人改过者，善补人阙者也。自补其阙，与补人之阙，皆所以补天之阙。一《哀》一《戒》，两篇妙文，便当得一片女娲石。

卷之八　凤鸾飞

女和郎各扮一青衣　奴与婢并受两丹诏

中国禁书文库

五色石

纪信荥阳全主身，捐躯杆白赵家臣。可怜未受生时禄，赠死难回墓里春。

奇女子，笃忠贞，移桃代李事尤新。纵令婢学夫人惯，赴难欣然有几人。

右调《鹧鸪飞》

从来奴仆之内尽有义人，婢妾之中岂无高谊？每怪近日为人仆的，往往自营私橐，罔顾公家，利在则趋，势败则去。求其贫贱相守，尚且烦难；欲其挺身赴难，断无些理。至于婢妾辈，一发无情，受宠则骄，失宠则怨。她视主人主母，如萍水一般，稍不如意，便想抱琵琶，过别船，若要她到临难之时，拚身舍已，万不可得。世风至此，真堪浩叹。然吾观史册中替汉天子的纪将军，未尝为项羽所活；传奇中救宋太子的寇承御，未尝为刘后所宽。他如逢丑父有脱主之功，或反疑其以臣冒君，指为无礼；冯婕妤有当熊之勇，不闻以其奋身卫主，升为正宫。为此奴婢辈纵有好心，一齐都灰冷了。如今待我说个不惟不死、又得做显官的义奴，不唯全身、又得做夫人的义婢，与众位听。

话说唐朝宪宗时，晋州有个秀才，姓祝名凤举，字九苞，少年有才，声名甚著。母亲熊氏先亡，父亲祝圣德，号万年，现为河东节度使。祝生随父在任读书，身边有个书童，名唤调鹤，颇通文墨，与祝生年相若，貌亦相似。祝生甚是爱他，朝夕教他趋待文几，不离左右，一日，祝公因儿子姻事未谐，想着一个表弟贺朝康，是同省云州人，官拜司空，因与宰相裴延龄不协，告病在家，夫人龙氏只生一女，小字鸾箫，姿才双美，意欲以中表求婚，便修书一封，使祝生亲往通候贺公，书中就说求婚之意。祝生向慕贺家表妹才色，接了父书，满心欢喜，即日收拾行李起身。临行时，祝公又将出一封书，并许多礼物付与祝生，吩咐道："我有个同年谏议大夫阳城，也因与裴相不合，弃官而归，侨居云州马邑县。今年三月，是他五袭寿诞，你今往云州，可将此书礼先到马邑拜贺了阳年伯的寿，然后去见贺表叔。"祝生领命，辞了父亲，唤调鹤随着，起身上路。路上私与鹤计议道："此去马邑不是顺路，不如先往贺家，且待归时到阳家去未迟。"商量定了，竟取路望贺家来。正是：

    顺带公文为贺寿，意中急事是求亲。

却说贺家小姐鸾箫果然生得十分美丽，又聪慧异常。有一侍儿，名唤霓裳，就是鸾箫乳母岳老妪的甥女，也能识字知文。论她的才，虽不及鸾箫这般聪慧，若论容貌，与鸾箫竟是八两半斤，鸾箫最是爱她。那老夫人龙氏性最奉佛，有个正觉庵里尼姑法名净安的常来走动，募化夫人舍一对长幡在本庵观世音座前，夫人做成了幡，命鸾箫题一联颂语在上。鸾箫题道：

    世于何观，观我即为观世。
    音安可见，见音实是见心。

题毕，夫人就教鸾箫把这几个字绣了，付与净安。净安称赞道："小姐文妙，字妙，绣线又妙，可称三绝。小尼斗胆，敢求小姐大笔，题一副对联贴在禅房里，幸忽见拒为妙。"鸾箫说罢，便敢过一幅花笺，用篆文题下一联道：

    明彻无明无无明；
    想空非想非非想。

净安见那篆文写得古迹苍然，如刻划的一般，十分称赞，作谢而去。

不想本城有个乡绅杨迎势，乃杨炎之子，向靠父亲势力，曾为谏议大夫。父死之后，罢官在家，他的奶奶亦最奉佛，也与净安相熟，常到正觉庵随喜。一日到庵中，见了长幡，净安说是贺家小姐所题，就是她写、就是她绣的，又指房中那一联篆对与杨奶奶看了，极口称扬鸾箫的才貌。杨奶奶记在心里，回去对丈夫说知，便使媒婆到贺家来替公子求亲。贺公素鄙杨迎势的为人，又知杨公子蠢俗无文，立意拒绝了。杨家奶奶又托净安来说合，贺老夫人怪她在杨奶奶面前多口，把她抢白了一场。净安好生没趣，自此也不敢常到贺家来了。正是：

> 女郎虽有才，未可露于外。
> 三姑与六婆，入门更宜戒。

贺公既拒绝了杨家，却与夫人私议道："女儿年已及笄，姻事亦不可迟。表兄祝万年有子名凤举，年纪与吾女相当，他在龆龀时，我曾见他生得眉清目秀，后来踪迹疏阔，久未相会。近闻他才名甚盛，未知实学如何？若果名称其实，便可作东床之选。惜我迟了一步，不能面试他一试。"

正说间，恰好阍人一报：河东节度祝爷差公子赍书到此求见。贺公大喜，随即整衣出迎。祝生登堂拜谒，执礼甚恭。贺公见他人物比幼时更长得秀美，心中欣悦。寒温毕，祝生取出父亲书信送上。贺公拆开看了，见是求婚之意，便把书纳于袖中，对祝生道："久仰贤侄才名，渴思面领珠玉，今幸惠临，可于舍下盘桓几时，老夫正欲捧读佳制，兼叙阔悰。"祝生唯唯称谢。茶罢，请出老夫人来拜见。夫人看了祝生人物，亦甚欢喜。贺公道："舍下有一梅花书屋，颇称幽雅，可以下榻。"说罢，便教家人收拾祝生行李，安放书屋中，一面即治酒在彼伺候。

不多时，家人报酒席已完。贺公携着祝生，步入那梅花书屋来。只见屋前屋后遍植梅花，果然清幽可爱。中间设下酒席，二人揖逊而坐，举觞共饮。此时已是二月下旬，梅花大半已谢，风吹落花飞入堂中，酒过数巡，贺公对着祝生道："老夫昨见落梅，欲作一诗，曾命小女做来。今贤侄高才，未识肯赐教一律否？"祝生欣然领诺。贺公送过文房四宝，祝生握笔在手，对贺公道："不知表妹佳咏用何韵，小侄当依韵奉和。"贺公道："韵取七阳，用芳香霜肠四字。"祝生听罢，展纸挥毫，即题一律道：

> 皎皎霓裳淡淡妆，羞随红杏斗芬芳。
> 冲寒曾报春前信，坠粉难留雨后香。
> 恍似六花犹绕砌，还疑二月更飞霜。
> 惟余纸帐窥全影，梦忆南枝欲断肠。

题毕，呈与贺公看了，大赞道："贤侄诗才清新秀丽，果然名不虚传。"祝生道：

"小侄不惜献丑，乃抛砖引玉之意。敢求表妹佳章一读。"贺公便把祝生所作付小童传进内边，教换小姐的诗来看。小童去不多时，送出一幅花笺来。祝生接来看时，上写道：

> 游蜂争为杏花忙，知否寒枝有旧芳。
>
> 雨洗轻妆初堕粉，风飘素影尚流香。
>
> 沾泥似积庭余雪，点石疑飞岭上霜。
>
> 天宝当年宫树畔，江妃对此几回肠。

祝生看了，极口称赏道："表妹才情胜小侄十倍。珠玉在前，觉我形秽矣。"贺公笑道："不必太谦，二诗可谓工力悉敌。"说罢，命酒再饮。饮至半酣，贺公欣然笑道："老夫向为小女择配，未得其人。今尊翁书中欲以中表议婚，贤侄真足比温太真矣。"祝生大喜，起身致谢。当日二人饮酒尽欢而罢。

至晚，祝生宿于书屋中，思量小姐诗词之妙，又喜又疑。想道："女郎如何有此美才，莫非是他父亲笔削过的?"又想道："即使文才果美，未知其貌若何? 我须在此探访个确实才好。"次早起来，去书箱中取出一幅白鲛绡，把鸾箫这首诗录在上面，时时讽咏。早晚间贺公出来与祝生叙话，或议论古人，或商榷时务，祝生应对如流。或有来求贺公诗文碑铭的，贺公便央祝生代笔，祝生挥毫染翰，无不如意，贺公十分爱敬。

祝生在贺家一连住了半月有余，调鹤私禀道："老爷本教相公先到阳爷家贺寿，今寿期已近，作速去方好。"祝生此时未曾访得鸾箫确实，哪里肯便去，调鹤见他踌躇不行，又禀道："相公若还要往此，不妨到阳家去过，再来便了。"祝生想道："我若辞别去了，怎好又来?"因对调鹤道："此间贺老爷相留，不好便别。阳爷处，你自去把书礼投下罢。"调鹤道："老爷书中已说相公亲往，如今怎好独差小人去?"祝生想了一想道："你与我年貌仿佛，况我与阳爷未经识面，你今竟假抢着我代我一行，有何不可。"调鹤道："这怎使得? 小人假扮着去不打紧，倘或阳爷治酒款留，问起什么难应答的话来，教小人哪里支吾得过?"祝生道："你只推说要到贺表叔家问候，一拜了寿，就辞起身使了。"说罢，便取出书信礼物，并将自己的巾服付与调鹤，教他速去速回，调鹤没奈何，只得将着书礼，雇下船只，收拾起身。到了船中，换了巾服，假扮着祝生，自往马邑去了。

且说祝生住在贺家，不觉已是三月中旬。清明时候，贺公举家要去扫墓。鸾箫小

姐以微恙初愈，不欲随行，夫人留霓裳在家陪侍，其余婢仆尽皆随往。贺公意欲约祝生同去墓所闲游，祝生打听得鸾箫独自在家，便想要趁此机会窥探些消息，乃不等贺公来约，先推个事故出外去了，约莫贺公与夫人等去远，即回身仍到贺家，在书斋左侧走来走去，东张西看。却又想："小姐自在深闺，我哪里便窥视得着？"心中闷闷，只得仍走入书屋中兀坐。

却说鸾箫自见了祝生的诗，十分赏叹，把来写在一幅绛鲛绡之上，朝夕吟味，那日夫人出外，鸾箫独与霓裳闲处闺中，复展那诗观看，因戏对霓裳道："祝家表兄第一句诗，便暗合着你的名字，莫非他与你有缘。"霓裳笑道："小姐若得配才郎，霓裳自当有抱衾与裯之列。"鸾箫道："祝表兄诗才虽妙，未知人物如何？"霓裳道："今日乘夫人不在，小姐何不私往窥之？"鸾箫道："倘或被他瞧见了，不当稳便。"霓裳道："小姐与祝生既系中表兄妹，相见何妨？"鸾箫沉吟道："我见他不妨，却不可使他见我。我今有个道理。"霓裳道："有什道理？"鸾箫道："把你身上的青衣来与我换了，我假扮了你，去窥他一面。倘他见了我问时，我只说是你便了。"霓裳笑道："祝生的诗既比着霓裳，今小姐又要扮做霓裳，使霓裳十分荣耀。"说罢，便脱下青衣与鸾箫改换停当。

鸾箫悄地步至梅花书屋，只推摘取青梅，竟走到庭前梅树之下。祝生闷坐无聊，忽然望见一个青衣女子，姿态异常，惊喜道："夫人已不在家，此必是小姐的侍儿了。"忙趋上前唱个肥诺道："小娘子莫非伏侍鸾箫小姐的么？"鸾箫看那祝生时，丰神俊爽，器宇轩昂，飘然有超尘出俗之姿，心中暗喜，忙慌回礼道："妾正是小姐的侍儿霓裳也。"祝生的说名唤霓裳，笑道："只霓裳两字便是妙极，小生前诗中曾把佳名与梅花相比，何幸今日得逢解语花。"鸾箫道："郎君尊咏，小姐极其称赏，未识小姐所作，郎君以为何如？"祝生道："小姐诗才胜我十倍，但不知此诗可是小姐真笔？"鸾箫道："不是真笔却倩谁来？"祝生道："只怕是你老爷笔削过的。若小姐果有此美才，小生有几个字谜，烦小娘子送与小姐猜一猜，看可猜得着？"说罢，便去书斋中取出一幅纸来。鸾箫看时，第一个字谜道：

上不在上，下不在下。

不可在上，且宜在下。

第二个字谜道：

兄弟四人，两个落府。

　　　四个落县，三个落州。

　　　村里的住在村里，市头的住在市头。

第三个字谜道：

　　　草下伏七人，化来成二十。

　　　将人更数之，又是二十七。

第四个字谜却是一首《闺怨》，其词曰：

　　　一朝之忿致分离，逢彼之怒将奴置。

　　　妾悲自揣不知非，君恩未审因何弃？

　　　忧绪难同夏雨开，愁怀哪逐秋云霁。

　　　可怜抱闷诉无门，纵令有意音谁寄？

　　　若断若连惹恨长，相抛相望想徒系。

　　　一息自挤仍自怜，小窗空掩常挥泪。

　　鸾箫看罢，微笑着："这个有何难猜，还你小姐一猜便着。"言讫，便持进内边与霓裳看。霓裳未解其意，鸾箫道："第一谜是指字中那一画，第二谜是指字中那一点，第三谜是'花'字，第四谜是'心'字，合来乃'一点花心'四字。"霓裳听罢，仔细摹拟了一面，称赞道："此非祝郎做不出，非小姐猜不出，小姐何不也写几句破他？"鸾箫应诺，便于每一谜后各书四句，其破一画谜云：

　　　在酉之头，在丑之足。

　　　在亥之肩，在子之腹。

　　其破一点谜云：

其二在秦，其一在唐。其四在燕，其五在梁。

其破花字谜云：

五行属于木，四时盛在春。或以方彩笔，或以比佳人。

其破心字谜云：

灵台方寸山，斜月三星洞。
变化总无穷，通达是其用。

鸾箫写完，将来袖了，再到书斋送与祝生观看。祝生惊叹道："小姐才思敏妙如此，前诗的系真笔无疑矣。"鸾箫道："方才小姐见摘去青梅，吟诗四句，郎君也请吟一首。"祝生道："愿闻小姐佳咏。"鸾箫便念道：

如豆梅初吐，枝头青可数。
青时未见黄，酸中还带苦。

祝生听了，笑道："这是小姐嘲笑我了。她道我尚是青衿，未登黄甲，既饶酸风，又多苦况。我今试赓俚句，聊以解嘲。"遂授笔连题二绝，其一曰：

当年煮酒论英雄，曾共曹刘肴核供。
世俗莫将酸子笑，遨游二帝藐王公。

其二曰：

耐尔流酸爱尔青，秀才风味类卿卿。
莫嫌炙得眉痕皱，调鼎他年佐帝羹。

鸾箫看了，笑道："二诗殊壮，但只自负其才，不曾关合在小姐身上去。"祝生道："要

关合到小姐身上也不难。论我胸中抱负，自比青梅，若论我眼前遭遇，正不及青梅哩。待我再题一绝。"又题道：

> 香闺食果喜拈酸，妨尔常邀檀口含。
> 最是书生同此味，风流未得玉人谙。

鸾箫见了道："这只就青梅关合小姐，还可竟把青梅比得小姐么？"祝生道："这也不难。"便又题一绝道：

> 溅牙能使睡魔降，止渴徒教望眼忙。
> 中馈得伊相赞佐，和羹滋味美还长。

鸾箫见诗，笑道："前两句略轻薄些，后二句居然指为中馈，未免唐突。"祝生道："诗中之谜，都被小娘子猜着。小生心事，小娘子已知，量小姐心事，亦唯小娘子知之。待我再题一绝，便将青梅比着小娘子。"又题道：

> 倾筐当日载风诗，常伴佳人未嫁时。
> 实七实三频数处，深闺心事只伊知。

鸾箫见他笔不停挥，数诗立就，称叹道："郎君如此美才，我家小姐自然敬服，我当以尊咏持送妆台。"祝生道："我与你家小姐原系中表兄妹，可请出来一见否？"鸾箫道："小姐怎肯轻易出来？待我替你致意便了。"说罢，转身要走，祝生向前拦住道："难得小娘子到此，幸勿虚此良会。我若非与你有缘，何故拙句暗合芳名。今纵未得小姐遽渡仙桥，愿得与小娘子先解玉珮。"鸾箫羞得脸儿红晕，说道："郎君放尊重些，老爷、夫人知道，不是耍处。况小姐不时叫唤，若逗留太久，恐见嗔责。我去也！"祝生拦她不住，只得由她去了。

鸾箫回至香闺，把上项话一一对霓裳说知。霓裳听罢，触动了一片芳心，想道："今日小姐把我妆得十分好了。祝郎心里已记着'霓裳'两字。只是徒受虚名，却无实际。倘异日祝郎真见我时，道我不是昔日所见的霓裳，那时只怕轻觑绿衣，不施青眼，不若我今夜假妆小姐，暗地去与他相会，先定下此一段姻缘，也不枉他诗中巧合我的名字。"私计已定，便窃了鸾箫写的那幅绛鲛绡藏在身边，只等夜深，瞒着鸾箫行事。正是：

你既妆我，我也妆你。你不瞒着我，我偏瞒着你。你妆我，不瞒我，是高抬了我，我妆你，偏瞒你，怕点辱了你。

且说祝生见了假霓裳之后，想道："侍儿美丽若此，小姐可知。"又想道：：人家尽有侍儿美似主儿的，若小姐得与霓裳一般，也十分够了，只可惜她不肯出来一见。"痴痴地想了半晌。到得抵暮，贺公与夫人等都回来了。当晚贺公又与祝生闲叙了一回，自进内边。祝生独宿书斋，哪里睡得着？见窗外月光明亮，便走到庭中梅树之下，仰头看月。正徘徊间，忽听书房门上轻轻叩响，低叫开门，好像女人声音。祝生连忙开看，只见一个美人掩袖而进，月光下见这美人凝妆艳服，并不是日间青衣模样。祝生惊问道："莫非鸾箫小姐么？"霓裳也在月下仔细看了祝生，果是翩翩年少，私心甚喜低应道："然也。妾因慕表兄之才，故今夜瞒着侍婢霓裳，特来与兄面计终身之约。"祝生喜出望外，作揖道："小生得蒙五垂盼，实乃三生有幸。"霓裳取出那幅绛鲛绡，送与祝生道："此妾手录尊咏《落梅诗》在上，梅者媒也，即以此赠兄为婚券。"祝生接了，称谢道："小生拙句，得蒙玉手挥毫，为光多矣。"便去取出那幅白鲛绡来，递与霓裳道："小姐佳章，小生亦录在这鲛绡上，今敢以此为酬赠。"霓裳接来袖了，说道："只此已定终身之约，妾当告退"说罢，假意要行。祝生忙扯住道："既蒙枉临，岂可轻去，况月白风清，如此良夜何！"一头说，一头便跪下求欢。霓裳用手扶起道："若欲相留，兄可对月设誓来。"祝生即跪地发誓道："我祝凤举若忘鸾箫小姐今日之情，苍天鉴之。"誓毕，把霓裳搂到卧榻前，霓裳做出许多娇羞之态，祝生为之款解罗襦，拥衾中就寝。但见：

粉面低偎，朱唇羞吐。一个把瑶池青鸟认作王母临凡，一个是崔府红娘权代双文荐枕。一个半推半就，哪管素霓裳忽染新红；一个又喜又狂，也像青梅诗连挥几笔。一个只道日里侍儿脱去，今何幸小姐肯来；一个正为早间小姐空回，故弃我侍儿当夕。一个只因落花首句巧合阿奴小名，特背娘行偷期月下；一个自喜倾筐一篇打动深闺心事，遂将玉人引至灯前。一个把慕鸾箫的宿愿了却十分，尚有几分在霓裳身上；一个听呼表妹的低声连应几句，曾无半句入小姐耳中，两幅鲛绡凑成一幅相思帕，三星避近先见双星会合时。

两个恩情美满，鸡声三唱，霓裳起身辞去。祝生问以后期，霓裳道："既已订约百年，岂可偷欢旦夕。兄今宜锐意功名，不必复作儿女眷恋。"说罢，启户徐行。祝生送了一

步，珍重而别。次日，鸾箫寻不见了绛鲛绡，只道昨日往来书斋遗失在路上，命霓裳寻觅，霓裳假意了一回，只说寻不着，鸾箫只索罢了，不在话下。

却说调鹤假扮祝生到阳城家中拜寿，阳公见他人物清雅，哪里晓得是假的？再三留款，调鹤只推要往贺家，连忙告辞。临别时，阳公道："目今朝廷开科取士，贤侄到令表叔家去过，就该上京赴试了。"调鹤应诺。回见祝生，具道前事，并促祝生起身。祝生此时心事已定，亦欲归报父亲，商议行聘，即束装而行。贺公治酒饯别。祝生讨了一回书，星夜回到河东，拜见父亲。祝公见回书中已允姻事，大喜，随即遣媒议聘。一面打发祝生上京应该试。一领了父命，携着调鹤，即日起身去了。

是年河东饥馑，百姓流离，祝公屡疏告荒。实相裴延龄不准其奏，祝公愤怒，特疏专劾裴延龄不恤天灾，不轸民命，乞斩其首以谢天下。裴延龄大怒，使奏称祝圣德妄报灾荒，侵欺国税，不加重治，无以儆众。奉旨祝圣德逮系至京下狱治罪，其亲属流窜岭南。时祝生正在途中，闻了这消息，吃惊不小。泣对调鹤道："老爷忤了权相，此去凶多吉少，我又流窜烟瘴之地，未知性命如何，祝氏一门休矣。"调鹤道："老爷平日居官清正，今必有人申救，量无大祸。倒只怕岭南瘴之地，相公去不得，如何是好？"祝生听了，掩面大哭。调鹤沉吟道：老爷只有相公一子，千金之躯，岂可轻去不测之乡？小人有个计较在此，可保相公无事。"祝生急问何计，调鹤道："小人原曾扮过相公的，今待小人仍把巾服穿了扮做相公，竟往官司投到，听其押送岭南。相公却倒扮做从人模样，自往别处逃生。"祝生道："这使不得，前番阳家贺寿，是没什要紧的事，不妨代我一行。今远窜岭南，有性命之忧，岂可相代？"调鹤慨然道："说哪里话，小人向蒙恩养，今愿以死报。祝生泣谢道："难得你有这片好心，真恩胜骨肉，我今与你结为兄弟。倘天可怜见，再有相见之日，勿拘主仆之礼，你认我为兄，我认你为弟便了。"说罢，走到僻静处，大家下了四拜，把身上衣服换转。调鹤扮了祝生，即往当地官司投到，自称是祝公子，因应试赴京，途中闻有严旨，特来待罪。官司录了口词，一面申报刑部，一面差人将本犯送岭南，公差领了官批，押着调鹤即日起行。行了几日，路过马邑县，那阳城闻祝公子被窜，路经本处，特遣人邀请到家。调鹤前曾假扮祝生，见过阳公，今番阳公只认调鹤是真正公子，执手流涕，厚赠盘缠。又多将银两赏赐防送公差，教他于路好生看觑。调鹤别了阳公，自与公差到岭南去了。正是：

勉强倒是贺寿，情愿却是捐生。

前日暂时弄假，今番永远即真。

且说祝生假扮做从人模样，随路逃避，思量没处安身，欲仍往家，"怕他家中人已都认得我，倘走漏消息，不是耍处。"因想道："不如到马邑县投托阳年伯罢。"又想道："前日拜寿不曾亲往，今日怎好去得？纵使阳年伯肯留我，他家耳目众多，哪里隐瞒得过？"踌躇半晌，心生一计道："我到阳家，隐起真名，倒说是书童调鹤，因家主被难，无可投奔，特来依托门下便了。"私计已定，星夜奔到马邑，假装做调鹤，叩见阳公。阳公念系祝家旧仆，收在书房使唤。祝生只得与众家童随行逐队，权充下役。正是：

只愁季布难逃死，敢向朱家惜下流。

话分两头。且说贺公正喜与祝家联了姻，忽闻祝公忤了权相，父子被罪，又惊又恼，夫人与鸾箫、霓裳各自悲恨。贺公乃亲赴京，伏阙上疏申救。一面致书与阳城，书略曰：

忆自裴延龄入相之初，先生曾欲廷裂白麻，可谓壮矣。今裴延龄肆恶已极，朝政日非，而先生置若罔闻，但悠游乡里，聚徒讲学，恐韩退之诤臣一论，今日又当为先生诵也。仆今将伏阙抗疏，未识能回圣意否？伏乞先生纠合同官，交章力奏，务请尚方剑，誓斩逆臣头，以全善类。国家幸甚，苍生幸甚。

贺公亲笔写了书，付与一个苍头，教去马邑县阳谏议家投递，约他作速赴京相会，苍头领命而行。不想数该遭厄，事有差讹，这苍头甚不精细，来到半路遇着一只座船，说是谏议杨爷赴京的船，苍头只道就是马邑县的阳谏议，不问明白，竟将家主这封书去船里投下。原来这杨谏议却是杨迎势，因欲贿通裴相，谋复原官，故特买舟赴京。正想没个献媚之由，看了这书便以为奇货可居。又怪贺公前日拒其求婚，今日正好借此出气。当下将书藏着，一到京师，便去裴府首告。裴延龄正为贺朝康申救祝圣德，恐多官效尤，交章互奏，没法处他。得了杨迎势所首，满心欢喜，便表荐杨迎势仍为谏议大夫，随即代迎势草成疏稿，劾奏贺朝康纠众欺君，私结朋党，谤讪朝迁，宜加显戮。迎势依着裴延龄的亲笔疏草写成本章，并贺家私书一同上奏。宪宗即命裴延龄票旨。延龄拟将贺朝康下狱问罪，妻女入宫为奴，韩愈、阳城俱革职，永不叙用。宪宗依拟而行。命下之后，贺公就京师捉下狱中，缇骑一面到云州提拿妻女。

这消息早传到贺家。贺老夫人大惊，抱着鸾箫哭道："汝父捐躯报国，固所不辞。老身入宫亦不足惜。只可惜累了你。"鸾箫也抱着夫人痛哭。霓裳在旁见她母子两个哭得伤心，遂动了个忠义之念，上前跪下禀道："夫人、小姐且休烦恼，霓裳向蒙抚养之恩，无以为报，今日愿代小姐入宫。"夫人听说，收泪谢道："若得如此，感激你不尽。"便教鸾箫与霓裳结为姊妹，把身上衣服脱与霓裳穿了，鸾箫倒扮做侍儿模样。差人密唤乳娘岳老妪来，把鸾箫托与她，嘱咐道："你甥女霓裳情愿代小姐入宫，你可假认小姐做甥女，领去家中暂住。倘后来祝公子有回乡之日，仍得夫妻配合，了此姻缘。"岳妪见霓裳代主入宫，十分忠义，啧啧称叹。鸾箫哭别夫人与霓裳，收拾些衣饰银两，随着岳妪去了。不一日，缇骑到来，把贺老夫人与这假小姐解京入宫。正是：

> 前番暗暗冒顶，此日明明假装。
> 欢时背地领领受，忧来当面承当。

不说夫人与霓裳入宫，且说鸾箫躲在岳妪家中。这岳妪的老儿是做银匠的，只住得两间屋，把后面半间与鸾箫做了房。鸾箫痛念父母，终日在房中饮泣，岳妪恐乡邻知觉，再三劝解，鸾箫勉强收泪，做些针指消闷。一日，岳老他出，岳妪陪着鸾箫坐地，忽听门前热闹，原来有个走索的女子在街上弄缸弄瓮弄高竿，引得人挨挨挤挤地看。岳妪不合携着鸾箫走到门首窥觑，不想恰遇正觉庵里尼姑净安在门首走过，被她一眼瞧见，便步进门来，说道："原来贺家小姐在此。"鸾箫急忙闪入，岳妪忙遮掩道："女师父你认错了，这是贺家侍儿霓裳。她原是我甥女，故收养在此，怎说是贺小姐？"净安摇头道："不要瞒我，这明明是贺小姐。"岳妪道："我甥女面庞原与小姐差不多。"净安笑道："你休说谎。霓裳姐虽与小姐面庞相像，我却认得分明。这是小姐，不是霓裳。"岳妪着了急，便道："就说是小姐，你出家人盘问她怎的，难道去出首不成？"净安变了脸道："只有善男子、善女人，没有善和尚、善尼姑，当初贺夫人怪我多口，把我抢白，今日正好报怨。若不多把些银两与我，我便去出首，教你看我出家人手段！岳妪慌了，只得对鸾箫说，取出些银两来送她。净安嫌轻道少，吓诈不已。岳妪再三央告，又把鸾箫的几件衣饰都送与她，才买得她住。正是：

> 佛心不可无，佛相不可着。
> 燕萨本慈悲，尼姑最狠恶。

岳妪吃了这一场惊，等老儿回来，与他说知了。正商议要移居别处，避人耳目，不想净安这女秃驴诈了许多东西，心还未足，那时恰好杨迎势因裴延龄复了他的官，无可报谢，要讨个绝色美人献她为妾，写书回来，教奶奶多方寻访良家女子有姿色的，用价买送京师。净安打听得此事，便去对杨奶奶说："岳银匠家女儿十分美貌。"杨奶奶便坐着轿子，用了净安径到岳家，不由分说，排闼直入。看了鸾箫果然美貌，即将银三百两付与岳老，要娶鸾箫。岳老哀告道："小人只有此女，不愿与相府作妾。"杨奶奶哪里肯听，竟把银留下，立刻令人备下船只，将花灯鼓乐，抢取鸾箫下船，岳妪随杨家女使一齐到舟中，鸾箫痛哭，便要寻死，岳妪附耳低言道："小姐且莫慌，我一面在此陪伴你，一面已教老儿写了个手揭，兼程赶到京师，径去裴府中告禀。他做宰相的人，难道一个女子面上不做了方便？且待他不肯方便时，小姐再自计较未迟。"鸾箫闻言，只得且耐着心儿，苟延性命。杨家从人自催船赴京，不在话下。

且说岳老星夜赶到京中，拿着个手本到裴府门前伺侯了一日。你道相府尊严哪个替他通报。不想鸾箫合当无事，恰好次日裴延龄的夫人要到佛寺烧香，坐轿出门。岳老便拿着手本，跪在轿前叫喊，从人赶打他时，岳老高声喊道："杨谏议强夺小人女儿要送来相府作妾，伏乞夫人天恩方便。"原来那裴夫人平日最是妒悍，听说"相府作妾"四字，勃然大怒，喝教住了轿，取过手本来看了。也不去烧香，回进府中，当庭坐下，唤岳老进去，问知仔细，大骂："杨迎势这贼囚，敢哄诱我家老天杀的干这样歹事，我教不要慌！"便批个执照付与岳老，着他领了女儿自回原籍，其杨家所付财礼银，即给与作路费，又吩咐家人："若敢通同家主，暗养他女儿在外，私自往来，我查出时，一个个处死。"众家人喏喏连声，谁敢不依，岳老谢了裴夫人，拿了批照，赶向前途。迎着鸾箫的船，把裴夫人所批与杨家从人看了。杨家从人不敢争执，只得由他把女儿领回。正是：

全亏狮子吼，放得凤凰归。

岳老夫妇领得鸾箫回家，不敢再住云州，连夜搬往马邑县。恰好租着阳城家中两间市房居住，依旧开银匠铺度日。阳家常教岳老打造首饰，此时祝生正在杨家做假调鹤。一日，杨老夫人差祝生到岳家讨打造的物件，适值岳老不在家，见了岳妪，听她语音是云州人声音，因问道："妈妈是云州人，可晓得贺乡宦家小姐怎么了？"岳妪道：

"小姐与夫人都入宫去了。"祝生听了，欷歔悼叹。又问道："小姐既已入宫，他家有个侍儿霓裳姐如何下落了？"岳妪道："我也不知她下落。"祝生不觉失声嗟悼。鸾箫在里面听得明白，惊疑道："这声音好像祝表兄。"走向门隙中窥时，一发惊疑道："这分明是祝郎，如何恁般打扮？"便露出半身在门边张看，祝生抬头瞧见，失声道："这不是霓裳姐？"鸾箫忍耐不住，接口问道："你哪里认得我是霓裳姐？"祝生未及回言，岳老忽从外而入，见祝生与鸾箫说话，便发作道："我们虽是小家，也有个内外。你是阳府大叔，怎便与我女儿搭话？"祝生见他发作，不敢回言，只得转身出去了。岳老埋怨婆子道："前番为着门前看走索惹出事来，今日怎生又放小姐立在门首？"又埋怨鸾箫道："莫怪老儿多口，小姐虽当患难之时，也须自贵自重，如何立在门前与人搭话？万一又惹事招非，怎生是好？"鸾箫吃他说了这几句，羞得满面通红，自此再不敢走到外边。却又暗想："前日所见之人，明系祝郎。若不是他，如何认得我？可惜被奶公冲散，不曾问个明白。"有一曲《江儿水》，单道鸾箫此时心事：

口语浑无二，形容确是伊。若不是旧相知曾把芳心系，为什的乍相探便洒天涯泪，敢是他巧相蒙也学金蝉计？猜遍杜家诗谜，恨杀匆匆未问端由详细。

且说祝生回到阳家，想道："岳家这女子明是霓裳，正要与我讲话，却被老儿打断了，今后不好再去。"又想道："鸾箫小姐既已入宫，更无相见之日。幸得霓裳在此，续了贺家这脉姻缘，也不枉当初约婚一番。但我心事不好对阳年伯说。"左思右想，终夜流涕。正是：

有泪能挥不可说，含情欲诉又还吞。

话分两头。却说裴延龄的夫人自那日听了岳老之诉，十分痛恨杨迎势，等丈夫退朝回来，与他闹一场，定要他把迎势谪贬。原来裴延龄最是惧内，当下不敢违夫人之命，只得把杨迎势革去官职。迎势大恨道："我依着他劾坏了许多人，不指望加官进职，倒坏我的官。他亲笔疏草也在我处，他既卖我，我也害他一害。"

不说杨迎势计害裴延龄，且说贺老夫人与霓裳入宫之后，发去皇妃宓氏宫中承应。这宓妃昔日最承君宠，后因宪宗又宠了个张妃，于是宓妃失宠，退居冷宫，无以自遣，乃终日焚香礼佛，装塑一尊观音大士像于宫中，朝夕礼拜。贺夫人向来奉佛，深通内典，宓妃喜她与己有同志，又怜她是大臣之妻，另眼看觑。一日，宓妃亦欲于大士前悬幡供养，要题一联颂语。贺夫人乃把鸾箫所题正觉庵幡上之语奏之，宓妃大喜。光

阴荏苒，不觉又当落梅时候，天子以落梅为题命侍臣赋诗，都未称旨。乃传命后宫，不论妃嫔媵嫱，有能诗者，各许题献。霓裳闻旨，乃将鸾箫昔日所题之诗录呈宓妃观看。宓妃看到"天宝当年"两句，打动了她心事，不觉潸然泪下。霓裳便奏道："娘娘若不以此诗为谬，何不即献至御前，竟说是娘娘做的，也当得一篇《长门赋》。"宓妃依言，便把此诗录于锦笺之上，并草短章进奏。其章曰：

臣妾久处长门，自怜薄命。幸蒙天子，许赓巴人，讶红杏之方妍，如承新宠；叹寒梅之已谢，怅望旧恩。聊赋俚词，敢呈圣览。临笺含泪，不知所云。

宪宗览表看诗，恻然动念。此时正值张妃恃宠娇纵，帝意不怿，因复召幸宓妃，宠爱如初。宓妃深德霓裳，意欲引见天子，同承恩幸。霓裳奏道："贱妾向曾许配节度祝圣德之子祝凤举，倘蒙娘娘怜悯，放归乡里，感恩非浅。若宫中受宠，非所愿也。"宓妃道："我当乘间为汝奏之。"过了一日，宪宗驾幸宫中饮宴，宓妃侍席，见龙颜不乐，从容启问其故。宪宗道："因外边灾异频仍，饥荒屡告，所以不欢。"宓妃奏道："以臣妾愚见，愿陛下省刑薄税，赦宥从前直言获罪诸臣，则灾荒不弭而自消矣。"宪宗点首称善。宓妃又奏道："即今臣妾宫中，有罪臣贺朝康的妻女，供役已久，殊可矜怜。且臣妾一向在宫礼佛，得她侍奉香火，多有勤劳。"便将幡上所题之语奏知，宪宗嘉叹，因沉吟道："外臣劾奏贺朝康与韩愈结为朋党，前韩愈谏迎佛骨，而朝康妻女奉佛如此，则非朋党可知。来日便当降诏开释。"宓妃再拜称谢。正是：

既赖文字功，仍亏佛力佑。
僧尼不可亲，菩萨还能救。

次日宪宗升殿，正欲颁降恩诏，只见内侍呈上一个本章，看时，乃是杨迎势讦奏裴延龄的，备言前番题劾多人，俱出延龄之意，现有彼亲笔疏草为证，"前日巧为指唆，许授美官。今又诛求贿赂，无端谪贬。伏乞圣裁。"宪宗览奏，勃然大怒，遂传旨将裴延龄与杨迎势俱革职谪戍远州，家产藉没，妻孥入宫。拜阳城为宰相，韩愈为尚书左仆射。赦出贺朝康，拜为大司农，妻女释放回家。赦出祝圣德，拜为大司马，其子祝凤举授国子监博士，即着贺朝康持节至岭南，召赴京师就职。

贺公出狱之后，谢恩回寓，恰好妻女也放出来了。夫妇重逢，方知女儿不曾入宫，是霓裳代行的。贺公称叹霓裳忠义，即认为义女。一面差人到云州城中岳银匠家迎接鸾箫，便教岳老夫女伴送来京，等祝生到京日，完成婚事。一面持节星夜赴岭南召取

祝生。

　　却说调鹤自得阳城资助，路上并不吃苦。到岭南后，只在彼处训蒙度日。忽闻恩诏赦罪拜官，特遣贺公持节而来，便趋到馆驿迎接，北面再拜谢恩。贺公见了调鹤，竟认不出是假祝生，一来他两个面庞原相似，二来贺公只道祝生一向风霜劳苦，因此容颜比前稍异。当下调鹤接诏毕，贺公命将冠带与他穿换，调鹤辞谢道："小人本非祝凤举不敢受职。"贺公惊怪，仔细再看，方才觉得面貌与初时所见的祝生不甚相同。调鹤把实情仔细说了一遍，贺公道："汝能代主远窜，可谓义士。昔既代其厄，今亦当代其荣。"调鹤辞谢道："朝廷名器，岂容乱窃？小人今日仍当还其故我。"说罢，便依旧穿了青衣，侍立于侧。贺公道："你是个义士，即不受官爵，亦当仍换巾服，以礼相见。"调鹤道："前与公子相别之时，虽蒙结为兄弟，然恐尊卑之分，到底难混。"贺公道："既是公子与你结为兄弟，你也是我表侄了。"便令左右将巾服与调鹤换了，命椅看坐。调鹤再三谦让，方才坐下。贺公问道："你前日与公子分散之时，可知他往哪里去了？"调鹤道："匆匆分别，天各一方。公子踪迹，其实不知。今闻恩诏，自当出头。"贺公道："你今且随我进京，一路寻访公子去。"于是携着调鹤，登舟而行。

　　将近长安，恰好阳城也应诏赴京，两舟相遇。阳公过船来拜望贺公，并看视祝公子。叙礼方毕，即欢然执着调鹤的手说道："九苞贤侄，别后无恙。"贺公道："这个还不是祝公子。"阳公道："祝年曾到过寒舍两次，这明明就是他，怎说不是？"调鹤乃把前后假扮的事细细说了。阳公惊疑道："你即是调鹤，如何我船里现有个调鹤，他也说是祝家旧仆，难道你家有两个调鹤？"便教人到自己船中唤那调鹤来。不一时，那假调鹤青衣小帽走过船来，这里俨然巾服的真调鹤见了，慌忙跪下道："主人别来无恙。"贺公大喜道："原来贤婿就在阳年翁处。"阳公大惊道："如何你倒是祝公子，一向怎不说？"祝生道："恐耳目众多，不敢泄漏。"阳公道："今既闻恩诏，如何还不说明？"祝生道："调鹤义弟既为我代窜远方，自当代受官职。若流窜则彼代之，官职则自我受之，保以风天下义士？所以权且隐讳，待到京见过家君，或者改名应试，未为不可。"阳公称叹道："主情仆谊，可谓兼至矣。"贺公道："今调鹤义不受官，要等贤婿来自受，贤婿可便受了罢。"祝生道："小婿亦未敢受。"贺公道："这却为何？"祝生道："小婿不自往岭南事屡欺诳，还求岳父与阳年伯将实情奏闻朝廷，倘蒙宽宥，小婿愿应科目，不愿受此官。"贺公、阳公都道："这个自当保奏。"便就舟中草下连名本章，遣人星夜先赴京师奏进。

　　祝生当下换了巾服，竟与调鹤叙兄弟之礼。到得京中，祝生同着调鹤拜见父亲祝

圣德，说知仔细。祝公十分称叹，即认调鹤为义子，教他也姓了祝。恰好天子见了贺公、阳公的本章，降旨祝调鹤忠义可嘉，即授云州刺史；祝凤举既有志应科目，着赴便殿候朕面试，如果有才，不次擢用。次日，宪宗驾御龙德殿，祝生进殿朝拜。宪宗见他一表人物，先自欢喜。祝生奏请命题面试，宪宗想起前日众侍臣应制题落梅诗。无有佳者，倒是宓妃所作甚好，因仍将落梅为题，命赋七言一律，又限以宓妃原韵"芳""香""霜""肠"四字，祝生想道："我前日题和鸾箫小姐的落梅诗正是此韵，今日恰好合着。"当下更不再做，即将前日诗句录呈现御览。宪宗看了。大加称赏道："诗句清新，更多寓意，真佳作也。翰苑诸臣当无出卿右者。"遂特赐祝凤举状元及第。

正是：

> 一诗两用，婚宦双成。
> 司农快婿，天子门生。

看官听说：前日宓妃抄着鸾箫的诗，恰好以寒梅自比，以红杏比新宠，而'天宝当年''江妃此日'之句，更巧合宓妃身上，故遂感动天子。今祝生自抄自己的诗，其诗中'羞随红杏''冲寒坠粉'等语，恰像比况那不附权贵、直言获罪诸臣，至于"二月飞霜"之句，又像自比含冤远窜的意思，故亦能使天子动容称叹，这都是暗合道妙。当日宪宗退入后宫，将祝生的诗付与宓妃观看，说道："此诗寓意甚佳。"宓妃看到末二句，从容奏道："即此末二语，亦有寓意。"宪宗："其意云何？"宓妃道："前贺朝康之女在臣妾宫中时，曾说与祝凤举有婚姻之约。今凤举'梦忆南枝'之咏，亦追叹昔日贺女入宫，婚约几成梦幻耳。"宪宗闻奏，点头道："原来如此。"便传旨钦赐状元祝凤举与大司农贺朝康女鸾箫择吉完婚，即给与封诰。

祝生受了恩命，亲到贺家拜请吉期。贺公出来接见，相对之际，忽忽不乐。原来驾公前遣家人往云州岳家迎接鸾箫，不知岳家已移居马邑，家人到云州城中寻问不出，只得回来禀复，此时贺公还出使岭南未归。今归来后，知女儿无处寻觅，故此十分愁闷。当下祝生见他不乐，怪问其故，贺公道："其实大小女鸾箫不曾入宫，前入宫的是二小女。今大小女却没处寻觅，所以烦恼。"祝生道："向来不闻有两位表妹。"贺公含糊应道："原有两个小女。"祝生道："大表妹向在何处，今却寻不见？"贺公道："向避在奶公岳银匠家，今岳家不知移居何处，故急切难寻。"祝生猛省道："我住阳年伯府中时，曾到岳银匠家去，窥见霓裳，原来小姐在彼，所以霓裳也随着在那里。"因即

对贺公道："小婿倒晓得那岳银匠现在马邑县，租着阳年伯的房屋居住。"贺公听了大喜，便差人星夜到马邑去迎接。又私对祝生道："奉旨完婚的是二小女，从前纳聘的却是大小女，今两个小女合该都归贤婿。若论长幼之次，仍当以大小女为先。一候大小女接到，便一齐送过来成亲便了。"祝生欢喜称谢。回见父亲，具言其事，祝公亦大喜。

却说驾家仆人来到马邑，寻着了岳家。原来岳老夫妇一闻恩诏之后，便要将鸾箫送还贺府，不想岳老忽然患病，不能行动，所以迟迟。今病体既痊，正要起身，恰好贺家的人来接了。当下驾家仆人见了岳老，问他为什移居马邑，岳老将尼姑净安诈害情由诉说了一遍，贺家仆人忿怒。此时恰遇祝调鹤新到云州任所，驾家仆人便到刺史衙中，将此事密禀与调鹤知道。调鹤随即差人飞拿净安到来，责以不守清规，倚势害人，拶了两拶，重打五十。追了度牒，给配厮役。发落既毕，写书附致祝生，又差人护送鸾箫赴京。鸾箫同了岳老夫妇来到京中，拜见父母，与霓裳叙姊妹之礼，各各悲喜交集。

到得吉日，祝家准备花灯鼓乐，迎娶二位小姐过门。祝生暗想道："鸾箫、霓裳我见过，只不曾得二小姐，今夜又当识认一个美人了。"及至花烛之下，偷眼看时，只见上首坐的倒是霓裳，下首坐的倒是鸾箫，却不见什么二小姐，心中疑惑。又想道："莫非二小姐面貌与霓裳相似，因她是赐婚的，故仍让她坐上首么?"及细看两旁媵嫁的几个侍女，却又并不见有霓裳在内，两位新人见他惊疑不定，各自微微冷笑。祝生猜想不出，等到合卺之后，侍婢先送祝生到大小姐房中，祝生见鸾箫，问道："小姐可是鸾箫么?"鸾箫道："然也。"祝生道："小姐既是鸾箫，请问霓裳姐在哪里?"鸾箫笑道："鸾箫也是我，霓裳也是我。"祝生道："如何霓裳也是小姐?"鸾箫道："我说来，郎君休笑话。"因把从前两番假扮的缘故仔细述了。祝生道："原来如此，今真霓裳却在何处?"鸾箫道："方才同坐的不是?"祝生道："这说是二小姐。"鸾箫道："我家原没什二小姐，因霓裳代我入宫，故叫她做二小姐。"祝生听了，大笑道："我不惟今夜误认她是二小姐，前日还误认她是大小姐哩。"鸾箫道："郎君前日何由见她?"祝生笑道："岂特一见而已，还是许多妙处。"便把月下赠绡鲛的事说了。随即取出那幅绛鲛绡来与鸾箫看。鸾箫笑道："原来她未入宫之前已先装做我了。"说罢，同着祝生走过霓裳房里来，笑问道："这绛鲛绡是何人赠与祝郎的?"霓裳含羞微笑道："因小姐扮做贱妾，故贱妾也扮做小姐，幸乞恕罪。"鸾箫道："贤妹有代吾入宫之功，何罪之有?"祝生笑道："前既代其乐，后不敢不代其忧，正欲将功折罪耳。"鸾箫道："祝郎今夜当在妹子房里住。前番密约让你占先，今番赐婚一发该你居先了。"霓裳道："卑不先尊，少不先长，小姐说哪里话?"便亲自再送祝生到鸾箫房里，是夕祝生先与鸾箫成鱼水之欢，至次夜方与霓裳再讲旧好。正是：

左珠右玉，东燕西鸾。一个假绿衣，是新洞房春风初试；一个真青鸟，是旧天河秋夕重圆。一个遨游帝侧藐王公，使郎君羡侍儿有胆；一个感叹宫妃动天子，令夫婿服小姐多才。一点花心，先是小姐猜来，今被郎君采去；两番梅咏，既作登科张本，又为赐配先机。从前离别愁怀，正应着心字谜一篇闺怨；此后赞襄中馈，又合着梅子诗半比和羹。青时既见黄，酸中不带苦。溅牙溅齿，已邀檀口轻含；实七实三，忽叹倾筐未嫁。枝头连理，非复梦忆南枝欲断肠；帐底交欢，岂曰孤眠纸帐窥寒影。孰大孰小，花烛下当面九疑；忽假忽真，香阁中巧几千变，比翼鸟边添一翼，三生石上坐三人。

婚姻满月之后，霓裳仍复扮做鸾箫，入宫朝见宓妃谢恩。宓妃赐坐，霓裳辞谢不敢，宓妃道："昔则侍姬，今为命妇，礼宜赐坐。"霓裳奏道："臣妾名为命妇，实系侍姬，娘娘恕臣妾死罪，方敢奏知。"宓妃问其故，霓裳道："臣妾实非贺鸾箫，乃鸾箫侍女霓裳也。前代鸾箫入宫，今日亦代鸾箫谢恩。"宓妃道："卿以侍女而有义侠之风，一发可嘉。我当奏知圣上，特加褒奖。"霓裳拜谢而出。次日诏旨颁下，鸾箫、霓裳并封夫人。两个受封毕，然后再一齐入宫，同见宓妃谢恩。后来霓裳生一子，即尚宓妃所生公主，做了驸马。鸾箫亦生一子，早岁登科。祝生官至宰辅。鸾箫奉养岳老夫妇，终其天年。祝生又讨一副寿官冠带与岳老，以荣其身。贺公、祝公未几都告了致仕，悠悠林下，各臻上寿。祝调鹤在云州政声日著，韩愈、阳城辈交章称荐，官至节度。正是：

圣主褒忠悃，贤妃奖义风。
凤奴与鸾从，一样受王封。

看官听说："奴婢尽忠于主，即不幸而死，也喜得名标青史，何况天相吉人，身名俱泰。何苦不发好心，不行好事，致使天下指此辈为无情无义。故在下特说此回书，以动天下后世之为臧获者。

【回末总评】

奴婢呼主人为衣食父母，则事主当如事亲，为人仆者为人臣，则事主当如事君。

作者岂独为主仆起见，其亦借以讽天下之为臣为子者乎。至于文词之美，想路之奇，又勿谓是余技也。苟曰补天，天非顽石可补，须此文成五色，差堪补之。天下慧业文人，必能见赏此书。笔练阁主人尚有新编传奇及评定古志藏于笥中，当并请其行世，以公同好。